희망의
랩소디

희망의 랩소디

ⓒ 최화진, 2025

초판 1쇄 발행 2025년 5월 28일

지은이   최화진
펴낸이   이기봉
편집   좋은땅 편집팀
펴낸곳   도서출판 좋은땅
주소   서울특별시 마포구 양화로12길 26 지월드빌딩 (서교동 395-7)
전화   02)374-8616~7
팩스   02)374-8614
이메일   gworldbook@naver.com
홈페이지   www.g-world.co.kr

ISBN   979-11-388-4307-2 (03810)

희망의
랩소디

최화진 두 번째 소설집

좋은땅

책을 펴내면서

오늘도 오솔길을 달리고 나서 약수로 갈증을 달랬다.
그런 다음에 티끌 하나 없는 하늘을 바라봤다.
이내 몸과 마음이 정화되는 느낌이 들기 시작했다.
내 소설들을 읽은 분들의 독후감도 이래야 하는데 어떡하나.
부끄러운 마음이 몰려왔다.

세익스피어가 한 말을 떠올린다.
"언제나 모든 독자를 만족시킬 수는 없다. 아니, 일부 독자도 언제나 만족시킬 수는 없다. 그러나 적어도 가끔은 일부 독자라도 만족시키려고 최선의 노력을 다해야 한다."
대문호도 작가의 고심을 이렇게 담담하게 드러내고 있는데 나 같은 올챙이쯤이야. 어림도 없지.
아무리 그래도, 일부까지는 아닐망정, 적어도 한 사람 정도는 내 작품들을 읽고 만족하지 않을까?
위험한 자신감으로 부끄러움을 몰아내기 위해 애를 쓴다.
단 한 사람만이라도 만족한다면 그걸로 충분하고 감사하다. 이런 심정으로 졸작 집을 펴낸다.

아내 이미자의 격려와 지지가 이 책을 펴내는 데 큰 힘이 되었다. 이번에도 초고를 꼼꼼히 읽고, 교정과 조언을 해 주느라 애쓴 여동생 최정희에게도 고마움을 전한다.

서툰 원고를 어엿한 책으로 만들어 준 좋은땅 출판사에 감사드린다. 특히, 교정과 디자인을 맡으신 담당자분들의 노고는 잊지 않을 것이다.

부모님의 은혜가 새삼 가슴을 파고든다. 두 분 영전에 이 책을 정중히 바친다.

을사년 봄에
최화진 쓰다.

차례

희망의 랩소디

"포백이 뭐예요?"

축구 시합 관전에 정신이 팔려 있는 순간에 옆자리에서 질문이 날아왔다. 고개를 돌려보니 이 학교 재학생임이 분명한 이십 대 초반으로 보이는 여성이 살짝 웃고 있었다.

"말 그대로 네 명의 선수를 최종 라인에 배치하는 수비 시스템?"

나는 짧게 대답을 하고 경기장으로 바로 시선을 돌렸다. 홈에서 시합을 치르고 있는 A대 축구팀이 두 골 차로 밀리고 있다가 후반전에 들어서서 동점을 만들고 여세를 몰아 상대를 몰아붙이고 있는 상황이 벌어지고 있었기 때문이었다.

"그게 느슨하게 보이세요?"

"그걸 왜 묻죠?"

이번에는 그 여학생을 보지 않은 채 되물었다.

"앞에서 포백이 느슨해서 역습 위험이 있다고 자꾸 떠들어서요."

우리 앞쪽 스탠드에 앉아 있는 관중들의 말을 저 친구는 잘 듣는데 나는 왜? 혹시 얼마 전부터 찾아온 이명 때문에? 나는 내 청력 저하를 의심하느라 대답하는 것을 깜빡 잊고 있었다. 그러는 순간에 A대가 기어코 역전 골을 성공시킨 후에 밀고 밀리는 공방전을 펼치다 결국 A대가 승리를 거두는 것으로 시합이 종료되었다. 역시 대학 축구는 풋풋한 맛이 있어. 프로축구에서는 찾아볼 수 없는 그만의 매력이 있지. 이 대학 팀은 더 그래. 오늘같이 지고 있는 상황에서도 이길 수 있다는 희망을 가지고 죽어라 뛰는 것 같아. 그런 점들이 돋보여. 그래서 집에서 가깝다는 점 빼놓고는 연고가 없는 이 대학 축구 팀 홈경기를 꼬박꼬박 챙겨 보고 있고 말이야. 나는 우리 쪽으로 다가와서 인사를 하는 A대 축구 선수들에게 큰 박수를 보내고 자리에서 일어났다.

"아까 제가 드린 질문 잊으셨어요?"

노랗게 변해 가고 있는 은행나무 잎들을 바라보면서 집으로 가고 있을 때 그 여학생으로부터 또 질문이 날아왔다. 나는 급히 뒤돌아봤다. 응원하던 팀이 이겨서 그런지 얼굴이 약간 상기 되어 있었다. 이건 의외다.

희망의 랩소디

008

내가 삼 년 이상 이 학교 캠퍼스를 들락거리고 있지만 학생이 내게 말을 걸어오는 것은 처음이다. 그것도 연속적으로. 나는 머뭇거리다 대답 대신 질문을 던졌다.

"뒤에서 오고 있는 줄 몰랐네요. 일행이 있는 것 같던데요?"

"각자 집으로 갔어요."

"학생은 도서관에?"

나는 축구 경기장과 인접한 도서관을 바라보면서 물었다.

"아뇨. 저도 집에 가는 중이에요."

대답을 마치고 나를 바라보면서 배시시 웃었다. 이십 대 초반의 젊은이, 그것도 여학생이 풍기는 생경함은 느껴지지 않았다. 거기에 평범한 외모를 가진 학생이라서 그런지 마치 구면인 듯한 편안한 분위기마저 감돌자 나도 모르게 장난기가 발동했다. 그러자 존댓말도 자연스럽게 사라졌다.

"축구 시합 보느라 한눈을 팔았으니까 이제부터라도 공부에 집중해야지?"

"금요일이잖아요?"

"금요일은 공부 쉬는 공휴일?"

"그런 뜻이 아니고요. 집에 갔다가 집에 가야 돼서요."

"그게 무슨 말?"

"기숙사에 있어요. 짐 챙겨서 집에 가야 돼요."

"아. 그렇구나."

우리는 한동안 말없이 걸었다. 그 여학생이 생활하고 있다는 기숙사는 오 분 정도만 더 걸으면 도착할 수 있지만 나는 거기에서부터 후문과 학교를 둘러싼 야트막한 동산을 차례로 통과해야 했다. 캠퍼스는 온통 가을빛으로 물들어 가고 있었다. 갖가지 차림을 한 학생들이 기숙사로 향하는 대로를 끊임없이 오고 가고 있었지만 평소와는 다르게 내가 이방인이라는 느낌은 들지 않았다. 이 학교 재학생과 동행을 하고 있었기 때문이었다.

"사실, 아저씨 여러 번 봤어요."

"어디서?"

"학생회관 야외 테이블에서 책 자주 보시잖아요?"

"내가 그랬나? 아무튼 젊어서 그런지 기억력이 좋구만. 부럽네."

"같은 옷을 입은 어르신이 책을 보고 계시니까 눈에 띄더라고요. 오늘도 옷이 안 변했네요?"

그 여학생이 내가 걸치고 있는 봄, 가을용 등산복 상의를 바라보면서 웃었다.

"교복을 마음대로 바꿀 수 있나."

"혹시 교직원이세요?"

"아니, 그냥 이웃 주민. 아, 나도 이 대학 축구팀 서포터즈 구나."

"하하! 그럼 제가 명예 교직원으로 인정해 드릴게요."

"무슨 권한으로?"

"캠퍼스에서 책 열심히 읽는 이웃 어르신 첨 봐요. 거기에 우리 학교 축구 팀 응원까지 해 주시니까 자격이 충분하신 것 같아요."

그 여학생이 내 옷소매를 손으로 살짝 당기면서 활짝 웃었다. 가까운 곳으로부터 비둘기 울음소리까지 들려오자 내 마음이 더 편해졌다.

"그럼 나도 도서관에 들어갈 수 있겠네?"

"학교 당국에 건의해 볼게요."

"암튼 오늘 반가웠어요. 고맙기도 하고. 학생이 이 학교에서 처음으로 늙은이한테 말을 걸어 줬거든."

"그래요? 저는 자주 뵌 분이라서 축구장에서 스스럼없이 여쭤봤거든요."

"내가 모르고 있는 팬이 있었네. 거듭 고마워."

"학생회관에서 다시 만나면 커피 사 드릴게요. 그때 다 안 해 주신 대답해 주세요."

"무슨 대답?"

"아까 보신 우리 팀 포빽 시스템에 대한 추가 설명요."

"아, 미안! 다음에 꼭 해 주지. 집에 잘 다녀오고,"

뜻밖의 대화를 나눈 그 여학생과 기숙사 앞에서 헤어지고 나서 바로 집으로 향하지 않고 벤치에 앉았다. 학교를 감싸고 있는 동산으로부터 시원한 바람이 불어오고 있었다. 나는 청량감을 만끽하면서 오늘 있었던 축구 시합과 여학생과의 대화 내용을 되돌아보기 시작했다. 기분 좋은 순간이면서 편안한 만남이었다. 나도 이 느낌을 안고 그 학생처럼 집으로 가자. 자리에서 일어나려는 순간에 "꼭 교수님 같아요."라고 말하면서 웃음 짓던 그 여학생의 모습이 또 떠올랐다. 교수님? 그 순간에 잠시 잊고 있었던 또 한 명의 젊은 여성이 생각났다.

* * *

"좀 어떠서?"

"식사를 거의 못 하세요. 가래도 많이 끓고요."

회생하기가 힘들 것 같다. 구십이 넘은 노인한테 폐렴은 저승사자나 다름이 없으니까. 나는 A대 부속병원 일 층에 위치한 커피숍에서 갑갑한 표정을 짓고 있는 민지 얼굴을 바라만 보고 있었다.

"아무래도 준비를 해야 할 거 같아요."

"뭘?"

"장례요."

"그 정도인가?"

"할머니 얼굴색이 확 변했어요. 노인이 그렇게 되면 얼마 못 간대요."

"사람 목숨 끊어지는 게 어디 그렇게 쉬운가?"

내 속마음과는 다르게 민지를 위로했지만 나도 민지 할머니가 곧 돌아가실 것 같다는 예감이 들었다.

"부질없는 희망은 절망보다 더 고통스러운 것 같아요."

민지가 커피 대신 찬물을 들이키고 나서 천장을 바라봤다. 침을 삼키고 있는 듯 기다란 목이 꿈틀거렸다. 쟤가 이제 서른을 갓 넘겼지? 하지만 대학을 졸업하자마자 할머니로부터 물려받은 칼국수 집을 운영하느라 고생을 해서 그런지 겉늙어 보인다. 위로는 유일한 혈육인 할머니마저 돌아가시면 고아가 되는 것인가? 나도 냉수 컵을 집어 들고 눈만 껌벅거리고 있는 민지의 얼굴을 살폈다.

"담담한 마음을 가지는 게 좋지 않겠니?"

"저도 그러고 싶은데 잘 안 되네요. 더구나 다른 일까지 겹쳐서……."

"그 일?"

"네."

민지가 이번에는 나를 똑바로 바라보면서 대답을 했다. 작은 얼굴에 늘 약간 겁에 질려 있는 듯한 커다란 눈, 그리고 가녀린 체형. 아무리 봐도 힘이 많이 드는 칼국수 장사와는 어울리지 않는 것 같다. 또, 다른 사람한테 싫은 소리 한마디 못 할 것 같은 성격은 어떠한가? 저런 애가 처녀 사장 소리를 들어 가면서 똑순이처럼 장사를 야무지게 하고 있지만 얼마나 힘이 들까? 더구나 그런 일까지 닥치고 난 상황에서. 나는 마른침을 삼키며 무슨 말을 해 줘야 할지 망설였다.

"그쪽에서 연락 온 게 있어?"

"아직요."

"고소 시한을 통보했으니까 막무가내로 묵살하지는 못 할 거야. 좀 더 기다려 보자고."

"마치 꿈을 꾼 것 같아요."

"뭐가?"

"그 일요."

"그렇게 비현실적으로 느껴져?"

"네. 정말 꿈 같아요."

"사기당한 사람들이 너랑 비슷한 느낌을 많이 받는 것 같더라. 너의 경우같이 아주 친한 사람이 뒤통수를 치면 충격이 클 수밖에 없지 않겠니? 나도 그런 일을 당하고 나면 너처럼 꿈을 꾼 것 같은 느낌이 들 거 같다."

"젤 비참하게 느껴지는 게 뭔지 아세요?"

"믿는 도끼에 발등 찍혔다는 거?"

"그것보다도 이해할 수 없는 제 마음요."

"어떤 마음인데?"

"물심양면으로, 무슨 뜻인지 아시죠? 그렇게 철저히 당하고도 그 사람이 아주 밉지가 않아요. 혹시 연락이 온 게 없나 해서 핸폰을 검색해 볼 때마다 제 자신을 죽여 버리고 싶은 마음이 들어요."

다시 천장으로 향한 민지의 얼굴이 약간 흔들렸다. 비록 나는 남자이지만 여자인 민지의 마음을 이해할 수 있을 것 같다. 하지만 거기에 무슨 말을 얹어야 할까? 나는 하릴없이 찬물만 들이켰다. 그렇게 한동안 침묵이 흘렀다.

"가게를 오래 비워도 괜찮아?"

"알바가 좀 더 봐주기로 했어요."

다시 대화가 끊겼다. 나는 헛기침만 연신 하면서 주위를 돌아봤다. 병원 일 층이라는 생각이 들지 않을 정도로 많은 사람들이 밝은 모습으로 대화를 나누고 있었다. 이렇게 몸이 아프고 다쳐서 신음하는 공간에서조차 다른 삶의 모습들을 발견할 수 있다. 어머니가 노인병원에 계실 때 자신이 수발하던 노인이 방금 전에 죽었음에도 간병인이 동료들과 웃으면서 간식을 먹는 걸 보고 충격을 받은 적이 있었지. 결국, 어떻게 보면, 인간은 철저히 홀로 사는 존재가 아닐까? 그렇긴 하지만, 민지한테는 손위 유일한 혈육이자 사업 선배인, 그래서 좀 더 살아서 민지가 하는 일을 지켜봐야 하는 할머니가 사경을 헤매고 있다. 거기에 결혼을 빙자한 사기 피해까지 당해서 괴로움에 휩싸여 있다. 이 상황에서 민지가 어떤 희망을 품을 수 있을까? 또, 가족이 아닌 이성 인생 후배로서는 유일하게 인연을 이어가고 있는 민지에게 내가 과연 뭘 해 줄 수 있을까? 답답함이 몰려왔다. 나는 민지의 얼굴을 빤히 바라보면서 말을 건넸다.

"내가 따로 도와줄 거라도 있나?"

"지금 도와주고 계시잖아요."

민지가 살짝 웃었다. 오늘 만나고 나서 처음 보는 웃음이었다. 그러자 내 마음이 조금 가벼워졌다.

"내가 할머니 간병이라도 해 드릴까? 면회 제한 때문에 못 해서 미안하기도 한데. 참, 서울 큰 병원에 모시지 그랬어?"

"중환자실에 계셔서 간병인을 둘 필요가 없어요. 서울 큰 병원은 어렵고요. 이 병원도 간신히 들어왔어요. 노인은 병원에서도 찬밥 신세인 것 같아요."

"젊었거나 늙었거나 아프면 병원에서 서러움을 받는 것 같더라. 암튼, 가게 비우고 멀리서 오려면 힘들 테니까 무슨 일 있으면 전화해라."

"고마워요."

"시간이 좀 이르긴 하지만 저녁 먹고 갈래?"

"알바 교대 때문에 가게로 돌아가야 해요."

"니가 고생이 많다. 그래도 희망을 품고 살아가야 하지 않겠니?"

"어떻게 희망을 품어요?"

이번에는 민지가 내 얼굴을 빤히 바라봤다. 기다렸다는 듯이 던지는 반문에 나는 바로 대답을 할 수 없었다.

"어떻게? 그렇게 바로 물어보니까 말문이 막힌다. 내가 생각을 가다듬어서 다음에 알려 줄게."

"기대할게요."

"어? 아저씨?"

"여기서 또 만나네?"

민지와 내가 커피숍에서 나와서 병원 정문으로 걸어가던 중에 며칠 전에 축구 경기장에서 만났던 그 여학생이 나를 향해 꾸벅 인사를 했다.

"학생회관 앞에서나 인사드릴 줄 알았는데 뜻밖의 장소에서 다시 뵙네요."

그 여학생이 내 옷소매를 살짝 건드리면서 반가움을 표시했다. 그러면서 옆에 서 있는 민지를 바라봤다. 누군지 궁금하다는 표정이 얼굴에 역력했다.

"이 학교 학생이야. 이쪽은 알고 지내는 후배고. 할머니가 이 병원에 입원을 하셨거든."

나는 민지와 그 여학생을 번갈아 바라보면서 어색하게 소개를 했다.

"교수님이 이 학교에서도 유명 인사이신가 봐요?"

"하하! 그렇게 됐어."

커피숍에서와는 달리 밝게 웃는 민지의 얼굴을 바라보면서 나도 덩달아 웃었다. 그 여학생도 민지와 내가 나눈 대화가 무슨 뜻인지 정확히 알아차리지 못한 채 따라 웃었다.

"학생은 병원에 웬일이지?"

"그럴 일이 있어서요."

"학생이 어디 아픈 것은 아니고?"

"아니에요."

민지를 배웅한 후에 나와 그 여학생은 학생회관 쪽으로 걸어가고 있었다. 불과 며칠 사이에 이렇게 바뀌다니. 나는 노랗게 변한 채 바람에 살랑대는 은행잎들을 바라보면서 가을이 빠르게 깊어 가고 있음을 실감했다. 이러다 보면 연말이 곧 닥치겠지? 또 한 해를 의미 없이 갉아 먹는 거고. 이렇게 세월이 빨리 흘러도 일어날 일들은 다 일어난다. 민지처럼. 나는 민지가 닥친 상황을 머릿속에서 그려 보느라 그 여학생과의 대화에 집중하지 못했다.

"어느 대학에서 강의하세요?"

"그게 무슨 말이지?"

나는 학생회관 야외 테이블에 앉아 그 여학생이 자판기에서 뽑아 온 생수병을 손에 쥔 채 되물었다.

"아까 그 후배분이 아저씨를 교수님이라고 불렀잖아요?"

그 여학생이 웃으면서 나를 바라봤다. 아직 젊고 세상의 때가 덜 묻어서 그런지 민지보다는 밝은 모습이다. 하지만 얼굴에서 그림자가 언뜻 보이는 것은 순전히 내 기분 탓일까?

"아하! 그 말을 기억하고 있었네? 실제 내가 그런 사람이 아니고 그 친구가 붙여 준 일종의 닉네임이야."

"아닌 것 같은데요? 저도 저번에 아저씨가 교수님 같다고 했잖아요? 솔직하게 말씀해 주세요."

그 여학생이 팔을 길게 뻗어 또 내 옷소매를 살짝 잡아당겼다. 여자애라서 그런지 이런 행동을 잘하는구나. 나는 속으로 웃고 나서 민지로부터 교수 호칭을 듣게 된 사연을 짧게 들려줬다.

"그러고 보면 아저씨가, 아니, 저도 교수님이라고 불러도 되죠? 대학 캠퍼스에 오시는 걸 좋아하시는가 봐요. 축구 말고도 우리 학교 어떤 점이 좋으세요?"

"밖에서 일을 보고 집에 들어갈 때 일부러 버스에서 미리 내려서 캠퍼스를 통과하거든. 한참을 더 걸어야만 하지만 그 시간에 젊은 학생들과 마주치다 보면 기운을 얻는 것 같은 느낌이 들어서 그래. 그러다 이런 자리에 앉아서 학생 시늉도 내 보고. 또 그러다 보니 학생을 만나서 이렇게 대화도 나누게 되고. 재밌잖아?"

"진짜 교수님이시네요."

그 여학생이 나를 바라보면서 활짝 웃었다. 이제 두 번째 만남, 그것도 둘 다 우연적인 만남인데 이렇게 빨리 가까워지는구나. 쟤도 같은 마음일까?

"학생 이름을 알아야 학점을 주든지 말든지 하지?"

"어머! 정말 그렇네요. 죄송해요. 제 이름은 정서현이에요. 경영학과 3학년이고요."

그 여학생이 일어나서 정중하게 자기소개를 했다. 무엇이 부끄러운지 얼굴이 상기된 채 자리에 앉지 않고 어색한 자세로 서 있었다.

"앉아. 누가 보면 벌서고 있는 걸로 오해하겠다. 나는 최 아무개라고 하는데 이름은 나중에 알려 줄게. 손녀뻘 같은 학생한테 이름을 바로 밝히기가 좀 뭐해서 그러니까 학생, 아니 서현이가 이해해 줘."

"저한테는 교수님으로 충분해요."

서현이가 비로소 자리에 앉으면서 또 함박웃음을 지었다. 이 화창한 가을 오후에 정감이 가는 여학생과 이런 대화를 나누고 있다니 정말 비현실적이다. 세상은 오래 살고 볼 일이야. 그런 생각이 들고 있음에도 내 입에서 다른 말이 튀어나왔다.

"이제 공부하러 가야지?"

"기숙사에 잠깐 들렀다가 다시 병원에 가 봐야 돼요."

"가족이 입원이라도 했어?"

"그건 아니구요. 저번 축구 시합 때 같이 왔었던 친구가 거기 있어요."

"교통사고라도 당했나?"

"교수님 말씀을 들으니 그것도 일종의 교통사고 같네요."

"무슨 말인지 모르겠다. 그래 가지고 나한테 학점 잘 받을 수 있겠어?"

"후후! 세상과 교통하지 못해서 낸 사고입니다."

"점입가경이다."

"자살 미수로 병원에 있어요."

뜻밖의 말을 듣자 자신을 죽여 버리고 싶다는 민지의 말이 불현듯 떠올랐다. 불안감이 엄습해 왔다. 지금 전화라도 해 볼까? 아니지. 내가 괜한 상상을 하고 있는 거야. 남은 생수를 마저 마신 후에 난감한 표정을 짓고 있는 서현을 바라봤다.

"저런! 어쩌다 그런 일을 벌였을까? 친구가 힘든 일이 많은가 보다."

"특별히 힘든 일이 있는 건 아니구요. 그냥 일종의 상습범? 이제 안정이 좀 됐다 싶을 때 기습적으로 사고를 치는 애거든요."

"안타까운 일이다. 지금 상태는 어때?"

"속에 들어간 약물을 씻어 내는 응급처치를 했으니까 죽을 염려는 없어요."

"자네 말대로라면 그 친구가 진짜로 죽고 싶어서 그런 소동을 벌이는 게 아니라 세상을 향해 일종의 시위를 하는 것으로 읽힌다?"

"바로 보셨어요."

"세상이 고약하다지만 그 친구는 더 고약한 것 같다. 자신은 그렇다 치고, 그러는 모습을 바라보는 부모님 마음은 어떻겠니?"

"그래서 걔 부모님이 정신과 치료까지 받아 보게 하면서 온갖 노력을 다하고 있는데도 잘 안 돼서 안타까워요."

"그래도 죽고 싶은 이유가 있을 거 아닌가?"

"그냥 모든 것이 시들하고 재미가 없대요. 살고 싶은 의지도 희망도 없다고 하구요. 창문이 하나도 없는 깜깜한 방에 갇혀 있는 느낌이 든다는 말을 저한테 자주 해요."

이렇게 청명한 가을 하늘 아래서 이십 대 청춘이 죽을 생각만 하고 있다. 그것도 민지의 경우와는 다르게 특별한 이유도 없이. 재미, 의지, 희망이라는 것이 얼마나 대단한 것이기에 자신의 목숨마저 버리려고 할까? 나 같은, 우리 같은 사람도, 이렇게 살아가고 있는데. 나는 서현의 말을 듣고 한동안 하늘만 바라보다 입을 열었다.

"혹시, 자네도 그래?"

"뭐가요?"

"자네도 그 친구처럼 사는 것이 그러냐고?"

"아시잖아요? 우리 세대가 힘들어 하는거요. 교수님도 보시다시피 제 생김새가 그저 그럴뿐더러, 가정 환경도 학교 등급, 학점, 토익 같은 스펙도 다 평범해요. 그렇다고 노력을 안 하는 것은 아닌데 결과적으로 그렇게 되더라고요. 그래서 솔직히 저도 힘들고 불안해요. 취직이 비교적 잘 되는 경영학과이긴 하지만 제 평범한 스펙으로는 취직하기가 힘들거든요. 더구나 아직도 여학생은 알게 모르게 핸디캡이 있다고 듣고 있구요. 공시도 엄두가 안 나서 도전할 생각을 못 했구요. 그렇다고 부모님께 손 벌릴 환경도 못 돼요. 제 처지가 이렇긴 하지만 그 친구처럼 살고 싶지는 않아요. 어떻게든 희망이라는 것을 가슴에 품고 세상을 헤쳐 나가고 싶거든요."

"자네가 교수하고 학생은 내가 해야겠다."

"주책없이 주절거려서 죄송해요."

"아니야, 우리 세대가 미리 단물을 다 빨아 먹은 것 같아서 미안한 마음이 꽤 들어."

"지금 보다 훨씬 열악한 환경에서 다들 분투하셨잖아요? 교수님 같은 세대를 두고 말이 많기는 해도 그 점만은 다들 인정하고 있어요."

"말하는 것이 정교수 감이다."

"후후! 그러면 교수님은 명예교수로 밀려나실 텐데요?"

"그래도 자네가 정교수가 되면 좋지."

서현의 친구 자살 미수 사건 이야기로 무거웠던 분위기가 다시 밝아졌다. 옆 테이블에서는 유모차를 몰고 온 젊은 여성이 책을 읽고 있었다. 편안한 모습이다. 나는 심호흡을 하고 나서 서현에게 작별 인사를 건넸다.

"그만 일어날까?"

"벌써요?"

"병원에 가 봐야 하잖아?"

"가야 하는데 가고 싶지가 않아요."

"나라도 그런 마음이 들겠다. 가서 뭐라 하지 말고 손이나 꼭 잡아 주면 어떨까?"

"그렇게 할게요, 교수님. 참, 그 후배분은 무슨 일을 하세요?"

"칼국수 장사를 해. 입원하신 할머니한테 물려받았거든."

"그래요? 거기 한번 가 보고 싶네요. 제가 칼국수를 엄청 좋아하거든요. 할머니 때부터 했다면 꽤 맛집일 것 같은데요?"

"맛집이 맞긴 맞는데, 언제 기회가 되면."

"말 나온 김에 낼 저녁에라도 데려가 주세요. 네?"

서현이가 또 내 옷소매를 잡아당겼다. 그렇지 않아도 거기 다녀온 지가 꽤 되었는데 이참에 한번 가 볼까? 나는 생글생글 웃고 있는 서현을 바라봤다.

"전철 타고 한참 가야 하는데 괜찮겠어?"

"당연하죠. 교수님 덕분에 맛있는 칼국수 먹게 생겼다. 아이! 좋아라."

나는 손뼉을 치면서 좋아하는 서현을 바라보면서 이렇게 인연이 또 다른 인연을 낳을 수 있겠구나 하는 생각에 잠시 잠겼다.

"그러면 그렇게 하기로 하자. 아참! 그러려면 전화번호를 알아야겠는데?"

우리는 휴대폰 번호를 주고받고 자리에서 일어났다. 기숙사로 들어가는 서현의 모습을 바라보면서 아까 그녀가 꺼낸 희망이라는 단어를 곱씹느라 내 눈앞으로 우수수 떨어지는 낙엽을 의식하지 못했다.

* * *

쇄르르~ 스~~ 쉬~~ 바람 소리 같고, 얼핏 들으면 냉장고 소음 같기도 한 이명이 새벽잠을 방해한다. 전에도 왼쪽 귀에서 말 달리는 소리가 나서 한동안 고통스러웠다. 그게 잠잠해졌나 싶더니 이번에는 오른쪽 귀에서 그 소리가 난다.

"저주파 청력에 약간의 저하가 있는 거 빼고는 별 이상이 없습니다. 환자분의 경우에는 육체적·정신적으로 받는 스트레스가 이명의 원인으로 추측됩니다. 그걸 줄이시면서 이명을 최대한 무시하는 습관을 들이세요."

며칠 전에 이비인후가 의사가 해 준 말이 떠오른다. 과연 내가 남보다 스트레스를 더 많이 받고 있을까? 여러 정황상 분명 그런 것 같다. 그렇다면 의사의 조언대로 그걸 줄여야 하는데, 그 방법은? 그것은 삶의 가치관과 직결된다. 내가 어떻게 살아가야 할까? 이 질문에 대해 나름대로 내린 답을 가지고 살아가고는 있지만 삶의 질이 크게 바뀐 것 같지는 않다. 왜 그럴까? 아직도 내려놓지 못하고 있는 것이 많아서? 헛된 욕망과 아집에 사로잡혀 있어서? 잘 모르겠다. 하지만 죽는 순간까지 이 화두를 붙잡고 있어야 한다. ……. 결국, 자아를 적절하게 관리하지 못해서 이명이라는 청각 기능의 오작동을 불러온 셈이다.

이렇게 다시 찾아온 이명은 숙면을 방해할뿐더러 책을 읽거나, 가만히 앉아 있거나, 누워서 생각(공상)에 잠기려고 할 때도 어김없이 괴롭힌다. 집에서 TV 시청이나 음악 감상을 좋아하지 않는 나는 이명에서 벗어나기 위해 틈만 나면 집 밖으로 나간다. 나는 이명 때문에 일종의 '가출

떠돌이'가 되어 가고 있다.

"나을 가망이 없다는 말씀이신가요?"

"그럴 리가요? 스트레스 관리를 꾸준히 하시면서 병원 치료를 병행하면 나을 수 있습니다."

"희망을 가져도 되겠네요?"

"그럼요. 희망은 마음의 태양 아니겠습니까?"

껄껄 웃던 의사의 얼굴이 떠오른다. 희망은 마음의 태양이라! 시적인 표현이다. 그런 태양을 가슴에 품지 못해서 나도, 민지도, 서현이도, 심지어는 상습 자살 미수자인 서현의 친구마저도 힘들게 살아가고 있는 것일까? 민지한테 희망을 가질 수 있는 방법을 알려 주겠다고 약속을 했는데 어떻게 지켜야 할까? 잠깐 생각이 멈춘 틈을 타고 이명이 귓속을 파고든다. 그걸 잠재우기 위해 이러저리 뒤척이다 결국 자리에서 일어나 베란다로 향한다. 시월 하순의 새벽이 도시 불빛에 할퀴어 마치 모자이크 문양의 담요처럼 세상을 덮고 있다. 창문을 열어젖히자 이내 쇄~~ 하는 바람 소리를 동반한 한기가 밀려들어 오면서 순식간에 이명을 잠재워 버린다. 그렇지, 뭐든지 상대가 있는 것이다. 마음의 태양인 희망은 뭐든지 상대할 수 있는 정신 자산이다. 그러니 그걸 어떻게든 가슴에 품고 살아가야 한다. 운동도 분명 도움이 될 것이다. 나는 일찍 문을 여는 단지 내 헬스장에 가기 위해 운동복을 챙긴다.

"오랜만에 뵙습니다."

"그렇게 됐습니다."

동네 헬스장 구석에 마련된 간이 소파에 앉아 있던 낯익은 얼굴이 나를 반겼다.

"혹시 무슨 일이라도 있으셨어요?"

내 또래로 보이지만 통성명도 서로의 나이도 밝히지 않은 채 거의 매일 같이 인사를 겸한 가벼운 대화만 주고받던 남자의 얼굴색이 검붉게 변해 있었다. 저건 힘든 운동을 마친 후에 나타나는 변화가 아니다. 나는 무언가를 직감했다.

"병원에 좀 있었어요."

"술병입니까?"

"바로 맞히시네요."

웃으면서 던지는 내 질문에 그 역시 웃음을 머금으면서 답했다. 하지만 얼굴색뿐만 아니라 마음의 색깔도 변해 있음을 그의 표정에서 읽을 수 있었다.

"치료가 필요할 정도인가 보죠?"

"술 끊는 거 말고 다른 치료가 있겠습니까? 나한테는 사형 선고나 다름이 없긴 하지만요."

"그게 아니라 재생하라는 선고가 아니겠습니까?"

"술 없이 살아 본 적이 없어서 잘 모르겠네요."

그 남자가 힘없이 대답을 하면서도 얼굴에서 웃음기를 거두지 않았다. 술만 걷어 내면 지금도 여사님 몇은 거뜬히 후릴 수 있는 얼굴인데. 나도 속으로 웃으면서 내 얼굴을 계속 빤히 바라보고 있는 그를 향해 질문을 던졌다.

"혹시 저한테 무슨 하실 말씀이라도 있으세요?"

"의외로 눈치가 빠르시네요. 운동만 열심히 하는 깝깝이인 줄 알고 있었거든요."

그 남자가 내 팔뚝을 툭 치며 크게 웃었다. 임플란트라도 했는지 이빨 모두가 싱싱해 보였다.

"제가 이래 봬도 앉아서 천리를 보고 다른 사람의 속내를 거울 들여다보듯이 알아채는 좀 특별한 사람입니다."

"다른 것은 몰라도 런닝머신 타는 걸 보면 천 리 정도는 가볍게 달릴 수 있을 것 같네요."

"저는 천 리 길도 한 걸음부터라는 말만 알고 있는데요?"

"말도 잘 돌리시네요. 실은 선생이 오길 기다리고 있었습니다."

그 남자가 웃음기를 거두고 내 얼굴을 다시 빤히 바라봤다. 내게 할 말이 있음이 분명해 보였다. 그것이 무엇일까?

"그래요? 이 새벽에 저를 기다리는 사람이 있다니. 아무래도 일진이 좋을 것 같습니다."

"그럴 겁니다."

"어떻게 아세요?"

"제가 선생께 제안을 하나 할 거니까요."

제안? 뜻밖의 말을 듣고 내심 놀랐다. 가벼운 대화 정도만 나누던 남자로부터 나올 수 있는 말이 아니라는 생각 때문이었다.

"저한테 제안을요? 그게 뭔지 상당히 궁금한데요?"

"우후! 제안이라기보다는 초대라는 말이 더 가까울 것 같네요. 사실 제가 오늘 제천으로 내려갑니다. 청풍명월의 고장 제천으로요. 거기에 얼마 전에 블루베리 농장을 마련했거든요. 소위 말하는 세컨 하우스가 아니고 진짜로 농사를 지을려고 산 건데 술병으로 그게 틀어져 버려서……."

남자가 말을 이어가다가 기침을 하느라 잠시 끊겼다. 나는 느닷없이 자신의 계획과 처지를 늘어놓는 그 모습을 바라만 보다 틈이 생기자 위로의 말을 건넸다.

"술병이 나으면 계획대로 할 수 있잖아요?"

"그게 좀 어려울 것 같습니다. 그래서 요양(?)이나 하면서 팔릴 때까지 거기서 지내 볼까 하는데 그렇게 되면 연고도 없는 곳에서 적적할 것 같아서 선생을 초대할까 합니다."

"이거 고맙습니다. 제가 오늘 운동을 안 나왔으면 큰일 날 뻔했네요?"

"그러면 저 아줌씨한테 연락처를 남겨 두려고 했습니다. 그래도 직접 만나서 제 뜻을 전하는 게 좋을 것 같아서 이렇게 기다리고 있었지요."

그 남자가 러닝머신에서 열심히 걷고 있는 여성을 가리켰다. 나보다 서너 살 정도 어려 보이는 그녀 역시 서로서로 인사 정도는 나누는 낯익은 운동꾼이다.

"그렇게나 저한테 마음을 써 주셔서 거듭 고맙습니다."

"우리 클럽에서 둘째가라면 서러울 정도로 운동 열심히 하는 걸 보면 다른 것도 알 수 있잖아요? 예의도 바르시고요. 따로 하시는 일이 없는 것 같은데 틈나는 대로 부담 없이 다녀가세요. 같이 가볍게 운동도 하면서 우스개로 겨울까지 나면 어떨까 합니다. 그러다 봄이 오면 일도 좀 해 보시고요."

"이거 블루베리 농장 일꾼 모집하고 있는 거 아닙니까?"

나는 크게 웃으면서 그 남자의 어깨를 툭 쳤다. 하지만 기분 좋은 느낌은 사라지지 않았다.

"일꾼이 아니라 일우(友)를 원합니다. 또 혹시 압니까? 원하신다면 나중에 농장을 넘겨 드릴 수도 있습니다. 그 지역 땅값 전망이 좋다는 말들이 좀 있으니까 투자 가치도 있을 겁니다."

"그렇게 좋은 기회를 왜 저한테만 주시는 거죠?"

"말씀드렸잖아요? 저는 죽어라고 운동하는 사람을 좋아합니다. 물론 믿음도 가고요."

"부끄럽고 고맙습니다. 선생의 초대를 거절할 이유를 못 찾겠네요. 일단 불원 간에 여행 삼아 한번 찾아뵙겠습니다. 오늘 잘 내려가시고요."

"천 리 길도 한 걸음부터."

그 남자가 내가 한 말을 따라 하면서 또 크게 웃었다.

"아무튼 몸조리 잘하세요. 블루베리 농장주라. 상상만 해도 근사하지 않습니까? 희망은 마음의 태양이라고 누가 그럽디다."

"희망은 마음의 태양? 내가 선생을 초대하는 이유를 그렇게 표현하시네요. 하하!"

"술집 이름이 아닙니다."

"이 양반 농담도 잘하시네."

그 남자가 내게 연락처를 알려 준 다음에 그 아줌씨한테 다가가서 손을 흔들면서 인사를 건네고 헬스클럽을 빠져나갔다. 청풍명월 제천, 앙증맞게 생긴 블루베리, 방금 전까지 전혀 생각하지 않던 지역과 과일이 눈앞에 그려졌다. 이건 솔깃한 초대이자 제안이다. 내 인생의 터닝 포인트가 될 수도 있다. 좀처럼 느껴지지 않던 두근거림이 가슴으로부터 전해졌다. 그래, 일단 가을이 가기 전에 그곳에 한번 가 보는 거다. 내 눈으로 직접 확인을 하면 판단이 설 것이니까. 다른 것을 제쳐 두고서라도 그 친구 정도라면 인연을 이어 가기에 충분할 것 같다. 나는 밀려드는 설렘을 안고 운동기구에 몸을 맡겼다.

"두 분이 무슨 말씀을 그렇게 길게 나누셨어요?"

걷기 운동으로 얼굴이 발그레 해진 그 아줌씨가 잠깐 쉬고 있는 내게로 다가와서 말을 걸었다. 궁금하다는 표정이 얼굴에 역력했다.

"별거 아닙니다. 그분이 제천으로 내려가신다고 하면서 건넨 인사 정도?"

"에이, 아닌 것 같은데요?"

그녀가 평소와는 다른 태도를 보이면서 내 얼굴을 빤히 바라봤다. 내 입에서 더 자세한 말이 나오길 기대하는 눈치였다.

"시간 되면 한번 놀러 오라는 말은 한 것 같습니다."

그렇게 대답하면서도 그 남자가 내게 건넨 제안이라는 것에 대해서는 입을 열지 않았다. 그건 그녀가 알 필요가 없다는 생각 때문이었다.

"그래서 가실 생각이세요?"

"예, 뭐, 시간이 나면요."

일부러 심드렁하게 대꾸를 하고 나서 러닝머신이 있는 쪽으로 가려고 하는데 또 말을 걸어왔다.

"그런 말을 주고받았을 것이라는 눈치는 챘어요. 저한테도 초대는 하고 싶지만 여성분이라서 좀 뭐하다는 말씀을 하셨거든요."

"그랬어요?"

짧게 반응을 하고 그녀의 얼굴을 살폈다. 저 여자도 운동 피로감 말고도 다른 것을 얼굴에 달고 있는 것 같다. 하지만 그것이 무엇인지 물어볼 수는 없지. 나는 달리기를 하기 위해 시선을 다시 러닝머신으로 돌렸다.

"저어, 외람되지만 선생님께 부탁 하나 드려도 될까요?"

부탁? 오늘이 무슨 날이기에 평소에는 거의 듣지 않던 말들이 연거푸 나를 찔러 오는 거지? 나는 옆에 있는 운동기구에 팔을 짚고 그녀의 눈을 바라봤다.

"부탁요? 제가 여사님한테 해 드릴 수 있는 게 뭐가 있을까요?"

"물론 있습니다. 거기 가실 때 저도 따라가는 거요."

"예? 그분이 여사님 초대는 어렵다고 하시지 않았나요?"

"선생님하고 함께 가면 괜찮지 않을까요?"

"그렇긴 하지만, 저도 오늘 들은 말이라서 생각을 더 해 봐야 합니다. 가더라도 오래 머무르지는 않고 짧게 있어 보는 정도로요."

"더 잘됐네요. 다른 부담은 드리지 않을게요."

같이 가는 것 자체가 부담인데? 그리고, 나도 오늘 갑자기 받은 제안이자 초대인데 거기에 바로 숟가락을 얹고 싶다는 부탁을 어떻게 받아들여야 할까? 그나저나 곱상한 얼굴에 말 수까지 적어서 내성적인 성격으로 보였는데 이런 당돌한 부탁도 할 줄 아네? 연신 수건으로 얼굴을 닦으면서도 나를 향한 시선은 고정시키고 있는 그녀의 눈을 피하면서 되물었다.

"거기 말고도 여사님이 가시기에 좋은 곳이 많으실 텐데요?"

"운동 열심히 하시는 분들은 다 쿨하시잖아요? 두 분은 더더욱 그러시는 것 같아서 어렵게 부탁을 드려 보는 거예요."

"과찬이십니다. 암튼 저도 생각을 해 봐야 하니까 나중에 말씀드리겠습니다. 혹시 여사님도 클럽에 나오시지 못할 일이 있으세요?"

"네, 당분간요, 그래서 오늘 이렇게 주책없이 말씀을 드리는 거고요."

"아, 네."

샤워기가 쏟아 내는 물이 샴푸 거품을 벗겨 내자 머리숱이 듬성듬성해진 내 얼굴이 드러난다. 친숙하면서도 낯선 모습이다. 과연 나는 어떤 것을 얻기 위해 이 순간에 여기에서 숨을 쉬고 있는 것일까? 행복해지려고? 그걸 얻는 데 필요한 희망이라는 수단을 찾기 위해서? 그도 저도 아니면 기계적인 삶의 일부일 뿐인가?

그 남자, 이름이 이현복이라고 했다. 행복을 연상케 하는 이름이지만 현재로서는 그것과는 거리가 있는 삶이자, 처지인 것 같다. 그 이현복이 느닷없이 내게 던진 제안이라는 거, 아무리 생각해 봐도 솔깃하다. 거기에서 남은 생을 밝힐 수 있는 희망을 찾을 수도 있을 것 같다는 성급한 기대가 자꾸 몰려온다.

"실은 혼자 살고 있는 미국 영주권자입니다. 한국에 남아 있던 연고마저 사라지다 보니 외로워서 다시 돌아가야 할지 고민하고 있구요. 이래저래 힘든 참에 두 분 말씀을 들으니 저도 거기에 가서 바람 한번 쐬고 싶어요. 다른 뜻은 없습니다."

전화번호와 함께 이름이 심인숙이라고 밝힌 그 여자가 마지막으로 내게 건넨 말도 떠오른다. 아까 얼굴에 묻어 있던 것이 바로 그거였구나. 그래서 운동을 그렇게 열심히 했구나. 그 정도로 다가오는데 부탁을 내칠 수가 없을 것 같다.

아무리 생각해 봐도 올가을은 좀 특별하다. 나는 샤워를 하면서도 계속 정서현과 그 친구, 이현복, 심인숙, 그리고 민지를 떠올린다. 사는 모습은 각자 다르지만, 희망을 품고 사는 사람도, 그렇지 않은 이도 있지만, 어쨌든 치열하게 살고 있다. 오늘 하루를 무엇을 위해 어떻게 살아야 할까? 그것부터 고민해야 하는데 뱃속에서는 배가 고프다고 아우성을 친다. 그래, 나도 한 인간일 뿐이다. 그런 존재임을 잊지 말자. 나는 배를 채우기 위해 서둘러 주방으로 향한다.

* * *

끈질기게 울리는 이명을 간신히 물리치고 이룬 잠을 요란한 전화벨 소리가 깨게 만든다. 필시 민지의 전화일 것이다. 예상은 적중했다.

"병원이냐?"

"아뇨. 가게 문 닫고 전화 드리는 거예요."

"할머니는?"

"더 안 좋아지셨대요. 무슨 일이 생기면 연락 주겠다고 하는 것이 막바지인 것 같아요."

"안타깝구나. 그래도 들여다봐야 하는데."

"절 알아보지도 못하시니 가기도 그렇고 안가기도 그렇고 해서 힘들어요."

"그렇구나."

민지가 할머니 때문이 아니라 그 일로 이 밤에 전화를 했을 거라고 직감을 하고 무슨 말을 꺼낼지 잠시 기다렸다.

"오늘 그 사람이 왔었어요."

"그래? 일은 잘 풀렸고?"

"더 꼬인 것 같아요."

"뭐가?"

"제 마음이요."

"자세히 말해 봐라."

"술을 잔뜩 마시고 와서 백배 사죄할 테니 다시 시작하자고 사정사정했어요. 가게 일을 함께 하면 어떻겠냐는 말도 했고요."

"그래서 뭐라고 했어?"

"이제는 당신이 무슨 말을 해도 믿지 않고 사과도 필요 없으니 사기 친 돈이나 빨리 갚으라고 쏘아붙였어요."

"잘했다. 그러면 된 거 아니냐?"

나는 그렇게 맞장구를 치면서도 민지의 내심을 헤아렸다. 민지가 그렇게 자신의 마음을 깔끔하게 정리했으면 이 늦은 밤에 내게 전화를 할 필요가 없었다는 생각 때문이었다.

"그래도 잠이 안 와요."

"힘들겠구나. 차라리 술을 안 먹고 왔으면 좋았을 것을. 나도 그렇게 보지만 경험 많은 그 변호사가 그러는데 그 친구는 전형적인 사기꾼임이 분명하다고 하더라. 오늘 찾아온 것도 어떻게든 고소를 피해 보겠다는 속셈인 것 같고 말이야. 괴로움은 어쩔 수 없겠지만 그렇다고 흔들리지는 말거라."

"저 지금 흔들리는데요?"

"오늘 그 친구한테 한 말에 대해서?"

"그게 아니고요."

"그럼 뭔데?"

"지금까지는 절 죽이고 싶었는데요. 이제는 그 사람까지 죽여 버리고 싶어요. 그 사람이 이 세상에 살아 있는 한 제가 편히 숨을 쉴 수가 없을 것 같아서 그래요."

죽이고 싶다는 말이 민지의 입에서 연거푸 쏟아졌다. 순하디순한 여자 아이한테서 나올 수 있는 말이 아니다. 내가 자리에서 벌떡 일어나 찬물을 마실 때까지 서로가 아무런 말도 하지 않았다.

"교수님?"

"그래, 듣고 있다. 니 마음을 충분히 이해하겠는데 그렇다 해도 그런 극단적인 생각은 품지 않는 게 좋을 것 같다. 아무래도 너한테는 세월이라는 약이 필요할 것 같다. 할머니 보내 드리고 난 다음에 나랑 차분하게 이야기를 나눠 보면 어떻겠냐?"

"그전에는 안 만나고요?"

"병원에 올 때 전화해라."

"아까 말씀드린 대로 가서 뵙는 게 힘들어요."

"그래도 그렇지."

"가게 되면 미리 연락드릴게요."

"아, 얼마 전에 병원 로비에서 만난 그 여학생이 니 가게에 꼭 한번 가 보고 싶다고 하더라."

"첫인상이 편해 보였어요."

"너한테 연락이 없으면 걔가 시간 나는 대로 들르마."

"고맙습니다."

"피곤할 텐데 어서 쉬거라."

"교수님도 힘드실 때가 있을 텐데 어떻게 이겨 내세요?"

민지가 전화를 끊지 않고 대답하기 곤란한 질문을 던졌다. 살인 충동을 느낄 정도로 힘들어하는 애한테 내가 무슨 말을 해 줄 수 있을까? 나는 마른침을 삼켰다.

"글쎄다. 아까 말한 대로 시간 그러니까 세월이라는 것이 상당 부분 해결해 주는 것 같더라. 긍정적인 생각들을 가지려고 애를 써야 하는데 그러기가 쉽지는 않지?"

"긍정적인 생각요? 예를 들면 어떤 게 있을까요?"

"전에 말한 담담한 마음? 내가 근무하던 회사의 회장님이 강조하던 말이거든. 또 어떻게든 희망을 품어야 한다는 말도 너한테 한 것 같고. 그 방법에 대해서는 숙제로 미뤘지만 말이야. 사실 내가 말은 이렇게 하고 있지만 니 앞에서 자신은 없다. 세상을 오래 살았다고 해서 다 선생이 되는 것은 아니거든."

"그래도 교수님 아니면 이런 말씀을 못 듣거든요."

"책이나 유튜브 같은 걸 보면 더 좋은 말이 많이 나오잖아?"

"저도 틈틈이 보는데 작가나 유튜버들이 저를 모르잖아요? 그래서 그런지 왠지 공허하게 들리더라고요."

"나도 그렇긴 하더라. 암튼 지금이 바닥이라는 생각만 하면서 아까 말한 긍정적인 마인드를 가지려고 애를 쓰는 게 좋을 것 같다. 이열치열과 같이 힘든 것은 힘든 것으로 이겨 내야 하지 않겠니?"

힘든 것은 힘든 것으로 이겨 낸다. 이건 내 자신한테 수시로 하는 말이다. 내가 정작 그렇게 살고 있을까? 나는 또 찬물을 마시고 민지의 반응을 기다렸다.

"절로 그렇게 살아지는 것 같아요."

"내가 보기에도 씩씩하게 잘 사는 것 같다. 하지만 그 말은 영 걸린다."

"무슨 말인데요?"

"죽이고 싶다는 말."

"죄송해요. 버릇없이 험한 말씀을 드려서."

"괜찮아. 죽일 대상이 사람이 아니라 그런 마음이라는 것만 알았으면 좋겠다."

"네, 교수님."

"너, 믿는 종교 없지? 잘만 믿으면 도움이 많이 되는 것 같더라."

"교수님이 솔선수범하시면요. 농담입니다. 생각해 볼게요."

민지가 살짝 웃는 소리가 들려왔다. 그러자 답답했던 내 마음도 다소 풀어지는 것 같았다.

"어서 자거라."

"편히 주무세요."

이 가을이 내게 서현이와 이현복이라는 마음이 가는 선물을 주고 있는 반면에 민지한테는 그 반대의 것들이 달라붙어 있구나, 할머니는 슬프긴 하지만 어차피 가실 분이니까 보내 드리면 되는데, 그 일, 그 사기꾼. 참으로 고약하다. 그로 인해 입은 민지의 상처를 어떻게 치유해야 할까? 또 앞으로 민지는 어떻게 홀로 살아가야 하나? 내가 희망을 품을 수 있는 방법을 알려 주겠다고 약속을 했는데 그걸 어떻게 지킬까? 잠을 다시 이루기는 힘들 것 같다. 나는 주섬주섬 옷을 챙겨 입고 A대 캠퍼스로 가기 위해 집을 나섰다.

* * *

"영감님이 초야에 묻혀 사는 소인을 이렇게 찾아주시다니 고개를 들기 어렵사옵니다."

"으흐, 또 영감 타령이다. 땡감이 된 지가 언젠데."

나는 재판 참석차 S시에 왔다는 김 변호사를 향해 아직도 전직 검사로 예우하는 모양새로 농담부터 날렸다.

"그렇긴 하오나 아직도 시퍼런 칼날이 눈앞에 번뜩이는 것 같아서 살이 떨리옵니다."

"당신 지금 속으로는 저 검새 출신 하면서 나 비웃고 있지. 하긴 요즘 뉴스 보면 내 입에서도 그 말이 절로 나오더라."

김 변호사가 커피잔을 들면서 해맑게 웃었다. 나이가 나와 같음에도 훨씬 젊어 보인다. 싱글의 삶을 즐겨서 그럴까? 내가 전에 다니던 회사의 고문 변호사로 있을 때부터 시작된 인연이 지금까지 이어지고 있음을 새삼 신기하게 생각하면서 그의 얼굴을 살피기에 바빴다.

"모자에 계급장 단 사람들이 설칠 때보다 더한 것 같사옵니다."

"소인도 이 동네 토호를 알현하니 몸 둘 바를 모르겠사옵니다."

"토호가 아니고 토끼! 웬일로 전화만 때리고 토끼려고 하지 않고 제 발로 찾아오셨수?"

S시에 올 때마다 내가 간곡히 청해서 바쁜데도 만나 준다며 생색을 내던 그가 오늘은 스스로 찾아왔다. 무슨 용건이라도 있는 것일까?

"올해는 더 이상 잘생긴 얼굴을 못 볼 수도 있을 것 같아서."

"무슨 일 있어? 특검 차출이라도 되는가?"

"그럴 군번이 아니지."

아직도 저 친구의 얼굴에서 웃음기가 사라지지 않고 있다. 분명 좋은 일이 있는 게다. 혹시 팔자 고치는 일?

"그럼 나 몰래 작업한 미인과 밀월여행이라도 떠나려고?"

"비슷하네, 조금만 더 좁혀 보지?"

"전직 비리로 해외 도피?"

"당신 오늘 왜 이래? 뜨거운 맛 한번 보고 싶어?"

김 변호사가 나를 향해 삿대질을 하면서 크게 웃었다. 무슨 일이길래 뜸을 길게 들일까?

"바로 말 안 하면 애들 푼다."

"어이쿠야! 실은 두 달 정도 일정으로 12월 초에 배낭여행이라는 것을 떠나 보려고."

"그래? 사무실은 어떡하고?"

"사무장은 늙어서 더 이상 일을 못 하겠다고 하고, 여직원도 내년 봄에 결혼하잖아? 사무실 임차 만기가 연말인데 연장 안 하기로 했어."

"그러면 휴업? 아니면 폐업?"

"그건 다녀와서 생각해 보려고."

"무슨 일이 있는 것은 아니고?"

"뭔 일이 없는 것이 문제다. 그 많은 사건들을 접할 때마다 나한테는 왜 그런 일이 벌어지지 않는지 신기할 뿐이야."

"있는데 밝혀지지 않을 뿐."

"뭐가?"

"간통이나 재직 시 성 접대."

"당신 정말 압수 수색 한번 당하고 싶어?"

"요즘에 그거 안 당하면 빙신이라는 데 잘됐다. 그건 그렇고, 정말 무슨 일이야?"

이십 년 이상 해 오던 변호사 일을 일단 접고 배낭여행을 떠난다? 갑자기 그런 결정을 내리지는 않았을 것이다. 나름 심사숙고를 했을 것이다. 과연 그 이유가 무엇일까?

"물린다는 말 알지? 뭐가 더 이상 아주 싫다는 표현 말이야. 일도 물리고 사는 것도 물려서 터닝 포인트를 찾아보려고 그런다. 그래서 우리 부채 도사님을 찾아온 거고."

"배부른 소리 하고 계시네."

"배가 너무 불러서 힘들다니까?"

"그래서 소화를 다 시킨 다음에 색다른 음식도 먹어 보려고?"

"부채 도사답네."

"꼭 배낭여행을 해야 소화가 되나? 국내에도 좋은 소화제가 많이 있을 텐데?"

"자꾸 힘 빼는 소리하면 준비해 온 말 도로 뱃속에 집어넣는다?"

준비해 온 말? 아하! 그 말을 하려고 제 발로 날 찾아왔구나. 저 친구 성격이나 내 처지로 볼 때 뭘 부탁하려고 온 것은 아닐 터이고, 그것이 무엇일까? 궁금증이 몰려왔다. 나는 주스 잔을 손으로 매만지면서 싱글 싱글 웃고 있는 김 변호사를 채근했다.

"더 이상 힘 안 뺄 테니 그 말 내 귓속에 집어넣어 보시지?"

"당신을 여행 동반자로 초대하고 싶어서."

"나를? 그 많은 미인은 어떡하고?"

"그러면 간통 피의자같이 뺀지름하게 생긴 당신을 부르겠어?"

"그러니까 꿩 대신 닭?"

"닭도 엄청 대우받는 거지."

생각지도 않았던 김 변호사의 초대를 받는 순간에 이현복이 떠올랐다. 올해 막판에 웬 초대 복? 별일이 아니라는 것을 알게 되자 나도 모르게 웃음이 터져 나왔다.

"어디로 갈 것인지 일단 들어나 보고."

"여정이 거창하다. 일단 블라디보스토크에서 시베리아 횡단 열차를 타는 거야. 물론 바이칼호 같은 명소를 둘러보기 위해서는 중간중간에 내려야 하겠지? 그렇게 모스크바까지 간 다음에 이어서 북유럽, 서유럽, 남유럽을 차례로 훑고 나서 아프리카 여행을 하는 것으로 쫑을 치려고 해. 어때? 구미가 당기지?"

"비용이 만만치 않겠다."

"어허! 쫀쫀하게시리. 초대하는 입장이니까 비행기 티켓값이나 숙식비 같은 큰 거는 내가 부담하는 것으로 하고 기타 소소한 비용은 부채 도사님이 부담하면 어때? 다 꽁짜면 미안해하실 거 아녀?"

"안 미안헐 것인디?"

"그건 당신 소관이고. 어때? 따라올겨? 말겨?"

"유감스럽지만 선약이 있어서."

"선약?"

김 변호사의 반문을 듣는 순간에 또 이현복이 떠올랐다. 가을이 가기 전에 제천에 다녀와서 저 친구와 배낭여행을 떠날 수도 있다. 시간상으로는 충분하니까. 하지만 이현복의 초대는 김 변호사의 그것과 비교했을 때 무게감이 다르다. 나 또한 그것이 터닝 포인트가 될 수도 있다는 생각을 하고 있으니까. 또, 다가오는 겨울을 힘들게 보낼 것이 분명한 민지도 마음에 걸린다. 서현이나 심인숙이도 왠지 모르게 신경이 쓰이고.

"맞다니까? 겨울에 어디 가서 동안거를 해야 돼. 당신이 보는 바와 같이 도력이 많이 떨어졌거든."

"거기가 어딘데?"

"구름과 새와 산짐승만 노니는 곳."

"당신 기망이 무슨 말인지 알지? 그거 하면 바로 구속 영장 청구 들어간다."

"실망했구나. 미안! 다음을 기약하세나."

"백녀, 흑녀를 독차지하게 돼서 아쉬울 뿐이네."

"정말 배부른 거 말고 딴 거는 없어?"

"난 당신과 달리 기망이라는 걸 모르는 사람이야."

"이거 여비라도 보태야 하는데."

"현지에서 돈 떨어지면 계좌번호 쏠게."

"카드 대출 또 받아 놔야겠네. 암튼, 몸 조심허드라고, 내 고문 변호사가 여행 중에 뭔 일이 생겨서 다시 못 보게 된다는 것은 나한테는 고문이여."

"나 혼자 가게 두는 것도 고문인 것이고,"

진담 반 농담 반으로 김 변호사의 여행 초대를 거절은 했지만 진한 아쉬움이 몰려왔다. 물리치기 힘든 솔깃한 제안일뿐더러, 그가 숱한 지인들 중에서 날 택했다는 것에 대한 고마움이 작용했기 때문이었다.

"참, 그렇지 않아도 전화로 물어보려고 했는데, 그 사기 사건 말이야. 그 자식이 술 잔뜩 처먹고 와서 개한테 뭐라 뭐라 했대. 어떻게 대응하면 좋겠어?"

"뻔한 수작이지 뭐. 당신, 사기범을 이길 수 있는 유일한 방법이 뭔지 알어?"

"그게 뭔데?"

"바로 느긋함이야. 참고 또 참으면서 시간을 보내는 거야. 채권과 사기라는 두 개의 소멸 시효를 피해자가 가지고 있거든. 그걸 무기로 삼고 느긋하게 대처하면 되는데 대개는 급하게 서둘다가 실리는 잃고 마음의 상처만 얻게 되는 거지."

"내가 고문 변호사 하나는 잘 두었어."

"다른 데는 쓸데가 없고?"

"나중에는 모르지."

"당신 갈수록 마음에 안 드는데 이참에 손절할까? 거, 손절이라는 말이 나오니까 당신 딸이 한다는 손칼국수집이 생각난다."

"딸이라니?"

"저번에 사무실에 같이 왔을 때 걔가 당신한테 하는 걸 보니 딱 딸이더 만?"

"우리 마누라가 들으면 경을 치겠다."

"왜? 찔리는 구석이 있는가 보지?"

나는 김 변호사와 민지 이야기를 더 이상 나누고 싶지 않아서 화제를 슬쩍 여행으로 돌렸다.

"어허! 영감님이 채신머리없이. 그건 그렇고, 여행 종착지가 아프리카 라고? 너무 멀지 않은가? 위험한 곳도 많은 것 같던데."

"싱글이 사바나에서 사자 밥이 되는 것도 괜찮지 않을까?"

"맛없다고 뱉어 낼걸? 그렇게 죽을 때 죽더라도 희망봉이라는 곳은 가 봐야지?"

"희망봉? 거긴 생각을 안 하고 있었는데?"

"새로 먹을 것을 찾는다는 희망을 안고 떠나는 여행이 아니던가?"

"그건 그렇지. 당신 말 들으니 꼭 가 봐야겠다."

"거기 가서 바다를 향해 크게 소리를 쳐 보소. 그럼 당신이 원하는 희 망이 보일지 모르니까."

"내 희망 중에 가장 큰 것이 참한 옆지기를 얻는 것인데?"

"그렇다면 크게 세 번 절을 더 하고."

김 변호사가 느닷없이 옆지기를 꺼내 들자 문득 심인숙이 떠올랐다. 저 친구 돈 품 시간 품을 들여서 멀리 갈 거까지 없이 나랑 같이 제천에 가면 그 희망을 이룰 수도 있겠다는 재밌는 생각이 들자 나도 모르게 웃 으면서 그의 손등을 찰싹 때렸다.

* * *

민지가 운영하는 칼국수 집은 영업 마감 시간이 임박했는데도 손님들로 붐비고 있었다. 다들 장사가 안 된다고 난리라는데 놀라울 일이었다. 더 놀랄 만한 일은 서현이가 손님이 아니라 직원 노릇을 하고 있는 것이었다. 자리에 잠시 앉아 있는가 싶더니 이내 벌떡 일어나서 바삐 움직이는 알바를 돕기 시작했다. 일머리마저 좋아서 경력이 꽤 된 직원처럼 보였다. 나만 카운터 바로 앞 테이블에 앉아 그런 모습과 TV를 번갈아 바라보면서 뻘쭘하게 앉아 있었다. 손님들이 북적거렸지만 후딱 먹어치울 수 있는 음식이라서 그런지 영업 종료 시간을 많이 넘기지 않고 마무리가 되었다.

"이런 일 많이 해 봤어?"

나는 알바와 함께 홀 정리를 마치고도 주방에서 민지를 돕다가 쫓겨나다시피 내 자리로 돌아온 서현을 향해 웃으면서 물었다.

"아뇨."

"오래 해 본 솜씨 같던데?"

"그냥 눈썰미로 하는 거죠."

"눈썰미? 눈썰매나 탈 줄 알았는데 센스가 있다 야. 그러는 애가 학점은 평범하다는 것이 좀 의외고."

나는 손님티를 내지 않고 오자마자 민지 가게 일을 도와줘서 기특하다는 말은 빼고 일부러 핀잔조의 말을 던졌다.

"제가 좀 겸손하거든요."

서현이가 오늘도 상기된 얼굴로 살짝 웃었다. 보면 볼수록 예뻐진다. 쟤 얼굴이 변해서 그렇게 보이는 것이 아니라 내 마음이 그래서 그럴 것이다.

"그럼 너 학생회관 앞에서 했던 말도 엄살이었냐?"

"그건 아니구요. 수사? 그런 게 좀 들어갔을 뿐 내용은 별 차이가 없어요."

"나는 정직하지 못한 학생에게는 학점을 박하게 준다."

"명심하겠습니다. 교수님."

영업이 끝난 가게는 거짓말처럼 조용해졌다. 나는 그 모습을 보면서 바닷가를 떠올렸다. 파도가 밀려올 때는 뭔가를 잡아먹을 듯이 요란한 소리를 내지만 빠져나가면 순간적으로 고요해진다. 민지의 삶도 그러할 것이라 믿고 싶다.

가을이라는 계절이 어김없이 찾아왔다. 하지만 그 정도가 예년과 다르고, 사람마다 느낌도 다르게 다가온다. 그렇지만 우리는 가을과 겨울, 선과 악, 사랑과 증오와 같은 이항 대립의 틀 안에 구속된 채 살아가고 있다. 우리의 삶을 깨어 있게 만들기 위해서는 이런 고정된 사고 체계에서 벗어나야 한다. 민지의 삶을 처참하게 만든 그 친구는 어떨까? 지금은 비록 거친 밀물이지만 언젠가는 얌전한 썰물이 되어 민지에게 다가올 수도 있지 않을까? 한쪽의 시각으로만 사람과 세상을 바라봐서는 안 된다.

서현이도 비록 손님 자격으로 왔지만 오자마자 직원으로 변신하여 이항 대립의 사고를 깨고 있다. 무엇이 서현이가 그런 행동을 하도록 이끌었을까? 나는 서현이가 다시 쪼르르 주방으로 달려가 버려 또 혼자가 된 채 생각에 잠겼다.

"칼국수 대령이오."

서현이가 김이 모락모락 나는 칼국수 두 그릇을 가져와서 하나는 내 앞에 대령하고 다른 그릇은 자신의 자리에 놓았다. 바로 이어서 민지가 왕만두와 겉절이를 가져왔다. 나는 허기진 참에 한 그릇을 후딱 비웠다. 맛도 칼국수가 담긴 유기그릇도 한결같았다. 유일하게 제공되는 김치 겉절이의 색깔과 맛도 변함이 없었다. 이건 분명 할머니 때부터 내려온 맛이자 전통일 것이다. 나는 창업자인 할머니를 떠올리자 가슴이 먹먹해졌다. 수시로, 7년 정도를 이 가게에 출입하면서 꽤 친해졌기 때문이었다. 몸이 불편해져서 2년 전부터 주방에서 손을 떼고 뒷전에서 잔소리나 하면서 지냈지만 민지한테는 큰 버팀목이었다. 그런 분이 세상을 떠날 준비를 하고 있다. 나는 장사 때문에 저녁을 미리 먹었다고 하면서 물만 마시고 있는 민지의 얼굴을 흘끗흘끗 살폈다. 다소 피곤해 보였다. 그런 모습을 보자 답답한 마음도 몰려왔다. 서현이는 전에 말한 대로 정말 칼국수를 좋아하는 듯했다. 후루룩후루룩 국물까지 다 비우고 나서 무엇이 급한지 화장실로 내달렸다. 나는 그 틈을 타서 민지에게 물었다.

"할머니는?"

"거의 다 온 것 같다고 해서 준비를 하고 있어요."

"막상 눈앞에 닥치니 막막하지?"

"교수님 말씀대로 담담한 마음을 가지려고 노력하고 있어요."

"다행이다. 동생한테는 연락했고?"

"최전방에서 근무하는 신임 중대장 신분이고 조모상이라서 어떻게 될지 모르겠다고 하더라고요."

"다른 친척들은?"

"친가와 외가 쪽에 몇 분 계시긴 해요."

친척이 있다 하더라도 하나밖에 없는 남동생의 사정이 여의치 못하기 때문에 실질적인 상주 역할은 민지 혼자서 해야 한다. 잠시 민지의 얼굴만 바라보다 사기 사건을 꺼내 들었다.

"어제 변호사를 만나서 니 건을 물어봤는데 느긋하게 대처하는 것이 최선이라는 말을 또 하더라."

"그렇게 할게요."

"그 마음은 좀 누그러졌고?"

"무슨 마음요?"

"죽이고 싶다는 거."

"아직도 불쑥불쑥 튀어나와요."

"그러니? 괴롭겠지만 저번에 말한 대로 긍정적인 마음을 가지려고 애를 쓰는 게 필요할 것 같다. 할머니가 저러고 계시는데 너마저 그러면 되겠냐?"

"죄송해요."

"어? 왜 만두는 안 잡수세요?"

서현이가 손을 앞치마에 슥슥 닦으면서 다시 자리에 앉았다. 무엇이 그렇게 좋은지 얼굴에 웃음기가 가득했다.

"너 다 먹으라고."

"어머! 정말이세요?"

서현이가 나를 바라보면서 활짝 웃었다. 나는 서현이가 걸쳐 입은 앞치마를 벗겨 주고 있던 민지에게 질문을 던졌다.

"좀 의외다. 손님이 많이 줄었을 줄 알았는데?"

"단골이 많아요. 워낙 불경기라서 가성비가 좋은 메뉴를 찾는 사람도 많아졌구요."

"설마 우리 온다는 말 듣고 손님 연출한 것은 아니겠지?"

나는 민지의 피로를 조금이나마 풀어 주기 위해 물컵을 내려놓고 농담을 날렸다.

"그건 일종의 사기죠."

이제 쟤 입에서 사기라는 단어가 자연스럽게 튀어나온다. 언제나 저 아이의 머릿속에서 저 말이 사라질까? 다시 답답해진 마음을 달래기 위해 물컵을 또 집어 들었다.

"그럼, 우리 사장님이 그럴 분이 아니지. 그렇지만 손님이 많아서 힘들기는 하겠다."

"교수님 그거 모르세요? 장사꾼은 손님이 많으면 힘든 줄 몰라요. 반대로 파리 날리면 심신이 피곤해지구요."

"먹고 나가는 손님들 표정이 다 좋아 보였어요."

서현이가 왕만두를 손으로 떼어 먹으면서 민지를 바라봤다. 쟤네 둘을 앞에 두고 보니 닮은 듯 안 닮은 듯하다. 재밌는 조합이네.

"경영학 전공 아니랄까 봐 고객들 표정까지 살폈구나."

"오늘 마케팅 현장 학습 제대로 한 것 같아요."

"그럼 알바비는 안 줘도 되겠네?"

"이건 상계(相計)가 안 되는데요?"

"상계라니?"

"쉽게 말씀드려서 퉁 치는 거는 곤란하다는 거죠. 알바비는 받고, 현장 학습비는 내고 후후!"

"만두 좀 싸 줄까?"

서현이와 내가 주고받는 대화를 듣고만 있던 민지가 서현의 볼에 묻은 만두 조각을 떼면서 물었다.

"집에 가져가면 맛이 없어져요. 그건 그렇고. 언니, 만두 속도 직접 만들어요?"

"속뿐만 아니라 피도 직접 만들어. 그걸 밖에서 사 오면 원가를 못 맞추니까."

이제 겨우 두 번째 만남인데 언니라니. 서현이 쟤가 그렇게 붙임성이 좋은 애였나? 또 늘 덤덤해 보이는 민지도 서현이를 살갑게 대한다. 단순히 오늘 가게 일을 도와줘서 그런 태도를 보이는 것은 아닌 것 같다. 나는 마치 친자매처럼 구는 둘을 바라보면서 또 농담을 날렸다.

"아무리 봐도 둘이 한 핏줄 같아서 유전자 검사라도 해야 할 것 같다."

"누구랑 누구랑요?"

"느그 둘."

궁금한 표정을 지으면서 묻는 서현을 향해 답을 날리자 이내 다른 말이 서현의 입에서 튀어나왔다.

"출생의 비밀 같은 거는 없구요. 동문이라서 그런 것 같아요."

"동문이라니?"

"같은 교수님한테서 배우고 있잖아요?"

서현의 엉뚱한 대답이 나오자마자 민지가 크게 웃음을 터트렸다.

"그 교수님이 올겨울에는 방학이라는 것을 해야 할지도 모르겠다."

"방학요?"

"청풍명월의 고장 제천에서 도를 닦으면 어떨까 생각 중이거든."

"도인은 장소를 가리지 않는다고 하던데 그 멀리까지 왜 가시려고 하세요?"

서현이가 얼굴에서 웃음기를 거두지 않고 연거푸 물었다. 나는 그제야 이현복이 제안한 내용에 심인숙이 부탁한 말까지 곁들여 내가 생각하고 있는 계획을 풀어놓았다.

"혹시."

"혹시 뭐?"

내 말을 다 듣고 난 후에 미심쩍은 표정으로 돌아온 민지에게 반문을 했다.

"사기."

자라 보고 놀란 가슴 솥뚜껑 보고 놀란다더니 쟤가 그렇구나. 나는 그 말을 듣고 나서 서현이가 그 사건을 알게 될까 봐 대꾸를 하지 않고 물컵만 집어 들었다.

"그게 무슨 말씀이세요?"

"별거 아니다."

"가시게 되면 저도, 아니지, 가게 쉬는 날 언니랑 같이 가 보고 싶어요."

"서현이 너 은근히 남 따라다니는 거 좋아하는 것 같다."

"제가 어렸을 때부터 껌딱지라는 말 자주 들었어요."

"이제부터라도 공부에만 딱 붙어 다니거라."

"쿡! 교수님."

"아주 귀촌하시려는 계획은 아니신 거죠?"

"일단 여행 삼아 몇 번 다녀 본 후에 상황을 봐서."

아직도 표정이 굳어 있는 민지의 질문에 대답을 하고 가게를 둘러봤다. 시간이 많이 늦었다. 그만 자리에서 일어나야 하는데 나도 모르게 꾸물댄다. 왜 그럴까? 이렇게 셋이서 같은 자리에 앉아 있을 수 있는 날이 또 올 것 같기는 한데 그게 언제일까? 서현이 말대로 제천에 함께 갈 때? 나는 헛기침만 하다 서현을 향해 입을 열었다.

"그만 일어날까?"

"아쉬워요."

"와 주셔서 고맙습니다."

"돈 안 되는 손님 치르느라 니가 고생했다."

늦은 시간인데도 전철은 승객들로 붐비고 있었다. 나는 노약자 좌석이 없는 자리 구석에 서서 한동안 어두운 창밖만 바라보고 있다 바로 옆에 서 있는 서현을 향해 침묵을 깼다.

"너 아까 왜 그랬어?"

"무엇을요?"

"알바."

"후후! 저도 모르게 자리에서 일어나게 되더라고요."

"일종의 측은지심(惻隱之心)이었구나."

"측은지심?"

"맹자(孟子)가 그러셨잖아? 어린아이가 우물 속으로 빠지는 것을 보게 되면, 누구라도 측은한 마음, 그러니까 그 아이를 구해야겠다는 마음을 갖게 된다고 말이야."

"쿡! 그럼 저도 선한 사람 축에 들어가는 건가요? 그것 말고도 뭐가 더 있어서 그랬던 거 같아요."

"그게 뭔데?"

"언니요. 저번에 병원에서 처음으로 마주쳤을 때부터 남 같은 느낌이 안 들었거든요."

"아무래도 유전자 검사를 해 보는 게 좋을 것 같다."

"동문수학을 하고 있어서 그런 것 같다고 말씀드리지 않았나요?"

"너 은근히 말도 잘한다."

나는 서현의 어깨를 툭 치면서 웃었다. 야간 운행이라서 그런지 평소보다 전철의 속도가 빠르게 느껴졌다. 민지가 처한 어둠도 이렇게 빨리 지나가 버렸으면 좋겠다. 나는 내 말에 바로 반응을 하지 않고 카톡을 확인하고 있는 서현을 슬쩍 바라봤다.

"모든 스펙이 평범하다고 말씀드리지 않았나요?"

서현이 둘러맨 가방 옆구리에 휴대폰을 집어넣으면서 또 웃었다. 다소 피곤해진 것 같은 기색을 덮기에 충분한 웃음이었다. 어깨라도 토닥거려 주고 싶은 마음을 억누르고 서현에게 격려, 아니, 진심을 담아 칭찬의 말을 건넸다.

"내가 너를 알게 된 지가 얼마 안 되지만 쭉 봤을 때 비범한 면이 제법 있는 것 같다."

"어떻게 그렇게 잘 아세요?"

"느그들로부터 교수 임용을 받기 전 내 직업이 도사였어. 지금도 부업으로 하고 있는 거 모르겠지?"

나는 웃으면서 도사라는 말을 입 밖으로 꺼내는 순간에 김 변호사를 떠올렸고, 바로 이어서 심인숙의 곱상한 얼굴이 눈앞에 그려졌다. 희망봉이라. 김 변호사는 그렇다 치고, 민지는 어디에서 희망을 찾아야 할까? 나는 서현의 대답을 기다리지 않고 각양각색의 승객들만 살폈다.

"명함 만드실 때 돈이 더 들어가겠네요."

서현이도 따라 웃으면서 내 옷소매를 잡아당겼다. 민지와는 비교가 안 되지만 애도 불확실한 미래를 두고 고민하고 있다. 오늘 행보도 그런 심리와 관련이 있을지도 모른다. 설령 그렇다 하더라고 고맙고도 기특하다. 그런 마음이 들자 내 칭찬이 이어졌다.

"앞으로, 너는 명함 한 장 가지고는 부족할 거다."

"왜 그렇게 생각하세요?"

"너의 비범함을 니 스스로 평가하는 평범한 스펙으로는 다 담을 수가 없거든."

"무슨 말씀이신지 알쏭달쏭해요."

"통상적인 스펙을 뛰어넘는 무언가를 많이 가지고 있다는 뜻이다. 너이 말 들으려고 일부러 이해 못 하는 척했지?"

"쿡! 도사님 아니, 교수님이 평가하시기에 제 학점이 에이 플러스(A+)라는 거네요?"

"아직까지는."

"아이! 신난다."

전철이 도착역을 향해 요란한 소리를 내며 달리고 있었다. 나는 약간 목소리를 높여 그동안 궁금했지만 묻지 않았던 것을 꺼내 들었다.

"민지는 그렇다 치고, 늙은 나한테 왜 말을 걸었고, 왜 이렇게 따라다니는 거냐? 정말 궁금하다."

"말씀드렸잖아요? 책 읽으시는 모습이 보기 좋았다고요."

"정말 그게 다야? 집에 가면 부모님께서 낯선 사람 조심하라는 말씀 안하셔?"

"저한테는 교수님이 낯선 사람이 아니라니까요? 민지 언니도 그렇고요. 아! 칼국수! 제가 정말 칼국수 매니아거든요. 그것도 교수님한테 언니 가게에 데려가 달라고 떼를 쓴 이유 중의 하나가 되겠네요."

"넌 확실히 비범한 친구야."

"그럼 앞으로도 학점 잘 주실 거죠?"

"앞으로 하는 거 봐서라니까?"

"은근히 학점 관리가 까다로우시네요. 그건 그렇구요. 저번에 말씀해 주신다는 거 아직."

"뭐였더라?"

"포뻭이 느슨하다는 거요."

"아하! 별거 아니야. 네 명의 수비수가 간격을 좁혔다 넓혔다 하면서 긴밀하게 호흡을 맞춰야 실점 위기를 맞이하지 않거든. 그런데 그게 잘 안 되는 것 같다고 앞에서 떠들었던 모양이다. 나도 그렇게 생각하고 있었거든."

"수비 동작이 순간적으로 이루어지는데 그걸 어떻게 맞춰요?"

"그러니까 평소 훈련이 중요하지. 그거 못지않게 이번 시합도 반드시 이길 수 있다는 희망을 가지고 서로 믿고 똘똘 뭉치는 것도 필요하고."

"희망?"

"희망은 마음의 태양!"

"쿡! 무슨 시 같아요."

"그 시, 니 친구한테도 읊어 줘라."

* * *

가을이 깊어 가고 있었다. 리클라이너에 비스듬히 누운 채 도시를 감싸고 있는 산 너머로 지는 해를 바라보면서 상념에 젖어 있을 때 전화벨이 울렸다.

"어찌 지내십니까?"

"청풍명월에서 음풍농월하고 있소."

"음주농월이 아니고요?"

"어찌 알았소?"

"내가 앉아서 천 리를 볼 줄 안다고 하지 않았나요?"

"제천 청풍 도사가 놀라 자빠지겠소. 많이는 못하고 일일 일 잔이오, 그것마저 못하면 천리를 어기는 거지요. 허허!"

이현복의 너털웃음이 끊질기게 들려오던 이명을 기세 좋게 잠재우면서 귓속을 파고들었다.

"자신의 몸을 잘 건사해야 한다는 천명은 잊으셨나요?"

"천리와 천명이 사이좋게 조화를 이루는 거죠. 이곳에 오시면 그게 자연스럽게 이루어집니다."

"도사는 따로 있었네요. 그건 그렇고. 어쩐 일이시오?"

"오매불망. 기다리다 지쳤소. 무슨 일 있소?"

"오매 단풍 들겠네라는 시가 갑자기 떠오릅니다."

"그 시는 잘 몰라도 산에는 단풍, 술 한 잔 거나하게 걸친 얼굴에도 단풍, 이렇게 양골로 단풍이 드는 것이 진짜 가을인데 올해는 절름발이가 되어 버렸소. 거기에 황소만 한 마누라 덩치만 보고 있자니 갑갑하오."

"가깝게 지내는 지인이 곧 상을 당할 것 같아서 대기하고 있습니다. 상을 치르고 나면 바로 떠날 채비를 하겠습니다."

나는 생명이라는 호수 바닥에 아주 조금 남아 있는 물이 시시각각으로 말라가고 있어 삶의 갈증이 올 데까지 온 민지 할머니 상태를 떠올렸다. 참으로 질긴 목숨이다. 마지막 한 모금까지 다 마시고 가시려나? 그 순간이 어서 오길 기다릴 수도 없는 민지의 심정은 어떠할까? 나는 마른침을 삼키며 이현복의 반응을 기다렸다.

"사람이 언제 죽을지 어찌 안다는 말이오? 그런 것을 보면 최 선생이 도사가 맞긴 맞는가 보오. 나는 도사보다는 일꾼을 원하고 있는데 이거 낭패요."

"그래서 저보다 일을 잘할 것 같은 일꾼을 데리고 갈까 합니다."

"그게 누군데요?"

"헬스클럽 그 아줌씨요."

"최 선생이 청했소?"

"어떻게 눈치를 챘는지 그날 저한테 부탁을 합디다. 같이 가면 사모님이 문제가 될까요?"

"우리 마님은 쿨하오. 그것보다는 최 선생이 약간 의심스러운데요? 하하!"

"그냥 일꾼 후보를 모시고 가는 겁니다. 또 압니까? 그 아줌씨가 튼실한 진짜 일꾼을 데리고 올지도 모르죠?"

나는 김 변호사와 심인숙의 조합을 또 떠올렸다. 내가 엉뚱한 상상을 하고 있는 건가? 하지만 자꾸만 그 그림이 머릿속에서 그려진다. 내가 이런 생각을 하고 있다는 것을 당사자인 김 변호사와 심인숙은 꿈에서도 알지 못할 것이다. 세상을 오래 살다 보면 이런 일도 일어날 수 있는 것이지. 이거 재밌네. 웃음을 머금으면서 휴대폰을 귓가에 바짝 붙였다.

"새끼에 새끼를 칠 수 있다는 말이오?"

"그것도 천 리 정도가 아니라 저 멀리 아프리카 희망봉까지 단숨에 달려갈 수 있는 초능력을 가진 일꾼이오."

"이거 일꾼 숙소 늘리는 공사부터 해야겠네요."

"그것만 가지고는 부족할 수도 있을 겁니다. 게스트 하우스도 필요할지 모르니까요."

"게스트 하우스까지?"

"그렇습니다."

나는 며칠 전에 민지 칼국수 집에서 셋이서 나눈 대화를 떠올렸다. 일단 혼자 내려가서 현지 상황을 알아본 후에, 기대에 부응한다고 판단이

서면 심인숙에 이어 애들 둘을 데리고 가는 것도 좋을 것 같다. 민지에게
는 힐링이, 서현에게는 현장 학습?이 필요하니까. 또 가슴이 설레기 시
작했다. 그런 감정이 몰려오자 이현복의 반응이 날아오기도 전에 내가
먼저 말문을 열었다.

"농장 이름은 있습니까?"

"없소이다."

"그럼 이참에 근사한 이름을 붙여 볼까요?"

"어떻게요? 좋은 아이디어가 있으면 내놔 보소."

"희망 블루베리 농장! 어떻습니까?"

"희망이라! 흔한 듯하지만 정이 가는 말인 것 같습니다. 마누라한테 결
재를 올려 보겠습니다."

"농사를 본격적으로 시작하기도 전에 일꾼이야 손님이야 사람이 구름
처럼 모여들 조짐이 보이니 농장도, 이 사장에게도 희망이라는 태양이
떠오르고 있다는 징조가 아니겠습니까? 그런 의미에서 농장 이름을 생
각해 본 겁니다."

"그런 심오한 뜻이 담겨져 있군요. 꼭 마누라께 부연 설명을 하겠습니
다."

"농장 이름을 짓는다는 핑계로 거하게 음주농월 하시면 안 됩니다."

"으허허! 그렇잖아도 갈증이 나서 블루베리 주스나 마셔 볼까 했는데."

"필시, 주스가 아니라 그보다 더 진한 것이겠죠? 아무래도 사모님과 따
로 통화를 해야겠습니다."

"이 양반 위험하기까지 하네."

이현복의 웃음을 듣는 것으로 통화가 끝나자마자 문자음이 울렸다. 민
지 할머니가 돌아가셨다는 메시지였다. 희망이라는 단어가 오가던 통화
를 마친 지가 불과 몇 초 전인데, 죽음이라는 그와 상반되는 말이 전해
오다니. 가슴이 시려 와 노을로 물든 서쪽 하늘만 망연히 바라보기 시작
했다.

* * *

　민지 할머니 장례를 마친 날 늦은 오후에 나는 임시 휴업을 한 가게 테이블에 앉아 눈이 퀭해진 민지를 한동안 바라보고만 있었다. 주방에서 서현이가 내고 있는 달그락달그락하는 소리만이 들려왔다.

　"좀 멍하지?"

　"네."

　"오래 갈 거다. 장례를 치른 직후에는 그러다가 시간이 흐를수록 상실감이 뭉근하게 올라오거든."

　나는 생수병을 손에 쥔 채 피로에 젖은 민지의 얼굴을 살폈다. 슬프긴 해도 큰 산 하나는 넘은 거다. 구십을 넘기고 열흘 남짓 앓다 가셨으니 호상이라고 할 수 있다. 이제부터 할머니는 가슴에 담은 채 그 친구, 그 일만, 서서히 삭히면서 마무리를 하면 된다. 그렇다 하더라도 사실상 홀로된 몸으로 무슨 희망을 안고 살아가야 할까? 가게가 계속 잘 되는 것으로? 그것만 가지고는 민지의 허한 가슴을 채울 수는 없을 것이다. 희망을 품는 방법을 알려 주겠다고 저번에 한 약속. 아직도 지킬 준비가 안 되었는데 어떡하나. 여러 생각에 빠져 있느라 민지의 반응을 기다리는 것도 잊고 있었다.

　"다 꿈 같아요."

　"뭐가?"

　"할머니와 그동안 산 것, 돌아가신 것 다요."

　"좋은 꿈이지?"

　"슬프기만 해요."

　"좋은 곳으로 가셨을 거라고 믿고 힘을 냈으면 좋겠다."

　"네."

　우리의 대화는 다시 끊겼다. 주방에서는 여전히 서현이가 바쁘게 움직이고 있었다. 그 모습을 보면서 농담 섞인 말을 민지에게 던졌다.

　"주객이 전도된 것 같다."

희
망
의
랩
소
디

049

"장례식장에서 보셨잖아요? 저보다 상주 역할 더 잘하는 거요."

민지가 살짝 웃었다. 장례식장에서 만난 이후로 처음 보는 웃음이었다.

"애가 붙임성이 있지?"

"저번에 다녀간 후로 수시로 톡을 해서 답장하느라 바빴어요. 영업 끝나면 통화 하느라 시간 가는 줄 몰랐고요."

"귀찮을 때도 있었겠다."

"아뇨. 재밌어요. 귀엽기도 하고요."

"뭐가 그렇게 재밌어?"

"경영학을 전공해서 그런지 사업 아이디어가 많아요."

"예를 들면?"

"교수님께서 제천에 가실 계획이 있다는 것을 알고 나서 신메뉴로 블루베리 칼국수를 선보이면 어떻겠냐는 말 등등해서 톡톡 튀는 아이디어가 많아요. 자기가 컨설팅을 무료로 해 줄 테니 체인점을 모집하라는 말도 자주 하고 있고요."

"심심하지는 않겠다."

"볼수록 정이 가요."

"이거 드시면서 말씀 나누세요."

우리 대화를 방해하기가 조심스러워서 그런지 서현이가 수줍게 웃으면서 겉절이를 곁들인 누룽지탕을 테이블에 올려놓았다. 이내 구수한 냄새가 콧속으로 전해졌다. 맞다. 서현이 너는 먹기에도, 소화를 시키기에도 좋은, 그래서 누구에게나 편안한 누룽지탕 같은 존재다. 나는 그런 서현의 등이라도 다독거려주고 싶었다.

"셰프가 따로 없는데?"

"제가 좀 비범하거든요."

"그렇다고 자화자찬 바로 들어가는 것은 학점 감점 요인이다."

"음식이 앞에 있을 때는 학점 이야기를 자제해 주시기를 건의드립니다."

"네, 비범하신 셰프님!"

"할머니가 돌아가시긴 했지만 하는 일은 변함이 없는 거지?"

나는 서현이가 다시 주방으로 향하는 모습을 보면서 물었다. 혹시 그 일로 인하여 심경의 변화가 생긴 건 아닌지 궁금했기 때문이었다.

"그렇죠? 어떻게든 가업을 이어 나갈 생각입니다."

"다행이다. 그건 그렇고, 오늘 같은 날에 이런 말 하기에는 뭐하지만, 그 친구 일은 저번에 말 한대로 느긋하게 대처해야 한다. 누굴 죽여 버리고 싶다는 극단적인 생각도 더 이상 품지 말고,"

"네, 교수님."

"그나저나 할머니 없이 가게를 혼자 지키려면 외롭긴 하겠다. 아니다. 손님이 많으니까 그런 마음이 생길 틈이 없겠구나."

내 입에서 그런 말이 튀어나오자 내 가슴이 더 무거워졌다. 아무리 장사에 몰두한다고 해도 이제 갓 서른을 넘긴 아이가 홀로 살면서 닥쳐오는 외로움과 힘겨움을 어떻게 이겨 낼까? 할머니를 여읜 슬픔이 오래 지속될 것이고, 그 사건으로 입은 상처도 아물려면 긴 시간이 필요할 텐데. 그런 생각들이 다시 몰려오자 나는 생수병을 집어 든 채 천장으로 시선을 돌리고 말았다.

"그것도 있지만 다른 계획도 있어서 덜 외로울 것 같아요."

"계획? 그게 뭔데?"

"서현이가 겨울 방학 동안에 가게에서 알바를 하기로 했어요."

"공부는 어떡하고?"

"제 집에서 머물기로 했으니까 거기에서 하거나 가까운 도서관에 가겠죠? 야무진 애니까 너무 걱정하지 마세요."

민지 얼굴에 다시 웃음기가 번졌다. 쟤 할머니가 세상을 떠나면서 서현이라는 선물을 보내 준 것인가? 무겁게만 느껴지던 내 가슴속으로 신선한 바람이 들어오는 듯한 느낌이 들기 시작했다.

"유전자 검사를 해 봐야 한다니까?"

"꼭 핏줄이 같아야 자매인가요? 참, 그래서 그런데요. 저번에 교수님께서 제게 희망을 품는 방법을 알려 주시겠다고 하셨잖아요?"

"그랬지?"

"그거 안 하셔도 돼요."

"왜? 벌써 그 방법을 찾기라도 했나?"

"저기 걸어오고 있잖아요?"

민지가 쟁반에 무언가를 담아 우리에게 다가오고 있는 서현을 바라보면서 함박웃음을 터트렸다.

인연의 향기

나는 거의 매일 밤 꿈을 꾼다. 낮잠을 잘 때도 그렇다. 내가 꾸는 대부분의 꿈은 잠이 깬 후에 기억을 하지 못하거나 황당무계한 내용이다. 하지만 세 가지 정도는 거의 같은 유형을 유지한 채 계속 꾼다. 그중 하나가 군대에 관한 꿈이다. 나는 1980년대 초반에 해병대에 자원입대하여 갖은 고초를 겪었다. 그래서 그런지 다양한 형태로 나타나는 재입대를 하는 꿈을 꾸면서 괴로워하다 잠을 깬 후에 비로소 꿈인 것을 알고 휴! 하고 한숨을 내쉬곤 한다.

프로이트는 인간의 무의식 속에 잠재되어 있는 소망(욕망)이 왜곡의 과정을 거쳐서 꿈으로 나타난다고 말한다. 그런 것 같기도 하다. 정확하게 기억이 나지는 않지만, 그의 저서 〈꿈의 해석〉에 나오는 한 장면이 어렴풋이 떠오른다. 그 내용은 이렇다. 같이 살던 어린 조카를 잃은 중년의 미혼녀가 프로이트를 찾아와서 죽은 조카가 자꾸 꿈에 나타나서 괴롭다고 호소한다. 프로이트는 수차례의 상담 끝에 그 꿈을 해석(해몽) 한다. 사실은 조카의 장례식에 참석했던 사랑하는 남자를 다시 보고 싶은 (잠재된) 소망이 죽은 조카로 왜곡되어서 나타난 것이라고 결론을 내린 것이다. 참으로 귀신같은 꿈 해석(해몽)이다. 프로이트가 지금까지 살아 있다면 나도 그에게 앞에서 소개한 꿈들을 가지고 상담을 받아 보고 싶다. 그 미혼녀의 경우와 같이 전혀 생각하지 못했던 해석이 나올 수도 있지 않을까 하는 기대감 때문이다.

지난밤에도 해병대에 재입대하는 꿈을 꿨다. 경북 포항시 인근에 주둔하고 있는 해병사단의 정문인 서문(西門)에서 재복무를 마치고 웃으면서 빠져나오고 있는 선임 해병을 만난 것이다. 나는 오랜만에 만난 그 선임이 반갑기는 했지만 그는 나오고, 나는 들어가야 하는 상황이 답답해서 같이 들어가자고 떼를 쓰면서 옥신각신하다가 꿈에서 깼다. 그동안 수를 셀 수 없을 정도로 해병대 꿈을 꿨지만 그 해병이 나타나기는 실로 오랜만이었다. 얼굴을 본 지 삼십오 년이 훌쩍 넘은 군대 고참이 웃으면서 홀연히 꿈에 나타난 것이다.

한동안 뜸하다가 웬 군대 꿈? 그것도 그 사람까지 나타나고 말이야. 나는 냉수 컵을 손에 들고 아직도 날이 새려면 한참 남은 어두운 창밖을 바라보았다. 노인 요양원 출근이 해병대 재입대만큼이나 나도 모르는 사이에 심리적으로 부담이 되었나?

사실 나는 오늘부터 내가 살고 있는 T시 외곽에 위치한 노블 실버 노인 요양원에 출근하기로 되어 있다. 그곳 요양보호사로 채용이 된 것이다. 전에 다니던 요양원을 그만두고 6개월째 쉬고 있었는데 마침 집에서 걸어서 이십 분 남짓 걸리는 요양원에서 주간 선생을 구한다는 광고를 보고 망설임 없이 지원을 했다. 어지간히 놀았으니까 다시 일 년 정도 일을 하고 나서 또 쉬겠다는 심산이었다. 나는 이런 식으로, 일종의 간헐적 백수 노릇을 반복하면서 오십 대 후반을 보내고 어느덧 환갑을 맞이했다. 노후 준비가 덜 되었다면 유지하기 힘든 생활 방식이다.

그래도 첫 출근이라고 부담이 되었나? 하긴 아직도 남자 요양보호사를 향한 이상한 시선, 이를테면 측은함, 이질감, 경계심과 같은 불편한 마음이 담긴 눈길에서 자유롭지 못하니 그럴 만도 하겠구나. 그래, 세상에 거저먹는 것은 없으니까 마음의 준비를 단단히 하고 가야겠지. 나는 아내가 깰까 봐 조심스럽게 식사를 마치고 집을 나섰다. 한낮에는 더위를 느낄 만한 오월 중순인데도 새벽바람에는 찬 기운이 언뜻 묻어 있었다.

약간의 기대감과 불안감을 같이 안은 채 요양원에 도착하여 호출 벨을 눌렀다. 이내 들어오라는 음성이 들리면서 문이 열렸다. 맞아, 아침 6시가 채 안 됐는데 원장이나 사회복지사가 출근을 했을 리가 없지. 이거, 첫날부터 맨땅에 헤딩하게 생겼는데? 나는 오리엔테이션 없이 바로 일에 투입되는 것이 부담스러웠다. 아니나 다를까 요양원 안에 들어와서 두리번거리고 있는 나를 본 초췌한 얼굴의 야간 요양보호사가 다가와 당장 해야 할 일부터 안내를 했다.

"지금 제일 바쁜 시간이니까요, 인사는 이따 하고 우선 매화방하고 진달래방 남자 어르신들 세안부터 시켜 주세요. 물수건은 저기 보이는 목욕실에 있습니다~. 그것이 끝나면 저쪽 화장실 옆에 쓰레기 수거장이 있으니까 테이프로 묶어서 버려 주시면 돼요. 버리는 곳은 밖에 나가서 오른쪽으로 한 오십 미터쯤 되는 곳에 있구요. 그런 다음에 휠체어 어르신들 밖에 모실까 봐요."

처음 출근한 요양원은 낯설었지만 4년여라는 짧지 않은 경력을 가진 나는 눈치껏 일을 처리했다.

신입 요양보호사가 가장 먼저 익혀야 할 것은 노인과 직원 이름이다. 그다음에는 각종 케어 물품이 어디에 있는지 파악해야 한다. 이 둘만 익히면 거의 절반은 먹고 들어가는 것이다. 나머지 것들이야 어차피 시간이 해결해 준다.

"어르신들 이름을 빨리 외우시네요? 나는 거의 사흘이나 걸렸는데."

오전 7시부터 시작되는 아침 식사 케어까지 마친 야간조 조장인 김 선생이 통통한 몸에 꽉 끼는 목 티를 입어서 갑갑한지 두 손가락으로 양 옆구리를 만지작거리면서 웃었다.

"그래 봤자, 서른 명 남짓인데요."

나는 김 선생의 툭 튀어나온 앞가슴을 보는 것이 민망해서 시선을 목 위로 고정시키고 시큰둥하게 대답했다.

"그래도요. 우리 조에 들어오시면 좋겠다."

김 선생이 내 팔뚝을 툭 치면서 눈웃음을 쳤다. 오십 대 후반은 족히 보이는데 아직도 여자티가 나네. 어휴! 저 글래머 몸매, 저 가슴, 저 친구 서방이 좋아할까? 싫어할까? 나는 실없는 생각을 하면서 야근에 지친 김 선생의 얼굴을 훑어봤다. 전체 3명으로 이루어진 김 선생 조는 주야간 각각 이틀을 근무하고 이틀을 쉬는 이른바 '주주야야비비' 근무조다. 이들은 아침 식사 케어까지 마쳤으니까 근무 교대 미팅이 시작되는 8시 30분 정도까지는 슬슬 쉬면서 하루 일과를 정리하면 될 것이다. 이렇게 주주야야비비 세 개조가 돌아가고 나를 포함한 주간 근무자가 세 명 정도가 출근을 하면 오늘 주간 근무자가 예닐곱 명쯤 되겠는데? 어르신이 서른다섯 명이라고 했는데 이 정도면 적당한 건가? 하긴 모시는 숫자가 아니라 질이 문제긴 하지. 그나저나 나만 이렇게 일찍 출근했다가 남들 일할 때 퇴근을 하면 일종의 깍두기 취급을 받는데, 미처 그 생각을 못 했구나. 나는 이런저런 생각을 하면서도 한가해진 시간을 이용하여 어르신들 이름을 마저 외우는데 집중하려고 애를 썼다.

"……. 마지막으로 새로 오신 남자 선생님 소개 좀 할게요. 보시다시피 인상이 좋으시고 경력도 4년이 넘었으니까 앞으로 잘하실 겁니다. 특히 야간조 아침 케어에 도움이 많이 될 거예요. 자, 강 선생님 일어나셔서 인사 부탁드려요."

아침 미팅이 끝날 무렵에 한 원장이 웃으면서 나를 바라봤다. 나는 잘 부탁드린다는 정도의 짧은 인사를 했다.

"입술 보니까 노래 잘하시겠다. 원장님, 코로나 방역도 해제되었으니까 노래방 한번 가요."

나보다 더 두꺼운 입술을 가진 것 같은 김 선생이 환영의 박수를 보내자마자 분위기를 띄웠다.

"그건 차차 생각해 보기로 하구요. 암튼, 선생님들 우리의 청일점 강 선생님 잘 좀 부탁드려요."

한 원장이 손바닥으로 테이블을 가볍게 세 번 두드리고 자리에서 일어났다.

아까 말했다시피, 노블 실버 요양원은 입소 정원이 서른다섯 명인 소규모 시설이다. 이곳의 주인인 대학병원 간호사 출신인 한인선 원장은 오십 대 중후반쯤으로 보이는데 면접 시에 인상이 서글서글하고 일 처리가 지질하지 않을 것 같아서 취업을 결정했다. 이런 소규모 시설에서는 원장을 거의 매일 지근거리에서 접하게 되는데 까탈스러운 성격이면 일하기가 피곤하기 때문이다.

노블 실버 요양원은 4차선 대로변에 들어선 상가 건물의 6층 전체를 사용하고 있다. 1인실 하나, 2인실 3개, 4인실 7개, 특별실 1개로 구성된 노인 생활실이 남향인 도로 쪽으로 쭉 늘어서 있고, 좌우 방향 끝 쪽에 조리실과 물리치료실이 각각 들어서 있다. 노인 생활실을 나서면 복도에 식사와 프로그램을 같이 할 수 있는 커다란 테이블이 네 개가 설치되어 있다. 그 건너편에는 원장실 겸 상담실, 사회복지사실, 간호사실, 요양보호사실, 목욕실 겸 공동 화장실이 옹색하게 자리를 잡고 있고, 나머지 부속 시설도 용케도 빈 틈새를 찾아내서 빼곡히 박혀 있다.

한 층에 이십오 명 안팎을 모시는 것이 보통인데 여긴 그보다 열 명 정도가 많아서 동선이 제법 기네? 다리 운동은 꽤 될 것 같다. 그런데도 그김 선생 몸은 왜 그 모양이지? 나는 또 실없이 웃으며 꽃 이름으로 붙여진 오늘 내가 담당해야 하는 생활실을 돌면서 어르신 이름을 확인하는데 몰두했다. 다른 시설과 마찬가지로 이곳도 주간 근무 시에는 요양보호사별로 생활실을 지정하고, 문에 부착된 아크릴 함에 코팅된 담당자이름표를 끼워 넣는다.

나는 남자 요양보호사이기 때문에 여자 어르신 기저귀 케어를 할 수 없다. 따라서 나는 남자 어르신 여덟 분이 생활하는 매화방과 진달래방에 더해 부부가 기거하는 2인실인 국화방을 고정으로 배정받았다. 이렇게 되면 내가 모셔야 할 어르신이 전체 열 분이 되어서 다른 선생들에 비해 숫자상으로는 훨씬 많지만 아까 말한 그 '질'이 좋아서 크게 걱정하지 않아도 될 것 같았다. 즉 4인실에 계시는 남자 어르신들 중에서 용택 어르신만 식사를 제외한 대부분의 일상생활을 요양보호사의 수발을 받아야 하는 와상 환자이고, 나머지는 도와드릴 것이 많지 않은 분들이라서 일주일에 한 번 있는 목욕만 신경 쓰면 크게 문제 될 것이 없다는 설명을 들었기 때문이었다. 물론 남자들은 애나 어른이나 만나면 투닥거리며 쌈질하기 일쑤인데 그것은 앞으로 상황을 봐가면서 비책(?)을 강구하기로 했다. 반면에 2인실에 계시는 부부는 남자 어르신들과는 다르게 '거저먹기'는 아닌 것 같았다. 와상 상태인 남편은 기저귀 케어는 물론이고 식사도 먹여 드려야 할 정도로 손이 많이 가는 데다 성질이 급하고 괴팍해서 모시기가 까다롭다고 했다. 부인은 아직 육십이 안 된 젊은 '아줌마'인데 이곳에서는 '공주'로 불린다고 했다. 침대 끝에 부착된 인적 사항에는 '이름: 김영선, 연령: 58세, 병명: 시각장애, 당뇨, 뇌졸중(편마비), 고혈압'이라고 적혀 있었다.

원래 노인 요양원은 65세 이상 된 노인에게만 입소를 허용한다. 그것도 건보에서 인정하는 일정 등급을 받아야 한다. 하지만 예외는 있다. 나보다 나이가 어린 공주 어르신(?)과 같이 노인이 아니더라도 뇌졸중(중풍)과 같은 노인성 질환을 앓고 있으면 입소가 가능하다. 남편인 박철영은 공주보다 무려 10년 연상인 68세이고 폐암과 신장암, 뇌졸중(양쪽 마비), 고혈압을 앓고 있어서 입소 자격이 넉넉(?)하지만 공주는 보기에 왠지 짠했다. 그런 공주님이 첫날부터 나를 바쁘게 만들었다. 중풍인지 당뇨인지 원인을 알 수 없는 합병증으로 시력을 거의 잃어 걷지를 못하고 휠체어에 의지하여 생활을 하는데 시도 때도 없이 날 불러서 이동식 변기로 데려가 줄 것을 요구했다. 그것으로 끝이 아니었다. 어렵게 휠체어에서 일어서면 바지와 팬티를 벗겨서 변기에 앉게 해 줘야 했고, 볼일을 마치면 또 거꾸로 도와줘야 했다. 그런 케어를 오빠 같은 남자한테 받으면 수치스러울 것 같기도 한데 전혀 그렇지 않았다. 이런 화장실 케어가 한 삼사십 분 간격으로 이루어지는 것 같았다. 식사 때도 손이 많이 갔다. 남편의 밥을 먹여 줘야 하기 때문에 공주도 휠체어에 간이 식판을 고정시켜 국화방에서 같이 먹었는데 이런저런 요구 사항이 많았다. 그녀를 이곳에서 왜 '공주'로 부르는지 이해가 갔다.

두 명의 첫 오전 케어를 마치고 난 약간 지쳤다. 그러면서 국화방이 앞으로 상당히 피곤하겠는데? 하는 걱정이 앞섰다. 그래도 차차 적응이 되면 나아지겠지. 점심시간이 지나자 시간이 빨리 흘렀다. 오후 프로그램이 아직 진행 중인데도 3시가 되자 어서 퇴근하라는 선생들의 성화에 약간 미안한 마음을 안고 요양원을 나섰다.

* * *

역시 첫날은 만만치가 않구나. 그렇지만 해병대 재입대하고는 비교 자체가 되지 않는데 왜 그런 꿈을 꿨을까? 나는 집에 들어와서 씻지도 않고 오랜만의 노동으로 인해 나른해진 몸을 리클라이너에 눕혔다. 창밖으로 보이는 오월의 오후는 맑고 싱그러워 보였지만 지난밤에 잠을 설쳐서 그런지 약간 졸렸다. 하지만 그냥 잠을 청하기에는 뭔가가 부족한 것 같았다. 나는 잠시 망설이다 냉장고에서 캔 맥주 두 개를 꺼내 들었다. 그걸 마시고 잠이 들면 두세 시간 정도는 푹 잘 수 있겠다는 생각 때문이었다. 안주 없이 들이킨 맥주가 위 속에 들어가서 요동을 쳤다. 취기를 빨리 올리기 위해 나머지를 급히 비우고 두 번째 캔 맥주까지 개봉을 했다. 하지만 트림만 계속 나올 뿐 술기운이 올라오는 속도는 느렸다. 나도 모르게 오늘 긴장을 해서 각성된 뇌가 쉽게 이완이 안 되는 건가? 아니면 오랜만에 꿈에 나타난 그 선임 해병이 프로이트가 말하는 내 무의식을 건드렸나? 나는 처음보다는 맥주를 천천히 마시면서 그 해병을 떠올렸다.

그 선임 해병은 군대에서 '차 붐'으로 널리 통했다. 축구를 워낙 잘해서였다. 고등학교 또는 대학에서 선수로 뛰었던 친구들이 득실거리는 7연대의 대표로 까지 선발이 될 정도였다. 그 당시에 차범근 선수가 독일에서 한참 활약하고 있었는데 현지에서 그를 '차 붐'이라고 부른다는 걸 국내에도 잘 알려져 있었다. 이런 차 선수에 대한 호칭이 그에게까지 이어진 것이다. 그만큼 그는 소위 말하는 '군대스리가'에서 돋보이는, 발군의 선수였다. 차 붐이라는 그의 별명은 거의 본명 대신으로 쓰였다. 심지어 정훈 시간 같은 공식적인 자리에서도 중대장이 그의 별명을 불렀을 정도였다. 나 또한 세월이 한참 흐른 지금까지도 그의 성이 차 씨라고 착각하고 있을 정도이다.

차 해병은 일 년 정도 늦게 입대한 나보다 기수가 24기나 위인 그야말로 하늘 같은 선임이었다. 재수를 해서 들어간 4년제 대학을 졸업하고 입대를 한 탓에 동기나 그의 선임들은 물론이고 소대장보다도 나이가 많았다. 당시에는 대학생이 교련 교육을 받으면 군 복무 기간을 단축해 주는 제도가 있었다. 한 학년당 2개월씩, 최대 6개월의 복무기간을 단축시켜 주는 특혜에 가까운 조치였다. 군대에 다녀온 사람이라면 잘 알 것이다. 6개월이 얼마나 긴 세월이라는 것을. 하지만 차 해병은 대학을 졸업하고 입대를 했음에도 6개월 단축 혜택을 받지 못하고 만기 전역을 했다. 대학 재학 시 교련을 거부했거나 군 복무 중에 문제를 일으켜서 일정 정도 이상의 처벌을 받으면 단축 혜택을 받을 수가 없다고 듣고 있었는데 차 해병이 둘 중 하나에 해당이 되었던 것 같다. 차 해병이 전 근무지에서 사고를 치고 우리 부대에 전출이 된 것은 사실이었다. 하지만 그가 무슨 사고를 쳤는지는 아무도 몰랐다. 그가 처벌을 받은 후에 우리 부대로 전출이 되었기 때문이었다. 차 해병과 같은 사고자(지금 같으면 관심사병)는 이른바 '꼴통'으로 취급을 하고 그가 쫄병이든 고참이든 건들지 않는 것이 관습이었다. 아무리 하리마오(*군기 잡는 해병)라도 사고자는 무서워했다. 잘못 건드렸다가 또 무슨 일을 저지를지 모르기 때문이었다. 차 해병도 마찬가지였다. 더구나 중대장과 나이가 비슷한 '영감'이기도 했다. 본인이 마음만 먹으면 얼마든지 '열외'를 하면서 군대 생활을 편하게 할 수도 있었다. 하지만 차 해병은 그렇지 않았다. 오히려 매사에 솔선수범을 했다. 자기보다 나이가 적은 선임이나 소대장에게도 깍듯이 예의를 갖췄다. 거기에 축구 실력까지 뛰어나서 소대, 중대는 물론이고 대대, 연대의 명예까지 높여 줬다. 그러니 누가 차 해병을 싫어하겠는가? 소대장, 선임하사, 선임, 후임, 모두 그를 존중했다. 심지어는 중대장조차 그에게만큼은 완전한 반말을 사용하지 않고, "어이, 차 붐, 시합 뛰고 몸은 좀 어떤가?" 정도의 반 공대를 했을 정도였다.

나 또한 그를 좋아했다. 더구나 출신 도가 같아서 든든하기도 했다. 나는 '사고자'는 아니었지만 막 군대 생활에 익숙해질 시점인 일병 3호봉(3개월)이 되던 시점에 차 해병이 근무하는 부대로 전입을 왔다. 군대 말로 부대 기리까이(*바꾸기)를 한 것이다. 이런 상황에 처하자 군대 생활을 처음부터 다시 시작하는 것 같았다. 그래서 힘들었다. 그 시기에 내가 그런 처지였기 때문에 차 해병에게 의지를 많이 했다. 그렇다고 시시콜콜 그가 날 도와주지는 않았다. 그냥 정신적으로 든든했다는 말이 맞을 것 같다. 하지만 그 일만큼은 잊혀 지지 않는다. 늦봄이었던 걸로 기억이 난다. 나는 며칠째 감기를 앓고 있었다. 갈수록 증세가 심해졌다. 약을 먹어도 좀처럼 좋아지지 않았다. 간신히 순검(점호)을 받고 끙끙 앓으면서 잠에 빠져 들었다. 정신없이 자다가 문득 무슨 소리가 들려서 눈을 떴다. 그 순간, 나는 소스라치게 놀라면서 자리에서 벌떡 일어났다. 그날 새벽에 서야 하는 내 근무, 하지만 모두가 기피하는, 그래서 쫄병 위주로 세우는 말3직 경계근무 교대 시간을 놓쳤다고 생각한 것이다. 하지만 그것은 오판이었다. 이미 차 해병이 내 근무를 대신 서주고 들어오는 소리였다.

"저, 차 해병님!"

"쫄따구가 기얍(군기)이 빠지니까 감기 걸리지. 괜찮나?"

차 해병이 싱긋 웃으면서 내 머리를 살짝 쳤다. 차 해병은 그런 사람이었다. 그는 비록 늙은 사병에 불과했지만 부대에서는 거의 어머니와 같은 존재였다.

차 해병의 성격도 독특했다. 우선 말수가 적었다. "됐나? 그래? 언제? 왜? 잘하자."와 같은 짧은 말로 의사 표시를 대신하는 경우가 많았다. 그는 한마디로 군더더기가 없는 군인이었다. 저런 사람이 전에 무슨 사고를 치고 우리 부대로 전출이 되었을까? 궁금해서 물어보고 싶은 때가 한두 번이 아니었지만 감히 그러지 못했다. 나뿐만이 아니라 그의 선임조차도 묻지 않았다. 그래서 그가 전역하는 순간까지 그 내용을 알 수가 없었다.

그는 불교 신도 같았다. 틈만 나면 불경으로 보이는 한자로 쓰인 책을 읽었다. 그래서 그랬는지 그는 술과 담배를 하지 않았다. 나는 차 해병과 일 년이나 차이가 나는 새까만 쫄병이었기 때문에 그에게 의지를 많이 하긴 했지만 대화를 나눌 기회는 적었다. 또 앞에서 말했다시피 말수가 적은 그의 성격도 한몫을 했다. 그럼에도 차 해병이 내게 같은 말을 서너 번 반복 했던 것을 아직도 잊지 않고 있다. 그것은 "야, 다른 것은 몰라도 긴빠이(*도둑질)는 하지 마라."라는 말이었다. 그 말을 듣던 당시에도 그랬고, 지금 생각해 봐도 거기에는 단순한 '도둑질' 이상의 뜻이 숨어 있었을 것 같다.

기다리고 기다리던 정기 휴가를 나가는 날이었다. 마이가리(*가짜) 상병 계급장을 달고 여기저기 인사를 다니던 나를 차 해병이 한쪽으로 불렀다. 역시 특유의 싱긋 웃음을 지으면서 편지 봉투 하나를 건넸다. 지금 보지 말고 나중에 열어 보라는 부탁도 곁들였다. 나는 무심코 받아 들고 휴가 인사를 했다. 고속버스 안에서 그걸 열어 봤다. 우선 꽤 많아 보이는 돈이 눈에 띄었다. 돈을 감싼 종이를 꺼내서 읽었다. 그의 부모님이 살고 계시는 정읍 집에 들러 달라는 부탁이 주소와 함께 적혀 있었다. 갈 때 정종 한 병과 돼지고기 한 근을 사 가지고 가고 남는 돈은 휴가비로 쓰라는 내용도 있었다. 그러면서 올 때 혹시 돈을 주시면 절대로 받지 말라고도 했다. 나는 역시 차 해병! 하면서 속으로 웃었다.

차 해병의 부모님이 살고 계시는 정읍 집을 찾아가는 길은 의외로 멀었다. 기차를 타고 한 시간 정도 달려서 내린 정읍역 부근에서 다시 버스로 갈아타고 털털거리는 비포장도로를 한참 달렸다. 그게 끝이 아니었다. 꽤 넓게 펼쳐진 들판에서 불어오는 겨울바람을 무릅쓰고 농로를 이십여 분을 더 걸어서야 그 집에 도착할 수 있었다. 갑자기 찾아온 나를 차 해병 부모님은 무척 반가워했다.

"아이고, 이게, 무신 일이랑가요. 시상에나, 춥지는 않던가요. 고마워서 으짜슬까."

차 해병의 얼굴을 쉽게 떠올릴 수 있는 그의 어머니가 연신 내 팔뚝을 쓰다듬었다. 정읍이면 전북에 속하는 지역인데 지리적으로 전남에 가까워서 그런지 어머니의 말에서 남도의 사투리가 진하게 묻어 나왔다. 나는 그곳에서 극진한 대접을 받았다. 차 해병이 부탁한 대로 사 들고 간 돼지고기 말고도 바로 잡은 닭고기로 차 해병 아버지와 대작까지 했다. 술은 내가 사 간 정종이었다. 차 해병 어머니는 내 옆에 바짝 앉아 울먹이는 듯한 목소리로 한탄을 늘어놓았다.

"애들적부텀시 갸는 쪼매 이상혔구만이라. 2대 독신이 걸핏 허믄 집나가 불고, 그란디, 군인까정 가서두 에미 속을 썩여서······."

차 해병 어머니는 결국 눈물을 글썽거렸고 아버지는 헛기침만 할 뿐이었다. 나는 성의를 다해서 차 해병이 얼마나 군대 생활을 잘하고 있는지 설명을 해 드렸다. 나는 정말 최선을 다했다. 하도 내가 차 해병 칭찬을 많이 하자 두 분도 이제는 어느 정도 믿는 눈치였다. 여닫이문으로 연결된 윗방에서는 겨울 방학이라서 그런지 평일인데도 여자애들 서너 명이 손가락으로 찔러 만든 문구멍을 통해 안방을 훔쳐보면서 뭐가 그렇게 재미가 있는지 킬킬거렸다.

"이놈의 지지바들, 대낮부텀 무신 여시 짓이랑가? 조용히 안 혀?"

어머니의 호통에 잠시 조용해졌다. 다시 우릴 엿보면서 속닥거렸다. 나는 더 있다 가라는 만류를 뿌리치고 자리에서 일어났다. 차 해병의 부탁대로 주시는 돈을 한사코 거절했다. 방에서 나와 마당으로 내려선 나를 윗방에서는 아예 문을 반쯤 열고 훔쳐봤다.

그래서 나를 시켜서 자기 집에 가 보라고 했구나. 다른 사람으로부터 군대 생활을 잘하고 있다는 말을 들으면 부모님이 어느 정도 안심을 할 것이니까. 나는 겨울 들판 길을 걸으면서 생각에 잠겼다. 그러면서 그동안 얼마나 많이 부모 속을 썩였기에 어머니가 처음 만난 젊은 친구 앞에서 눈물 바람까지 하셨는지 궁금했다. 나는 버스가 서는 곳에 도착해서 가물가물하는 차 해병 부모가 사시는 마을을 망연히 바라봤다. 왠지 다시 올 것 같은 느낌이 몰려들었다. 그럴 정도로 마음이 뿌듯했다.

절차에 따라 휴가 복귀 신고를 마치고 부대 휴게실에서 차 해병에게 따로 보고를 했다. "수고했어."라는 말과 함께 버릇대로 내 머리를 살짝 건드리는 것으로 인사를 대신했다.

어느덧 차 해병이 전역을 하는 날이 다가왔다. 나는 대학 2학년을 마치고 입대를 했고, 그는 단축 혜택을 받지 못했기 때문에 비록 일 년을 일찍 들어왔지만 그 차이는 8개월로 좁혀졌다. 하지만 개구리복(예비군복)으로 갈아입은 그의 모습을 보면서 남아 있는 시간을 어떻게 보내나 막막해했다. 물론 그와 헤어지게 돼서 많이 서운하기도 했다. 차 해병은 그런 나의 마음을 아는지 모르는지 빙그레 웃으면서 "인연이 닿으면 다시 만납시다."라는 인사를 불교식으로 합장을 하면서 남기고 떠났다.

차 해병이 전역을 한 후에 나는 가끔 그를 그리워했다. 아니 '자주'라는 말이 더 맞을 것 같다. 혹시나 하면서 그의 편지도 기다려봤지만 '역시나'

였다. 하지만 나는 그가 보고 싶었다. 내가 전역을 한 후에도 그와 연락을 주고받고 싶었다. 우선 그는 내게 가장 잘해 준 선임 해병이었다. 그는 모두에게 친절했지만, 확실히 내게는 더했다. 또, 나이가 네 살이나 많다는 것을 감안하더라도 뭔가 깊이가 느껴지는 꽤 매력 있는 사람이었다. 나는 그의 소식을 기다리다 못해 그의 부모 집 주소로 편지를 썼다. 역시 답장은 없었다. 나는 포기를 하지 않고 전역을 할 때까지 두 번을 더 보냈지만 그것은 허사였다.

나도 8개월 후에 전역을 했다. 복학을 할 때까지는 6개월 이상이 남아 있었다. 군대의 기억은 생각보다 빨리 흐릿해졌다. 하지만 차 해병만은 내 머릿속에서 지워지지 않았다. 나는 그가 보고 싶었다. 뭘 하고 있을까? 취직을 했을까? 어떻게 지내는지 궁금했다. 나는 용기를 내서 그의 부모 집을 다시 찾기로 했다.

"아이고, 제대하자마자 으디 간다는 말도 안 허고 휙 나가 부렀소. 참말로 답답혀요."

그의 어머니가 눈물 바람을 하면서 쏟아 내는 하소연만 실컷 들은 후에 우리 집 전화번호를 남겨 놓고 발길을 돌렸다.

이제 좀 술기운이 올라오네. 나는 눈을 감고 한참을 차 해병에 대한 기억에 잠겨 있다 이제 잘 때가 되었다는 생각이 들었다. 무엇을 하고 있을까? 살아 있기는 하겠지? 침대에 누워서도 그에 대한 생각은 끊이지 않았다.

"인연이 닿으면 다시 만납시다."

그가 전역을 하던 날에 합장을 하면서 건넨 인사가 문득 떠올랐다. 그래, 그 인연이라는 것이 꼭 닿았으면 좋겠다. 나는 속으로 중얼거리면서 점차 잠에 빠져 들었다.

* * *

나는 노블 실버 요양원에 빠르게 적응해 갔다. 남자 요양보호사라고 해서 여선생에 비해 돈을 더 받는 것은 아니었지만 나는 그들보다 열심히 일했다. 내 담당 일이 끝이 나면 다른 선생들의 일도 도왔다. 무겁고, 힘들고, 귀찮은 일은 내가 도맡다시피 했다. 나는 퇴근 시간이 될 때까지 매일 최선을 다했다. 하지만 그것으로 그치지 않을 때도 있었다. 특별한 일이 있거나 퇴근 무렵에 무거운 물품이 외부에서 반입이 되면 그걸 다 처리를 하고 집에 갔던 날도 많았다. 이렇게 성의껏 일하는 사람을 어느 누가 싫어하겠는가?

어르신들도 정성을 다해 모셨다. 공손하면서도 친절하게 대했을 뿐만 아니라 그분들이 필요로 하는 것을 미리 알아서 챙겨 드렸다. 남자 어르신들이 계시는 매화방과 진달래방도 나의 비책(?)이 통했는지 큰 충돌 없이 비교적 평온한 나날이 지속되었다. 다만 매화방의 용찬 어르신이 틈만 나면 여자 어르신들에게 치근대는 것을 보다 못해 원장에게 보고를 했다. 이건 가벼운 사안이 아니라는 판단을 했기 때문이었다. 내 보고를 받은 원장은 즉각 인지 기능이 또렷한 용찬 어르신에게 경고를 주는 면담을 했다. 하지만 용찬 어르신의 '들이대는' 행동은 멈추질 않았다. 결국 보호자와 상의 끝에 남자 어르신들만 계시는 시설로 전원 시켰다. 안타까운 일이었다.

나는 이렇게 일을 시작한 지 한 달이 채 안 되어서 직원들에게 인정받고 어르신들에게 사랑받는 남자 요양보호사로 발돋움을 했다. 이것은 절대로 허풍이 아니다. 전에 근무하던 시설들에서도 다 같은 평가를 받았다. 일을 하려면 제대로 하고 그렇지 않으면 그만 때려치우는 게 낫다는 내 성격이 그걸 가능케 했다. 또한 부모님께서 물려주신, 비록 미남은 아니지만, 누구에게나 호감을 주는 인상과 성실함도 한몫했다. 다시 강조하지만 나는 이곳에서도 '일 열심히 하고, 배려심 많고, 공손하고, 친절하고, 책임감 강하고, ……. 한' 일등 요양보호사로 우뚝 선 것이다.

그런 나에게 가장 적극적으로 다가선 직원은 김 선생이었다. 김 선생은 넉넉한 몸매의 소유자답게 성격이 원만하고 붙임성이 좋았다. 특히 내게는 입사 첫날부터 호의적으로 대했다. 그런 태도가 날이 갈수록 더해져 어느 순간부터는 나를 직원이 아닌 오빠처럼 대했다. 실제로, 나를 '선생님'보다는 '오빠'로 부르는 때가 가끔 있어서 원장으로부터 지적을 받기도 했다. 김 선생은 흔히 말하는 '음주가무'를 좋아하면서도 강하다고 했다. 김 선생은 둘만 있는 시간을 놓치지 않고 "오빠, 환영식 언제 해줄까?", "술 잘 마셔?"와 같은 말로 은근히 나를 유혹(?)했다. 그럴 때마다 "봐서, 봐서"라는 말로 한 발 뺐지만 그런 김 선생의 태도가 내 기분을 나쁘게 하지는 않았다. 하지만 나는 조심했다. 이곳에 오기 전에 여선생들과 어울렸다가 구설수에 오른 일이 있었기 때문이었다. 그렇지만 언제 자연스럽게 기회가 오면 단둘이는 그렇고 그 조 여선생들과 함께 저녁 식사 정도 하는 것은 괜찮겠다는 생각은 했다. 말수가 적을뿐더러 선생들과 의식적으로 거리두기를 하는 한 원장도 나에게 만큼은 특별하게 대했다. 프로그램실에서 수시로 내 어깨에 손을 얹고 부드럽게 말하는 원장의 모습을 선생들이 시기심이 섞인 부러운 시선으로 바라봤다. 그렇지만 그런 한 원장의 편향적(?)인 태도를 가지고 입을 비쭉거리지는 않았다. 나는 거의 무결점의 요양보호사가 되어 가고 있었기 때문이었다. 다시 말하지만 이건 결코 허풍이나 자랑이 아니다.

노블 실버에서도 일등 요양보호사로 자리매김한 내게도 국화방의 '공주'님은 버거운 상대였다. 아까 말한 대로 요구 사항이 많았다. 화장실 이동, 식사 수발 말고도 이것저것, 그야말로 시시콜콜한 것까지 요구해 내가 일종의 마당쇠가 된 것 같은 기분이 들었다. 어느 조직이든 어느 한 사람에게만 관심을 집중하면 문제가 생긴다. 노인시설도 마찬가지다. 노인들이 의외로 시샘이 많다는 것을 우리는 흔히 간과한다. 나는 공주를 집중적으로 돌보면서 그 점을 우려했다. 하지만 그것은 기우에 불과했다. 공주보다 보통 20년 이상 나이가 많은 어르신들이 어린(?) 나이에, 그것도 앞을 보지 못하는 몸으로, 또, 오늘내일하는 병통이 남편과 요양원에서 함께 고생하는 그녀를 '짠' 하게 봐주고 있었던 것이다. 말 그대로 그녀는 직원들뿐만 아니라 노인들에게서도 대우받는 진정한 '공주'였다.

공주를 향한 나의 마음도 어르신들과 다를 바가 없었다. 다른 입소자들에 비해 안타깝고도 측은한 마음이 훨씬 더 느껴졌다. 노인을 공평하게 대해야 하는 요양보호사이기 전에 나도 한 인간이었던 것이다.

공주도 나를 직원 이상으로 대했다. 비록 김 선생처럼 나를 오빠라고 부르지는 않았지만 말과 행동은 친오빠에게 어리광과 떼쓰기를 서슴지 않는 막냇동생 같았다. 그런 공주에게 나는 충직한 시종이었다. 특별한 일이 없으면 나는 지정석이나 다름이 없는 공주의 공간에서, 그것도 대개는 손을 잡고, 같이 시간을 보냈다. 그래도 그것을 이상하게 보는 사람이 없었다. 한 원장도 처음에는 그런 공주와 나의 관계에 대해 신경을 쓰는 듯했으나 이내 그걸 인정하고 더 이상 문제를 제기하지 않았다. 그렇게 공주와 같이 지내는 시간이 두 달, 석 달로 늘어났고, 그럴수록 우리의 라포(Rapport)는 깊어만 갔다. 공주의 가족과도 라포가 형성되기 시작했다. 공주에게는 시청 공무원과 유치원 교사인 딸 둘을 두고 있었다. 둘 다 서른을 넘겨서 공주의 근심이 컸지만 효심은 깊었다. 두 딸은 틈만 나면 면회를 와서 한참을 같이 지내다 돌아갔다. 나와도 자연스럽게 친해졌다. "고맙습니다.", "엄마가 복이 많아서 선생님 같은 분을 만났습니다."와 같은 말들을 빼먹지 않았다. 둘 다 귀여운 외모에 붙임성까지 있어서 딸이 없는 나를 기분 좋게 해 주었다.

성격이 괴팍하기로 소문난 남편 박철영도 나한테만큼은 온순하게 대했다. '강 선생'이라는 공식 호칭보다 훨씬 친근한 '강 형'으로 나를 부르면서 "고생허네.", "애들이 많이 고마워혀."라는 인사를 하곤 했다. 공주가 초등학교 교사를 할 때 공무원이었던 박철영이 신랑감으로 중매가 들어왔는데 처음에는 싫었다고 했다. 나이가 열 살이나 많았을뿐더러 짝사랑하는 동료 교사가 있어서 그랬단다. 하지만 직업이 공무원인 데다 집안이 부자이고 인물까지 훤해 욕심을 많이 낸 부모의 강요를 거절하기가 어려워서 시집을 갔다고 했다. 하지만 어린 신부를 얻은 박철영은 인물값을 심하게 했던 것 같다. 그래서 남편한테 정은 없지만 불쌍하기는 하다는 말을 공주가 자주 했다. 그렇지만 무슨 이유에서인지 그 이상의 신상에 관한 이야기는 꺼내지 않았다. 또한 우리는 노인이 먼저 말을 꺼내지 않는데 과거에 대해 꼬치꼬치 묻는 것은 결례라고 배워 왔다. 그래서 나도 공주의 과거에 대해서는 먼저 묻지 않았다.

*　*　*

정해진 시간표에 따라서 움직이는 노인 요양원은 사람에 따라 시간이 다르게 간다. 하루는 빨리 가는데 한 달은 늦게 간다고 말하는 사람들이 있고, 반대로 말하기도 한다. 또, 어떤 사람들은 둘 다 빨리 흘러간다고 한다. 내 경우는 어떨까? 아무리 생각해 봐도 하루는 천천히 가는데 한 달은 빨리 간다는 쪽에 한 표를 던져야 할 것 같다. 30년 가까이 대기업에 다니다 반강제로 은퇴를 한 후에 간헐적 비정규직 감정 노동자로 숨죽이면서 살고는 있지만 나라고 꿈이 없겠는가? 흔히 말하는 인생 후반전을 멋지게 장식하고 싶지만 그걸 뒷받침하는 구체적인 계획을 수립하지 못하고, 이렇게, 마치 도피하듯 하루하루를 보내다 어느새 다가온 새 달을 맞이하다 보면 다시 생각이 많아진다. 그러다 보면 고민에 빠지게 된다. '과연 이렇게 사는 것이 맞는 것인가? 내가 지금 뭐 하고 있지?'와 같은 질문들을 던지면서 말이다. 하지만 명쾌한 해답은 나오지 않았다. 엉거주춤하면서 한 달, 또 한 달을 넘기고, 새 달을 맞이하고 있을 뿐이었다.

노인들의 경우는 어떠할까? 인지 기능의 잔존 여부에 따라 다르겠지만, 한 가지 분명한 사실은, 그 누구도 당신이 살던 집에 돌아가지 못한다는 사실이다. 나는 그런 경우를 한 번도 본 적이 없다. 노인들이 자의든 타의든 집을 나서서 요양원이라는 낯선 시설에 들어서는 순간 그들은 이곳이든 또는 어느 병원이든 '객사'할 미래를 떠안는 것이다. 단지 인지 기능이 없는 노인은 그걸 꿈결같이 받아들일 것이고, 그렇지 않은 노인들은 고통스러운, 또는 처량한 심정으로 천장을 바라보면서 자신의 미래와 직면해야만 한다. 그러면서 그들은 하루, 하루, 한 걸음, 한 걸음, 저쪽 세상으로 놓은 다리를 건넌다. 그들의 인생 후배인 우리도 대부분 그런 경로로 그들의 뒤를 따를 것이다.

나는 여름이 끝나갈 무렵부터 서서히 불안해지기 시작했다. 공주와 형성된 라포가 시간이 흐를수록 도를 더해 갔기 때문이었다. 일주일에 두 번 주어지는 나의 오프(비번)를 공주가 초기에는 순순히 받아들였지만 어느 순간부터는 그걸 힘들어했다. 내가 없으면 너무 허전하다는 것이었다. 나는 적잖이 당황했다. 원장을 비롯한 직원들도 우리의 관계를 걱정스러운 시선으로 바라봤지만 뾰족한 해답을 내놓지 못했다.

요양보호사 같은 감정 서비스 제공자는 일단 일터를 벗어나면 그날 일을 잊어 먹어야 한다. 또 대부분 그렇게 한다. 직업의식이 부족해서가 아니라 그렇게 해야 지속적인 서비스가 가능해지기 때문이다. 그것이 무너지면 이른바 '소진' 현상이 나타나면서 일하기가 점점 어려워진다. 나도 그 점을 잘 알고 있기 때문에 일단 퇴근을 하면 최대한 요양원 생각은 하지 않으려고 노력했다. 그런데 그걸 공주가 깨 버린 것이다. 특히 오프를 받아서 집에서 쉴 때 내가 곁에 없어서 힘들어 하는 공주의 모습을 떠올리기 시작했다. 그럴 때마다 이건 아닌데 하면서, 불안한 마음이 점차 강해졌다.

나를 오빠처럼 따르는 김 선생과의 관계도 여름에 접어들면서 묘해졌다. 그 계기는 역시 술자리였다. 김 선생의 집요한(?) 유혹에 손을 들고 만 것이다. 폭염이 기승을 부리던 어느 날 나는 결국 김 선생을 비롯한 여자 요양보호사 세 명과 술자리를 같이했다. 장소는 김 선생이 살고 있는 아파트 인근에 있는 먹자골목으로 요양원에서 걸어서 십 분 남짓 걸리는 곳이었고, 그곳에서 우리 집까지의 거리도 비슷했다. 김 선생은 그날 시작부터 이상했다. 항아리 보쌈집으로 들어가기 전에 나를 살짝 불러서 오늘 2차로 노래방까지 간 다음에 다른 선생들을 보내고 우리 둘만 만나서 맥주를 한 잔 더 마시자는 말을 했다. 그 말을 듣고 나는 약간 당황했지만 곧바로 거절거리를 찾지 못해서 수락을 하고 말았다. 여선생들은 누구랄 것도 없이 잘 먹고, 잘 마시고, 잘 떠들었다. 2차로 자리를 옮긴 노래방은 말 그대로 광란의 장이었다. 특히 김 선생의 우람한 몸에서 나오는 폭발적인 가창력과 이를 뒷받침해 주는 춤 솜씨는 가히 프로급이었다. 나도 오랜만에 질탕하게 음주가무를 즐기면서도 김 선생과 약속한 3차가 머릿속에서 맴돌았다. 왜 따로 만나자고 했을까? 나를 유혹할 목적은 아닌 것 같은데. 자꾸만 생각이 나서 김 선생을 쳐다봤지만 그녀는 아랑곳하지 않고 가무를 즐기기에 바빴다. 인심이 후한 주인 덕분에 한 시간 가까이 늘어난 서비스 시간까지 즐긴 후에 모두 벌게진 얼굴로 노래방을 빠져나왔다.

나는 그만 집에 들어가고 싶었다. 하지만 약속은 약속이었다. 우리보다 먼 곳에 사는 두 선생을 먼저 택시로 보내고 김 선생과 나는 근처 실내 포장마차에 들어갔다. 요양원에서는 스스럼없이 지냈지만 막상 밖에서 얼굴을 마주 보고 있으려니 좀 어색했다. 그나마 술기운이 있어서 좀 덜하긴 했다. 김 선생도 말수가 갑자기 줄고 표정도 약간 굳어졌다. 우리는 맥주 대신 소주를 마셨다. 에어컨 바람에 식혀졌던 김 선생 얼굴이 다시 발그레해졌다.

"오라버니, 아까 제가 갑자기 그런 부탁을 해서 황당했죠?"

김 선생이 가끔 쓰는 오빠라는 호칭 대신 존칭인 '오라버니'로 나를 부르면서 침묵을 깼다.

"약간? ……. 괜찮아요."

나는 오라버니로 부르는 것이 부담스러웠지만 술 탓인지 단둘이 앉아 있는 것이 싫지는 않았다. 꼭 우리 막내 이모 분위기를 풍기는 김 선생은 술집에서도 나를 자상하게 챙겨 줬다. 나는 점차 편안해졌다. 내일은 오프이고 김 선생은 야간 첫날이니 둘 다 술을 더 마셔도 부담이 없었다. 요양원 이야기를 나누면서 마시다 보니 벌써 소주 한 병을 다 비웠다. 나는 꽤 취했다. 김 선생도 표정이 풀어지는 걸 보니 어지간히 취한 것 같았다. 하지만 둘 다 횡설수설 할 정도는 아니었다. 그러면서 나는 기다렸다. 분명히 김 선생이 할 말이 있다는 것을 어느 순간부터 직감하고 있었기 때문이었다. 내 생각은 틀리지 않았다.

"사실은요. 오라버니한테 고백할 것과 부탁할 것이 있는데 어느 것부터 들어 주실래요?"

나는 약간 긴장했다. 시답잖은 말이 아닐 거라는 생각 때문이었다.

"김 선생이 편한대로 해 봐."

내 말이 어느 순간부터 반말 투로 변해 있었다.

"제가 이 말을 하면 깜짝 놀랄 텐데요?"

"그건 들어 보고 나서."

"매화방에 계시는 용택 어르신 어떻게 보여요?"

전혀 예상하지 못했던 요양원 입소자 이름이 김 선생 입에서 튀어나왔다. 이미 소개한 용택 어르신은 나하고 나이가 같다. 뇌졸중(편마비)과 그 합병증으로 추정되는 각종 질환을 앓고 있는 와상 환자인데, 최근에는 바이탈(*맥박과 같은 활력 징후)까지 떨어져서 요양원에서조차 요양병원에 입원을 하라고 권해도 한사코 거부를 하고 있는 등 모시기가 까다로운 젊은 입소자이다.

"좀 안타깝다? 근데, 갑자기 그 친구 이름을 이 순간에 왜 들먹이는 거지?"

"사실은요. 그 어르신이 제 첫사랑이에요. 그것도 나를 매정하게 버리고 간 사람요."

"요양원이 인생극장이라는 말이 딱 맞는 것 같네. 또 한 편의 멜로 영화가 개봉 직전?"

나는 첫사랑이라는 단어를 듣자마자 약간 긴장했던 마음이 풀리긴 했지만 저 친구가 기이한 인연에 직면하고 있다는 생각도 들어서 다음 말을 기다렸다.

"우리 고향이 충북 청주거든요. 거기서 고등학교 때 만났어요. 용택 씨는 그때 충북대에 다니고 있었고요. 집안 형편이 어려워서 저는 대학 진학 대신 취업을 했지만 우리 사랑은 장래를 약속할 정도로 발전했어요. 하지만 용택 씨가 졸업을 하고 서울에 있는 대기업에 취직을 한 후부터 저를 멀리하기 시작했고, 끝내는 일방적으로 절교 선언을 해 버린 얼마 후에 서울 여자와 결혼을 했다는 소식을 들었죠."

김 선생이 담담한 어조로 자신의 과거를 밝히고 술잔을 비웠다. 나는 그 모습을 바라보면서 에어컨 바람도 다 날리지 못하는 여름밤의 열기를 잠시 느끼지 못했다.

"그랬구나. 악연도 인연이기는 한데."

"그렇게 된 후에 교회에 나가기 시작했어요. 그 사람을 잊게 해 달라고 죽어라고 기도했어요. 그런데 그게 잘 안 되더라고요. 그러다 저도 부모님의 권유를 뿌리치지 못하고 결혼을 했지만 일찍 남편과 사별을 하고 말았죠. 용택 씨도 이혼을 하고 혼자 오래 살았대요. 하나님의 계획치고는 가혹하죠? 그래서 요즘도 주님 원망을 가끔씩 해요."

알고 보니 음주가무의 프로인 김 선생은 독실한 기독교 신자였다. 술잔을 들면서 쓸쓸히 웃는 김 선생의 얼굴에서 파릇파릇했던 청춘의 모습이 언뜻 어른거렸다.

"용택 씨가 어떻게 알고 김 선생이 일하는 요양원에 찾아왔을까?"

"저도 그게 궁금해서 계속 물어보는데 우연히 그렇게 됐다는 말만 되풀이하거든요. 서로가 그렇게 된 이후로 완전히 연락을 끊고 살았기 때문에 거짓말은 아닌 것 같기도 해요."

"자기가 살기 위해서 물어 물어서 김 선생 품으로 다시 기어들어 왔을 수도 있을 거야."

"설마요."

"그럴 가능성이 높아 보이는데?"

"언젠가는 알게 되겠죠."

"그 친구를 볼 때마다 어떤 생각이 드나?"

"복잡해요."

"사랑? 그런 감정은 없고?"

"그런 것이 남아 있을 것 같애요? 다만 연민? 그런 것들이……"

"그래서 힘들어?"

"네…… 그래서 말인데요. 샘께 부탁할 것이 있어요."

"뭔데?"

"요양원 그만두지 마세요."

"갑자기 그 말은 왜 하지?"

나는 술잔을 입에 대려다 말고 도로 내려놓았다. 속으로만 생각하고 있던 퇴사 계획을 저 친구가 어떻게 간파했을까? 아니면 단순한 넘겨짚기? 나는 발그레한 김 선생의 얼굴을 찬찬히 살폈다.

"공주 때문에 힘드시잖아요."

"그렇게 보여?"

"네, 저러다 얼마 못 가겠지 하는 생각이 들어요."

"그렇게 보였구나."

"오라버니같이 일을 완벽하게 하려는 사람일수록 오래 못 버티더라고요."

"내가 그런 사람은 아닌데. 암튼, 내가 그만둬도 김 선생한테 피해가 가는 일이 별로 없을 텐데 왜 못 나가게 하는 거지? 첫사랑 상대는 내가 아니라 용택 씨 아녀?"

"오라버니가 나가시면 용택 씨를 붙잡고 있는 제 마음의 끈이 끊어질 것 같아서 그래요. 사실 저도 그만둘까 고민하고 있거든요. 저랬던 사람, 저렇게 돼 버린 사람을 계속 바라본다는 것이 힘들어요."

"내가 있으면 그런 마음이 좀 적게 든다?"

"맞아요. 어쨌든 찾아오는 사람이 거의 없고, 갈 날이 얼마 남지 않은 것 같은 용택 씨의 곁을 지켜 주고는 싶은데 그 마음이 자꾸 흔들려요. 그런데 오라버니가 공주한테 하는 것을 보면 이건 쉽게 결정할 일이 아니라는 생각도 들거든요."

"김 선생이나 나나 인연이라는 덫에 걸려든 것 같다. 아니지, 나는 공주와 인연이라고 할 것도 없는데?"

"그야 모르는 거죠."

"암튼 김 선생이 털어놓은 말, 좀 충격이다. 용택이 그 친구가 죄를 많이 지긴 진 것 같네. 어떻게 보면 막판에 김 선생을 만나서 호강하고 있는 거고. 돌아온 탕아? 그 이야기가 갑자기 생각난다."

"돌아오지 않았어요."

"왔잖아?"

"병든 몸만 온 것 같아요. 그래서 더 미워요."

"사과는 했고?"

"아뇨."

"암튼, 김 선생 말은 깊이 참고할게. 그만 일어날까?"

"용택 씨 대신 오라버니를 만났으면 어땠을까요?"

"드디어 김 선생이 취했구만."

요즘 들어서 부적 생각이 자주 나는 차 해병과의 인연은 감감한데 다른 인연들이 나를 휘감는구나. 나는 김 선생을 집 앞에까지 데려다주고 집으로 걸어가면서 밤더위를 느끼지 못했다.

* * *

노인 요양원에는 바깥세상과는 다르게 겨울과 여름이라는 두 계절만 존재한다. 그래서 겨울이 빨리 온다. 팔월 하순에 들어 있는 처서가 지나면 아침저녁으로 선선한 바람이 불기 시작한다. 요양원의 겨울이 찾아오기 시작한 것이다. 이 시기가 되면 벌써 노인들의 옷과 이불이 두꺼워진다. 이렇게 시작된 겨울은 다음 해 유월 중순쯤에나 가서야 겨울 이불이 세탁된 채 진공 포장되어 물품 창고로 옮겨지는 것으로 끝이 나고 여름을 맞이한다. 하지만 이른바 '환절기'도 그사이에 꼭 찾아오기 마련이다. 환절기에는 죽음의 그림자가 어른거린다. 정확한 통계는 보지 못했지만 내 경험으로 비추어 볼 때 확실히 환절기에 사망하는 노인이 많은 것 같다. 면역력이 떨어지는 노인들이 계절의 변화에 잘 적응하지 못해서 죽는다고 말하는 사람도 있다. 잘 모르겠지만, 어쨌든 그런 것 같다.

이번 환절기에도 예외는 없었다. 공주의 남편인 박철영이 세상을 떠난 것이다. 식사를 며칠째 거의 못하고 유치도뇨관(소변줄)을 통해 나오는 오줌에 피가 계속 섞여 나와서 인근 대학병원에 입원을 했는데 일주일이 채 안 돼서 눈을 감았다. 최종 사인은 신장암이라고 했다. 추석을 며칠 앞둔 구월 중순의 일이었다.

"강 형, 저 사람 잘 부탁혀."

박철영이 병원에 가면서 느닷없이 내게 악수를 청했다. 이번에 가면 다시 돌아오지 못할 것이라는 것을 예감했던 것 같다. 나는 한창 나이인 오십 대 후반의 공주가 역시 육십 대 후반이라는 비교적 젊은 남편을 잃고 큰 충격을 받을까 봐 걱정했다. 하지만 겉으로 보기에는 별다른 표정의 변화가 없었다. 거동이 불편하긴 하지만 장례식장에 갈 수도 있었는데 공주는 원하지 않았다. 하지만 나는 고인이 된 박철영과 유족에 대한 각별한 마음이 있어서 조문을 갔다. 요양보호사들이 거의 하지 않는 파격적인 결정이었다. 두 딸은 나를 향해 연신 눈물을 보이면서 엄마를 잘 부탁한다는 말을 여러 번 했다. 아버지와 격의 없이 지낸 것에 대해서도 고마움을 표했다. 유해는 고인의 유언에 따라 화장을 해서 절에 모시기로 했다는 말까지 했다.

박철영이 갑자기 죽은 이후에도 공주의 태도는 크게 달라진 것이 없었다. 내가 오프 전날에 퇴근 인사를 할 때면 "나도 선생님 따라가면 안 돼요?"와 같은 당황스러운 요구를 하는 것도 여전했다. 다만 식사량이 줄기 시작했다. 두 딸이 자주 사다 주는 간식거리를 너무 먹어서 원장이 주의를 줄 정도였는데 그것도 덜 먹기 시작했다. 그러면서 전보다 잔기침이 잦아지면서 가래를 토해 내는 횟수가 많아졌다. 두 딸은 그런 엄마를 보면서 일 년 이상 기침이 끊이지 않는데 고집스럽게 병원 진료를 거부한다고 걱정을 많이 했다. 그래서 한사코 안 간다는 엄마를 어렵게 설득해서 요양원 근처에 있는 개인병원에서 진료도 받아 봤다. 의사가 특별한 문제는 없다고 했다.

정작 변한 것은 딸들이었다. 민주와 진주라는 이름을 가진 두 딸은 박철영이 죽은 이후에 내게 더 살갑게 대했다. 보호자와 요양보호사라는 약간 껄끄러울 수 있는 관계를 전혀 의식하지 않게 해 줬다. 심지어 딸 같은 느낌이 들 때도 있었다. 실제로 우리가 격의 없이 지내는 모습을 지켜보는 여선생들이 "아유, 꼭 부녀지간 같네." 농담 반 진담 반으로 이런 말을 하곤 했다. 나는 그럴수록 부담이 커 갔다. 아니 양가감정을 느끼기 시작했다는 말이 정확할 것 같다. 박철영의 유언에 따라 공주를 잘 보살피면서 두 딸과 잘 지내고 싶다는 생각의 끈과 그것이 부담스러워서 이제 그만 떠나야 할 것 같다는 생각의 끈이 반대편에 서서 서로 자기 쪽으로 잡아당기려고 힘을 쓰고 있는 것 같았다. 하지만 아직까지는 서로의 힘이 팽팽했다. 그래서 점점 힘들어졌다. 나이를 먹을수록 새로운 인연을 가급적 만들지 말라는 어느 철학자의 말도 떠올랐다. 그런데 공주와 두 딸에 이어 김 선생을 비롯한 요양원 구성원들과도 갈수록 인연이 더 얽혀 가고 있다. 이걸 어찌 해야 하나? 내가 언제까지 그걸 감당할 수 있을까? 스스로에게 묻기 시작했다. 그만큼 인연이라는 것, 인간관계라는 것에 대해 자신이 없었다.

자신을 버리고 간 첫사랑을 요양원에서 다시 만난 김 선생 이야기를 좀 더 해 봐야겠다. 나는 김 선생과 따로 술을 마신 이후로 용택 씨를 유심히 살피기 시작했다. 과연 김 선생이 말한 대로 그런 일이 있었는지 묻고도 싶었다. 하지만 그런 사적인 질문을 할 수는 없었다. 다만 용택 씨를 볼 때마다 드라마 제목으로도 적당할 것 같은 사랑과 인연이라는 단어의 조합이 떠올랐다. 그러면서, 상태가 더 악화되기 전에, 죽기 전에 김 선생에게 사과는 꼭 하라는 말을 하고 싶었다. 내가 요양원을 그만두는 시점이나, 용택 씨가 더 이상 인지 기능을 유지하기가 어렵겠다고 판단되는 때에 그 부탁을 해야겠다는 생각을 하고 있었다. 그만큼 용택 씨를 향한 김 선생의 복잡한 감정에 관심을 가지고 있었다. 또, 공주와 그 가족을 두고 힘들어하는 내 입장이 투사되어 일종의 동지 의식이 싹튼 것도 그런 마음을 갖게 하는데 작용을 한 것 같았다.

그래서 그랬을까? 김 선생과 나는 그 뒤에도 가끔 술자리를 같이했다.

인연의 향기

그렇다고 해서 불미스러운 감정 같은 건 없었다. 그만큼 우리 관계는 오누이나 다름이 없는 건전한 사이였다. 김 선생은 큰 덩치에 걸맞지 않게 등산을 좋아했다. 나도 마찬가지였다. 오프가 겹쳤을 때 가까운 산에 다녀와서 뒤풀이 삼아 김 선생이 좋아하는 노래방에 가서 실컷 목청을 내질렀다.

"용택 씨가 얼마나 버틸 것 같아요?"

어느 날, 김 선생이 등산 뒤풀이 자리에서 내게 물었다.

"글쎄? 나이가 젊어서 그렇게 쉽게 가지는 않을걸? 인지는 오래갈 것 같지는 않고,"

"그게 더 무서워요."

"뭐가?"

"정신줄을 놓아 버리고 몸뚱이만 살아 있는 거요."

"그렇겠다. 그러기 전에 할 말 하고, 듣고 싶은 말이 있으면 들어야 하겠는데?"

"할 말은 딱히 없고, 듣고 싶은 말은 뭐가 있을까요?"

"그걸 나한테 물으면 어떡하나."

나는 실소를 터트리며 김 선생을 바라봤다. 잘 모르겠다고 내게 묻긴 했지만 꼭 듣고 싶은 말이 있는 것 같은 표정을 짓고 있었다.

"그래도 오라버니가 한번 말씀해 보세요."

"사과? 아니면 잊지 못한 채 살아 왔다는 말?"

"둘 다 아니에요. 그냥, 지금처럼 겉도는 말만 하면서 우리 인연에 대한 이야기는 마지막 순간까지 가슴에 묻고 갔으면 좋겠어요."

"그런 말들을 들으면 힘들어지니까?"

"……."

"어쨌든 계속 옆에 있을 거지?"

"오라버니가 안 나가고 있는 한요."

"내가 나가더라도 따라 나오지는 못할걸? 김 선생이 극진히 모시는 하나님이라는 분의 계획인 것 같다는 생각이 들어서 말이야. 우리 식으로 표현하자면 전생의 인연이 얽힌 팔자소관인 것이고."

"오라버니는 입장이 곤란해지만 꼭 하나님 핑계를 대더라. 그렇게 교회 같이 나가자고 해도 꿈쩍도 않으면서."

김 선생이 샐쭉한 표정을 지으면서 생맥주잔을 집어 들었다.

"아이고, 드디어 교회 가자는 말이 나왔으니 그만 일어나야겠다."

"공주도 상태가 점점 안 좋아지는 것 같은데요?"

김 선생이 의외로 교회 대신 공주의 상태를 꺼내 들었다.

"그렇지?"

"이번 가을에 둘 중 하나는 막차를 탈 것 같아요."

"그런 일이 없으면 좋겠다."

"안 그렇다 하더라도 이별 열차는 타지 마세요."

"내가?"

"예, 올가을은 어떻게든 버텨 봤으면 해요. 이렇게 만나면서."

"교회 같이 가자는 말만 빼면."

공주를 비롯한 요양원에서 새로 맺은 인연들을 뒤로 하고 훌훌 떠나야 하는 것인가? 아니면, 김 선생 말대로 그것들을 보듬고 겨울을 맞이해야 할까? 감상적인 것이 아니라, 지극히 현실적인 질문이 본격적으로 내 가슴에 꽂히기 시작했다. 그러면 그럴수록, 참으로 이상하게도, 차 해병에 대한 기억이 자주 떠올랐다. 꿈에서도 한 번 더 나타났다.

* * *

전에 말했듯이 요양원이라는 곳에는 존재하지 않는 가을이 빠르게 지나가고 있었다. 요양원 밖 대로변에 서 있는 은행나무들이 바람의 힘을 빌려 사정없이 제 잎들을 털어 내기에 바빴다. 내가 노블 실버 요양원에 들어온 지 육 개월째 되는 시월 하순이 다가온 것이다. 이제 육 개월? 한 일 년은 족히 되는 것 같은데? 나는 이곳에서 지낸 시간들을 되돌아보기 시작했다. 그러면서 달력을 자주 보기 시작했다. 나를 가운데에 두고 양

쪽에서 팽팽하게 줄다리기를 하던 두 끈이 어느 순간부터 한쪽으로 기울기 시작했기 때문이었다. 나는 일 년 정도 이곳에서 일하겠다는 당초 계획을 바꿔 연말까지만 일을 하고 도망(?)가야겠다는 생각을 점점 더 강하게 품기 시작했다. 그 이유에 대해서는 앞에서 충분히 밝혔기 때문에 더 이상 늘어놓지는 않겠다. 그러려면 늦어도 십일월 말에는 한 원장한테 퇴직 의사를 밝혀야 한다. 그래야 후임을 뽑아서 배치하는데 무리가 따르지 않기 때문이다. 이제 한 달 정도밖에 남지 않았다. 그동안에 어떻게든지 마음을 굳혀서 이 힘든 인연의 고리를 끊고 자유인으로 돌아가자. 나는 점점 생각을 굳혀 갔다. 하지만 김 선생을 제외한 모든 사람들은 내가 그런 불충한(?) 계획을 세우고 있다는 것을 전혀 눈치채지 못했다. 나는 평소와 같이 언제나 최선을 다하는 일등 요양보호사이었기 때문이었다.

시간은 점차 흘러 어느덧 십일월이 돌아왔다. 벌써부터 여선생들 입에서는 김장 이야기가 튀어나오기 시작했다. 노인들은 이미 두툼한 겨울옷으로 무장하고 있었다. 한 원장한테 이야기를 해야 하는데, 언제, 어떻게 하지? 아니, 정말 해야 하나? 다른 사람들은 몰라도 우리 공주와는 어떻게 헤어지나? 그리고 민주와 진주의 얼굴은 어떻게 보고? 일단, 공식적으로 퇴사를 하고 가끔 면회를 오는 방법도 있겠네. 하지만 그건 아냐, 그건 공주가 더 힘들어할 거야. 그리고 그렇게 인연의 끈을 가늘게 만들어서 서로가 간신히 잡고 있는 것보다는 두 눈 질끈 감고 끊어 버리는 게 서로에게 좋을 거야. 타이밍으로 볼 때 지금이 딱 적기야. 나는 인연을 끊는 데 필요한 모든 논리와 이유들을 동원하기 시작했고, 결국 며칠 내로 한 원장한테 면담을 신청해야겠다는 결심에까지 이르렀다.

내 퇴사 계획을 꿈에도 모르고 있는 공주는 얼마 전부터 자잘한 요구를 더 자주 하기 시작했고, 짜증도 늘어났다. 잔기침이 그치지 않고 수시로 열이 올라 몸이 힘들어졌기 때문이었다. 나는 주간에만 근무를 해서 공주의 수면 상태는 잘 알지 못했는데, 아침 미팅 시간에 야간반이 보고를 할 때 공주의 불면에 관한 내용이 빠지지 않았다. 결국 완강하게 버티던 공주도 한 원장과 두 딸의 간곡한 설득에 대학병원에 입원하여 정밀 검사를 받는 데 동의를 했다. 공주는 병원에 가면서 울음을 터트렸다. 그러면서 나보고 어디 가지 말라고 했다. 나는 그런 공주의 손을 꼭 붙잡고 걱정하지 말라고 했다. 하지만 내 퇴사 계획을 알고 있는 것 같아서 속은 뜨끔했다. 공주는 이틀 만에 요양원에 돌아왔다. 나는 별문제가 없어서 일찍 퇴원한 줄 알고 안심했다. 하지만 결과는 딴판이었다. 폐암, 그것도 더 이상 별다른 치료 방법이 없는 말기 판정을 받았다는 사실을 미팅 시간에 한 원장이 전했다. 공주도 그 사실을 알고 있다고 했다. 골초 남편을 뒀던 덕분에 간접흡연을 많이 해서 그렇게 된 것 같다는 말까지 덤덤하게 했다면서 한 원장은 혀를 끌끌 찼다.

나는 공주가 불쌍했다. 그렇지만 섣부른 위로는 자칫 부작용만 낳을 것 같아서 모르는 체했다. 공주도 자기가 폐암 말기 판정을 받았다는 사실을 내게 말하지 않았다. 하지만 민주와 진주는 눈물을 글썽이면서 내 손을 잡았다. 저번에 김 선생이 꺼낸 예언 아닌 예언이 맞아떨어지는 건가? 공주 때문에 내 퇴사 결심이 흔들렸다. 아무리 길어도 일 년을 넘지 못할 것이고, 통증 치료 때문에 그 안에 요양병원 같은 곳으로 옮겨야 할 것 같다는 한 원장의 말도 머리에 꽂혔다. 그래, 그때까지만 이곳에 남아 있을까? 나는 고민했다.

가을비가 추적추적 내리던 어느 날 오후였다. 나는 여느 날과 같이 공주 옆에 앉아서 공주가 연신 뱉어 내는 가래를 휴지로 받아 주고 있었다. 바로 옆 소파에는 매화방에 계시는 홍렬 어르신이 앉아 종편에서 방영하는 시사 프로그램을 열심히 보고 있었다.

"아이고, 뭐? 모병제? 군대도 안 갔다 온 것들이 저런 말들을 생각 없이 지껄이니 나라가 이 모양 이 꼴이지."

국가 유공자이자 해군 통역 장교 출신이라는 홍렬 어르신은 군대 경력에 대한 자부심이 대단했다. 또 그 나이에 걸맞게 이른바 '마초'적인 사고 방식도 뚜렷했다. 그런 성격의 소유자답게 앞치마를 입고 설치는(?) 나를 마뜩잖은 시선으로 바라본다는 것쯤은 이미 알고 있었다. 그는 나를 사내구실을 제대로 하지 못하고 빌빌대는 '반여자' 정도로 치부하고 있는 유일한 남자 입소자였다.

"어이, 강 선생! 군대 갔다 왔어? 혹시 방위 아녀?"

그런 홍렬 어르신답게 짧게 웃고 난 후에 약간 조롱하는 듯한 목소리로 물었다. 옆에 앉아 있던 남자 어르신들도 따라 웃으며 나를 바라봤다. 역시 궁금해하는 눈치였다. 나는 이곳에 와서 처음으로 모욕감을 느꼈다. 그러자 반감도 몰려왔다.

"해병대 나왔습니다."

나는 홍렬 어르신의 얼굴을 똑바로 바라보면서 짧게 대답을 내뱉었다.

"그래? 의외네. 어디서 근무했는데?"

믿을 수가 없어서 확인하고 싶어 하는 표정이 역력했다.

"포항입니다."

"몇 기지?"

더 따지고 들어왔다.

"420기입니다."

나는 쏘아붙이듯이 대답했다.

"그렇구만."

홍렬 어르신이 내 얼굴을 한 번 더 바라보고 티브이에 시선을 돌렸다.

바로 그 순간에, 뜻밖에도 공주가 끼어들었다.

"어? 우리 오빠도 해병대 나왔는데? 포항에서 근무했어요. 우리 선생님하고 같네. 신기하다."

공주가 정말 신기하다는 표정으로 눈이 감긴 얼굴을 들어 나를 쳐다봤다.

"혹시 몇 기인 줄 아세요?"

나는 별생각 없이 예의상 물어봤다.

"그건 모르고요, 대학을 졸업하고도 무슨 이유인지 단축 혜택을 못 받았어요."

그 순간, 가슴이 철렁 내려앉는 느낌이 들었다. 나는 놀란 가슴을 진정시키고 한참을 망설이다 금기시되어 있는 공주의 신상에 관해 어렵게 질문을 꺼내 들었다.

"저, 혹시, 고향이 어딘지 물어봐도 돼요?"

"여태 모르셨어요? 정읍이에요. 선생님도 말투로 보면 같은 전북 같은데요?"

공주가 심드렁하게 대답을 했다. 나는 말문이 막혔다. 자꾸 가슴이 두근거려서 무슨 말을 해야 할지 허둥댔다.

"우리 오빠 말고는 근처에 해병대가 없었어요. 그때 얼마나 멋있었는데요. 아! 맞다! 오빠와 같은 부대에 근무한다는 군인이 겨울에 우리 집에 찾아온 적이 있었어요. 그때 그 군인 아저씨를 친구들이랑 문구멍으로 엿봤는데."

내가 말을 잇지 못하는 사이에 공주가 오빠 이야기를 더 하고 나서 소녀티가 나게 웃었다. 이럴 수가! 나는 숨이 막혔다. 그 겨울날에 윗방에서 킬킬거리던 여자애들 중에 공주가 끼어 있었다니. 아니! 이게 무슨 상황이야! 언빌리버블! 나는 일어나서 고함을 치고 싶었다. 공주도 공주지만 그토록 닿고 싶어 하는 차 해병과의 인연의 끈이 보이기 시작했기 때문이었다.

"혹시 친정 부모님은 다 살아 계세요?"

나는 그 시절에 두 번이나 뵌 차 해병의 부모님을 떠올렸다.

"다 돌아가셨어요."

나는 더 이상 묻지 않았다. 이제 차 해병은 내 손아귀에 들어왔다는 판단 때문이었다. 이제부터는 공주와 두 딸을 통해 포위망을 서서히 좁혀 가기만 하면 꼼짝 못 하고 걸려들 것이다. 그래서 나는 서두르지 않기로 했다.

* * *

나는 실로 오랜만에 흥분이라는 것을 했다. 가슴이 콩닥거리고 자꾸

목이 말랐다. 그러면서 차 해병이라는 이십 대 초반에 이년 남짓 쌓은 인연이 이토록 깊어서 그런지 아니면 프로이트가 말한 그 무의식이라는 것 때문인지 궁금해졌다. 김 선생의 첫사랑과 비교할 때 차 해병과의 인연은 그럴 정도로 내게 강렬한 경험을 안겨 준 것은 아니었기 때문이다. 하지만 서서히 정신을 차리기 시작하면서 차 해병과 공주를 연결시키기 시작했고, 그렇다면 이건 보통 인연이 아니라는 결론을 내렸다. 그때까지는, 왜 그랬는지는 모르겠지만, 차 해병과 공주가 남매지간이라는 사실은 크게 염두에 두지 않았다. 하지만 곰곰이 생각해 볼수록 차 해병과 공주 그리고 두 딸까지 엮인 커다란 인연이 내게 밀려 들어왔다는 생각을 떨칠 수가 없었다.

나는 공주에게 오빠인 차 해병과 나의 관계도, 공주가 봤다는 그 군인 아저씨가 바로 나였다는 점도 말하지 않았다. 혹시나 하는 염려 때문에 자연스럽게 알 수 있도록 신경을 쓰기로 했다. 그러면서 나는 공주의 두 딸이 면회를 오기만을 기다렸다. 그들에게 이 사실을 알려 주고 나서 차 해병의 근황을 물어보고 싶었기 때문이었다. 다행히 민주와 진주가 주말에 면회를 왔다. 나는 그들에게 내 퇴근 시간에 맞춰 면회를 끝내 달라고 부탁을 했다. 밖에서 차를 마시면서 이야기를 나누고 싶어서였다. 우리 셋은 요양원 근처에 있는 찻집을 찾았다. 나도 모르게 아빠가 된 것 같은 엉뚱한 생각이 몰려와서 속으로 웃었다. 나는 차 해병, 그러니까 그들에게 외삼촌이 되는 사람과의 인연과 그에 관련하여 며칠 전에 공주와 나눈 대화에 대해서도 말을 꺼냈다. 그러면서 엄마는 아직 그 사실을 모르고 있다는 것에 대해서도 알려 줬다. 민주와 진주는 어떻게 이런 일이 있을 수 있는가 하면서 손뼉을 치면서 좋아했다.

나는 그들의 입을 통해서 그토록 원하던 차 해병의 소식을 들을 수 있었다. 차 해병은 전역 후 바로 중이 되어서 여기저기서 수행을 하다가 지금은 부안에 있는 개운사라는 절의 주지로 있다고 했다. 그것이 인연이 되어서 차 해병의 부모와 박철영의 유해가 그곳에 모셔져 있다고도 했다. 박철영을 화장해서 절에 모신다는 곳이 바로 개운사였구나. 새삼 인연의 힘을 실감했다. 나는 차 해병이 중이 되었다는 말에 별로 놀라지 않았다. 군 복무 시에 그런 가능성을 풍겼기 때문이었다. 하지만 그가 실제로 중 노릇을 하고 있을 것이라고는 전혀 생각하지 못하고 있었다. 민주는 여전히 놀란 표정으로 내게 부탁을 해왔다. 그렇지 않아도 엄마가 요즘 들어서 부쩍 외할아버지와 외할머니 그리고 아빠가 계시는 그곳을 찾아보고 싶어 한다고 했다. 당신 몸이 갈수록 안 좋아지는 걸 알고 마지막으로 유일한 핏줄인 오빠가 있는 절에 한번 가고 싶어 한다는 말이었다. 그러니 그때 동행을 해 달라는 부탁이었다. 그러면서 원래 오빠와 공주 사이에 언니가 하나 더 있었는데 어릴 때 죽어서 나이 차이가 많이 난다고 하면서 공주가 그 언니의 명복도 빌어주고 싶다는 말도 자주 한다고 했다. 나는 민주의 부탁을 거절할 이유가 없었다. 아니, 오히려 반가웠다.

민주와 나는 한 원장에게 사실 이야기를 하고 공주의 외출을 요청했다. 내가 오프일 때 내 차로 모시겠다는 말도 했다. 한 원장도 놀라면서 흔쾌히 승낙을 했다. 그러면서 나를 바라보면서 공주가 복이 많다는 말까지 했다. 여선생들이 많이 있는 곳이라서 그런지 요양원은 소문이 빠르게 난다. 우리의 이야기는 정작 당사자인 공주만 모르고 있을 뿐 직원들은 다 알게 되었다. 특히 김 선생이 더 놀라워했다.

"이게 다 우리 하나님의 놀라운 은총이라니까요?"

김 선생이 내 어깨를 탁 치며 웃었다.

"하나님의 은총이 아니라 부처님의 자비심 같은데?"

"뭐가 됐든 오라버니는 이제부터 꼼짝 마라네요. 내가 전에 인연은 모르는 거라고 했죠?"

"김 선생은?"

"몰라요."

"다. 그분 계획 안에 있으니까 나보다 더 꼼짝 못 하는 포로다. 인연의 포로."

나는 샐쭉한 표정을 짓고 있는 김 선생의 등을 살살 두드리며 편하게 웃었다.

드디어 우리는 주말에 개운사를 향해 차를 몰았다. 민주가 외삼촌인 혜각 스님에게 나를 포함한 우리가 언제 간다고 미리 연락을 했는데 별말이 없었다는 말을 했다. 공주에게 비밀로 부치고 있던 나와 차 해병과의 인연은 오빠를 만나는 자리에서 털어놓기로 했다. 왠지 그렇게 하고 싶었다. 운전은 내가 하고 옆 좌석에는 민주가 앉았다. 뒷좌석에서는 진주가 엄마의 수발을 드느라고 바빴다. 나는 말로 표현하기 힘들 정도로 가슴이 설렜다. 꼭 가족 여행을 가고 있다는 느낌도 들었다. 공주의 표정은 읽기 어려웠지만 민주와 진주도 한껏 들떠 있었다. 차창 밖은 이미 만추였다. 차 안에서 공주는 별말이 없었다. 연신 가래를 뱉어 내면서 제대로 받아 주지 못하는 진주를 계속 나무랐다. 우리는 여산 휴게소에 들러 이른 점심을 먹고 다시 차에 올랐다.

"선생님, 저번에 말한 그 군인 아저씨요. 그때 그 아저씨가 보낸 것 같은 편지가 세 통인가 왔었어요, 오빠는 이미 집을 나가서 없었고요. 그래서 엄마가 마지막 편지를 받은 후에 나보고 답장을 하라고 해서 떨리는 마음으로 보냈는데 답장이 없었어요."

공주가 가만히 앉아 있다가 느닷없이 내가 보냈던 편지 이야기를 꺼냈다.

"내가 얼마나 간절한 마음으로 답장을 기다렸는데요."

공주가 계속 밭은기침을 하면서도 하고 싶은 말을 다 했다. 뒷거울로 언뜻 보니 공주는 살짝 웃고 있었다. 내가 전역 직전에 마지막 편지를 보내서 답장을 받아 보지 못했구나. 그 당시에 품었던 의문이 풀리는 순간에, 옆에 있던 민주가 내 허벅지를 살짝 두드리면서 쿡 웃었다. 내가 그 시절에 정읍 집에 두 번이나 갔던 이야기를 이미 들었기 때문이었다.

우리는 부안 IC에서 빠져나와 이차선 지방도로에 진입했다. 그렇게 이십 분 정도 달렸을까? 개운사 입구를 알리는 표지판을 보고 바로 우회전을 해서 한 일 킬로쯤 산길을 오르니 개운사 주차장이 나타났다. 나와 민주가 공주를 부축하여 휠체어에 앉힌 다음에 주위를 둘러봤다. 절 뒤쪽은 이삼백 미터쯤 되어 보이는 야트막한 산이 들어서 있고 앞은 비산비야의 지형이 아늑하게 펼쳐 있었다. 풍수에 대해 별 지식이 없는 내가 봐도 명당이었다. 이런 곳에 은거하면서 도를 닦고 있었구먼. 스님이 된 차 해병의 모습을 상상하니 나도 모르게 웃음이 나왔다.

절은 생각했던 것보다 컸다. 제법 규모가 있어 보이는 대웅전을 중심으로 몇 개의 부속 건물이 눈에 들어왔다. 이와는 별도로 요사채로 보이는 자그마한 기와집이 따로 들어서 있었다. 우리는 상좌로 보이는 스님의 안내로 그 집에 들어섰다. 차 해병, 아니 혜각 스님은 마중을 나오지 않았다. 나와 민주가 공주를 조심스럽게 부축하여 스님이 계시는 방으로 인도했다. 혜각 스님은 면벽을 한 채 정좌를 하고 있다 기침 소리를 듣고 등을 돌렸다. 나는 미처 스님의 얼굴을 다 보기도 전에 엉겁결에 합장부터 했다.

"인연이 이렇게 닿는구려."

혜각이 나를 보고 빙그레 웃었다. 그 옛날 차 해병의 모습은 찾아볼 수 없었다. 단지 도력 높은 스님을 마주 보고 있다는 생각뿐이었다. 그렇지만 나는 아랫배에 힘을 주고 엉뚱한 말부터 꺼냈다.

"절이 제법 넓어서 축구 시합도 충분히 할 수 있겠습니다."

"족구는 가끔 합니다만 축구는 수가 적어서. 그건 해인사 쪽이 강하지요."

느닷없는 내 말을 듣고 혜각이 볼을 허물었다. 우리의 대화를 계속 듣고 있던 공주가 혜각과 나의 인연을 그제야 알아챘는지 갑자기 눈물을 흘리기 시작했다. 옆에서 딸들이 말려도 멈추질 않았다.

"어허, 녹차가 아니라 눈물차가 되겠구나."

혜각이 딱하다는 표정으로 공주의 얼굴을 쳐다봤다. 육신의 핏줄로 보는지 아니면 그저 가련한 중생으로 보는지 가늠하기 어려운 시선이었다. 그래도 공주의 눈물은 그치지 않았다.

"시주, 밖에 나가시면 아까 봤던 그 아이, 운림이 보일 텐데, 같이 절 구경 좀 하시구려."

혜각이 나를 보고 하는 말이 무슨 뜻인지 알아차리고 바로 밖으로 나왔다.

개운사 경내는 가을로 가득 차 있었다. 감이 주렁주렁 매달려 있는 감나무에서 포식을 하고 있는 까치들이 내지르는 소리가 제법 요란했다. 나는 운림 스님을 찾지 않고 혼자서 이곳저곳을 돌아봤다. 그러면서 여기까지 온 이상 공주와의 인연을 그대로 인정하고 요양원에 더 머물러야겠다는 결심을 굳혔다. 김 선생과 용택 씨와의 인연도 관심을 가지고 지켜보자, 오누이 같은 관계를 유지하면서. 그리고 한 원장을 비롯한 나머지 연줄들도. 그렇게 올해를 넘기고, 내년……. 공주의 마지막 순간까지 같이 하는 거야. 그런 생각이 들자 몸이 갑자기 가벼워진 느낌이 들었다. 몸 안으로 들어오는 공기가 실핏줄까지 그대로 전달되는 것 같은 청량한 기운이 몰려왔다. 용케 서리를 피해 담 모퉁이에 자리 잡은 들국화인지 구절초인지 분간하기 어려운 꽃들이 그런 나를 향해 방긋 웃고 있는 것 같았다.

　한 삼십여 분이 흘렀을까? 진주가 나를 찾아왔다. 나는 다시 들어가 공주의 눈치를 살피면서 차를 마셨다. 방 안에는 별말이 없이 차분한 분위기가 감돌았다. 나는 밖에서 들려오는 산새 소리에 귀를 기울였다. 얼마간의 시간이 흐르자 공주가 불공을 드리고 싶다고 했다. 우리는 혜각 스님과 함께 법당에 들어 공주의 부모님과 언니 그리고 박철영의 극락왕생을 빌었다. 이번에는 공주가 울지 않았다.

　해는 서쪽으로 기울고 있었다. 갈 시간이 다가왔다. 혜각이 배웅을 나오면서 내 팔을 붙들고 한쪽으로 이끌었다.

　"시주가 진인(眞人)은 진인인가 보오. 속세의 인연을 셋이나 주렁주렁 엮어서 그 전의 인연을 찾아왔으니 말이오."

　혜각이 빙그레 웃으면서 합장을 했다. 우리 주지 스님이 확실히 한 수 위구나. 공주와 두 딸을 한꺼번에 떠맡기겠다는 선문답 같은 말 아녀? 이거, 완전히 부처님 손바닥이네. 하지만 나는 기분이 상하지 않았다. 아니, 갑자기 부자가 된 기분이 들었다.

　우리는 혜각의 합장을 뒤로 하고 주차장으로 향했다. 공주의 얼굴은 평온함으로 가득해 보였다. 진주가 공주의 휠체어를 밀고, 나는 그 옆을 따라가는데 민주가 다가와서 팔짱을 꼈다. 나는 움칫했다. 하지만 그대로 뒀다. 이내 기분 좋은 촉감이 전해졌다. 만추의 늦은 오후는 시원했다. 휠체어에 앉아 보이지 않는 눈으로 좌우를 둘러보던 공주가 입을 열었다.

"참, 선생님, 아들만 하나 있다고 했죠? 장가갔어요?"

"아뇨, 애가 숫기가 없어서."

그 말을 들은 민주가 끼고 있던 팔에 더 힘을 주었다.

그래, 지금 내게 전해지고 이 힘, 이 무게, 감사하게 받아들이자. 삶의 겨울이 몰아칠지라도 그렇게 살아가는 거다. 나는 새들이 고공비행을 하고 있는 가을 하늘을 바라봤다.

"야들아. 지금쯤이면 피는 꽃이 별로 없을 텐데 무슨 냄새가 이렇게 향기롭냐?"

개운사를 벗어날 때부터 코를 킁킁거리던 공주가 얼굴에 미소를 띤 채 물었다.

"엄마, 이 냄새는 인연의 향기야. 실컷 맡아 봐."

민주가 나를 향해 활짝 웃었다.

민들레의 겨울

12월 초순인데도 겨울비가 이틀째 그치지 않고 내리고 있다. H아파트를 감싸고 있는 자그마한 숲에는 비 때문인지 한낮인데도 새 한 마리도 보이지 않는다.

세상이 어지러우니 겨울에도 장마가 지나? 영례는 침대에 누운 채 창밖으로 언뜻 보이는 우중충한 바깥 풍경을 바라보며 중얼거렸다. 이렇게 질척거리는 날에 꼭 병원에 가야 하나? 영례는 묵직하게 전해 오는 치통을 감지하자 오후에 받기로 마음먹은 치과 진료가 비로소 떠올렸다. 그래도 나라도 할 것은 해야지. 또 혼잣말을 중얼거리며 끙 하며 자리에서 일어나 안방과 바로 연결된 화장실로 향했다. 언제 봐도 낯설다. 영례는 샤워를 마치고 헤어 드라이기로 머리를 말리면서 거울에 비친 60대 초반의 자신의 얼굴을 요리조리 살폈다. 저게 정녕 내 본 모습인가. 하긴 여자는 평생 자신의 진짜 얼굴을 보지 못하고 죽는다는 말도 있지 않은가. 그만큼 자신의 모습을 객관적으로 바라보지 못한다는 뜻일 텐데 어디 여자만 그러하겠는가. 영례는 새치가 듬성듬성 난 머리칼, 아래로 처진 눈꺼풀, 탄력을 잃고 약하게 골이 생긴 양 볼을 바라보면서 새삼 자신의 나이를 실감한다. 그나저나 겨울인데도 비가 오는 날에는 무슨 옷을 입고 나가야지? 영례는 옷장을 뒤적거리다 작년에 이어 올해도 변변한 겨울옷 하나 사지 못했다는 현실을 실감하자 짜증이 확 올라왔다. 그래도 벗고 나갈 수는 없지. 영례는 한숨을 내쉬며 옷을 주섬주섬 챙겨 입었다.

"어? 당신 비 오는데 밖에 나가는 거야?"

남편 기원이 소파에 누운 채 의아한 눈빛으로 영례를 바라본다. 한낮인데도 남편은 잠옷 차림이다. 티브이 화면에서는 격투기 시합 장면이 어른거린다.

"치과에 가야 돼."

영례는 티브이와 기원의 얼굴을 흘기듯이 살피고 현관으로 향했다.

"부침개 해 달라고 할 참이었는데."

기원의 어리광 섞인 말이 영례의 뒤통수를 때렸다.

"이가 어떻게 아파서 오셨나요?"

무슨 연구소 분위기가 풍기는 진료실에 들어서자 가운과 의료 캡으로 무장을 하고, 도수마저 높은 안경을 쓴 탓에 인상과 나이를 가늠하기 어려운 치과의사가 영례에게 짧게 물었다.

"얼마 전부터 잇몸이 붓고, 이가 너무 시려요. 어금니가 다 흔들리는 느낌도 들고요."

"그래요? 일단 엑스레이부터 찍어 봐야 하니까 밖에 나가서서 안내받으세요."

영례는 진료실에 들어간 지 일 분도 채 되지 않아서 쫓겨나다시피 나와서 바로 엑스레이 촬영을 마치고, 다시 그 의사와 대면했다.

"환자분 사진 보이시죠? 잇몸이 다 내려왔습니다. 더 이상 손을 쓰기가 곤란할 정도로 상태가 좋지 않습니다."

"그럼 저는 어떻게 해야 하나요?"

"우선 소염진통제 사흘 치 처방해 드리겠습니다. 가급적 자극적인 음식은 피해 주세요. 그렇게 지내시다가, 이가 심하게 흔들리면 다시 오세요. 발치를 한 후에 임플란트를 할 수 있을지 봐야 하니까요."

"이가 아프니까 살맛이 나지 않네요."

의사가 그제야 살짝 웃으면서 위로 비슷한 말을 던졌다.

"환자분 연세에 저 상태는 그래도 양호한 겁니다. 같은 나이대에 이를 다 뽑고 틀니를 한 환자도 많습니다. 감사한 마음으로 치아 관리 잘하시면서 사세요."

"칠천팔백 원 나오셨구요, 처방전 받아 가세요."

안내 데스크에 앉아 있는 간호사가 영례에게 상냥한 목소리를 냈다.

사람이 하고 싶지 않은 열 가지 일 중에 다섯 손가락 안에 드는 것이 치과 진료라는 우스갯소리가 있을 정도인데도 용기를 내서 왔는데 역시 힘들구나. 결과도 예상보다 아주 안 좋은데 이를 어쩌나. 그리고 뭐? 칠천팔백 원이 나오셨다고? 그게 말이여 막걸리여. 돈이 귀한 대접을 받는 세상이다 보니 이제는 존칭까지 붙이는구나. 영례는 의사한테 받은 충격 때문인지 애꿎은 간호사에게 역정을 내고 말았다.

이제는 계단 내려오는 것도 힘이 드네. 옆걸음으로 일 층에 있는 약국으로 이어진 좁고 가파른 계단을 내려오면서 영례는 문득 지금의 자신과 비슷한 연세일 때 전체 틀니를 하신 친정아버지를 떠올렸다. 이제는 좋은 세상 다 살았다며 한탄하시던 모습이 엊그제 같은데, 벌써 아버지 나이가 되어서 틀니 걱정을 할 상태까지 왔으니 나도 나이를 먹긴 먹었나 보다. 그건 그렇고, 방금 전에 의사가 말한 감사하게 생각할 것 외에 감사해야 할 것들이 또 무엇이 있을까? 영례는 약국에서 약이 나올 때까지 곰곰이 생각을 해보다 고개를 절레절레 흔들고 말았다.

이제 겨울비는 안개처럼 변해 빗줄기를 보여 주지 않는 대신 도시 전체를 온통 회색빛으로 물들이고 있었다. 우산을 펴야 하나 말아야 하나. 영례는 뿌연 하늘과 비에 젖어 스산한 모습으로 서 있는 가로수를 번갈아 바라봤다. 이렇게 겨울 기온이 높은 것은 기상 관측 이래 처음이라지? 지구 온난화라는 것 때문이겠지. 사는 것만 변하는 것이 아니라 사는 세상 자체가 변하고 있는데, 나는 지금 어디로 가고 있을까. 영례는 또 속으로 중얼거리며 인도를 따라 걸었다. 분명 영상의 기온임에도 뼛속을 찌르는 것 같은 한기가 영례의 몸을 파고들었다. 궂은 날씨 때문인지 행인들의 표정이 모두 굳어 있는 것 같았다. 거기에, 으슬으슬한 날씨 때문에 옹송그리며 걷는 모양새가 꼭 털갈이하는 개 같다는 생각이 들자 영례 자신도 모르게 살짝 웃음이 터져 나왔다. 하긴 나도 지금 걷고 있는 모습이나 처지가 저 사람들의 모양새와 다를 바가 없겠지. 영례는 사거리에서 신호 대기를 하며 새삼 자신을 둘러싸고 있는 삶의 환경을 떠올렸다. 그래, 어떻게든 비우고, 달래면서 살아야 하는데 그게 왜 그렇게 어려울까? 순임이 따라서 교회라도 나가 볼까? 영례는 도로 맞은편에 자리 잡은, '함께 나누는 부활의 기쁨'이라는 문구가 아치형의 돌 장식에 새겨 있는 교회의 첨탑을 망연히 바라봤다. 부활이 뭐지? 예수님이 십자가에 못 박혀 죽은 지 사흘 후에 다시 살아 돌아오셨다는 것이 부활인지는 알겠는데, 비기독교 신자인 나에게 부활은 어떤 의미일까. 아마 정신적으로 새로 태어나라는 의미일 것인데, 그렇게만 되면 얼마나 좋을까. 영례는 교회 모습을 찬찬히 살피다 옆 건물 일 층에 자리 잡은 부동산 중개소에 시선이 멈췄다. 그렇지, 내가 혜자를 보기 위해서 이곳까지 걸어 왔지? 영례는 그제야 자신의 목적지를 실감하고 횡단보도를 바삐 건넜다.

"오! 나의 첫사랑이자 한국의 랭보가 겨울 나그네가 되어 나타났구려."
영례가 혜자 부부가 운영하는 부동산 중개소 소파에 앉자마자 혜자 남편인 상수가 너스레를 떨었다.
"랭보가 아니라 울보가 되게 생겼어요."
"천하의 영례 씨가 웬 울보 타령? 거, 심하게 낯서네. 무슨 일 있어?"
"이가 아파서 치과에 다녀오는 길이에요."
"그렇지, 이가 아프면 당연히 울어야지. 나이를 먹을수록 감정과 본능에 충실해야 하지 않겠어? 가식 같은 거는 개나 줘 버리고 말이야. 역시 랭보답네. 아주 좋아요."
상수가 또 랭보를 들먹이며 영례에게 농담인지 진담인지 분간하기 힘든 말을 던진다. 늘 웃음을 달고 다니던 대학교 때 모습이 아직도 많이 남아 있다. 그런 성격이 싫어서 은근하게 다가오는 것을 뿌리쳤는데 그때 내가 생각을 잘못했나? 그 시절에는 비교적 진중한 성격의 남편이 좋았는데 이제는……. 영례는 혜자가 건넨 따끈한 물을 입에 넣으면서 웃음 가득한 상수 얼굴을 찬찬히 살폈다.
"당신 누구 만나러 가야 한다고 안 했어?"
혜자가 여전히 웃음기를 잃지 않고 있는 상수를 향해 힐난하듯 한마디 던졌다.
"그럴 참이었는데 첫사랑 랭보가 발길을 잡네."
"그렇게 애틋하면 지금이라도 어떻게 해 보시든지."
"정말? 지금 우리 셋이 여기 있고, 도장 하고 그 뭣이냐 인주까지 있으니까 기원이 자식만 여기로 오라고 하면 되겠네?"

"선배, 4자 회담은 다음에 하고 얼른 일 보러 가세요."

"진짜 랭보가 그랬던가? 인생이란 우리 모두가 견뎌야 하는 희극이라고. 어이! 첫사랑, 우리 웃으며 삽시다. 울보가 되지 말고."

상수가 영례가 던진 한마디에 바로 자리에서 일어나면서 싱긋 웃었다.

"니 신랑 오늘 쉬는 날이니?"

"쉬는 날이 아니라 계속 쉬고 있다. 말하자면 백수여."

"왜? 뭘 잘못 했어?"

"그기 아니고, 이달 말까지 일을 하면 1년을 채우게 되거든. 그렇게 되면 퇴직금을 줘야 하니까 미리 11개월짜리 계약을 하고 지난달 말까지만 일을 시킨 거야. 저러다 내년 1월에 다시 같은 계약을 하고 일을 하다가 11월 말에 또 해고 될 테고. 웃기잖아?"

"아니, 사기업도 아니고 시청인데, 그러니까 국가가 어떻게 퇴직금을 안 주려고 그런 편법을 쓴다니? 정말 웃긴다."

"그래야 종부세야 뭐야 돈 많은 사람들 세금 깎아 주지."

혜자가 내뱉듯이 영례의 말에 대답을 하고 생수병을 입에 가져갔다.

"그렇긴 해도 니네는 한 달만 빠지는 맞벌이 부부잖니?"

영례는 하던 말끝에 '우리는'으로 시작하는 말을 더 이으려다 입을 다물어 버렸다.

"애들 아빠 붙임성이 좋아서 아줌마들하고 잘 맞겠다. 거기에 나도 꽤 실속이 있어서 부부가 같이 하기에는 딱 좋았는데 부동산 경기가 이렇게 죽어 버렸으니 어떡하나. 할 수 없이 갈라서기는 했는데 더운 여름날에 밖에서 일하느라 얼굴이 벌게져서 들어오는 걸 보면 속이 상하더라."

"공공 근로 사업이라고 했지? 돈은 어느 정도 준대?"

"최저 임금보다 쪼금 높은 수준? 그래도 그이는 기술직이라 특별한 문제가 없는 한 계속 일을 할 수 있다고는 하더라, 퇴직금 없는 공공 근로 자로."

혜자가 불만스러운 표정을 잃지 않은 채 천장으로 시선을 돌렸다. 나도 다른 사람이 보면 저 모습일까? 언제 봐도 해맑은 혜자의 얼굴에도 세월의 그림자가 길게 드리워져 있다. 대학 시절에 시인을 꿈꾸던 우리가 다 늙어서 부동산 중개 사무실에 앉아 남편 공공 근로 사업 이야기를 하고 있다니. 영례는 지금의 분위기도, 다시 빗방울이 굵어진 밖의 풍경도 낯설게만 느껴졌다.

"이가 그렇게 안 좋아?"

혜자가 남편 일 이야기를 계속하기가 뭐 했는지 슬쩍 화제를 바꿨다.

"사는 것보다 더하겠어?"

영례가 자신도 모르게 신세타령을 늘어놓았다.

"기원 선배는 어떻게 지내?"

"그냥, 집에 있어."

"둘 다 답답하겠다. 퇴직한 지가 육 개월이 넘었지?"

"어"

"연금공단 같은 좋은 직장에서 삼십 년 이상 일을 하다 나왔으면 쉬어야 하는데 여건이 그렇지 못해서 그렇다 야."

혜자가 다시 생수병을 입에 갖다 댔다. 얼굴에서 안타까움이 읽혀진다.

"그래서 나도 다그치지를 못하겠어."

"애들도 집에 있고?"

"다들 그러고 있어. 네 식구가 거의 매일 세 끼를 같이 먹어. 부럽지 않니?"

영례가 밖을 내다보면서 싱겁게 웃었다. 우선 비라도 그쳤으면 좋겠다. 눈이 오면 차라리 낫겠는데 겨울에 비라니. 치과에서 처방해 준 약을 벌써 먹었는데도 뭐라고 딱히 설명할 수 없는 불편한 느낌이 여전히 입안에서 감돈다. 비가 그치고, 이빨 통증도 좀 가시면 어떻게든 우울한 마음을 다소나마 추슬러 볼 수 있을 것 같긴 하지만 그보다 더 독하게 나를 찔러 오는 것들은 어떻게 막아 내야 하나.

"움직일 기미가 좀 보이는 것 같니?"

"뭐가?"

"아파트 시세 말이야."

영례가 벽에 붙은 관내 지도를 망연히 바라보다 어렵게 아파트 이야기를 꺼냈다.

"한 달간 매매가 한 건도 없었다. 절벽이다 절벽."

"그래도 시세라는 게 있지 않니?"

"거래가 없고, 나오는 매물도 없으니까 시세를 파악하긴 어렵지만 시장 흐름상 내려가면 내려갔지 전에 팔린 금액보다 높기야 하겠어?"

"두 달 전인가? 그때 얼마에 팔렸다고 했지?"

"십억오 천"

세금 빼고 14억에 샀으니까 그 가격에 판다 해도 손해가 얼마인가. 그리고 전에 살던 아파트값이 오른 것까지 계산하면? 영례는 결코 떠올리기 싫은 아파트 갈아타기 기억을 또 소환하고 말았다. 아파트 시세가 하루가 멀다 하고 오를 때인 2년 전에 영례 부부는 15년 이상을 살아왔던 37평형 아파트를 8억에 처분하고 S시에서 아파트값이 가장 높게 형성되던 K지구에 위치한 43평형 H아파트를 14억에 구입했다. 가격 전망이 지금 살고 있는 곳보다 월등히 좋아서 대출금을 갚고도 남을 것이라는 확신이 섰기 때문이었다. 그렇게 이삼 년을 살다 아파트를 처분해서 그 돈으로 귀촌과 노후 자금에 충당하겠다는 계산도 서 있었다. 두 딸이 제 몫을 다 할 것이라는 믿음도 그런 결정을 내리는 데 가세했다. 하지만 부동산 경기가 급격하게 얼어붙기 시작하면서 아파트 시세가 급락하기 시작했고, 영례 부부가 산 아파트도 하락의 파도를 피해 가지 못하고 있다.

아파트 살 때 들어간 그동안 모아 두었던 돈 2억은 일단 날아갔다고 봐야 하나? 그리고 대출금 4억은? 변동 금리라 이자도 오르고 있는데, 비상용으로 남겨 둔 돈도 다 쓰고 지금은 남편 퇴직금을 곶감 빼 먹듯이 쓰고 있는데, 어떡하나. 월 2백만 원 남짓 수령이 예상된다는 남편 국민연금도 내년 하반기부터나 나오는데, 지금부터라도 내가 나서서 돈을 벌어야 하나. 지금까지 전업주부로만 살아온 내가 과연 어떤 일을 할 수 있을까. 그리고 그럴 가능성이 거의 없기는 하지만 만약에 애들이 당장 결혼이라도 한다고 하면 그 비용은 어떡하지? 그냥 욕심부리지 말고 그 전 아파트에 살고 있다면 얼마나 좋을까? 서울 강남까지 연결되는 전철 개통 계획이다 뭐다 하는 호재가 겹쳐 거기만 유일하게 2억 가까이 올랐다는데 이게 무슨 꼴인가. 그때 신중하게 생각해 보라는 혜자의 충고를 왜 무시했을까? 성격에 맞지 않게 강하게 밀어붙이던 남편을 왜 제지하지 못했을까? 그랬더라면 아파트 시세 걱정, 이자 걱정, 생활비 걱정, 심지어는 남편 취직 걱정도 덜 할 텐데. 그때, 사실 나도 내 눈에 뭐가 씌었던 게 틀림없어. 제정신이 아니었던 거야. 그렇지 않고서야 그동안 욕심부리지 않고 살아왔던 내가 아파트 투기꾼이 되었을 리가 없지. 투기가 따로 있나. 제 분수에 맞지 않게 욕심에 눈이 멀어 앞뒤 재지 않고 저지르면 그게 바로 투기지. 남편이, 아니, 나까지도 그렇게 돈에 눈이 멀어 날뛸 때 누군가가 혜자보다 더 강력하게 옆에서 잡아 줬으면 이 지경에까지는 오지 않았을 텐데. 설마설마했던 상투라는 것을 잡게 되다니. 지난 2년간의 기억이 영례의 머릿속을 스치듯 지나갔다.

영례는 불편한 잇속을 달래느라 손바닥으로 볼을 어루만지면서 관내 지도를 다시 바라봤다. 이러다가 감옥같이 느껴지는 이 지역에서 아등바등하다가 다 늙어 버리면 어쩌지? 모든 것이 두렵고, 불안하고, 갑갑하다. 영례는 자신도 모르게 혜자의 생수병을 집어 들었다.

"비 좀 그쳤으면 좋겠다."

영례는 문득 집을 나오는 순간에 남편이 부침개 운운하던 말을 떠올렸다. 남편은 정말 마음이 태평해서 그럴까. 아니면 불안한 속내를 감추고 싶어서 그러는 걸까. 좀처럼 속마음을 드러내지 않는 성격이 갈수록 영례의 신경을 건드린다. 차라리 현실적인 문제를 가지고 티격태격이라도 하면, 할 일이 없더라도 아침에 집을 나갔다가 저녁에 들어오면, 좀 나을 텐데. 영례는 굵어진 빗줄기를 멀거니 바라본다.

"애, 너 이번 토요일에 시간 되니?"

혜자가 영례의 비 타령에는 대꾸하지 않고 다른 말을 꺼내 들었다.

"왜? 무슨 좋은 일이라도 있어?"

"그건 아니고, 우리 오랜만에 서울 나들이나 한번 하자. 영림이가 개업한 커피숍에 아직 못 가 봤잖니. 얼마 전에 통화했는데 섭섭하다고 하더라. 법정 스님 때문에 유명해진 길상사라는 절도 근처에 있다고 하니까 겸사겸사해서 한번 가 보자. 응?"

"썩 내키지 않는다."

"너 이럴 때일수록 움직여야 한다. 집에만 처박혀서 랭보 흉내만 내면 병들어요. 병!"

"생각해 볼게."

"설마, 너 상희 딸 결혼식에도 안 가려고 마음먹고 있는 것은 아니겠지?"

혜자가 갑자기 정색을 하고 고등학교 동창이자 한우리 서클 멤버인 상희를 소환했다. 진지하게 바뀐 표정이 어쩐지 부담스럽다.

"너 같으면 가고 싶겠니?"

"과년한 딸을 둘이나 둔 처지에서 친구이자 라이벌로 지내 왔던 상희 딸 결혼식이니까 그런 마음이 들 수도 있겠지만, 설마 우리 영례 씨가 그렇게 옹졸하겠어?"

"나 엄청 쪼잔하고 옹졸해졌어. 모르고 있었니? 그리고 혼기를 넘긴 노처녀는 결혼식에 가지 않아도 된다고 하던데 비슷한 상황으로 이해할 수도 있지 않을까?"

"애 좀 봐라. 엄청 갖다 붙이네. 어떻게 그거하고 상황이 같냐? 아무튼 너 만약 그날 안 오면 실수하는 거다. 상희한테 지는 거는 말 할 것도 없고."

"다 늙은 친구 사이에 이기고 지는 것이 뭐가 있겠니?"

"너 말 잘했다. 그러니까 축하해 준다는 마음으로, 친구들 얼굴 본다는 기대감으로 편하게 가면 되는 거야. 딸들 생각일랑 니네 아파트 대들보에 꼭 붙들어 매 놓고 말이야. 알았지?"

혜자가 아퀴를 짓듯이 하는 말에 영례는 건성 웃음으로 대답을 하고 또 밖을 내다봤다. 저 빗속을 뚫고 동굴같이 답답한, 구입 원가에 훨씬 못 미치는 아파트라는 곳에 기어들어 가야 한다. 그다음에는 은퇴자, 아니 백수인 남편과 역시 두 달 전에 석연치 않은 이유로 백수가 된 전직 어린이집 교사인 큰딸과 수년간 공무원 시험에 매달리다 이제는 포기하고 다른 일을 찾아본다는 명목으로 얼마 전부터 집에서 빈둥거리는 둘째 딸을 위해 저녁을 준비해야 한다. 영례의 머릿속은 점차 '백수'라는 단어가 차지하기 시작했다.

"토요일 날 몇 시까지 오면 되니?"

영례는 질문으로 인사를 대신하고 혜자의 부동산 중개소를 빠져나왔다.

* * *

도시 불빛을 뚫고 이어지는 듯 끊어지는 듯 가느다란 빛을 쏟아 내는 밤 별이 보인다. 시간이 지날수록 그 별은 점점 노란색을 띠면서 커지기 시작한다. 별이 아니라 정체 모를 비행체인가? 영례는 동네 커피숍의 창가 쪽 자리에 앉아 친정집 마당 정도의 크기로 보이는 밤하늘에 시선을 자주 맞춘다. 휴대폰을 보며 시간도 연거푸 확인한다. 약속 시간이 이미 지났다. 무슨 일로 늦을까? 영례는 밤하늘을 바라보며 큰딸 다영이를 생각한다. 무슨 용건일까? 불안한 마음이 몰려온다. 그러자 잇몸에서 날카로운 통증이 전해진다.

드디어 다영이가 다가온다. 웃고는 있지만 약간 해쓱한 얼굴이다. 어디가 아픈가?

"비가 그치니까 살 것 같다 애."

"그치? 구질구질한 느낌이 사라진 것 같네."

영례는 주문을 마치고 자리에 돌아온 딸의 얼굴을 찬찬히 살폈다. 나를 쏙 빼닮았다는 계란형의 얼굴에 이목구비가 단아한 모습으로 자리를 잡고 있다. 어디를 봐도 자연스러운 느낌이다. 약간 길게 늘어뜨린 머릿결에서도 풍성함과 윤기가 묻어난다. 아직도 내 딸은 예쁘다. 하지만 저 아이도 늙어 가고 있다. 이달이 지나면 쟤가 몇 살이 되는 거지? 기어코 삼십 대 중반에 접어드는 건가? 결혼을 하지 않은 저 아이가 한 해, 한 해 나이를 먹어 가는 것을 보노라면 가슴이 아려 온다.

"어디가 아프니? 얼굴색이 안 좋아 보인다."

"아니, 그냥……."

다영이가 말끝을 흐렸다. 분명히 무언가가 있다. 그게 뭘까? 불안감이 몰려왔다.

"재취업 때문에 그런다면 마음 편하게 생각해. 집안 분위기도 너무 신경 쓰지 말고."

영례는 다영이의 심기를 넘겨짚었다. 그러면서 연신 얼굴을 살폈다. 파리하다. 그림자도 짙다. 네가 마음고생을 많이 하고 있구나. 영례의 가슴이 저려 오기 시작했다.

"이는 여전히 아파?"

"좀 그렇다."

"스트레스가 많아서 더 그럴 거야."

그래도 저 아이는 내 마음을 헤아리고 있구나. 하긴 나이가 몇 살이야. 영례는 또 다영이의 나이를 떠올렸다.

"나 사실 엄마한테 할 말이 있어."

"뭔데?"

영례가 짧게 묻고 다영이의 눈치를 살폈다. 잇몸 통증이 순식간에 사라졌다.

"혼자 어떻게든 해결을 해 보려고 며칠을 고민했는데 도저히 안 되겠어."

"그게 뭔데? 편하게 말해 봐."

영례가 자신도 모르게 다영이 흉내라도 내듯 입술에 힘을 줬다.

"나, 사실 얼마 전에 크게 잘못을 했어. 아니야, 잘못은 아니고 실수? 같은 것을."

"그런 게 있었니? 힘들었겠구나."

"쫌, 아니, 많이."

"저런, 그게 뭔데."

이건 보통 일이 아닐 것이다. 영례는 다영이가 어떤 말을 하더라도 다

받아들일 것이라고 다짐하면서 심호흡을 했다.

"엄마."

"그래, 다영아."

"나, 결혼할까 해."

"그게 뭐가 실수하는 거니?"

전혀 예상하지 못했던 순간에 그토록 기다리던 말을 듣기는 했지만, 영례는 짐짓 차분하게 되물었다.

"엄마가 원하는 결혼이 아닐 것 같아서."

"신랑이 뭐 하는 사람이니?"

이런! 나도 속물임이 분명하구나. 사윗감 직업부터 물어보다니. 영례는 속으로 혀를 끌끌 찼다. 그러면서도 가슴이 두근거려 오른손이 자꾸 가슴 쪽으로 향했다.

"지금은 편의점에서 일해."

"알바 같은 거냐?"

"맞아."

영례는 다영이가 실수를 했다는 말을 떠올렸다. 이 자리는 분명 내게 기쁨보다는 또 다른 고통을 안겨 줄 것이다. 그것이 무엇이든 의연하게 대처해야 한다. 영례는 또 솟아오르는 치통을 감지하면서 스스로에게 다짐을 했다.

"결혼하는 것이 실수는 아니잖니?"

"그 사람 지금 처지가 그래서 엄마 아빠가 반대하실 것 같아서."

"그게 무슨 말이냐? 너희 둘이 좋아하고 사람만 반듯하면 되는 거지."

"사람은 괜찮아. 술 담배도 안 하고. 친구랑 둘이 일본 우동집을 하다가 코로나 때문에 어려워져서 그걸 접고 임시로 거기서 일하고 있어."

"그래, 결혼은 언제쯤 했으면 좋겠니?"

영례는 좀 더 신중하게 생각해 보라는 말 대신에 결혼 일정부터 물었다. 뭐든 섣부르게 결정하지 않는 딸의 성격을 잘 알고 있기 때문이었다. 그러면서 이거 말고 분명 무슨 일이 더 있을 것이라는 불안감이 몰려왔다.

"엄마 아빠만 괜찮다면 다다음 달에 했으면 해."

"그렇게 빨리? 한거울에?"

"어."

한동안 어색한 침묵이 흘렀다. 영례는 다시 밤하늘을 바라봤다. 조금 전에 바라봤던 별 비슷한 것은 보이지 않았고 닥터 헬기만 A대 병원 쪽으로 날아가고 있었다. 병원, 병원이라. 영례는 순간 무언가가 번뜩하면서 자신의 머릿속을 지나가는 것을 느꼈다. 맞아 바로 그것일 것이다.

"너 그거 맞지?"

"엄마, 뭐?"

"나는 니 엄마이자 같은 여자니까 편하게 말해. 응?"

다영이가 영례의 말을 듣자마자 표정이 일그러지면서 눈물을 보이기 시작했다. 그러자 얼굴색이 더 파리해졌다.

"엄마, 죄송해요. 나…… 임신했어."

"얼마나 됐니?"

"두 달째 돼 가."

"확실한 거야?"

"병원에서 검사받았어."

"그래? 몸은 괜찮아? 뱃속에 있는 애도?"

"둘 다 괜찮아."

"그럼 됐다."

궁금했던 것이 다 밝혀져서 그럴까. 영례는 이상하게 마음이 차분해짐을 느꼈다. 왜 그런 실수를 했느냐. 임신했다고 꼭 결혼을 해야 하는 것이냐. 어디서 뭣을 해서 먹고 살 것이냐 등등의 질문도 하지 않았다. 그저 눈물범벅이 된 딸의 얼굴을 바라만 봤다. 불쌍한 것, 그동안 혼자 끙끙 앓으면서 얼마나 마음고생을 심하게 했을까.

"충분히 생각하고 결정한 거 맞지?"

"어."

"그럼, 그렇게 하자. 아빠한테는 내가 말을 하마."

"결혼식은 조촐하게 했으면 해. 그 사람하고 그렇게 상의했어."

"살 곳은 마련이 돼 있니?"

영례가 자신도 모르게 현실적인 문제를 꺼내 들었다.

"그 사람이 지금 살고 있는 투룸이 있어."

투룸이라, 한 번도 구경하지 못한 공간이지만, 영례의 가슴이 미어지는 것 같았다.

"시댁에서 도와줄 형편은 안 되고?"

"그런가 봐."

본가 살림이 변변치가 않고, 투룸에 살면서 편의점에서 알바를 하는 사위를 보겠다고 저 애를 대학까지 보냈나? 내가 그동안 저 애를 잘못 알고 있었나? 어떻게 내 기대를 무참히 저버리고 이렇게 나를 비참하게 만들 수가 있지? 영례는 갑자기 끓어오르는 화를 다영이가 눈치채지 못하게 억누르기 위해 다시 밤하늘로 시선을 돌렸다. 올 한 해 넘기기가 참으로 힘이 드는구나. 이런 상황에서, 이런 처지에서, 어떻게 감사한 마음으로 웃으면서 살 수가 있는 거지? 영례는 치과의사와 상수를 떠올리면서 고개를 흔들었다.

"엄마, 사실은 부탁이 하나 더 있어."

"뭔데?"

"그 사람이 다시 우동집을 오픈 준비 중인데 자금이 좀 부족하대. 어렵겠지만 엄마가 오천 정도만 마련해 주면 안 될까? 나중에 꼭 갚을게."

"우리 형편에 그렇게 큰돈을 어떻게 만드니?"

"아빠 퇴직금 남은 거 없어? 담보 대출도 될 것 같고. 미안해. 엄마."

퇴직금? 담보 대출? 그런 말들이 딸의 입에서 튀어나오자 딸이 갑자기 낯설게 느껴졌다. 혹시 저 아이가 오늘 날 보자고 한 이유가 돈 때문에? 아니야, 그건 아닐 것이다. 잇몸 통증이 다시 올라오기 시작했다. 영례는 지금 이 순간이 현실이 아닌 꿈이었으면 참 좋겠다고 생각을 하면서 손으로 볼을 어루만졌다.

"아빠하고 상의해 볼 테니 너는 몸이나 잘 건사해라."

"엄마, 고마워."

비가 그친 뒤에 찬바람이 불어오는 동네 공원은 어둠에 싸인 채 적막하기만 했다. 흔히 보이던 개를 동반한 산책객들도 보이지 않았다. 오직 다영이를 먼저 집으로 보낸 영례만 어깨를 웅크린 채 벤치에 앉아 있었다. 그렇다고 무슨 생각을 하고 있는 것은 아니었다. 그저 바닥에서 이리저리 뒹구는 낙엽과 벌거벗은 채로 벌을 서고 있는 것 같은 공원수를 번갈아 바라보면서 바람에 흩날리는 머리카락만 매만지고 있었다. 그 순간에, 나무에 아직까지 야무지게 매달려 있는 빨간색의 열매가 영례의 눈에 띄었다. 빨간색, 빨간색, 저건 겨울이 아니라 동백이 피는 봄에 어울리는 색인데, 내가 저 열매 같이 겨울에 갇힌 신세가 되었나? 그렇다면 나의 봄은? 영례는 고개를 뒤로 젖히고 말았다.

"늦었네?"

기원이 영례방 침대에 누워 있다. 왜 자기 방에서 자지 않고 내 방에 왔을까? 낯설다.

"……."

"이가 어떻게 아픈데?"

"이가 아니라 잇몸이 아파."

"의사가 뭐래?"

"나중에 더 아프면 오래."

"신경성일 거야."

기원이 티브이를 다시 켜고 리모컨으로 채널을 여기저기 돌리기 시작했다. 왜 내 방에서 저러고 있는 거지? 혹시 다영이 때문에? 영례는 화장실로 연결된 드레스 룸에서 옷을 갈아입으며 다영이를 떠올렸다. 이게 꿈이었으면. 영례는 거울에 비친 얼굴을 찬찬히 뜯어봤다. 나도 이제 늙어 간다. 지금 상황은 거의 최악이다. 이 난관을 어떻게 뚫고 나가야 하나. 아니, 그렇게 할 수나 있을까. 영례는 진통제로 멍해진 볼을 어루만지며 계속해서 자신의 얼굴을 바라봤다.

"왜 당신 방에 안 가고 있어."

"오늘은 안방에서 자고 싶은데? 괜찮지?"

기원이 계면쩍게 웃었다. 꽤 벗겨진 이마에 서너 개의 주름이 잡혀 있다. 두 눈자위의 그림자도 더 깊어진 것 같다. 그래, 당신도 내색을 안 할 뿐이지 속이 편하겠나. 속으로 끙끙 앓지만 말고 상수 선배처럼 술 먹고 넋두리라도 좀 해 보지. 속마음을 밖으로 내지르지도 못하고 저러고만 있으니. 하긴 젊었을 때는 저런 모습이 좋아서 결혼까지 했으니 변한 것은 내 마음일 것이다.

"나 혼자 있고 싶어."

"알았어. 저거만 끝나면 나갈게."

기원이 격투기 시합을 보여 주는 티브이로 시선을 돌렸다. 왜 성격과는 다르게 저렇게 잔인한 모습을 보여 주는 프로에 심취할까? 자신의 내면에 도사리고 있는 일종의 공격 내지는 파괴 심리를 저걸 통해서 분출하는 걸까? 아니면 골치 아픈 현실을 잠시라도 잊고 싶어서 그럴까? 영례도 침대에 누워 피가 낭자한 격투기 시합 장면을 물끄러미 바라봤다.

"집값은 언젠가는 오를 테니까 너무 걱정하지 마."

기원이 시선을 티브이에 고정시킨 채 느닷없는 말을 꺼냈다.

"누가 그래? 근거가 있는 말이야?"

영례는 귀가 번쩍 뜨이는 느낌이 들었다. 자신도 모르게 몸이 기원 쪽으로 돌아갔다.

"아니, 그렇잖아, 자, 보라고, 과거 추세를 보면 오를 때도 있고 내릴 때도 있었잖아. 계속해서 내리기만 했으면 집값이 어떻게 됐겠어? 우리가 일본 따라간다고 하는데, 나는 그렇게 생각 안 해요. 지방이나 도시 변두리는 그런 추세를 보일지 몰라도 우리 같은 지역은 언젠가는 오를 거야. 그때가 오면 미련 없이 팔아 버리고 시골로 가자고."

나는 또……. 집값이 오를 것이라는 최신 정보라도 가지고 있는가 기대했던 영례는 속으로 피식 웃으며 돌아눕고 말았다. 그렇더라도 저렇게 긍정적인 마인드를 가지고 살아야 하는데.

"그때까지 대출금이 문제지. 자꾸 오르는 이자도 부담되고."

기어이 영례는 생각하기도, 남편한테 하고 싶지도 않은, 말을 꺼내 들고 말았다.

"내가 뭐라도 해야 하는데 아직은 쫌 그렇다. 연금 나오려면 더 기다려야 하는데."

기원이 가끔 하던 말을 또 꺼내 들었다. 저 말은 진심일까? 그나저나 다영이가 부탁한 오천만 원을 마련하는 것이 급한데. 이 말을 언제 해야하나. 기집애, 어떻게 나를 이럴 정도로 실망시킬 수가 있는 거니? 어떻게 나를 이토록 비참한 구렁텅이에 빠트릴 수가 있는 거니? 야속한 것, 불쌍한 것, 그리고 뱃속에 있다는 아이는, 아! 다영아!

"돈도 돈이지만 당신이 좀 활기차게 살았으면 좋겠어. 집에서 테레비만 끌어안고 있지만 말고."

영례는 가슴속에서 솟아오르는 다영이 생각을 억누르느라 애를 쓰면서 기원에게 다시 시선을 돌렸다. 저이는 요즘 무슨 생각을 하면서 살까?

"나도 그러고는 싶은데 마음처럼 안 되네. 예상한 대로 퇴직을 하니까 찾아 주는 후배도, 선배도 거의 없는 상황에서 내가 먼저 나서야 하는데 그게 좀 그렇고 말이야. 엊그저께 양 부장 알지? 그 친구가 오랜만에 필드에 한 번 나가자고 전화가 왔는데 핑계 대고 거절했어. 이런저런 이유로 밖에 나가기가 엄두가 안 나. 그냥 집에 있는 게 편해. 괜히 밖에 나가면 더 구질구질해질 것 같아서 싫고. 그래도 언젠가는 나가야겠지. 아무튼 너무 걱정하지 마. 내가 알아서 할 테니까."

기원이 꼭 남 말을 하듯이 자신의 심정을 담담히 털어놨다. 이렇게 구체적으로 자신의 생각을 밝히는 것은 퇴직 후 처음 있는 일이었다. 그래도 그렇지, 남들이 다 부러워하는 직장에서 정년퇴직을 하고 집에서 쉬는 모습이 구질구질하다니. 그놈의 아파트 갈아타기 실패 때문에? 집에서 같이 죽치고 있는 두 딸 때문에? 아직 창창하게 남은 인생이 막막해서? 영례는 답답해진 가슴을 헛기침으로 달래면서 티브이 화면을 바라봤다. 우리네 인생도 저렇게 격렬한가? 이제부터는 우리도 저들처럼 세상이라는 격투기 무대에 싸움꾼으로 등장해야 하는 것인가? 아! 내가 기대하는, 내가 바라는 인생 후반은 이게 아닌데. 맞아! 그 욕심이라는 것이 화근이었어. 주어진 현실에 감사하고 자족하면서 소박하게 살 계획을 세웠다면 이 지경까지 오지는 않았을 텐데. 남편이나 나나 돈이라는 신기루에 눈이 멀었던 거야. 하지만, 하지만 말이야, 서글프게도 지금이야말로 돈이 필요한 시점이 아닌가. 아파트 대출금, 이자, 생활비, 다영이가 부탁한 돈, 그리고 귀촌. 이 모든 것들이 해결되려면 아파트값이 올라야 하는데, 과연 그것이 남편 말대로 그렇게 될까? 만약 오르지 않는다면? 그때는 우리는 무엇으로, 어떻게 살아야 하는 거지?

얼굴에 피범벅이 된 격투기 선수가 바닥에 눌린 채 상대 선수로부터 사정없이 얻어맞는 것을 보다 못한 주심이 경기를 중단시켰다.

"알아보거나 세워 놓은 계획이라도 있어?"

영례가 복잡한 속내를 드러내지 않고 기원의 팔을 살짝 건드렸다. 기원의 말에서 전에는 못 느꼈던 기대감이 몰려왔기 때문이었다.

"아직은 없어. 자꾸 묻지 말고 쫌만 기다려 봐."

기원이 티브이를 끄고 영례를 잠깐 바라보다 눈길을 천장으로 돌렸다.

"나라도 일을 할 참이야."

그러면 그렇지. 영례는 실망을 한 나머지 내뱉듯이 자신의 계획을 말했다. 내가 저 사람의 저런 모습을 언제까지 봐줄 수 있을까? 퇴직금이 바닥날 때까지? 그런데 그 돈은 다영이가 노리고 있다.

"당신 나이에 일 시작하면 병이 나요. 그러면 본전도 못 찾을 거고. 그나저나 퇴직금 말고 꼬불쳐 놓은 것 좀 없어? 다른 집 여자들은 대개 그런다는데."

영례의 속마음을 알 리가 없는 기원이 영례의 팔을 툭 치며 웃었다.

"단칸방에서 시작해서 집 사고 애들 키우면서 이억 넘게 모았으면 됐지. 그 이상 어떻게 더 살림을 알뜰하게 해? 없어."

영례는 쏘아붙이듯이 기원의 기대 섞인 질문에 대답을 하다가 예전 집을 살 때 보탰던 시댁으로부터 상속받은 재산을 떠올렸다. 혹시 저 사람이 그걸 생각하고 있나? 아니면 아내가 무슨 요술 주머니를 차고 있는 것으로 착각한다는 남자들의 흔한 믿음을 저이도 가지고 있는 걸까? 그리고 내가 일을 하면 병이 날 것이라는 걱정 섞인 말도 진심일까? 아! 오늘따라 저 사람이 더 낯설게 느껴진다. 이러다가는 몸 보다 마음의 병이 더 먼저 올 것 같다. 영례는 다시 전해 오는 잇몸 통증을 입술로 억누르면서 생각의 꼬리를 이어 가기에 바빴다.

"흐흐. 그냥 해 본 말이야. 눈도 비가 온다네. 겨울 장마라. 여름보다 더 구질구질한 것 같다."

영례는 뻘쭘한 표정으로 안방을 나서는 기원에게 한마디 더 해 주려다 꾹 참고 티브이를 다시 켰다. 공교롭게도 무슨 결혼 프로그램이 방영되고 있었다. 영례는 자연스럽게 다영이를 떠올렸다. 걔 방에 가서 이야기를 더 나눠 볼까? 아니야, 오늘은 여기까지만 하자. 영례는 티브이를 끄고 이불로 얼굴을 감싸 버렸다.

* * *

세월이라는 포식자한테 한 해의 몸통을 다 갉아 먹히고 꼬리 부분만 간신히 남아 있는 12월 중순은 임종을 앞둔 시한부 환자처럼 할딱거리고 있었다. 연말이라서 그럴까? 사람들이 왜 이렇게 우중충해 보이는 거지? 북악산 자락에서 불어오는 바람에 저절로 고개가 움츠러든 영례가 주말이라서 그런지 절 안에서 제법 북적대는 인파에 자꾸 시선을 돌렸다. 필시 내 마음이 온전치 못해서 그렇게 보이는 걸 거야. 사람은 눈이 아니라 마음으로 세상을 보는 법이거든. 헛된 욕망을 비우게 하여 마음을 정화시켜 주는 곳이 절인데 내 마음은 여기까지 와서도 흔들리고 있다. 그리고 이 바람, 지금 나를 옭아매고 있는 이 매서운 바람은 언제나 잦아들까?

"대웅전은 어디에 있니?"

영례가 전통 고택의 안채 같은 분위기를 풍기는 극락전을 바라보면서 옆에 서 있는 영림에게 무심코 물었다. 극락전이라. 극락이라. 저곳은 어떤 세계이고, 어떤 경지일까?

"길상사에 대웅전은 없어. 여기가 본당이야."

"어쩐지 허전하다 야."

"저곳 주인이신 아미타불의 법력으로 극락왕생을 하면 됐지 뭘 더 바라니?"

혜자가 살짝 웃으면서 영례의 어깨를 툭 쳤다.

"길상사 꽃무릇이 유명하다고 들었는데 겨울이라서 아쉽다."

영례가 극락전에서 시선을 떼고 길상사를 굽어보는 하늘을 바라봤다.

"누가 시인이 아니랄까 봐. 내년 봄에 다시 와서 꽃무릇 구경하고 북한산 등산 한번 제대로 해 보자. 우리 선진 경기도민들 만나기가 여간 어려워야지."

영림이 두어 달 전에 개업한 커피숍에 영례와 혜자가 이제야 찾아온 것에 대한 서운한 마음이 덜 풀렸는지 길상사에 와서도 고시랑댔다.

"그래, 그렇게 하자. 특별 시민 얼굴 한번 보려고 새벽밥 먹고 오느라 허기가 진다 야. 제주도 가는 것보다 더 힘들다 힘들어."

혜자가 영림을 뒤에서 껴안고 활짝 웃었다. 해맑은 표정의 혜자를 보면서 영례가 불쑥 제안을 했다.

"내년 봄에 한우리 모임을 영림이 니네 커피숍에서 하면 되겠다. 그치?"

"나야 좋지, 다음 주 토요일 맞지? 상희 딸 결혼식 때 맞춰 보자. 응?"

영림이 혜자의 팔을 풀고 영례를 바라봤다. 그 결혼식에 꼭 가야 하나. 여러모로 어려워진 처지에 다영이까지 저렇게 되고 나니 더더욱 가기 싫다. 적당한 핑계가 없을까? 차라리 지금이 코로나 시국이었으면 좋을걸. 왜 이렇게 내가 옹졸해졌을까? 상희는 라이벌이라기보다는 지금까지 우정이 이어진 친구 아닌가. 공인회계사라는 좋은 직업을 가진 사위를 얻는 것에 대한 질투심인가? 내 사윗감은 편의점 알바이자, 허울 좋은 예비 사업가라는데. 그것이 아니면 쓸데없는 자격지심 때문일까? 영례는 시선을 다시 하늘로 돌리고 고개를 흔들었다.

영례 일행은 법정 스님의 진영을 모신 진영각과 절을 시주한 김영한의 공덕비를 마저 둘러보고 경내에 있는 다라니 다원이라는 찻집에 들어섰다.

"찻집이 아니라 스님들 공부하는 법당 같다 야. 우리 커피숍도 이렇게 널찍하면 분위기 있게 꾸밀 수 있는데."

영림이 찻집을 훑듯이 살피면서 자기가 운영하는 커피숍과 비교를 했다. 영림의 말대로 다원 한쪽에 자리 잡은 서가에 책들이 빼곡히 꽂혀 있고, 중앙 벽면에는 부처가 모셔져 있어 경내 찻집이라기보다는 강원 분위기를 풍기고 있었다.

"굳이 승속을 가리지 말자는 뜻에서 이렇게 꾸미지 않았을까?"

영례는 복합적인 분위기를 풍기는 찻집이 마음에 들었다. 굳었던 몸과 마음이 풀리는 듯 했다.

"역시 우리 영례 씨야. 나 같은 장사꾼하고는 보는 눈이 다르네."

영림이 웃으면서 옆에 앉아 있는 영례의 손등을 톡톡 쳤다.

"그럼, 영례야말로 학교 다닐 때나 지금이나 영원한 우리 한우리의 에이스지. 안 그러냐?"

맞은편 의자에 앉아 있는 혜자가 영림의 말에 맞장구를 치면서 활짝 웃었다. 언제 봐도 구김살이 없는 얼굴이다. 저런 모습은 타고난 것일까? 아니면 노력에 의한 것일까? 영례는 일순 거울을 보고 싶은 충동이 일어났다. 지금 나는 쟤들 눈에 어떤 모습으로 비칠까?

"그나저나 무소유 정신을 실천한 법정 스님이나 이 절을 시주한 김영한이라는 분이나 모두 대단한 것 같다. 손님이 꽉꽉 차서 빈자리를 무소유하고 싶은 우리 같이 돈벌이 장사꾼한테는 까마득한 세계야. 안 그러니?"

영림이 매실차가 들어간 찻잔을 테이블에 내려놓고 자기가 한 말이 재미있는지 쿡쿡 웃었다.

"너는 그래도 하루 종일 공탕 치는 일은 없잖니. 요즘 복덕방은 달라. 나는 허구한 날 손님 무소유를 실천하고 있다. 법정 스님 못지않어."

혜자가 영림의 말을 받아 자신의 어려운 사업 처지를 법정 스님의 행적에 빗대어 자조적으로 털어 놓았다. 하지만 얼굴에서는 여유로움이 느껴졌다.

"그래, 혜자 너는 무소유, 나는 유소유라고 치고 영례 너는 무엇이냐."

영림이 웃음기를 거두고 영례를 빤히 바라봤다. 쟤가 내 마음을 꿰뚫어 보고 있나?

"나는 그냥 바람이다. 북악산 자락에서 불어와 이곳 길상사를 휙 훑고 지나가는 한 줄기 바람 같은 것이 요즘 나다."

영례가 엉겁결에 바람을 꺼내 들고 스스로 놀랐다. 그래, 나는 바람 같이 살고 싶다.

"영례가 바람이라고 하니까 옛날 생각이 난다 야. 그 머시냐, 니 별명이 랭보의 별명을 딴 바람 구두를 신은 시인 아니었니? 바람이 무소유보다는 한 길 위인 것 같다. 역쉬 한우리의 에이스야."

혜자가 싱글싱글 웃으면서 학창 시절 영례의 별명을 끄집어냈다.

"지금은 바람 구두가 아니라, 구멍 난 장화를 신은 아줌마야."

"그것도 멋있는 별명 같다 야."

영례의 어깨를 툭툭 치면서 영림이 특유의 표정으로 웃었다.

"그나저나 기원 선배는 어떻게 지내니? 얼굴 잊어 먹겠다. 언제 한번 놀러 오라고 해. 나와 상희의 지극한 사랑을 팽개치고 너한테 달려간 죄는 다 용서했다고 전하면서 말이야."

영림이 이번에는 더 크게 웃었다. 쟤가 남편이 퇴직을 하고 집에서 빈둥거리는 걸 알고 비웃고 있는 것은 아닐까? 설마, 친구가 그럴 리가. 그런데 내가 왜 이렇게 친구를 비롯한 주위의 시선을 의식하는 거지? 언제부터?

"꼭 전할게. 아직은 그냥 집에 있어. 그 무섭고도 밉다는 삼식이로 말이야. 아직도 니 가슴에 우리 기원 씨가 남아 있니? 그렇다면 영림이 니가 한 일 년만 맡아 줘라. 은혜는 잊지 않을게."

"정말? 얼른 집에 가서 우리 곰 씨 쫓아내고 안방 침대에 이불 새로 깔아야겠다."

영림과 영례가 주고받는 농담에 혜자까지도 덩달아 웃었다.

"기원 선배 영림이한테 넘기면 너 시간 많아질 텐데 남는 시간에 시를 다시 쓰면 어떻겠니? 한우리 랭보가 하릴없이 늙어 가는 게 너무 아쉬워서 그런다. 길상사 공덕주와 백석의 사연이 떠올라서 하는 말이야."

혜자가 웃음기를 거두지 않고 느닷없이 영례의 시 솜씨를 꺼내 들었다.

"그 공덕주와 백석의 사랑 이야기?"

"야, 그 시 말이야. 나와 나타샤와 흰 당나귀에 나오는 나타샤가 공덕주 김영한이 정말 맞는 거니?"

영림이 영례의 질문을 받아 다시 영례에게 물었다.

"공덕주는 자신이 백석의 연인이었고 그 시에 등장하는 나타샤도 본인이라고 했지만 사실이 아니라고 주장하는 사람도 많아. 하지만 그게 뭐 그렇게 중요하겠니? 최소한 김영한은 백석을 지극히 짝사랑한 것은 맞는 것 같고 그에 따라서 그의 시를 사랑하고 존중했던 것이 의미가 있는 거지. 니네들 공덕주가 천억 원이 넘는 재산을 시주하고 나서 기자에게 무슨 말을 한 줄 아니?"

"몰라. 무슨 말을 했는데?"

영림과 혜자가 동시에 영례를 바라봤다.

"천억 원이라는 돈이 백석의 시 한 줄만 못하다고 했단다. 백석에 대한 사랑은 그렇다 치고 시에 대한 존경심이 대단하지 않니? 나는 이 말이 단지 백석의 시에만 해당된다고 생각하지는 않아. 시라는 문학 장르에 대한 최고 수준의 찬사라고 생각해. 또 그 말 자체가 한 편의 시라는 느낌이 들기도 하고. ……. 사랑과 시에 대해 이 정도 마인드를 가지고 있고, 또 그것을 거액의 시주라는 행동으로 표현한 사람이 진짜 시인이지 나처럼 그럴싸한 말 몇 마디 나불거린다고 시인이 되겠니? 다시 말하면 시를 쓰기 전에 시인이 먼저 돼야 하는 거야."

"우리 랭보 시인의 사랑과 시에 대한 강의를 들으니 가슴이 시원해진다 야. 요즘에 사람들이 시집을 많이 내더라. 유행인가? 나도 몇 권 받아서 읽어 봤는데 다들 대중가요 가사 수준이야. 개나 걸이나 시인 흉내 내는 것 같아. 그런 사이비 시인들이 우리 영례 씨 강의를 꼭 들어야 하는데. 어때? 우리 무소유 사무실을 시 교실로 바꿔 볼까?"

"그럴까? 우리가 길상사 구경은 제대로 하는 것 같다. 아주 의미가 깊은 만남이야."

영림이 혜자의 긴말을 받아 맞장구를 쳤다. 배가 고프다. 쟤네들의 말에 덧붙일 것이 분명 더 있을 것 같은데 허기부터 진다. 하긴 남편 밥만 차려 놓고 아침을 거르고 왔으니 당연한 거지. 그래, 밥이든, 돈이든, 어떤 물질적인 것이든 없거나 부족하면 허기가 지면서 힘들어지는 거야. 지금의 나처럼. 그렇다면 그것이 어느 정도 충족되어야 행복의 기반을 마련하는 걸까? 도대체 무소유라는 것이 어떤 삶의 자세이고 그것이 가능하기는 한 걸까? 법정 스님이야 종교인이니까 그렇다 치고, 김영한이라는 공덕주는 정말 천억이라는 돈이 백석의 시 한 줄만 못하다는 생각을 했을까? 정말 그랬을까? 영례는 방금 전에 자신이 한 말에 대해 의문을 품기 시작했다. 그래, 뭐든 정답도 정해진 기준도 없는 거야. 다른 사람의 삶과 비교하지 말고 나만의 틀을 만드는 거야. 그런 다음에야 시라는 것을 쓸 수 있는 거 아닐까? 지금 나를 가장 힘들게 하는 아파트 시세 폭락도 투자 실패가 원인이 아니라 우리 부부의 허황된 욕망에서 비롯된 것이라고 할 수가 있지. 그건 그렇다고 하더라도, 목전에 닥친 다영이 결혼과 빌려 달라는 오천만 원은 어떻게 풀어 나가야지? 지금 이 상황에서 내가 과연 어떤 시를 쓸 수 있을까? 아! 배가 고프다.

"열심히 사는 니네들이 부럽다. 진짜 시인 같아."

영례가 복잡해진 심경을 드러내지 않고 영림의 말을 또 시인으로 받았다.

"내가 남들 같으면 일을 그만둘 나이에 사업이라는 걸 시작했잖니? 돈도 돈이지만 사는 것이 무료해서 일을 벌이긴 했는데 막막할 때가 많더라. 우리 가게만 그러는 게 아니라 생각했던 것보다 훨씬 더 전반적으로 경기가 안 좋다는 것을 피부로 느끼거든. 그렇다고 시작하자마자 접을 수는 없고 말이야. 그냥 조금 모자라면 모자라는 대로, 사는 게 심심하면 심심한 맛으로 사는 게 맞는 것 같은데 이제 와서 어떡하겠니. 갈 데까지 가 보는 거지. 영례야, 이렇게 사는 내 모습을 시로 쓰면 어떤 게 나오겠니?"

영림이 자신의 머리를 쓰다듬으면서 영례를 보고 웃었다. 커피숍을 운영하기가 힘들다는 표정이 역력했다.

"그야, 커피와 돈과 흰 푸들이지."

혜자가 영림이 애지중지하는 개를 들먹이면서 익살스럽게 시 제목을 들먹였다.

"그럼, 너는 복덕방과 무소유와 흰 백수."

영림이 지지 않고 혜자가 꺼낸 무소유와 남편 상수가 지금은 백수라는 사실을 상기시키는 제목으로 맞섰다.

"그래, 다들 자신의 삶에 맞는 시 한 편은 가슴에 간직하고 있는 거지. 거꾸로 자신이 좋아하는 시를 머릿속에 상상하면서 거기에 맞춰 살아갈 수도 있는 거고. 시 제목 둘 다 재밌다 야. 그래도 내 건 이 자리에서 정하지 마라. 왠지 겁이 난다. 내 것은 다음에, 숙제로, 알겠지? 그나저나 배고프다. 우리 그만 나가서 밥 먹자. 응?"

"이는 괜찮아졌어?"

"아침보다는 좀 낫다."

가게를 오래 비울 수 없는 영림이 점심을 같이 먹고 먼저 돌아가자 영례와 혜자는 길상사에서 연결된 북악산 하늘 코스라고 명명된 산책길로 들어섰다. 영례가 하늘이라는 이름이 붙은 둘레 길을 걸어 보고 싶다고 혜자한테 제안을 했기 때문이었다. 하지만 잿빛 구름이 잔뜩 끼어서 기대했던 하늘을 볼 수 없었고, 왜 하늘이라는 이름을 붙였는지 궁금할 정도로 산책길도 낮고 완만했다.

영례는 혜자의 물음에 짧게 대답을 하고 더 이상 말을 잇지 않았다. 숲과 거대 도시 서울 그리고 조선시대 성곽이라는 서로 어울릴 것 같지 않은 대상들이 언뜻언뜻 한꺼번에 영례의 눈에 들어왔다.

"더 나빠지기 전에 한 번 더 가 봐라."

"잇몸이 내려앉으면 임플란트도 어려운 거지? 틀니는 정말 싫다."

"그렇게 안 좋아? 너무 걱정하지 마라. 기술이 좋아서 어떻게든 할 수 있을 거야."

"이건 고통을 넘어선 고난 수준이다. 나이를 먹어 갈수록 아픈 일만 있을 텐데 어떡해야 하니?"

"인생길에서 고난은 위장된 축복이라고 누가 그러더라."

혜자가 앞에서 걷다 몸을 돌려 영례를 바라보고 싱긋 웃었다. 네 얼굴이 바로 하늘이구나.

"그게 무슨 뜻이니?"

"나도 잘 모르겠어. 이번에는 내가 너한테 숙제 낸다. 알았지?"

고난은 바로 축복이라는 말은 분명 역설인데 거기에 위장된 이라는 수식어를 붙인 이유는 뭘까? 영례는 통통하게 살이 오른 혜자의 등을 보며 잠깐 생각에 잠겼다 다시 하늘을 바라봤다. 또 비가 오려나. 잿빛 구름이 점차 짙은 색을 띠기 시작했다.

"영례 너 힘든 일이 더 있니? 기원 선배 말고."

"그래 보이니?"

"아까 찻집에서 니 얼굴을 유심히 살폈는데 그래 보이더라."

"부동산보다는 자리 깔고 앉아서 뭘 봐주는 일이 더 낫겠다 야."

"부동산만 해도 사람 관상 볼 수 있어. 대개 맞는 것 같더라."

다리쉼하기 위해 잠시 멈춰 선 혜자가 하늘을 바라보면서 쿡 웃었다.

"글쎄다. 아파트, 온 식구 백수, 이 아픈 거, 상희 딸 결혼식 참석 말고 뭐가 더 있을까."

영례는 딸 다영이가 기습적으로 꺼낸 든 결혼과 돈 이야기는 망설이다 빼 버렸다. 아직은 아무리 허물없는 혜자라도 밝히고 싶지가 않았다. 그리고 보면 참 많은 것들이 날 힘들게 하고 있구나. 이 정도면 혜자가 말한 고난 상황에 처한 게 맞는 거지? 그런데 이게 위장된 축복이라고? 참 풀기 어려운 숙제다. 축복을 받기 전에 밤마다 고민스러워서 숨을 할딱할딱 쉬느라 금방이라도 꼴까닥할 것 같은데.

"너, 내 컴 바탕화면에 무슨 말이 깔려 있는지 아니?"

"나야 모르지."

"가난하다는 말은 너무 적게 가진 사람을 두고 하는 말이 아니라 더 많은 것을 바라는 사람을 두고 하는 말이다."

"니 말이니?"

"내가 무슨? 세네카의 말이다."

"……. 꼭 나를 두고 하는 말 같다."

"부동산업이라는 게 돈하고 직접 관련이 있잖아. 사람들을 상대하다 보면 내 컴에 적힌 가난한 사람들이 눈에 보여. 솔직히 말해서 너도 더 많은 것을 바라서 아파트를 갈아타긴 했지만 어디까지나 일 주택이잖니. 여러 채 갭 투자하는 사람들을 보면 눈매가 벌써 달라. 말 그대로 가난한 사람들의 눈이지. 사람이 돈에 대해 욕심을 갖는 것은 당연하겠지만 정도껏 해야지 지나치면 정말 가난해지는 것 같더라. 심신이 피폐해지는 갭투자꾼들 여럿 봤어."

혜자가 느닷없이 세네카의 말을 인용해서 가난론을 설파하기 시작했다. 앞에서 걷고 있어서 표정을 살피기는 어려웠지만 말투는 진지했다.

"그럼 어떤 사람이 부자로 보이던?"

"열심히 일해서 모은 돈으로 내 집 마련하는 부부."

"나도 한때는 부자였네?"

"너는 지금도 부자야. 대출을 받긴 했지만 담보 여력보다 훨씬 아래잖아? 운이 없어서 그렇지 크게 욕심을 낸 것은 아니야. 앞으로 상황이 어떻게 변할지도 모르고, 또 깡통을 찬 것도 아니니까 너무 상심하지 마라."

"그 말 해 주려고 세네카까지 모셔 왔니?"

"하하! 그런가? 너와 나 사이에 못 할 말이 없기는 하지만 이상하게 아파트를 들먹이기는 좀 조심스럽더라. 오늘 기회가 좋아서 하는 말이니까 오해 말아라. 그냥 하는 말이 아니라 너는 아직까지 가난하지도 않고 처지가 최악도 아니라는 사실을 명심하고. 너보다 힘들어하고 못난 사람이 백사장 모래처럼 깔려 있어요. 한우리 에이스가 구멍 난 장화를 신었다는 게 말이 되니? 법정이나 그 공덕주처럼 살지는 못하겠지만 이제부터라도 바람 구두를 신은 시인으로 살아갔으면 좋겠다."

길게 이어지는 혜자의 충고는 다 맞는 말이었지만 영례 머릿속을 스쳐 갈 뿐 가슴속에까지는 들어오지 않았다. 오히려 최근에 불거진 다영의 결혼 건으로 부글부글 끓는 속에 기름을 붓는 느낌마저 들었다. 그렇다고 혜자의 말이 듣기 싫은 것도 아니었다. 오랜 기간 동안 부동산업을 하면서 쌓은 내공이 깊다는 것을 실감하면서 앞으로 더 자주 만나야겠다는 생각도 들었다. 구름은 점차 검은색을 띠기 시작했다. 하늘을 차지하는 면적마저 넓어져 금방이라도 비를 뿌릴 것 같았다. 이제 그만 돌아가야 하나? 망설이며 걷다 호경암이라는 한글 이름이 새긴 전망대에 도착했다.

"여기서 잠깐 쉬었다가 그만 내려가자. 더 가다가는 비 쫄쫄 맞겠다."

혜자가 전망대 표지석에 손을 얹고 숨을 고르면서 돌아갈 걱정부터 했다. 혜자의 말대로 바로 비가 올 것만 같았다. 하지만 이상하게 마음이 급하지가 않은 영례는 혜자와 약간 떨어진 절벽 가까이에서 탁 트인 전망을 바라봤다. 저 숲 그리고 서울이라는 대도시 그리고 흑빛 하늘, 모든 것이 음울하게 보인다. 비가 내리기 시작하면 여기가 어떻게 변할까? 일단 미끄러워지겠지. 영례가 미끄럽다는 단어를 문득 떠올리는 순간 돈을 받고 절벽에서 노인을 밀어트러서 죽여 주는 일명 박카스 여자가 등장하는 영화가 기억이 났다.

"혜자야! 아무 생각 하지 말고 내 등 좀 힘껏 밀어 줘라. 제발, 응?"

영례가 어디에서 힘을 얻었는지 앞을 바라보며 울부짖듯이 소리쳤다.

"너 미쳤니? 여기서 떨어져도 죽지 않아! 병신만 되지! 이 바보야!"

혜자가 급히 영례의 허리를 감싸안아 평평한 곳으로 끌어 내렸다.

"바람 구두처럼 살라고 하면서 왜 내 부탁을 들어주지 않는 거니!"

영례는 바위 바닥에 주저앉아 끝내 울음을 터트렸다.

* * *

한 해가 저물어 가고 있었다. 도시를 감싸고 있는 산 능선에 제 몸을 걸치고 잠시 멈칫거리던 석양이 모습을 감추자 이내 한기가 몰려왔다. 거무튀튀한 색깔의 활엽수 가지에 아직도 고집스럽게 달라붙어 있는 단풍들이 저녁 바람에 오돌오돌 떨고 있는 듯했다. 저러다 봄이 오면 새잎은 어떻게 나오는 거지? 자연의 이치라는 게 바로 순리일 텐데 저 나무들은 무슨 이유로 그걸 거스르고 있을까? 산다는 것은 무엇일까? 아니, 어떻게 살아야 할까? 상희 딸 결혼식에 다녀온 영례가 바로 집에 들어가지 않고 동네 공원 벤치에 앉아 누렇게 변색된 나뭇잎들을 바라보며 생각에 잠겼다. 인생은 어찌 보면 태어나서, 자라고, 결혼하고, 아이 낳고, 병들고, 죽는 단순한 삶의 사이클 같지만 그 과정은 참으로 만만치가 않은 거야. 그 과정에서 실수나 의도치 않은 사건들, 그리고 순리를 거역하는 행위들로 인해 한순간에 방향이 틀어질 수 있는 거지, 저 나무처럼, 그리고 지금의 나처럼. 결혼하고 삼십오 년 넘게 성실하게 가정을 꾸려 왔지만 한순간의 실수로 인해 빈곤층으로 추락하는 듯한 느낌은 혜자가 말한 대로 과연 과도한 불안 심리일까? 그리고 다영이의 결혼과 돈 부탁을 내가 어떻게 받아들여야 할까? 왜 내가 그날 북악산에서 그런 바보 같은 행동을 했을까? 그것도 혼자가 아닌 친구 혜자가 보는 앞에서. 도대체 앞으로 나는 무엇으로 어떻게 살아야 하나. 겨울이 아직 창창한데 나는 이 차가운 계절을 견뎌 내고 봄을 맞이할 수 있을까? 아! 정말 바람 구두를 신고 훨훨 날아다니며 살고 싶다.

그래도 그토록 가고 싶지 않았던 상희 딸 결혼식에 간 것은 잘한 일이다. 어려운 숙제를 마친 느낌마저 든다. 복잡하게 돌아가던 영례의 머릿속이 결혼식장에서 한우리 멤버들을 만나는 장면으로 방향을 틀었다.

"기원 선배는 안 왔어?"

"새색시처럼 고운 널 보면 어떻게 될까 봐서 떼 놓고 왔다."

"기집애 말 한번 이쁘게 한다."

연분홍색 한복으로 곱게 차려입은 상희는 정말 새색시처럼 보였다. 영례는 그런 상희의 모습을 보면서 이상하게도 질투심이 일어나지 않았다. 다만, 그 순간에 다영이를 떠올렸다. 과연 나는 다영이 결혼식장에서 상희처럼 화사한 모습을 보일 수 있을까?

"내년 봄에 영림이 카페에서 모이자고 했다며? 잘 됐다. 그때 편하게 보자."

"상희 너는 오늘 영락없는 꽃무릇인데 거기에 꽃 같은 딸을 둘이나 두고 있는 영례 꽃 여사가 옆에 서 있으니 눈이 부신다 야. 이럴 때 축시가 한편 나와야 하는데 능력이 안 돼서 아쉽다."

혜자가 상희와 영례의 어깨를 동시에 두드리면서 환하게 웃었다. 이런 식으로 혜자 네가 나를 배려하는구나.

"시는 안 돼도 제목은 정할 수 있잖니? 저번처럼?"

"그래, 가만있자. 음…… 나와 꽃무릇과 흰 멧돼지?"

혜자가 영례의 부탁을 받고 잠시 머뭇거리다 울퉁불퉁하게 생긴 상희 남편을 끌어들인 시 제목을 붙여 놓고 더 크게 웃었다.

그나저나, 내 삶을 보여 주는 시 제목으로 뭐가 좋을까? 애들한테 숙제를 냈으니까 내년 봄에는 분명히 장난삼아 말해 줄 것이다. 그것이 궁금하다. 친구들은 나를 어떤 눈으로 바라보고 있을까? 아니지, 지금 시점에서 그게 뭐가 그렇게 중요하겠어? 나를 바라보는 내 시선이 어떤가가 핵심인 거지.

이 순간에 '나는 내가 지옥에 있다고 믿는다. 고로 나는 존재한다.'라는 랭보의 말이 또 떠오른다. 그래, 그런 마음으로 살자. 적어도 절벽에 다시 서서 날 밀어 달라고 누구한테 소리치지는 말자. 일단 이 겨울을 그렇게 버티자. 어둠이 시나브로 짙어졌다.

"당신 이제 와?"

"엄마, 저녁 먹고 오는 거야?"

여느 때처럼 기원과 두 딸이 소파에 제각각 편한 모습으로 앉은 채 집에 들어오는 영례를 맞이했다. 나도 저렇게 속이 편해 봤으면. 애들 아빠나 다래 저 애는 그렇다 치고 다영이 마저 저렇게 태연하게 있는 게 신기하다. 그렇게 위장하고 있는 건가? 그런 생각이 들자 며칠 잠잠했던 잇몸 통증이 올라왔다. 피로감도 엄습해 왔다. 모든 것이 귀찮게 느껴졌다. 영례는 빨리 씻고 누울 생각에 식구들의 인사에 대꾸도 하지 않고 서둘러 안방 문을 열려는 순간에 기원의 말이 날아왔다.

"어이! 영례 씨 내가 있잖여?"

"엄마! 나도!"

"나도!"

영례는 순간 멈칫했다. 하지만 뒤돌아보지는 않았다.

"어이! 민영례, 아니지, 민들레! 우리가 있잖여?"

이번에는 기원이 연애 시절에 영례에게 붙여 준 별명을 날렸다.

민들레, 민들레라. 영례는 방에 들어서서 옷을 벗을 생각을 하지 않고 거울에 비친 자신의 얼굴을 바라보면서 피식 웃음을 터트리고 말았다.

선물

낮기만 한 여름 하늘을 꽉 채운 시커먼 구름이 동쪽 방향으로 급히 움직이고 있었다. 어린애 양말 모양으로 간신히 살아남은 동네 숲의 진초록색의 나무들도 구름을 따라가려고 하는 듯이 세차게 몸을 흔들고 있었다. 그렇게 몇 날 며칠을 퍼부어 댔으니 이제 그칠 때도 된 거지. 나는 아파트 거실에 서서 묘한 대조를 이루고 있는 하늘과 숲을 번갈아 바라보면서 중얼거렸다. 그러고 보면 장마철에는 검은색과 회색이 세상을 장식하는 것 같다. 초록색은 조연에 불과한 것이고. 아니지, 산이 많은 시골에서는 다르게 보일 수도 있겠구나. 나는 낮잠을 더 청하기 위해 소파에 누워 느닷없는 색깔 생각을 잠시 하고 있을 때 전화벨이 울렸다.

"너는 누구십니까?"

나는 발신인이 누구인지 뻔히 알면서도 농담을 날렸다.

"에이, 하회탈 님도. 저 실미도입니다요."

마라톤을 실미도 영화에 등장하는 훈련처럼 무섭게 하고 회원들에게도 그렇게 하도록 다그쳐서 그런 닉네임을 얻은 K 마라톤 동호회 훈련팀장의 웃음기 섞인 대답이 들려왔다.

"무서븐 훈련팀장 전화를 갑자기 받으니 살이 떨려서 그런다. 오늘은 아무리 비가 많이 와도 정모 훈련을 하기로 하지 않았냐?"

"맞습니다. 맞고요. 그래서 그러는데요. 큰 성님이 오늘 김씨를 맡아 주셨으면 해서 전화드렸습니다."

"김씨? 아! 걔~~ 가는 청명산이 전담하는 거 아니냐?"

"맞는데요. 글쎄, 그 친구 도가니(*무릎)가 갑자기 나가서 시즌 아웃이 될 것 같습니다."

"그래? 걔도 너처럼 어지간히 뛰어 쌌더만 탈이 나 버렸구나. 참으로 유감이긴 하지만 대타가 하필이면 왜 나냐?"

분식집에서 꼬마 김밥을 달인 수준으로 잘 말아서 '김씨'라는 닉네임을 얻은 여성 시각장애인 회원과의 동반 훈련을 요청받고 나는 순간적으로 망설였다. 다른 시각장애인과 동반주를 한 기억이 가물가물했고 김씨와도 친분이 별로 없기 때문이었다.

"김씨한테 누구랑 달렸으면 좋겠냐고 물어 보니까 대뜸 성님을 지목하던데요?"

"왜 그랬대? 나랑 친하지도 않으면서."

"흐흐. 우리 하회탈 님 목소리가 좋답니다."

"목소리로 동반주 한다더냐? 그런 말을 하는 걸 보니 갸도 은근히 똘끼가 있는 것 같다. 암튼 나이로 보나 실력으로 보나 나는 아닌 것 같으니까 다른 사람으로 추천해 봐라."

"에이. 성님 나이와 실력이 뭐가 어때서요? 제가 봤을 때 찰떡궁합이 될 것 같고, 또 김씨가 그렇게 꼭 집어서 간택까지 했으니 귀찮더라도 맡아 주세요."

"궁합은 우리 팀장님과 더 잘 맞을 것 같은데?"

나는 훈련팀장에게 귀찮은 일을 떠넘기고 싶었다. 그만큼 동반주는 낯설고 신경이 쓰이는 소임이기 때문이었다.

"저도 그러고는 싶은데 명색이 동호회 전체 훈련을 책임지는 팀장 아닙니까? 그리고 가을에 249(*마라톤 풀코스 2시간 49분대 완주)를 하려면 개인 훈련에 집중해야 하고요. 그러니 성님한테 이렇게 간곡히 부탁드립니다."

"너는 아쉬운 일이 있을 때만 전화 때리더라?"

"시정하겠습니다! 그럼 그렇게 해 주시는 걸로 알고 김씨한테 알려 줄게요. 대신에 연말 공로상 책임지고 상신하겠습니다."

"상금이 천만 원은 넘지? 책임져라."

"아이고! 아파트 담보 대출 또 받아야겠네, 암튼, 큰 성님, 고맙습니다! 충성!"

K 마라톤 동호회 목요 정모 훈련 장소인 원천 저수지 인근은 장마로 가득 차 있었다. 며칠간 줄기차게 내린 비로 인해 저수지 목 부근까지 차오른 흙탕물이 향기롭지 않은 물비린내를 내 콧속에까지 불어 넣고 있었다. 이렇게 끈적끈적한 장마가 지나가면 세상이 후끈하게 달궈질 텐데

뜀박질을 제대로 할 수 있을까? 저수지에서 풍기는 물비린내가 역겨워 금방이라도 한바탕 빗줄기를 쏟아 낼 것 같은 음침한 하늘을 바라보며 허리 돌리기를 하고 있을 때 실미도 팀장의 목소리가 들려왔다.

"오늘 우중주 한 번 때리면 딱이겠는데요?"

"나는 뺀질거리는 니 마빡이나 한 번 딱 때리고 잡다."

"흐흐. 대 드릴깝쇼. 그래도 제가 약속 지키려고 아까 통화 끝나자마자 득달같이 담보 대출 신청하고 왔으니 웃음 부자 하회탈님답게 허허하고 웃어 주세요."

"눙치기는? 아무리 봐도 너는 공무원보다는 약장사가 적성에 맞는 거 같다. 그건 그렇고, 김씨는 왜 안 보이냐?"

"날다람쥐가 모시고 오기로 했는데 좀 늦네요. 담부터는 성님이 픽업 해야 합니다."

"나 차 없는 거 모르냐? 드디어 결정적인 결격 사유가 하나 나왔구나."

"에이, 그건 지엽적인 문제죠."

실미도와 내가 동반주 여부를 놓고 장난 섞인 줄다리기를 하고 있을 때 날다람쥐의 안내를 받으며 검은색 승합차에서 내리고 있는 김씨가 눈에 띄었다.

"꼭 레드 카펫에 등장하는 연예인 같다 야."

"말씀 잘하셨네요. 앞으로 김씨를 그런 수퍼스타로 모시면 됩니다~~ 그림이 죽여주잖아요?"

"넌 천상 약장사라니까."

"어이쿠야!"

내가 뻗은 손바닥이 뒤통수에 닿지도 않았는데도 실미도가 엄살을 떨면서 김씨를 향해 달려갔다.

"분당 케이던스가 어떻게 되냐?"

"그게 뭔데요?"

쟤는 다른 사람한테 질문을 할 때 얼굴을 쳐다보질 않네? 아! 그렇지!

앞이 안 보이니까 뭘 보고 말 것도 없겠지. 나는 트러스트 링(*서로의 손목을 연결해 주는 끈)이 당겨지지 않도록 신경을 쓰면서 달리는 김씨를 곁눈질로 훑어봤다. 작달막한 키에 마라토너답게 날씬하면서도 다부진 몸매, 그리고 작은 얼굴을 반이나 가린 듯한 커다란 검은색 고글. 나이는 사십 대 중후반 정도 될까? 언뜻 봐서는 시각장애인으로 보이지 않는다.

"왜 대답이 없으세요?"

내가 김씨를 처음 본 사람처럼 이모저모를 살피느라 대답을 늦추고 있는 사이에 김씨의 질문이 연달아 날아왔다.

"분당 지면에 닿는 발걸음 수를 말하는데 모르고 있구나. 그래도 보폭은 알고 있겠지?"

"그것도 모르는데요."

"청명산하고 동반주할 때 안 재 봤어?"

"네."

"그러면, 오늘은 첫날이니까 조깅만 하고 다음에 같이 측정을 해 보자."

"그게 왜 필요한데요?"

김씨가 도발적인 말투로 물었다. 생각했던 것보다 까다로운 애 같은데? 아까 실미도가 전화했을 때 딱 잘라서 거절을 할걸. 순간적으로 후회가 몰려왔다. 그렇다고 이제 와서 핑계를 대고 빠질 수는 없지.

"앞으로 내가 니 보폭과 케이던스에 맞춰야지. 니가 나한테 맞출 수는 없지 않겠냐?"

"저도 맞출 수 있어요."

까다로운 애가 틀림이 없어. 장애인이라서 그런가? 나는 벌써부터 이마에서 스멀스멀 배어 나오는 땀을 링과 연결이 안 된 왼 손바닥으로 닦아 내면서 우중충한 모습의 저수지를 바라봤다.

"그래? 일방적인 것보다는 서로가 조금씩 양보하는 것이 좋겠지? 그래야 호흡이 잘 맞을 거니까. 일단 굿 스타트다 야."

나는 궁합이 잘 맞을 것 같다는 말이 입 밖으로 튀어나오는 것을 호흡으로 간신히 대신하고 안도의 한숨을 내쉬었다. 혼자 달리는 것도 힘이 드는데 장애인과 동반주라니. 내가 실미도한테 홀린 거야. 이걸 어쩌지? 나는 혀를 끌끌 차며 입을 앙다물고 달리는 김씨를 바라봤다.

"잘 부탁드립니다."

내게 짧게 인사를 건네고 김씨는 더 이상 말을 잇지 않았다. 저수지 둘 레길 코스는 한산했다. 멀리 광교산 방향에서 제법 강한 바람이 불어오고는 있었지만 습도가 높은 탓인지 금세 온몸이 땀으로 범벅이 되고 있었다. 김씨와 나를 연결하고 있는 트러스트 링도 시간이 지날수록 불편해졌다. 혼자 달리는 것보다 두 배는 힘든 것 같다. 김씨를 내게 떠맡긴 실미도를 또 떠올리며 속으로 투덜거렸다. 계속되는 침묵도 신경이 쓰였다. 무슨 말이라도 건네야 되는데. 나는 김씨의 얼굴을 살폈다. 역시 야무진 표정을 하고 씩씩하게 달리고 있을 뿐이었다.

"전혀 안 보이냐?"

아차! 물어볼 것을 물어야지. 하필이면 이런 질문을. 하지만 이미 엎질러진 물이었다.

"전혀요. 저 같은 사람을 전맹이라고 하더라고요. 시각장애인 중에서도 흔하지 않대요."

"전맹?"

"예."

"태어날 때부터?"

"그랬대요."

다행히 느닷없는 내 질문에 김씨가 불편한 기색을 보이지 않았다. 아담한 크기의 저수지 상공을 갈매기 비슷한 새 몇 마리가 날고 있는 모습이 보였다. 재한테는 저 새들도, 구름도 보이지 않겠구나. 도대체 보이는 것은 무엇이고, 또 보는 것은 어떤 행위일까. 순간 답하기 어려운 질문을 던져 봤지만 이내 고개를 흔들면서 그걸 지워 버렸다.

"왜 닉네임이 하회탈이에요?"

김씨가 한동안 이어졌던 침묵을 깼다. 그것도 부담 없는 질문이어서 내심 반가웠다.

"하회탈이 뭔지는 아니?"

"얼굴에 쓰는 옛날 탈바가지?"

"맞어. 입꼬리가 얼굴 위로 바짝 올라가서 익살스럽게 웃는 모습이야."

"실제로 그렇게 웃어요?"

"한참 달릴 때 바짝 마른 얼굴에 비슷한 표정까지 나오니까 누가 지어 준 거지."

"하회탈님 웃는 모습이 궁금해요."

"웃는 모습이고 뭐고 너는 아무것도 본 적이 없잖냐. 이럴 때 내가 무슨 말을 해야 할지 잘 모르겠다."

"신경 쓸 거 없어요. 제 마음대로 상상하니까요. 그리고 지금은 실제 모습과 얼마나 같은지 궁금하지도 않아요. 제가 매일 열심히 말고 있는 김밥 말고는요."

김씨가 오늘 나를 만난 이후로 가장 길게 말은 이어 간 것 같았다. 그래서 그런지 김씨의 페이스가 느려졌다. 나도 자연스럽게 발걸음을 늦추고 심호흡을 했다.

"김밥이나 새같이 눈에 보이는 거 말고 말이야. 이를테면 사랑과 같은 사람이 갖는 감정은 꼭 대상을 보지 않아도 같이 느끼지 않을까?"

나는 친분이 별로 없는, 그것도 여성 전맹 시각장애인과 동반주를 하면서 나누기에는 다소 무거운 말을 꺼내고 말았다. 그만큼 그동안 만나 왔던 장애인들이 보여 줬던 특유의 폐쇄성을 김씨는 덜 가지고 있을 거라는 믿음이 들었기 때문이었다.

"그럴지도 모르죠. 어쨌든 저도 사람이니까요. 다른 사람들이 그렇게 안 봐서 문제죠."

"어떻게 보는데?"

"그저 맹인으로 보는 거죠. 맹인은 맹인이고 사람은 사람. 물론 다 그렇지는 않고요."

"그렇구나."

더 이상 이을 말이 생각나지 않았다. 갈증도 몰려왔다. 하지만 도착지까지는 이십 분 정도를 더 달려야 한다. 검은 구름이 저수지 상공을 서서히 뒤덮고 있었다. 실미도 말대로 막판에 우중주를 해야 하는 거 아냐? 얄미운 녀석 같으니. 출발 지점에서 실실 웃던 실미도의 얼굴이 또 떠오르자 김씨가 나를 선택한 진짜 이유가 궁금해졌다.

"젊고 잘 달리는 애들도 많은데 왜 하필 나냐?"

"목소리 좋은 달리기 고수잖아요."

"고수는 인정하겠는데 목소리는 왜?"

"아까 말한 감정이 느껴져요. 저도 사람이라니까요."

김씨의 얼굴에서 웃음기가 번졌다. 오늘 처음 보는 모습이었다.

"감정으로 마라톤 하냐? 쓸데없는 소리 하지 말고 얼마 안 남았으니까 피치 쭉 올려 보자."

"힘들어요. 퍼지기 직전!"

"마라톤은 힘든 맛으로 하는 거 몰라? 자! 죽었다고 생각하고 땡겨!"

* * *

"뉴스가 있어요."

명 사장이 술잔을 내려놓고 남의 말을 하는 표정으로 나를 바라봤다. 분명 반가운 뉴스는 아닐 것이다. 하지만 나는 무슨 일이 있냐고 묻지 않고 명 사장 얼굴만 살폈다.

"이달 말로 퇴임하기로 했어요."

명 사장이 이번에는 뚜렷한 어조로 자신의 소식을 전했다. 나는 그 말에 대꾸할 적당한 말이 떠오르지 않았다. 대신 창밖으로 고개를 돌렸다. 이런 말을 토요일 낮에, 그것도 장맛비가 세차게 내리는 날에, 손님이라고는 우리밖에 없는 허름한 족발집에서 듣다니. 그나저나 이 지겨운 장마는 언제나 끝이 날까. 나는 굵은 빗방울이 창문을 사정없이 때리는 모습을 망연히 바라보다 명 사장 얼굴로 시선을 돌려 맥없는 질문을 던졌다.

"3년 임기라고 하지 않았나요?"

"오너 회사에서 그런 게 무슨 의미가 있나요."

"아직 절반도 못 채운 것 같은데?"

"나처럼 누군가가 치고 들어왔겠죠."

명 사장이 또 원샷을 하고 히죽 웃었다. 그러자 가느다란 주름들로 장식된 초로의 남성 얼굴이 그대로 드러났다. 우리 인연이 용케도 끊이지 않고 오늘까지 이어지고 있구나. 그래서 저 친구 개인사에 한 획을 그을 만한 퇴임 소식까지 접할 수 있는 거고 말이야. 나는 삼십 년이 훌쩍 넘는 세월을 빠르게 돌이켜 봤다.

"잔여 임기에 대한 보수는 지급한대요?"

나는 위로의 말보다는 현실적인 질문을 또 던진 내 입을 손바닥으로 때려 주고픈 충동을 느꼈다. 명 사장도 내 마음을 알아챘는지 어서 술잔을 비울 것을 청했다.

"설마요. 계약서에 명시된 것도 아닌데."

"아무튼 그동안 고생 많았습니다."

나는 건배를 제안한 다음에 술잔을 단숨에 들이켜고 안주도 먹지 않은 채 명 사장의 얼굴을 빤히 바라봤다.

"뭘 그렇게 보세요? 선배로서 앞으로 고생할 내가 딱해 보여요?"

명 사장이 순간적으로 어색함을 느꼈는지 살짝 웃었다. 언제 봐도 상대방에게 편안한 느낌을 주는 인상이다. 능력, 이른바 스펙이라는 것도 나하고는 비교가 안 된다. 명 사장은 국내 최고 대학인 S대 경영학과를 졸업하고 역시 국내 최대 재벌이었던 H그룹 종합 기획실로 특채된 엘리트 사원이었다. 그와는 다르게 나는 지방대를 졸업하고 같은 그룹에 소속된 비실비실하는 계열사에 간신히 공채로 합격하여 각종 회계 내용을 그에게 일차 보고하는 별 볼 일 없는 경리 신분이었다. 하지만 명 사장은 그런 수직적인 관계에 연연하지 않고 내게 진심으로 대했다. 나이까지도 같아서 우리는 금세 친해졌고 그것이 오늘에까지 이어지고 있다. 하지만 우리는 친구 사이는 아니다. 뭐랄까? 서로에게 예의를 갖추는 부담 없는 지인? 그런 사이를 명 사장이 이름 붙인 '양자회담'이라는 형식으로 가끔 또는 자주 만나면서 유지하고 있다.

"고생은 무슨. 명 사장이야 삼십오 년, 맞죠? 그 긴 세월 동안 샐러리맨의 신화를 쌓아 가면서 어쨌든 월급쟁이의 최고봉인 사장까지 했잖아요. 여생은 그걸 바탕삼아 즐기면 될 건데 뭐가 고생이요?"

"빛 좋은 개살구였죠. 기획실에서 잘 나가다가 자동차로 전출될 때 밀렸다는 느낌이 들었어요. 내가 종합기획실장 일 순위이었거든요. 자동차에서도 끝내 자리를 잡지 못하고 일차 밴더(*협력 회사) 사장으로 내려갈 때 회사에서는 나를 존중해 준다고 생색을 냈지만 그게 아니라는 것은 한 사장도 아마 눈치챘을 겁니다. 그래도 임기라는 것은 채울 줄 알았는데 이런 꼴이 되고 말았네요."

명 사장이 내 최종 직위인 '부장'으로 날 부르기가 뭐했는지 언젠가부터 '한 사장'으로 대우하고 있는데 오늘따라 그 호칭이 더 낯설게 느껴졌다.

"그래도 애 셋 모두 좋은 대학 나왔겠다. 돈도 좀 모았을 거 아뇨? 나 같은 국민 용돈 연금 수급자하고는 차원이 다르지 않나요?"

내가 오늘 왜 이렇게 진정한 위로를 건네지 않고 껍데기 같은 말만 던지고 있을까? 지긋지긋한 장마 때문일까? 나는 속으로 혀를 끌끌 차면서 술잔을 비웠다.

"요즘 애들답지 않게 결혼을 하고 싶어 해서 셋 중에서 둘 정도는 임기 중에 시켰으면 했는데 많이 아쉽네요. 돈요? 애들 고스펙으로 키우느라 많이 못 모았어요. 삼 년 전에 대출받아서 산 집도 비실비실하는 거 잘 알잖아요?"

"술값 안 내려고 엄살은?"

나는 가벼운 농담을 던지고 또 창밖을 바라봤다. 강풍까지 동반한 장대비가 계속 내리고 있었다. 삶의 비바람이 저 친구한테도 불어올 것 같은데 그걸 잘 견뎌 낼까? 낮술에 불콰해진 명 사장의 얼굴이 약간 어두운 조명 아래서 어른거렸다.

"그나저나 한 사장 얼굴이 피곤해 보여요. 이 장마철에도 죽자 살자 뛸니까?"

다행히 명 사장이 화제를 바꿨다. 그래 오늘은 마담(*마라톤 이야기)으로 마무리하고 무거운 이야기는 다음으로 미루자.

"동기 부여가 되었거든요."

"미녀 마라토너라도 달라붙었어요?"

"귀신이네요. 미녀는 미녀인데 눈이 좀 거시기합니다."

"쌍꺼풀보다 더 매력적인 눈이 있는가 보죠?"

"그기 아니고요. 시각장애인입니다."

"제대로 걸렸네요. 그걸 동반주라고 하나요?"

"맞아요. 임자가 따로 있는데 펑크를 내는 바람에 스피아로 낙점됐습니다."

"낙점된 이유가 궁금하네요?"

웃음기가 가득한 명 사장의 얼굴이 눈에 들어오자 문득 하회탈이라는 내 닉네임이 떠올랐다. 과연 저 친구는 내 별명을 알고 있을까?

"목소리가 죽여준대요."

"흐흐. 실제 얼굴까지 보면 아예 까무라치겠는데요?"

"비웃는 거 아니죠?"

"설마요. 그래. 대회는 언제 나가는데요?"

"다음 달 평창에서 열리는 대회에 나가 보려고요."

김씨와 약속한 대회 참가가 떠오르자 내 마음이 갑자기 급해졌다. 술이 다 깨고 비까지 오지 않는다면 오늘 저녁에 달릴 수 있을 텐데. 결국 저 친구 퇴임 소식보다 훨씬 가벼운 내 일상에 민감하게 반응하는구나.

"잘됐네요. 나도 평창에서 한 달 살기라는 것을 해 볼 생각입니다. 거기가 요즘 핫플레이스래요. 우리 거기서 만납시다. 내 인생에서 일 말고는 주도적으로 내린 첫 결정이니까 태클 걸지 말고요."

"미녀 마라토너 인터셉트 하고 싶어서요?"

"에이, 그기 아니고요. 한 사장님 동반자가 어떤 사람인지 궁금합니다. 예지력이라고 하나요? 그 사람들이 그런 것을 가지고 있다던데요?"

"우리 명 사장님이 앞날을 점치고 싶은가 보네요. 하지만 그 친구가 이른바 판수는 아니니까 김칫국은 곤란합니다."

"그래도 앞을 보지 못하는 사람과 한 번쯤 대화를 나누고 싶습니다. 밝은 명(明) 자를 성씨로 쓰고는 있지만 실제로는 청맹과니나 다름이 없으니 앞이 캄캄해서요."

"내가 하고 싶은 말을 가로채시네. 이러다가 정말 평창에서 내 동반자 못 지킬 것 같은데요?"

"겁나게 애지중지하시네요. 진짜 둘 사이에 뭐가 있는 겁니까?"

"뜀박질 말고 뭐가 있겠어요? 그건 그렇고, 우리가 평창에서 만난다면 서울과 수원을 벗어나서 처음으로 외지에서 만나는 건데, 참, 어떻게 보면 우리도 우물 안 개구리요."

명 사장이 바로 말을 받지 않고 술잔부터 기울였다. 나뿐만 아니라 명 사장도 어지간히 취한 것 같았다. 내 허리도 뻐근해지기 시작했다. 김씨 때문에 최근에 평소보다 더 달린 탓이리라. 저 친구 말대로 셋이서 만나면 어떤 대화를 나눌 수 있을까? 다시 창밖으로 시선을 돌렸다. 장대비는 그치고 보슬비가 내리고 있었다.

"나만 그렇지요."

"뭐가요?"

"우물 안 개구리! 요즘 와서 생각해 보니 내가 딱 그렇게 살아온 것 같아요. 한 사장님도 잘 알다시피 내가 술 빼고 무슨 취미가 있습니까? 여행이라는 것도 출장 빼고는 가족여행 한번 제대로 못 해 봤다니까요. 그놈의 일에 치여서요. 또, 뭐시냐. 그, 친구나 지인이라는 것도 거의 다 떨어져 나갔고요. 앞날이 캄캄합니다."

"골프 있잖아요?"

나는 우리 대화가 더 무거워지는 것을 원치 않았다. 그래서 웃으면서 골프로 살짝 방향을 틀었다.

"솔직히 까놓고 말해서, 공직이나 대기업 간부 중에서 내 돈 내고 그걸 치는 사람이 몇이나 있겠어요? 끈 떨어지면 내 카드로 긁어야 하는데 부담돼서 일 년에 몇 번 못 할 겁니다. 그리고 나는 별 재미를 못 느끼겠더라고요."

"비둘기 가족이 버티고 있잖아요?"

"빈 둥지가 다 되어 갑니다. 마누라가 종합병원인지는 잘 알죠? 얼마 전부터 먹는 약이 두 알 더 늘었어요. 잘하면 칠십 전에 장가 한 번 더 갈 수도 있을 것 같아요. 참나."

"그러니까, 우리 명 사장 요지는 경제적으로나, 가정적으로나, 사회적으로나, 등등 따위로 앞날이 캄캄하다, 그런 말이요? 에이, 이 양반, 아니, 명 양반아! 나를 포함해서 정말로 힘든 사람이 그 말 들으면 욕해요. 욕!"

"그것은 주관적인 거 아닙니까? 나 정말 힘들어요. 엄살 아닙니다."

명 사장이 충혈된 눈으로 나를 바라봤다. 약간 늘어진 눈꺼풀이 살짝 떨리고 있었다. 그래, 각자 짊어진 삶의 무게는 주관적인 것이야. 정량화할 수는 없는 거지.

"그래서 평창에 가려는 거요?"

"예, 앞으로 어떻게 살지 진지하게 고민해 보려고요. 지금까지는 밀림에서 서바이벌하느라 정신이 없어서 아무 생각 없이 살아왔잖아요? 이게 말이 됩니까? 이게 인생입니까?"

"또 내 말 하네요."

"그래도 우리 한 사장은 이것저것 준비해 놓은 것이 있잖아요? 마라톤이라는 것도 그렇고요, 나한테는 그거 되게 있어 보여요. 나는 할 줄 아는 것이 골프 빼고는 아무것도 없다니까요. 정말 무색무취한 맹물입니다. 참, 사장님은 거기에다 미녀 하니까지 옆에 거느리고 있으니 저보다는 훨 부자십니다."

"하니라니요?"

"왜 옛날에 인기 많았던 달려라 하니라는 만화 영화 있었잖아요. 그 주인공."

명 사장이 동심으로 돌아간 표정으로 밝게 웃었다. 오늘 처음 보는 모습이었다. 저 친구 말대로 김씨라는 김밥 냄새 나는 닉네임 대신 하니로 바꿔 볼까? 달려라 하니라. 나도 명 사장을 따라 웃음을 터뜨렸다.

"나야말로 없는 것 부자라는 사실을 모르고 하는 말이요? 시비를 단단히 걸고 싶지만 오늘만큼은 참겠소이다. 그나저나 명 사장이 얼굴도 안본 하니 씨한테 단단히 꽂혔나 봐요?"

"앞날이 캄캄한 사람이 앞을 보지 못하는 사람한테서 어떤 말을 들을 수 있을까 궁금하기는 합니다."

"하니도 사람이고 명 사장도 사람입니다."

나는 맹인은 맹인, 사람은 사람이라는 김씨의 말이 떠오르자 나도 모르게 목소리를 높였다.

"당연한 말씀. 하지만 평창이라는 낯선 곳에서 낯익은 한 사장과 처음보는 하니 씨를 만나서 삼자대면을 하는 장면을 언뜻 그려 보니 왠지 모르게 기대가 되는데요?"

"흑심은 곤란합니다. 이만저만한 미녀가 아니거든요."

"그 말 자꾸 들으니까 정말 욕심나는데요."

"정 원하신다면 마라톤에 입문하세요."

"생각해 보겠습니다. 그러잖아도 조깅은 해 볼 생각이었거든요."

"드디어 마라톤교 전도 한 건 올린 건가요? 암튼 다음 달 양자회담, 아니, 삼자회담은 평창에서 열리는 거를 기념하는 의미에서 건배나 한번합시다."

나보다 술이 센 명 사장과 대작하기가 점점 버거워지기 시작했다. 허리는 아예 감각이 없어진 것 같았다. 그만 일어나고 싶었다. 하지만 명사장은 그만 나가자는 내 말에 반응을 하지 않고 다른 말을 꺼내 들었다.

"그 메밀꽃 소설에 등장하는 봉평이 평창에 속하죠?"

"맞는 거 같은데요? 왜? 그 소설 속편의 주인공이라도 돼 보고 싶어서요?"

"그런 거 꿈꾸면 안 됩니까? 그저 꿈만 꾸는 건데요?"

"중전께서 엄연히 살아 계신데도?"

"그래서 상상만 해 본다는 거죠. 그것도 문제가 될까요?"

"문제까지는 몰라도 사상이 불순한 거는 맞는 거 같은데요? 이거 우리 명 사장님 오늘 보니 하니야 봉평이야 뭐니 해서 음흉한 구석이 많은데요? 상당히 데인저러스합니다."

"저도 살짝살짝 경계를 넘나들고 싶은 욕망이 있습니다. 그동안 눈에 안 보였던 것들도 보고 싶고요. 이런 생각도 위험할까요?"

"위험합니다. 그러니 달리면서 정화시키세요."

"앞이 보이지 않는데도 달린다. 그건 삶의 역설 아닐까요? 하니 말입니다. 지금까지 살아온 내 삶이 거기에 자꾸 대입이 되네요. 엉뚱한 생각들을 한참하고 있는 시기라서 그럴까요? 아무튼 한 사장 말대로 내가 점점 데인저러스해지는 거 같습니다."

"이제야 인간계로 내려오고 계신다는 증거일 겁니다."

"그럼 언제는?"

"그거야 잘 알잖아요. KS 마크에 종합 기획실에 임원에 사장에 등등 그기 어디 인간계입니까? 천상계지."

"어둠의 세계였죠. 이제는 삶의 눈을 뜨고 싶어요. 술 먹어서 하는 말이 아닙니다."

"머지않아 평창 도사 한 분 등장하시겠는데요? 이거 앞으로는 범접을 못 할 것 같습니다."

"그렇게 되더라도 셋이서 봉평 구경 한번 하고 메밀국수도 꼭 먹어 봅시다."

* * *

한 달 가까이 버티고 있던 장마가 드디어 물러갔는가 보구먼. 올해도 기상 관측 이래 최대, 최고 어쩌고 하는 수식어가 끊이지 않고 방송에서 튀어나오고 있지? 이렇게 장기 체류 손님이 떠나갔으니 그 자리를 또 어느 분이 어김없이 차지할 것이고. 아니, 오늘 날씨를 보니 이미 오신 것 같네. 찜통, 가마솥, 폭염과 같은 자극적인 옷을 입은 한여름이라는 손님 말이야. 그렇게 한동안 요란을 떨다가 늦더위, 기상 이변이라는 귀에 익숙한 단어들을 왜 웃는지 이유를 물어보고 싶은 여성 기상 캐스터로부터 지겹도록 듣다 보면 어느덧 김장철이 다가오겠지. 그러다가 어물쩍하다 보면 결국 의미를 잘 알 수 없는 제야의 종소리라는 것을 듣게 될 것이고. 아무리 생각해 봐도 세월이라는 손님은 스피드가 대단한 것 같다. 마라톤을 하는 사람으로서 참 부러운 존재야.

그나저나 반환점이 왜 이렇게 안 나오지? 원래 그렇게 멀었나? 나는 광교 저수지 둘레길을 벗어나 광교산 아래에 자리를 잡은 버스 종점을 향해 달려가고 있었다. 약간 짧아진 태양의 꼬리가 광교산 자락에 닿을락 말락 하는 늦은 오후였지만 한낮 못지않은 열기가 온몸을 휘감고 있었다. 좀처럼 거리가 줄지 않는 끝이 가물가물한 직선도로에 접어들자 지루함을 참기 위해서 멀리 보질 않고 바로 눈앞 땅바닥에 시선을 처박고 거친 숨만 내뱉고 있었다. 그래, 앞을 본다는 것, 생각이라는 것은, 잠깐 접어 두고 일단 반환점까지 말 그대로 무념무상으로 달려 보자. 거칠게 빨라진 심장이 귀 근처에 있는 동맥을 통해 쏙! 쏙! 하는 소리를 들려주고 있었다. 나는 그걸 리듬 삼아 달리고 달려 결국 반환점 급수대에 도착하여 그토록 원하던 물을 실컷 마시고 무심코 제자리 뛰기를 했다. 제자리 뛰기?

그 순간에, 문득 십여 년 전 어느 해 여름날, 정확히 말하자면 팔 월 십오 일 광복절에 한강 달리기 코스에서 시각장애인과 동반주를 하면서 마라톤 풀코스를 완주했던 기억이 떠올랐다. 대회 명칭도 개최 일에 걸맞은 '혹서기 마라톤 대회'. 여의나루 선착장을 출발하여 서울 동쪽 끝자락인 광진교를 왕복하면서 무려 백오 리(42.195km)를 달려야 하는, 멀고, 덥고, 힘들고, 지루하고, 갈증 나는, 한마디로 말해서 '죽여주는' 대회였다. 지금 생각해 보면 그런 대회를 기획한 사람(단체)도, 좋다고 신청한 마라토너도 모두 제정신이 아니었던 것 같다. 나는 그날 노란 끈(트러스트 링)으로 서로의 손목을 연결한 채 시각장애인과 곱빼기(?) 달리기를 했다. 내 마라톤 기록이 정체되면서 힘들어하고 있던 차에 마우(*마라톤 친구)가 동반주 알선을 해 줘 일종의 국면 전환용으로 승낙을 했는데 출발한 지 오 킬로도 안 돼서 그걸 후회하기 시작했다. 동반주자와 호흡이 전혀 맞지 않았기 때문이었다. 내 또래를 보이는 그 시각장애인 마라토너는 마라톤의 기본인 페이스 조절이라는 것을 하질 않았다. 냅다 달리다가 힘이 들면 걷거나 제자리 뛰기를 하고, 그러다가 힘이 좀 나면 다시 달리는, 무데뽀식 달리기를 반복했다. 나는 그렇게 달리지 말고 이븐(Even) 페이스로 달리자고 몇 차례 권고를 했지만 막무가내였다. 나는 점차 짜증이 나기 시작했다. 자주 거칠게 당겨지는 링 때문에 손목 피부가 벌겋게 변하기 시작하자 그걸 풀어 버리고 혼자 자유롭게 달리고 싶은 충동마저 느꼈다. 하지만 그를 책임지기로 한 이상 어떻게든 그 야생마 같은 시각장애인을 도착 지점까지 끌고 와야만 했다.

"실례지만 하시는 일이 뭡니까?"

반환점이 얼마 남지 않은 지점에서 내가 건네준 물을 받아 마시고 제자리 뛰기를 하고 있는 그에게 물었다. 출발한 이후에 마라톤과 관련이 없는 이야기를 처음으로 꺼냈던 것 같다.

"우리 같은 사람이 할 일이 뭐가 있겠어요. 주물럭이나 해야죠."

"고깃집 운영하시는가 봐요?"

"어허허! 그게 아니고요……. 안마삽니다."

"아! 네~~"

꼭 동남아와 아프리카 피가 반반 섞인 것 같이 거무튀튀, 울퉁불퉁하게 생긴 친구가 유머 감각은 있는 거 같네? 나도 살짝 따라 웃으면서 처음으로 그의 얼굴과 몸매를 자세히 살폈다. 아무리 훑어봐도 풀코스보다는 하프나 십 킬로 달리기에 적당한 체형이었다.

"근데 그 짓도 점점 힘들어져요."

"왜요?"

"무슨 스포츠 마사지네 안마 시술소네 하며 엄청 늘고 있잖아요? 원래 안마는 우리 같은 사람에게만 허가를 내줘야 하는데. 세상 참!"

"많이 힘들어요?"

"전에는 돈이 꽤 됐죠. 단골이 많았으니까요. 그 덕분에 운 좋게 경장 애인과 결혼까지 했으니까요. 한때는 내가 잘 나갔어요. 많이요. 근데 지금은 정상인들이 말하는 대로 앞이 캄캄합니다. 그러자 마누라도 그렇게 돼 버렸구요."

이번에는 그가 아예 걸으면서 초면인 내게 자신의 신상에 대해 심드 렁하게 말하고 있는데 더 이상 거들 말이 떠오르지 않았다. 우리는 계속 해서 삼십 도가 훌쩍 넘는 한강 주로를 뛰다. 제자리 뛰다. 걷다를 반복 했다. 그러다가 드디어 까마득하게만 느껴졌던 반환점이 보이기 시작했 다. 힘! 파이팅! 자원봉사자들의 응원이 쏟아지자 그도 힘이 났는지 오 킬로 정도를 쉬지 않고 달리다가 급수대가 나타나자 바로 숨을 거칠게 몰아쉬면서 멈췄다.

"그래서 마라톤을 시작했어요?"

나는 그의 머리에 시원한 물을 부어 주면서 물었다. 어느 순간부터 짜 증보다는 연민의 감정이 들기 시작하면서 내 말투도 나도 모르게 부드러 워졌다.

"누가 권해서 한번 뛰어 봤는데 느낌이 괜찮더라고요. 비록 남한테 의 지를 하긴 하지만 다른 것과는 달리 내 맘대로 달리는 맛이 쏠쏠하고요. 그래서 페이스 관리를 하지 못하고 이렇게 뒤죽박죽이 돼 버린 것 같습 니다."

"이해합니다."

"고맙습니다."

"열악한 처지, 아니, 환경에서 달리는 거치고는 스피드가 꽤 좋습니다."

"남들은 정상적으로 밤에 자고 낮에 달리는데 나는 그럴 입장이 못 되 죠."

"안타깝습니다."

삼십 킬로 지점을 통과하면서 그의 체력이 한계에 봉착한 것 같았지만 우리의 대화는 이어지다 끊기기를 반복했다.

"비장애인이었다면 저보다 훨씬 더 잘 달릴 것 같아요."

나는 한여름 강렬한 햇빛을 받아 물고기 비늘처럼 반짝거리는 한강물을 바라보면서 침묵을 깼다. 저 물처럼 부드럽게 흘러가야 하는데, 그렇게 살아가야 하는데, 이 극한의 마라톤처럼 내 인생도 너무 억지스러운 것은 아닌가? 나는 그렇다 치고 저 시각장애인의 삶은 어떤 것인가? 너무나 낯설다. 하지만 왠지 신경이 쓰인다. 나는 힘에 겨워 입을 벌린 채 하늘을 바라보면서 걷고 있는 그의 얼굴을 바라봤다.

"그럴지도 모르죠. 하지만 가정이 무슨 의미가 있나요? 정상인들이 보기에는 아무것도 아닌 것도 우리 같은 사람에게는 큰 선물같이 느껴질 때가 많아요."

"그게 무슨 말이죠?"

"사소한 것들요. 예를 들면 밥 먹다가 운 좋게 음식 안 흘리는 것."

"아! 예~~ ……. 지금 당장 딱 한 가지 선물을 받을 수 있다면 어떤 걸 선택하고 싶어요?"

시간이 지날수록 그가 편해지자 트러스트 링을 살짝 흔들면서 약간 장난스러운 질문을 날렸다. 그래! 어떻게든 이 친구를 종착지인 여의나루까지 인도한 다음에 거추장스럽기만 한 링을 풀고 등짝이나 한번 찰싹 때려 주자!

"대답하기 곤란합니다."

"있긴 있는 거네요?"

"……."

들으나 마나 앞을 보게 해 주는 선물이겠지, 나는 슬쩍 웃으면서 그를 다시 다그치기 시작했다. 드디어, 드디어, 남은 거리가 오 킬로 정도인 삼십칠 킬로 지점을 막 통과했기 때문이었다. 이제부터는 정말 악으로 깡으로 버티면 된다. 그런 내 생각이 무색하게 그가 전과는 딴판으로 씩씩하게 달리기 시작했다. 내가 보조를 맞추기 버거울 정도였다. 그렇게 우리는 큰 환호와 박수를 받으면서 주최 측에서 특별히 마련해 준 골인 테이프를 끊을 수 있었다.

"이거 ○○ 맥주죠?"

완주 후에 전혀 예상하지 못했던 캔맥주를 제공받고 얼떨떨해하던 내게 질문이 날아왔다.

"맞는데요? 왜요?"

"우리 같이 앞이 안 보이는 사람은 시시콜콜 잘 물어요."

"그런가요? 그나저나 아까 한 질문에 대답이나 해 주시죠?"

"무슨 질문요?"

"그 선물 말입니다."

"아! 그거요? 대답하기 곤란합니다."

"동반주 해 준 값으로도 안 되나요?"

나는 그의 답을 꼭 얻어 내겠다는 마음보다는 그걸 화제 삼아 헤어지기 전에 가벼운 대화를 더 이어 가고 싶었다.

"동반주 열 번 정도 더 해 주면 생각해 보겠습니다."

"그렇게나 말해 주기 어려운 질문이군요."

"그렇다니까요."

그렇게 정신 나간 사람(단체)이 기획했고, 역시나 미쳐도 단단히 미친 마라토너들이 참가한 혹서기 대회가 막을 내렸다. 나는 그가 타고 갈 차가 주차되어 있는 장소까지 동반(배웅)을 했다.

"다음에 또 뵙죠."

내 인사를 받고 그가 차에 오르려다가 갑자기 돌아서서 나지막이 말했다.

"다음을 기약할 수도 없을 것 같아서 그런데요. 그, 딱 한 가지 선물이 뭔지 말할게요."

"뭔데요?"

"심·장·마·비."

"예?"

그는 씩 웃으며 놀라서 반문하는 내 어깨를 툭 치고 운전자의 안내를 받으며 차에 올랐다.

그렇게 황당한 대답을 남기고 떠난 그 시각장애인은 결국 마라톤 코스에서 죽었다. 혹서기 대회가 열린 해 가을 어느 대회에서 일어난 사고였다. 그 직전에 내가 동네 뒷산에서 파틀렉(*야외 자유 스피드 훈련)을 하다 오른발이 접질리는 부상을 당해 약속했던 동반주를 못 했던 것이 마음에 걸렸다. 그를 내게 소개했던 마우가 의사의 말을 전했는데, 그가 특별한 지병이 없었던 것으로 볼 때 안마 일 때문에 밤에 수면을 제대로 취하지 못한 채로 대회에 참가한 것이 사망 원인으로 추정된다고 했다 한다. 나는 그 말을 듣고 필시 그 친구가 그토록 원했던 심장마비라는 선물을 드디어 받았구나 하는 생각이 들어서 서글픔을 포함한 복잡한 느낌을 쉽게 지울 수가 없었다.

그렇게 주로에서 선물을 가슴에 안은 채 돌연사한 시각장애인의 이름은 고광철이었다.

나는 고 고광철을 생각하며, 이번에는, 거꾸로, 광교 저수지, 광교 여우길을 달려 종점인 동네 공원 약수터에 도착했다. 몸은 파김치가 되어 있었지만 제자리 뛰기를 하면서 숨 고르기를 한 후에 초저녁 하늘을 보며 고광철과 김씨를 동시에 떠올렸다.

김씨도 고광철과 같이 간절히 원하는 선물이 있을까? 있다면 그것은 무엇일까? 또 누군가가 내게 같은 질문을 던진다면 과연 나는 어떤 대답을 할 수 있을까?

* * *

"오늘 우리덜 호흡은 잘 맞는 거 같냐?"
"호흡은 맞는 거 같은데 제 상체와 다리가 영 발란스를 못 맞추네요."
"낯선 코스에서 달려서 그럴 거야. 상체를 2센티 정도 위로 뽑는다는 느낌으로 달려 봐라."
"직접 뽑아 주세요."
"또 말장난한다."

김씨와 나는 여우길이라고 불리는 광교산 자락 산책길을 달리고 있었다. 김씨가 광교산에서 크로스 컨트리를 해 보고 싶다고 졸랐지만 바닥에 돌출부가 많고 주로 폭도 좁아서 동반주를 하기는 무리였다. 그래서 차선책으로 여우길 중에서 바닥이 비교적 평평하고 폭도 여유가 있는 한 구간을 선택하여 반복해서 달리는, 이른바 뺑뺑이를 하고 있었다.

　"농담도 못 해요?"

　"때와 장소를 가려야 하느니라."

　"지루해서 그래요. 도대체 몇 랩(몇 바퀴) 째죠?"

　"텐!"

　"거리는요?"

　"14킬로 정도?"

　"그만하면 안 될까요?"

　"오늘이 평창대회 최종 리허설인데 이 정도 가지고 되겠냐?"

　"하프는 어떻게든 몸으로 때울 수 있어요."

　"같이 뛰는 사람 고생하는 것은 생각 안 하고? 이래 가지고 니가 가을의 전설이라고 이름 붙인 330(*마라톤 풀코스 3시간 30분 이내 완주) 잘도 허겠다."

　"아직 시간 충분하잖아요?"

　"안 충분하거든요? 잔말 말고 3랩만 더 하자."

　"아고! 오늘 잘못 걸렸네."

　동반주를 여러 차례 하는 동안 우리는 꽤 친해져 있었다. 김씨 말대로 호흡도 잘 맞아 가고 있었다. 김씨는 까다로우면서도 명랑한 성격을 가진 친구였다. 그래서 그런지 김씨를 볼 때마다 명 사장이 꺼내 들은 달려라 하니가 문득문득 떠올랐다.

　"너 혹시 달려라 하니 아냐?"

　나는 트러스트 링을 내 쪽으로 살짝 당기면서 하니에 대해 처음으로 물었다. 오늘따라 김씨의 얼굴에서 하니의 모습이 자주 어른거려서 나도 모르게 웃음이 나왔기 때문이었다.

"줄거리하고 노래만 알아요."

"아! 그렇지? 너는 못 보니까."

"근데 갑자기 하니를 왜 물으세요?"

"누가 너를 하니 같다고 하더라. 그래서 그런데 니 닉네임을 하니로 바꾸면 어떻겠냐? 김밥 냄새나는 김씨와는 그만 이별을 하고."

"그 닉네임 제가 지었나요? 암튼 하니가 좋긴 하지만 저는 그렇게 치열하게 살지 못하니까 사양할래요."

김씨가 의외로 단호하게 내 제안을 거절하는 바람에 순간적으로 달리는 분위기가 어색해졌다.

"너처럼 열심히 사는 사람도 드물걸?"

"어째서요?"

"성실하게 일하고 열정적으로 달리잖냐."

"제 의지대로 하는 게 하나도 없는데 뭘 그러세요?"

내 반문에 김씨가 또 딱딱한 어조로 맞받아쳤다. 하니 이야기 괜히 꺼냈네. 이제 나까지 힘이 드는구나. 나는 이상한 눈으로 우리를 쳐다보는 산책객들을 흘깃흘깃 바라보면서 혀를 찼다.

"왜 말이 없으세요?"

"얼마 안 남았으니 달리기에만 집중하자. 끝나면 감로수가 기다리고 있느니라."

"감로수요?"

"근처에 약수터가 있는데 물맛이 기가 막혀. 아까 마셨던 포카리하고는 게임이 안 된다."

"그건 그거고, 하니 이야기 마무리를 해 주셔야죠."

"니가 싫다고 했으니까 끝난 거 아니냐?"

"그게 아니고 그 뒷말요?"

"뒷말? 뭔데?"

"제가 의지 어쩌고 하는 말에 반응이 없었잖아요?"

"힘들다면서 기억할 것은 다 하시네? 그래, 할 말이 더 있었던 것 같은데 멍석을 깔아 주지 못해서 미안하다 야. 아이고 숨 차라! 어서 고우 어 헤드 해 보거라."

"별거 아니고요. 하회탈님 말대로 다른 사람이 멍석을 깔아줘야 뭘 할 수 있는 저와 스스로 역경을 헤쳐 나가는 하니와는 비교 불가라는 말을 더 하고 싶었어요."

"그랬구나."

"근데 멍석이 하나 없어질 것 같아요."

"그게 뭔데?"

"이따가 말씀드릴께요. 저 지금 퍼지려고 해요."

"그래? 그럼 페이스를 좀 늦출까?"

김씨의 호흡이 거칠어지고 있었다. 고개가 위로 젖혀지고 입도 벌어져 있었다. 아직 두 바퀴가 더 남았는데 여기서 그만 멈출까? 그나저나 없어질 것 같다는 멍석이라는 것이 과연 무엇일까? 혹시 마라톤? 그래서 다른 때와는 달리 김씨가 달리기에 소극적일까? 가까이에서 산새 소리가 들려오고 있었다. 산책로 변에 빼곡히 들어선 나무들은 한여름의 양기를 듬뿍 받아 진초록으로 치장을 하고 있었다. 이렇게 화려한 여름도 머지않아 물러가고 가을이라는 계절이 찾아올 텐데, 그때에 저 친구가 과연 그토록 원하는 가을의 전설이라는 것을 일궈 낼 수 있을 것인가? 설령 그것을 얻는다 해도 흔하디흔한 아마추어 마라톤 기록일 뿐인데 그것이 김씨의 삶에 얼마나 많은 의미를 부여할 수 있을까? 또, 그때까지 내가, 아니, 우리가 함께할 수 있을까? 내 머릿속이 복잡해지기 시작했다.

"마지막 바퀴죠?"

"아쉬워서?"

김씨가 오랫동안 이어졌던 침묵을 깼고 나는 그걸 농담으로 받았다. 김씨의 질문이 반가웠기 때문이었다.

"가만히 보면 은근히 짓궂은 면이 있는 거 같아요. 그래서 닉네임이 하회탈인가요?"

"내 닉네임의 유래는 이야기 안 해 줬냐? 그건 그렇고, 가만히 보다니.

뭐가 보이기는 허냐?"

"또 그러신다."

"자! 입으로 에너지 낭비하지 말고 마지막 랩 깔끔하게 땡겨 보자!"

"콜!"

"지금 울고 있는 새가 꾀꼬리 맞죠?"

"그런 것 같다."

"어떻게 생겼어요?"

"글쎄다. 그냥 새같이 생겼어. 색깔은 거의 노란색이고. 참, 각종 시각 장애인용 표시는 다 노란색인데 너한테는 그것도 소용이 없겠구나."

"왜 노란색이죠?"

"그야 물론 색 중에서 눈에 가장 잘 띄니까 그렇겠지?"

우리는 여우길 산책로에서 18킬로 정도를 힘들게 뺑뺑이라는 것을 하고 홀가분한 마음으로 그 약수터를 향해 걸어가고 있었다.

"꾀꼬리가 어떻게 생겼는지 한번 보고 싶다. 목소리가 너무 이뻐."

김씨가 귀에 손을 갖다 대고 자신에게 말하는지 아니면 내게 들으라고 하는지 분간하기 어려운 말을 던졌다.

"목소리 죽여주지?"

"처음으로 직접 들으니까 가슴이 설레요. 다음에는 꾀꼬리로 태어나고 싶어요."

"노래 솜씨가 기가 막힌다고 들었는데 다음까지 갈 거 없이 지금이 꾀꼬리라고 생각해라."

"앞 못 보는 꾀꼬리?"

"어째 삐딱하게 들린다? 갑자기 생각이 하나 났는데 니네 분식집 이름을 꾀꼬리의 한 끼로 바꾸면 어떻겠냐? 시시하게 엄마 분식이 뭐냐?"

"너무 거창하네요. 암튼 언니한테 건의는 해 볼게요."

"이쯤 해서 퀴즈 하나 내겠다."

"뭔데요?"

"말 못 하는 존재의 아픔이라는 상호는 어디에 적당허겠냐?"

"글쎄요. 잘 모르겠네요."

"그걸 못 맞춰? 답은 동물병원이다."

"그거 아재 개그 아니죠?"

"진짜로 그런 간판이 어디에 있다더라. 그래서 말인데, 니네 상호도 꾀꼬리 말고 너를 연상시키는 걸로 멋지게 하나 만들어 봐라."

"왜요?"

"손님도 갈수록 준다며? 간판만 보고 들어오는 손님도 꽤 많다더라."

"아무리 봐도 하회탈님은 4차원 같아요."

"돈 안 받고 비즈니스 컨설팅해 주고 있는데 4차원? 암튼 숙제로 생각하고 고민해 볼 것."

"네~~"

"대답에 힘이 없다! 그나저나 꾀꼬리 말고 젤 보고 싶은 것이 뭐냐?"

"함 맞춰 보세요."

"하회탈?"

"쿡! 욕심까지 많으신 분이네요."

"뜸 들이지 말고 말해 봐라."

"그야 당연히 김밥이죠. 어떻게 생겼는지도 모르면서 그걸 주구장창 말아 대는 맹인의 심정을 헤아릴 수 있겠어요?"

"단번에 못 맞춰서 미안하다 야."

"아뇨. 맞추기 어려운 질문이었죠."

"뭘 보고 싶다는 생각이 자주 드냐?"

나는 내친김에 늘 궁금했지만 김씨의 마음이 불편해질까 봐 선뜻 묻지 않았던 질문을 던지고 김씨의 안색을 살폈다.

"……."

다행히 대수롭지 않은 표정이 읽혔다.

"그러니까 보는 것 자체를 원하는 거냐? 아니면 특별한 대상만 그런 거냐?"

"멍청 질문요! 보는 것 자체죠. 거꾸로 하나 물어봐도 돼요?"

"뭔데?"

"하회탈님은 맹인이 되는 걸 원하세요?"

"역시 멍청 질문!"

"그렇게 안 되고 싶은 마음과 내 바람이 아마 비슷할걸요?"

"그렇구나! 미안!"

"네버 마인!"

"이거 이상하게 들릴 수도 있는데 말이야. 뭘 본다는 것이 다 축복이 아닐 수도 있어. 눈 뜨고는 못 볼 지경이라는 말도 있지 않냐? 또 일단 보게 되면 그걸 자기식으로 해석해 버려서 사고의 폭이 좁아 들어 버리고 말이야. 김밥을 예로 들자면 만약 니가 그걸 보게 되면 이미지가 고정이 돼 버리는데 보지 못하니까 다양하게 상상할 수 있는 거 아니겠냐? 그렇지? 니가 오늘 홀딱 빠진 꾀꼬리도 마찬가지일 거야. 물론 먹고 살고 하는 현실적인 것들은 다른 차원의 문제이고. 근데 지금 내가 무슨 말을 하고 있는지 잘 모르겠다."

"아뇨. 김밥 옆구리 터지는 소리는 아니었어요. 쿡!"

"다행이다 야. 이런 비슷한 말 많이 듣지?"

"아뇨. 사람은 사람, 맹인은 맹인이니까요."

웬일인지 맨발로 걷는 김씨 얼굴에 웃음기가 가득했다. 내가 상상하는 하니의 모습이었다. 나는 그런 김씨의 얼굴을 곁눈질하면서 약수터까지 말없이 걸었다.

"너 좀 전에 왜 그렇게 혼자 웃었냐?"

내가 말한 감로수를 김씨에게 실컷 먹이고 인근에 있는 동네 공원 벤치에 앉아 한결 편안해진 마음으로 물었다. 이제부터는 김씨를 태울 차를 기다리기만 하면 되었기 때문이었다.

"언제요?"

"약수터 도착 직전에."

"제가 그랬어요? 눈치채셨구나. 맨발로 맨땅을 밟아 보기는 난생처음이었거든요. 발바닥이 자꾸 간질간질해서 저도 모르게 웃음이 나왔나 봐요."

"그랬구나."

사십을 훌쩍 넘긴 나이에 맨땅을 처음 밟아 보다니. 불쌍함? 안타까움? 그런 감정들이 몰려왔다. 곁에 앉아 있는 김씨의 어깨를 토닥여 주고 싶은 충동이 일어났지만 애써 참았다. 제법 거센 초저녁 바람이 산 쪽에서 불어오고 있었다. 김씨를 태울 차가 곧 도착할 것이다. 그때까지 무슨 대화를 나눌까? 옆 벤치에서 담소를 나누고 있는 노부부를 바라보다 없어질 것 같다는 멍석이 문득 떠올랐다.

"아까 니가 말한 멍석이 뭔지 약속한 대로 말해 주고 가야지?"

"아! 그거요? 해 줄까? 말까?"

"하늘 같은 선배한테 또 까분다."

"죄송함다! 실은 분식집을 연내에 정리할 거 같아요. 계약 만기가 올해 말이거든요."

"그래? 그렇게 사정이 어렵나?"

"언니 말로는 코로나 이후로 더 그렇대요."

"다음 계획은 세워 놓고?"

"부산 내려가서 어묵집을 할까 생각 중인가 봐요. 형부 고향이 그쪽이거든요."

"그럼 김밥 말 일이 없어지는 거네?"

"그렇게 멍석이 치워지는 거죠."

나는 김씨의 말을 받아 그럼 너는 뭐 하면서 살 거니? 하는 질문을 하고 싶었지만 참았다. 그럴 분위기가 아니었기 때문이었다. 매미가 악을 쓰며 울고 있었다. 쟤는 낮인지 밤인지 분간도 못 하는 매미 같은 존재에 불과할까?

"그래서 상호를 바꾸자는 말에 시큰둥했구나?"

"저 시큰둥 안 했는데요. 숙제 꼭 할게요. 가을이 오기 전에요. 쿡!"

"이래저래 올가을 춘마(*춘천 마라톤 대회)가 중요하겠구나. 니가 왜 그렇게 가을의 전설에 매달리는지 이제야 조금은 이해가 간다.”

“근데 몸 멍석도 말썽인 거 같아요.”

“몸 멍석이 뭔데?”

“하회탈 님은 사람이고 저는 맹인이니까 편하게 말해도 되죠?”

“니 말에 동의는 안 하지만 말은 편하게 해라.”

“가슴, 뭔 말인지 알죠? 얼마 전부터 여기저기서 멍울이 만져져요.”

“에이! 그렇다고 설마.”

“저도 그랬으면 좋겠는데 느낌이 안 좋아요.”

“정 불안하면 병원에 한번 가 보지 그러냐?”

“춘마 마치고 가 보려고요.”

“모든 병의 치료는 타이밍이 중요하다는 것은 상식 아니냐?”

“제 상식은 가을 대회에 집중하는 겁니다요.”

“그런 애가 오늘 훈련에서 꾀를 부려?”

나는 분위기를 무겁게 가져가지 않기 위해서 의도적으로 화제를 돌렸다. 시간이 갈수록 악을 쓰며 우는 매미의 숫자가 늘어났다.

“그래도 나름 최선을 다했어요.”

“포카리 마실 때는 그렇더라.”

“암튼, 대회가 두 달 남짓 남았는데 타이밍이 늦는다 해도 얼마나 늦겠어요?”

“안 불안하냐?”

“네. 저는 사람이 아니고 맹인이라니까요.”

김씨가 또 환하게 웃었다. 불현듯 죽은 고광철이 떠올랐다. 그 친구는 심장마비를 선물로 받고 싶다고 했는데 쟤는 뭘 받고 싶을까? 그걸 그 순간에 묻고 싶었지만 답이 바로 나오질 않을 것 같아서 단념을 하고 김씨를 태울 차가 들어오는 방향으로 시선을 돌렸다.

“일단 춘마보다는 평창 대회가 목전에 닥쳤으니 거기에 집중하자. 널 애타게 기다릴 사람도 있을 거니까.”

“누군데요?”

"널 하니로 불러 주자고 말한 사람."

"날이 갈수록 팬이 전국구로 많아지는 것 같아서 힘들어요."

"나도 니 팬으로 생각허냐?"

"이 자리에서 대답하기에는 적절하지 않은 질문인 것 같습니다."

"춘마 끝나고 시각장애인 대표로 정치에 입문해 봐라. 잘 헐 것 같다야."

"하회탈 님이 멍석 깔아 주면은요."

김씨를 태울 차가 공원 입구로 들어오고 있었다. 반가운 마음보다는 서운함이 더 들었다. 멍석 이야기를 꺼내지 말 걸 하는 후회도 몰려왔다.

"그래도 병원은 가 봐라."

"넵!"

*   *   *

여름이 서서히 저물어 가고 있었다. 얼마 전까지만 해도 옆 아파트에 가려 해 질 무렵에는 보이지 않던 태양이 어느덧 팔달산 가장자리까지 접근하여 붉디붉은 자태를 뽐내고 있었다. 저 친구가 산 중앙을 파고 들 쯤이면 시월 하순인데, 그때가 바로 춘마로구나. 나는 창밖으로 펼쳐지는 팔월 중순의 일몰을 바라보면서 김씨와 춘마 그리고 멍석을 떠올렸다. 멍석이라. 그중에서도 몸 멍석이라는 것이 더 신경이 쓰였다. 분명 그 친구 성격상 춘마 전까지는 병원에 가지 않을 것이다. 그렇다면, 개 언니한테라도 귀띔을 해 줄까? 아니지. 그건 오지랖일 수 있어.

나는 고개를 흔들며 무언가를 쓰기 위해 다시 컴퓨터 앞에 앉았다. 멍석이라. 그 말이 또 떠올랐다. 그동안 내게서 치워진 멍석들은 어떤 것이고 장차 없어질 것들은 무엇일까. 또 김씨와의 동반주 말고 다른 사람에게 삶의 멍석을 깔아 주고 있는 게 있기나 한 것일까. 나는 타인에게 선물 같은 존재일까. 아니면 그 반대일까. ……. 이 모든 생각들도 누가 내게 비웃듯이 말 한대로 팔자가 늘어져서 나오는 것일까. 내 처지가, 내 팔자가, 결코 그런 것이 아닌데. 때로는 견딜 수 없이 외롭고 괴로워서 아무도 없는 곳에 가서 고함이라도 마음껏 내질러 보고 싶을 때가 한두 번이 아닌데. 그런 마음을 달래 보기 위해서 한동안 접었던 마라톤을 다시 시작했는데. 나는 의자에 앉아 머리만 쥐어흔들다 결국 컴퓨터를 꺼 버리고 거실 소파에 벌러덩 누워 천장만 바라보고 있을 때 핸드폰이 울렸다.

"어? 명 사장이 이 시간에 웬일요?"

"저, 그 사람 와이프 되는 사람입니다."

"아! 그러세요? 건강은 좀 어떠십니까?"

그 시간에 명 사장의 전화를, 그것도 명 사장이 아닌 부인의 목소리가 갑자기 흘러나와서 순간적으로 당황했다. 분명 무슨 일이 있을 것이다. 나는 마른침을 삼켰다.

"덕분에 괜찮습니다. 남편이 한 사장님께 의지를 많이 하고 있어요. 앞으로도 부탁드립니다."

"제가 드릴 말씀입니다."

"아무튼 여러모로 고맙습니다. 저, 잠깐만요. 미래 아빠! 전화 여기!"

"한 사장?"

"퇴임하자마자 마나님을 비서로? 의외로 간이 크시네?"

나는 궁금함을 애써 누르며 농담부터 던지고 명 사장의 반응을 기다렸다. 어떻게 들어왔는지 거실 구석에서 귀뚜라미가 스르르 뜨르르 울고 있었다.

"흐흐. 나 아직 제 정신입니다. 오랜만에 마누라 목소리 한번 들려주고 싶어서 일회성으로 채용했는데 놀랐나요?"

"속도 깊으셔라. 감동입니다. 근데 댁이세요?"

"병원입니다. 그것도 일인실요. 하하!"

"그래요? 뜻밖입니다. 전화를 직접 못할 정도로 어디가 안 좋아요?"

"정말로 마누라 인사시키려고 그랬다니까요? 퇴임 전후로 과음을 했더니 속이 단단히 잘못됐나 봐요, 위출혈 말고도 뭐가 더 있는지 이것저

것 검사하고 있는데 나이롱이죠, 뭐. 덕분에 호텔급에서 잘 쉬고 있습니다. 어제 입원했거든요."

"앞이 캄캄한 것은 잘 아시는 분이 속이 빨갱이가 돼 가는 건 알아채지 못하셨구만요."

예상했던 것과는 달리 아주 나쁜 상황은 아니라는 말을 듣자 또다시 농담을 날렸다. 그래도 그렇지. 구체적인 용건이 있어야 전화를 하는 친구인데?

"그러게나 말입니다. 이제부터는 뱃속까지 관리를 해야 할 판이라서 앞이 캄캄한 것을 넘어서 깜깜합니다."

"새벽이 가장 어둡다. 주제넘는 말입니다."

"내가 지금 새벽인가요?"

"다른 말로 표현하자면, 새 아침을 맞이하기 위한 일종의 암순응 단계?"

"암순응?"

"밝은 곳에서 어두운 곳으로 갑자기 들어왔을 때 처음에는 앞이 잘 보이지 않으나 시간이 지나면서 다시 보이는 시력 적응 현상 말입니다."

"시력은 그렇겠지만 삶의 암순응은 쉽지가 않겠죠?"

"새로운 삶에 필요한 비타민을 충분히 복용하면 될 겁니다."

"삶의 비타민? 그게 뭐죠?"

"나도 모릅니다. 이 기회에 명 사장이 도 닦아서 나한테도 알려 주소."

"되게 비싸게 구시네. 나는 아무리 머리를 쥐어짜 봐도 술밖에 안 나올 것 같은데요?"

"술에 빠지면 암순응이 아니라 간암 순응이 되겠죠?"

"크흐. 술병이 생겨 병원에 온 사람한테 할 말인가요? 그런 그렇고. 아! 그, 평창 말요. 아무래도 추석 이후에나 갈 수 있을 거 같습니다. 이거 실없는 사람이 돼서 어떡하죠?"

"건강부터 챙겨야죠. 그나저나 면회는 자유롭게 되나요?"

"그건 왜 묻죠?"

"봉봉 세트라도 사 들고 문병 가야죠?"

"흐흐. 그럴 필요 없습니다. 내일쯤 퇴원은 할 것 같은데 통원 치료는 여러 날 받아야 할 거 같아요. 그거보다는 술이라는 절친과 당분간 떨어져 살아야 한다는 것이 가슴 아픕니다. 봉평에서 메밀전 같은 거에 막걸리 한잔 나누고 싶었는데 좀 슬프네요."

"내가 봤을 때는 퇴임 선물 같은데요?"

선물이라니. 나도 모르게 그 말이 입에서 튀어나왔다. 요즘 왜 이렇게 선물이라는 단어가 머릿속에서 맴돌까? 필시 고광철과 김씨 탓이리라. 나는 아무리 부담 없는 사이라도 병원에 입원한 사람에게 쓸 말은 아니라는 생각이 들어서 아차! 했다.

"좀 고약한 선물 같습니다."

"건강을 위해서 브레이크를 걸게 해 준 고마운 친구죠."

"어헛! 그런가요? 그 선물 감사히 받겠습니다."

나는 그 순간에 고광철에게 물었던 것과 같이 당신이 이 시점에서 가장 원하는 선물이 뭐냐고 묻고 싶었지만 참았다.

"그나저나 하니가 서운하겠는데요?"

"그래요? 내 말을 했는가 보네요?"

"당연히 했죠. 이제 전국구 스타가 됐다고 좋아하더라고요."

"싸인은 가을에 꼭 받겠다고 전해 주세요."

"그렇게 전하겠습니다. 그 친구 가을의 전설이 이루어지는 날에 해 주라고요."

"가을의 전설?"

"말 나온 김에 묻겠습니다. 우리 명 사장도 가을에 이루고 싶은 전설이 있나요?"

"글쎄요. 그 말을 들으니까 깜깜한 것을 넘어서 앞이 하얘지는데요?"

"외람되지만 숙제로 드리겠습니다. 아까 말한 암순응 비타민까지요."

"고약하지는 않지만 술을 부르는 선물 같습니다."

이런저런 생각으로 머릿속이 복잡하던 차에 명 사장의 전화까지 받고 나니 더 싱숭생숭해져 찬물 한 컵을 단숨에 들이켜고 붉은 노을로 장식된 팔달산을 멀거니 바라보고 있을 때 또 전화벨이 울렸다. 명 사장이 더할 말이 있기라도 한 건가?

"먼 놈의 통화가 그렇게 길어요?"

"어떤 놈이 하늘 같은 고참한테 놈놈 허고 있냐?"

나는 실미도의 번호임을 확인하고 대뜸 농담부터 날렸다. 오늘은 정모 훈련이 있는 날이 아닌데 왜 전화를 했을까? 혹시 김씨한테 무슨 일이? 괜스레 불안한 마음이 뒤따랐다.

"아이쿠! 고참 모독죄를 저질렀사옵니다. 제발 클럽 윤리위에 제소는 말아 주시옵소서."

"헛소리 그만하고 본론부터 말해라. 너는 용건이 있어야 전화 때리는 놈 아니냐?"

"넵! 그럼 말씀드리겠습니다. 저, 거시기, 그러니까요."

"그러니까 니 거시기가 머시기라도 돼서 어떻게 해 달라는 거냐?"

"에이, 성님도. 만약 그렇게 돼 부렀다면 이 시간에 병원이나 법원에 가 있겠죠. 그러니까요 성님, 오늘 저녁에 다리 말고 입으로 하는 양자 정모를 가지면 어떨까 해서요."

"좀 알아듣게 말해라."

"이따가 한 아홉 시쯤에 아대 캠퍼스에서 만나서 캔맥주나 한잔하면 어떨까 해서 감히 전화 때렸사옵니다."

"내가 왜 그 시간에 뺀질뺀질하고 못생긴 너를 만나야 허냐? 시간과 돈이 없어서 못 만나는 니 작은 형수들도 천지인데?"

"법원에 가서야 할 분은 따로 계셨네. 암튼, 오랜만에, 아니, 단둘이는 처음이죠? 간곡히 청하오니 부디 윤허하여 주시옵소서."

"내 명의로 돼 있는 부동산 하나도 없다."

"그게 무슨 말씀?"

"빚보증 어쩌구 할 거 같으면 아예 만나지 말자는 말씀이시다."

"으허허! 어떻게 아셨죠? 하회탈을 쓰시면 뭐가 보이나 봐요?"

"보인다. 보여. 아홉 시쯤 아대 어디쯤으로 가야 허냐?"

나는 저녁에 만나서 맥주나 한잔하자는 실미도 말에 겉으로는 마지못해 들어주는 척을 했지만 내심 반가웠다. 그렇지 않아도 명 사장과 통화를 하는 과정에서 더 복잡해진 머릿속을 달래 보기 위해 집 가까이에 있는 아주대 캠퍼스를 밤에 걸을 계획이었기 때문이었다.

"성님, 여깁니다!"

실미도가 손을 흔들었다. 아주대 캠퍼스 운동장이 내려다보이는 곳에 자리 잡은 야외 테이블에는 이미 푸짐하게 술상이 차려져 있었다.

"야! 저 정도면 몇 분 페이스겠냐?"

"예?"

"저기 운동장에서 흰색 티 입고 뛰는 젊은 친구 안 보여?"

"하여튼 뭐 눈에는 뭐만 보인다고. 한 4분 페이스? 근데 폼으로 보나 폰을 손에 들고 뛰는 걸로 봐서는 오래 못 가겠는데요?"

"역시 우리 훈련팀장님 눈이 예리하시구면, 그나저나 니가 볼 때 김씨가 춘마에서 330 헐 것 같냐?"

우리는 만나자마자 마담(*마라톤 이야기)을 늘어놓기 시작했다. 마라톤 매니아들은 만나기만 하면 마담으로 시작해서 마담으로 끝나는 법이다. 오늘도 그런 자리? 나는 제법 빠른 속도로 달리고 있는 그 젊은 친구를 바라보다 생각이 다른 곳으로 흘렀다. 실미도 쟤는 꼭 용건이 있어야 연락을 하는 놈인데? 더구나 이렇게 단둘이 만나는 것은 처음 아닌가? 그것도 야외 테이블에서. 분명 무슨 할 말이 있을 것 같은데 그게 무엇일까?

"노 코멘트 하겠습니다."

"그렇지? 생각보다 힘들더라 야."

"동반주가 원래 힘든 데다 그 친구가 좀 까다롭다잖아요? 청명산도 애 먹었어요."

"그런 애를 나한테 떠넘겨?"

"떠넘긴 게 아니고 갸가 선택, 아니, 간택한 것이라니까요? 목소리 좋다고. 크흐"

"기름 장어냐? 잘도 빠져나간다. 그나저나 오늘 용건이 뭐냐?"

나는 캔맥주를 반쯤 들이키고 실미도의 얼굴을 살폈다. 마라톤 고수답게 강인한 모습이었지만 피곤함도 묻어 있는 것 같았다.

"에이, 자꾸 용건이라고 하시니까 부담스럽네요. 실은 김씨를 맡아 주신 것에 고맙고 미안한 마음 등등 해서 따로 한번 뵙고 싶었어요. 오늘을 스타트로 해서 가끔 단둘이서 마담이 아닌 인담(인생 이야기)을 나누면 영광이겠구요. 저 성님을 인생 선배로서 존경합니다요. 후후!"

실미도가 얼굴에 달고 사는 장난스러운 표정을 거두고 제법 진지하게 내 물음에 대답을 했다. 저 친구가 저러니까 진짜 용건이 있을 것 같다. 궁금증이 풀지지 않았다.

"얼어 죽을 존경은. 너는 인생 루저만 전문적으로 존경하는 마고(*마라톤 고수)냐? 뜸 들이지 말고 본론으로 들어가지?"

"어허! 우리 하회탈 성님이 속고만 살으셨나. 이게 본론이라니까요? 자! 쭈욱 비우시고 안주 삼아 저 탱탱한 아그들 감상도 좀 해 보시죠."

"여기서 만나자고 한 목적이 거기에 있었구나?"

"흐흐. 도랑 치고 가재 잡고. 좋잖아요?"

"어허. 춘마 때 249 허겄다고 허벌나게 뛰시는 분이 왜 이러실까. 정신 차리시죠, 실미도 님? 뭐든지 한 단계 올라선다는 것은 힘든 일이 아니겠사옵니까?"

안주 없이 들이킨 맥주 탓에 취기에 빨리 올라왔다. 저 친구 말대로 특별한 용건은 없는 것 같다. 그렇다면 부담 없이 야외주(酒)를 달려 보는 거다. 실미도가 장담한 대로 빠르게 달리던 그 친구는 더 이상 눈에 띄지 않았다. 그래, 빨리, 급하게 달리면 지치는 거야, 느리지만 멈추지 않는 것이 중요하지.

"그렇죠? 혼자 힘으로 한 단계 올라선다는 것은 힘든 거죠? 그러고 보면 마라톤이 젤 힘든 것 같아도 그중에서 쉬운 것 같아요. 남 도움 없이 죽어라고 뛰기만 하면 되잖아요?"

실미도가 한 캔을 거의 원샷을 하고 안주도 먹지 않은 채 쓸쓸하게 웃으면서 날 바라봤다. 전에는 좀처럼 보지 못했던 자신 없는 표정이었다. 그래, 뭔가가 분명 있는 거야.

"너 요즘 살기 힘드냐?"

"쫌 팍팍합니다요."

"야외주(酒)를 어지간히 달린 거 같은데 한번 풀어놔 보시지? 돈이나 보증 건이라면 아예 꺼내지도 말고."

"에이, 성님도, 어느 안전이라고. 근데, 저, 거시기, 매우 외람된 말씀인데요. 누구한테 들었는데요. 회사에서 잘 나가시다가 그만 별을 못 달았다면서요? 술김에 한 번 여쭤 보는 겁니다. 기분이 상하셨다면 바로 운동장 열 바퀴 돌겠습니다."

"잘 나갔으면 그렇게 됐겠냐? 그런데 내 전생의 이야기가 이 대목에서 왜 나오지?"

나는 순간 당황했다. 불쾌하기까지 했다. 내가 가장 듣기 싫어하는 말을 뜻밖의 장소에서 내 전력과 전혀 관련이 없는 친구한테 들었기 때문이었다. 하지만 실미도는 장난기는 많지만 속은 깊은 친구다. 그런 말을 꺼냈을 때는 분명 이유가 있을 것이다. 나는 이미 불쾌해진 실미도의 얼굴을 바라보면서 황당해진 마음을 애써 삭혔다.

"그러니까 제 말은요, 저는 성님과는 다르게 못 나가고 못 달고 있는 등 여러모로 팍팍하다 이런 말씀을 드리고 싶다는 겁니다요."

"그러니까 오늘 이 자리가 우리 실미도 님 신세타령 자리네. 그것도 늙은이 앞에서?"

"죄송함다! 오늘은 그냥 성님하고 한잔하면서 이런저런 이야기 나누고 싶었어요, 저두 술이 좀 들어가니까 버릇이 없어지네요."

"술 안 마셨을 때는 괜찮고? 그나저나 너 내 전생까지 까발렸으니 마무리해야지?"

"어떻게요?"

"너 취했냐? 까발린 놈이 썰을 풀어 가라는 말씀이시다. 가만있자. 너 아까 뭘 못 단다고 했지? 혹시 서기관 승진 말하는 거냐?"

"서기관요? 성님이야말로 취하신 것 같네요. 저 아직 6급 주삽니다요, 달리는 선비나 술주정이 아니라 행정 6급 주사!"

"그러냐? 너 허는 것이 꼭 고위 공무원같이 보여서 내가 착각했나 보구나. 암튼 쏘리다."

"그렇게 봐 주셨다니 땡큐입니다. 근데, 성님, 서기관은커녕 사무관도 벌써 2년째 물먹고 있어요. 눈치 보이고 쪽팔려서 사무실 나가기가 힘드네요. 다음 승진 심사 시기도 얼마 안 남았거든요."

"니 마라톤 기록 단축 속도와는 반대네? 그래서 감히 큰 성님 과거를 끌어들인 거냐?"

"거듭 죄송함다. 이래저래 앞이 깜깜해서 위안이 될 말이라도 들을 수 있을 것 같아서요."

"너도 전맹이냐?"

"전맹이 뭐죠?"

"김씨처럼 암 것도 안 보이는 사람."

"따지고 보면 저도 김씨나 다를 게 없죠 뭐."

실미도가 실미도답지 않게 풀이 죽어 있었다. 정작 앞이 안 보이는 김씨는 씩씩한데 눈이 멀쩡한 쟤는 왜 앞이 깜깜하다고 할까? 그러는 나는? 같은 질문을 내 자신에게 던지자 답답함이 몰려왔다.

"너 그런 말 김씨 같은 장애인한테 함부로 하지 마라. 욕먹는다."

"그럼 어떻게 해야 되는데요?"

"감사한 마음으로 살아야지. 연민이랄까? 그런 것도 가져야 하고. 꼰대 말씀이니라."

"잘 웃는 꼰대? 후후! 암튼 그런 거 저런 거 해서 어떻게 살아야 한다는 것을 알겠는데 실천이 어려운 것 같아요."

"눈을 뜨게 하는 것들을 하나씩 하나씩 루틴으로 만들어야. 너 오늘 뜀박질 대신 나랑 같이 술 마시고 집에 들어가면 숙제 안 한 초딩처럼 왠지 불안하고 찜찜해할 거지? 다른 것들도 그렇게 루틴화해야 앞이 훤해질 거다. 너, 내가 이런 말 하고 있다고 해서 지는? 하면 죽는다. 나는 남들 속은 잘 들여다보거든? 훈수도 프로급이고. 다만 내 앞가림을 하지 못해 너 같은 인생 쫄이나 만나고 있는 것이니라."

"흐흐. 성님 닉네임을 하회탈에서 루틴으로 바꿔야 할 것 같은데요? 암튼 마라톤을 예로 들으니까 귀에 쏙 들어오네요. 그렇죠? 마음을 단련시키는 것들도 마라톤처럼 해 왔다면 저도 성님 안 만나고 있을 것 같은데요? 크흐. 그래도 일단 올가을까지는 마라톤에 빠져 볼랍니다. 성님도 알다시피 단순히 달리는 거 외에 뭔가가 있는 거 같거든요."

"그래서 그렇게 죽자 살자 뛰는 거냐?"

"그런 점도 있는 거 같아요."

그런 점은 나와 비슷하구나, 나도 그 힘들었던 시절을 마라톤으로 견뎠으니까, 그것은 정말 훌륭하면서도 효과적인 돌파구였지, 물론 지금도 그 효력은 잃지 않고 있고. 나는 실미도의 말을 들으면서 동병상련 비슷한 느낌을 받았다. 늦은 시간임에도 운동장은 젊은이들로 북적거렸다. 내가 만약 실미도가 까발린 그 시절로 돌아갈 수만 있다면? 나는 고개를 흔들며 맥주 캔을 집어 들었다.

"일도 다를 거가 있었냐? 마라톤처럼 죽어라 하는겨. 남한테 인정을 받건 말건. 승진을 하건 말건. 내가 과거에 그랬다고 생각했는데 지나고 보니 그렇게 안 했더라. 한마디로 진인사대천명! 꼰대 말씀 2탄이니라."

"후후! 암튼 오늘 제게 주시는 선물 같은 말씀으로 받아들이겠습니다."

실미도가 느닷없이 선물을 꺼내 들었다. 그렇다면 고광철에게 했던 질문을, 김씨와 명 사장한테도 해 볼까 했던 질문을, 저 친구한테 날려 볼까? 하는 생각이 순간적으로 들었지만 분위기가 더 무거워질 같아서 참고 농담으로 대신했다.

"행정 주사님은 말씀도 잘해야 하는구나. 허긴 그것도 일종의 대민 서비스지."

"진짜라니까요? 성님, 제가 이쯤 해서 깜놀하게 만들어 드릴까요?"

"니 성님의 기대가 크시다."

"실은 오늘이 제 생일입니다요. 별거 아닌가요?"

선물

161

"그으래? 깜놀 맞어. 맞고말고. 그리고 니 귀빠진 날에 이렇게 자리를 만들어 줘서 영광이다 야. 근데, 너 혹시 가출했냐? 이 시간에 왜 여기에 있지?"

나는 깜놀까지는 아니었어도 당황은 했다. 오늘같이 특별한 날에 왜 나를 만나서 술을 마시자고 했을까? 밤이 어지간히 깊었는지 매미 소리도 잠잠해졌다. 나는 이쯤 해서 헤어지고 싶었다. 술도 어지간히 취했거니와 생일임에도 늦도록 집에 들어가지 않고 있는 실미도와 계속 앉아 있기가 부담스러웠기 때문이었다.

"와이프하고 애들은 본가에 가 있어요. 아직 방학이잖아요?"

"별일은 없고?"

"두 분 다 요양원에 가서야 할 상황인데 여의치가 않네요. 좀 어렵고 복잡해요."

"그래서 오늘은 내가 꿩 대신 닭이었구나? 그래도 영광이다 야. 가만 있자! 요 앞 파리 바게뜨라도 다녀올까?"

"왜요?"

"케이크 선물!"

"에이, 오늘은 성님 자체가 제 생일 선물이니까 그걸로 만족할게요. 내신 내년에는 잊지 마시고 거하게, 아셨죠? 후후!"

"내가 쫄 생일 선물까지 챙기면서 살아야 하나?"

"주면 배로 돌아온다! 크흐."

"너부터 솔선수범해라."

나는 남아 있는 술을 비우고 자리에서 일어나 꿈쩍도 않고 앉아 있는 실미도에게 작별 인사를 건넸다.

"어떻게? 특별한 날이고 마나님도 안 계시는데 2차로 어디 노래방이라도 갈까?"

"에이 성님도, 우리 같은 마라토너는 단판 승부만 하잖아요. 여기 하나 더 남았으니까 이거 마저 비우고 들어가시죠."

"그래? 내가 생일 선물이라는 니 멘트에 혹해서 봐준다."

그렇게 실미도가 준비한 꽤 많은 맥주를 다 비우고 우리는 한동안 아직도 여러 명이 달리고 있는 운동장을 바라봤다. 실미도 쟤도 저와 같은 주로에서는 물론이고 직장과 가정에서도 힘들게 달리고 있구나. 그런 애가 생일에 날 단독으로 초대해서 신상을 털어놓고 내가 생일 선물이라는 말까지 하다니. 이걸 어떻게 받아들여야 하나. 더욱 밤이 깊어진 캠퍼스 어느 곳에서 부엉이 우는 소리가 들려오고 있었다.

"성님, 내친김에 선물 하나 더 받으면 안 될까요?"

"그래? 뭘 받고 싶은데?"

이제는 눈까지 충혈된 실미도가 내가 내민 손을 풀지 않은 채 선물 이야기를 또 꺼냈다. 이번에는 진짜 무슨 말이 나올 것 같다. 나는 순간적으로 긴장을 했다.

"딴 건 아니고요. 김씨네 분식집에 내일쯤 한번 가 보셨으면 해서요."

"그게 무슨 선물이냐. 왜? 김씨가 나한테 할 말이 있대?"

"그냥요. 가 보신 적도 오래됐잖아요? 훈련팀장으로서 그런 생각이 들어서 말씀드리는 겁니다."

"그러고 보니 언제 가 봤는지 가물가물하다 야. 니 말 들으니까 좀 무심했던 것 같기도 하고."

"그럼 선물 받은 걸로 할게요. 또 아나요? 내일 가시면 김씨한테 푸짐한 선물을 받을지도 모르잖아요?"

"저번처럼 김밥이나 잔뜩 갖다주겠지."

"흐흐. 암튼 성님 오늘 고맙습니다."

"생일 축하한다. 살아 있는 날이 생일이고. 알간?"

"예써! 풀리 언더스텐!"

집으로 돌아오는 길에는 선선한 바람이 불고 있었다. 나는 그것을 만끽하면서 실미도와 나눈 대화를 곱씹었다. 그중에서도 김씨 분식집으로 내일쯤 가 봤으면 좋겠다는 실미도의 부탁이 머릿속에서 맴돌았다. 그래. 동반주를 시작한 이후에 한 번도 그 집에 들르지 않았다는 것은 예의가 아니지. 실미도가 그걸 일깨워 준 거야. 그렇다면 나도 오늘 그 친구로부터 선물을 받은 거네? 아! 이렇게 여름이 가는구나. 나는 도시 불빛에 가려 간신히 자태를 드러내고 있는 밤 별들을 걸음을 멈추고 잠시 헤아렸다.

* * *

김씨가 일하는 엄마 분식은 저녁 시간이라서 그런지 한산했다. 열 개 정도 되는 테이블 중에서 한 개만을 손님이 차지하고 있었다. 김씨는 예전과 같은 장소인, 도로가 정면으로 보이는 창 쪽 작업대에 앉아 김밥을 만들고 있었다. 손님이 없다시피 하는데도, 완성된 김밥이 저렇게 수북이 쌓여 있는데도, 저럴 필요가 있을까? 아! 단체 주문이 가끔 있다고 했지? 그나저나 앞을 못 보는 사람이 식당에서 가장 시야가 좋은 곳에서 일하고 있다니. 나는 순간적으로 답답해지는 가슴을 헛기침 몇 번으로 달래고 명랑한 어투로 농담부터 날렸다.

"테레비 방송국에서 섭외 같은 거 안 오냐?"

"누구세요? 아! 하회탈 님?"

"용케 알아본다."

"목소리로 선택했는데 몰라봐요?"

김씨가 내 쪽으로 고개를 돌리고 웃으면서 김밥을 마는데도 속도가 줄지 않았다. 과연 달인 수준이구나. 저런 기술, 저런 명석이 올해가 가면 사라진다니. 안타깝고 서글프다. 나는 마른침을 삼키며 일부러 우스갯소리를 이어 갔다.

"달인이니 명인이니 허는 프로에 나가면 더 전국구 스타가 될 것 같은데?"

"복지 채널? 거기서 섭외 전화가 오긴 했어요."

"나갔나?"

"아뇨! 제가 보지 못하는 걸 남한테 보여 주는 건 싫더라고요."

"그런 것이 봉사 정신이니라."

"봉사면 충분하지 봉사 정신까지 가지라면 무리죠?"

"또 하늘 같은 고참앞에서 말장난 한다."

"쿡! 죄송함다. 근데 무슨 바람이 불어서 오셨어요?"

"그야 물론 하니 바람이지."

"제가 하니는 사양하겠다고 말씀 안 드렸나요?"

"그건 봉사 정신하고 상관없으니 부담 갖지 마라. 실은 어젯밤에 실미도가 지 생일이라고 날 불러내서 한잔했는데 뜬금없이 생일 선물하는 셈치고 니네 가게에 한번 가 보라고 하더라. 그렇지 않아도 미안한 마음을 가지고 있었는데 그 말 들으니까 정신이 번쩍 들어서 득달같이 달려왔느니라."

"아하! 실미도 님이 내가 선물 받은 것을 보고 샘이 나서 하회탈님한테 선물 달라고 졸랐구나?"

"그게 무슨 말이냐?"

"제가 그저께? 벌써 그렇게 됐나? 암튼 대박 선물을 받았사옵니다."

"그게 무슨 말이더냐? 귀 어두운 고참님 알아듣기 쉽게 여쭙도록 해라."

"쿡! 힌트 드릴게요. 하회탈 님이 보시기에 마라톤에 미친 저한테 가장 소중한 재산이 뭐겠어요?"

"그야 뭐. 다리?"

"맞사옵니다. 그래도 못 맞추면 마라톤 고수가 아닌 하수!"

나는 김씨의 핀잔 섞인 힌트를 듣자마자 작업대에 가려 보이지 않던 김씨의 다리로 시선을 돌렸다. 그 순간, 마라톤 트레이닝 바지 대신 무슨 석고상의 일부분 같은 허연 깁스가 눈에 들어왔다. 이럴 수가! 나는 그 모습을 보면서 명 사장이 어제 표현한 대로 앞이 하얘짐을 느꼈다.

"어쩌다가 저렇게 됐냐?"

"일 끝나고 이 층 집으로 올라가는 계단에서 무심결에 카프레이즈(*뒤꿈치를 올리고 내리면서 종아리 근육을 단련시키는 운동)를 하다가 그만 넉장구리를 해 버렸어요. 골반 포함해서 전치 10주라니까 대박 선물 맞죠?"

"그 정도면 입원해야 하는 거 아니냐?"

"우리 같은 사람은 집이 편해요. 기브스 풀 때까지 할 것도 별로 없다고 하더라고요."

김씨가 꼭 남의 말을 하듯이 자신의 부상 경위를 설명했다. 설상가상이라더니 저렇게 되면 시각장애인인 재가 일상생활을 영위하는데 지장이 큰 것은 물론이고 저 친구가 그토록 원했던 가을의 전설이라는 것도 물거품이 되는구나. 하늘도 참 무심하네. ……. 그래서 실미도 녀석이 어제 날 불러내서 선물 어쩌구 한 거구나. 지 입으로 직접 말하기가 뭐하니까 내 눈으로 직접 보라고 말이야. 보면 볼수록 뺀질뺀질한 녀석이야.

"참으로 안타깝고도 유감이다 야."

"신경 쓰지 마세요. 제가 원래 선물 복을 타고난 사람이잖아요?"

"이 시점에서 니가 그렇게 생각하니까 마음이 놓인다 야. 그건 그렇고, 다른 병원에는 가 봤냐?"

"무슨 병원요."

"저번 여우길 달릴 때 말 안 했냐?"

"아! 그거요? 하회탈 님 말 듣고 가 보려고 했는데 좋은 핑계거리가 생겼잖아요?"

시각장애, 가게 폐업에 따른 생업 상실, 무슨 암 의심에 이어 다리 부상까지, 이런 것들을 선물이라고 표현하는 저 친구의 심정은 어떠할까? 죽은 고광철은 심장마비를 가장 받고 싶은 선물이라고 했는데, 저 친구는 어떨까? 설마 재도 그런 극단적인 생각을? 아냐. 그건 분명 아닐 것이다. 그리고 이 시점에서 전치 10주라면 평창 대회와 춘마를 포함한 올해 열리는 대회 참가는 모두 포기해야 함은 물론이고 내년 봄에 열리는 동마(*동아 마라톤 대회)참가도 간당간당하다. 그것뿐인가 저 친구 말대로 연말에 가게를 정리하고 부산으로 내려간다면 더 이상 나와 동반주를 할 기회도 없어지는 거다. 나는 말을 이어 가면서도 김밥 말기를 멈추지 않는 김씨의 모습을 바라보면서 온갖 생각에 잠겼다. 가슴도 시려 왔다. 나는 그것을 헛기침으로 추스르고 위안을 줄 말을 찾았다.

"그렇지? 이 상황에서 종합병원까지 차릴 수 있겠냐? 뭐든지 하나씩 차근차근 밟아 가는 것도 좋은 것 같더라. 니 가을의 전설이라는 것도 올해 일구면 좋겠지만 이런 우여곡절을 겪은 다음에 얻으면 더 감격스러울 것이다."

"경험 많은 마라톤 고수가 말씀하시니까 와 닿네요."

"그래, 그렇게 아쉬운 마음을 삭여라. 아, 그리고, 니 전설은 아쉽게 내년으로 연기됐지만 봉평에 함께 가서 가을의 정취는 느껴보자."

"봉평에는 왜요?"

"너를 하니라고 부르자는 사람과 함께 거기에 가면 좋을 것 같다. 너 메밀꽃 필 무렵이라는 소설 읽어 봤냐?"

"오디오북으로 읽었어요."

"그럼 그 소설의 배경이 되는 곳이 봉평이라는 것도 잘 알겠네? 혹시 아냐? 너도 거기서 허 생원 같은 기막힌 인연을 만날지도."

인연. 인연이라. 내가 말은 이렇게 하고 있어도 더 이상 저 친구와 같이 달릴 수도 없을뿐더러 부산으로 내려가면 아예 얼굴을 볼 기회가 없을지도 모른다. 그런데 내가 인연 운운하고 있다니. 비록 함께 달린 기간은 짧았지만 여운은 짙게 남을 것 같다. '온갖 고약한 선물들을 떠안은/미혼의/중년 여성인/시각장애인'이라서 유독 그런 생각이 드는 것일까? 저 친구는 이런 내 심정을 헤아리고나 있을까? 내 머릿속이 더 복잡해졌다. 나는 사 들고 온 포도를 주방에 있는 언니한테 인사를 겸해서 건네고 그만 가게를 나오고 싶은 마음을 억누르면서 김씨의 대답을 기다렸다.

"제가 이미 종합 선물 세트를 받았잖아요? 거기에다 오늘 왕대박 선물까지 받고 나니 배가 터질 것 같아서 그 인연은 사양할래요."

"오늘 무슨 선물을 또 받았는데?"

"어젯밤에 실미도님이 저한테 직접 배송한 선물요."

김씨가 내 쪽을 바라보면서 흰 이를 드러내고 환하게 웃었다. 영락없는 하니의 얼굴이었다.

작은 새로 변한 고향

야트막한 야산의 허리를 잘라 내고 들어선 공장은 온통 눈 속에 파묻혀 마치 공동묘지처럼 적막하기만 했다. 단지, 폭설 때문에 먹이를 찾기 어려운지 산비둘기 몇 마리가 공장 내 사무소동 주차장까지 날아와 부지런히 눈밭을 파헤치고 있을 뿐이었다.

눈 때문에 오늘 퇴근길이 만만치가 않겠구먼. 더군다나 주말인데 말이야. 박영석 전무는 찾는 사람이 없는 금요일 오후의 창밖 설경과 컴퓨터 화면을 번갈아 바라보면서 벌써부터 퇴근길 정체를 걱정하고 있었다.

"전무님, 사장님이 잠깐 들어오시랍니다."

여비서가 조심스럽게 들어와서 상냥한 목소리로 박 전무실의 정적을 깼다.

무슨 일일까? 특별한 일이 없으면 금요일 오후에는 부르지도, 찾지도 않는 것이 관례처럼 굳어졌는데. 박영석 전무는 스무 걸음이 채 안 되는 사장실 입구에 도착하여 노크를 할 때까지 고개를 갸웃거렸다.

"어서 와요, 눈이 많이 와서 큰일이네, 퇴근도 퇴근이지만 오늘 저녁에 삼환지구 특판 출고가 있다는데, 그것이 더 걱정스럽고."

칠십 대 중반의 나이지만 체구가 날렵하고 아직도 머리숱이 많아 꽤 젊어 보이는 정 사장이 특유의 웃는 듯, 안 웃는 듯 하는 표정을 지으며 박영석 전무에게 눈 걱정을 보탠 인사를 건네며 자리를 권했다.

중요한 사안에 대해 의견을 구하거나 지시를 내릴 때에는 조끼만 입지 않고 꼭 양복 상의를 걸쳐 입는데, 오늘도 저 모습이네. 과연 무슨 일일까? 박영석은 앉아 있는 의자를 원탁 테이블에 바짝 붙이고 정 사장의 눈을 빤히 바라보았다.

"박 전무, 올해로 몇 년 됐지?"

정 사장이 커피잔을 한 손으로 든 채 또 웃음기를 약간 머금은 듯한 표정으로 박영석을 바라보았다.

아!, 어이쿠! 오늘이 드디어, 아니, 기어코 그날이구나. 그렇게도 피하고 싶고, 상상조차 하고 싶지 않았던 순간이 이렇게 아무런 예고 없이 예리한 창날이 되어 나를 찔러 오는구나. 눈치 빠르고 회사 근무 경력이 삼십 년을 훌쩍 넘은 박영석은 사장이 던지는 질문 한마디가 무엇을 의미하는지 바로 알아차렸다. 회사 임원 인사 관례상, 내년에 부사장으로 승진을 시키든지, 아니면 현 직위 그대로 일 년 정도 더 자리를 지키게 하든지, 그래서 아무리 잘못되어도 내후년에나 해임이 될 것이라 예상을 하고 다소 느긋하게 마음을 먹고 있었는데 예상치 못한 날벼락을 맞고 말았다는 충격에 박영석은 정 사장의 질문에 대답을 하지 못한 채 얼어붙고 말았다.

"박 전무도 알다시피 동종사들에 비해 임원 수가 많다는 지적들이 회사 안팎으로 많았잖아? 또 자네가 맡고 있는 해외 부문이 계속 어려울 것 같아서 일단 비투비(B to B)쪽으로 통합을 해야겠어. 그래서 말인데, 미안하지만 이번 주총을 기해 퇴임을 좀 해 주지? 그 대신에 일 년간 회사 고문으로 위촉을 해 주겠네. 이거 수십 년간 한 우물을 파면서 고생 많이 했고, 공로도 많았는데 정말 미안하네. 부디 회사와 후배들을 위한다는 마음으로 이해를 해 주게나. 또 아는가? 상황이 좋아져서 다시 같이 일할 날이 올지도 모르고 말이야."

정 사장이 미리 원고를 준비한 것 같은 정중한 말투로 해임 통보를 하고 있었지만 그 말이 박영석의 귀에 다 들리지 않고, 꿀벌이 내는 소리처럼 윙윙거리기만 했다.

"다음 주부터는 자율 근무해도 되니까, 좀 쉬고, 주총 전에 임원들끼리 식사나 한번 하자고."

"잘 알겠습니다. 사장님. 부족한 저를 여기까지 오게 해 주셔서 감사드립니다. 진즉에 스스로 자리를 정리했었어야 하는데, 다 제 불찰입니다. 우선 인수인계부터 한 다음에 주어진 고문의 역할에 충실하겠습니다."

박영석이 간신히 정신을 가다듬어 정 사장 눈을 똑바로 바라보면서 퇴임 인사를 건네고, 커피잔까지 비운 다음에 그의 사무실로 돌아왔다.

삼십 년을 훌쩍 뛰어넘는 회사 생활이 이렇게 한순간에 정리가 되는구나. 언젠가는 물러나는 게 월급쟁이 임원의 신세이긴 하지만 막상 닥치고 보니 허무하면서도 당황스럽네. 하지만, 한편으로 생각해 보면 지방

대 출신인 내가 상장 대기업의 전무까지 올라갔으면 성공했다고 볼 수 있는 거 아닌가? 그동안 정 사장이 날 봐준 거야.

그래, 임원은 말 그대로 언제든지 해임될 수 있는 임시 사원에 불과한데 내가 너무 안이하게 대처하고 있다가 이렇게 날벼락을 맞았으니 사장의 문제가 아니라 내 잘못으로 봐야겠지. 그렇긴 하지만, 고마움보다는 왜 이렇게 서운하고, 허전한 마음이 앞설까. 박영석은 서둘러 개인용품을 챙겨 회사를 빠져나와 쌓인 눈 때문에 거북이걸음을 하고 있는 차량들을 멀거니 바라보면서 갑작스러운 해임 통보를 곱씹기에 바빴다.

서울도 아닌 변두리 수도권에 아파트 한 채 딱 보듬고 있을 뿐인데. 퇴직금이라고 해 봐야 직원에서 임원으로 승진할 때 중간 정산을 했으니까 많아야 한 이억 원 정도? 단칸방부터 시작하여 그동안 애들 키우고, 집 장만하느라 여유가 별로 없기는 했겠지만 살림을 거칠게 하는 아내가 그동안 돈을 모아 놓았을 리는 만무하고, 믿는 것은 이 년 후부터 매월 이백만 원 정도 나올 것 같은 국민연금인데 그것만 가지고 노후를 버틸 수 있을까? 그나마 딸 둘이 대학 졸업하고 취직까지 했으니 다행이긴 하지만 재직 중에 결혼시키는 것은 물 건너가 버렸네. 그렇게 했으면 여러모로 좋았을 텐데. 이것도 아쉽고도 아프게 다가오는구나.

박영석은 벌써부터 퇴임 후 노후 대책까지 생각하느라 장시간의 운전에도 지루함을 느끼지 못한 채 집에 도착했다.

"월요일부터는 출근을 안 해도 될 것 같네."

"왜? 무슨 일 있어?"

"이제 그만 고문으로 물러나라네."

"그렇게 갑작스럽게?"

"원래 임원 인사는 이런 거야."

"알았어, 앞일은 당신이 알아서 해."

그동안 고생 많았다. 앞날 걱정은 하지 말고 우선 푹 쉬어라. 이 정도 인사는 해 줘야 하는 거 아닌가? 박영석은 아내 한지숙과 저녁 식탁에 마주 앉아 해임 사실을 대하는 아내의 반응에 속으로 혀를 끌끌 찼다. 그러면서 은퇴가 되었든 해임이 되었든 퇴직 후 최대의 적은 아내라는 말이 언뜻 떠올랐다. 그렇지? 어찌 보면 난 돈 버는 수단에 불과했어. 다른 데 정신이 팔려 집안 살림과 남편 챙기기를 소홀히 하는 아내, 이상하리만 치 지들 엄마하고만 속닥거리는 딸애들, 나는 철저한 아웃사이더이지. 박영석은 새삼 자신의 위상을 떠올리자, 자기도 모르게 퉁명스러운 말투 로 앞으로의 계획을 아내에게 통보하는 식으로 알렸다.

"내년 2월까지는 종전 급여의 칠십 프로가 나올 거야. 퇴직금도 적지 않게 나올 거고, 그러니 그때까지만이라도 돈 이야기는 꺼내지 말아 줘. 그동안에 내가 앞으로 뭘 할지 알아볼 거니까."

"알았어."

박영석이 아내 한지숙의 건조한 대답을 뒤로하고 서재 겸 침실로 쓰고 있는 방으로 들어와서 침대에 쓰러지듯 누워 버리자 현기증이 일어날 것 같은 피로가 엄습해 왔다.

* * *

"박 전무가 평일 오전부터 웬일이야? 무슨 일 있어?"

같은 회사 부사장직을 맡다 몇 년 전에 퇴임한 허상만이 박영석을 반 갑게 맞이하면서도 궁금함이 역력한 표정으로 연신 안색을 살폈다.

"저번 설에 찾아뵙지 못해서 한번 들렀어요. 세배는 드려야죠?"

박영석이 예고 없이 허상만이 잠실지구에서 운영하는 부동산 중개소 에 월요일 오전부터 들러 약간의 너스레를 떨면서 인사를 건넸다. 말하 자면 퇴임 후에 처음으로 실행하는 사적 행보인 셈이다. 그만큼 전직, 현 직을 통틀어서 허상만이 박영석에게는 가장 친한 사람이고, 허 부사장 또한 그렇게 여기고 있는 눈치였다. 허상만이라는 존재가 박영석에게 그러하기 때문에 월요일 아침에 눈을 떠서 오늘은 뭘 하지 하면서 막막 해할 때 문득 그를 떠올리자 주저하지 않고 전철로 한 시간 이상 소요되 는 그의 사무실부터 찾은 것이다.

"세배? 해야지? 어이, 한 실장! 여기 바닥에 돗자리 좀 깔아 줘요."

허상만이 차를 준비하고 있던 한 실장으로 불리는 여직원한테 농담조의 지시를 했다.

"아따, 사장님, 세배는 신혼부부 폐백 올려도 좋을 것 같은 저 앞 개성식당 별실에서 드리면 안 될까요? 제가 존경하옵는 분께 이 맨바닥에서 어떻게 세배를 올리겠나이까."

박영석이 늘 부르는 대로 퇴임 시 직위보다 한 단계 올린 '사장님'으로 허상만을 예우하면서도 웃음 섞인 농담을 잃지 않았다.

"말하는 걸 보니, 박전무가 날 불쑥 찾아온 목적이 세뱃돈 수금이었구만. 음, 그러면, 시간이 아직 열한 시가 안 되었으니까 우선 차부터 한잔하고 거기로 가서 세뱃돈 협상 좀 해 볼까?"

그렇게 둘은 한 실장이 준비한 차를 마시고 부동산 중개소에서 나와 걸어서 채 오 분이 안 걸리는 개성식당이라는 간판이 붙은 단골 한정식 집으로 향했다.

"분명 무슨 일이 있는 것 같은데, 말 좀 해 보지?"

허상만이 오이 소주가 담긴 주전자로 술을 권하면서 은근히 물었다.

"사장님 정말 눈치 못 채셨어요? 저 지난 금요일 부로 회사 정리했어요. 아니, 정리됐어요. 고문으로 물러나라네요."

박영석이 술잔을 받아 들고 살짝 웃으면서 허상만에게 해임 사실을 알렸다.

"그래? 최소한 이 년은 더 버틸 줄 알았는데, 약간 빠르네. 정 사장하고 무슨 일이 있었던 것은 아니고?"

허상만이 별로 놀라는 기색도 없이 술잔을 기울이고 나서 박영석을 빤히 바라보았다.

"제가 맡은 해외 부문 실적이 코로나 여파로 좀 저조했다는 것 빼고는 특별한 일은 없었어요. 다만, 정 사장이 앞으로는 임원 운용을 타이트하게 할 것 같다는 느낌은 받았고요."

그렇게 허상만과 마주 앉아 자신의 퇴임 사실을 담담하게 말하고 있는 현실이 낯설게 느껴져서 박영석은 술잔을 연거푸 비웠다.

"식상한 이야기로 들릴지 몰라서 말해 주기가 좀 뭐하지만, 그래도 엄연한 사실이니까, 한마디 해 주지. 박 전무 최종 직위도 그렇고, 삼십 년이 훌쩍 넘는 근속 연수도 그렇고, 이건 해임이라기보다는 명예로운 퇴임, 즉 명퇴라는 말이 어울릴 거야. 이건 나뿐만 아니라 다른 사람들도 그렇게 생각할걸? 그리고 전례가 없는 고문 위촉을 해 주는 걸 보면 정 사장이 자넬 충분히 예우해 주는 거야. 그러니 서운하게 생각하거나 기죽지 말고 푹 쉬면서 앞일만 생각하라고. 내 사무실에 자리도 넉넉하니까 특별한 계획이 없으면 함께 지내면서 가끔씩 라운딩도 하고 말이야. 물론 호스트는 내가 함세, 하하!"

옛날 명배우이었던 '허장강'과 성씨가 같고 웃는 표정도 닮아서 같은 이름의 별명을 달고 사는 허상만이 특유의 웃음을 잃지 않고 진심을 담아 위로와 격려를 동시에 해 주는 것을 넘어서 앞으로 박영석이 시간을 보낼 장소까지 살뜰하게 챙겨 주었다.

"사장님이 그렇게 말씀해 주시니 한결 위로가 되면서 불안한 마음도 많이 사라지네요. 사무실 자리까지 권하면서 제 앞일에 대해 배려해 주셔서 고맙기도 하고요. 그렇긴 하지만 사장님이 저보다 오 년 정도 더 근무하신 것이 마음에 걸리네요. 지기 싫어하는 제 성격 잘 아시잖아요?"

박영석이 허상만의 진심 어린 인사로 인해 가슴속에서 뜨거운 무언가가 솟구쳐 오르는 것 같은 느낌을 애써 억누르면서 짐짓 태연한 표정으로 농담까지 날렸다.

"말이 그렇게 되는 건가? 등 굽은 나무가 선산을 지킨다는 말이 갑자기 떠오르네. 어이, 박 전무, 이렇게 생각하면 어떨까? 자네가 나보다 인생 후반전을 오 년 정도 일찍 시작했다고 말이야. 인생은 생각보다 장기전이고, 승부는 아직 끝나지 않았다는 점을 명심하라고."

허상만이 술잔을 입에 가져가면서 또 허장강 특유의 너털웃음을 날렸다.

"후후, 사장님은 등 굽은 나무가 아니고, 곧게 뻗은 짱짱한 금강송입니다. …… 저도 막상 이렇게 되고 보니, 돈이든 뭐든, 앞으로 살 일이 만만치 않겠구나 하는 생각이 콱 몰려오더라고요. 그러다가 십중팔구 병들어서 요양원 같은 데서 죽을 것인데 말이죠. 인생 전반전을 돌아봐도 그렇습니다. 그동안 제 삶의 울타리라고 할 수 있는 가정, 회사, 심지어는 국가도 저를 하나의 도구나 목적 달성을 위한 수단으로 사용하지 않았나 하는 생각마저 듭니다. 저나 사장님이나 무슨 산업전사니 수출역군이니 하는 원하지도 않던 명찰을 가슴에 달고 청춘을 다 바쳐가며 죽어라고 일만 했잖아요? 물론 그 덕분에 촌놈이 지독한 가난에서 벗어나 장가가서 애들도 낳아 보고, 회삿돈으로 해외 경험까지 해 보긴 했지만요. 그렇긴 해도 지난 세월을 돌아보면 허무하다는 마음이 앞서요. 적절한 보상 없이 가정과 국가로부터 용도 폐기 되고 있다는 극단적인 생각마저 들기도 하고요. ……. 저도 육십을 넘기기 시작하니까 노인 문제에 대해서도 관심이 가기 시작하더라고요. 노인 빈곤이나 자살 같은 거, 그걸 전부 개인 탓으로 돌려야 할까요? 걸핏하면 젊은 친구들 앞길이나 가로막는 꼴통 취급하면서 예우하지 않는 사회 분위기도 마음에 들지 않고요. 이래저래, 제가 나이 육십을 넘기고도 여전히 주변인으로 머물고 있는 것 같아서 생각이 많아지고 있던 차에 해임 통보까지 받고 보니 서글프네요. 이거 정초부터 인생 대선배님 앞에서 넋두리만 주절주절 늘어놓는 것 같아서 죄송합니다. 그 벌로 정중하게 한잔 올리겠습니다."

평소에 비교적 말수가 적은 박영석이 약간 오른 술기운을 빌어서 정제되지는 않았지만 세상을 향해 하고 싶었던 말들을 허상만 앞에서 거침없이 쏟아 냈다. 그러면서 이제는 회사를 떠나 자연인 대 자연인으로 만나는 허상만과 앞으로 어떤 관계를, 어떻게 형성할지에 대한 질문도 자연스럽게 떠올랐다. 그만큼 자신의 내향적인 성격 탓에 앞으로 대인관계를 유지하거나 새로 형성하는 데 자신이 없기 때문이었다.

"에이 이 사람아, 그 귀하다는 금강송이 어찌 복덕방 구석에서 짜장면이나 먹으면서 늙어 가겠나. ……. 글쎄, 세상은 여러 사람이 모여 사는 곳이니까 어떤 식으로든 사람을 도구나 수단으로 삼는 것을 피할 수는 없는 것 같아. 핏줄로 이어진 부모 자식 간에도 어느 정도의 이해타산이 개입하는 것을 보면 말이야. 중요한 것은 나라는 사람이 타인이나 사회로부터 부당하거나 부적절하게 도구화되지 않고 깨어 있는 자연인? 또는 주체적인 자유인으로 자리매김하는 것인데, 일상에 매몰되다 보면 그게 쉽지가 않고, 거기에서 한 발짝 물러섰을 때 비로소 보이고, 느껴지는 게 문제지. 그보다 더 중요한 것은 칸트가 말했듯이 내가 먼저 사람을 수단이 아닌 목적으로 대하는 것인데 자네 경우는 어떤가? 거기에 대해서도 생각해 봤어? 이 역시 어려운 질문일 거야. 핵심은 자네가 꺼내 든 금강송처럼 내 자신을 곧고도 굳세게 세우는 것인데, 그래서 인생이란 긴 삶의 여정을 넉넉히 건너가는 것인데, 이건 스님 같은 전문 수행자에게도 버거운 과제인데 우리 같은 범인에게는 더 말할 나위가 있겠는가. 그저 그 화두를 놓지 않고 살아가는 것만으로도 대단한 거지. 그리고, 우리 지난 세월을 두고 너무 박하게 평가하지는 말자고, 자네나 나나 지독하게 고생한 것을 두고 전적으로 희생당했다고 생각하지는 않고 상당한 보람과 자부심도 가지고 있잖아? 그 덕분에 이렇게 고급 음식점에서 낮술을 마시는 호사도 누리고 있고 말이야. ……. 나도 사회에서 노인을 대하는 태도가 마음에 들지 않는데 어쩌겠는가? 현실이 그런 것을. 생각을 좀 바꿔서, 지들만 잘 살고 젊은 사람들 앞길은 닦아 놓지 않았다는 비판을 전적으로 받아들이기는 어렵지만 한 번쯤 곰곰이 생각을 해 볼 필요도 있는 것 같더라고. 집값과 전세가 턱 없이 올라서 고민하는 젊은 친구들을 보면 그런 생각이 들어. 내가 부동산을 하고 있기 때문에 그 사정을 피부로 느끼거든. 그나저나 이거 분위기가 슬슬 인생철학으로 넘어가는데? 좋아! 좋아! 오늘 대낮부터 한번 흠뻑 술에 젖어 보자고. 자 한 잔!"

흐흐, 옛날 꼰대 버릇을 아직도 버리지 못하고 있구먼, 끼어들 틈을 주지 않고 장황하게 자신의 생각을 늘어놓고 있는 허상만의 불콰해진 얼굴을 바라보면서 스며 나오는 웃음을 박영석은 멈출 수가 없었다.

코스 요리 전문 한정식 식당답게 다양한 요리가 턱없이 큰 접시에 비해 딱 둘이 먹을 만큼만 담겨 묘한 부조화를 이루면서 줄줄이 등장하고 있었다. 그중에서 다 비우는 접시는 서너 개에 불과하고 대부분은 맛만 살짝 보거나, 아예 손이 가지 않는 음식들도 있었다. 굳이 나를 여기 음식에 비유하자면 다 먹어 치운 음식일까? 아니면 덜 먹은 것일까? 그도 저도 아니면 아예 처녀로 남아 버린 음식일까? 영석은 음식 접시들을 바라보면서 엉뚱한 질문을 던져 보았다. 그만큼 박영석은 갑작스러운 퇴임으로 인한 정신적인 충격이 크다고 자인하면서 앞으로 어떻게 살아갈지에 대한 질문을 허상만에게 슬며시 던져 보았다.

"사장님, 버킷 리스트 있잖아요? 좀 더 확대하면 인생 계획 같은 거 말이죠. 이런 거 사장님은 가지고 계세요?"

"물론 있지. 말해 줄까? 이거 아무한테나 공개하는 거 아닌데, ……. 음, 내가 말이야 올해로 딱 칠순이거든? 그래서 팔십이 되는 향후 십 년간의 계획은 구체적으로 세우고 그 이후는 그때 가서 생각해 보기로 했어. 일종의 덤으로 주어지는 삶으로 생각하고 말이야. 음, 십 년 계획 중 가장 크고도 중요한 계획은, 아니, 이건 바람이라고 해야 하나? 어쨌든, 그때까지 만이라도 집사람하고 건강하게 살고 싶어, 또 그렇게 되기 위해서 노력을 할 것이고 말이야. 나이를 점점 먹어 갈수록 집사람이 내 곁에서 사라진다는 것이 겁이 나더라고. 아마 그 친구도 같은 생각을 하고 있을 거야. 그다음은 정말 구체적인 계획인데, 자서전이라는 것을 꼭 쓸 거야, 그것도 한글, 영문 복합 본으로 말이야. 자네가 잘 알다시피 내가 글을 좀 쓰고 영어 실력도 꽤 높잖아? 하하! 생전에 자서전을 쓰는 가장 큰 목적은 죽기 전에 자신의 삶을 겸허히 돌아보고 여생을 어떻게 보낼 것인가에 대한 계획을 가다듬기 위한 것이라고 생각해. 죽음이라는 것이 막연한 미래가 아니고 확실하고도 차근차근 다가오는 미래임을 절실하게 인식하는 것이 철학의 출발점이라고 볼 때 자서전 집필이야말로 가장 철학적인 활동이라고 믿기 때문이지. 마지막으로 알려 주고 싶은 계획은 아주 평범한 거야. 지금까지 인연을 맺은 사람들하고 어울리면서 살고 싶어, 물론 아까 자네가 말 한대로 금강송처럼 줏대를 세우면서 말이야. 그래서 굳이 돈벌이를 하지 않아도 되는데, 내 소유의 부동산 소개소를 운영하고 있는 거야. 그걸 임차하면 영업 실적을 가지고 스트레스를 받거든. 한마디로 말해서 거기는 내 사회적 교류가 이루어지는 사랑방인 셈이지. 자네도 상담실 팻말이 붙은 별실에 여러 번 들어와 봤지? 거긴 별별 사람들이 다 들어와. 그래서 사는 맛이 느껴지고 말이야. 이들과 잘 어울리면서 살아가고 싶다는 생각이 저절로 들지. 말하자면 외롭거나 힘들 때 언제든지 찾아 올 수 있는 고향 같은 사람? 그런 존재로 자리매김하고 싶네. 어때? 아! 그리고 말이야. 이글을 곁들인 싱글. 이거 아주 중요한 버킷리스트야. 내 계획이 너무 평범한가? 아니면 애들처럼 비현실적인 바램을 가지고 있나?"

허상만이 이번에는 너털웃음을 짓지 않고 술잔을 기울여 가면서 마치 인생 강의를 하듯 자신의 십 년 계획을 거침없이 풀어냈다.

"평범한 것 같으면서도 비범한 바람이네요. 부럽습니다. 제 미래 계획은 그 정도로 선명하지 못한데, 혹시 저한테 조언을 해 주실 게 있나요?"

아침을 거른 채 집을 나온 데다 취하기 쉬운 낮술을 급히 마신 탓인지 취기가 스멀스멀 올라와서 앉은 자세가 자꾸 흐트러졌지만, 이 질문에 대한 대답을 꼭 챙겨야 하겠다는 생각에 박영석은 연신 심호흡을 하면서 허 사장의 입을 바라보았다.

"글쎄? 자네 돈 많이 모아 뒀나?"

"잘 아시잖아요?"

허 사장이 느닷없이 돈을 꺼내 들자 순간 당황했다. 가장 자신이 없는 노후 대책이기 때문이었다.

"그렇지? 그래도 국민연금이 적잖게 나올 거니까 자네는 여건이 굉장히 좋은 거야. 거기에 한 달에 이삼백 정도 벌 수 있는 일자리를 찾아보면 어떨까? 주택관리사 같은 자격증 공부를 하는 것도 괜찮고. 내가 전에 뭐 했네 하면서 가오만 안 잡으면 아직도 할 수 있는 일이 꽤 있어."

"공인중개사는 어때요?"

"비추네. 자네 성격에 맞지도 않고."

"귀농 같은 거는 어떨까요? 제 로망 중에 하나거든요."

박영석은 며칠 전까지만 해도 막연하게만 생각하고 있던 것들을 낮술을 마시면서 구체적으로 퇴직 선배와 이야기를 나누고 있는 현실 자체가 낯설게 느껴졌다.

"텃밭이나 가꾸면서 여생을 즐기겠다면 몰라도 거기서 돈을 버는 것은 어려울걸? 리스크가 너무 많아. 심하게 말해서, 귀농이나 귀촌은 테레비가 만들어 낸 일종의 허상 같은 거라고 생각해. 그리고 자네는 사실상 실향민 아닌가? 낯선 시골은 생각보다 위험한 구석이 많은 곳이야."

"그냥 도시에서 비비적거리면서 살아야겠네요?"

"그렇지. 우선 눈높이를 낮추는 노력을 해 봐. 대기업 임원 자리가 무슨 큰 벼슬이라도 되는 것처럼 착각하는 사람들이 의외로 많더라고. 어떻게 보면 남의 집 머슴살이한 것에 불과한데 말이야. 자네 경력을 평가 절하하는 것은 아니니까 오해는 하지 말고."

"저도 그렇게 생각해요. 그렇지만 솔직히 행동까지 따라 줄지는 아직 자신이 없어요, 또 다른 건 없을까요?"

"뭐가?"

"잘린 사람한테 해 줄 수 있는 말요."

"이 사람아! 잘린 게 아니라 명퇴라니까? 이거 교육 처음부터 다시 시켜야겠네.

"더 해 줄 수 있는 말? 일 순위가 마누라한테 점수 따기야. 이거 아주 쉽고도 효과가 빠른 프로그램인데 의외로 실행하기가 어렵지. 자네, 마누라하고 여행 한번 제대로 안 다녔지? 조심하라고, 더 늙어서 쪽박 차는 수가 있어."

허상만의 입에서 생각지도 않았던 마누라가 튀어나오자 박영석은 할 말을 잊었다. 그래, 적은 의외로 가까이 있는 거야. 저분 말대로 그 적을 우군으로 만들어야 남은 내 삶이 편할 텐데 그것만큼은 자신이 없다. 어떻게 해야 하나? 박영석은 술잔을 비우고 잠시 천장만 바라보다 입을 열었다.

"사장님께서 해 주신 말씀 깊이 새기겠습니다. 하지만 말씀드린 대로 행동, 그러니까 실행이 중요한 데 어떨지 모르겠네요."

코스 요리 순서가 막바지에 다다른 듯 디저트로 보이는 음식들이 들어오고 있었다. 이제 일어나야 할 시간이다. 해가 지려면 아직 멀었는데 이 자리가 파하면 어디로 가야 하나? 박영석은 또 천장을 바라보면서 마른 기침을 했다.

"자네, 술 그럭저럭 마시지? 조심하라고, 자네 같은 사람이 알콜리즘에 빠지기 쉬울 때야."

허상만이 갑자기 생각이 났다는 표정으로 술잔을 들면서 박영석을 바라봤다.

"집에서 혼자 홀짝홀짝 마시는 습관이 있는데 그것도 조심해야겠네요. 암튼, 앞으로도 자주 찾아뵐 테니까 지도 잘해 주시고요. 이거, 시간이 많이 됐는데 들어가 보셔야 하는 거 아닙니까? 오너가 자리를 너무 오래 비우면 안 될 텐데요?"

"우리는 그런 거 없어. 아주 자유스럽지, 아니 더 나아가서 개판 오 분 전이야. 하하! 시간이 벌써 그렇게 되었나? 하지만 해 떨어지려면 시간이 아직 많이 남은 것 같으니 커피나 한잔하고 헤어질까? 남자는 무릇 해 뜨면 집에서 나오고 해가 떨어져야 들어가는 거야."

"그래도 남은 술은 다 비워야죠?"

"하하! 그런가? 암튼, 자네 앞에서 이것저것 너절하게 말을 늘어놓긴 했지만, 핵심은 어떻게든 살아야, 아니 살아 내야 한다는 거 아니겠어? 사르트르가 말한 실존적인 존재로 인식하고 말이야. 어이! 박 전무! 오늘 이렇게 한잔 거하게 하면서 의미 있는 대화를 나눴으니까. 미래를 기약하는 의미에서 마지막으로 짠 한 번 더 할까?"

박영석은 술잔을 비우고 주섬주섬 윗옷과 장갑을 챙기는 회사 재직 시의 모습과 사뭇 다른 허상만의 얼굴을 놓치지 않았다.

"어이! 박 박사! 자넨 박사답게 앞으로도 잘 헤쳐 나갈 거야. 행복은 달성해 가는 것이 아니라 느끼는 것이다. 오케이? 앞으로 자주 보자고, 오늘 와 줘서 고맙고."

박영석은 전철역 입구에서 자신의 별명까지 들먹이며 유쾌하게 작별 인사를 건네고 사무실 쪽으로 걸어가는 허상만을 한참을 바라보다 문득

작은 새로 변한 고향

생각나는 것이 있어서 급히 휴대폰을 열어 보았다. 아까부터 계속 문자음이 들리긴 했지만 허상만 앞에서 무슨 내용인지 확인하는 것이 왠지 결례가 될 거 같아서 참았기 때문이었다. "시간 될 때 전화해 줘." "전화 부탁한다." "왜 연락이 없지? 무슨 일 있나?" 계속 울리던 문자음의 주인은 같은 K시에 살고 있는 초등학교 여자 동창생 장정옥이었다. 이 친구가 한 번도 아니고 세 번씩이나 문자를 날렸네? 그렇게 의아해하면서도 집히는 것이 없는 것은 아니라서 잠깐 망설이다 전화 발신 버튼을 눌렀다.

* * *

"곰 씨 저녁밥 안 챙겨 줘도 돼?"

몸에 찰싹 달라붙는 목 티를 입은 탓에 앞가슴이 불룩하게 튀어나온 장정옥의 모습이 신경 쓰여 박영석이 커피숍 창밖 풍경에 시선을 돌리면서 물었다.

"곰 씨라니?"

"신랑 말이야."

"난 또 누구라고. 니가 말한 그 곰 씨 객지에서 고생하고 계신다."

"객지? 어디?"

"광주야. 애들 아빠가 다니던 은행에서 퇴직한 직원을 대상으로 같은 은행 검사, 그러니까 감사 업무를 일시적으로 제공하는 일자리 사업을 실시하는데 거기에 뽑혔거든. 광주에 지점이 여러 곳이 있으니까 다 마치려면 몇 달은 걸린대. 늘그막에 혼자 객지 생활을 하는 게 안타깝지만 어떡하니. 아직은 돈을 벌어야 하는 처지거든. 잘만 하면 지방 여기저기 옮겨 다니면서 이 년 정도 더 할 수 있다고 하는데 그때가 되면 일 그만 시키려고 해. 대신 내가 뭐라도 하지 뭐. 여자는 육십이 훌쩍 넘어도 오라는 데가 많아."

"그렇구나, 나이 먹어서 주말부부 하네? 좀 애틋하다 야."

쟤 말대로라면 육십이 넘은 남자는 일자리가 별로 없다는 뜻인데. 영석은 새삼 자신이 실직자 아닌 실직자임을 실감했다.

"그걸 부럽다고 말하는 사람도 있어. 하지만 월요일 꼭두새벽에 집을 나서는 모습을 보면 좀 슬퍼. 불쌍하게 보이기도 하고."

장정옥이 진지하면서도 안타까운 표정으로 말을 이어 가는 모습을 보면서 영석은 뜻밖의 이질감을 느꼈다. 동창회 자리에서 서로가 같은 도시에 살고 있다는 것을 알게 된 후에 장정옥은 박영석이 쑥스러워서 잘하지 못하는 반말을 서슴없이 앞세우며 직원 할인 판매, 골프 부킹과 같은 부탁성 연락을 시도 때도 없이 해 왔다. 그래서 아줌마 특유의 푼수끼와 무데뽀성을 갖춘 친구로만 알고 있었는데 오늘 새로운 면을 보았기 때문이었다.

"우리 곰 씨가 장가 하나는 잘 갔구나. 부럽다 야."

박영석이 장정옥을 칭찬하면서 아내 한지숙을 떠올렸다. 낮술을 제법 마신 탓인지 갈증까지 가시지 않아 손이 자꾸 냉수 잔으로 향했다.

"그러는 너는? 낮술까지 마시는 걸 보니 팔자가 좋아 보인다 야."

"거래처 사장과 한잔했어. 회사를 다니다 보면 이런 날이 종종 있거든."

박영석이 능청스럽게 거짓말을 늘어놓으면서 초등학교 시절의 모습을 찾아볼 수 없는 장정옥의 얼굴을 빤히 바라봤다. 그래, 세월이 많이 흘렀어. 쟤가 날 불러낸 이유도 그 까마득한 옛날이야기와 관련된 일 때문일 거가 분명하고. 영석은 장정옥이 먼저 용건을 꺼내기를 기다리면서 또 냉수 잔을 집어 들었다.

"금주가 많이 힘들어해."

"그래?"

예상했던 대로 장정옥이 금주의 병환 소식을 짧게 전하자 박영석도 군더더기를 붙이지 않고 질문성 대답을 한 다음에 장정옥의 파마머리에 시선을 돌렸다.

"아무래도 더 이상 버티기가 힘들 것 같단다. 세상 떠나기에는 좋은 시절 같다. 기집애 불쌍하기는."

장정옥이 박영석이 들으라고 하는 말인지 아니면 혼자 내뱉는지 헷갈릴 정도로 중얼거리면서 창밖을 내다봤다.

　장정옥이 입에 올린 그 기집애 김금주는 두 살 차이가 나는 정옥의 사촌 여동생이다. 김금주는 외동딸로 자랐고, 부모와 남편 모두 일찍 세상을 떠났기 때문에 정옥을 언니이자 일종의 후견인으로 의지해 왔다고 했다. 그리고 김금주와 박영석은 고향에서 오누이처럼 자랐고, 그러한 인연이 점차 이성 간의 사랑으로까지 발전하였으나 금주 부모가 한사코 반대하여 끝내 각자 갈 길로 가고 말았다.

　"요양병원으로 옮겼다고 했지?"

　"어."

　"간암이 맞긴 맞어? 그건 대개 술 많이 마시는 남자한테 걸리는 거 아냐?"

　"개 남편이 여자, 도박, 술 가리지 않고 온갖 개망나니 짓을 하면서 처갓집 재산 거의 다 말아먹고 폐인이 되어 죽은 후로 십여 년간을 일이 끝난 후에 집에서 혼자 술을 홀짝홀짝 매일 같이 마셨단다. 가랑비에 옷 젖는 줄 몰랐던 거지. 그러다 삼 개월 전쯤? 그때부터 갑자기 배가 나오기 시작하고 밥을 거의 못 먹으면서 구역질도 심하게 해서 대학병원에 갔더니 바로 간암 판정을 내려 버리더란다. 그것도 말기라고. 그래서 치료를 하는 둥 마는 둥 하다가 더 이상 해 볼 것이 없어서 내 제부가 원무과장으로 있는 요양병원으로 옮긴 거야. 집에서 죽을 수는 없잖아? 한마디로 개는 간접적으로는 부모가, 직접적으로는 그 새끼가 죽이는 거나 다름없지 뭐. 부모가 그때 반대만 하지 않았더라도……."

　장정옥이 금주의 병력을 알려 주다가 마지막에 박영석의 얼굴을 잠깐 빤히 바라보면서 말끝을 흐렸다.

　"안타깝다."

　"그래서 하는 말인데. 너, 금주 마지막으로 한번 만나 볼 생각 없니? 나는 낼 기차로 내려갈 거야. 이번 주를 못 넘길 것 같다는 생각에 불안해서 그래. 보호자라고는 아들 하나뿐인데 나라도 곁을 지켜 줘야지. 너도 회사에 매인 몸이기는 하지만 그래도 임원인데 평일에 한나절 정도는 시간 낼 수 있잖아? 더 이상 기회가 없을 수도 있어. 주말은 너무 늦을 거 같고. 영석아! 내 말 듣고 있냐?"

장정옥이 창밖만 바라보고 있던 영석을 향해 마지막에는 목소리를 높여 말끝을 올렸다. 박영석은 김금주가 자신을 여전히 잊지 못하고 있고, 그래서 죽기 전에 꼭 한 번 보고 싶어 한다는 것을 잘 알고 있다. 장정옥이 전화로 수차례 그 사실을 알려 줬기 때문이었다. 그래, 그때, 금주 부모가 우리 결혼을 그렇게 한사코 반대만 하지 않았다면, 우린 지금 부부로 살고 있을 것이고, 금주가 술병으로 간암에 걸리지도 않았을 것이다. 그리고 이렇게 죽음을 앞둔 금주를 마지막으로 한 번만 만나 보라는 황당한 부탁을 받는 일도 없었을 것이고. 나라고 왜 금주가 보고 싶지 않겠는가? 하지만 마음만 그럴 뿐 몸이 움직여주지 않는다. 왜 그럴까? 무엇이 두려워서 그럴까?

"듣고 있다."

"걔를 다시 만나서 뭘 다시 해 보라는 말이 아니잖냐. 목숨이 꼴깍꼴깍 하는 애가 마지막으로 한 번 보고 싶다는데 그걸 들어주는 것이 그렇게 어려워? 막말로 니네 둘이서 무슨 원수 척진 것도 아니고."

"생각해 볼게."

"걔 죽은 뒤에 후회해 봤자 소용없어."

"알았다니까."

"이제 육십 고개에 접어들었는데 죽는다고 생각하면 얼마나 무섭고 허망하겠냐. 불쌍한 것."

장정옥이 말끝에 또 김금주의 죽음을 들먹이며 혀를 끌끌 찼지만 박영석은 그 말이 아직 실감이 나지 않고 그냥 머릿속이 복잡하기만 하여 천장을 향해 연신 술 냄새만 뿜어냈다.

"영석아, 다시 말하는데, 이번이 마지막 기회다."

마지막이라, 그러면 시작이 있었다는 말인데, 그 시작은 언제였고, 어떻게 지속이 되어서 여기까지 왔지? 그리고 마지막 다음에는 뭐가 기다리고 있을까?

장정옥과 헤어진 박영석이 야간 전철이 내는 덜컹 음을 몸으로 받아들이면서 아예 눈을 감고 생각에 잠겼다.

* * *

P시를 멀찍이서 굽어보고 있는 용화산은 그리 높지는 않지만 주변에 그보다 높은 산이 없고 넓게 펼쳐진 비산비야의 지형을 품고 있어서 날씨가 좋은 날에는 멀리 바다 까지 바라볼 수 있는 진산이다.

"영석아, 저기 앞에 쌓인 눈 좀 봐라."

박영석의 고향과 조금 떨어진 곳에서 우체국 집배원으로 정년퇴직을 한 후에 농사를 지으며 살고 있는 친구 이학준이 한참을 말없이 앉아 있다가 이마에 흐르는 땀을 손으로 닦아 내며 무슨 말을 하려는지 용화산 정상 부근에 쌓인 눈을 손으로 가리켰다.

사실 이학준은 박영석에게 이른바 절친이라고 할 정도로 아주 친한 친구는 아니다. 하지만 사십대 중반에 아내와 사별을 한 뒤에 재혼을 하지 않고 홀로 사는 모습이 왠지 금주의 삶과 중첩이 되었다. 또, 해임 충격에서 벗어나는 데에도 다소나마 도움도 될 것 같아서 금주를 보러 온 김에 그의 집에서 하룻밤을 묵으면서 술과 함께 이런저런 이야기를 많이 나누었고, 이튿날 오후에 둘이서 용화산에 오른 것이다.

"왜? 저 눈 밑에 특별한 것이라도 깔려 있나?"

"아니, 그게 아니고, 너 잘 봐라. 쟤네들이 지금은 한 몸뚱이지만 얼마 후에 녹기 시작하면 불과 한 뼘 차이로 갈 길이 달라져서 한쪽은 저 동쪽으로 흘러 내려서 금강으로 유입되고, 반대쪽은 만경강을 향해 방향을 잡는 거야. 완전히 다른 길을 가는 거지. 나도 세상을 좀 살아 보니까 사람의 운명이라는 것도 저 눈처럼 선택의 여지도 없이 한끝 차이로 결정되는 것이 보이는 것 같더라."

이학준이 쌓인 눈을 대상으로 제법 의미심장한 말을 꺼냈다.

"너 자연 철학자가 다 되었구나. 나도 어떤 때에는 인간의 삶은 운명이라는 것에 의해 이미 결정되어 버린 것인데 사람들이 그걸 모르고 안달복달하고 있다는 생각이 들 때가 있어. 하지만 그렇게 운명론에 굴복을 해 버리면 사는 재미가 좀 없지 않겠냐?"

박영석이 그렇게 자신의 생각을 밝히는 순간에 최근의 급작스러운 해임 사실과 곧 닥칠 금주의 죽음을 앞두고 이것이 나의 운명과 어떤 관련이 있을지 스스로에게 질문을 던져 보았다.

"내가 말은 그렇게 했지만 운명론이라는 것은 자신의 운명에 굴복하라는 뜻이 아니고, 겸허해지라는 입장일 게다. 낮출 것은 낮추고, 버릴 것은 버리고, 비울 것은 비워야 한다는 의미가 포함되어 있을 테고, 그러면서도 죽는 순간까지 치열하게 살아야 한다는 생각도 들어 있을 것이고 말이야. 내가 마누라 먼저 보낸 후에 혼자 애들 키워서 출가까지 시키고 이렇게 살고 있다 보니 별생각이 다 든다. 보람 같은 것을 느끼기는 하지만 허망하면서도 외로울 때가 더 많아. 그래서 그전에는 별 관심이 없었던 운명이니 팔자니 하는 것에 대해 생각도 하게 되더라. 어젯밤에 이야기 한 대로 너도 이참에 사는 것에 대해 좀 더 진지한 자세를 가지고 실천적인 관점에서 생각을 해 볼 필요가 있어. 늙을수록 세월이 더 빨리 흐르는 것 같다고 하잖아."

이학준이 정상 부근 너른 바위에 앉아 미리 준비해 온 캔맥주를 마시면서 자신의 인생관을 담담하게 이어 갔다.

"그래, 나도 그런 생각을 하고 있기 때문에 너하고 하룻밤을 보낸 거다. 참, 산다는 것이 어찌 보면 단순하면서도 평범하기 짝이 없는데, 삶의 현장에서 한 발짝만 물러서면 꼭 그런 것만은 아니고 복잡 미묘한 면이 많은 것 같더라. 어떻게 살아야 한다는 것에 대해서는 어느 정도 알겠는데, 막상 그것을 실천하기가 어렵기도 하고 말이야."

박영석도 차가운 캔맥주 몇 모금을 급하게 마신 탓에 속이 짜르르해지는 느낌을 의식하면서 학준의 말에 맞장구를 쳤다.

"너 실천 잘하고 있고만? 까마득한 옛날의 첫사랑이 안타까워 멀리서 달려오고 말이야. 사랑은 상대방에게 쏟는 시간의 총합과 비례한다! 이 말은 내 어록이지만 저작권 주장 안 할 테니까 마음껏 써먹어라. 사랑뿐만 아니라 모든 것이 그렇지 않겠나?"

"학준이 너, 코로나 때문에 오래 못 본 사이에 철학자, 아니 인생 도사가 다 되었구나. 이제 하산해도 되겠다 야."

박영석이 농담조의 말을 던지면서도 이 친구의 내공이 만만치가 않다는 생각을 새삼 느꼈다. 하긴, 홀아비로 살면서 얼마나 많은 풍파를 겪었겠나. 다 그 과정에서 몸으로 체득했을 것이다. 그렇게 학준의 말을 곱씹다 보니 또 처지가 비슷한 금주의 모습이 떠올라 지금이라도 달려가고 싶은 충동이 순간적으로 일어났지만 고개를 흔들며 맥주를 급히 들이켰다.

"그런 하산이 아니고, 진짜로 하산을 해야겠다. 해 금방 떨어진다."

이제 그만 하산하자는 이학준의 말을 귓등으로 흘리고 박영석은 무언가에 쫓기듯 주위를 다시 돌아보았다. 산봉우리를 굽어보듯이 떠 있던 겨울 해는 어느덧 저 멀리 바다 쪽으로 몸을 낮추기 시작했고, 그것을 배경 삼아 마치 수를 놓듯이 이름 모를 새들이 이리저리 날고 있었다. 그리고 그 장면을 시샘이라도 하듯이 용화산 북쪽에서 매섭게 불어오는 바람이 정상 주변에 위태롭게 서 있는 관목들을 사정없이 흔들고 있었다. 바람! 저 바람! 아, 내 인생의 정면을 향해 거칠 것 없이 달려드는 이 바람을 피해야 하나, 아니면 정면으로 맞서야 하나. 박영석은 용화산 찬바람을 피하지 않고 온몸으로 맞으며 생각에 잠겼다. 그래, 지금 나나, 금주나, 여기 서 있는 학준도 운명이라는 바람 앞에 서 있다. 그리고 이 바람은 죽음을 맞이하기 전까지 결코 멈추지 않으리라.

"야, 학준아. 저 눈 말이야. 니 말대로 녹은 다음에 각자 갈 길이 정해져 있긴 하지만, 결국 바다에서 만나는 것 아니냐? 그때는 다시 한 몸뚱이가 되는 것이고, 아니다. 그때는 바다라는 넓고도 깊은 공간에 한 방울의 물들로 분해되어 다시 뿔뿔이 흩어지겠구나. 참 생각하기 어렵다."

박영석이 옷매무새를 가다듬고 하산을 재촉하며 서 있는 학준을 올려다보면서 꼭 자신에게 하듯 질문 겸 생각을 던졌다.

"영석이 너 거기까지 음미를 하는 거냐? 한마디로 청출어람이로구나. 음, 니가 말하는 그 바다를 모든 생명의 고향인 자연, 즉 삶과 죽음이 한 곳에서 어우러지는 공간으로 해석하면 되지 않겠냐? 인간의 모든 운명들도 이제 힘을 다해 한곳에 모이는 그런 궁극적인 장소로 말이야. 하지만 종교를 믿지 않는 나는 거기까지 생각하면서 살지는 않는다. 다만 죽음이라는 것이 머지않은 미래에 반드시 닥치는 구체적인 운명이라는 사실을 잊지 않으려고 노력할 뿐이야. 그래야 실감 나면서도 의미 있게 살 수 있는 거거든."

저 친구, 허 사장님하고 똑같은 소리를 하고 있네. 영석은 사람이 나이를 공짜로 먹지 않는다는 것을 새삼 느끼면서 하산을 위해 자리에서 일어났다.

"학준아. 저 앞에서 차 잠깐만 세워 봐라."

박영석은 용화산에서 발원하여 만경강으로 유입되는 개천 둑을 달리다가 그와 금주의 고향 마을에서 가까운 곳 중에서 건축용 모래를 퍼서 모아 두던 공터에 차를 세우게 했다. 부모님이 돌아가시고 집마저 헐려 고향을 찾지 않은 지가 이십여 년이 흘렀는데 어떻게 변했는지 한번 둘러보고 싶었기 때문이었다.

이 둑도 어느새 시멘트로 포장되었구나. 그전에는 모래 실은 소달구지만 간신히 지나다닐 수 있는 말 그대로 시골길이었는데. 그리고 무슨 마실 길이라고 써 붙인 안내판 옆에 딱 버티고 있는 저 핑크색 하트 모양의 구조물은 또 뭔가. 아! 그 곱던 은모래사장은 온데간데없고 칙칙한 빛깔의 갈대만 무성하구나, 또 물 색깔은 왜 저렇게 변했지? 모래무지가 살던 맑은 물이 저렇게 하얀 거품이 일어나는 탁수로 변해 버렸네. 영석은 마치 영상 카메라를 들고 촬영을 하듯 개천을 둘러보다가 개천 둑과 사라진 고향 마을 사이에 펼쳐진 작은 벌판으로 시선을 돌렸다. 영석과 금주가 초등학교 시절에 이 개천 둑에서 마을로 이어지는 좁은 농로를 이용해 학교를 다녔기 때문이었다. 금주가 물귀신이 나온다고 그렇게 무서워하던 벌판 중간에 있던 둠벙도 메워지고 거기에 웬 축사가 들어서 버렸구나. 영석은 마지막으로 둠벙 터 너머에 있는 결코 보고 싶지 않은 풍경을 바라보기 위해서 마지못해 시선을 고향 마을 쪽으로 돌렸다. 들었던 대로 영석이 살던 집터에는 공장 같은 시설이 들어서 있었고 바로 옆 금주네 집도 이미 헐어 주차장으로 변해 있었다. 두 집을 포근하게 감싸고 있던 대밭도 사라지고 그 자리에 정체를 알 수 없는 파란색 조립식 건물들이 들어서 있었다. 변해도 이렇게 완벽하게 변할 수가 있나. 영석은 고향마을 터 쪽에서 사정없이 불어오는 북풍에도 아랑곳하지 않고 한동안 망연자실한 모습으로 우두커니 서 있었다.

　영석과 금주는 집에서 오리 정도 떨어진 곳에 위치한 초등학교에 이둑길과 농로를 이용하여 단둘이만 4년을 함께 다녔다. 영석과 금주가 살던 곳은 바깥 동네라 불리면서 단 두 집만 살고 있었고, 그곳에서 약간 떨어진 안동네에는 삼십여 호가 있었는데 그 정도 차이로도 통학길이 달라져서 안동네 학생들은 둑길 대신에 학교에서 바로 이어지는 농로를 통해 학교에 다녔기 때문이었다. 둘이서 다니던 둑길은 통학길이자 놀이터이기도 했다. 특히 학교를 파하고 올 때에는 바로 집으로 오는 경우가 드물었다. 개천에서 물고기나 조개를 잡느라 시간 가는 줄 몰랐고, 집으로 향할 때 금주의 옷차림을 깔끔하게 해 주는 것은 늘 영석의 몫이었다. 유난히 겁과 울음이 많던 금주는 두 살 밖에 차이가 나지 않는 영석을 늘 오빠! 오빠! 부르면서 귀찮게 했지만 영석은 그런 금주를 마다하지 않고 친오빠처럼 대했다. 그렇게 둘이서 늘 함께 다녔기 때문에 학교에서 재들 신랑 각시 한다고 놀림도 받았지만 둘은 그러려니 했고, 하굣길에 금주 가방은 영석의 어깨에 매달려 있는 날이 더 많았다. 물귀신이 나온다는 그 둠벙은 금주에게는 공포의 장소였다. 특히 바람이 많이 불거나 날씨가 흐린 날에는 둠벙 지나가기를 더 무서워하여 영석의 등에 업히기일쑤였다.

　영석이 금주를 그렇게 살뜰히 챙겼지만 금주 부모는 영석이를 좋아하지 않고 노골적으로 하대했다. 영석의 부모가 금주네 논을 붙여먹고 있어서 영석을 거의 종놈 취급을 하고 있었기 때문이었다. 영석이도 자기가 금주 부모로부터 무시당하고 있다는 것을 잘 알고 있었지만 시내 중학교에 진학하여 금주와 다른 길을 이용하기 전까지 친오빠처럼 대했다. 금주도 뒤를 이어서 같은 시내에 있는 초등학교로 전학을 간 후에 군청 공무원인 아버지의 오토바이로 통학을 하게 되면서 오누이 같은 사이는 일단락을 짓게 되었다. 하지만 둘의 애틋한 관계는 이후에도 끊이지 않고 결혼까지 약속하는 단계로 성숙하였으나, 소작붙이 아들에게는 눈에 흙이 들어와도 외동딸을 줄 수 없다는 금주 부모의 완강한 반대에 부딪혀 말 그대로 눈물을 머금고 각자 갈 길로 가고 말았다.

영석이 금주와 쓰라린 이별을 하고 서울에서 직장 생활 하느라 이년 여를 정신없이 지내고 있던 어느 가을날에 불쑥 금주가 찾아왔다. 보름 후면 친척이 중매한 남자와 결혼을 하는데 마지막으로 보고 싶어서 혼수 장만을 핑계로 상경을 했다고 했다. 흰색 투피스 옷을 곱게 차려입은 금주는 가을 국화처럼 화사했다. 둘 다 술에 잔뜩 취해 엉겁결에 들어간 여관방에서는 처음임에도 불구하고 금주가 여름날 그 개천의 은모래처럼 뜨거워져 뱀처럼 영석을 휘감고 놓아주질 않았다. 그렇게 금주가 뜨거운 입김을 영석에게 연신 불어 넣으면서도 한번 터진 울음을 멈추지 않았다.

이튿날 이른 아침에 P시로 내려가기 위해 고속 터미널로 향하던 택시 안에서 금주가 퉁퉁 부은 눈으로 창밖으로 날아다니는 새를 보면서 자기도 새처럼 자유롭게 살면 원이 없겠다고 하면서 또 눈물을 흘렸다. 그게 끝이었고, 삼십여 년이라는 긴 세월이 흘러갔다.

"야! 무슨 과학 수사 하냐? 어지간히 하고 가자."

이제 그만 가자는 이학준의 채근을 무시하고 박영석은 개천 경사면에 서 있는 버드나무 쪽으로 부지런히 발길을 옮겼다. 문득 떠오르는 것이 있었기 때문이었다. 영석과 금주가 이곳에서 한참 동안 놀던 어느 날, 금주가 제법 큰 말조개 껍데기 안에 무언가를 넣어서 풀줄기로 칭칭 동여매고 나무 바로 밑에 있는 수명의 위쪽 틈새가 벌어진 곳에 꾹 밀어 넣고 나서 시멘트 조각으로 단단히 마무리를 한 다음에 나중에, 나중에 꺼내 보자는 말이 떠올랐기 때문이었다. 다행히 그 수명은 남아 있었다. 영석은 조심스럽게 위쪽을 살피다가 금주가 넣어 둔 장소를 짐작하고 시멘트 조각을 살짝 건드리니 힘없이 떨어져 나갔다. 하지만 아쉽게도 말 조개 껍질은 그동안 가루로 변해 버렸는지 보이질 않았고 이끼가 잔뜩 낀 돌 멩이 하나만 눈에 띄었다. 금주가 그때 보여 주지 않았던 게 바로 이거였구나. 호기심이 발동하여 이끼를 손으로 닦아 내자 조개껍질로 그린 것 같은 그림 모양이 어렴풋이 나타났다. 이것이 무슨 뜻일까? 그 어린 나이에 사랑의 약속이라도 한 것인가. 하지만 너도 이제는 어둠침침한 곳에서 벗어나 네 집으로 돌아가거라. 돌멩이를 개천을 향해 던지려는 순간 느닷없이 작은 새 한 마리가 수멍 안에서 푸드득 튀어나와 하늘로 향했다. 그래, 금주 너도, 사랑의 징표인지 모를 돌멩이도, 이제는 저 새처럼 자유를 향해 떠나거라. 영석은 중얼거리면서 새가 날아간 하늘을 망연히 바라보았다.

김금주가 입원해 있는 요양병원은 영석의 고향에서 멀지 않은 P시 변두리에 위치하고 있었다. 10층 정도의 규모로 꽤 웅장하게 서 있는 병원은 주위의 야산과 논밭을 우악스럽게 굽어보고 있었고, 별도로 서 있는 북향인 장례식장은 겨울바람을 정면으로 맞고 있어 이름만큼이나 을씨년스럽게 보였다. 이 병원에 입원한 환자가 죽었을 때 부속 장례식장에서 상을 치르겠다고 보호자가 미리 약속(계약)을 하면 입원료를 할인해 준다는 장정옥의 말이 생각났다. 이제는 죽음도 거래의 대상이구나! 박영석은 씁쓸한 생각을 품고 병원 현관으로 향했다.

여기까지 오는 데 몇 년이 걸린 거지? 지금 나는 누구를, 왜 만나려고 하는 걸까? 과연 내가 갑자기 해임이 되지 않았더라도 이곳까지 올 수 있었을까? 장정옥이 이상하리만큼 입에 자주 올리는 상혁이라는 이름을 가졌다는 금주의 아들을 보는 것도 왠지 부담스럽다. 열렬히 사랑했던 여인의 아들을 대면하는 기분은 어떨까? 온갖 생각에 잠겨 있던 영석이 병원 현관문을 열려다 잠시 멈칫하는가 싶더니 이내 돌아서서 주차장 한쪽에 설치된 벤치에 털썩 앉았다.

장정옥의 간곡한 부탁을 빌미로 언젠가 한 번은 만나 보고 싶었던 마음을 이참에 풀어주기 위해서 여기까지 왔지만 더 이상 발걸음이 금주가 있는 곳으로 내디뎌지지 않는다. 보고 싶은 마음? 그건 잘 모르겠다. 그렇다면 해 줄 수 있는 말은? 힘내라는 말 외에는 없을 것 같다. 금주가 날 만나면 어떤 표정을 지으면서 무슨 말을 할까? 어느 정도 짐작이 간다. 그래서 부담스럽다. 이 시점에서 우리가 다시 만나면 금주가 죽기 전에 한을 더 키울 수 있다. 우리의 인연은 거세게 불어 대는 저 바람 같은 세파에 날아가 버렸고 다시 돌아올 수 없다. 그러니 이 시점에서 서로의 가슴에 성냥불같이 미약한 불꽃이라도 피워서는 안 된다. 금주야! 미안하다! 편히 가거라! 박영석이 병원을 빠져나가는 빈 택시를 급히 세웠다.

* * *

"여기 제 자리인데요."

"빈자리라서 앉았는데."

"예약한 자리입니다."

시립 도서관에 설치된 컴퓨터 이용 좌석에 앉았던 박영석이 학생으로 보이는 젊은이한테 자리를 넘겨줬다. 도서관에서 컴퓨터를 사용하려면 회원 가입을 해서 아이디와 비밀번호를 부여받은 다음에 빈자리를 예약해야 한다는 직원의 안내를 받고 영석은 일단 개가식 열람실 창 쪽에 길게 설치된 간이 소파에 앉았다. 여기서도 내 자리를 확보하기가 만만치가 않구나. 영석은 등을 돌려 앙상한 모습으로 서 있는 겨울나무들을 바라봤다.

아침을 혼자서 늦게 먹은 박영석은 특별히 갈 곳이 생각나지 않았다. 허상만의 공인중개사 사무실에 가 볼까도 생각해 봤지만 왠지 내키지 않았다. 집에 있기는 뭐하고……. 어디로 가야 하나? 이런 것이 대책 없는 퇴직자의 설움이구나. 영석은 자신의 처지를 실감하면서 문득 떠올린 곳이 도서관이었는데 오자마자 본인의 원하는 자리를 잡지 못하고 구석으로 몰렸다. 말 그대로 서림(書林)을 이루고 있는 책들이 영석의 눈에 들어왔지만 그곳으로 다가갈 마음은 생기지 않았다. 잡지나 읽어 볼까? 열람실 입구에 마련된 잡지 열람석에서 경제 전문 잡지를 펼쳐 봤지만 역시 집중이 되지 않았다. 내가 이 시간에 왜 이 자리에 서 있을까? 그런 질문만 몰려왔다. 시간이 지날수록 도서관이 더 낯설게 느껴졌다. 더 이상 머물기가 힘들겠다는 생각이 들자 영석은 잡지를 제자리에 꽂아 두고 도서관을 나섰다. 비현실적으로 느껴질 정도로 화창한 도시의 겨울 거리도 영석에게 생경하게 다가왔다. 마치 이방인이 된 듯한 느낌이 들었다. 어디로 갈까? 극장이라도 가 볼까? 아니면 커피숍? 아니야. 내가 갈 곳이 이렇게도 없었던가? 영석은 제법 찬 기운 때문에 얼얼해진 입을 손바닥으로 문지르면서 건물들을 바라보다 24시 사우나 간판을 발견했다.

오빠! 마지막으로 나 한 번만 안아 주고 가. 초승달 같은 눈썹이 얼굴의 반 이상을 차지하고 있는 모습의 금주가 병상에 누운 채 돌아서는 영석을 붙잡는다. 오빠! 마지막으로 한 번만! 금주의 울음 섞인 부탁을 끝내 거절하지 못하고 영석이 돌아서서 금주를 껴안으려고 하는데 어쩐 일인지 두 팔이 말을 듣지 않는다. 오빠! 오빠! 금주의 외침 소리는 점점 더 커진다. 영석은 어떻게든 금주를 안으려고 안간힘을 써 보지만 소용이 없다. 그 순간에, 창문이 열리면서 이름 모를 새 떼가 병실로 날아 들어온다. 영석은 금주를 안는 것을 포기하고 새들을 쫓기에 바빠진다. 마침내 새들이 창밖으로 빠져나가자 영석은 금주에게 시선을 돌린다. 하지만 금주는 온데간데가 없다.

이번 주를 넘기기가 힘들 것 같다고 했는데, 혹시? 박영석은 방금 전에 꾼 꿈을 떠올리며 머리를 흔들었다. 지금이라도 다시 내려갈까? 그래서 금주의 마지막 소원을 풀어 줄까? 아니야! 박영석은 사우나 한쪽에 설치된 정수기에서 뽑은 냉수를 마시면서 입술을 지그시 깨물었다.

"어? 전무님!"

"이게 누구야? 황 부장을 여기서 만나네."

"그러잖아도 어제 전무님 퇴임 소식을 듣고 불원간 연락을 한번 드릴 참이었습니다."

"그랬어? 고맙네."

박영석은 머리가 제법 벗겨진 황 부장의 얼굴을 살폈다. 가만있자. 저 친구가 같은 부서 여직원하고 부적절한 관계를 맺고 있다는 와이프의 의심이 도가 지나쳐 시도 때도 없이 회사에 찾아와서 난리를 치는 바람에 할 수 없이 퇴사를 한 때가 작년 연말쯤이지? 그런 친구를 이런 곳에서 만나니까 좀 어색하다. 하지만 쑥스럽지는 않네. 오히려 반가운 구석도 있어. 영석은 음료수라도 대접하기 위해 황 부장을 매점이 있는 곳으로 이끌었다.

"그래, 일자리는 찾았고?"

이 시간대에 이런 곳에서 만난다는 것은 하는 일 없이 놀고 있음이 분명한 것 같음에도 영석은 예의상 황 부장에게 식혜를 건네주면서 물었다.

"지금은 놀고 있고요. 협성사라는 협력업체 혹시 아세요? 다음 달부터 거기 관리 책임자로 가기로 했어요."

"알지. 규모가 꽤 있는 협력사 아냐? 거기 관리 책임자이면 임원급이네? 이거, 축하합니다!"

"에이, 전무님도. 마찌꼬바(*영세 공장)에서 임원이면 뭐해요? 월급이 전에 비해 반 정도밖에 안 되는데요 뭐."

"그래도 어쨌든 책임자 아닌가? 평소에 회사에서 자네를 눈여겨봤다는 뜻일 테고 말이야. 그런 걸 보면 사회생활이 정말 중요한 것 같아. 어떻게 보면 무섭기도 하고."

"저야 뭐 엉망이었죠. 작년 스캔들 때문에 아직도 얼굴이 화끈거려요."

"그거야 황 부장 잘못인가?"

"제 탓이 맞습니다. 남자는 무릇 시선 관리를 잘 해야 하잖아요?"

황 부장이 살짝 웃었다. 새 직장을 잡아서 그런지 얼굴에서 여유가 묻어 나왔다. 남자는 어쨌거나 일을 해야 하는데, 나는? 가슴이 순간 답답해진 영석이 자기도 모르게 농담을 던졌다.

"협력사 쪽에 발이 넓은가 본데 이참에 내 자리도 좀 알아보지?"

"에이, 전무님은 너무 무거우서서 안 돼요."

"무겁다니?"

"본사 전무 출신이 어떻게 마찌꼬바에 가요. 전무님 같은 중량급은 노실 물이 따로 있습니다."

무겁다. 중량급이라. 나는 그렇게 생각하고 있지 않은데, 세상에서 이미 내 체급을 정하고 있구나. 저 친구 말대로 나 같은 중량급이 놀 수 있는 물은 어디에 있을까? 영석은 남은 식혜 물을 단숨에 마셔 버리고 미소를 짓고 있는 황 부장을 바라봤다.

"오늘 이렇게 만났으니 전무님한테만 살짝 고백할게요. 그 여자애 있잖아요? 제 첫사랑하고 너무 닮아서 흑심을 품긴 했어요. 하하!"

사우나 근처 설렁탕집에서 반주를 나누며 황 부장이 했던 말을 박영석은 겨울 거리를 다시 무작정 걸으며 떠올렸다. 사랑, 첫사랑이라. 그 흔해 빠진 남녀 간의 사랑이 황 부장의 운명을 갈랐구나. 그렇다면? 금주는? 영석은 금주라는 첫사랑 상대를 떠올리며 아직도 햇살이 창창한 겨울 하늘을 바라봤다. 그나저나 해가 지려면 아직 멀었는데 어디로 가지?

소주, 아니 쏘주라고 불러야 제맛이 나지. 학창 시절 자취방에서 깡소주 마실 때에는 도수가 이십오 도였지, 아마? 그때는 한 병만 마셔도 화끈하게 올라왔지. 하지만 지금 마시고 있는 빨간 라벨이 가장 도수가 높다는데 그래 봤자 고작 십구 도? 새삼스럽게 옛날 쏘주 생각이 나서 그런지 지금 마시는 쏘주는 밍밍하기 짝이 없구먼. 박영석은 밤이 깊었는데도 들어오지 않는 아내 한지숙이 궁금하여 연락을 하고 싶은 마음을 억누르면서 소파 탁자에 쏘주와 단무지 안주를 차려 놓고 이른바 혼술을 하고 있었다.

학준이가 하룻밤 더 자고 가라는 것을 뿌리치고 올라오길 잘했어. 오랜 숙제처럼 느껴졌던 금주와의 만남은 갑작스러운 나의 변심으로 이루어지지 않았지만 어쨌든 고향을 들러 보기는 했어. 가슴속에 아련하게 남아 있는 추억의 장소도 찾아봤고 말이야. 거기에 덤 격으로 학준이와 이런저런 이야기를 나누면서 우정도 돈독히 쌓았으니 그럭저럭 의미가 있는 남행이었어. 그렇긴 하지만 가슴이 왜 이렇게 텅 빈 것처럼 허전하기만 할까? 내가 왜 허 사장님의 권유를 어기고 또 혼술을 하고 있을까?

박영석은 연신 술잔을 기울이면서 김금주를 떠올리고 있었다. 오늘 사우나에서 꾼 꿈에서 본 결코 잊을 수 없는 초승달 눈썹, 코를 찡긋하며 웃던 어릴 적 모습, 그날 서울 여관방에서 안았을 때 확 다가온 그 체취. 그리고 새가 되고 싶다며 울먹이던 목소리. 그래, 만약 학준의 집에서 하루를 더 묵었더라면 다음 날 아침에 금주한테 달려갔을지도 몰라. 내가 나를 어떻게 알겠나? 그러니 그럴 수 있었을 거야.

금주가 왜 이렇게 불쌍하고, 안타까울까. 어릴 적 내 소꿉동무, 내 각시, 내 첫사랑, 그래서 아늑한 고향 같은 금주가 막상 세상을 떠나면 어떤 느낌일까? 가슴이 저미도록 슬프다는 말을 이럴 때 쓰는 거구나. 그동안 내가 너무 무심했어. 소작인의 아들이라는 이유 하나만으로 우리 결혼을 한사코 반대한 금주 부모에 대한 증오에 가까운 원망을 아무 죄 없는 금주에게 투사시키지는 않았을까?

갑자기 직장을 잃고, 거센 바람이 불어오는 벌판에 서 있는 느낌인데, 문득문득 아련하게 떠오르는 금주라는 고향마저 잃게 되면 나는 어떡하나. 허 사장님 조언대로 이제부터라도 남편이 밥을 먹었는지, 어디를 다녀왔는지 관심이 없고 밖으로만 싸돌며 늦은 밤인데도 돌아올 줄 모르는 아내에게 우선 바짝 엎드려야 하나. 그렇게 하면 부부의 평화가 올까? 행복해질까? 박영석은 허 사장에 이어 이학준, 그리고 황 부장과 나눈 대화 내용들을 떠올리며 한숨지었다.

그렇게 박영석은 아내가 없는 아파트에서 홀로 쏘주를 한 병, 두 병, 세

병째는 다 비우지 못하고 그의 골방 침대에 몸을 던졌다.

＊　＊　＊

머리가 아팠다. 속이 쓰렸다. 갈증도 났다. 그럼에도 지난밤에 깡술만 마시고 잔 탓인지 배가 고팠다. 하지만 아내 한지숙은 벌써 집을 나간 후였고, 혹시나 하면서 눈길을 준 식탁에는 아무것도 차려져 있지 않았다. 이제부터 밥은 내가 챙겨 먹어야 하는구나. 그래도 삼식이 신세로 전락하지 않도록 이런 식으로 배려를 해 주네. 박영석은 씁쓸하게 웃으며 갈증부터 달래기 위해 물컵을 손에 들고 베란다로 나와서 무심하게 창밖 풍경을 바라봤다. 오늘도 날씨가 화창하겠다. 흐리거나 눈이 내리는 날도 있어야 하는데 유독 올겨울 하늘은 맑기만 하네. 이런 날에는 오히려 더 우울해져. 그 반대가 되어야 하는데, 내 처지가 이래서 그런가? 그나저나 오늘은 어디로 가지? 또 도서관에 들러서 사우나? 둘 다 마음이 내키지 않는다. 황 부장도 한번 만난 것으로 족하다. 그렇다면 어디로? 허 사장님 사무실? 거기 다녀온 지가 며칠 됐으니 오늘 가면 어색하지는 않겠다. 박영석이 오늘 갈 곳을 저울질하며 물컵을 만지작거리고 있을 때 휴대폰 문자음이 들려왔다. 이 시간에 문자? 불길한 예감이 박영석의 뇌리를 번뜩 스쳤다. 영석은 소파 테이블에 놓인 핸드폰을 집어 들고 급히 문자 창을 열어 보았다. 그 예감은 틀리지 않았다.

김금주 여사 숙환으로 별세. 빈소 팔봉시 다송 요양병원 장례식장. 발
인 2월 10일 오전 9시. 상주 차상혁, 장정옥. 연락처 063 235 3214

분명 그 부고는 한글로 쓰여 있었으나 영석은 제대로 읽을 수가 없어서 핸드폰을 거실 바닥에 내동댕이치고 소파에 털썩 주저앉았다. 곧 죽을 것이 분명하면서도 왠지 그렇게 되지 않을 것 같은 막연한 기대. 바람. 그런 생각은 어머니가 돌아가실 때에도 품었었지. 하지만 예정일(?)

에서 단 하루만을 넘기고 여지없이 가셨지. 금주 너도 결국 그렇게 떠나고 말았구나. 이승에서의 한과 설움은 다 털어 버렸니? 금지옥엽 같은 아들이 눈에 밟혀서 어떻게 눈을 감았니? 혹시 그 순간에 나를 떠올리기는 했니? 마지막에 네 곁에 있어 주지 못해서 미안하다. 정말 미안하다. 박영석은 숙취도 배고픔도 다 잊어버리고 목 안에 뭐가 걸렸는지 자꾸 뭔가가 입 밖으로 튀어나오려는 것 같아 손으로 목을 주무르다 뺨에 흐르고 있는 것이 눈물임을 알아차렸다.

저 멀리, 휑한 겨울 벌판길에서, 꽃상여가 느릿느릿 움직이고 있다. 그 주변에는 삼베를 잘라 장대에 매단 만장이 숲을 이루고 있다. 나는 가장 작아 보이는 아이가 들고 가는 만장을 빼앗으려고 달려가지만 좀처럼 거리가 좁혀지지 않는다. 꽃상여가 개천에 놓인 다리를 건너려고 하는데 검은 새 떼가 갑자기 나타난다. 나는 만장을 빼앗아 새들을 쫓기 시작한다. 하지만, 오히려 새들이 내 머리를 쪼아 대기 시작하자 나는 머리를 감싸고 주저앉는다.

또 새 떼가 꿈에 나타났다. 금주의 원혼이 내 머릿속까지 뚫고 들어왔나? 불쌍한 친구 같으니. 영석은 소파에 누운 채 천장을 바라보며 금주의 죽음을 곱씹기 시작했다. 내일이 발인인 걸 보면 어젯밤 늦게 눈을 감았는가 보구나. 나는 그 시간대에 혼술에 취해 곯아떨어져 있었는데, 미안하다. 정말로. 장례식장이라도 가 볼까? 그럴까? 마음은 잔뜩 금주에게 가 있는데 왜 몸이 안 움직이는 것일까? 가슴이 너무 허해진다. 술이 고프다. 박영석은 또 소주를 꺼내 물컵에 가득 따라 벌컥벌컥 마시고 안주도 먹지 않은 채 베란다로 다시 향했다.

＊　＊　＊

"편히 갔어?"

"어, 그렇게 힘들어하더니 마지막에는 잠자듯이 가더라. 그래도 하고 싶은 말 다했고, 들을 말도 다 들었어."

"장례는 잘 치렀고?"

"화장하고 절에 모셨어. 산목숨은 질긴데 죽으니까 무슨 물건 치우듯 후딱후딱 처리가 잘도 되더라. 아들 상혁이 알지? 걔만 안돼 보였고."

"절? 무슨 절?"

"용화사라고 아니? 용화산 밑에 있는 절."

"알지……. 그랬구나."

박영석은 장정옥의 전화를 어색하게 받고 있었다. 병문안을 하지 않고 빈소도 찾지 않은 이유를 정옥에게 설명을 해야 하나 망설이고 있었기 때문이었다.

"혹시나 하고 기다렸는데."

"나를?"

"어."

"미안하다."

"아냐, 잠깐 서운하기도 했는데 가만히 생각해 보니까 니 입장도 있겠더라."

"그렇게 이해해 주니 고맙다."

"그런 말은 금주한테나 해라."

"그런가? ……. 혹시나 하는 말인데……. 무슨 말 없었냐?"

"무슨 말?"

"내 말 말이야."

"있었어. 그것 때문에 내가 먼저 너한테 전화를 한 거고."

"무슨 말을 했는데?"

금주가 마지막으로 나한테 무슨 말을 전했을까? 박영석은 마른기침을 하며 장정옥의 대답을 기다렸다.

"올봄에 사십구재를 올려 주겠다고 금주한테 말했어."

정옥이 뜸을 들일 모양인지 엉뚱한 말을 꺼내 들었다.

"아무리 곧 죽을 목숨이라지만 그런 말을 해도 되냐?"

"안 되는데 막판에는 그런 말들이 자연스럽게 나오게 되더라. 금주가 마지막에는 그런 분위기였거든."

"그랬구나. 사십구재도 용화사에서 올리겠네?"

"어, 그래서 하는 말인데, 너 그때 거기에 오면 금주가 한 말 전해 줄게."

"지금은 안 되고?"

"그날 용화사에 오면 용화사에서 만약 안 오면 따로 만나서 말해 주라고 금주가 신신당부를 했거든."

"그랬구나."

"올 거지? 살아 있는 금주를 만나는 것도 아니니까 부담 없잖아? 그날 상혁이 얼굴도 좀 보고. 친하게 지내는 가족이라고는 오촌인 나밖에 없어서 짠하긴 하더라."

"특별한 일이 없으면."

"그래, 그날 용화사에서 보자. 난 그때까지 금주네 집에 있을 거야. 혼자 있는 상혁이가 짠해서 못 올라가겠어. 애들 아빠가 광주에서 다녀가기가 더 편하기도 하고."

"니가 애를 많이 쓰는구나."

이렇게 금주의 이승에서의 삶은 정리가 되었구나, 불쌍한 것. 과연 금주가 내게 무슨 말을 남겼을까? 느낌상으로는 단순한 작별 인사는 아닐 것 같은데. 그리고, 정옥이가 상혁이라는 금주 아들 이름을 내 앞에서 자꾸 들먹이는 이유는 뭘까?

걔 말대로 살아 있는 사람을 만나는 것은 아니니 겸사겸사해서 용화사에 가 보는 것이 좋겠다. 아니, 가야겠다.

* * *

박영석은 도서관 밖에서 장정옥과 통화를 마치고 다시 안으로 들어가는 대신에 거리로 들어섰다. 사우나에 가서 한숨 푹 잘까? 아니야. 영석은 도서관과 인접한 야트막한 동산의 산책로로 발길을 돌렸다. 답답하면서도 먹먹해진 가슴을 산에서 심호흡이나 하면서 풀어 보고 싶은 마음 때문이었다.

겨울철의 평일이라서 그런지 산책로는 한적하기만 했다. 눈이 여기저기 쌓여 있고, 바람도 제법 차가워서 봄기운은 어디에서도 찾아볼 수 없었다. 영석은 한참을 걷다 숲에 가려 동네가 살짝 내려다보이는 나무 그루터기에 앉아 하늘과 숲을 번갈아 바라보았다. 이럴 줄 알았으면 캔맥주라도 한두 개 사 올걸, 그걸로 해결이 되지는 않겠지만, 어느 정도 기분을 릴랙스시킨 다음에 다시 사우나에 들어가서 푹 퍼지면 기분이 좀 나아질 것도 같은데. 그나저나 날씨는 참 좋네. 서럽도록 화창하네. 살기에도, 죽기에도 좋은 날씨구먼. 영석이 듣는 사람이 없을 것 같아서 제법 큰소리로 중얼거리고 있을 때, 그 말을 듣기라도 했는지 겨울옷으로 중무장한 한 노인이 빙그레 웃으며 영석의 자리에서 약간 떨어진 또 다른 그루터기에 자리를 잡고 앉았다. 저 노인네는 뭐지? 왜 내 옆에 앉지? 그렇게 의아해할 때 그 노인이 주머니에서 무슨 콩 같은 것을 꺼내 손바닥에 올려놓고 호이! 호이! 하는 소리를 내기 시작했다. 별 노인네가 다 있네. 영석이 혀를 차면서 이제 자리를 떠야 하나 망설이는 순간에 신기하게도 새 한 마리가 날아와서 노인의 손바닥에 놓인 작은 것을 입에 물고 다시 날아갔다. 먹이를 물고 가는 새를 보고 노인은 신이 났는지 이번에는 손바닥에 이어 입에 그것을 물자 잠시 후에 새가 또 날아와서 입에 물린 것을 부리로 야무지게 빼내어 숲속으로 날아갔다.

"선생도 한번 해 보겠소?"

새에게 먹이를 주는 장면을 신기한 표정으로 바라보고 있던 박영석에게 그 노인이 한번 따라 해 볼 것을 권했다.

"어르신께서 기르시는 새는 아니죠?"

박영석이 먹이 몇 개를 건네받으며 어색하게 웃었다.

"천만에요. 전적으로 자연산이요. 그리고 쟤네들이 아무 때나 안 와요.

요즘같이 먹이를 구하기가 어려울 때 주로 오는 것 같아요. 또 모르지요, 지가 태어난 고향인 줄 착각하고 올 수도 있겠지요."

제법 인자한 분위기를 풍기는 노인이 마치 새가 들으라고 하는 것처럼 영석이 아닌 숲을 향해 대답을 했다. 테레비에 나오는 자연인이 따로 없구먼. 저 노인네 말대로 새들에게도 고향이 있을까? 나도 없는 고향이? 그나저나 내가 먹이로 유인을 해도 새들이 올까? 영석이 노인이 하는 대로 땅콩을 반의반으로 잘라서 손바닥에 올려놓고 한참을 기다렸지만 기다리는 새는 오지 않고 옆의 노인 쪽으로만 들락거렸다. 이거 낚시하고 비슷하네. 초보가 아무리 고수 옆에 바짝 붙어서 한다고 해도 물고기는 꼭 고수의 미끼만 무는 법이거든.

그렇게 아무리 기다려도 새가 날아오지 않자, 싫증을 느껴 그만 포기하고 자리를 뜰까 망설이던 순간에 기적과도 같이 작은 새 한 마리가 영석의 손바닥에 날아와 앉아 고개를 갸웃거리며 영석의 얼굴을 잠깐 바라보다 먹이를 놔둔 채 숲속으로 사라졌다.

바로 그 순간에, 영석은 문득 그 개천 수멍에서 금주가 묻어 둔 것을 찾던 중에 갑자기 튀어나온 작은 새를 떠올렸다. 조금 전에 날아간 새가 그 작은 새였을까? 그래서 내 손바닥에서 잠시 머물다 먹이도 물지 않고 날아갔을까? 푸른 하늘을 바라보며 연거푸 질문을 날리고 나자 영석의 몸이 새처럼 가벼워졌다는 느낌이 들기 시작했다. 창공을 훨훨 날 수 있을 것 같았다. 영석은 두 팔을 들어 힘차게 날갯짓을 하기 시작했다. 드디어, 금주, 그 작은 새가 눈에 보이는 듯했다. 그토록 그리던 고향의 품에 폭 안기는 것 같았다.

"선생 왜 이러시오?"

노인이 급히 다가와서 제지할 때까지 영석은 계속 날고 있었다.

어느덧 중천에 떠오른 해는 겨울 기운을 일시에 몰아낼 기세로 작은 새가 날아간 숲을 향해 강렬한 햇살을 쏟아 내고 있었다.

비둘기 집

도시의 겨울날은 화창했다. 거리를 오가는 사람들의 표정도 한 점 걱정이 없는 듯 밝아 보였다. 뒤뚱거리며 이리 저리 옮겨 다니는 비둘기들도 보였다. 비둘기, 저 비둘기, 나는 창가에 앉아 비둘기들에게 시선을 고정시킨 채 생각에 잠겨 있었다.

"하 교감. 무슨 생각을 그렇게 골똘히 합니까?"

"아, 아닙니다. 아무것도요."

나는 비로소 앞에 앉아 있는 주 교장한테 시선을 돌렸다. 새치가 듬성 듬성 난 머리를 올백에 가깝게 뒤로 넘겨서 완전히 드러난 반듯한 이마. 선한 인상을 주기에 충분한 두 눈에 자리 잡은 고동색 뿔테 안경. 광대뼈가 거의 보이지 않는 계란형에 가까운 얼굴. 그리고 육십대 중반을 바라보는 중늙은이치고는 꽤 깔끔한 피부. 나는 그런 주 교장의 얼굴을 바라보며 엉겁결에 거짓말을 했다.

"무슨 고민이라도 있습니까? 혹시 나 때문에요?"

주 교장이 찻잔을 내려놓고 나를 응시한다. 저 잔잔하고도 여유로운 미소. 여동생들을 살뜰히 챙기는 큰 오빠 이미지가 물씬 풍긴다. 나는 주 교장의 시선을 피하며 오늘 하고 싶었던, 전에도 자주 했던, 말을 꺼냈다.

"혹여 누가 볼까 신경 쓰여요. 앞으로 연락할 일이 있으시면 전화나 카톡으로 했으면 해요."

"누가 보면 어떻습니까? 우리가 어디 불륜이라도 되나요?"

주 교장이 따지듯이 물었지만 미소는 잃지 않고 있었다.

"그렇긴 하지만 말 많고 탈 많은 곳이 학교잖아요."

자꾸 터져 나오는 잔기침을 목에 힘을 넣어 참으며 나직이 대답을 하고 다시 시선을 돌려 비둘기들을 바라봤다.

"하긴, 하 교감 말에도 일리가 있긴 하죠. 그래서 어서 정년이 오길 기다리고 있는데 시간이 더디 갑니다. 세월이 빨리 흐르길 기다리는 팔자도 있다니. 그거 참."

나는 주 교장의 푸념 섞인 말에 대답을 하지 않고 비둘기만 바라본다. 주 교장이 어색했는지 헛기침을 몇 번 하고 나서 말을 잇는다.

"애들이 한번 뵙고 싶어 합니다."

애들? 새삼 둘 다 결혼을 했다는 주 교장의 아들들이 떠올랐다. 그들도 교사가 되었다는데 아버지처럼 점잔을 뺄까? 나는 속으로만 잠깐 웃다 주 교장을 향해 선언하듯 대답을 했다.

"여러 번 말씀드렸다시피 교장 선생님을 선배로서 존경하는 마음 외에 다른 감정은 없습니다."

"내가 언제 그런 걸 바라고 있다고 했나요? 우선 애들도 만나 보고 하면서 가깝게 지내보자는 거지요."

"호의는 감사합니다만 혼자 사는 여자, 그것도 같은 학교에 근무하는 저로서는 부담이 큽니다."

"그 입장과 생각 이해합니다. 그러니 시간을 두고 천천히 생각해 보세요."

오늘도 '시간', '천천히'라는 단어를 사용하며 한발 물러선다. 주 교장은 늘 이런 식이다. 거칠게 다가왔다가 맥없이 되돌아가는 바닷가의 파도 같은 모습이다. 신사다운 태도는 좋지만 남자란 무릇 마음에 드는 여자가 있으면 일단 돌진부터 해야 하는 거 아닌가? 나는 다소 힘이 빠진 표정을 짓고 있는 주 교장을 바라봤다. 하지만 저분은 늙었다. 나도 그 뒤를 바짝 따르고 있다. 그런 생각이 들자 나도 모르게 질문이 불쑥 튀어나왔다.

"정년 후에 특별히 하시고자 하는 일이 있어요?"

"글쎄요. 틈틈이 쓰고 있는 에세이를 책으로 내는 것? 애들이 자꾸 권해서 그건 해야 할 것 같습니다만 다른 것은 딱히 없습니다. 그냥 연금 축내면서 하루하루 늙어 가는 거지요."

"그 책 저도 기대됩니다."

"그래요? 그렇다면 추천사 부탁해도 되겠네요? 그것도 영어 선생님이었으니까 영어로요."

주 교장이 대답을 마치고 밝게 웃었다. 창밖 분위기에 걸맞은 웃음이었다.

"자격 미달입니다."

나는 웃음을 속으로 삼키며 짧게 대답을 하고 다시 창밖으로 시선을 돌렸다.

"방학이 이제 시작되었는데 어떻게 지낼 건가요?"

이번에는 내 옆얼굴을 향해 주 교장이 물었다. 내 일정에 끼어들고 싶은 마음이 묻어 있다는 것을 말투에서 느껴졌다. 뭐라고 말할까? 나는 머뭇거리다 시선을 돌리지 않은 채 대답을 했다.

"그냥. 뭐. 여행이나 다녀올까 해요."

"여행? 해외로요?"

"그건 아니고요. 지방 쪽으로 생각 중이에요."

"나도 따라 갈까요? 보호자가 필요할 것 같아서요."

아니나 다를까 주 교장이 기회를 놓치지 않고 내 말을 파고들었다. 선배님에게 내 마음이 다 가서 같이 여행을 다니면 얼마나 좋겠어요? 하지만 지금까지 걸어온 길도, 갈 길도 선배님과는 다릅니다. 그동안 선배님 체면을 생각해서, 무안해하실까 봐, 또 워낙 젠틀하시고 말이 통하는 부분도 없지 않아 있는 것 같아서, 따로 만나자는 말에 거절을 하지 않았지만 그것도 오늘까지인 것 같습니다. 나는 커피잔을 비우고 입술을 깨물었다.

"농담이신 거 압니다."

"농담 아닙니다. 오륙십 대 미혼 여성이 가장 위험하다는 말을 들었거든요."

"중2가 아니고요?"

"그건 다루기가 어려운 시기지요."

"저는 위험하지도 다루기가 어렵지도 않은 늙을 노자가 붙는 싱글일 뿐입니다. 혼자 다녀도 아무런 걱정이 없을 정도로 눈여겨 보는 사람이 없어요."

"과연 그럴까요?"

"교장 선생님도 어떤 때는 짓궂은 면이 있으세요."

"허허! 그런가요? 그건 그렇고. 가고자 하는 곳이 바닷가나 깊은 산골인가요?"

"그건 왜 물으시죠?"

나는 아직도 웃음기가 가시지 않은 주 교장의 얼굴을 바라보는 순간에 기침이 또 나와서 손바닥으로 얼른 입을 가렸다.

"바로 그것 때문입니다. 아까 점심 먹을 때부터 기침을 자꾸 하는 것 같아서 그럽니다. 여행을 가더라도 치료를 하고 가는 게 좋지 않을까요?"

"신경 써 주셔서 고맙습니다. 교장 선생님도 글 쓰시면서 겨울 방학 잘 보내세요."

"이거 아주 여행 따라오지 못하게 아퀴를 짓는군요."

나는 주 교장이 실망스러운 표정으로 헛웃음을 짓는 것을 바라보면서 망설이고 있었던 지방 여행을 떠나기로 또 마음을 굳혔다. 그래, 몇 년 만에 그곳에 가는 것인가? 한 사십 년?

* * *

"기침은 언제부터 하셨어요?"

"두 달 정도 됩니다."

"그동안 감기약은 안 드셨고요?"

"예, 기침 말고는 다른 증상이 없고, 기침도 그렇게 자주 나오지는 않아서요."

"실례지만 환자분 직업을 여쭤봐도 될까요?"

작고 바짝 마른 얼굴에 은테 안경을 쓰고 있어 날카로운 인상을 풍기는 의사가 비로소 컴퓨터 화면에서 시선을 떼면서 내게 물었다.

"학생들을 가르칩니다."

"초등학교인가요?"

"고등학교입니다."

병원은 언제와도 소변이 마려울 정도로 긴장이 된다. 오늘은 더 그렇다. 의사가 내 직업을 물어 보는 것을 보면 단순한 감기가 아닌 게 분명하다. 그렇다면 내가 우려했던 순간이 드디어 닥친 것인가? 나는 짧게 대답을 하고 마른침을 삼켰다.

"사진 왼쪽 윗부분을 보시면 오른쪽에 비해 깨끗하지 않죠? 작은 점 같은 것들이 있는 것 같기도 하고요. 전에 찍었던 엑스레이 사진이 있으면 비교하기가 좋긴 한데요. 어, 아무튼, 제 소견으로는 대학병원에 가서서 정밀 검사를 받는 게 좋을 것 같습니다."

"감기 말고 어떤 것들의 의심이 되는데요? 솔직히 말씀해 주세요."

"편도선이 약간 부어 있기는 해요. 하지만 아무리 약을 안 먹는다고 해도 두 달 이상 가는 거는 드물거든요. 그렇다면 폐 쪽을 봐야 하는데 엑스레이 사진만으로는 판단하는데 한계가 있습니다."

"폐암일 수 있겠네요?"

내 입에서 드디어 '폐암'이라는 말이 튀어 나왔다. 사람의 생로병사가 이런 곳에서, 이렇게 결정이 되는 거구나. 나는 입술을 깨물며 의사의 입을 바라봤다.

"단정하기가 어렵습니다. 폐질환도 종류가 다양하거든요. 또 과거 병력의 흔적일 수도 있으니 너무 걱정하지 마시고 일단 큰 병원에 가 보세요."

"분필 가루를 오랫동안 마시면 폐암의 원인이 될 수도 있다던데요?"

"글쎄요. 분필 가루는 입자가 커서 직접적인 원인으로 작용하기가 어려울 것 같습니다. 서로 인과 관계가 있다는 보고도 아직 없고요. 그거보다는 간접흡연이 훨씬 위험한데 여성이 남성에 비해 더 취약하죠."

간접흡연이라, 하긴, 골초이셨던 아버지가 돌아가실 때까지 집에서 담배를 피워서 냄새 맡기가 괴로웠는데 설마? 가만있자. 어머니도 폐암 수술을 받으셨지? 내가 왜 그 사실을 간과하고 있었을까? 순간적으로 어지럼증이 몰려왔다. 나는 입을 모아 숨을 내뱉으며 다른 말을 기다렸으나 의사는 말없이 컴퓨터 자판만 두드리고 있었다.

늦은 오후였지만 날씨는 여전히 화창했다. 나는 병원에서 나와 방향을 확인하지 않고 일단 걷기 시작했다. 마치 시월처럼, 제법 강한 햇빛이 내 앞에 쏟아지고 있었다. 나는 이마에 손을 얹은 채 서서히 기울고 있는 겨울 해를 바라봤다. 이렇게 한 해가 저물어 가고 있고, 내 삶도 그것을 따라가는 것인가? 여행, 아까 주 교장한테 선언하듯 밝힌 그곳으로의 여행. 의사의 권유대로 바로 대학병원에 가야 하나. 아니면 다녀와서 갈까? 그리고 그 폐암이라는 무서운 질병. 만약 그것이 현실화된다면 그조차도 족쇄처럼 내 삶을 구속해 왔던 그것처럼 내 운명을 바꿔 놓는 것인가. 나는 내 침실에 갇힌 채 수십 년간 빛을 보지 못하고 있는 그것을 떠올리자 걸음을 멈추고 눈을 감고 말았다.

* * *

남산 자락에 자리를 잡고 있는 특급 호텔 로비는 드나드는 손님들로 북적이고 있었다. 나는 20층에 위치한 레스토랑에 가기 위해 엘리베이터에 올라탔다. 열 명 남짓한 승객 모두 표정이 밝아 보였다. 하긴 이런 곳에 출입하는 사람들이 걱정거리가 뭐가 있겠어? 나만 빼고. 나는 새삼 병원 진료 결과를 떠올리며 밖으로 펼쳐지는 시내 풍경을 망연히 바라봤다.

"니네들 저 타워 가 봤니?"

세정이가 미네랄워터 잔을 손에 든 채 남산 타워를 바라보면서 물었다.

"아니?"

"나도. 그 밑에는 비둘기들이 많겠지?"

"너는 뜬금없이 비둘기 이야기를 가끔 꺼내더라."

지혜가 내 팔뚝을 툭 치며 타박 아닌 타박을 하고 쿡 웃었다.

"느닷없이 남극 이야기 늘어놓는 너는 어떻고?"

"비둘기하고 남극 되게 안 울린다. 나는 뭐 없니?"

세정이가 워터 잔을 내려놓고 나와 지혜를 번갈아 바라보면서 빙그레 웃었다. 정말 궁금하다는 눈치였다.

"김삿갓."

나와 지혜가 거의 동시에 대답을 하고 서로의 얼굴을 바라보며 크게 웃었다.

"다들 틈만 나면 김삿갓이니 남극이니 비둘기니 하면서 생각이 딴 데가 있으니 팔자가 고쳐지겠니? 그나저나 저 타워에도 식당이 있다니까 내년 송년회는 저기서 하자. 남극같이 추운 날씨에 이 김삿갓의 풍월을 비둘기처럼 구구대면 재미가 있지 않겠니?"

대학 문창과에서 시 창작을 강의하는 교수답게 유머스럽게 말을 잇고 나서 따라 웃었다.

"저 타워는 분명 내년에도 자리를 지키고 있겠지만 사람이 문제다. 우리 셋 중에서 현정이처럼 비둘기가 되어 날아갈지 누가 알겠니?"

지혜가 지난 가을에 팔자를 고쳐서 자연스럽게 싱글 모임에서 떨어져 나간 현정이를 입에 올리며 걱정인 듯 아닌 듯 하는 말을 던지고 에피타이저로 나온 관자 샐러드에 포크를 갖다 댔다.

"하긴 네 사람이 앉는 테이블에 이빨이 하나 빠지니까 좀 휑하기는 하다. 그치?"

세정이가 관자를 입에 넣으려다 말고 쓸쓸한 표정으로 지혜의 말을 이었다. 그래. 세정이 말대로 오늘 이 자리도, 그림자가 길게 드리워진 남산 자락도, 그리고 내 마음도 모두 휑하다. 내년 송년회에서는 우리가 어떤 모습으로 어떤 대화를 나눌까? 지혜 말대로 우리 셋 중에서 현정이의 뒤를 잇는 싱글이 과연 나타날까? 나는 터져 나오는 기침을 애써 억누르며 창밖을 바라봤다.

"재작년인가? 그때 까지만 해도 테이블 하나 가지고는 부족했잖니? 어디 갈 때도 차가 두 대가 가야 했는데 요렇게 쪼그라들어 버렸구나."

"얘. 내년에 우리를 두고 배신, 아니지, 새 인생을 펼칠 사람이 있다면 누구일까?"

세정이 지혜의 말이 끝나자마자 나를 향해 묘한 웃음을 지으면서 물었다.

"말 꺼내는 거 봐서는 딱 너 같은데?"

나는 시인의 분위기가 물씬 풍기는 세정의 얼굴을 바라봤다. 인물, 직업, 성격, 경제력, 모든 조건을 갖추고 있는데도 왜 혼자 살까? 그러는 나는?

"바로 반문을 하는 걸로 봐서는 너 아니니? 그나마 니가 가능성이 젤 높아 보인다."

세정이가 이번에는 와인 잔을 손에 든 채 눈을 동그랗게 뜨며 웃었다.

"맞아. 선영이 애가 가장 위험스러워. 꼭 익스파이어(*임종)를 앞둔 암 환자 같다니까?"

대학병원 수간호사인 지혜의 입에서 암이라는 질병 이름이 튀어나왔다. 폐암도 분명 암인데 쟤가 그걸 알아차리기라도 한 것인가? 나는 순간 갈증을 느껴 급히 물잔을 집어 들었다.

"세정이 너 봤지. 얘가 반박을 안 하잖아?"

"잠깐 딴 생각을 하느라 못했다. 내가 팔자를 무슨 수로 고치니? 너, 도둑이 제발 저리는구나?"

나는 공을 지혜한테 돌리고 폐암이라는 단어를 머릿속에서 몰아내기 위해서 심호흡을 했다. 코스 음식들이 줄이어 나오고 있었지만 왠지 낯설게만 보여 선뜻 손이 가지 않았다.

"니네들 아둥다둥하는 걸 보니 둘 다 언젠가는 그렇게 될 것 같다 야. 그러면 우리 정진 여고 싱글 모임은 문을 닫아야 하는 건가? 정녕 이 김삿갓만이 홀로 남아 정처 없는 방랑을 계속 해야 하는 것인가?"

한참을 다른 이야기를 나누다가 뺨이 발그레 해진 세정이가 누가 먼저 싱글을 깰 것인가에 대해 리듬이 섞인 질문 아닌 질문을 던지고 활짝 웃었다.

"너 그게 무슨 소리니? 단 한 명이라도 남아 있을 때 까지는 간판 내리면 안 돼."

지혜가 부자연스런 자세로 스테이크를 썰다 말고 세정이에게 핀잔을 날렸다.

"우리가 말을 돌리다 보니 러시아 룰렛 게임인가 뭔가 하는 것 같다 야."

세정이가 와인 잔을 비우고 또 웃었다. 하지만 이번에는 쓸쓸함이 묻어 있었다.

나뿐만이 아니라 지혜도 그런 느낌이 들었는지 한동안 어색한 침묵이 흘렀다.

"다른 것은 부럽지가 않은데 남의 집 손주는 부럽더라. 엄청 이뻐."

지혜가 살짝 웃으면서 느닷없이 손주 이야기를 꺼내 들면서 세정이를 바라봤다.

"지금이라도 늦지 않았어?"

"뭐가?"

이번에는 지혜가 스테이크를 입에 넣는 것을 멈추고 날 바라봤다. 뭔가를 기대하는 눈치였다.

"입양."

"애, 그거 싱글은 되게 까다롭대. 더군다나 나이 차가 너무 많이 나면 안 돼서 가능하더라도 우리 나이에는 어린 애들은 어려울걸?"

"너는 진즉이 알아봤구나?"

"미래도 현실이잖니? 늙어서 의지할 사람이 필요하기도 하고. 또 갈수록 외로운 것도 사실이고. 그렇다고 해서 개나 고양이 보다는 낫겠다는 생각으로 접근을 하면 안 된다."

세정이가 이번에는 정색을 한 채 지혜의 질문에 대답을 하고 와인 잔을 집어 들었다.

"식구들은 어떨까? 마음에 드는 조카 하나 골라서 의지하다가 죽을 때 재산도 물려주고."

지혜가 잘 마시지 않는 와인을 두세 모금 마시고 나서 세정이를 바라봤다. 조카라. 지혜의 말을 듣는 순간 큰오빠의 외동딸인 은주가 떠올랐다.

"괜찮을 것 같은데? 니 말대로 재산을 죽을 때 물려주기만 한다면. 그 거 미리 했다가 낭패 보는 싱글들 의외로 많다?"

"그렇지 않아도 분위기가 가라앉은 송년회인데 하는 말마저 어째 좀 구질구질한 것 같다 야."

나도 지혜를 따라 와인을 맛만 좀 보고 나서 헛웃음을 지었다. 좀 유쾌한 이야기를 나누고 싶었기 때문이었다.

"말만 그러니? 갈수록 몸도 구질구질해지니까 니들 관리 잘해야 한다. 나처럼 헬스도 좀 다니고, 선영이처럼 벌써부터 콜록콜록하면 아니 되옵니다."

세정이 마지막 스테이크 조각을 접시에 남아 있는 소스에 슬슬 묻히면서 내가 듣기에 구질구질한 말을 이어갔다. 하지만 콜록콜록이라는 표현. 기침이 나올 때 쓰는 말이긴 하지만 정감은 있다. 시인인 쟤가 혹시 내 인생을 저렇게 비유하고 있는 것은 아닌가? 아니지. 내가 별생각을 다한다. 나는 세정의 자랑 섞인 충고에 대답을 하지 않고 어둠 속에서 빛을 발하고 있는 남산 타워만 바라봤다.

"선영이 너 밤이슬 맞느라 감기 걸린 거 아니니? 너 적극적으로 사귀고 있는 사람이 있으면 공개해야 한다는 우리 모임 불문율 알고 있지? 그거 어기면 벌금 일억 원인 것 포함해서 말이야."

"맹추야. 겨울에도 이슬이 맺히니? 재밌는 이야기 좀 해 보라니까 한 수 더 뜨네."

나는 지혜의 팔뚝을 살짝 때리면서 살짝 흘겨봤다. 그래. 주 교장을 모임에 공개 안 한 것은 다행이다. 애초부터 그런 마음이 없이 만났고, 또 오늘이 마지막이었으니까. 그나저나 내가 주 교장한테 상처를 준 것은 아닐까? 어쨌거나 그분은 딱히 결점을 찾기가 어려운 선량한 사람이고 나한테 참 호의적이었으니까. 하지만 마음, 그 마음이라는 것이 가지 않은 것은 어쩔 수가 없다. 왜 그럴까? 그 비둘기 때문에? 나는 기침을 참으며 세정이가 스테이크를 삼키는 모습을 바라봤다. 시간은 계속 흐르고 있었다. 나는 메인 요리로 나온 안심 스테이크와 이름을 알 수 없는 곁들이 음식들을 먹는 시늉만 하고 옆으로 제쳐놓은 채 또 창밖으로 시선을 돌렸다.

"아. 맞다. 재밌는 이야기 꺼내려고 하는 찰나에 세정이가 선수를 쳐서 못 했다. 그러니까 말이야. 내가 연말과 연초를 제주도에서 보낼 생각이 거든? 퇴직한 병원 절친 선배가 거기 살아. 혼자서 말이야. 어때? 같이들 갈래?"

한동안 말이 없이 스테이크만 먹던 지혜가 갑자기 생각이라도 난 듯이 웃으며 입을 열었다.

"재밌는 프로그램이라도 있니? 내 머릿속이 하얘지는 멋진 만남 같은 거 말이다."

세정이가 디저트로 나온 허니 케이크를 스푼으로 살살 건드리면서 웃었다.

"너 그거 감당할 수 있겠니? 그냥 시체 놀이하는 거야. 싱글이 그때 서울에서 웅크리고 있으면 더 춥고 옆구리 시리잖여."

"난 올해도 연말 연초를 산에서 보낼 거다."

"김삿갓도 나처럼 일정과 장소를 정해 놓고 다니니?"

"너는 어디로 가는데?"

"전주."

"거긴 왜?"

"나이가 같은 사촌이 거기 살아. 거기도 혼자 살거든."

"이유가 그뿐이야?"

"어."

나는 계속 이어지는 지혜의 질문에도 더 이상의 여행 목적은 밝히지 않았다. 그것을 밝히면 분위기가 정말 구질구질해질 것 같다는 생각이 들었기 때문이었다. 창밖은 완전히 어두워졌다. 용케도 비좁은 시야를 뚫고 둥근달이 떠올라 테이블 간 공간이 넉넉함에도 수런대는 손님들 때문에 어수선한 느낌을 주는 레스토랑 내부와 묘한 대조를 이루고 있었다. 그래. 일시적인 것, 사라지는 것, 변하는 것은 바라보지 말고 저 달처럼 영원무궁한 것들을 가슴에 담고 살아야 한다. 폐암이라는 병이 아무리 무섭더라도 내 수명이 다하면 사라지는 거 아니겠는가? 사랑! 말로 표현하기 힘든 감정도……. 나는 케이크를 입에 넣었지만 단맛을 느끼지 못했다.

"세정아, 얘 대답하는 거 봤지? 내가 아까 말 한대로 얘가 젤 위험하다니까? 아무래도 내년 송년회는 너랑 나랑, 단둘이 갖는 양자 회담이 될

비둘기 집

것 같다 야."

지혜가 캐모마일차를 입에 적시고 나서 세정이의 동의를 재촉하는 말
투로 내 답변 태도를 물고 늘어졌다.

"너, 비둘기 한번 가만히 살펴봐라. 여간해서는 날지 않을 것 같이 땅
바닥에서만 움직이다가 어느 순간이 되면 휘르륵 날아가 버리잖니? 선
영이 쟤가 딱 비둘기다. 구! 구! 구!"

세정이가 케이크를 먹다 말고 입으로 비둘기 흉내를 내면서 지혜의 말
에 맞장구를 쳤다.

"이제야 선영이가 원하는 재밌는 분위기가 만들어지는 거 같다. 야들
아. 아무리 봐도 싱글 트리오는 올해가 마지막이 될 것 같은데, 어때? 2
차로 노래방 갈까? 여긴 어째 좀 칙칙하다."

"너 또 마이크 독점하고 애모니 만남이니 하는 느려터지는 노래만 부
를려고?"

세정이 스푼으로 지혜를 겨냥하면서 웃었다. 지혜 말처럼 이곳 분위기
가 왠지 칙칙한데 못 이기는 척하고 따라나서 볼까? 세정이가 핀잔은 줬
지만 지혜 노래는 언제 들어도 좋으니까.

"이 김삿갓은 또 방랑을 떠나야 하느니라."

"세정이 너마저 비둘기가 되겠다는 거니?"

"나는 선영이 같은 비둘기가 아니고 다른 사람이 덮을 수도 바닥에 깔
수도 없는 하늘이라는 세상을 떠다니는 한 장의 구름일 뿐이다."

"뜬구름 잡는 말 늘어놓지 말고 노래방이 거시기하면 우리 분식집에
가서 라면이라도 먹고 헤어질까? 속이 니글니글해서 그런다."

"너는 아직도 초딩 입맛 못 버리니? 이제부터라도 니 고차원적인 사랑
노래 수준에 좀 맞춰 봐라."

나는 지혜의 제안에 핀잔을 주긴 했지만 색다른 분위기를 주는 분식집
에서 마무리를 하는 것도 좋을 것 같다는 생각이 들어서 세정의 눈치를
살폈다.

"우리 피트니스 센터 몸짱녀에게는 라면은 금기 식품이니라."

"남정네한테 퇴짜 맞는 것도 서러운데 니들까지도 그럴꺼니?"

"아이고. 우리 수간호사님이 골이 단단히 나셨구나? 응? 그 상처 받은 뇌를 내가 어떻게 케어해 줄까나?"

세정이가 칭얼대는 어린아이 달래는 말투로 지혜의 불만 섞인 말에 대답을 하고 나를 향해 싱긋 웃었다.

"노래방에서 사랑 노래 부르기는 틀린 것 같으니까 대신에 이 시린 가슴을 녹여 주는 사랑 시나 한 수 읊어봐라."

"그건 선영이가 전문일 것 같다 야. 그것도 영시(英詩)로 다가. 내가 살살 장단 맞춰 줄 테니까 분위기 있게 한번 불러 봐라."

"사랑도 못 해 본 주제에 읊을 수 있는 시인들 있겠냐? 세정아, 그러지 말고 우리 오늘 지혜 소원 좀 들어주자. 끝나고 라면 먹는 거 구경도 해 주고 말이야. 과부, 아니지, 늙은 처녀 심정을 우리 말고 누가 헤아려 주겠니?"

"얼씨구! 우리 선영이 잘한다!"

사랑도 못 했다. 정말 그랬을까? 그것은 사랑이 아니었을까? 그렇다면 그때, 그 순간은 뭐라고 표현해야 할까? 나는 지혜의 들뜬 반응을 무시하고 생각의 방향을 과거로 돌렸다.

"연년연거무궁거(年年年去無窮去)하고, 일일일래부진래(日日日來不盡來)라."

"아이고! 또 김삿갓 등장하셨네."

지혜가 내 팔뚝을 툭 치면서 웃음을 터트리자 나도 따라 웃으며 세정의 입을 바라봤다. 무슨 말이 이어질 것이 분명했기 때문이었다.

"선영이가 뒤로 빼니까 내가 대신 나서서 김삿갓의 시구절로 송년사를 대신해 본 거다."

"알쏭달쏭해서 무슨 말인지 모르겠다. 우리말로 쉽게 풀어 보거라."

나는 웃음기를 잃지 않은 채 세정을 바라봤다. 내게는 왜 저런 감성과 낭만이 없을까? 그래서 주 교장을 끝내 내친 것인가? 쓰고 있다는 에세이에 어떤 식으로든 내가 등장할 것 같은데, 과연 그 내용이 뭘까? 나는 세정이와 시선을 맞춘 채 침을 삼켰다.

"해마다 해는 가고 끝없이 가며, 날마다 날은 오고 끝없이 오네."

"더 어렵다."

"나보다 니들이 세상 보는 눈이 밝으니까 알아서 해석하거라."

세정이 지혜의 핀잔 섞인 말에 의미심장한 표정으로 대답을 한 다음에 누군가와 한참을 통화를 하고 나서 주섬주섬 옷을 챙기기 시작했다.

"너 정말 그냥 갈 거니?"

지혜가 말도 없이 나갈 준비를 하고 있는 세정이를 바라봤다.

"구름이 너무 오랫동안 한 곳에 머물러 있었던 것 같다."

"기집애. 너. 내년 어느 날 밤에 불쑥 찾아와서 와인 한잔하자고 징징대면 내가 훅 불어 버릴 거다."

"선영이 너도 그럴 거니?"

"그게 무서우면 지혜 소원 좀 들어주지?"

"그래? 그럼 노래방에 먼저들 가 있어라. 일 좀 보고 바로 뒤따라갈 테니까."

"입만 번지르르한 방랑하는 여우가 맞다니까."

지혜가 자신이 한 말과는 다르게 활짝 웃으며 두 주먹으로 테이블을 가볍게 두드렸다.

"비둘기야! 전주 여행 잘해! 거기가 맘에 든다고 둥지를 틀면 안 되고!"

지혜의 뒤를 이어서 세정이가 택시 창문을 내리고 웃으며 손을 흔들었다. 남산 방향에서 제법 강한 바람이 불어오고 있었다. 나는 몸을 웅송그리며 전철역을 향해 발걸음을 재촉했다. 그러면서도 세정이가 나를 향해 날린 '둥지'라는 단어를 떠올렸다. 둥지에 혼자 사는 새도 있던가? 없는 것 같다. 하물며 새도 그러한데 나는, 우리 셋은, 여태 둥지를 틀지 못하고, 아니, 안 하고? 이 겨울을 또 나야 한다. 그것도 나는 병마와 싸우면서 보낼지도 모른다. 세정이도 그렇고 지혜마저 내가 가장 위험하다고 했는데 나의 어떤 모습을 보고 그런 말들을 했을까? 또 세정이가 헤어지는 순간에 그 단어를 그냥 우스갯소리로 날렸을까? 도둑이 제발 저리다는 말을 내가 지혜한테 했는데 정작 나를 두고 한 말은 아니었을까? 아! 머리가 복잡해진다. 차라리, 차라리, 여행을 포기해 버릴까? 나는 바람을 정면으로 맞으며 어두운 도시 하늘을 한동안 바라봤다.

* * *

"우리 루시아는 이번 성탄 미사에서 뭘 기원했지?"

큰오빠가 맞은편에 앉아 있는 나를 보며 활짝 웃었다.

"특별한 게 없는데?"

"거짓말."

엄마 옆에 앉아서 반찬 시중을 들던 올케가 역시 웃음 띤 얼굴로 나를 바라봤다.

"어떻게 그렇게 잘 알아요?"

"내가 늘 말하잖아요? 비밀 소원을 가슴에 품고 삽니다라는 표정을 아가씨 얼굴에 달고 산다고요."

"은주도 다 커서 일을 하고 있으니까 이참에 아예 본격적으로 나서는 게 어때요?"

"뭘요?"

"왜 있잖아요? 방석 깔고 앉아서 사람 맞이 하는 거요."

"엄마 그거 참 좋겠다. 고모 말 들어. 신당이라고 하나? 그거하고 울긋불긋한 옷은 내가 챙겨 줄게."

은주가 밥을 먹다 말고 손뼉을 치며 웃었다. 나는 그런 은주를 바라보며 잠시 생각에 잠겼다. 올케한테 핀잔을 주긴 했지만 가슴은 뜨끔했기 때문이었다. 올케가 과연 그런 내 표정을 읽었을까? 아니면 단순히 넘겨짚은 것인가? 나는 오늘 같은 성탄일 저녁뿐만 아니라 수시로 엄마가 계시는 큰오빠 집에 오고 있는데 어느 순간부터 점점 부담스러워지기 시작했다. 몇 년간 뜸했던 내 결혼 이야기가 올해 들어서부터 식구들 입에서 또 오르내리기 시작한 탓이다.

"에이. 나는 또 뭐라고. 나는 요. 다른 사람은 못 보고 오직 아가씨만 볼 수 있어요."

이번에는 올케가 엄마 숟갈에 생선 살을 올려 주느라 나를 쳐다보지도 않고 응수를 했다.

"말 나온 김에 내 가슴속에 또아리를 틀고 있는 게 뭔지 맞춰나 봐요."

"알고 있지만 말 안 할게요."

"왜요?"

"아가씨만이 간직하고 있는 비밀을 남이 공개하면 안되잖아요?"

"사이비 점쟁이."

"아닌데?"

"……."

"야. 저 밑에서 푸줏간 하는 집 딸 연자 알지? 갸가 얼마 전에 팔자를 고쳤다더라."

엄마가 올케가 챙겨 준 밥 한 숟갈을 힘들게 넘기고 나서 나를 바라봤다. 올해를 넘기면 엄마도 구십을 맞이하는 건가? 술꾼 아버지를 만나 온갖 풍상을 겪었음에도 아직도 늙은 딸의 결혼을 원하고 있다.

"어머니 걔는 재혼이잖아요. 선영이하고는 경우가 달라요."

큰오빠가 엄마 손등에 떨어진 반찬 부스러기를 손으로 집으며 부드러운 말투로 엄마의 말을 받았다. 저 오빠, 주 교장과 같은 듯 다른 듯하면서 모두를 편안하게 해 준다. 흔한 말로 일등 신랑감이다. 과연 우리 오빠 같은 사람이 내 앞에 나타났다면 엄마 말대로 나도 팔자를 고쳤을까? 나는 또 비둘기를 떠올리며 생각에 잠겼다.

"재혼이든 삼혼이든 뭐가 문제냐. 마음이 맞는 사람이 있으면 합치면 그만이지. 에미 너도 변죽만 울리지 말고 서둘러 봐라. 쟈가 하루가 다르게 늙어 가는 거 안 보이냐?"

"네, 어머니."

"우리 고모가 면사포를 쓰면 이쁘기는 하겠지만 나는 쓸쓸하겠다."

은주가 이번에는 웃지 않고 나를 바라봤다. 가만있자. 쟤가 해를 넘기면 서른넷인가? 다섯인가?

"고모가 시집가는데 니가 왜 쓸쓸해?"

"롤 모델이 사라지잖여."

"롤빵 굴러가는 소리 하고 계시네. 너라도 앞차 굴러가라고 얼른 밀어 붙여."

"아이고. 내가 이래서 독립을 하고 싶다니까."

"그나저나. 선영이 너 이번 연말에 특별한 계획이라도 있니?"

큰오빠가 모녀간에 벌어지고 있는 설전을 끊고 내 연말 일정을 물었다. 거절하기 어려운 계획을 내놓으면 어쩌지? 나는 숟갈을 내려놓고 오빠를 바라봤다.

"있긴 있는데, 왜?"

"어머니 모시고 온천에 다녀올까 해서. 갈수록 추위를 더 타시는 것 같다."

"일본으로?"

"거긴 너무 멀고, 누가 콘도 회원권을 빌려줘서 수안보로 가 보려고 한다."

"이번에는 힘들겠는데?"

나는 큰오빠의 눈을 바라보며 동행이 어렵다는 것을 선언하듯이 밝혔다. 며칠 전 싱글 모임에서 잠깐 흔들렸던 여행 계획을 간신히 다 잡았는데 또 머뭇거릴 수는 없다. 그 순간에 기침이 또 터져 나왔다. 그래, 그 폐암 의심이라는 복병도 있구나. 그걸 잠시 잊고 있었구나, 그래도 나는 가야 한다. 나는 칼칼해진 목을 물로 달래고 입술을 깨물었다.

"은주 아빠, 아가씨 너무 채근하지 마세요. 딱 보니 어머니가 당부하신 거와 관련이 있는 것 같은데요 뭘."

"그게 뭔데?"

"팔자."

"정말 당신 눈에 뭐가 보이긴 보여?"

"아가씨 것만 보인다니까요?"

"아무래도 올케를 내 전담 미래 상담가로 모셔야겠네요. 암튼 이번에 는 일정이 있어서 어렵고 해 넘기고 나서 내가 주선 한번 할게."

나는 실망한 표정이 얼굴에 역력한 큰오빠의 시선을 피하기 위해 숟갈 을 다시 집어 들었다.

"너도 여행 계획이 있는 거니?"

"어."

"가기 전에 병원부터 가 봐라. 나이 들어서 감기 오래가면 병 된다."

"알았어. 오빠."

"고모. 오늘 자고 갈 거지?"

"아냐. 내 방에서 좀 쉬었다 갈거야."

"그럼 얼른 밥 먹고 들어가. 꾸물거리다가는 계속 구질구질한 말만 들 어요."

은주가 내 팔뚝을 살살 잡아 흔들며 애교를 부렸다. 쟤도 저번 싱글 모 임에서 나왔던 구질구질하다는 말을 쓰네? 하지만 이 자리는 그런 표현 이 어울리지 않는다. 뭐랄까? 세정이가 헤어질 때 내게 날린 둥지? 그런 느낌이 든다. 하지만 나는 혼자다. 지금까지 그랬다. 앞으로도 그래야 한다. 그렇지만 왜 이렇게 가슴이 두근거리고 머리가 복잡한 것일까?

"좀 있다 설거지만 거들고 들어가자."

"아냐. 고모는 감기 걸렸으니까 먼저 들어가서 쉬어. 내가 거들고 바로 들어갈거니까."

은주가 원하는 대로 물로 입안을 헹구고 자리에서 일어나는 순간에 올 케의 웃음 섞인 말이 날아왔다.

"아가씨! 나는 다 보이니까 어려운 일 생기면 상의해요."

부모님의 결혼 독촉을 피하기 위해 오래 전에 비운 방이건만 아직도 내 체취가 남아 있는 것 같아서 코를 킁킁거렸다. 시기별 졸업 사진들과 탈색된 성화 몇 점이 걸려 있는 빛바랜 벽면, 그리고 책상 위에 다소곳이 모셔져 있는 마리아상. 나는 합장 기도를 한 다음에 침대에 털썩 누워 버렸다. 피로가 몰려왔다. 기침도 더 자주 나와서 벽 쪽으로 돌아누워 방금 전 저녁 식사 자리에서 올케가 했던 말들을 곱씹기 시작했다. 정말 올케는 내 속을 들여다보고 있을까? 그렇다면 다른 사람은? 며칠 전 싱글 모임에서 내가 가장 위험하다는 지혜와 세정의 말이 떠올랐다. 걔들은 그렇다 치고 주 교장은 어떨까? 그런 질문이 몰려오자 갑자기 얼굴이 화끈거리기 시작해서 이불로 얼굴을 감싸고 기침을 참고 있는데 문 여는 소리가 들렸다.

"고모 울어?"

"아닌데?"

"근데 왜 이불로 얼굴을 싸매고 있어?"

"그냥."

"실없긴."

은주가 내 옆구리에 머리를 얹고 가로로 누운 채 한동안 말이 없었다.

"아프다."

"어디로 여행 가는데?"

은주가 옆구리가 아프다는 내 말은 듣지 않고 그대로 누운 채 물었다.

"알려주면 저번처럼 따라가겠다고 징징대려고?"

"안 할테니까 알려 줘."

"전주 갈 거야."

"거긴 왜?"

"내 이종 사촌 알지? 거기."

"서울에 사셨잖아?"

"다시 내려간 지가 일 년 넘었어."

"그래? 원싱하고 돌싱이 만나면 무슨 이야기를 나눌까?"

은주가 내 옆구리에 얹은 머리를 좌우로 흔들면서 웃음을 터트리자 아픔을 더 견딜 수가 없었다. 나는 은주를 밀어내고 벽면에 등을 기대고 앉은 채 은주를 바라봤다. 삼십을 훌쩍 넘긴 미혼의 조카. 아직 젊지만 세월의 그림자가 얼굴에 살짝 드리워져 있다. 세월. 나를 무던히도 흔들어온, 흔들고 있는, 태풍. 그것이 저 애만큼은 비껴가야 할 텐데. 나는 마른 침을 삼키며 어떤 식으로 말을 꺼내야 할지 머뭇거렸다. 꼭 해 주고 싶은 말이 있기 때문이었다.

"다른 사람 있는 데서는 내가 롤 모델이라는 말하지 마."

"왜?"

"엄마 말 못 들었니?"

"쿡! 내가 뭐 어린애인가? 암튼 내년에는 반드시 독립을 하고 말 거야."

"얻는 것이 분명 있지만 그 반대도 많아. 고모가 아니라 선배로서 하는 말인데 얻는 쪽으로 일단 방향을 잡는 게 맞을 거 같다. 일단 하나를 얻고 나면 그게 뿌리가 되어서 줄기를 키우고 결국에는 열매까지 열게 하거든."

나는 은주가 독립 의지를 밝히는 말에 반응을 하지 않고 해주고 싶은 말을 돌려서 하고 은주의 반응을 살폈다.

"결혼하라는 말?"

"분명 니 맘에 들뿐더러 너를 좋아하는 사람이 나타날 거야. 기회가 항상 있는 것도 아니고."

"고모는 불행했어? 지금까지도?"

은주가 내 충고에 직접 반응을 하지 않고 말을 돌렸다.

"최소한 행복과는 거리가 있었어. 지금도 그렇고. 그래서 앞으로는……"

"앞으로는 뭐?"

내가 말끝을 흐리자 은주가 바짝 다가와서 내 얼굴을 살폈다. 쟤마저도 내 속 마음을 읽으면 안 되는데.

"미래도 현실이라고는 하지만 그래도 안개 같은 거잖아. 너는 늙어서 나처럼 안갯속을 헤매지 않았으면 좋겠다."

"그렇게 힘들면 할머니 말씀대로 지금이라도 팔자 고쳐. 골드 미스가 뭘 망설여?"

은주가 이번에는 내 머리를 양손으로 잡고 흔들며 웃음을 터트렸다.

"그럴까?"

나는 그 순간에 또 주 교장의 얼굴을 떠올렸다. 그래, 그것이 안개를 걷어내는 가장 쉽고도 확실한 방법이 될 수도 있다. 하지만, 망가진 것 같은 내 폐, 그리고, 그리고…… 나는 은주 손에 내 손을 얹은 채 천장을 바라봤다.

"고모?"

"왜?"

"사랑이 뭘까?"

은주가 내 머리에서 손을 떼고 나서 천장을 향해 침대에 벌렁 누운 채 독백을 하듯 물었다.

"남녀 간의 사랑"

"응."

"고모가 고등학교 다닐 때 철학을 전공하신 분이 교생 선생님으로 오셔서 질문을 받는데 철학이 무엇인지에 대해서만은 묻지 말라고 하시더라."

"지금 고모가 그 교생 흉내를 내시겠다고? 평생을 교단에서 분필 가루를 톤으로 마신 우리 교감 선생님께서?"

"너는 선생님 아니니? 그것도 아이들에게 늘 사랑을 듬뿍 주어야 하는 초등교사니까 니가 먼저 말해 봐."

"글쎄, 어떤 사람을, 나한테는 남자겠지? 지극히 아끼고 소중하게 생각하는 마음이라는 사전적인 정의는 내릴 수가 있겠는데 그 이상의 뭔가가 더 있을 것 같아. 또 그런 고귀한 감정이 결혼이라는 인간이 만든 제도와 잘 맞는지도 의심스럽고. 고모? 사람들이 사랑하기 때문에 결혼을 하는 걸까? 아니면 그걸 하기 위해 사랑을 동원하는 걸까?"

은주가 여전히 천장만을 바라본 채 자신이 생각하는 사랑이 뭔지에 대해 대답을 하고 나서 고개를 돌려 나를 바라봤다.

"나도 잘 모르겠다. 그래서 결혼을 망설이고 있니? 롤 모델이라는 바람막이를 쳐 놓고?"

"갈수록 생각이 많아져. 이상적인 것들과 현실적인 것들이 막 뒤섞이니까 머리만 복잡해지고. ……. 하나님이 남녀를 구분하지 않으시고 그냥 한 종류의 인간만 창조하셨으면 얼마나 좋을까?"

"그러면 종족 보존이 불가능하잖아."

"하나님 보고 계속 만들어 달라고 하면 되지?"

은주가 웃음을 터트리고 나서 이번에는 내 허벅지에 머리를 얹고 다시 누웠다.

"만만치가 않아. 혼자 산다는 거 말이야. 나이가 들수록 더 그래."

"고모는 뭘 의지하면서 살아오고 있어? 마리아님 빼고. 역시 사랑?"

내 가슴이 철렁 내려앉는 느낌이 들 정도로 은주의 질문이 깊숙이 들어왔다. 쟤 물음대로 과연 난 무엇으로 내 삶의 지팡이를 삼았을까? 짧은 순간에 많은 것들이 내 머릿속을 스쳐 갔다. 그중에서 족집게로 뽑고 싶은 것이 하나 있었다. 하지만 나는 망설였다. 그것이 정말 맞을까 하는 의문이 들었다. 그만큼 긴 세월이 흘렀다는 생각 때문이었다. 나는 세월이라는 단어를 더 붙잡고 늘어졌다. 그래, 난, 세월이라는 지팡이로 인생이라는 다리를 더듬더듬 두드리며 건너고 있다. 어떻게 보면 참 단순한 삶이다. 앞으로도 이렇게 살아가야 하는데 지금, 요즘, 나는 왜 이렇게 흔들릴까? 나는 은주의 기다란 머릿결을 손으로 매만지면서 생각과는 다른 대답을 했다.

"아니? 나와 너?"

"피. 재미없다. 고모, 그러지 말고 고모가 생각하는 사랑이 뭔지 말 좀 해 봐."

"사랑이 어떤 감정인지 정의를 내리는 것보다 중요한 것은 그것의 실천 아니겠니?"

"사전적인 의미의 진정한 사랑이 싹트면 실천은 저절로 따라오지 않을까?"

"남녀 간에는 그것도 유효기간이 있다고 하잖아. 그래서 에리히 프롬은 약속, 그러니까 맹세를 해야 한다고 말을 한 것 같다."

"사랑은 약속이고 맹세다?"

내가 던진 약속이라는 말이 은주의 입을 통해 되돌아오자 순간적으로 전율을 느꼈다. 갑자기 가슴이 콩닥콩닥 뛰기 시작했다. 끈질기게 올라오던 기침기도 갑자기 사라지고 온몸에서 열감이 느껴지기 시작했다. 급기야 나는 은주를 내 몸에서 밀어내고 두 손으로 내 머리를 움켜쥐었다.

"고모 왜 이래? 많이 아파?"

"아냐. 괜찮아. 지금 몇 시니? 더 늦기 전에 가야겠다. 그전에 물 좀 가져올래?"

"힘들면 자고 가. 절간보다 이 방이 더 조용할걸?"

물을 벌컥벌컥 마시는 나를 보며 은주가 자고 갈 것을 권했다. 쟤 말대로 자고 갈까? 시간도 늦었는데. 하지만 나는 고개를 가로저었다. 다른 때와는 달리 시간이 갈수록 내 방이 낯설게 느껴졌기 때문이었다. 하지만 절간 운운하는 말을 들으면서 떠올렸던 것은 은주에게 전해 주고 일어나고 싶었다.

"숭산스님이라는 고승이 내린 사랑의 정의를 전해 줄까?"

"루시아님이 생뚱맞게 웬 스님?"

"그 스님이 하버드대학에서 특강, 그러니까 설법을 하시는 중에 한 미국 여학생으로부터 What is love?라는 질문을 받았대. 그러자 스님이 I ask you, What is love?라고 되받았대. 역질문을 받은 그 여학생이 아무런 대답을 하지 못하자 스님이 말씀을 이렇게 이어 갔대. You ask me, I ask you. This is love라고 말이야. 어때? 숭산 스님이 내린 사랑의 정의를 이해할 수 있겠니?"

"알쏭달쏭."

"은주 너, 이거 겨울방학 숙제다. 학생들만 숙제 하라는 법 없다. 그리고, 아까 니가 사랑의 정의를 내일 때 그 이상의 뭔가가 더 있는 것 같다고 말했지? 그것이 무엇인지 설명하는 거 포함이다."

"하여튼 한 번 꼰대는 영원한 꼰대야."

"그나저나 너도 내 속이 보이니?"

흐트러진 머리를 매만지고 침대에서 내려와서 은주의 볼을 살짝 꼬집으며 질문을 던졌다.

"그럼, 엄마 딸인데."

"뭐가 보이는데?"

"사랑."

아파트 엘리베이터를 타기전에 우편함을 열어 보니 뜻밖에도 주 교장의 편지가 눈에 띄였다. 특유의 달필로 겉봉을 쓴 걸로 보아서 손 편지임에 분명했다. 뜯어 볼까? 말까? 거실 소파에 앉아 잠깐 망설이다 여행을 다녀와서 읽어 보기로 결정을 하고 테이블에 올려놓았다. 동네 공원에 눈이 내리고 있었다. 나는 베란다에 서서 화이트 크리스마스 풍경을 감상하면서 내 방을 나설 때 은주가 망설임 없이 대답한 사랑, 그리고, 내가 꺼낸 약속과 맹세라는 단어를 떠올렸다. 그러면서 그것들이 오늘 밤 꿈속에 나타나면 어떻게 맞이해야 하나 하는 생각이 들자 또 가슴이 두근거리기 시작했다.

*　*　*

동네 공원의 빈터를 엄청난 비둘기 떼가 차지하고 있다. 은주와 나는 벤치에 앉아 모이를 주고 있는데 어찌된 일인지 은주 앞으로만 비둘기들이 모여든다. 내가 던져 주는 모이에는 전혀 관심이 없다. 나는 애가 타서 은주와 자리를 바꿔 앉아도 상황은 변함이 없다. 화가 난 나는 자리에서 일어나 비둘기들을 쫓아내려고 하는데 오히려 비둘기들은 낮게 날면서 나를 공격해 온다. 나는 겁에 질려 은주에게 도와줄 것을 요청하지만 웃고만 있을 뿐 자리에서 일어나지 않는다. 그 순간에 비둘기 떼가 갑자기 검은 옷에 검은 복면을 한 사람으로 변한다. 나는 놀라서 두 팔을 흔들며 고함을 내지른다.

몇 시나 됐을까? 침대 머리맡에 둔 휴대폰을 더듬더듬 집어 들었다. 새벽 네 시가 조금 넘었다. 나는 이마에 돋은 땀을 손바닥으로 닦아 내면서 방금 전에 꾼 꿈을 해몽하기 시작했다. 비둘기가 꿈에 나타난 것은 이해하겠다. 내 꿈의 단골손님이니까. 하지만 은주와 먹이 주는 다툼을 한 것, 비둘기들이 나를 공격하는 데 은주가 웃고만 있는 것은 나의 어떤 심리가 드러난 것일까? 그리고 그 검은 옷을 입은 사람은? 혹시? 나는 아득히 멀어진 기억으로의 여행을 이 새벽에 떠나는 것이 싫어서 어두운 천장만 응시하기 시작했다. 그래도 어젯밤에 걱정 아닌 걱정을 했던 사랑과 맹세를 직접적으로 연상시키는 꿈은 꾸지 않았구나. 벽 쪽으로 돌아누우면서 은주와 나눴던 대화를 떠올렸다.

나이를 들면 들수록 내 자신과 직면하는 것을 두려워하지 않아야 하는데 오히려 갈수록 그것을 회피하면서 구석으로 숨으려고만 한다. 왜 그럴까? 내가 무엇 때문에 이렇게 나약해졌을까? 그 검은 모습의 기억 때문에? 아니면 폐암을 의심케 하는 잦은 기침 때문에? 이 둘이 합쳐진 탓이라고 보는 것이 맞겠다. 나는 땀이 식은 이마를 매만지면서 기침을 참기 위해 심호흡을 계속했다. 그러면서 최근의 내 행적을 더듬다 보니 주 교장의 얼굴이 자연스럽게 떠올랐다. 편지에 뭐라고 썼을까? 갑자기 궁금증이 몰려왔다. 침대에서 벌떡 일어나 거실로 나가서 불을 켰다. 주 교장의 편지는 테이블에 그대로 놓여 있었다. 조심스럽게 봉투를 열려고 하는 순간에 꿈에서 느꼈던 두려움과 비슷한 감정이 몰려왔다. 편지봉투를 테이블에 던져 버리고 두 손으로 얼굴을 감싼 채 소파에 벌렁 누워 버렸다. 어디선가 벌레 소리가 들려오고 있었다. 이 겨울에 무슨 벌레? 호기심이 발동하여 자리에서 일어나 이곳저곳을 살피기 시작했다. 하지만 벌레는 찾을 수가 없었다. 벌레 소리는 어느새 비둘기 울음으로 변하기 시작했다. 그 비둘기 떼! 베란다로 급히 나가서 약한 불빛만 반짝이는 동네 공원을 바라봤다. 역시 아무것도 없었다. 창문을 열고 심호흡을 하면서 서너 번 찬 기운을 들이마시자 폐부를 바늘로 찌르는 듯한 느낌이 전해졌다. 이 폐, 망가졌을지도 모르는 내 왼쪽 폐, 그보다 더 멍들고 멍들어서 시퍼레졌을 것 같은 내 가슴. 나도 모르게 터져 나오는 신음 소리를 급히 손으로 막았다. 시간이 지날수록 찬바람이 내 몸 전체를 찔러 왔다. 거실로 돌아와서 티브이를 켜고 리모컨으로 채널을 검색하기 시작했다. 오래전에 봤던 영화가 눈에 띄었다. 정말 아무런 생각 없이, 아니, 몰려오는 상념들을 의식적으로 몰아내면서 영화에 집중하려고 했다. 얼마나 시간이 흘렀을까? 영화가 엔딩을 향해 달려가고 있는 순간에 휴대폰이 울렸다.

"김삿갓도 방랑 중에 핸폰을 하니?"

"그럼, 화장실도 가는데?"

날이 새려면 아직도 시간이 한참 남은 시간에 생각지도 않았던 세정의 웃음소리를 듣자 정신이 번쩍 들었다. 나는 영화 마지막 장면을 건성으로 보고 나서 티브이를 꺼 버렸다.

"어딘데?"

"어디게?"

"보나 마나 어디 산골짝이겠지."

"화상 통화도 아닌데 귀신이네. 운장산 입구야."

"운장산? 어디에 있는 산인데?"

"전라북도 진안."

"그렇구나. 보나마나 구름 운자가 들어간 산 이름이 맞을 것 같은데, 구름 타고 두둥실 산을 넘을 생각을 하지 않고 이 새벽에 어렵게 청한 늙은이 잠까지 깨우는 전화를 다 하고 그러니?"

나는 농담조로 질문을 날리고 세정의 반응을 기다렸다. 이런 시간대에, 그것도 새벽 등산을 시작하기 전에 전화를 한 것은 분명 어떤 이유나 목적이 있을 것이라는 생각이 들었기 때문이었다.

"영어 선생이 한문 실력도 빤하구나. 그렇지 않아도 청운과 백운으로 연결된 케이블카를 타려고 하는데 일행 중에 굼벵이가 하나 있어서 잠깐 짬을 냈다."

"그러셨어요? 아유! 감동이다."

나는 마른침을 삼키며 세정의 대답을 기다렸다.

"시인의 미션은 감동이니라. 그건 그렇고, 너도 연말에 전주 간다고 안 했니?"

"했지."

"그럼 지금 전주야?"

"아니야. 낼 모레쯤 갈려고."

"그럼 잘 됐다 야."

"뭐가?"

"니 언니가 운장산을 넘어 덕유산까지 구름 등산을 한 다음에 전주에 들러서 널 만나고 싶은데 괜찮겠니?"

"왜?"

"기집애 말뽄새 하고는. 너도 보고. 그 뭣이냐. 한옥마을이야 비빔밥이야 막걸리야 갈 곳도 먹을 곳도 많은 곳이잖니. 돈도 니가 다 낼 것이니까 꿩 먹고 알 먹기지 뭐."

세정이 크게 웃는 소리가 내 귓속까지 파고들었다. 나는 뜻밖의 만남 제안에 어떤 대답을 해 줘야 할지 망설였다.

"글쎄다. 당일치기로 끝날 수도 있으니까 나중에 시간 맞춰 보자."

"선영아."

"응. 말해 봐."

"사실은 말이야. 전에는 안 그랬는데 말이야. 저번에 지혜 손길을 뿌리치고 일차로 끝을 내니까 영 마음이 편치 않더라. 너 하고 일대일로만 만난 적도 오래된 것 같기도 해서 데이트 신청을 하는 거다. 나이를 먹어 갈수록 명절이나 연말 같은 때에 왜 이렇게 혼자 있기 힘들어지는지 모르겠다. 아무래도 이 김삿갓 방랑을 끝낼 때가 된 것 같다 야."

"정작 위험한 애는 너였구나."

"나뿐만 아니라 너도 지혜도 다 위험해."

"아무래도 내년 송년회는 나 홀로 열어야 할 것 같다."

"아닐걸?"

"아직도 그 굼벵이님 도착 안했니?"

"암튼 전주에서 너를 꼭 보고 싶다. 가슴속에 두고 있었던 말들도 풀어 놓고 말이야."

세정이가 내 물음에는 대답을 하지 않고 느닷없이 속에 두고 있었던 말을 꺼내고 싶다는 말에 깜짝 놀랐다. 내가 뭐라고 대답을 해 줘야 할까?

"전에는 숨기고 있었구나?"

"기집애 말꼬리 잡고 늘어지기는."

"그래. 그때 상황을 좀 보자."

"그리고 말이야. 내년 2월에 만나는 일정을 땡겨서 지혜가 가 있을 거라는 제주도에서 연초에 가지면 안 될까? 위험한 애들끼리 서울보다 먼저 봄바람을 맞아 보자꾸나."

"생각해 볼게."

"선영아! 지금 내 눈앞에 뭐가 보이게?"

"구름."

"월백 설백 천지백(月白 雪白 天地白). 아! 내 마음도 언제나 저렇게 하얘지려나?"

"핑크빛이 어느 세월에 백색으로 변하겠니?"

"웬 핑크빛?"

"위험하다며?"

"기집애 돌려치기는. 내가 말한 굼벵이 저기 오고 있다. 전주에서 우리 꼭 만나자!"

"애, 나도 하나 물어보자."

세정에게 등산 조심해서 잘 하라는 인사를 하고 전화를 끊으려는 순간에 문득 궁금한 것이 떠올랐다.

"뭔데?"

"니 눈에도 내 속이 보이니?"

"그럼, 너는 일종의 밴댕이야."

"주로 뭐가 보이니?"

"전주에서 만나면 알려 줄게."

세정이도 내 속을 들여다 볼 수 있다는 말은 과연 진심일까? 왜 이렇게 다른 사람이 나를 어떻게 보이는지에 대해 관심이 많아졌을까? 나이가 들수록 반대가 되어야 하는데. 그나저나 세정이 재도 겉으로는 강한 척, 유유자적하는 척 해 왔지만 속은 그렇지 않았구나. 어쩜 걔 말대로 우리 셋 모두 위험한 시기를 맞아 살얼음판을 걷고 있는지도 모르겠다. 이 겨울, 이제 시작인데 견디기가 힘들다. 세정이가 아까 말한 제주에서 맞자는 그 봄바람, 비유적으로 표현한 것이 분명한데, 과연 나도 그 봄바람이라는 것을 맞이할 수 있을까? 세정이와 통화를 마친 다음에 다시 베란다에 서서 또다시 상념에 젖어 들었다. 시간은 여섯 시가 훌쩍 넘었는데도 밖은 아직 캄캄했다. 새벽이 가장 어둡다라는 말이 있는데, 내가 지금 그쯤에 서 있는 것일까? 그걸 알기 위해서는 망설이고 또 망설였던 전주 여행을 떠나야 한다. 더 이상 머뭇거리다가는 영영 밝은 해를 맞이하지 못한 채 어둠 속에서 가슴앓이만 하면서 살아가야 할지도 모른다. 그래, 이제는 떠나는 거다. 전주로. 나는 공원을 바라보면서 입술을 지그시 깨물었다.

＊　＊　＊

　창밖은 온통 눈으로 덮여 있었다. 삼십오 년 전에 기록했던 기상 관측 이래 최대 적설량을 깬 폭설이 내렸다고 했다. 삼십오 년. 긴 시간이다. 그래도 내가 가슴앓이를 했던 세월에는 미치지 못한다. 나를 그렇게 만든 진원지인 전주라는 곳을 향해 KTX 열차는 서서히 움직이고 있었다. 소요 시간은 한 시간 오십 분이라고 했다. 그때보다 반 이상이 단축되었구나, 사십 년 전에 내가 남기고 온 삶의 흔적을 찾아가는데 두 시간이 채 안 걸린다니. 그렇게 가까운 거리에 있음에도 한 번도 찾지 못했다니. 나는 터져 나오는 기침을 장갑을 낀 손으로 막으며 하얗게 변한 도시 풍경을 망연히 바라봤다.
　"출발했니?"

"방금 전에."

"역에서 만나자."

"고맙다."

이종사촌이자 동갑내기인 순주와의 통화가 끝나자 비로소 여행을 간다는 기분이 들기 시작했다. 하지만, 그렇게 고민과 망설임을 거듭한 끝에 떠나는 여행이었지만 이상하리만큼 들뜨지도 떨리지도 않았다. 그냥 뭐랄까? 담담하기만 했다. 그래, 뭐든지 일단 실행에 옮기면 마음이 차분해지는 거다. 인간의 심리는 대개 그렇게 되어 있는 거야. 열차가 서울을 벗어날 무렵부터 나는 머리를 좌석 시트에 편안하게 기댄 채 과거로의 회상 여행을 떠나기 시작했다.

"이거 드시고 하세요."

"네?"

수업이 끝난 교실에서 한 학생으로부터 질문을 받고 있는데 그가 불쑥 군만두 한 개를 내게 디밀었다. 나는 왼손으로 책을 들고 있었고 오른손으로는 연필로 뭔가를 쓰고 있었기 때문에 그걸 받기가 곤란함을 느꼈다. 더구나 만두를 권하는 남학생과는 사적으로는 대화를 한 번도 나눈 적이 없었기에 쑥스럽기도 했다.

"아~~~"

그가 나를 향해 입을 벌리라는 소리를 냈다. 엉겁결에 그의 말을 따르자 이내 군만두가 내 입에 들어왔다. 나는 그걸 씹을 겨를도 없이 그의 눈을 바라봤다. 그 순간, 그동안 한 번도 보지 못했던 맑은 눈이 내 눈으로 들어왔다. 말 그대로 한 점 티끌도 없는 맑은 호수 같은 눈이었다. 나는 바닥에 주저앉고 싶을 정도의 강렬한 느낌을 받았다. 나는 그렇게 만두를 입에 문 채로 그를 바라보고만 있었다. 비록 짧은 순간이었지만 나를 마비시키기에 충분한 시간이었다.

"기름기가 많아서 꼭꼭 씹어야 해요. 이건 끝나신 다음에 재와 함께 드시고요."

"......."

나는 고갯짓과 눈으로 인사를 대신한 후에도 그가 교실을 빠져나가는 순간까지 그에게 시선을 빼앗기고 있었다. 그렇게 그와의 인연이 시작되었다. 1983년 12월 하순 어느 날이었다.

그 당시에 나는 휴학생 신분이었다. 그해 서울에 위치한 모 대학교 사범대학 영어교육과에 입학을 했지만 학교생활에 적응을 하지 못했다. 가장 큰 이유는 나날이 심해지는 부모님의 불화였다. 좀 더 자세히 말하자면, 아버지의 술과 외도로 집안이 조용할 날이 없었다. 날이 갈수록 견디기가 힘들었다. 신체적인 성숙이 또래보다 더뎠던 나는 그즈음에서야 사춘기도 찾아왔던 것 같다. 2학기가 시작되자 엉망이라는 표현이 적합할 정도로 내 생활이 헝클어져 있었다. 급기야 우울증 비슷한 불안 증상까지 찾아왔다. 제대로 먹지 못하고 거의 매일 밤마다 잠을 설치다 보니 체중이 가파르게 줄기 시작했다. 나는 아직 어린 나이였지만 결단을 내렸다. 적성에 맞고, 전에보다 커트라인이 더 높은 학과를 도전하겠다는 핑계를 대면서 휴학을 결심했다. 그런 다음에 자주 편지를 주고받아서 더 친해져 있는 순주가 사는 곳인 전주로 향할 계획을 세워 놓고 있었다. 그렇게 전주에 내려온 나는 마음의 안정을 찾을 수가 있었다. 체중도 더 이상 줄지 않았고 불규칙했던 생리도 안정적으로 찾아오기 시작했다.

"루시아 님, 학생들 한번 가르쳐 보시겠어요?"

순주와 내가 다니던 성당의 주임 신부님이 어느 날 내게 물었다.

"네? 무슨 말씀인지."

"영어 담당 선생님이 피치 못할 일로 당분간 못 나오실 것 같아서 이렇게 부탁을 드리는 겁니다."

"하지만 저는."

"중학교 수준에 맞춰서 가르치니까 루시아 님도 충분히 하실 수 있어요."

그렇게 나는 성당에서 운영하는 야학교에서 영어뿐만 아니라 틈틈이 기초 한자까지 가르치게 되었다.

그 시기에 그 사람을 만나게 된 것이다. 나이는 나보다 한 살이 더 많았다. 야학을 하는 학생(주로 십 대 여공)들보다는 서너 살을 더 먹은 만학도(?)였지만 그거에 개의치 않고 꼬박꼬박 학교에 나왔고 수업 태도도 좋은 편이었다. 그의 직업은 중국집 배달부였다. 그래서 가끔 군만두를 학교로 가져왔는데 그날도 그렇게 그걸 얻어먹게 된 것이다. 아까 말한 대로, 그동안 그와 사적인 대화가 없었고, 늘 맨 뒷자리에 앉아 수업을 듣다가 끝나면 말없이 뒷문으로 나갔기 때문에 가까이에서 그와 눈을 맞출 기회가 없었다. 하지만, 단 한 번의 직접적인 눈 맞춤으로 나는 그의 포로가 되어 버린 것이다.

그의 최종 학력은 '중퇴'였다. 직업은 아까 말한 중국집 배달부. 그 집에 마련된 숙소에서 여러 명이 함께 먹고 잔다고 했다. 비록 휴학생이었지만 나는 어엿한 서울 명문대 영어교육과 학생. 차이가 나도 너무 많이 나는 관계였다. 그의 처지에서 본다면 나는 감히 쳐다볼 수 없는 나무 같은 존재였을 것이다. 하지만 나는 그것에 구애받지 않았다. 그만큼 그 당시에 내가 때가 묻어 있지 않은 문학소녀의 티를 벗어나지 못하고 있었다고 볼 수도 있었겠지만 그것만으로는 설명이 부족했다. 이른바 '스펙'이라는 것만 제외하면, 그는 신체적으로나 사람 됨됨이나 모두 말 그대로 군계일학이었다. 내 눈에 콩깍지가 씌어서 그렇게 보였던 것은 절대로 아니었다. 순주조차도 그 점만은 인정했다. 그동안 내가 왜 그를 눈여겨보지 않았을까? 그런 의문이 들 정도로 그는 순식간에 나를 무장해제시켜 버렸다.

그날 이후로 급속히 가까워진 우리는 틈이 있을 때마다 만났다. 순주가 그런 나를 지켜보면서 조심하라는 말을 여러 번 했지만 귀에 잘 들어오지 않았다. 배달부라는 그의 직업 특성상 낮에는 그를 만나기가 힘들었고 밤에도 야학을 해야 했기 때문에 주로 늦은 밤에 추위에 떨며 전주 천변을 자주 걸었다. 그러다 그가 보고 싶어서 견딜 수가 없을 때에는 그 중국집에 찾아가서 짬뽕 한 그릇을 시켜 놓고 그가 배달을 마치고 돌아오길 기다리기도 했다. 그렇게 우리는 그가 시간이 나는 대로, 때로는 내가 그를 직접 찾아가서, 만났다. 그때 우리가 어떤 대화를 나눴을까? 솔직히 기억이 잘 나지 않는다. 그와 같이 있는 것 자체가 좋았기 때문일 것이다.

해를 넘기고도 한참이 지난 삼월 중순 무렵이었을 것이다. 성당 한쪽에 자리 잡은 매화나무가 꽃망울을 활짝 터트리기 시작한 어느 날에 우리는 격포로 당일치기 여행을 떠났다. 한 달에 한 번 있을까 말까 한 그의 휴가를 애타게 기다린 보상이었다. 초봄의 바다는 한적했다. 아직 삼월 중순이었건만 불어오는 바닷바람에 봄기운이 잔뜩 묻어 있는 듯했다. 해변을 말없이 걷다 처음으로 내가 팔짱을 꼈다. 그가 나를 바라보며 환하게 웃었다. 그의 커다란 눈은 이미 봄으로 가득 차 있었다. 우리는 그렇게 걷다 백사장 한쪽에 설치된 벤치에 앉았다. 말없이 이리저리 날아다니는 갈매기와 파도만 번갈아 바라보던 그가 갑자기 자리에서 벌떡 일어났다. 그런 다음에 주위를 잠깐 둘러보다 벤치 바로 앞 모래 위에 '고진감래(苦盡甘來)'라는 사자성어를 손가락으로 쓰고 나서 쑥스럽게 웃으며 내게 물었다.

"이거 맞게 썼나?"

"두 번째 거가 좀 이상한데?"

"그럼 이건?"

그가 '진'자를 전보다 더 크게, 다시 쓰고 나서 나를 쳐다봤다. 이번에는 긴장한 표정이었다.

"맞아."

"단번에 옳게 못 썼으니까 선생님한테 회초리 맞겠다."

"바지 걷어 올려."

"회초리가 없는걸?"

"그럼 거기라도 맞아야겠다."

내 손가락으로 그의 이마를 튕기려는 순간에 그가 파도가 밀려오는 쪽으로 냅다 도망을 친 다음에 바다를 향해 두 팔을 벌린 채 고함을 지르기 시작했다. 곧 돌아오겠지. 나는 그 모습을 앉은 채 바라만 보고 있었다.

하지만 그는 좀처럼 내게 돌아오지 않았다. 나는 조바심이 나기 시작했다. 할 수 없이 벤치에서 일어나 그에게 다가가서 귀에 대고 속삭이듯 물었다.

"뭐라고 소리를 지른 거야?"

"저 전망대 보이지? 거기 가서 알려 줄게."

그가 웃는 얼굴로 가리킨 전망대는 백사장과 인접한 야트막한 산 정상에 위치해 있었다. 보기와는 달리 올라가는 길은 가팔랐다. 한참을 거친 숨을 내쉬며 걸어 올라가자 드디어 전망대가 나타났다. 그곳에 올라 바다를 맞이하는 순간에 말로 설명할 수 없는 감동이 몰려왔다. 황해라고는 믿어지지 않을 정도의 푸른빛의 바다. 잔잔하게 일렁이는 파도, 이마에 솟은 땀을 식혀 주는 선선한 바람. 나는 두 팔을 들어 올린 채 최대한 크게 가슴과 입을 벌려 심호흡을 했다. 그러자 바다 전체가 내 가슴속으로 훅 들어오는 듯한 느낌이 전해졌다. 그도 바로 내 옆에 서서 나와 같은 자세로 눈앞에 펼쳐진 바다를 감상하고 있었다. 나는 말없이 그렇게 서 있다 그의 어깨에 내 머리를 살짝 얹으며 물었다.

"아까 알려 주기로 했던 말이 뭐지?"

그가 질문에 대답은 하지 않고 말없이 돌아서서 내 두 팔을 그의 두 손으로 잡은 채 내 눈을 바라보며 물었다.

"나 사랑해?"

"사랑?"

"어."

"……."

"맞지?"

"……."

갑작스러운 그의 질문에 말문이 막혀 버렸다. 대신 가슴만 콩닥콩닥 뛰기 시작했다. 나는 그의 거듭된 물음에 눈으로만 대답을 할 수밖에 없었다.

"손가락을 내밀어 봐."

"그건 왜?"

그가 내 물음에 대답을 하는 대신에 잠바 안쪽에서 무언가를 꺼내 들었다. 저건 반지 같은 거를 보관하는 케이스? 내 눈이 휘둥그레지기 시작했다. 저 속에 무엇이 들어 있을까?

"작은 거지만 사랑을 약속하자는 뜻에서 장만한 거야."

그가 내 왼손 약지에 가느다란 금반지를 끼워 주면서 수줍게 웃었다.

"당황스러워."

나는 아직도 진정이 안 되는 가슴 때문에 짤막하게 대답을 하고 그의 눈을 바라봤다. 호수같이 맑고 커다란 눈에서 금방이라도 눈물이 쏟아질 것 같았다.

"나도 끼워 줘야지."

약간 울먹이는 듯한 목소리를 내며 그의 반지를 내게 건네준 다음에 손가락을 내밀었다. 나는 망설이지 않고 반지를 끼워 주고 그의 가슴에 내 얼굴을 묻어버렸다.

우리는 한참을 그렇게 서 있었다. 이상하게도 아무런 생각이 나지 않았다. 그렇게 요동치던 가슴도 조용해졌다. 바다. 그 가없는 바다가 내 품 안에 들어온 느낌밖에 없었다.

"꼭 약혼한 느낌이야."

"느낌이 아니라 실제로 한 거야. 시시해서 실망했어? 도로 물릴까?"

"짓궂기는."

예비 신랑신부를 포함한 양쪽 가족이 참석한 가운데 결혼을 약속하는 의례인 약혼이 나에게는 이렇게 갑자기, 충격적으로 다가오는구나. 하지만 나는 그것이 시시하다는 생각이 들지 않았다. 도로 물릴 생각은 더더욱 없었다. 그렇게 나는 엉겁결에 예비 신부가 되어 버렸다. 짓궂다는 내 말에 반응을 하지 않고 그는 전망대 난간에 서서 다시 바다를 바라보기 시작했다. 나는 웃으며 다가가 그를 뒤에서 껴안으며 한마디 했다.

"벌써부터 각시를 떼어 놓으면 어떡해?"

"신랑이 어딜 가면 냉큼 따라와야지."

그가 지지 않고 맞불을 폈지만 나를 향해 돌아서지는 않았다. 이번에는 그의 귀에 입을 바짝 대고 물었다.

"아까 물었던 것 아직 대답 못 들었어."

"뭔데?"

"고함 소리."

내 대답에 그가 잠깐 망설이는가 싶더니 이내 아까처럼 바다를 향해 큰소리로 외쳤다.

"비~ 둘~ 기~ 집~"

"무슨 뜻이야?"

뜻밖의 대답이 돌아오자 그를 감았던 내 팔을 풀면서 물었다.

"비둘기 집 같은 아늑한 집, 단란한 가정 말이야. 그걸 갖는 것이 소원이야. 그래서 고함을 질러 본 거고. 없어진 시골 우리 집은 지옥이나 다름이 없었어. 지금 내가 살고 있는 중국집도 비둘기 집하고는 거리가 멀어도 너무나 멀어."

아! 그래서 이 사람이 비둘기 이야기를 하는 것을 그렇게 좋아하는구나. 먹이 주는 것을 좋아한다는 말도 그렇고. 내가 중국집에 갈 때마다 늘 비둘기 몇 마리가 집 앞에서 돌아다니고 있었는데 그래서 그렇구나. 나도 모르게 눈물이 쏟아져 나왔다. 나는 내 얼굴을 그의 등에 대고 문지르면서 다정하게 말했다.

"이제 암수 비둘기가 짝을 이뤘으니 둥지만 마련하면 되겠네."

"우리 약속한 거지?"

그가 돌아서서 나를 덥석 껴안으며 물었다.

"뭘?"

"사랑."

"약속했어."

"만약에, 만약에, 약속을 깨면 깬 사람이 반지 돌려주는 거야."

"벌써부터 실없는 말을 하고 있어."

나는 그렇게 한참을 그의 품에 안겨 있었다.

"여기서 약속을 다짐해 볼까?"

"어떻게?"

"이리로 와 봐."

그의 옆에 바짝 서서 내 오른팔을 맡긴 채 그가 하자는 대로 따라 했다.

"약속! 약속! 약속!"

우리는 바다를 향해 두 팔을 들어올리며 '약속'이라는 단어를 크게 세 번 외쳤다.

"비둘기 집 말고 소원이 하나 더 있어."

그가 옆으로 돌아서서 바람에 휘날리는 내 머리칼을 매만지면서 말했다.

"그게 뭔데?"

"조그마한 중국집을 하나 차리는 거. 그래야 비둘기들을 먹여 살리지."

"나는? 아니, 우리는?"

나는 언젠가 태어날 우리 아이들까지 염두에 두면서 뽀로통한 표정을 지으며 물었다.

"모두 다."

그가 활짝 웃으면서 나를 다시 껴안았다. 나는 어느새 한 마리의 비둘기가 되어 있었다.

"이름이 비둘기 따라가네?"

"어떻게"

"구~ 구~ 구~ 구~"

내가 비둘기 흉내를 내자 그도 따라 하다 갑자기 내 오므려진 입술을 그의 입술로 덮어 버렸다. 그 순간, 나는 감전이 된 듯 그대로 멈춰 버렸고, 가슴만 사정없이 요동쳤다.

"신랑한테 약속 말고 따로 해 주고 싶은 말 없어?"

"고진감래."

"여기까지 와서 선생님 노릇하시네."

다시 백사장을 향해 내려오던 그가 웃으면서 잡고 있던 내 손에 힘을 더 주었다.

"너, 서울 대학생들이 만든 불온 단체에서 전주로 파견된 행동요원이지?"

"네?"

"시치미 떼기는. 증거가 다 있으니까 솔직하게 말하는 게 좋을 거야."

그와 격포 여행을 다녀온 지 열흘쯤 지난 후인 어느 날에 나는 갑자기 경찰서에 불려가서 형사로 보이는 사복 경찰한테 조사를 받고 있었다.

"저는 몸이 아파서 휴학을 하고 전주 친척 집에 와 있을 뿐입니다."

"얌전하게 생긴 거하고는 달리 거짓말을 능청스럽게 하고 있네."

내가 보기에는 나보다 더 얌전하게 생긴 경찰이 볼펜 끝으로 내 이마를 쿡쿡 찔러 댔다.

"거짓말 안 하고 있는데요?"

"그럼, 너 야학 하면서 공순이들하고 무슨 모의를 했어? 불법 노조 만들려고 작당한 거 아니냐고?"

"아무것도 안 했는데요?"

"이거 순 악질이구먼. 하긴 독종이니까 여학생임에도 파견을 보냈겠지. 아무래도 말로 해서는 안 되겠네. 어이! 애 좀 처넣어. 아냐. 잠깐만. 이거 하나만 더 확인하고."

그 경찰이 실눈을 뜨고 나를 바라봤다. 처넣으라니? 유치장을 말하는 거겠지? 공포심이 급속하게 몰려왔다. 이를 어쩌나? 그 순간에 문득 그가 떠올랐다.

"너 김찬구 잘 알지?"

"네?"

"또 시치미 떼기는? 짱깨집 배달부 말이야."

경찰이 내 머릿속을 들여다보고 있었다는 듯이 그의 이름을 꺼내 들었다.

"아. 네……."

"어떤 관계야?"

"약혼자입니다."

"뭐? 약혼? 빨갱이들이 짝으로 놀고 자빠졌네."

그 경찰이 나를 향해 비웃듯이 말을 던지자 주위에 있던 경찰들이 따라 웃었다. 약혼을 하는 것이 놀고 자빠지는 것인가? 그리고 우리가 빨갱이라니? 나도 모르게 형사를 노려봤다.

"이제야 독종 눈으로 돌아왔네. 니 약혼자인지 빨갱이인지 하는 새끼 배달통에서 불온 유인물이 다발로 나왔어요. 다발로 말이야. 알아? 너 그 새끼하고 위장 약혼까지 하면서 뭘 하려고 했던 거야."

"결혼요."

내 짧고도 단호한 대답에 주변은 순식간에 웃음바다로 변했다.

"안 되겠다. 일단 집어넣어."

나는 난생처음으로 유치장이라는 곳에 갇히게 되었다. 어둡고 답답한 곳에서 무릎에 머리를 얹고 앉아 있자니 무서움이 온몸에 퍼져 왔다. 나는 더 이상 참지 못하고 자리에서 일어나 철창을 붙잡고 성당이나 이모 집에 연락을 할 수 있게 해 달라고 소리치기 시작했다. 그렇게 길고 긴 밤이 지나가고 이튿날 점심 무렵이 되어서야 서울 아버지가 이모부를 대동하고 경찰서에 나타났다. 두 분은 한참을 그 경찰과 대화를 나눴다. 그런 다음에 두 분이 뭔가를 종이에 써서 경찰에게 넘겨주고 나서 곁에 앉아 있던 나를 데리고 경찰서를 빠져나왔다.

그게 끝이었다. 그 사건 이후로 그의 모습을 더 이상 볼 수가 없었다. 서울로 끌려오다시피 한 나는 순주를 통해 그가 어디에 있는지 알아보려고 했다. 결과는 실망스러웠다. 순주 말에 의하면, 그 중국집에 찾아가서 물어봤는데, 내가 경찰서에서 조사를 받던 전날 밤에 잠을 자던 그가 누군가에 의해서 강제로 끌려간 후로는 소식이 없다고 하면서 자기들도 어디에 있는지 찾아보려고 했지만 헛수고였다는 말만 했다는 것이다. 주임 신부님한테도 물어봤지만 본인도 심한 곤욕을 치렀다면서, 그가 어디에 있는지 전혀 알 수가 없어서 안타깝다는 말을 하셨다고 전해 줬을 뿐이었다. 나는 포기를 하지 않았다. 내가 할 수 있는 모든 방법을 동원해서 그를 찾았다. 하지만 번번이 헛수고에 그쳤다. 더구나 그동안에 순주가 서울로 올라오게 되었고, 그 사건 직후에 야학교가 폐쇄가 되었을뿐 더러, 그 중국집마저 그해 여름쯤에 문을 닫았기 때문에 그를 찾을 수 있는 실마리를 완전히 잃게 되었다. 유일하게 남은 희망은, 혹시 그가 나중에라도 성당에 찾아올지 몰라서 내 연락처를 남겨 둔 것이었는데 그게 오히려 내게 긴 고통을 안겨 줄 정도로 감감무소식이었다.

나는 결국 그해 가을에 복학을 해서 졸업까지 한 후에 서울 모 여고에서 영어 교사로 일하기 시작했다. 경찰로부터 낙인찍힌 좌경 용공 분자에서 소시민으로 탈바꿈한 것이다. 하지만 내가 약혼자라는 사실을 한시도 잊은 적이 없었다. 다만 어느 순간부터 약혼반지를 손가락에서 빼서 침실 서랍에 보관하기 시작한 것이 변한 것이라면 변한 것의 전부였다. 사람들로부터 그 반지의 의미에 대해 질문을 받는 것이 귀찮았기 때문이었다. 아까 말한 그 '스펙' 때문에 한때는 청혼이 수없이 들어왔다. 물밀듯이 라는 표현이 맞을 정도였다. 나이가 점점 들어감에 따라 그 횟수는 점차 줄어들었지만 결코 끊긴 적은 없었다. 하지만 나는 그때마다 그걸 단호히 물리쳤다. 아, 주 교장의 경우에는 살짝 흔들렸다고 말할 수 있는데 그 이유에 대해서는 나중에 밝히겠다. 어쨌든 나는 그날 격포 전망대에서 바다를 향해 그와 함께 외쳤던 '약속'이라는 것을 지키면서 사십 년이라는 세월을 홀로 살아왔다.

조선시대 청상과부와 뭐가 다를까? 나는 이렇게 긴 세월을 견뎌 왔는데 그는? 나는 창밖으로 끝없이 펼쳐지는 설경을 바라보면서 기억 여행을 마무리하고 있었다. 이번 여행을 끝으로 그 질긴 인연에 안녕을 고하고 세정이가 말한 봄바람을 맞이하고 싶다. 더구나 폐암이라는 무서운 손님이 찾아올 수도 있다. 그것과 치열하게 싸워야 할지도 모른다. 열차는 익산을 지나 도착지인 전주를 향해 숨 가쁘게 달려가고 있었다. 그렇다. 내 방황도 종착역을 향하고 있다. 마지막 순간까지 흔들리지 말고 정신을 똑바로 차리자. 나는 창밖을 향해 소리 없는 고함을 쳤다.

*　*　*

"너, 정말 거기 갈 거니?"

"여기까지 왔는데 후퇴를 할 수는 없지 않겠니?"

순주가 운전대에 앉아 나를 걱정스러운 표정으로 바라봤다. 후퇴. 내 입에서 불쑥 그런 말이 튀어나왔다. 주로 전투에서 사용되는 단어가 이 상황에도 쓰일 수가 있다니. 무엇이 나를 이렇게 만들었을까? 인생에서의 후퇴란 어떤 의미일까?

순주한테서 지난 늦가을 밤에 전화가 걸려 왔다. 안부 묻는 것을 핑계 삼아 또 수다를 한참 떨 목적으로 한 것으로 짐작하고 편안하게 받았다.

"애! 내 말 들으면 엄청나게 쇼크 먹을 것 같은데 들을래, 말래?"

"네가 그 말을 하고 싶어서 전화한 거 아니니? 기절 안 할 테니까 안심해."

또 아줌마, 그것도 과수댁 특유의 호들갑이 쏟아져 나오겠지. 순주의 말을 듣기도 전에 내 입가에 웃음이 번졌다.

"아무래도 기절할 것 같은데? 들을 거면 찬물 한 사발 마시고 나서 들어라."

"괜찮다니까?"

"뒷일은 책임 못 진다."

"그렇게 뜸을 들여야 과부 몸값이 올라가는 거니?"

"그럼, 본론 들어간다. 너. 정신 똑바로 차리고 들어라."

"고우 어헤드(Go ahead)!"

"내가 얼마 전부터 집에서 멀지 않은 노인 요양원에서 목욕 봉사를 하거든. 오늘도 그걸 했는데 마침 인지가 있는 남자 어르신이 걸려서 직접 하지는 못하고 침대 정리만 해 드렸는데 글쎄 머리맡에 걸려 있는 명찰? 그걸 보고 깜짝 놀랐다?"

"명찰에 뭐가 적혀 있었는데?"

나는 순주의 말을 듣는 순간에 이건 단순한 수다가 아님을 직감했다. 엄청난 파도가 몰려오고 있다는 불길한 예감이 엄습해 왔다. 나는 전화기를 든 채 물을 마시기 위해 정수기 쪽으로 향했다.

"그러니까 말이야. 윗줄에 이름 김찬구, 나이 62세라고 적혀 있었고 아랫줄에는 병명 뇌졸중 그 옆에는 영어로 엘(L) 하고 사선 긋고 씨(C)라고 적혀 있더라."

"……."

"선영아! 선영아! 너 괜찮니?"

나는 망치로 머리를 얻어맞은 것 같은 느낌, 등골이 찌르르 저리는 것 같은 느낌이 들어서 소파에 걸터앉아 숨만 할딱거리다 간신히 한마디를 뱉었다.

"동명이인일 수도 있잖니?"

"나도 그럴 수도 있겠다 싶어서 그 어르신 얼굴을 자세히 살펴봤어. 하도 오래전이라 기억을 할 수는 없지만 잘생겼던 모습은 흐릿하나마 남아 있는 것 같더라. 체구도 비슷한 것 같고 말이야. 오늘 봉성체를 받기 때문에 목욕을 먼저 해 드린다는 말도 들었어. 그 사람도 천주교 신자였잖니. 또, 찬구라는 이름이 흔한 이름은 아니잖아? 거기에 나이도 종교도 맞아떨어지는 것 같고. 글구, 요양원이라는 곳이 타지 사람은 잘 안 오거든. 전주 시내나 근처 시골에서 온 노인들이 대부분이야. 내가 볼 때는 니가 찾는 그 사람이 거의 맞지 않나 싶다."

"요양원은 노인만 가는 곳 아니니?"

길게 이어지는 순주의 말을 들으면서 짧게나마 질문을 이을 수 있을 정도의 정신은 차릴 수가 있었다. 나는 그 순간까지도 그 사람이 아닐 수 있다는 생각을 놓지 않고 있었다. 실제 나이와 호적상의 나이가 얼마든지 다를 수가 있으니까.

"중풍 같은 노인성 질환이 있으면 노인이 아니더라도 들어갈 수 있단다."

뇌졸중은 바로 중풍이고, 엘씨(L/C)라는 것은 어떤 병일까? 그 사람이 그런 병으로 쓰러져 젊다면 젊은 나이에 요양원이라는 인생의 마지막 코스에서 하루하루를 보내고 있다니. 나는 다시 정신이 아득해지는 것 같아서 찬물로 간신히 진정을 시키고 나서 묻기조차 두려운 질문을 심호흡을 거듭한 후에 던지고 말았다.

"가족은 있대?"

"어. ……. 와이프하고 딸 둘이 있단다."

"……."

"선영아! 너 괜찮니?"

"괜찮아."

정말 말 그대로, 신기하게도 순주의 대답을 듣고 나서 머리가 맑아지기 시작했다. 잠깐 헝클어졌던 내 사고체계도 정상을 되찾은 것 같았다.

"어쩔 거야?"

"일단 알았어. 고맙다. 내가 다시 연락할 테니까 그동안에 좀 더 알아봐."

"내가 알려 주고도 마음이 편치가 않다 얘. 그렇다고 모른 척하고 넘어갈 수도 없더라고. 암튼, 다 지나간 인연이고 흘러간 세월이니 잘 삭였으면 좋겠다."

"고맙다."

그날 이후 지금 이 순간까지 내 삶은 혼란 그 자체였다. 전쟁터와는 달리 전진할 수도, 후퇴할 수도, 심지어는 제자리에 머무를 수도 없는, 갈피를 잡을 수 없는 순간순간이 이어졌다. 두 달이면 결코 짧은 기간이 아니다. 나를 세우기도, 망가트리기에도 충분한 시간이다. 나는 그 중간 지점에서, 마치 미친 듯이 흔들리는 놀이기구에 몸을 맡긴 사람처럼 사정없이 흔들렸다. 그런 시기였음에도 주 교장과의 만남은 이어졌다. 그 전망대에서 굳게 맺은 약속이 산산조각이 난 상황에서, 큰오빠 이미지를 풍기는 그 사람이 내게 다가오고 있었다. 만날 때마다 따뜻하게 나를 감싸 주었다. 그 사람 이후로 나를 흔들어 댄 유일한 남자였다. 하지만 내가 받아들일 수 있는 선은 거기까지였다. 주 교장은 그 사람이 내 둘레에 쌓아 놓은 철옹성을 결코 넘을 수가 없었다. 그 와중에 나는 폐암 의심 진단을 받았다. 엘씨(L/C), 그날 순주의 전화를 받고 바로 검색을 해 봤다. 폐암(Lung Cancer)이었다. 어떻게 같은 질병을 얻을 수 있는 것인가? 나는 컴퓨터 화면을 바라보면서 머리를 쥐고 흔들었다.

"그동안 무슨 일을 했대?"
"본인도 가족도 말을 안 해서 시설도 모른다고 하더라. 그치만 돈은 좀 벌었는가 보더라. 그래서 비싼 1인실에 있는 것 같고."
돈은 좀 번 것 같다는 순주의 말에 문득 중국집이 떠올랐다. 그때, 그 사람은 비둘기들을 먹여 살리기 위해서 그걸 차리고 싶다고 했는데. 내 생각은 어느새 격포 전망대로 달려가고 있었다.
"그거 말고 더 알아본 것은 없고?"
"치매가 약간 있어서 그런지 말수가 적고 걸핏하면 화부터 낸대. 특히 가정사를 물어보면 더 그렇단다. 사회복지사 말로는 와이프는 그 사람이 입소한 이후로 코빼기도 안 비치고 딸들만 간간이 들르는데 그 조차도 분위기가 서먹서먹하다더라."
와이프! 순주 입에서 그 말이 흘러나오는 순간에 또 눈물이 터져 나오는 것을 참느라 손으로 입을 막고 창밖으로 고개를 돌리고 말았다.

* * *

"선영아! 파이팅!"
순주가 면회실 테이블에 앉아 그 사람이 기거하는 생활실로 향하는 나를 향해 팔뚝을 들어 올렸다. 파이팅!이라. 지난 사십 년이라는 세월은 몰라도 지금은 싸우러 가는 것이 아니다. 그렇다면 무엇 때문에 나는 낯선 노인 시설에 발을 들여놓고 있는가? 따지기 위해서? 사과받기 위해서? 아니다! 내가 다시 일어서기 위해서, 그런 다음에 남은 인생의 항로에서 순항하기 위해서 들어선 것이다. 그거 말고 다른 것은 생각하지 말

자. 나는 마스크를 고쳐 쓰면서 입술을 깨물었다.

"원래 면회실에서만 면회가 가능한데 1인실이라서 생활실로 모시는 거예요. 그 어르신이 밖으로 나오시는 것을 되게 싫어하시거든요. 그렇지만 가족이 아니시니까 제가 곁에 있어야 됩니다. 괜찮으시죠?"

내 또래로 보이는 사회복지사가 친절한 말투로 사전 안내를 했다.

"친구 어르신 눈 좀 떠 보세요. 서울에서 지인분이 면회를 오셨어요."

그 사람은 마스크를 쓰고 똑바로 누운 채 눈을 감고 있어서 잠을 자고 있는지, 아닌지, 판단하기가 어려웠다. 더구나 두꺼운 이불까지 덮고 있어서 예전의 그의 모습을 가늠하기가 어려웠다. 다만, 마스크 위로 드러난 얼굴만이 내 시선을 빼앗고 있었다. 탈모로 약간 훤해진 이마 빼고는 그 시절의 윤곽은 희미하나마 유지하고 있는 것 같았다. 하지만 사십 년이라는 긴 시간은 지금 내 앞에 누워 있는 사람이 그때 그 사람이라는 믿음을 갖게 하는 데 방해를 하고 있었다. 그래서 그런지, 또 예상했던 대로, 정신을 차릴 수 없을 정도로 긴장은 되지 않았다. 다만 슬픔과 연민이라고 표현할 수 있는 감정들만이 복받쳐 올라 목이 메이고 눈물이 자꾸 흘러나왔다.

"친구 어르신! 서울에서 지인이. 참, 성함이 어떻게 되시죠? ……. 하선영이라는 지인분이 옆에 와 계세요."

"……."

"친구 씨! 저 선영이예요. 옛날 성당 야학 선생요. 그때 격포도 같이 놀러 갔었잖아요? 기억나시죠? 약속 안 지켰다고 뭐라고 안 할 테니까 눈좀 떠 보세요."

"……."

침대 난간을 붙잡고 그에게 가까이 다가가서 눈을 떠 보라고 부드럽게 말을 건네 봤으나 그는 요지부동이었다. 어색한 침묵이 이어졌다. 사회복지사도 당황하는 듯했다. 그 앞에서 더 이상 머물기가 힘들어지기 시작했다. 그 긴 기다림이, 가슴앓이가, 격포 전망대에서 굳게 맺은 푸른 약속이 이렇게 끝을 맺는구나. 저 사람은 이미 다른 비둘기 집을 지었고,

나만 이렇게 홀로 있으니 이제는 미련 없이 각자의 길로 가야 한다. 나는 눈물을 삼키며 순주가 알려 준 명찰을 확인했다. 저 사람은 폐암으로 죽어 가고 있다. 나도 그 뒤를 이을지도 모른다. 만약 우리가 다른 세상에서 만난다면 무슨 말을 할 수 있을까? 나는 호흡을 가다듬고 작별 인사를 건넸다.

"친구 씨! 부디 쾌차하셔서 가정으로 복귀하시길 바라요. 그리고……그 반지는 안 돌려주셔도 돼요."

"어르신! 지인분이 인사하시잖아요? 마지막으로 눈 한 번 떠 보세요."

"어이! 내 허락도 안 받고 왜 자꾸 사람을 내 방으로 들이나?"

그가 갑자기 눈을 부릅뜨고 사회복지사를 향해 마스크가 들썩일 정도로 고함을 치고 나서는 이내 눈을 다시 감아 버렸다.

"마누라가 얼굴을 일절 안 비치니까 더 그러시는 것 같애요."

그 사람의 방을 빠져나온 뒤로 머리가 하얘져 걸음마저 부자연스러워진 내게 사회복지사가 그 사람 마누라 이야기를 꺼내 들었다. 나는 그 말을 듣고 더 이상 걸을 수가 없어서 양해를 구하고 복도에 설치된 간이 의자에 걸터앉아 심호흡을 하기 시작했다.

"하여튼 친구라는 이름을 가진 남자들은 다 팔자가 드센가 봐요."

"네?"

나는 노인들이 그린 듯한 서툰 그림들이 걸려 있는 벽면을 망연히 바라보다 생뚱맞게 이름 운운하는 사회복지사에게 시선을 돌렸다.

"아. 글쎄, 내 초등학교 동창 중에도 같은 이름을 가진 착하디착한 머슴애가 하나 있는데 지는 이미 약혼을 했다나 어쨌다나 뺑을 치면서 혼자 살다가 가도 얼마 전에 그렇게 돼 버렸다니까요."

사회복지사 입에서 같은 이름과 약혼이라는 말이 튀어나오자 나도 모르게 자리에서 일어났다. 갑자기 심장이 콩닥콩닥 뛰기 시작했다. 나는 오른손으로 가슴을 쓸어내리면서 물었다.

"그 동창이라는 분 혹시 중국집 사장님 아니세요?"

"아세요?"

"누구한테 들은 것 같아요. 이 근처에서 하세요?"

간신히 거짓말을 섞은 질문을 하고 나자 더 이상 숨을 쉬기가 힘들어져서 입을 모으고 할딱거리기만 했다. 사회복지사의 얼굴도 더 이상 내 눈에 보이지 않았다.

"아뇨, 고산이라고, 봉동 너머, 대아리 저수지 초입에 있는 촌동네인데요. 가가 거기서 비둘기 집이라는 달달한 간판을 걸어 놓고 짜장면을 팔았는데 나름 맛집으로 소문이 났었어요?"

"비둘기를 좋아하셨나 봐요."

사정없이 요동치는 가슴을 간신히 부여잡고 입을 열었다. 이제는 사회복지사뿐만 아니라 내 눈에 들어오는 것은 아무것도 없었다.

"아휴! 말도 말아요. 그 집 앞은 늘 비둘기 풍년이었다니까요."

"그 사장님한테도 안 좋은 일이 생겼나 보죠?"

나는 쥐어짜듯 온 힘을 다해 마지막 질문을 던졌다.

"글쎄, 저번 가을에 폐암으로 세상을 떠 버렸다니까요? 주방에서 가스를 너무 오래 마셔서 그렇게 된 것 같대요. 멀쩡하게 생긴 놈이 환갑만 가까스로 넘기고 노총각 귀신이 돼 버려서 짠해요."

"어? 왜 이러세요? 정신 차리세요!"

사회복지사가 소리를 치면서 바닥에 털썩 주저앉은 나를 일으켰다. 그 순간에 갑자기 힘이 솟구쳤다. 나는 그녀를 급하게 뿌리치고 밖을 향해 달려 나갔다. 순주가 뭐라 하면서 쫓아왔지만 뒤돌아보지 않았다. 나는 어느새 눈에 덮여 바닥이 잘 보이지 않는 공터에 도착해서 고개를 들고 하늘을 바라봤다. 온통 푸른색이었다. 나는 폭포수처럼 떨어지는 눈물을 양 손등으로 닦아 내고, 창공을 바라보며, 그때 격포 전망대에서처럼 두 팔을 번쩍 들고 '약속'이라는 단어를 크게 외치기 시작했다. 그러자 저 멀리에서 비둘기 한 마리가 내게로 날아오는 것이 보였다. 나도 망설임 없이 그 비둘기를 맞이하기 위해 힘차게 날아올랐다.

그해 4월

핏빛 카펫이 깔려 있는 사장실 입구에서는 늘 생선 비린내가 난다. 하지만 누구도 그곳에서 비린내가 난다는 것을 인정하지 않는다. 경리부장인 김진석만 맡을 뿐이다.

퇴근 시간이 얼마 남지 않은 금요일 오후에 무슨 일일까? 혹시 무슨 낌새라도 챈 것일까? 급히 사장실 문을 여는 순간에도 비린내가 여지없이 진석의 코를 자극했다.

"당신 오늘 어디 갔었어?"

임직원을 부를 때 지위 고하를 막론하고 직위나 직책 대신 '당신'이라는 듣기 거북한 호칭을 사용하는 방 사장이 커다란 원탁 테이블에 앉아 신문에만 눈길을 주면서 물었다.

"코엑스 친환경 상품 전시회에 다녀왔습니다."

"경리가 거길 뭐 하러 가?"

"제가 작년부터 홍보를 겸하고 있습니다."

"글쎄, 아는데, 당신이 뭘 안다고 거길 가? 밑에 애들 시키면 되지."

"국무총리가 우리 부스에 들를지도 모른다고 팀원들이 좀 와달라고 해서 갔습니다."

진석이 마른침을 삼켜 가면서 신문에서 눈을 떼지 않고 있는 방 사장을 주시했다. 코엑스 전시회 건으로 부른 건 아닐 텐데, 도대체 무슨 일일까?

"거 말이야, 대륭건설 대손상각 추심액 회사 계좌에 입금시켰나?"

방 사장이 진석의 대답에는 반응을 하지 않고 엉뚱한 이야기를 꺼냈다.

오라, 그 애길 꺼내려고 불렀구나. 하지만 그건 에스피(*SP, 비자금)로 돌리지 않고 정식 회계 처리하는 걸로 이미 보고를 했고 오케이까지 했는데 이제 와서 왜 묻지?

"예, 저번에 보고드린 대로 회사 계좌에 입금시켰습니다."

"당신은 그게 문제야, 보고하고 바로 실행할 것과 리컨펌 받고 할 일을 아직도 구분 못 하나? 그게 뭐가 그렇게 급하다고 입금을 시켜? 한 개(*1억) 조성하기가 그렇게 쉬울 것 같나?"

방 사장이 신문에서 눈을 뗐다. 칠십 대 노인에게 흔히 나타나는 탈색된 채 듬성듬성하게 자리 잡은 머리숱과 눈썹, 작고 가느다란 눈, 거기에 걸쳐 쓴 금테 안경, 뭉툭한 코와 얇은 입술. 진석이 방 사장의 얼굴을 훑어보면서 재차 보고를 했다.

"정식으로 입금증을 발행한 건이고, 내용을 알고 있는 직원들도 많아서 에스피로 처리하기에는 부담이 너무 크다고 판단이 되어서 보고를 드린 다음에 처리를 했습니다."

"그러니까 그런 문제가 안 생기도록 미리 조치를 했어야지 이 사람아. 제발 머리를 좀 쓰라고, 달고 다니지만 말고."

방 사장이 특유의 쇳소리가 나는 말투로 진석을 다그쳤다.

"앞으로는 조심하겠습니다. 죄송합니다."

진석이 머리를 달고 다니지만 말라는 방 사장의 말에 속에서 무언가가 끓어오르는 느낌을 애써 억누르고 방 사장의 눈에 초점을 맞췄다.

"당신, 이렇게 손발이 안 맞으면 같이 일하기 힘들어⋯⋯. 거, 당신 말이야. 다음 주에 삼천 필요한데 준비할 수 있겠어?"

"다음 주 언제까지 필요하십니까?"

"수요일까지 해 봐."

방 사장이 다시 신문에 눈길을 돌렸다.

"이번에도 고 상무한테 보고 안 하고 바로 드려야 하는 건입니까?"

"그렇게 해. 때가 되면 내가 직접 말할 거니까."

고 상무는 진석이 상사로 모시는 관리본부장이다. 따라서 진석이 하는 모든 사장 업무 보고는 사전에 고 상무에게 해야 한다. 하지만 방 사장은 유독 회사 비자금에 관해서만큼은 직접 보고를 하게 한다. 그렇게 하는 이유를 짐작 못 하는 것은 아니지만 진석은 부담스럽다. 고 상무도 진석이 사장에게 직보고 하는 것을 눈치채고는 있지만 모르는 척하는 것 같다.

"예, 잘 알겠습니다."

다음 주 수요일까지 무슨 수로 마련을 하나. 진석이 답답하면서도 찜찜한 마음을 안고 사장실을 나올 때 또 생선 비린내가 났다.

진석은 자리에 돌아와서 남은 일을 정리하고 퇴근을 하려다 마음을 바꿔서 같은 층에 있는 재정부장 장남수의 자리를 찾았다. 여러 가지 이유에서 오늘 저녁에 그와 함께 술을 마시고 싶었기 때문이었다.

"어? 어쩐 일이야?"

장 부장이 어음과 수표를 발행할 때 사용하는 회사 인감을 넣어 두는 자그마한 상자를 출납 여직원을 시켜 금고에 보관하게 하고 진석에게 자리를 권했다.

"그냥, 뭐, 궁이 답답해서 커피나 한잔 얻어먹고 가려고. 이따가 한잔하면 더 좋고."

"아까 사장한테 무슨 소리 들었지?"

눈치 빠른 장 부장이 웃음을 머금었다. 고생이라고는 해 본 적이 없는 것 같은 맑고 정돈된 얼굴이다.

"들었지."

"뭔데?"

"오늘 한잔 사면 알려 주지."

"빅 뉴스 아니면 클레임 건다."

* * *

김진석과 장남수는 회사 인근에 있는 먹자골목에 들어섰다. 금요일이라서 그런지 골목은 사람들로 바글바글했다. 둘이 가끔 들르는 자그마한 족발집도 부산했다. 간신히 구석진 자리를 잡고 진석이 주위를 돌아보고 있을 때 같은 또래로 보이는 여사장이 물병을 들고 와서 인사를 건넸다.

"얼굴 잊어 먹겠어요."

"어디 다방 같은 데서 들어 본 말인데요?"

진석이 족발집 사장보다는 카페 여주인 분위기를 풍기는 안경잡이 여사장을 향해 실없는 농담을 던졌다.

"그럼 저도 다방 레지처럼 동석해서 뭐 비싼 것 좀 시킬까요?"

"사장님은 저 앞 테이블 젊은 친구들 자리로 합석하시고, 대신 알바 하는 저 젊은 아가씨나 불러 주쇼."

여사장이 진석에게만 말을 건 것이 서운했는지 장남수가 더 엉뚱하게 말을 받았다.

"정말 아가씨 부를까요? 저 책임 못 집니다. 저 아가씨 성격 아주 까칠하거든요."

"무슨 망신살 뻗칠 일 있어요? 대 자 하나하고 후레시로 아예 두 병 주세요."

진석이 시답지 않은 분위기를 정리하려고 서둘러 주문을 했다.

"약속한 대로 아까 사장님하고 무슨 일이 있었는지 알려 줘야지?"

"그 이야기 듣자고 여기 온겨?"

"겸사겸사"

지방대를 나온 진석과는 다르게 서울, 그것도 전통의 명문 Y대 상대를 졸업한 장남수가 날카로운 눈매를 드러낸 채 진석에게 술을 권했다. 진석은 알고 있다. 장남수가 사장과 대척점에 서 있는 추 부사장과 한 전무의 비공식 측근이라는 것을. 또 추 부사장과 한 전무가 모 대형 로펌의 자문을 받아 방 사장을 해임시키는 방안을 검토하고 있고, 거기에 장남수가 개입하고 있다는 것도 알고 있다. 종업원 지주제 방식으로 운영되고 있는 진석의 회사는 그만큼 대표이사 사장의 지위가 허약하다. 사장의 경영 방침과 태도에 반대를 하는 임직원이 단결하여 사장을 몰아내고자 한다면 일반 주식회사와는 다르게 합법적으로 그렇게 할 수도 있는 것이다. 하지만 이런 허점을 국내 최고 명문고인 K고와 서울 S대 상학과를 졸업한, 말 그대로 KS마크인, 그래서 머리가 좋기로는 둘째가라면 서운할 정도인 방 사장이 인지하지 못하고 있다.

오늘도 장남수가 흔쾌히 진석과 술자리를 같이하는 것도, 둘의 친분을 떠나서 진석을 통해 사장의 동태를 파악하려는 목적도 있다는 것을 진석은 잘 안다. 또한 추 부사장 그룹이 추진하고 있는 일을 자기가 모르고 있을 것이라고 장남수가 믿고 있다는 점에 주목을 하고 있다. 따라서 장남수가 아무리 치밀한 성격의 소유자라도 술이 들어가면 자신도 모르게 뭔가를 흘릴 수 있을 것이라는 기대를 진석이 하고 있다. 둘은 그렇게 같은 자리에 다른 마음으로 앉아 있었다. 그렇다고 해서 둘이 꼭 필요에 의해서만 술자리를 갖고 있는 것은 아니다. 둘은 비록 친구 사이는 아니지만 친한 관계이기는 하다.

약간 오랜만에 장남수와 마주 앉고 보니 새삼 진석 자신의 처지가 떠올랐다. 추 부사장 그룹은 방 사장과의 실질적인 관계와는 상관없이 나를 방 사장의 최측근으로 여기고 있는 것 같다. 이 점이 억울하고 불만스럽다. 다만 나는 회사가 옳은 방향으로 나아가는 데 노력할 뿐이다. 하지만 방 사장이 적합한 리더인지 아니면 추 부사장이 대안으로 검토될 수 있는 대상이 될 수 있는지 냉철하게 판단은 하지 못하고 있다. 또한 현재 사장으로부터 신임을 받지 못하고 있는 현실과 아울러, 만약 추 부사장이 새로운 사장이 되었을 때 내가 축출된 사장의 측근이었다고 아예 낙인이 찍혀 버리는 상황이 오지 않을까 걱정스럽다. 이렇게 될 줄 알았으면 젊고 유능하다고 인정을 받아 여기저기서 영입 제의를 받았을 때 골라서 가 버릴 것을. 아무도 알아 주지 않는 그 의리라는 것 때문에 주저앉아 이제는 이 꼴이 되어 버리다니.

진석은 장남수의 해사한 얼굴을 바라보면서 잠시 생각에 잠겼다. 그래도 저 친구와는 비록 출신 배경이 다르더라도 서로 예우해 주면서 잘 지내 왔는데, 이 일로 인하여 서로 적이 아닌 적이 되는 것은 아닌지. 진석은 빨리 취하고 싶었다.

"사장님 특기 몰라? 수시로 각 팀장들 불러서 이것저것 물어보는 거."

"그런데 아까는 왜 그렇게 축 늘어졌지?"

"잘 알면서 왜 그래? 돌대가리냐 머리는 왜 달고 다니느냐 하면서 깨는 데 선수잖아? 나이가 오십이 넘어가니까 맷집이 약해졌는지 그런 말 듣기가 점점 힘들어진다."

진석은 비자금 건으로 혼이 났다는 사실과 다음 주에 삼천만 원을 마련해서 가져오라는 사장의 지시는 끝내 말하지 않았다.

"나도 인정! 방 사장님 입이 갈수록 거칠어지는 것 같다. 확대 간부회의 시간에 팀장들 보는 앞에서 임원들 험한 말로 깨는 거 봐. 내가 그렇게 당하면 분해서 잠을 못 잘 것 같다."

장남수가 술잔을 비우고 눈을 찡그렸다. 뭔가 진석의 반응을 기다리는 눈치였다.

"예의는 없을지 몰라도 악의는 없잖아? 임직원들이 그 양반 눈높이를 맞추지 못하는 면도 있고. 또, 타사 출신이면서 자기 사람 한 명 끌고 오지 않는 것도 눈여겨봐야 하고 말이야. 단점과 장점이 명확한 분 같아."

진석이 방 사장에 대해 속으로 생각하는 것보다 후한 평가를 내렸다. 진석마저 방 사장을 악평한다면 추 부사장 그룹이 그걸 근거로 축출의 명분을 하나 더 쌓을 수 있다는 우려 때문이었다. 어쨌든 진석은 일단 현 경영 체제가 유지되길 바라고 있다.

"충신 났네. 그러니까 김 부장이 작금의 난세를 버티고 있는 거야. 인동초가 따로 없다니까."

장남수가 진심으로 하는 말인지 빈정거리는지 분간하기 어려운 말을 내뱉고 진석에게 술을 권하지 않은 채 자기 술잔만 비웠다.

"그 인동초도 이제는 시드는 것 같다니까? 자네나 나나 윗사람 눈치 보지 않고 그저 일에만 매달릴 때가 좋았던 것 같다. 회사가 신사동에 있을 때 일이 아무리 늦게 끝나도 포시즌에서 각 일병씩 하고 집에 들어갔잖아? 그때가 호시절이었어."

진석이 장남수의 술잔을 채우고 희고 매끈한 얼굴을 천천히 훑어보았다. 사회생활하면서 이 정도로 친분을 쌓기도 힘든데, 어쩌면 이 시기가 고비가 될지도 모르겠다. 진석이 이번에는 스스로 술을 따라서 급히 비웠다.

"김 부장의 호시절은 이제 시작이지. 안 그래? 사장님이 자기 최고 브레인을 홀대하겠어? 고 상무님이 퇴임하면 관리본부장 자리에 누굴 앉히겠냐고?"

아! 저 친구는 거기까지 생각하고 있구나, 아직도 최소 삼 년은 남았는데 말이야. 맞아, 내가 아무리 사장의 신임을 얻지 못하고 있더라도 방 사장이 계속 자리를 지키고 있는 한 나를 제치고 저 친구를 그 자리에 앉히지는 않을 거야. 사장한테 미운털이 박혔으니까. 그렇다면 현 체제에서는 저 친구의 미래는 없는 거지. 하지만 추 부사장이 경영권을 차지하면 어떻게 될까? 그래도 유능하다고 인정받고 있는 나를 밀어줄까? 그건 분명히 아닐 거야. 그렇다면 그때는 처지가 역전이 되는 거네? 이렇게 계산이 확실하게 나오는데도 어째서 방 사장한테 쿠데타 음모가 있으니 대책을 세우라는 말을 하지 않는 것일까? 진석은 술 대신 냉수를 벌컥벌컥 마시고 입을 열었다.

"벌써 취했어? 난 적어도 뭐가 되기 위해서 누구한테 의지하거나 바라는 사람은 아니야. 당신 정말 그걸 몰라?"

"알지, 김 부장은 바로 그게 문제야, 아직도 세상의 때가 덜 묻었어, 세월 혹 가는데 이제라도 현실을 제대로 보라고. 사내 정치도 좀 하고 말이야."

맞아, 저 친구 말대로, 방 사장의 충성스러운 신하가 되던가, 아니면 아예 등을 돌려 추 부사장한테로 달려가든가 해야 하는데 나는 쪽박 차기 딱 좋은 회색인으로 머물고 있는 거야. 그래, 그게 문제야. 하지만 어떡해, 몸과 마음이 그렇게 움직이지 않는걸.

"난 말이야. 오십 대 육십 대는 확 건너뛰고 바로 칠십 대 노인이 돼 버렸으면 좋겠어."

"실제 그렇게 하라면 안 할걸."

테이블에 소주병이 세 병, 네 병, 다섯 병까지 쌓이는 동안 둘은 많은 대화를 나눴지만 더 이상 민감한 소재는 꺼내지 않았다. 시간은 어느덧 열 시를 넘기고 있었다.

"김 부장! 우리 오랜만에 분 냄새 한번 맡으러 가 볼까?"

장남수가 밑에서 위로 올려보는 시선으로 진석을 바라보면서 실없이 웃었다.

"그러다가 옛날처럼 당신 마나님 회사 쳐들어오면 어쩌려고?"

"그 마나님 얼마 전에 엘에이(LA) 갔어. 나도 이제는 기러기다."

"그래? 나한테 신고도 안 하고? 암튼, 우리 사모님 급거 귀국하는 일 만들지 말고 그만 일어나지? 선진 경기도민은 갈 길이 멀어."

"김 부장, 다음에 말이야. 다음에…… 우리 모든 것 다 털어놓고 남자답게 한번 마셔 보자."

"언제는 남자 아니었나? 오늘 털어놓으면 안 돼?"

"안 돼! 우리 회사 진국 중의 진국 김진석 부장님! 좋은 주말!"

장남수가 약간 비틀거리면서 대리기사가 기다리고 있는 차를 타기 전에 손을 내밀었다. 차가우면서도 부드러운 촉감을 가진 손이었다.

* * *

금요일 밤늦은 시간대의 강남역 주변은 젊은이들로 가득 차 있었다. 낮에는 더위가 느껴지는 4월 중순인데도 바지 주머니에 손을 넣을 정도로 찬 기운이 감돌고 있었다. 장 부장이 끄는 데로 분 냄새나 맡으러 갈걸 그랬나? 진석은 수원 영통행 5100번 버스를 기다리면서 넘실대는 젊음의 물결을 망연히 바라보았다. 한참을 기다린 끝에 버스가 왔다. 다행히 뒤쪽에 자리가 있어서 창 쪽 좌석에 털썩 주저앉자마자 눈을 감았다. 취기가 사정없이 올라왔다. 잠에 빠져 들어 종점까지 실려 가 버리면 안 되는데. 진석은 알코올이 들어가 박동이 빨라진 양 귓바퀴 뒤쪽에 있는 혈관이 내지르는 쏙쏙거리는 소리를 의식하면서 그의 버릇인 마른침 삼키기를 반복했다. 그 순간, 진석 자신의 어깨를 누가 살짝 건드렸다는 느낌을 받았다. 지나가는 승객이 건들었나? 잠시 후에, 전보다 더 강하게 누군가가 자신의 어깨를 톡톡 치고 있다는 확신이 들자 눈을 뜨고 옆을 바라보았다.

"어?"

"주무시는 것 같던데 깨워서 죄송해요."

"아뇨. 괜찮습니다. 그나저나 이거 뜻밖입니다."

"그러게요. 팀장님이 수원에 사신다는 걸 알고는 있었지만 이 시간대에 버스에서 만나니까 좀 신기해요."

"저도 같은 느낌입니다."

진석은 옆 좌석에 앉은, 코엑스 친환경 전시회장에 마련된 회사 부스에서 이틀간 안내역(내레이터 모델)을 맡았던 강신애를 바라봤다. 작고 갸름한 얼굴에 어울리는 동그란 두 눈과 오뚝한 코. 균형 있는 몸매를 잘 살려 주던 베이지색 유니폼 대신 사복으로 갈아입었지만 강신애의 미모는 변함이 없었다. 체취인지 향수인지 구분하기 힘든 은은한 내음이 진석의 코를 자극하자 자신도 모르게 창 쪽으로 몸을 들썩였다.

"정말 신기해요."

"강 실장도 영통에 살아요?"

진석이 신기하다는 말을 연거푸 쓰는 강신애를 '실장'이라는 무난한 타이틀로 예우하면서 물었다.

"네, 중심상가 쪽에서 살고 있어요."

"그랬구나. 암튼 반갑습니다. 저는 거기 바로 옆 동네인 3단지에 집이 있거든요. 그러고 보니 우리가 이웃사촌이네요?"

"어머? 그러네요? 오늘 이렇게 다시 뵙게 돼서 정말 반갑고요."

강신애가 "어머!"를 외치면서 버스에서 진석을 만난 것을 반가워했다. 웃으면서 드러내는 치아도 곱고 가지런했다.

"그러게요. 저도 반갑네요. 오늘 잘해 주셔서 고마웠고요."

진석이 강신애가 뿜어내는 오묘한 냄새를 의식하면서 낮에 이어서 재차 인사를 건넸다.

"별말씀을요. 팀장님 회사 일을 삼 년째 하고는 있지만 그래도 매번 긴장이 돼요. 오늘도 총리님까지 오실 수 있다고 해서 처음부터 엄청 떨고 있었는데 팀장님이 편하게, 즐겁게 하라고 격려해 주셨잖아요? 행사 중간에도 칭찬을 자주 해 주셔서 큰 힘이 됐어요. 그렇게 배려해 주시는 분이 잘 없거든요. 끝나고 뒤풀이 자리에서 인사드리려고 했는데 안 계셔서 서운했어요. 그런데 이렇게 뵙게 되네요. 어쩜 이런 일이."

강신애도 진심 어린 말투로 진석에게 길게 고마움을 전했다.

"별말씀을. 우리 팀원들이 맛있는 거 사 주던가요?"

"네, 곱창집에 갔어요. 2차로 노래방도 갔고요."

"술은 안 마셨나 봐요?"

"자꾸 권하는데 못 마신다고 사양했어요. 우리는 그런 자리에서는 술 안 마셔요. 만에 하나 실수하면 소문이 나서 일이 끊길 수도 있거든요."

"일종의 서비스업이라서 조심할 게 많겠네요."

진석이 뜻밖의 동행을 만나 졸지 않고 이런저런 이야기를 나누다 보니 어느덧 버스가 영통에 접어들었다.

"이거 초저녁 같으면 어디 가서 차라도 한잔 대접하고 싶은데 시간이 많이 늦었네요."

진석이 같은 정류소에 내린 강신애를 향해 말을 돌려서 작별 인사를 건넸다.

"그럼요, 많이 피곤하신 것 같은데, 어서 들어가셔야죠."

"그럼…… 그럽시다. 명함 주고받았으니까 언제 식사나 한번 합시다."

"네, 팀장님, 조심해서 들어가세요."

"강 실장도 잘 들어가요."

강신애와 헤어진 후에 진석은 묘한 감정을 품은 채 입주한 지 이십 년이 훌쩍 넘은 아파트에 들어왔다. 집안은 조용하고 썰렁했다. 진석은 아내가 깨지 않도록 조심하면서 좀처럼 가라앉지 않는 술기운을 찬물 세수로 달래고 서둘러 서재에 설치된 컴퓨터 앞에 앉았다. 그가 의뢰한 정보원으로부터 추 부사장 그룹 동태에 관한 정보를 이 메일을 통해 수시로 받고 있기 때문이었다.

김 부장님,
늦어도 4말 5초에는 움직일 것 같습니다.
로펌 쪽 정보원도 비슷한 말을 했습니다.

만약 D-day를 더 이상 늦추면 1분기 및 4월 실적 발표와 겹쳐 곤란할 것 같다는 판단을 한 것 같습니다. 올해 실적이 사상 최대가 될 것임을 그들도 잘 알고 있고, 그렇게 발표가 된 이후에 결행을 하면 명분이 약해질 수 있으니까요.

다음 주부터는 상황이 긴박하게 돌아갈 것 같습니다.

관련 내용 수시로 알려 드리겠습니다.

주말 잘 보내세요!

이제 목전에 닥쳐서 대책을 세울 시간이 부족하겠구나. 그래도 사장한테 이 사실을 보고 해야 하나 말아야 하나. 진석은 머릿속이 복잡해졌다. 좀처럼 술이 깨질 않는데도 더 마시고 싶어 끝내 위스키가 보관되어 있는 서랍을 열었다. 소주보다 더 독한 술이 들어가자 눈앞에서 작은 벌레 같은 것들이 날아다니는 것 같았다. 진석은 술병을 거실 테이블에 놔둔 채 혼자 쓰는 골방으로 들어가 침대에 절퍼덕 누웠다. 왜 이렇게 추워! 진석은 날카롭게 전해 오는 한기에 몸을 떨며 이불을 뒤집어썼다.

* * *

진석이 이른 오전부터 거친 숨을 몰아쉬며 달리고 있는 K대학 뒤쪽에 자리 잡은 아람산 산책로 주변에는 아직도 겨울 기운이 언뜻 남아 있는 듯했다. 두 겹으로 입은 옷이 몸에서 스멀스멀 기어 나오는 땀에 젖는 것을 방해라도 하는 듯 인근 저수지에서 간간이 차가운 바람이 불어왔다.

진석은 숙취로 인해 입안에서 연신 뿜어 나오는 술 냄새를 대형 관악기를 연주하는 입 모양새로 훅훅 불어 내면서 힘들게 달리고 있었지만 아까부터 그의 뒤를 바짝 따르고 있는 누군가를 의식하면서 속도를 늦추지는 않았다. 몸 상태가 좋지 못하면 자연스럽게 추월을 허용하고 편안하게 달릴 수도 있는데 평소에 양보심이 많은 그의 성격답지 않게 주로에서는 어떻게든 다른 사람에게 뒤처지지 않으려고 최선을 다한다. 진석은 힘들게, 힘들게, 아람산 정상으로 향하는 깔딱 고개를 넘고 나서 가쁜 숨을 내쉬면서 슬쩍 뒤를 돌아보았다. 검은색 타이즈에 'KOU'라는 대학 표시 로고가 인쇄된 흰색 점퍼를 입은 이십대 청년이 뒤를 따르고 있었다. 가끔 만나는 친구다. 평소 같으면 어느 정도 따라오다가 포기를 하고 마는데 오늘은 제법 끈질기게 갖다 붙이네? 진석이 속으로 웃으면서 내리막길에서 붙은 가속을 억제하지 않고 K대 운동장까지 곧장 밀고 들어왔다. 이제 끝이 보인다. 자! 마지막 스퍼트! 진석은 속도를 최대한 올려 이를 악물고 다섯 바퀴를 더 도는 것으로 달리기를 마친 다음에 구석에 설치된 수돗가 쪽으로 천천히 걸어가서 아직도 술 냄새가 가득 찬 입 안부터 찬물로 헹궜다.

"아저씨 따라 뛰다가 죽는 줄 알았어요."

얼마간의 시차를 두고 따라온 그 청년이 김이 모락모락 나는 이마를 수돗물로 닦아 내면서 인사를 건넸다. 키는 작지만 단단하게 보이는 몸을 보면 운동을 제법 열심히 하는 친구라는 생각이 든다. 마치 숯검정을 칠한 것 같이 검고 무성한 눈썹을 보면 자존심도 좀 있을 것 같다. 산에서 가끔 마주쳤어도 가까이에서 얼굴을 보긴 처음인데 어쩐지 낯이 익네? 진석은 아직도 힘들어하는 청년을 훑어보았다.

"나야 뭐, 건강을 위해서 뛰는 거고. 젊은 사람이 지구력이 좋던데요? 평소에 운동 많이 해요?"

진석이 아무리 젊은 친구지만 초면에 말을 놓기가 뭐해서 존댓말을 썼다.

"아뇨. 이렇게 주말에만 가끔 뛰어요. 이렇게 빡세게 달리고 나면 기분이 좋아지거든요."

"이 학교에 다녀요?"

"네."

저 친구는 젊고 잘 생겼다. 그리고 신선하다. 진석은 더 이상 묻지 않고 달리기로 발그레해진 학생의 얼굴을 잠시 바라보았다.

"어떻게…… 괜찮으면, 저기 편의점에서 음료수나 한잔할까요?"

진석이 K대 정문을 빠져나와 지하도에 들어서기 전에 길 건너편에 위치한 편의점을 가리키면서 학생에게 물었다. 같이 힘들게 달리고 난 후에 느끼는 일종의 동료의식이 작용을 했고, 젊은 친구의 인상이 좋아서 잠깐이라도 대화를 나누고 싶은 마음도 일어나서 안주머니에 넣어 둔 오만 원권 비상금을 의식하면서 넌지시 제안을 했다.

"저야 좋습니다."

어느덧 해가 구름 한 점 없는 파란 하늘의 중간쯤에까지 자리를 잡으면서 거리는 다시 따사로운 봄의 기운이 퍼지기 시작했다. 저게 이팝나무지? 진석은 편의점 앞에 놓인 야외 테이블에 그 학생과 마주 앉아 마치 밤꽃과 같이 기다란 모양새로 하얀 꽃을 피울 준비를 하고 있는 가로수를 흘끗 바라보았다. 이번 봄도 이렇게 아직 찬 기운이 사라지고 있지 않은 대지에 슬며시 기어들어 왔다가 후다닥 달아나 버릴까? 4월은 참으로 어정쩡한 달이야. 하지만 이 시점에 회사와 내 신변에 대변혁이 일어날 것 같은데, 이 격랑에 어떻게 맞서야 하나. 어김없이 회사 문제가 머릿속을 파고들자 진석이 머리를 흔들었다.

"참, 무슨 과지?"

그 학생의 요청에 따라 존댓말을 버리고 편하게 물었다. 마시는 것도 어느 순간부터 음료수에서 캔맥주로 변해 있었다.

"기계공학과입니다."

"여기 공학계열은 취직이 잘 된다던데?"

"약간 낫긴 하지만, 우리도 어려워요."

"지금 몇 학년인데?"

"오 학년입니다."

"그럼 대학원?"

"아뇨. 취업 때문에 졸업을 연기하고 한 학기를 더 다니는 학생을 그렇게들 불러요."

술이 약한지 어느새 붉어진 학생의 얼굴에 밝은 웃음꽃이 피었다. 진석에겐 분명히 낯이 익은 얼굴이었다.

"나도 그런 말 들었네. 그걸 졸업 유예라고 하지 않나?"

"맞아요. 학교 측에서는 한 학기 등록금의 일부라도 더 챙길 수 있으니까 손해 볼 건 없죠. 반대로 학생들은 더 속만 타고요."

학생이 이번에는 씁쓸하게 웃었다. 나같이 나이를 먹었든, 저 친구같이 젊든 세상살이가 만만치가 않구나. 진석이 속으로 새삼 신세타령 비슷한 것을 늘어놓으면서 어제의 과음도 잊고 캔 맥주를 연신 들이켰다.

"저 사실 취직을 해서 내일 여길 떠나야 해요."

"그래? 이거 축하하네!"

"근데 기분이 좀 그래요. 급을 낮춰서 가거든요. 근무지도 아무 연고가 없는 창원이고요."

"아! 맞다! 창원이 기계공업이 발전한 지역 아니야? 딱 전공 따라서 가는 거 같은데?"

"그렇긴 한데요. 사실, 하반기에 여기 삼성 쪽 생각하고 있었는데 아무리 생각해도 자신이 없어서요. 그때 가서 실패하면 우리말로 악성 재고로 전락해서 더 어려워지거든요."

"그렇구나, 그래도 일단 거길 발판 삼아 다음에 더 좋은 곳을 노려볼 수 있잖아?"

진석이 그것이 현실성이 떨어지는 생각이라는 것을 알면서도 조금이라도 그 친구에게 위안을 주고 싶었다.

"제가 세상에 태어나서 중요한 일에 대해 처음으로 제 스스로 결정을 내린 것 같아요. 그전까지는 부모님과 학교에서 하라는 대로 했거든요. 그래서 이번 제 결정에 후회는 하지 않겠다고 마음을 먹었어요. ……. 부모님께 더 이상 부담을 드리기가 어려웠어요. 또 미래에 대한 불안감? 이런 것들과 함께 오 학년이라 기숙사를 나와야 해서 고등학교 동창 원룸에 얹혀사는 것도 하루하루가 고역이었고요. 사실 오늘 운동을 하지 말까 망설이다 나왔는데 이렇게 아저씨를 뵈니 이것도 잘한 결정이었네요"

학생이 하고 싶은 말을 다 했는지 남은 맥주를 시원하게 비웠다.

"젊은 친구 말을 듣다 보니, 프로스트인가? 그 미국 시인의 가지 않은

길이라는 시가 생각나네? 나도 자네가 내린 결정이 옳다고 생각해. 자네는 더더욱 그렇게 믿을 거고 말이야."

"그렇게 말씀해 줘서 고맙습니다. 이렇게 자리를 마련해 주신 것도요. 전화번호를 알려 주시면 다음에 인사드리겠습니다."

"에이, 우리같이 달리는 사람들은 주로에서 만나면 돼. 여기 연고가 완전히 사라지는 것은 아닌 것 같으니까, 언젠가는 아람산에서 다시 만날 수도 있잖아? 우리 그렇게 이심전심으로 삽시다."

무슨 마음이 들었는지 진석이 서로의 연락처를 주고받자는 그 학생의 제안을 기분이 상하지 않게 거절을 하고 자리에서 일어났다.

"창원은 남쪽이니까 봄이 한창이겠다. 우리 젊은 친구의 앞길도 늘 봄날이기 바라네."

"고맙습니다. 아저씨도 늘 건강하세요."

진석은 끝내 그 학생의 이름조차 묻지 않고 헤어졌다. 이럴 줄 알았으면 아예 아점을 겸해서 해장국집에서 소주를 마시는 게 좋았을걸. 빈속에 들어간 육포 몇 조각과 서너 개의 캔맥주가 진석의 시장기를 자극하고 있었다.

* * *

진석은 초등학교부터 고등학교까지 12년을 같은 학교에 다닌 절친 영곤이와 서울 종로에 있는 어느 여인숙 방에서 이른 아침부터 대립한다. 오늘 5대 그룹이 동시에 실시하는 입사 필기시험에 어느 곳을 응시할지 의견이 엇갈리기 때문이다. 평소에 양보를 잘하는 진석도 이번에는 물러서지 않는다. 둘은 결정을 내리지 못한 채 심한 말싸움만 반복하다 결국 영곤이 화를 참지 못하고 화장실에 가겠다고 나가서 돌아오지 않는다. 시험 시간이 점점 다가오자 진석이 급한 마음에 영곤을 찾아 나서지만 방문이 어디인지 찾을 수가 없어 발만 동동 구른다.

소싯적 꿈을 또 꾸고 말았네. 요즘 들어서 그 여인숙이 왜 꿈에 자주 나타나지? 꿈은 무슨 이유로 현실과 다르게 나타날까? 사실은 영곤이 그 녀석의 강요에 가까운 의견에 순순히 따라 H그룹에 응시하기로 결정했는데, 그날 내가 고집을 부려서 L그룹 시험장인 D대학교로 향했더라면 내 운명은 어떻게 되었을까? 프로스트의 그 시가 또 떠오르네. 진석은 어두운 골방 침대에 누워 하얀 실이 줄줄이 내려오는 것 같은 환시만 있을 뿐 잘 보이지 않는 천장을 바라보며 방금 전에 꾼 꿈을 해몽하기에 바빴다. 방 사장에게 쿠데타 음모 사실을 알려 줘야 할까 말까에 대한 고민 때문에 이런 꿈을 꾸는 게야. 이십 대 중반에도 취업이라는 중요한 일에 대해 스스로 결정을 내리지 못하고 친구의 손에 이끌려 입사 시험장에 들어갔는데, 오십을 넘기고도 중대한 사안에 대해 마음을 정하지 못하고 이 순간까지 머뭇머뭇하고 있구나. 참으로 한심한 친구야.

침대에서 뒤척일수록 갈증과 허기가 더해졌다. 일어날까 더 누워 있을까 망설이다 진석은 결국 자리를 박차고 나와 물부터 마시고 어린 애들이 재잘 대면서 놀고 있는 단지 내 공원을 멀거니 바라보았다. 시간은 벌써 오후 3시를 넘기고 있었지만 진석의 아내는 보이지 않았다. 오늘 저녁도 혼자 먹겠구나.

지금이라도 방 사장한테 전화를 해야 하나? 대비책을 강구하기에는 이미 늦었을지도 모르지만 어쨌든 참모로서 의리는 지켜야 하는 거 아닌가? 아니야, 이 모든 것은 방 사장의 책임이야. 자업자득인 거지, 내가 책임을 지거나 윤리적으로 괴로워할 일이 아니다. 진석의 생각이 깊어지기 시작하자 잠시 잠잠했던 두통이 머릿속에서 꿈틀거렸다.

배가 고픈데 일단 라면이라도 끓여 먹을까? 진석이 망설이며 공원을 바라보면서 제자리걸음을 하고 있을 때 날카로운 문자음이 들려왔다. "팀장님, 강신애예요. 불쑥 연락드려서 죄송해요. 혹시 오늘 저녁에 시간 좀 내주실 수 있으세요? 나오시면 깜놀 뉴스 알려 드릴게요." 친환경 전시회 안내원이었던 강신애의 문자 메시지였다. 전혀 뜻밖의 연락이었지만 진석은 놀라지 않았다. 왠지 모르게 오래전부터 잘 알고 지내는 사람으로부터 날아온 메시지라는 느낌마저 들었다. 내가 이 친구의 부탁을 거절할 이유가 뭐가 있을까? 그리고 그 깜놀 뉴스라는 게 과연 무엇일까?

*　*　*

K대 운동장과 그 주변은 밤의 적막함에 묻혀 있었다. 공과대학 뒤쪽 아람산에서 불어오는 선선한 바람이 운동장을 가로질러 김진석과 강신애가 앉아 있는 스탠드까지 거침없이 몰려왔다. 작년 가을부터 나타나기 시작한 고라니가 운동장 가장자리에서 뭔가를 조심스럽게 뜯고 있었을 뿐, 둘을 제외한 사람들, 심지어는 그 흔한 길고양이조차 보이지 않았다.

"가만히 귀 기울여 봐요. 저쪽 외국인 기숙사 뒷산에서 새 우는 소리가 들리죠? 무슨 새인지 알아요?"

진석이 차가운 캔 맥주가 전해 주는 짜르르한 느낌을 의식하면서 바람에 흩날리는 머리카락을 연신 손으로 매만지고 있는 신애를 바라보았다.

"네, 들려요. 저거, 혹시, 소쩍새 울음소리 아닌가요? 맞죠? 신기하네요. 깊은 산골에 사는 새인 줄 알았는데 어떻게 이런 곳에서도 살아요? 그나저나 직접 들으니까 왠지 모르게 슬픈 느낌이 들어요."

"더 슬픈 것은 저 친구가 내년을 기약할 수 없다는 거요. 작년까지만 해도 아람산 쪽에서도 들을 수 있었고, 그전에는 저 언덕 넘어 매미산에서도 소쩍새가 살았는데, 지금은 쟤만 남은 것 같아요. 내년 이맘때에 저 애조 띤 소리를 더 이상 들을 수 없다면 어떤 기분이 들까요?"

진석이 신애한테 하는 건지 아니면 자신에게 묻는 것인지 구분하기 힘든 질문을 던지고 맥주 캔을 손에 들었다.

"작년에 처음 뵌 이후로 여러 번 대화를 나누면서 느낀 건데요. 되게 다정다감하세요. 다른 사람이 별로 관심을 보이지 않는 저런 새에게도 깊은 감정을 보이시는 것도 그렇구요."

진석이 입은 점퍼 윗부분을 여며 주느라 밀착한 신애가 풍기는 독특한 냄새에 진석은 순간 멈칫했다. 이건 성숙한 여인의 체취다. 이 늦은 시간에, 이렇게 조용한 곳까지 따라와서 내게 다정하게 구는 저 친구는 지금 무슨 생각을 하고 있을까?

"내가 그런 성격이니까 3차로 여길 오자고 했을 거고, 두말 않고 따라오는 걸 보면 우리 강 실장도 같은 과인 것 같은데요?"

진석이 농담 섞인 대답을 하고 오늘 강신애와의 만남을 잠시 되돌아봤다. 커피숍에서 만나서 약간 어색한 분위기를 푼 다음에, 근처 삼겹살집으로 옮겨 소주 한 병을 다 비울 때까지 강신애는 그 깜놀 뉴스가 무엇인지 말하지 않고 뜸을 들였다. 진석이 짐짓 화를 내는 척을 하자 그제야 신애가 배시시 웃으면서 뉴스를 풀어 놨다. 신애도 주말에 자주 아람산을 걸으면서 진석을 가끔 봤고, 오늘도 마주쳤는데 팀장님이 오늘 본 진석과 같은 사람이라는 것을 그때 알아차렸다고 했다. 또 자기는 운동할 때 모자와 선글라스 외에 아주 큰 마스크를 착용하기 때문에 아무도 본인을 몰라본다는 말도 했다. 거기까지 신나게 뉴스를 풀어 놓고 진짜배기가 남아 있다고 진석에게 궁금증을 불어 넣은 한참 후에 땀을 뻘뻘 흘리면서 오늘 팀장님 뒤에 바짝 붙어 따라가던 청년이 자기 친동생이라는 것도 아주 신기한 표정으로 밝혔다. 그러면서 자기가 방 한 칸짜리 오피스텔에 살고 있는 까닭에 이성인 남동생을 곁에 두기가 어려워 부득이 따로 살았다는 말까지 했다. 그렇게 기분 좋은 표정으로 이른바 깜놀 뉴스를 전하면서도 신애는 진석이 권하는 술을 사양하지 않았다. 둘이 비운 술병이 진석이 어제 장남수와 마신 양과 비슷해질 무렵에 신애가 처음으로 진석 대신 천장 쪽을 바라보면서 수줍게 말했다. "팀장님의 젠틀한 인상이 너무 좋았어요. 그래서 어제 버스에서 내려서 헤어질 때 제가 한잔 사 드리겠다는 말을 하지 못해서 후회했구요. 근데 오늘 아람산에서 팀장님과 제 동생을 보고 나서 연락하기 좋은 구실이 생겼다고 좋아했어요."

시간이 갈수록 바람이 차가워졌다. 진석이 봄 점퍼 주머니에 양손을 집어 놓고 너무나 자주 달리는 탓에 집 마당처럼 친숙하게 느껴지는 운동장을 바라보았다. 밤이 깊었는지 소쩍새의 울음소리는 더 이상 들리지 않았다.

"동생한테 내가 누군지 알려 줬어요?"

진석이 그만 일어나자는 말 대신에 신애 동생을 불쑥 소환했다.

"아뇨. 동생이 점심을 먹으면서 아까 산에서 달리기 고수를 만나서 운동을 빡세게 한 후에 맥주까지 사 주셔서 좋았는데 전화번호를 안 줘서 쫌 서운했다는 말을 하더라고요. 친절하신 분 같았다는 말도 곁들이면서요. 그래서 말을 해 줄까 하다가 참았어요. 다음에 깜놀하게 해 주려구요. 저도 산에서 동생을 봤을 때 일부러 아는 체를 안 했거든요."

"가만히 보면 강 실장은 깜놀 되게 좋아하는 것 같아요?"

"후후, 그렇게 보이세요? 어떻게 하다 보니 팀장님한테 그 말을 몇 번 쓰게 되었지만 사실은 안 그래요. 저 원래 다른 사람 놀래키는 성격 아니에요."

강신애가 웃으면서 진석의 질책 아닌 질책을 가볍게 받아넘기고 묻지도 않은 이야기를 풀어냈다.

"제 동생이 집안 형편이 어려워서 줄곧 알바를 했기 때문에 스펙이 다른 학생들에 비해 뒤처질 수밖에 없었어요. 그래서 고민 끝에 창원으로 가는 것 같아요. 저와는 열 살 이상 차이 나는 늦둥이인데 별로 해 준 것도 없이 먼 곳으로 보내려고 하니 마음이 안 좋네요."

"아까 보니까 인물도 준수하고. ……. 아! 이제 생각난다. 오늘 동생 얼굴을 자세히 봤을 때 어쩐지 낯이 익다고 생각했는데 강 실장 얼굴이 겹쳐서 그랬구나. 이거 재밌네요. 암튼 내가 봤을 때 앞날이 창창한 친구 같으니까 너무 걱정하지 말아요."

진석이 품었던 궁금증이 갑자기 풀리면서 마음이 홀가분해지는 느낌이 들자 문득 신애가 삼겹살집에서 언뜻 꺼냈던 말이 떠올라 급하게 말을 이었다.

"그리고 말인데요. 아까 술집에서 조만간 결정해야 할 중요한 일이 있다고 말한 것 같은데 내가 알아도 되는 일인가요?"

진석이 큰 기대를 걸지 않고 물었는데 의외로 진지한 답변이 날아왔다.

"팀장님이 그동안 너무 편하게 대해 주서서 그런 말까지 했나 봐요. 더 솔직하게 말씀을 드리자면, 제가 지금 안고 있는 고민을 팀장님한테 털어놓고 싶었어요. 일을 떠나서 개인적으로는 처음 만나지만 어쩐지 그래도 괜찮겠다는 생각이 들었거든요. 물론 제 주위에 친한 사람이 없는 것은 아닌데 이 건에 대해서만큼은 팀장님의 조언을 듣고 싶었어요. 그런데 막상 만나고 보니 말문이 열리지 않네요."

"그래요? 나를 그런 사람으로 평가를 해 줘서 고맙네요. 내게 털어놓지 못하는 고민이 뭔지 궁금하기는 하지만 말하라고 강요할 수는 없고, 암튼 나는 무조건 강 실장의 결정을 지지하고 응원하고 싶군요."

"어머! 팀장님! 제가 사람들로부터 듣고 싶은 말을 꼭 집어서 해 주시네요. 어쩜 좋아요."

"이거, 쑥스럽네요."

"아니에요, 진심으로 드리는 말씀이에요. 팀장님이 말씀 한마디로 제게 큰 위안을 주셨으니까 힌트만 살짝 드릴게요. 저도 사실 힘들어요. 전문대학 간신히 나와서 반반한 외모를 무기 삼아 열심히 살아왔는데 이제는 한계를 느껴요. 나레이터 모델 세계에서 삼십 대 중반을 넘기면 환갑노인 취급을 받거든요. 그래서 코로나 기간 동안에 아는 언니 옷 가게에서 판매 알바를 하면서 경험을 쌓아 보려고 했는데 도저히 적성에 맞지 않더라고요. 전망도 불투명하구요. 제 친구들은 흔히 말하는 취집이라는 것을 했는데 저는 어쩌다 보니 못했어요. 다른 것은 별 볼 일 없고 외모만 받쳐주는 스펙은 그 자체로 힘들더라구요. 팀장님 그거 아세요? 나레이터 모델에 대한 편견이 있어요. 흔히 말하는 치마 끝이 짧은 여자로 취급하는 사람들이 많아요. 그래서 남자들이 오로지 제 몸뚱이만 보고 달려들어요. 꼭 진액만 빨아먹는 독충 같죠. 결혼해서 남편과 아웅다웅하면서 사는 친구들을 보면 그렇게 부러울 수가 없어요. 직업 세계에서도 결혼 시장에서도 퇴물이 되어 버린 것 같은 제 자신이 싫고 초라해 보여요. 제가 또 주책없이 팀장님 앞에서 떠드네요, 정말 죄송해요."

나레이터 모델답게 강신애는 말끝마다 '요'자를 붙여 가면서 마치 다른 사람이 처한 사정을 자세히 설명을 하듯 자신의 처지를 막힘이 없이 풀어냈다.

"별말씀을. 그렇게 흉금을 털어놓으니 오히려 고마운데요? 어쨌든 그런 상황에서 인생의 분기점이 될 수 있는 어떤 기회 같은 것이 찾아온 건가요?"

"맞아요. 일생일대의 결단을 내리면 지금과는 완전히 다른 삶을 살 수 있는 말 그대로 터닝 포인트가 찾아온 것 같아요. 정말 그렇게 될 것 같아요. 하지만 너무나 결정을 내리기가 어려워요. 그렇게 되면 영통을 떠나야 하는 것은 물론이고, 그동안 쌓아온 인간관계도 소원해질 것 같구요."

강신애가 말을 이어가면서 목이 탔는지 반 이상이 남은 것 같은 캔 맥주를 단숨에 비웠다. 어둠 속에서 희미하게 드러나는 그녀의 콧날과 입술이 왠지 애처롭게 보였다.

"그렇게 말하니까 더 궁금해지네요."

진석이 이번에는 아스라이 보이는 아람산을 바라보면서 그 결정 사안이 무엇인지 은근히 물었다.

"제가 말씀을 드리면 무조건 반대하실 거 같아요. 그런 느낌이 들어요. 저는 팀장님한테 듣고 싶은 말을 다 들었으니까 오늘은 여기까지만 할게요. ……. 사실, 제 고민에 대한 팀장님의 의견을 구하기보다는 절 지지하고 응원하는 말을 듣고 싶었던 같아요. 그게 오늘 팀장님을 뵙고 싶은 가장 큰 이유였고요. 물론 그게 다는 아니었지만요. 정말이에요? 믿어주세요."

신애가 이번에는 활짝 웃으면서 진석의 팔을 가볍게 쓰다듬었다.

시간이 갈수록 바람에 실려 오는 한기가 더해졌다. 운동장 가장자리에서 두리번거리던 고라니도 보이지 않았다. 이제 그만 신애에게 조언을 겸한 인사를 건네고 일어나야 하는데 적당한 말이 떠오르지 않았다. 그 순간, 신애가 진석의 마음을 읽기라도 한 듯이 속삭이듯 말했다.

"저한테 더 이상 해 주시고 싶은 말이 무엇인지 생각하지 않으셔도 돼요. 팀장님은 그동안, 특히 어제와 오늘 저한테 많은 것을 베풀어 주셨어요. 그리고 팀장님은 그 독충이 아닌 예쁜 나비 같은 분이세요. 하하!"

강신애의 긴 머리카락이 바람에 흩날리면서 자꾸 진석의 뺨을 간지럽혔다. 머리카락 한 올 한 올마다 신애의 체취가 깊게 배어 있었다. 진석은 마른침을 한번 삼키고 꼿꼿한 자세를 유지한 채 입을 열었다.

"그 중대 결정이라는 것을 내리기 직전에 우리 다시 만나면 안 될까요?"

"왜 하지 말라는 말씀하시려구요?"

"아니, 용기를 불어 넣어 주려고."

"알았어요. 생각해 볼게요."

"갑자기 그런 생각이 드네요. 만나자 이별이라더니 동생에 이어 강 실장마저 영통을 떠나 버리고, 여기, 소쩍새마저 사라져 버리면 꽤 허전할 것 같아요. 내가 나이가 들면서 여성 호르몬이 많아졌나 봐요"

"제가 여기에 있든, 어디를 가든 팀장님을 잊지 않을 거예요. 어제 주신 명함도 기름종이에 꽁꽁 싸서 고이 간직할거구요. 하하!"

"그래요, 그렇게 이심전심으로 살면 되겠네요. 하지만 내가 이런 말 한다고 그 결정을 기정사실로 해 버리면 안돼요. 고민에 고민을 더 해 보는 게 좋을 것 같아요."

"알았어요."

학생들로 보이는 서너 명의 남녀가 진석과 신애가 앉아 있는 곳 가까이에 와서 까르르 웃고 떠드는 바람에 이상야릇하면서도 답답한 분위기가 깨졌다. 이제 정말 일어나야 할 시간이다.

"동생한테 내 전화번호 꼭 알려 줘요. 혹시 도움이 필요하면 언제든지 연락하라는 말도 전해 주고요."

"알았어요. 그 말 들으면 제 동생이 좋아할 거예요. 이참에 저도 부탁하나 드릴게요."

"뭔데요?"

"다음부터는 저한테 존댓말 쓰지 마세요. 아까부터 그렇게 말씀을 드렸는데 왜 그렇게 말을 안 들으세요?"

신애가 진석의 팔뚝을 살짝 치면서 샐쭉한 표정을 지었다.

"알았어요. 그럼, 잘 들어가세요. ……. 아참! 혹시 그 중대한 결정이라는 게 극단적인 선택 같은 거는 아니겠죠? 내가 술김에 말이 좀 심했나요? 미안!"

"제가 바보인 줄 아세요? 저는 적어도 우리 세대 평균 수명까지, 그것도 남부럽지 않게 살고 싶어요."

"내가 별말을 다 했네요. 미안해요! 어서 먼저 들어가세요."

영통 중심상가와 아파트 단지를 이어 주는 육교 밑에서 진석이 신애를 향해 손을 흔들어 주고 몇 걸음을 옮기다 뒤돌아보았다. 강신애는 여전히 꼼짝을 하지 않고 그 자리에 서 있었다.

저 친구도 나처럼 중요한 결정을 앞두고 고민하고 있는 것 같다. 나보다 더 중대한 사안일까? 혹시 스폰 같은 거? 에이! 설마, 그건 아닐 거야. ……. 세상살이가 재밌는 구석도 있구면. 강 실장하고 이런 인연이 만들어지다니. 그 동생까지 엮어서 말이야. 그나저나 술김에 지금이라도 방 사장한테 전화를 할까? 아니야! 내가 왜 이렇게 결정을 내리지 못하고 우유부단할까? 아무리 봐도 한심한 친구다. 집으로 행하는 진석의 발걸음이 점차 느려졌다.

* * *

"빨리 구했네? 어떻게 마련 한 거야?"

다른 사람 눈에 띄지 않도록 결재판 안쪽에 숨긴 채 책상 한쪽에 올려놓은 돈봉투를 방 사장이 슬쩍 빼내 서랍에 넣으면서 진석에게 물었다.

"천은 남아 있는 것으로 채웠고요. 나머지는 자재 팀장과 외주 팀장 업무 가불로 우선 구했습니다."

"괜찮을까?"

"그 친구들은 업무상 수시로 가불을 하고 정산을 하니까 제 때 반제(返濟)만 하면 문제없습니다."

사실 진석이 급히 돈을 마련할 방법이 없어서 궁리 끝에 찜찜해하는 두 팀장을 설득하여 어렵게 가불 처리한 내용은 보고하지 않았다. 그렇게 하면 또 무슨 불호령이 떨어질지 염려가 되었기 때문이었다.

"당신 말이야. 고 상무 패싱하고 나한테 직접 에스피 가져오라고 한다고 해서 의아하게 생각하지 말어. 원래 씨이오(CEO)라는 직책이 그런 자리야. 언젠가 용처에 대해 자연스럽게 알게 될 날이 올 것이고."

방 사장은 진석이 약속한 대로 수요일을 넘기지 않고 돈을 가져와서 그런지 평소와는 다르게 부드러운 표정과 말투로 진석을 대했다.

"잘 알겠습니다. 사장님."

"경리부장은 음지에서 양지를 지향하는 직책이야. 내가 그 점을 유심히 지켜보고 있어요."

이건 분명히 힐난이 아닌 칭찬이다. 저 양반이 오늘따라 왜 이렇게 부드럽지?

"당신 미국 법인 근무해 봤던가?"

방 사장이 비서를 시켜 진석에게 커피까지 권한 다음에 뜬금없는 질문을 던졌다.

"아뇨, 회계 감사차 출장만 두 번 다녀왔습니다."

"영어는 되고?"

"말레이시아 법인 근무할 때 좀 배웠는데, 시간이 많이 흘러서 지금은 떠듬떠듬하는 수준입니다."

갑자기 미국하고 영어는 왜 꺼내는 거지? 혹시 나 미국 보내 줄 생각하고 있나? 그렇게만 해 주면 땡큐인데. 진석은 순간적으로 복잡하고 머리 아픈 코리아에서 벗어나 자유롭기만 한 미국 생활을 머릿속으로 그려 봤다.

"알았어. 그만 나가 봐."

진석은 방 사장한테 깨지지 않고 무사히 풀려나서 그런지 마치 계라도 탄 기분을 느끼면서 사장실을 빠져나왔다. 그래서 그랬는지 방 사장한테 오늘도 쿠데타 보고를 하지 않은 것을 후회하지 않았다. 마치 아무 일 없이 회사가 잘 돌아가고 있다는 환상에 잠시 빠져 있었기 때문이었다.

사장실 입구에서 진석이 여비서 최서우에게 눈인사를 하자 기다렸다는 듯이 추 부사장이 찾는다는 말을 전했다. 저 친구가 디자인팀 한 차장하고 그렇고 그런 사이라는 것을 나하고 장 부장은 알고 있는데 자재팀 강 과장 소개로 거래처 사장한테 시집을 간다지? 그래, 즈그덜은 사랑이니 뭐니 하겠지만 결국 불륜 아니겠어? 한 차장이 본부인하고 이혼할 리는 만무하고 말이야. 쟤가 결정을 잘한 거야. 그런데 강신애가 고민하고 있는 그 결정이라는 것은 대체 어떤 것일까? 최서우가 내린 수준이라면 박수를 쳐 주고 싶은데, 혹시 서우 쟤와 거꾸로 가는 거 아니야? 진석은 강신애에 대한 생각의 끈을 붙잡은 채 아래층에 있는 추 부사장 방으로 향했다.

"올 4월까지 실적이 좋을 것 같다면서?"

추 부사장이 갈라진 이빨 틈새를 드러내며 싱긋 웃었다. 방 사장이 나온 대학과 같은 S대 건축학과 출신인 추 부사장은 방 사장과는 대조적으로 상하 구분 없이 예의가 바르고, 사교적인 성격에 인물까지 훤칠해서 골프장에서조차 필드의 신사라고 불린다고 한다. 하지만 진석은 의심하고 있다. 상당 부분이 가식이고, 머릿속 깊은 곳에는 음흉한 생각들이 자리를 잡고 있을 것 같다는 것을. 그나저나 갑자기 나를 왜 보자고 했을까.

"예, 정확하게 결산을 해 봐야 알겠지만, 괜찮을 것 같습니다."

진석은 사장 방에서 커피를 마신 것을 생각하지 않고 비서한테 무심코 또 커피를 주문한 것을 후회하면서 살피듯이 자신을 바라보고 있는 추 부사장과 눈을 마주쳤다.

"분사(分社)할 때 혼수를 많이 가지고 나왔잖아? 차입금도 전혀 없고, 그 이자 비용만 따져도 얼마야? 그리고 지금 건축경기가 호황이고 말이야."

추 부사장이 예상 실적이 좋은 이유를 회사의 과거와 외부 환경의 덕분으로 돌렸다. 방 사장이 경영을 잘해서 그렇게 되었다는 사실을 인정하기 싫기 때문일 것이라고 진석은 짐작을 했다.

"그렇긴 하지만 종업원 지주제로 바뀌고 나서 구성원들이 주인의식을 가지고 열심히 하고 있지 않습니까? 사장님도 과거 씨이오(CEO)들과는 다르게 외형보다는 수익성에 포커스를 맞추시는 것도 중요한 요인인 것 같습니다."

진석이 추 부사장의 의견에 반박을 하면서 방 사장의 경영 능력을 부각시켰다. 그렇게 진석이 군이 추 부사장의 시각에 동의를 하지 않는 것은 외형보다는 실속을 차리는 방 사장의 영업 전략이 옳다고 평가를 하고 있었기 때문이었다. 또, 어떻게 하면 방 사장의 능력을 깎아내릴 수 있을까 궁리만 하고 있는 것 같은 추 부사장의 태도가 밉상스럽기도 해서 맞장구를 치지 않았다.

"맞아, 그것도 중요하지. 하지만 그건 기본 아니야? 지금까지 우리가 기본을 지키지 않아서 그 험한 꼴을 보기는 했지만 말이야."

부사장이 진석의 예기치 않은 반격에 한 발을 빼는 눈치였다.

"그 기본을 준수한다는 것이 쉽고도 어려운 것 같습니다."

"그렇긴 하지? 그건 그렇다 하더라도 사장님이 직원들을 너무 막 대하시는 거 아냐? 김 부장도 봤다시피 요즘에는 회의 석상에서 임원들도 막 깨잖아? 이건 기업 문화와도 직결이 된다고 보는데 김 부장 생각은 어때?"

이번에는 부사장이 말을 바꿔서 기업 문화 운운하며 방사장의 문제적 태도를 날카롭게 찔러 왔다.

"저도 안타까울 때가 많은데 그건 임원분들께서 나서 주시면 어떨까 합니다."

"누가 고양이 목에 방울을 달겠어? 그래도 김 부장이 최측근에서 모시고 있으니까 어떻게 좀 해 봐."

추 부사장이 말은 그렇게 해도 진정으로 걱정하는 표정은 아니었다. 오히려 진석의 의중을 떠보기 위해 그런 말을 꺼내는 것은 아닌지 의심마저 들었다.

"최측근이라는 말씀은 부담스럽습니다. 하지만 저도 보좌를 잘해야 하는데 워낙 역량이 부족해서 좀 어렵습니다."

"그래도, 김 부장은 어느 자리에서나 원칙에 입각해서 직언을 잘하잖아?"

"그렇게 봐주셔서 고맙습니다. 기회가 되면 주요 구성원들의 의견을 수렴해서 사장님께 전달해 보겠습니다. 부 사장님, 혹시 오늘 저한테 지시하실 내용이 있으십니까?"

분명히 무슨 용건이 있어서 진석을 호출했을 텐데 추 부사장이 변죽만 울리고 있는 것 같아서 직설적으로 물었다.

"아냐, 특별한 것은 없고, 실적 이야기를 직접 듣고 싶었어. 오랜만에 차 한잔 하고도 싶었고. 바쁘겠지만 내 방에도 자주 들르라고. 나는 김 부장하고 친하게 지내고 싶어. 워낙 에프엠(FM)이라 좀 피곤하지만 말이야."

부사장이 마지막 말을 날리고 흐흐 웃었다. 저 갈라진 이빨 사이를 거쳐 뇌 속에 진입을 할 수만 있다면 저 사람의 속내를 파헤칠 수 있을 텐데. 진석이 속으로 씁쓸하게 웃으면서 마음에도 없는 대답을 날렸다.

"죄송합니다. 앞으로는 자주 인사드리겠습니다."

"참, 김 부장 집이 수원이라고 그랬나?"

"예, 맞습니다."

"내가 불원간에 평택공장 다녀올 때 수원에 들를 거니까 그때 편하게 저녁이나 한번 먹자고. 그냥 하는 말이 아니니까 그때 시간 좀 내 줘. 김 부장이 후배들한테 인기가 많은 걸로 알고 있는데 출세하려면 윗사람들과도 잘 지내야 하는 거야."

진석이 인사를 하고 막 방문을 여는 순간에 부사장이 진석을 붙잡고 뜻밖의 제안과 충고를 던졌다.

그때 만나서 회유를 하거나 겁을 주려는 건가? 만약 쿠데타가 일어난 후에 내가 반기라도 들면 골치가 아플 수도 있을 테니까. 그런데 오늘만큼은 왜 그런 일이 일어나지 않을 것 같은 생각이 자꾸 드는 거지? 진석이 추 부사장 그룹이 비밀리에 추진하고 있는 사장 교체 음모를 또 생각하면서 재정부장 장남수의 자리로 향했다.

"오늘은 원투 펀치를 한꺼번에 맛봤네??"

장 부장이 방 사장과 추 부사장을 연이어 만나고 돌아와서 옆에 앉아 있는 진석에게 녹차를 권하면서 농담을 날렸다. 그러면서도 두 사람과 무슨 이야기를 나눴는지 무척 궁금해하는 눈치였다.

"그래도 오늘은 잽만 맞아서 그런지 맷집 걱정은 안 들더라고."

그렇게 진석이 시들하게 말을 하면서도 방 사장한테 비자금을 전달한 사실과 추 부사장이 저녁 식사를 제안했다는 말은 꺼내지 않았다.

"부 사장님이 무슨 말씀 안 하시던가?"

"예상 실적 말고는 별말씀이 없던데? 그나저나 우리 마나님이 엘에이에 아주 가신 건가?"

아까 방 사장이 느닷없이 꺼낸 영어 실력과 장 부장 부인이 LA에 갔다는 사실을 진석이 거의 동시에 떠올리면서 말을 돌렸다."

"아냐, 큰 딸내미가 거기 살잖아. 산후조리 겸해서 몇 달 일정으로 간 거야. 젊은 나이에 할머니 만들었다고 난리다."

장남수가 쿡쿡 웃으면서 녹차가 든 컵을 들었다.

"요즘에는 할머니가 되기 싫어하는 여자들이 의외로 많더라고. 세월 앞에 장사 없는데 그걸 인정하기 싫은 거지, 그건 그렇고, 장 부장 처가 쪽도 거기 살고 있지 않아?"

"맞아, 나도 언젠가는 엘에이에 가야 할 것 같다. 그래서 에이아이시피에(AICPA, 미국공인회계사) 준비하고 있어. 영어는 원래부터 좀 되고."

방 사장이 자리를 계속 지킨다면 나 대신에 저 친구를 미국법인에 보낼 수도 있겠는데? 왜 이렇게 저 친구와 나는 현재와 미래가 겹치는 거지? 꼭 삼국지에 나오는 제갈량과 주유 같다. 물론 내가 제갈량이고. 후후.

"먼저 가서 내 자리도 만들어 봐."

"차차기 대권주자가 무슨 말씀? 암튼, 정말 부사장이 별말 안 했어?"

"그렇다니까."

"나중에 들통나면 죽음이다."

"나는 이미 죽은 목숨이야."

진석이 자리에서 일어나 눈인사를 건네는 순간에도 장남수는 미심쩍은 시선을 거두지 않았다.

                              * * *

　진석이 수요일에 맞춰 방 사장이 요구한 비자금을 전달한 이후에는 평
온한 시간이 이어졌다. 뜻밖에도 방 사장이 수요일 오후부터 금요일까
지 휴가를 낸 것이다. 일벌레 방 사장이 갑자기 휴가를 낸 이유가 하도
궁금해서 진석이 비서 최서우에게 물으니 건강검진 예약을 직접 하시는
것 같았다는 대답만 돌아왔다. 방 사장의 휴가에 맞춰 추 부사장의 일본
출장도 이어졌다. 회사 사업 구조상 일본에는 특별한 네트워크가 없는
데 무슨 일일까? 그것도 직원을 대동하지 않고 혼자서? 부사장 출장 사
실을 들은 진석은 고개를 갸웃거렸다.

　주말인 금요일의 업무도 무난히 처리되고 있었다. 퇴근 시간이 되자
진석은 지체 없이 책상을 정리했다. 오랜만에 마음 편하게 저수지 코스
를 달려볼 생각에 벌써부터 가슴이 두근거렸다. 그래, 이렇게 사는 거야.
이번 주만큼은 그놈의 쿠데타 생각은 머릿속에서 지워 버리자고. 아까
부사장 말을 들으니 수원에서 양자 대면을 한 후에 일을 벌려도 본격적
으로 벌릴 것 같으니까 그때까지는 마음 편하게 지내자.

　진석이 퇴근을 하자마자 부리나케 운동복으로 갈아입고 물을 마시기
위해 정수기 꼭지에 물컵을 대는 순간에 문자음이 들렸다. 금요일 저녁
에 웬 문자음? 어쩐지 불길한 예감이 들었다. 진석은 서둘러 휴대폰을
확인했다. "급보. 즉시 멜 확인 바람." 쿠데타 관련 정보원이 보낸 메시지
였다.

　　　김 부장님,
　　　전혀 예상하지 못했던 방향으로 상황이 종료되었습니다.
　　　그동안 사장과 부사장이 극비리에 딜을 해 왔답니다.
　　　그 결과, 사장 지분을 프리미엄을 붙여서 회사에서 매입을 해 주는 조
　　　건으로 경영권을 부사장에게 넘기기로 최종 합의를 했다고 합니다.
　　　사장 입장에서는 적당한 시기에 200억이 넘는 돈을 챙겨 빠지고, 부사

장은 자기 돈 한 푼 안 들이고 회사 돈으로 경영권을 확보했으니 양쪽이 다 윈윈하는 거래인 거죠.

사장은 별도의 퇴임식 없이 내일 미국으로 떠난답니다. 연고가 모두 미국이니 언젠가는 떠날 사람이었죠. 거기서 무슨 프랜차이즈 사업을 준비한다고 합니다.

김 부장님과 관련한 말도 들었습니다.

부사장 쪽에서는, 김 부장은 특정인보다는 회사에 충성하는 부류로 일단 결론을 내리고 당분간 그 자리를 맡긴 다음에 태도를 지켜보겠답니다.

문제는 장남수 부장인데요. 그 친구는 신뢰를 할 수 없다고 판단하여 조만간 신설 자회사로 좌천시키고 후임은 부사장이 외부에서 직접 데리고 올 거라고 합니다. 장 부장은 한마디로 닭 쫓던 개 신세가 된 거죠.

앞으로는 더 이상 메일 보낼 일이 없을 것 같습니다.

그동안 수고 많으셨습니다.

우리 관계는 영원히 비밀로 해 주세요. 앞으로 저도 잘 챙겨 주시구요.

주말 잘 보내세요!

진석은 메일 내용을 확인하고 힘이 쭉 빠지는 느낌이 들었다. 그들이 진석을 가지고 직접적으로 뭘 어떻게 한 것은 아니었지만 깊은 배신감과 함께 모멸감까지 몰려와 자기도 모르게 컴퓨터 책상을 주먹으로 쿵쿵쳤다. 그래, 이제야 동시에 이루어진 사장의 휴가와 부사장의 일본 출장이 이해가 되네. 이틀 동안 제3의 장소에서 만나서 막바지 협상을 벌였겠지. 그동안 피땀 흘려 회사를 회생시킨 구성원들은 장기판의 기물에 불과한 것이고. ……. 기회주의적이고, 얍삽하고, 의리 없고, 후안무치한 친구들 같으니라고. 진석은 온갖 부정적인 어휘를 떠올리며 둘에게 욕설을 퍼붓느라 바빠졌다. 그럼, 최근에 전달한 그 비자금도 결국 그 딜이라는 것을 하기 위해서나 신변 정리용으로 쓰였겠네? 난 아무것도 모르는 심부름꾼에 불과했고 말이야. 그 일을 시킬 때 내가 얼마나 하찮은 존재로 비쳤을까? 또 본인은 전혀 염두에 두고 있지 않은 쿠데타 음모에 대한 보고를 해야 할지에 대해 그동안 끙끙 앓은 나는 뭐가 되는 거지? 진석은 배신감과 수치심에 치를 떨었다.

이 기분으로는 도저히 운동을 못 하겠다. 결국 진석은 운동복을 입은 채 위스키를 꺼내 들어 병째로 벌컥벌컥 들이마시자 빈속이 날카로운 바늘에 찔리는 듯한 느낌이 전해졌다. 어디에선가 무슨 냄새도 나는 것 같았다. 진석은 코를 킁킁거렸다. 이것은 생선이 썩을 때. 아니, 사람이 부패할 때 나는 냄새다. 맞아! 사장 방을 들락거릴 때 맡았던 비린내가 바로 이 냄새였구나. 진석은 그 독한 냄새를 몰아내기 위해 연신 위스키를 들이켰다. 바로 이어서 술기운과 이성이 머릿속에서 격렬하기 충돌하기 시작했다. 제발 좀 빨리 취해 줘라. 그 순간, 장남수가 문득 떠올랐다. 둘 다 철저한 루저가 되어 버렸다는 생각 때문이었다. 그 친구 미국 가는 일이 빨라질지도 모르겠구나. 그러기 전에 서둘러서 분 냄새 진하게 나는 곳에서 남자 대 남자로서, 툭 터놓고, 밤새 마셔야겠네. 진석은 서서히 취해 갔다. 그러다 결국 소파에 쓰러졌다.

진석이 꿈에서 헤매고 있을 때 저 멀리서 어렴풋이 무슨 소리가 들려왔다. 그 소리는 점점 커졌다. 그것은 휴대폰이 요란하게 내지르는 소리였다. 진석은 잠에서 덜 깬 채 마지못해 누구 전화인지를 확인했다. 발신인은 방 사장이었다. 무슨 염치로 전화를. 진석은 끝내 수신 버튼을 누르지 않았다. 진석이 전화 소리에 정신을 차리고 다시 소파에 누워 천장만 멀뚱멀뚱 바라보고 있을 때 휴대폰이 다시 울렸다. 역시 방 사장이었다. 나는 당신한테 더 이상 들을 말도, 하고 싶은 말도 없어. 전화벨이 멈추자 바로 방 사장 전화번호를 차단시켜 버렸다.

진석의 머리가 깨지는 듯이 아프기 시작했다. 갈증도 심하게 느껴져 물을 벌컥벌컥 마신 후에 베란다로 나가서 단지 내 공원을 바라보았다. 뛰어 노는 아이들이 보이지 않아서 그런지 왠지 초라하게 보이는 철쭉꽃만 아니라면 꼭 겨울 같은 분위기를 자아내고 있었다. 이제라도 달리러 나갈까? 아니면 술을 더 마실까? 그것도 아니면 달리 뭘 하면서 이 더러운 기분을 잠재워야 하나? 진석은 버릇이 된 제자리걸음을 시작했다. 그 순간, 문득 강신애를 떠올렸다. 그래, 신애라면 나를 충분히 위로해 줄 수 있을 거야. 그 중대한 결정이라는 것의 진행 상황도 궁금하고. 전화하기에 좀 늦은 시간인 것 같기는 하지만 지난주에 만났을 때 나를 대하는 태도를 보면 너그러이 이해하고 나와 줄 거야. 오늘 저녁에는 편하게 말을 놓고, 저번처럼 3차, 아니, 노래방에 가자고 해 볼까?

진석이 스스로 놀랄 정도로 설레는 마음을 억누르면서 신애 전화번호를 터치했다. 뚜르르, 뚜르르 발신음이 울리기 시작했다. 진석은 마른침을 삼키면서 신애의 목소리가 들리기만을 기다렸다. 그렇게 대여섯 번의 발신음이 울렸을까? 갑자기 '철컥' 하는 듯한 소리가 들리는가 싶더니 이내 날카로운 기계음이 진석의 귀를 파고들었다.

"지금 거신 번호는 없는 번호입니다. 다시 확인하신 후에 걸어 주시기
바랍니다."

그 메시지를 듣자마자 진석이 제자리걸음을 멈췄다. 숙취와는 분명히 다른 느낌이 몰려왔다. 진석은 베란다 창문을 열어젖혔다. 선선하다 못해 차갑게 느껴지는 바람이 거침없이 들어오자 양팔을 벌리고 깊이 들이마셨다. 그러면서 진석 자신도 모르게 속으로 중얼거리기 시작했다. 나와는 달리 그 중대 결정이라는 것을 내렸음이 분명한 강신애는 이 시간에 어디에서 무슨 생각을 하고 있을까? 그리고, 닭 쫓던 개 신세가 되어 버린 것 같은 장남수는?

이 시점에서 과연 나는 어떤 결정을 내려야 할까? 머리가 혼란스럽다. 하지만, 이거 한 가지는 분명하다. 일단 싸늘하면서도 잔인한 이 4월을 잘 견디자. 결코 겨울로 되돌아가지는 않을 거니까.

은혜의 얼굴값

하나님께서는 부지런한 자의 경영은 풍부함에 이를 것이나 조급한 자는 궁핍함에 이를 따름이니라 라고 하셨습니다. 오늘도 달콤한 새벽잠의 유혹을 이겨 내고 지금 이 자리에 앉아 계신 부지런한 성도 여러분에게 하나님의 은혜가 충만하기를 축원합니다. 예수님께서 이르시길……

목사님의 새벽예배 설교가 귀에 들어오지 않고 몰려오는 졸음을 참느라 허벅지를 꼬집어 대던 나는 은혜라는 내 이름이 들려오자 잠이 번뜩 깨는 느낌이 들었다. 육십 평생을 살아오면서 게으르다는 말을 들어보지 못했는데 풍부하게 이른 것이 무엇일까? 부지런하다는 말은 무슨 뜻일까? 성경 말씀이 때로는 어렵게 다가온다. 그나저나 오늘은 왜 이렇게 졸리는 거지? 이럴 줄 알았으면 그냥 집에서 쉬는 건데. 허리 쪽에서 찌릿찌릿한 통증도 느껴진다. 전에 회사 구내식당에서 일할 때 얻은 디스크 증상인데 요즘 들어서 부쩍 더 아프다. 병원에서는 무조건 쉬라고 하는데 나는 쉴 수가 없다. 스스로 벌어서 생활을 해야 하기 때문이다. 잠은 깼지만 몰려든 잡념 때문에 목사님 설교가 귀에 들어오지 않는다. 그렇다면 오늘은 은혜를 받지 못하는 날이 되는 건가? 나는 마음이 약해진다. 그만큼 나는 요즘 흔들리고 있다. 은혜, 은혜라. 신실한 기독교 신자이셨던 아버지가 지어 준 은혜라는 이름이 새롭게 다가온다. 과연 하나님 앞에 바짝 엎드리기만 하면 은혜가 충만해질까? 그렇지 않다면 나는 앞으로 어떻게 살아가야 하나.

아침 일곱 시가 넘었는데도 실내가 컴컴하다. 삼월이 얼마 남지 않았는데 아직 겨울 느낌이 짙게 남아 있다. 난방비를 절약하기 위해 보일러를 꺼둔 집안은 썰렁하다. 새벽예배를 마치고 집에 들어온 나는 무엇을 할지 잠시 머뭇거린다. 그러면서 30년이 훌쩍 넘었다는 낡은 15평 아파트 내부를 남의 집을 구경하듯이 살핀다. 사실, 이 집은 남의 집이다. 육년 전에 모든 것을 잃고 길거리에 나 앉을 처지에 몰렸을 때 큰딸이 반전세로 마련해 줬기 때문이다. 그래도 월세 40만 원은 내가 벌어서 내야 한다. 나머지 생활비도 당연히 내가 책임져야 한다. 결국 나는 새장 속의 새처럼 이렇게 좁은 공간에서 아등바등 살다 요양원 같은 곳에서 삶을 마감해야 하는 팔자인가? 이것이 은혜로운 삶인가? 하긴 범사에 감사하라는 말씀도 있으니 겸허하게 받아들여야겠지. 나는 또 목사님이 꺼내든 은혜라는 말을 곱씹는다.

잠깐 쉬었다 출근을 해야 하니까 옷을 갈아입을 필요가 없고, 몸단장도 이미 했으니 아침밥만 먹으면 되는 데 뭘 먹을까? 냉장고 안을 들여다본다. 김장 김치가 담긴 자그마한 통, 얼마 전부터 즐겨 먹는 청양고추봉지, 그리고 달걀 몇 개와 같이 검붉게 변한 양파가 눈에 보인다. 뜨끈한 미역국 한 그릇 먹으면 속이 좀 풀릴 것 같다. 나는 밥을 챙겨 먹는 것을 일단 포기하고 좁은 거실에 간신히 자리를 잡고 있는 삼인용 소파에 털썩 몸을 맡기고 만다.

다시 허리 통증이 느껴진다. 날씨가 추우면 증상이 심해지고, 일을 해도 그렇다. 당연한 거다. 의사 말대로 쉬는 게 답이다. 적당한 운동도 권한다. 하지만 나는 그렇게 할 형편이 되지 못한다. 아까 말한 대로 나는 스스로 벌어서 살아가야 하는 육십 대 과부이기 때문이다. 문득 누군가가 옆에서 날 챙겨 주면 얼마나 든든할까 하는 마음이 몰려온다. 애들한테 전화라도 해 볼까? 목소리라도 들으면 위안이 좀 될 것 같다. 아니지, 아침부터 청승을 떨면 안 되지. 나는 소파 머리에 목을 맡긴 채 마른침을 삼킨다. 미역국에 밥 말아 먹고 싶다. 그러면 몸이 한결 가뿐해질 것 같다. 그렇게 하루를 시작하고 싶다. 나는 어린아이처럼 내게 칭얼댄다. 그러자 실없는 웃음이 터져 나온다. 그래, 이 웃음으로 하루를 버텨 보자. 뜻밖의 은혜가 찾아올 수도 있을 테니까.

"구 선생, 국이 짜다. 소태야 소태."

성칠 영감이 아침상에 오른 미역국을 두고 또 음식 타박을 한다. 거의 매일, 매끼 있는 일이다. 그러면서도 남기지 않고 잘도 먹는다. 아들의 말을 들어 보면 젊었을 때도 입맛이든 뭐든 다 까다로워서 돌아가신 어머니가 마음고생깨나 했다고 한다. 하긴 소문난 부잣집에서 2대 독자로 태어난 몸이니 집안에서 얼마나 귀하게 키웠겠나. 자기 하고 싶은 대로 다 하면서 자랐겠지. 그런 태도와 버릇들이 지금까지 이어졌을 것이고. 나는 새삼 짜증 섞인 표정으로 밥을 넘기는 영감의 얼굴을 살핀다. 여든둘의 나이가 무색하게 피부가 곱고 탱탱하다. 머리칼도 아직 많이 남아 있다. 작고 갸름한 얼굴에 눈, 코, 입, 모두가 가지런히 자리를 잡고 있다. 거기에 늘 쓰고 있는 금색 테두리 안경. 이 모든 것들이 나이에 비해 훨씬 젊게 보이게 한다. 고생이라는 것을 모르고 살아온 흔적이 얼굴에 역력하다. 하지만 그 당시에 남들은 들어가기 힘들었을 대학을 나와서 은행에서 지점장까지 하다 퇴직한 엘리트 노인이 풍길 수 있는 중후함 내지는 기품은 찾아볼 수 없다. 뭐랄까, 요즘 말로 치면 까칠한 노인이라고나 할까? 그렇다고 해서 매사에 까다롭게 굴거나 인색한 것도 아니다. 때때로 인정이라는 것도 베풀 줄 안다. 그렇지만 사교성이 부족해서 주간보호시설이나 복지관 같은 곳에 나가지 않고 집에만 틀어박혀 있다. 한마디로 말해서 복잡한 성격의 노인네다. 그래서 그보다 훨씬 젊은 여자인 나로서는 상대하기가 까다롭다.

영감의 장기요양등급은 4등급이다. 몇 년 전에 오른쪽에 풍을 맞았다는데 재활이 잘 되어서 그런지 언뜻 보기에는 정상인과 다를 것이 없어 보인다. 이 정도 등급이고, 이런 상태라면, 혼자 생활에도 큰 무리가 없을 것 같은데도 일상생활의 대부분을 다른 사람에게 의존한다. 나도 그중 하나로 영감에게 방문요양 서비스를 제공한다. 나 같은 직업을 가진 사람을 재가 요양보호사라고 한다. 장기요양보험 규정상 4등급 수급자는 하루에 3시간, 월 24일까지 서비스를 제공받을 수 있다. 그 이상은 보험 적용이 안 된다. 그래서 영감은 내게 일주일에 6일, 하루 8시간 근무를 제안하면서 법정 서비스 시간과 일수를 초과하는 시급에 해당하는 금액인 백칠십 만원을 매월 따로 주겠다고 했다. 그렇게 되면, 내가 속한 방문요양 센터에서 따로 내 시급을 만 이천오백 원으로 계산을 해 주고, 거기에 교통비 지원금 오만 원을 별도로 지급받을 수 있기 때문에 매월 내 통장으로 들어오는 총소득은 이백칠십만 원 안팎이 된다. 나는 은행원 출신답게 합리적으로 계산한 영감의 제안을 흔쾌히 수락했다. 전에 일하던 요양원에서 받던 월급에 비해 매월 사십만 원 정도를 더 받을 수가 있는 반면에 근무 강도는 훨씬 수월하겠다는 판단을 했기 때문이었다.

나는 오십 대 후반에 대기업 구내식당에 들어가서 이 년 남짓 힘든 일을 했다. 몸집이 작고 체력이 약한 내겐 감당하기가 버거운 일이었다. 그렇게 버티다 결국 허리 병만 얻은 후에 퇴직을 하고 다른 일을 찾던 끝에 요양보호사 자격을 취득하여 요양원에 취직을 했다. 하지만 요양원이라는 노인 시설도 근무 강도가 만만치가 않았다. 갈수록 힘이 부쳤다. 그래서 일이 한결 수월한 방문요양 쪽을 알아보다 육 개월 전에 성질 영감을 만나게 된 것이다.

"물로 입안을 헹구고 식사를 하시면 음식이 짜게 안 느껴져요. 입맛도 더 돌고요."

나는 영감의 음식 타박을 입안 헹구기로 응수하면서 젓가락으로 달걀말이를 집어서 밥공기에 얹어 준다. 이럴 때는 애들이 어렸을 때 밥을 먹이던 기억이 떠오르곤 한다. 사람이 늙으면 애가 된다는 말이 있듯이 영감도 하는 행동이 꼭 어린애 같은 때가 많다. 그러면서도 때때로 영감이 팔십 노인이 아니라 엄연한 수컷이라는 사실을 상기시켜 나를 당황스럽게 만들곤 한다.

"어르신, 밤에 잘 주무셨어요? 안색이 밝아 보여요."

빈말이 아니라 오늘 아침 영감의 표정이 상당히 밝다. 주름기만 약간 있는 양 볼이 오늘따라 더 탱탱하게 보인다.

"맨날 그날이 그날 아녀? 늙은이한테 먼 좋은 일이 있겠는가. 그건 그렇고, 오늘 목욕허는 날이지?"

노인이 밥숟가락을 상에 내려놓고 나를 향해 살짝 웃는다. 어린애한테서 볼 수 있는 해맑은 표정이 얼굴에서 또 묻어 나온다. 맞다! 오늘이 목욕하는 날이라서 영감이 살짝 들떠있구나. 하지만 내겐 일주일 중에서 가장 고역스러운 날이다. 사실 방문 요양 서비스 항목 중에서 목욕은 옵션이다. 영감도 충분히 혼자서 목욕을 할 수 있을 것 같아서 빼자고 했는데 그건 안 된다고 해서 할 수 없이 그렇게 하자고 했다. 나는 설거지를 하면서 어떻게 하면 어색한 순간이 찾아오지 않게 목욕을 끝낼지 고심한다. 아까 말 한대로 영감이 목욕을 할 때는 수컷으로 돌아오기 때문이다.

화장실을 겸한 욕실은 욕조에 가득 담긴 뜨거운 물에서 뿜어 나오는 수증기로 인해 자욱해져 몽환적인 분위기마저 느끼게 한다. 영감은 벌거벗은 채로 벽 쪽을 향해 있는 목욕 의자에 약간 웅크린 자세로 앉아 있다. 여자의 피부를 연상케 하는 뽀얀 피부가 수증기를 뚫고 내 시야에 들어온다. 문득 죽음을 앞두고 있던 남편이 욕실에서 내게 몸을 맡기던 모습이 떠오른다. 나는 그 기억을 지워 버리기라도 하듯 영감의 등을 수건으로 박박 문지른다.

"앞쪽은 어르신이 손으로 더 씻어 주세요."

나는 손을 대기가 가장 난감한 부위를 쳐다보지도 않고 영감에게 부탁 아닌 부탁을 한다.

"다 했다니까 그러네. 개운하게 샤워기로 물이나 많이 뿌려줘."

벌써 여러 차례 바가지로 영감의 사타구니에 물을 부었음에도 성이 덜 찼는지 그 방법을 요구한다. 나는 할 수 없이 샤워기를 그곳에 갖다 댄다. 이제 시선을 더 이상 피할 수가 없다. 오늘도 변함없이 영감의 페니스는 욕실 천장을 향해 바짝 서 있다. 나는 최대한 그 모습을 보지 않으려고 애를 쓰면서 물을 뿌린다. 내 이마와 등에서는 땀이 주룩주룩 흘러내린다.

"이거 얼마 안 되는데 화장품 사는 데 보태 써. 고운 얼굴 잘 간수해야지."

영감이 퇴근 인사를 하는 내게 오만 원짜리 지폐를 건네고 내 허리를 손바닥으로 두어 번 살짝 두드린다. 목욕을 하는 날이면 으레 수고비로 주는 돈이다. 그뿐만이 아니다. 병원을 모시고 다녀온 날이라든지, 명절과 같은 특별한 날에는 꼭 돈을 준다. 그렇게 한 달에 몇 차례 받은 돈을 합하면 삼십만 원 안팎이 된다. 거기에 더해 영감의 아들인 기택이 가끔 건네는 돈까지 더하면 한 달에 부자(父子)로부터 받는 돈이 오십만 원을 넘기도 한다. 이런 식으로 받는 돈에 월급과 영감이 별도로 주는 돈을 합산하면 내 월간 소득 총액이 삼백만 원을 훌쩍 넘는다. 육십을 넘긴 여자가 올리는 수입치고는 꽤 높은 수준이다. 더구나 이전과는 비교할 수 없을 정도로 일이 수월하다는 점을 생각하면 더더욱 그런 생각이 든다.

이렇게 육 개월 전부터 매월 삼백만 원 이상을 벌게 되자 내 생활에 여유가 찾아왔다. 전에는 꿈도 꾸지 못했던 저축이라는 것도 할 수 있게 되었다. 할머니의 즐거운 의무(?)인 손주 용돈도 가끔 준다. 허리는 여전히 불편하지만 물질적으로 사는 데는 힘들지가 않다. 물질적으로는 힘들지 않다! 내가 이 말을 굳이 반복하는 것은 정신적으로는 그렇지 않다는 것을 강조하기 위해서이다. 이건 배가 불러서 하는 말이 아니다. 지극히 현실적인 힘듦이 나를 사로잡고 있는데, 가장 큰 것은 성칠 영감의 나를 향한 은근한 태도와 얼마 전에 내게 제시한 제안 때문이다.

"구 선생, 내가 한 말 잘 생각해 보고 있어? 금방 봄 돌아와."

오늘 퇴근할 때 영감이 내게 던진 말이다. 나는 소파에 앉아 영감이 한 말을 되씹는다. 영감은 일을 시작하는 날부터 내게 친근감을 넘어서는 호감을 보였다. 시간이 지날수록 내 심성과 얼굴이 다 고와 보여서 나를 볼 때마다 죽은 마누라가 생각난다는 말을 자주 하기 시작했다. 그러면서 내 몸에 손을 대기 시작했다. 손등을 툭툭 치거나 팔뚝을 살짝 건드리는 단계에서는 크게 기분이 나쁘지 않았다. 한집에서 몸을 부딪치면서 살다 보면 그럴 수도 있다는 생각을 했기 때문이었다. 하지만 날이 갈수록 영감의 터치는 점점 정도가 심해져, 급기야 내 허리까지 건드리는 강도에까지 오고 말았다. 이건 남성 수급자가 여성 서비스 제공자에게 결코 해서는 안 되는, 용납할 수 없는, 성추행 행위이다. 이런 일을 당하게 되면 즉시, 단호하게, 수급자에게 더 이상 그런 행위를 하지 말라고 경고를 해야 한다. 이건 지극히 상식적인 대처 방법이다. 하지만 나는 어쩐 일인지 그렇게 하지 못하고 어물어물 그 상황을 넘겨 왔다. 그래서 그런지, 다시 말하면, 내가 그런 행동을 자연스럽게 받아들인다고 여겼는지, 더 나아가서, 자신에게 호감을 가지고 있다고 오판을 하고 있는지, 영감의 손길은 점점 민감한 부위를 노리고 있는 것 같다. 이대로 가다가는 내 엉덩이나 허벅지에 손을 갖다 댈 것 같다. 분명 그렇게 할 것 같다. 영감이 앞으로 어떻게 할지 뻔히 알면서도 왜 나는 마땅한 대책을 강구하지 않는 것이지? 나는 천장을 바라보며 되묻는다. 월 삼백만 원 이상 들어오는 돈 때문인가? 요양보호사가 마음에 안 들어서 바꿔 달라는 전화 한 통이면 그날로 해고될 수 있다는 두려움 때문인가? 아니면, 영감이 두 달 전에 내게 은밀하게 건넨 그 제안에 내가 흔들리고 있어서 이러고 있는 것인가? 나는 얼마 전부터 내 머릿속에 똬리를 틀고 있는 풀기 어려운 숙제들을 늘어놓기 시작한다.

"구 선생, 이렇게 과부로 살다가 죽을 거야? 고운 얼굴이 아깝잖아. 남 눈치 보지 말고 팔자 고칠 생각을 좀 해 봐요."

성칠 영감이 두 달 전쯤에 내게 한 말이다. 영감은 낮에만 일을 하지 말고 아예 집에 들어와서 같이 살자는 제안을 했다. 결혼은 자식들의 반대가 심할 것이니 일단 동거를 하자고 했다. 그러면서 자신의 뜻대로만 해 주면 먼저 이억 원을 한꺼번에 주고 거기에 더해 매월 삼백만 원을 별도로 주겠다는 말도 했다. 만약 내가 영감의 말을 들어주면 사백만 원 정도의 월수입을 올릴 수 있게 되는 것이다. 센터에서 따로 매월 백만 원 남짓한 급여를 받고 있기 때문이다. 나는 일단 다른 것들은 제쳐 두고 돈만 생각해 본다. 영감의 제안대로 혼인 신고를 하지 않은 채 재취 자리로 들어앉으면 일 년에 부수입까지 합쳐서 오천만 원 정도는 너끈히 벌 수 있다. 그렇게 오 년만 같이 산다면 치면 이억 오천만 원이 되는데 의식주는 영감이 다 책임지는 거니까 적어도 이억 원은 저축을 할 수 있을 것이다. 거기에 처음에 받은 돈 이억 원을 합치면 총 사억 원 정도를 오 년 후면 손에 쥘 수 있다. 사억 원이라. 내겐 큰돈이다. 그 정도 금액이라면 내 노후 자금으로는 충분할 것 같다. 설사 그전에 영감과 헤어지더라도 이억 원이라는 목돈은 고스란히 떨어지는 거니까 그것만으로도 괜찮은 조건이다. 사는 게 너무 초라하고 구질구질해서 빨리 늙어 죽었으면 좋겠다는 마음으로 살고 있는 내 인생이 확 바뀔 수 있는 돈이다. 처음에는 무슨 말씀을 그렇게 하시냐고 정색을 하면서 거절을 했지만 시간이 갈수록 마음이 흔들린다. 내가 그렇게 단호한 태도를 보였음에도 영감이 집요하게 물고 늘어지고 있기도 하거니와 나 역시 조금씩 동요하기 시작했기 때문이다.

　그래도 그렇지, 간병인도 아니고 어디까지나 재취로 들어가는 건데 사랑까지는 아니더라도 애틋한 마음 정도는 있어야 되는 것 아닌가? 나는 저녁 준비를 할 생각은 하지 않고 철 지난 티브이 드라마를 건성으로 보면서 생각에 잠긴다. 세상살이 참 모질다. 내가 어쩌다 돈으로 저울질 되는 상품이 되어 버리다니. 그건 그렇고, 영감은 나를 좋아하기는 하는 건가? 나는 생각의 화살을 영감에게 겨눈다. 영감은 돈이 아주 많다고 들었다. 부모로부터 물려받은 전답 중에서 각종 개발에 수용된 땅이 많아서 그렇게 되었다고 한다. 지금 살고 있는 48평 아파트 외에 서울 강남에도 한 채를 더 가지고 있고, 월세를 받는 상가도 여러 개가 있다고 들었다. 그렇게 돈이 많으니 내게 제시하는 조건은 영감에게 별 부담이 없을지도 모른다. 그래도 그렇지, 이억이 넘어가는 돈이다. 부자가 더 인색하다는 말도 들었다. 그런데 영감은 선뜻 그 돈을 주겠다고 한다. 그렇다면 정말 나를 마누라감으로 생각하고 있다는 것인가? 그렇기만 한다면, 나를 좋아하기만 한다면, 내가 진지하게 고민해 볼 수도 있는 거 아닌가? 아니야! 그래도 그렇지, 어떻게 스무 살이나 더 먹은 영감을 신랑으로 받아들여 팔자를 고칠 수 있겠어? 애들 아빠가 죽은 뒤로 비록 돈은 많아 보이지는 않았지만 나이대가 비슷하고 성격이 괜찮아 보이는 홀아비를 만났을 때 잠깐 흔들린 적이 있었지만 바로 포기를 했는데, 내가 지금 제정신인가? 나는 고개를 흔들면서 영감의 제안을 받아들일 수 없는 이유들을 다시 꼽기 시작한다. 그러니까, 아버지뻘 되는 영감의 나이, 전혀 이성으로 느껴지지 않는 감정, 돈에 팔려 갈 수는 없다는 자존심, 그리고 시댁, 친정, 딸들을 비롯한 세상 사람들의 부정적인 시선, 이런 것들이 내가 팔자를 고칠 수 없게 하는 걸림돌이다. 가만있자, 그것 말고 뭐가 또 있을까? 나는 시선을 천장으로 돌리고 그것이 무엇인지 생각에 잠긴다. 그것이 무엇일까? 아니, 더 이상 없는 것인가? 하긴, 더 이상의 이유가 뭐가 필요하겠어? 나는 더 찾겠다는 생각을 포기하고 다시 티브이 드라마를 보기 시작한다. 공교롭게도 노부부가 오붓하게 외식을 하는 장면이 등장한다. 아! 나도 저렇게 살고 싶었는데! 야속한 사람, 미운 사람, 불쌍한 사람 같으니, 죽은 남편이 불현듯 떠오르자 리모컨을 급히 들어 티브이를 꺼 버린다.

＊　＊　＊

"권사님 얼굴이 좀 안돼 보여요. 어디 아프세요?"

일요 예배를 마치고 급히 교회를 나서는데 성 권사가 말을 건넨다.

"나도 이제 나이가 있잖아요?"

나는 갑작스러운 질문에 나이로 대답을 하고 시선을 돌린다. 수다스러운 성 권사한테 한번 붙들리면 말을 끝내기가 하세월이기 때문이다. 그래도 그렇지, 왜 이렇게 조급한 마음이 드는 거지?

"무슨 말씀을 그렇게 하세요. 권사님 이름대로 하나님의 은혜를 받은 얼굴 아니에요? 권사님만 보면 부러워 죽겠어요."

이번에는 성 권사가 은혜의 이름을 들먹이며 응수한다. 거칠 것이 없는 오십 대 후반의 아줌마 포스가 그대로 느껴진다. 내 얼굴이 하나님의 은혜를 받았다는 말을 들을 정도로 부러운가? 나도 모르게 내 얼굴을 매만진다.

"얼굴을 포함해서 모든 것이 하나님의 은총 아니겠어요? 늘 감사한 마음으로 살아야 하는데 때때로 시험에 들어서 죄짓는 기분입니다."

나는 모범 답안 격인 대답을 하고 그만 작별 인사를 건네려고 하는데 성 권사가 내가 듣기 싫어하는 말을 또 던진다.

"오늘도 제가 계속 지켜봤는데요. 김 장로님이 예배를 보면서도 옆쪽에 앉은 권사님을 계속 흘끗흘끗 쳐다보더라고요. 못 느끼셨어요?"

성 권사가 얼굴에 웃음기를 가득 머금은 채 내 얼굴을 빤히 바라본다. 아니, 저 친구가 이 자리에서 김 장로를 왜 들먹이는 거지? 이 자리를 빠져나가기가 쉽지 않겠는데? 그런 생각이 들자 몸이 약간 굳는 느낌이 든다. 이 대목에서 내가 자칫 말실수라도 하면 수다스러운 성 권사가 금세 교인들에게 그것을 퍼트릴 것이 분명하기 때문이다.

"장로님이야 교회 책임자이시기 때문에 이것저것 신경이 쓰이는 것들이 많아서 예배 중에도 자꾸 둘러보시는 거잖아요? 또 눈이 많이 나쁜 이유도 있을 거구요."

나는 성 권사가 비집고 들어올 틈을 주지 않기 위해 방어막을 친다. 그러면서 순간적으로 오륙 년 전에 아내와 사별한 후에 혼자 살고 있는 김 장로의 얼굴을 떠올려 본다. 나도 그와 비슷한 시기에 남편을 잃었기 때문에 동병상련을 느끼게 되어 위로의 말을 가끔 해 준 것이 김 장로의 마음을 흔들게 되었을지도 모른다. 단둘이 만나서 대화를 나눈 적이 한 번도 없었기 때문에 그분의 속마음을 알 수는 없지만 내게 호감을 가지고 있는 것은 분명한 것 같다. 하지만 그것을 성 권사가 추측하는 대로 애정이라고 단정할 수는 없다. 나처럼 그도 동병상련을 느끼고 있을 수도 있으니까 말이다. 문제는 내가 그분에 대해 어떻게 생각하고 있느냐인데, 아무리 생각해 봐도 특별한 감정은 없는 것 같다. 사람이 반듯하고 신앙심이 깊다 하더라도 이성이 느낄 수 있는 매력과는 별개가 아니겠는가. 그동안 김 장로와 나의 관계에 대해 관심을 갖는 성 권사를 비롯한 몇몇 교인들에게 분명하게 내 뜻과 감정을 전했는데도 수그러들지 않는다. 그 이유가 무엇일까? 그러는 순간에 무언가가 번뜩 내 뇌리를 스쳐간다.

"오늘 장로님이 권사님한테 무슨 말씀을 하셨죠? 그쵸?"

이번에는 내가 공격적으로 나간다. 분명 무언가가 있을 거라는 확신 때문이다.

"하하! 우리 신실한 권사님이 저 몰래 어디 점집이라도 들락거리시나 봐요. 앞으로 조심해야겠는데요? 사실은요, 솔직하게 말씀드리면요, 장로님이 예배 시작하기 전에 저한테 오늘 권사님과 셋이서 점심이나 저녁을 같이하면 어떻겠냐고 묻더라고요. 어때요? 장로님은 아직 안에 계시니까 조금만 기다렸다가 식사나 함께 하고 가세요. 정, 힘들면 저녁도 괜찮고요. 오늘 일 안 나가시는 날이잖아요? 그렇게 하세요. 네?"

"중매쟁이로까지 나서는 걸 보면 성 권사님 형편이 많이 어려우신가 봐요? 그래, 성사가 되면 뭘 받기로 했어요?"

나는 황당한 느낌을 애써 억누르고 그럴 의사가 없음을 농담조로 밝힌다. 정말, 소심한 성격의 김 장로가 그런 제안을 했을까? 아니면 단순한 성 권사의 오지랖인가? 과연 누가 그런 생각을 했을 것인가에 대한 궁금함보다는 불쾌한 감정이 더 강하게 몰려온다. 아니야. 김 장로나 성 권사도 내게 호의를 가지고 있기 때문에 이러는 것인데 내가 굳이 날카롭게 받아들일 필요까지는 없을 것 같다. 한편으로는 반대되는 생각도 머릿속을 비집고 들어온다. 그러자 깐깐한 선비 이미지를 풍기는 김 장로의 얼굴이 또 떠오른다. 내가 마음에 있으면 직접적으로, 당당하게 밝혀야지. 사내답지 못하게 이게 무슨 꼴이야. 맞아, 그러니까 그분이 내게 그럼 마음을 품고 있지 않을 거야. 만약 그렇다면 아무리 샌님이라도 인생을 꽤 산 남자인데 이렇게 소극적으로 나오겠어? 나는 애써 김 장로가 내게 그런 감정을 가지고 있지 않을 것이라는 해석을 내린다.

"하나님 은혜면 충분하지 뭘 더 바라겠어요? 오늘 오케이 하신 겁니다!"

성 권사가 싱글싱글 웃으며 내 소맷자락을 붙잡는다. 그러자 화장품 냄새가 확 풍겨 온다. 하나님을 뵈러 오면서 이렇게 향수를 짙게 뿌리고 오다니. 나도 모르게 고개를 돌려 냄새를 피하면서 내뱉듯이 대답을 한다.

"오늘 선약이 있어서 안 됩니다. 그리고 저한테 하실 말씀이 있으면 직접 하시라고 전해 주세요."

"아우, 아쉬워라. 아무튼 권사님, 할렐루야!"

나는 어렵게 성 권사의 포위망으로부터 탈출한다. 아직 이월인데도 도시의 거리에서는 봄기운이 완연히 느껴진다. 나는 그런 모습을 바라보면서 성 권사와 나눴던 대화를 곱씹는다. 김 장로의 뜻이든 성 권사의 오지랖이든 상관없이 식사 자리를 거절한 것이 마음에 걸린다. 정말 봄이 오기 전에 내가 결단을 해야 하는 것인가. 나는 또 어제 성칠 영감이 던진 말을 떠올린다. 하나님께서는 늘 그렇듯이 다가오는 봄에도 이 얼굴 말고 다른 은혜도 주셨으면 좋겠다. 그것이 무엇이든 그랬으면 정말 감사하겠다. 그러기 위해서는 더더욱 주님 앞에 납작 엎드려야 한다. 나의 남은 인생이 하나님의 계획안에 있다는 믿음에 의심을 갖지 말자. 나는 발걸음을 재촉하면서 생각을 다잡는다.

그나저나 성 권사와 이야기를 나눌 때부터 왜 그렇게 조바심이 난 걸까. 도대체 오늘이 무슨 날이기에 내가 이러지? 나는 아까부터 집요하게 내 머릿속을 붙들고 있는, 예전에는 느껴 보지 못했던 특별한 감정의 정체가 무엇일까에 대한 생각에 파묻혀 있으면서도 발걸음은 계속 빨라졌다. 정말 내가 봄바람이라도 나는 것일까?

일식집이라. 그것도 주일 대낮에. 가만있자, 내가 이런 고급 음식점에 가 본 적이 언제였던가. 나는 일식집이라는 생경한 느낌을 주는 식당에 들어가면서 약간 주눅이 들었다. 그곳으로 올라가는 승강기 내부에서부터 비린내가 나는 것 같았다. 나는 기모노 비슷한 옷을 입은 여종업원의 안내를 받아 예약된 방으로 들어갔다.

"좀 늦으셨네요? 혹시 안 나오시는 줄 알고 걱정했어요."

성칠 영감의 아들인 기택이 일본식으로 도배가 된 벽 앞에 단정히 서서 들어오는 나를 맞이했다.

"막 나오려는데 교인이 붙잡아서 늦었어요, 미안해요. 어서 앉으세요."

"오셨으니까 괜찮아요. 식사는 제가 미리 비싸지 않은 걸로 주문했으니까 부담 갖지 마세요."

기택이 찻잔을 내려놓고 나를 바라보며 살짝 웃었다. 아버지를 닮은 단정한 얼굴이다. 하지만 영감처럼 시니컬한 분위기를 풍기지 않는 선한 인상이다. 건설회사 임원이라는 명함을 가지고 있는 중년 남자답게 여유 있는 표정까지 묻어난다.

"저는 이런데 와 본 적이 있는가 싶을 정도로 감감한데 주문인들 할 수 있겠어요? 미리 해 줘서 고마워요."

나는 고맙다는 인사를 건네고 기택의 얼굴을 바라보는 순간에 눈이 마주치자 급히 시선을 돌렸다.

"별말씀을, 대낮이긴 하지만 저는 한잔하겠습니다. 저한테는 말 그대로 주일이네요."

"차 가지고 오시지 않았어요?"

"술 한잔하려고 전철 타고 왔어요. 서울에서 여기까지 한 시간도 안 걸리더라고요."

"어르신 뵙고 왔어요?"

"일찍 들러서 이것저것 살펴보고 왔습니다."

"도우미 아줌마 오셨던가요?"

나는 일을 나가지 않는 일요일마다 나 대신 영감 수발을 드는 조선족 출신 간병인을 떠올렸다. 내가 거기까지 신경을 쓰다니 오지랖 한번 넓다. 나는 속으로 쿡 웃었다.

"네, 아줌마들을 하도 들들 볶는 바람에 수시로 그만둬서 골치가 아픕니다."

기택이 주전자에 담긴 술을 직접 따라서 한 잔 마시고 난 후에 안주도 먹지 않고 나서 나를 바라보며 싱긋 웃었다.

"하실 말씀이 있다고 하지 않았어요?"

"우선 방어회부터 한 점 드셔 보세요. 아직까지는 제철이라서 드실 만할 겁니다."

제철이라. 나도 제철이라서 영감이 원하고 있는 것인가? 그건 그렇다 치고 저 사람은 무슨 할 말이 있어서 한낱 요양보호사인 나를 이런 고급 음식점에서 만나자고 한 것일까? 혹시 영감한테 무슨 말을 들었거나 그 제안이라는 것을 놓고 둘이서 상의를 한 것은 아닐까? 나도 모르게 방어회를 질근질근 씹으면서 기택의 표정을 살폈다.

"그동안 아버지 집에서만 자주 뵀었지 한 번도 이런 자리가 없었잖아요? 수급자 보호자가 선생님께 감사 인사를 드리는 자리라고 생각하시고 편하게 드세요."

기택의 세련된 말이 이어졌다. 말은 그렇게 해도 뭔가 용건이 있다. 그것이 무엇일까?

"이렇게까지 신경 안 써 주셔도 돼요. 그동안 저한테 배려를 많이 해 주셨잖아요?"

나는 기택이 수시로 수고비, 다시 말해서 팁을 준 사실을 떠올렸다. 그 돈들은 분명 내게는 많은 도움이 되었고, 그래서 고마움을 잊지 않고 있었는데 기회를 놓치지 않고 감사 인사를 건넸다.

"제가 더 고맙죠. 음식이 코스로 나오니까 다 드시지 마시고 여유 있게 드세요."

연거푸 술잔을 비운 탓인지 기택의 양 볼이 약간 붉어졌다. 죽기 직전까지 무언가에 쫓기듯 편안한 모습을 찾아보기 힘들었던 남편과는 분위기가 딴판이다. 나도 술을 마시지는 않았지만 서서히 긴장감이 풀어지는 느낌이 들었다.

"하실 말씀이 있으면 편하게 하세요."

"허허! 독촉이 심하시네요. 사실은 제가 얼마 전에 센터장하고 통화를 하다가 우연히 선생님 연세를 알게 되었어요. 일부러 알아본 것은 아니니까 이해하시고요. 암튼 알고 보니 음력 양력을 따지면 저하고 거의 동갑이 되시겠더라고요. 그래도 누님처럼 모시고 싶습니다. 아니 그냥 누님이라고 불러도 될까요?"

기택이 내 나이를 들먹이다 누님이라는 말까지 꺼내고 나서 술잔을 들이켰다. 술 탓인지 아니면 자신이 한 말에 부끄러움을 느꼈는지 얼굴이 더 발그레해졌다. 나도 전혀 예상하지 못했던 누님이라는 말을 듣고 가슴이 철렁 내려앉는 느낌이 들었다. 지금 내 앞에 앉아 있는 저 사람은 단순히 앞으로 오누이처럼 친하게 지내자는 말을 하고 있는 것이 아니라, 일종의 프러포즈를 하고 있는 거다. 나는 분명 그렇게 느꼈다. 그런데 하필 이 순간에 영감의 얼굴이 떠오를까? 나는 머리를 흔들었다. 가슴은 계속해서 덜컹거렸다.

"자제분들하고는 자주 만나요?"

아차! 내가 이 순간에 대답 대신에 하필이면 기택의 자식 이야기를 꺼내다니. 나는 혀를 끌끌 찼다.

"큰 애는 아직 레지던트라서 자주 못 봐요. 작은 애는 광고회사에 다니는데 뭐가 그렇게 바쁜지 얼굴 보기가 힘듭니다. 둘 다 여자애들이라서 신경이 좀 쓰이네요."

"어쩌다 그렇게 갈라서시게 되었어요?"

이런! 내가 정말 미쳤나? 꺼내서는 안 될 것 같은 저 사람의 이혼 전력을 들먹이다니.

"다 내 잘못이죠. 제가 국내는 물론이고 외국 출장을 자주 다녔어요. 건설사 특성상 현장 근무도 많이 했고요. 그런데 그게 그렇게 와이프 입장에서는 불안했나 봅니다. 그게 심해져서 나중에는 의부증으로 까지 가 버리더라고요. 그 당시에 정말 살기 힘들었는데 와이프는 아예 견디지 못하고 먼저 정리를 하자고 해서 그렇게 해 버렸습니다. 물론 그 과정에서 우여곡절이 참 많았습니다. 그래도 애들은 포기 못 하겠다고 해서 그렇게 해 주고 끝을 냈지요."

"저도 나이를 먹다 보니 점점 푼수가 없어지네요. 괜한 것을 여쭤봐서 죄송해요."

"자랑할 것은 못 되지만 창피하지도 않으니까 신경 쓰지 마세요. 애들한테도 아버지 노릇을 나름 잘해 왔고요. 물론 애비로서 미안하기는 하죠."

술잔을 내려놓고 나를 바라보는 기택의 얼굴이 더 진지해졌다. 저 사람도 하나님의 은혜받았다는 내 얼굴 때문에 호감을 갖는 것일까? 그것 말고는 내가 가진 것이 별로 없지 않은가. 그러니 내가 이 자리에서 신중하게 처신해야 한다. 이 분위기, 깍듯한 태도, 저 편안한 인상에 흔들려서는 안 된다.

"제가 아버님을 모시는데 최선을 다할 테니까 너무 걱정하지 마세요. 그리고…… 누님이라는 호칭은 좀 그렇네요. 수급자 보호자와 격의 없이 지내는 것은 좋지만 그 이상은 부담스럽기도 하구요. 센터에서도 이런 부분에 대해 조심하라고 강조합니다."

나는 기택이 알려 주는 이혼 사유에 대한 반응 대신에 누님으로 부르면 어떻겠냐는 물음에 원론적인 어조로 답변을 하고 잠시 천장을 바라봤다. 기택이 뜻밖의 말을 꺼내는 순간에 충격을 받긴 했지만 의외로 놀란 가슴이 금세 진정되기 시작했다. 나도 모르게 어떤 방어기제를 작동시켜서 그랬을까? 어쨌든 나는 여유 있게 호흡을 가다듬고 기택의 반응을 기다렸다.

"제 아버지 모시기가 어때요? 갈수록 힘이 더 드시죠?"

기택이 누님을 다시 들고 나올 줄 알았는데 대뜸 영감 이야기를 꺼냈다.

"어르신 정도면 양반 수준이에요. 모시고 힘든 수급자들이 얼마나 많은데요."

나는 뻔한 대답을 하고 난 후에 "제 몸을 터치하는 태도만 아니면요." 라는 말을 잇고 싶은 충동을 간신히 참았다.

"태생적인 환경과 그동안 살아오신 이력이 합해져서 저런 성격으로 굳어진 것 같습니다. 돌아가신 어머니가 아버지 때문에 마음고생을 많이 하셨어요. 그래도 뒤끝은 없는 분이니까 서운하신 점이 있으시더라도 이해해 주세요."

"혹시 여자 문제 때문에 어머니께서 힘들어하셨나요?"

이런, 내가 또 주책없는 질문을 하다니. 나도 모르게 실소가 터져 나왔지만 그것이 궁금하기는 했었다.

"돈과 인물이 받쳐주면 남자는 예나 지금이나 그런 유혹에 빠지기 쉽잖아요? 누님이 오시기 전에 선생들이 자주 바뀐 것도 그렇고요."

기택이 선선히 영감의 외도 전력을 시인했다. 전임 선생들이 그만둔 이유가 영감의 손버릇 때문이라는 것도 순순히 밝혔다. 영감이 다른 선생들에게도 같은 제안을 했을까? 그렇지는 않았을 것 같다. 만약 그랬다면 누군가 한 명은 그것을 받았을 것이다. 너무나 솔깃한 제안이니까 말이다. 나는 천장을 바라보며 영감 생각에 잠겨 있다 시선을 기택의 발개진 얼굴로 돌렸다. 그러는 당신은 정말 깨끗했나요? 그런 질문을 기택에게 던지고 싶은 충동이 불현듯 일어났다. 오늘 내가 왜 이러지? 나는 급히 따로 시킨 찬물을 들이켰다.

시간은 점점 흘러갔다. 기택이 말한 대로 내가 감당할 수 없을 정도의 많은 음식들이 줄줄이 들어왔다. 이제 배가 부르다. 졸리기까지 하다. 그만 집에 들어가서 푹 자고 싶은데 선뜻 그만 일어나자는 말이 나오지 않았다. 내가 왜 머뭇거리는 것일까? 나는 다시 물을 마시고 기택의 붉어진 얼굴을 찬찬히 살폈다. 아무리 봐도 단정한 얼굴이다. 중년 남자가 흔히 풍기는 속된 모습은 찾아보기 힘들다. 어머니로부터 가정교육을 잘 받아서 그런가? 저런 정도의 남자라면 내가 싫다고 할 이유가 없다. 김 장로와는 비교할 수 없는 사람이다. 그런 생각이 들자 또 영감 얼굴이 떠올랐고, 그 제안이라는 것이 뒤를 이었다. 나는 더 이상 자리에 앉아 있기가 힘들어졌다.

"그만 일어나면 안 될까요? 분에 넘치는 대접을 받아서 괜찮을지 모르겠네요."

"그럴까요, 누님."

내가 부담스럽다는 의사를 밝혔는데도 기택이 아랑곳하지 않고 계속해서 누님이라는 호칭을 쓰는데도 이상하게 기분이 나쁘지 않았다. 의외로 넉살이 좀 있네. 나는 터져 나오는 웃음을 간신히 참았다.

"한 달에 한두 번 정도 이렇게 식사 자리를 마련하고 싶네요. 아, 그리고, 누님, 저한테 전도 안 하실 겁니까?"

기택이 넉살 좋게 또 나를 누님이라고 부르면서 느닷없이 전도 이야기를 꺼내 들었다. 저 사람 의외로 용의주도하게 밀고 들어오는데? 그래, 다른 것은 모르겠고, 같은 교회에 다니는 것은 괜찮겠다. 둘이 다정한 모습으로 교회에 들어서면 다른 교인들이 어떤 눈으로 바라볼까? 특히 김 장로는?

"오늘 한 번으로 충분해요. 누님으로 부르는 것도 오늘까지만 해 주세요. 그리고 전도는 고맙기는 하지만 제가 그만한 깜이 되지 못해요. 서울에 크고 좋은 교회가 많이 있잖아요?"

나는 기택의 모든 제안에 대해 표면적으로는 부드럽게 거부를 했지만, 이상하게도 속마음은 그렇지 않았다. 더 나아가서 저 사람이 내 말을 곧이곧대로 듣고 더 이상 따로 만나자는 말을 하지 않으면 어쩌나 하는 걱정까지 들었다. 그런 생각이 들자 또 영감의 얼굴이 눈앞에 어른거렸고, 죽은 남편이 그 뒤를 이었다.

"아무튼 피곤하실 텐데 그만 일어나시죠."

기택이 내 대답에 가타부타 반응을 하지 않고 싱긋 웃으면서 자리에서 일어났다.

집 안은 여느 때처럼 조용하다. 주일이면 자주 나던 위층 소음도 들리지 않는다. 나는 옷을 벗고 씻을 생각은 하지 않고 소파에 앉아 베란다 밖만 바라본다. 하지만 내 눈에 들어오는 것은 없다. 오늘 점심에 이뤄졌던 기택과의 만남을 생각 하고 있기 때문이다. 이건 수급자 보호자가 마련한 단순한 감사 인사의 자리가 분명 아니었다. 중년 남녀가 대낮에 은밀히 만나서 사랑을 속삭이는 장면도 아니었다. 그렇다면? 아까 내가 생각한 대로 프러포즈 목적으로 기택이 기획한 만남이었을까? 또, 육십 대 남자가 동년배에 가까운 연상의 여인에게 누님이란 호칭을 붙이고 싶다는 것은 어떤 의미일까? 기택을 향한 생각들이 꼬리를 잇기 시작한다. 그러자 술기운이 올라 얼굴이 발그레해진 기택의 얼굴이 자연스럽게 떠오른다. 코스로 나오는 음식들을 일일이 챙겨 주던 자상한 손길도 눈에 그려진다. 인물, 태도, 성격, 나이, 사회적 지위, 재산 모든 면에서 내겐 과분한 남자다. 그렇다. 그는 내가 바라볼 수 있는 사람이 아니다. 나는 은혜받았다는 얼굴 빼고는 가진 게 거의 없지 않은가. 그러니 내가 먼저 들떠서는 안 된다. 기택이 나를 단순한 엔조이 대상으로 노리고 있는지도 모른다. 여성 편력이 화려한 남자일 수도 있다. 이혼한 전처가 왜 의부증에 걸렸을까? 아니 땐 굴뚝에 연기가 나랴 하는 속담도 있지 않은가. 점점 강도를 높이면서 나를 터치하고 있는 성칠 영감의 얼굴이 떠오른다. 부전자전이라는 말이 괜히 생겼겠나. 그 아버지에 그 아들, 그렇게 여자를 밝히는 버릇이 이어졌을 수도 있다. 이런, 내 추측이 맞아떨어질 가능성이 매우 높을 것이다. 여자에게는 육감이라는 것이 있으니까. 그러니 구은혜! 너! 이 시점에 처신을 잘해야 한다. 자칫 잘못하면 영감에 이어 그의 아들인 기택이라는 남자한테까지 노리갯감으로 전락할 수 있다. 그렇다면, 나는 앞으로 어떻게 해야 하나? 답은 하나다. 영감의 집에서 나오는 것이다. 그렇게만 되면 기택과 연결된 줄까지 끊기기 때문에 모든 것이 자연스럽게 해결될 수 있다. 머리만 복잡하지, 해결하기는 아주 쉬운 문제다. 그런데, 그렇게 되면, 월 삼백만 원 이상 되는 수입은 어떡하지? 이 마당에 요양원에 다시 들어갈 수는 없고, 할 수 없이 재가 요양보호사 자리를 알아봐야 하는데 지금 보다 조건이 좋은 곳은 찾기가 어려울 것이다. 그렇다면 24시간 케어하는 입주 요양사 자리는 어떨까? 그런 자리도 간혹 나오긴 하지만 경쟁이 심하고, 노동 강도가 분명 영감을 수발하는 것보다 높을 것이다.

이 모든 것들을 감수하고서라도 영감과 기택과의 인연을 끊어야 하나? 갈수록 머리가 복잡해지고 과식한 탓인지 구토 증상까지 느껴진다. 서둘러 화장실에 들어가 손가락을 입에 넣고 음식물들을 토해 내려 하지만 심한 구역질만 느껴질 뿐 나오질 않는다. 몇 번을 시도하다 결국 포기를 하고 수돗물로 입안을 헹군 다음에 거울을 본다. 창백해진 얼굴과 구역질 때문인지 핏발이 선 눈이 묘한 대조를 이룬다. 나는 계속해서 내 얼굴을 살핀다. 오늘만큼은 낯선 모습이다. 꼭 타인이 나와 마주하고 있는 느낌마저 든다. 그러자 내 얼굴을 보기가 싫어진다. 나는 거울에서 빠져나와 쪽창을 통해 다시 밖을 내다본다. 2월 하순에 접어든 주일 오후는 평온해 보인다. 다들 어디로 갔는지 사람들은 보이지 않고 두세 마리의 까치가 단지 내 공원에서 뭔가를 쪼아 먹기에 바쁘다. 그 모습을 무심히 바라보다 보니 또 내 처지가 떠오른다. 나는 저 까치들의 먹이와 같은 힘 없는 존재에 불과한가. 언제부터 내 인생, 아니, 내 자신이 이렇게 초라해졌지? 그런 생각이 불현듯 들자 나도 모르게 눈물이 흘러내린다. 울지 말자고, 울지 않으면서 살자고 그렇게 스스로 다짐했는데 이 무슨 청승인가. 손으로 눈물을 훔치며 거실로 돌아오는 순간에 기택이 소파에 앉아 있는 듯한 착각이 들어 흠칫 놀란다. 오늘 내가 왜 이렇게 정신을 못 차리는 거지? 간신히 호흡을 가다듬고 다시 밖을 내다보려는 순간에 문

득 기택을 만나기 전에 조바심을 냈던 내 모습이 떠오른다. 그래서 그랬
구나. 바로 기택이라는 남자 때문이었구나. 내가 아무리 오늘의 만남에
대한 의미를 미리 축소를 하려고 해도 속마음까지는 그렇게 하지는 못했
구나. 그러고 보니 육 개월 동안 보호자와 요양보호사라는 공식적인 관
계에서 그를 만나 왔지만, 그 과정에서 나도 모르게 엉뚱한 감정의 싹을
틔워 온 것 같구나. 얼마전에, 영감의 제안을 받아들일 수 없는 이유를
일일이 꼽으면서 뭔가 더 있지 않을까 하는 생각을 했었는데 그게 바로
이거였구나. 아! 이를 어쩌나! 악보에 표시된 도돌이표에 따라 연주를
하듯 한쪽에는 영감과 기택을 반대편에는 현실을 두고 반복적으로 고민
을 거듭해야 하나! 이건 가혹한 고문이다. 말 그대로 진퇴양난이다. 나
는 거실 바닥으로 스르르 미끄러진 채 얼굴을 두 손으로 감싸 버린다.

* * *

2월은 빠르게 흘러갔다. 이런저런 고민의 격랑에 휩싸여 느리게만 갈
것 같은 내 마음과는 반대였다. 나는 내 몸과 마음이 분리된 채 살고 있
다는 느낌을 안고 영감의 집을 드나들었다. 영감은 변한 것이 별로 없었
다. 그 제안에 대한 내 의사를 묻는 질문이 좀 늘어났을 뿐이었다. 내 몸
에 손을 대는 버릇도 여전했지만 수위가 올라간 것은 아니어서 견디기가
힘든 것은 아니었다. 정작 변한 것은 기택과 나였다. 기택은 그날 만남을
이후로 나에게 전화를 걸거나 카톡 메시지를 보내는 횟수가 잦아졌다.
그때마다 누님이라는 호칭을 자연스럽게 쓰면서 나의 세세한 일상에까
지 관심을 보였다. 나도 기택의 그런 태도가 부담스럽기는 했지만 싫지
는 않았다. 아니, 솔직히 말해서 좋았다는 표현이 맞을 것 같다. 하지만
가슴이 두근거릴 정도는 아니었다. 전에 말한 대로 기택의 진의를 확인
하기 어려워서였다. 설령, 그가 나를 단순한 엔조이 대상이 아닌 누님으
로 상징되는 특별한 사람으로 여기고 있다 하더라도 나 역시 그를 그런
마음으로 만날 수 있을지 자신이 없었다. 나는 여자이기 이전에 애정이

라는 야릇한 감정 말고도 다른 잡다한 것들이 머릿속을 채우고 있는 육십을 넘긴 과부이기 때문이었다. 이런 이유로 나는 기택의 적극적인 접근에 대해 수동적으로 대했다. 저녁에라도 만나자는 부탁을 번번이 거절했다.

그런 정도로 내 마음이 어정쩡한 상태일 때 기택이 영감의 집에 연락도 없이 들이닥쳤다. 그것도 주말이 아닌 평일이었다. 나는 당황했다. 영감보다는 나를 보기 위해서 왔다는 것을 직감했기 때문이었다. 눈치 빠른 영감도 그걸 간파한 것 같았다. 평소보다 더 냉랭하게 기택을 대했다. 아버지와 아들, 아니, 두 남자를 앞에 둔 내 심정 어떠했겠는가? 묘하게 긴장된 분위기에서 나는 어찌할 바를 몰라 할 일이 별로 없는데도 세탁실과 베란다를 왔다 갔다 했다. 그런 분위기를 파악 못 하는 남자는 기택이었다. 그는 영감의 태도와 내 심정을 읽지 못했는지 나를 향해 자꾸 누님, 누님 하면서 말을 걸어왔다. 급기야 내 등에서 땀이 흐르기 시작했다. 나는 영감이 눈치채지 못하게 제발 누님이라고 부르지 말아 달라는 카톡 메시지를 기택에게 보내고 말았다.

"여자는 사내에게 쉽게 보이면 안 되는 법일세."

기택이 집에 다녀간 지 이틀쯤 되는 날에 영감이 내게 던지듯이 한 말이다. 분명 기택을 겨냥한 말이라고 느꼈다. 나는 제대로 대답을 하지 못하고 "그래요?"라는 한마디로 얼버무리고 말았다.

그렇게 몸 따로 마음 따로 하루하루를 흘려보내고 있었지만 기택을 향한 마음 정리는 물론이고 영감의 제안에 대해서도 뭐라 대답을 하지 못하고 있었다. 날이 갈수록 내 마음은 더 불안해졌다. 싱숭생숭이라는 단어가 자꾸 머릿속에서 맴돌았다. 점점 먹는 것이 부실해졌고 찬물만 자꾸 들이켰다. 잠자리도 늘 뒤숭숭해서 이불을 걷어차고 자는 일이 많아졌다. 급기야 좀처럼 경험하기 힘들었던 변비가 찾아왔고 뒤를 이어서 독한 감기가 나를 덮쳤다. 나는 고열과 오한에 시달렸다. 코로나가 아닌지 걱정을 하였으나 다행히 음성 판정을 받았다. 어쨌거나 일을 해야만 했고, 그러기 위해서는 영감한테 가야만 했기 때문이었다. 내가 이러다

2월을 못 넘기고 어떻게 되는 것은 아닌가? 덜컥 겁이 났다. 나는 그 정도로, 엉망이 되어 버린 몸과 마음 때문에 악전고투를 벌이고 있었다.

그렇게, 그렇게, 2월을 보내고 내가 속해 있는 실로암 재가복지센터에서 소집하는 월 마감 회의에 참석을 하는 날이 찾아왔다.

"우리 센터에서 케어하는 어르신이 30명을 넘기게 되었어요. 이게 다 현장에서 열심히 뛰시는 선생님들 덕분입니다. 그래서 오늘은 사무실이 아닌 음식점에서 회식을 겸한 회의를 하는 것이니 드시면서 편하게 말씀하세요."

한 달에 한 번 볼까 말까 한 센터장이 나를 포함하여 열두 명 남짓 참석한 요양보호사들에게 들뜬 표정으로 인사를 했다. 별실에 마련된 4개의 테이블에서 감자탕이 보글보글 끓기 시작했다. 나는 그냥 앉아서 그 모습을 멀거니 바라만 봤다. 감자탕 특유의 냄새가 내 코를 자극하기 시작했다. 이내 속이 울렁거리기 시작했다. 내 몸이 왜 이렇게 변했지? 꼭 애가 들어섰을 때 느낌이다. 그러자 문득 죽은 남편이 떠오르고 기택과 영감이 뒤를 이었다. 사탄, 아니 무슨 귀신이 나를 씌우고 있는 건가? 나는 고개를 흔들며 찬물을 들이켰다.

"선생님들 죄송한데요. 잠깐만 주목해 주세요. 우리 센터에서는 매월 한 분씩 베스트 선생님을 선정해 왔잖아요? 지금 바로 발표할게요. 이번 2월에는, 짜자잔! 구은혜 선생님으로 결정했습니다. 구 선생님 앞으로 좀 나와 주세요. 선생님들 큰 박수 부탁드립니다."

나는 엉겁결에 센터장으로부터 포장된 선물을 받고 악수까지 했다. 하지만 여느 때와 같이 내가 이달의 요양보호사로 선정된 이유에 대해서는 밝히지 않았다. 뜻밖의 상을 받은 탓에 얼떨떨해진 기분을 달래려고 또 물을 마시려고 하는데 옆에 앉은 이름도 모르는 선생이 말을 걸어왔다.

"선생님은 얼굴이 좋으셔서 일을 거저먹겠어요."

푼수기가 얼굴에 가득한 또래로 보이는 선생이 역시 푼수 없는 말을 던졌다.

"얼굴로 일 하나요?"

나는 내뱉듯이 대답을 하고 펄펄 끓고 있는 감자탕에 시선을 돌려 버렸다. 내 얼굴이 그렇게 좋은가? 저 선생 말대로 한몫을 하는 내 얼굴 때문에 오늘 상까지 받게 되었을까? 도대체 무슨 이유로 내가 오늘 베스트 요양보호사로 선정이 되었을까? 혹시 영감, 아니, 기택이 센터장에게 어떤 부탁을? 아니야. 내가 별생각을 다 한다. 선생들의 왕성한 식욕 탓에 커다란 감자탕 솥은 어느새 바닥을 드러내고 있었다.

"수급자가 여자 어르신이세요?"

조금 전에 엉뚱한 말을 건넸던 그 선생이 젓가락을 내려놓고 나를 쳐다봤다.

"남자 어르신이에요. 4등급."

"혹시 손버릇이 지저분하지 않아요?"

"……."

"아우, 저는 와상 남자 어르신인데 기회만 되면 내 엉덩이를 만져서 짜증 나 죽겠어요. 막을 방도가 없나요?"

"글쎄요, 센터장님과 상의해 보세요."

"그 정도는 약과에요. 저는 노인네 둘을 케어하는데 글쎄 영감태기가 할머니가 보는 앞에서도 저를 만지작거린다니까요. 그럴 때마다 손바닥으로 탁 쳐 내고 따끔하게 뭐라고 해도 그때뿐이라니까요. 드러워서라도 이 일을 그만둬야 하는데. 참나."

맞은편 자리에 앉아 있는 선생이 우리 대화를 듣고 있다가 한몫 거들기 시작했다.

"그런 일들이 일어나면 일단 단호하게 대응을 하고 그래도 멈추지 않으면 센터에 통보를 해야 하는 거 아닌가요?"

이런, 나도 그러지 못하고 있으면서 성추행 교육 비슷한 것을 늘어놓다니, 나는 속으로 웃고 말았다.

"센터에 통보를 하면 뭐가 달라지는데요? 케어를 중단하는 방법 외에는 뾰족한 수가 없는데 센터에서 그걸 감수하겠어요? 절이 싫으면 중이 떠나야 하는 법인데, 목구멍이 포도청이네요."

"다른 수급자를 찾아보면 되지 않나요?"

나는 내 앞에 닥친 일에 대한 해결 방안을 묻는다는 느낌으로 맞은편에 앉아 있는 선생에게 물었다.

"출퇴근 시간이나, 거리 이런 것들을 맞추기가 어렵잖아요. 거기다가 보호자들이 가끔 던져 주는 팁이 쏠쏠해서 그냥 참고 있어요. 어떤 때는 내가 꼭 다방 레지 같다니까요."

그 선생이 대답을 마치고 씁쓸한 표정을 지으며 웃었다.

듣던 대로 정도의 차이만 있을 뿐 나와 비슷한 처지에 있는 선생들이 여럿이 있구나. 아니지, 나한테는 기택이라는 보호자가 있지. 나는 지금 특별한 상황에 처해 있는 거야. 감자탕에 이어서 볶음밥이 솥에서 솔솔 익기 시작하자 비로소 시장기가 약간 느껴졌다.

"다방 레지라고 하니까 생각난다. 다른 센터에서 일하는 내 친구가 그러는데요. 할배가 돈봉투를 보여 주면서 자꾸 자기 침대로 올라오라고 꼬신대요."

대각선 자리에 앉아 있는 선생이 혀를 차면서 고자질을 하듯이 친구의 경험담을 늘어놓았다.

"근데요, 더 웃기는 것이 내 친구가 그때마다 막 뭐라고 하면서 거절을 하긴 하는데 봉투 속에 돈이 얼마나 들어 있는지 궁금하기는 하다면서 웃더라고요. 참, 그놈의 돈이라는 것이 뭔지."

그 선생의 말이 이어졌다. 나는 할배한테서 돈으로 유혹을 받는다는 요양보호사가 남처럼 느껴지지 않았다. 나도 다방 레지가 된 것 같다는 생각도 몰려왔다. 불편하면서도 불쾌한 감정이 머릿속을 채우기 시작했다. 나는 그것들을 몰아내기 위한 성경 구절을 찾기 시작했다. '너의 행사를 여호와께 맡기라. 그리하면 너의 경영하는 것이 이루리라.' 다행히 내가 좋아하는 구절이 바로 떠올랐다. 그래, 아무리 생각해 봐도 영감의 제안이라는 것은 나의 행사도, 내가 경영하는 것도 아니다. 단지 다방 레지로 전락시키는 사탄의 유혹일 뿐이다. 그러니 단호히 물리쳐야 한다. 오늘 센터 회의에 올리는 내 개인적인 안건은 바로 이거였고, 이렇게 결론을 내리자. 하지만 기택의 경우는 영감과는 판이하게 다르지 않은가. 기택은 내게 영감을 잘 모셔서 고맙다는 뜻으로 간간이 수고비를 주고 있을 뿐 영감같이 돈으로 날 끌어당기겠다는 시도는 하지 않고 있다. 오히려 내가 흔들릴 정도로 진지한 면을 보여 주고 있다. 하지만 그의 속뜻을 완전히 파악하지는 못하고 있다. 그러니 기택은 좀 더 지켜보면서 내 마음도 가다듬어 보는 거다.

이렇게 되면 좋은 일자리, 아니, 돈이 되는 수급자를 잃게 되는 건가? 거액을 손에 쥘 수 있는 기회도 날아가는 것인가? 그래도 이걸 하나님 앞에 나의 행사이자 경영하는 것이라고 밝힐 수는 없다. 따라서 주님의 계획에도 포함되어 있지 않을 것이다. 그러니, 구은혜! 너! 오늘 이 자리에서 결심한 것을 앞으로 꼭 지켜나가야 한다. 절대로, 절대로, 흔들려서는 안 된다. 그렇게 내 스스로에게 다짐을 마치자 갑자기 앞이 환해짐을 느꼈다. 시장기도 더 돌기 시작했다. 나는 수저를 급히 감자탕 솥에 들이댔다.

봄이 오길 재촉하는 듯 비가 내리고 있었다. 길가에 늘어선 벚나무들이 팔을 높이 벌려 하늘에서 오시는 손님을 맞이하는 것처럼 보였다. 내마음이 홀가분해지니까 보이는 것도 그렇게 보이는구나. 나는 그런 마음을 품고 집에 들어왔다. 하지만 소파에 앉아 빗소리를 듣기 시작하면서 기분이 바뀌기 시작했다. 기택의 얼굴이 다시 떠올랐기 때문이었다. 지금 내가 기택을 그리워하고 있는 것인가? 겉으로는 아닌 척하면서도 속으로는 그를 좋아하고 있는가? 그런 생각이 들자 내 얼굴이 화끈거리는 듯한 느낌이 전해져 나도 모르게 내 볼을 매만졌다. 내가 이런 마음상태로 가다가는 점점 힘들어지겠다. 영감처럼 기택이라는 남자도 하루빨리 어떤 식으로든 정리를 해야 한다는 조바심이 몰려왔다. 어떻게 할까? 나는 이미 어두워져 잘 보이지 않는 창밖과 천장을 번갈아 바라보며 생각에 잠겼다.

비는 계속해서 내리고 있었다. 무언가가 베란다를 통해 거실로 들어오고 있는 것 같았다. 혹시 죽은 남편의 혼일까? 아니야! 나는 다시 천장으로 시선을 돌리려는 순간에 시누이 얼굴이 떠올랐다. 시누이와는 동갑이라서 그런지 가족 관계를 떠나서 친구처럼 편하게 지내고 있다. 그런 내가 그동안 시누이와 의논할 생각을 왜 안 한 거지?

"할렐루야! 빗소리를 들으니까 우리 과수댁이 센치해지셨나?"

시누이인 신아의 유쾌한 목소리가 내 귓속에 전달되는 순간부터 편안함이 느껴졌다.

"이런 날이 한겨울보다 더 옆구리를 시리게 하더라고."

"얼씨구야! 아무래도 올봄에 우리 올케 씨 큰일내겠고만. 혹시 벌써 국수 먹을 일 만들어 놓는 거 아녀?"

"그러면 안 돼?"

"안 되기는, 다 하나님의 뜻일 텐데, 그래도 그렇지. 우리 늑대 신랑님 얼굴을 미리 나한테 보여 줘야 하는 거 아녀?"

신아가 내 속마음도 모르고 농담조로 말을 이었다. 그러면서도 내가 전화를 한 이유가 무엇인지 궁금해하고 있다는 것이 전화상으로도 느껴졌다. 나는 머뭇거릴 필요가 없다고 생각했다. 바로 본론으로 들어가서 기택에 대한 내 고민을 털어놓았다. 하지만 영감이 그런 제안을 했다는 것에 대해서는 말을 하지 않았다. 아무리 친구 같은 시누이지만 그 이야기는 차마 할 수가 없었기 때문이었다. 나는 제법 길게 내 고민을 전하고 마른침을 삼키면서 신아의 반응을 기다렸다.

"하나님이 뭐라서?"

하나님? 이 마당에 그분을 모셔 오다니. 나는 당황스러웠다.

"못 들었어."

"여쭤보기는 했고?"

"아직."

"은혜를 듬뿍 받는 우리 은혜 권사님이 게으른 건지 불경스러운 건지 모르겠네요. 아무래도 번지수가 틀린 것 같은데요?"

"직접 말해 주기가 부담스러워?"

"그게 아니고, 일단 하나님께 낱낱이 털어나 보라고. 그러면 분명히 답을 주실 거야."

"안 주시면?"

"이거 왜 이러실까? 나보다 더 프로가. 만약 말씀이 없으시면 나한테 고자질해. 내가 혼내 줄 테니까."

신아가 연신 하나님을 들먹거리며 깔깔거리면서도 자신의 의견은 드러내지 않고 있었다. 지금 시누이가 기택에 대해 부정적인 시각을 드러내고 있다. 나는 그렇게 느꼈다. 그런 생각이 들자 더 이상 무슨 말을 해야 할지 몰라서 머뭇거렸다. 며칠간 뜸했던 허리 통증이 다시 느껴졌다.

"우리 한 권사님 말대로 번지수가 틀린 것 같다."

"내 마음은 하나님이 주관하시니, 그분의 마음은 곧 내 마음이니라."

"그렇겠지?"

"그럼."

"그래도 언제 한번 만나서 이야기할까?"

"하나님 고자질하려고?"

"그런 거 하면 안 되나?"

"되지."

"신랑 주려고 빈대떡 부치다 전화 받은 거 아녀?"

"촌스럽기는, 아주 우아한 걸로 준비하고 있었지. 말해 줘?"

"됐수. 그 말 들으면 오늘 밤에 잠 못 잘 것 같다."

"하하! 아직 가슴은 살아 있네? 암튼 우리 권사님, 샬롬!"

이 일도 하나님께 여쭤봐야 하나? 왠지 모르게 그럴 용기가 나지 않아서 말씀을 못 드리고 있는데, 내일 새벽예배에 나가서 매달려 볼까? 그나저나 신아가 직설적인 성격과는 다르게 저렇게 하나님 운운하면서 자기 의견을 밝히지 않는 것은 의외다. 섣부르게 말해 줄 사안이 아니라고 판단한 것 같다. 오늘 내가 신아한테 전화를 한 것이 잘한 것일까? 못한 것일까? 통화를 하면서 긴장을 했던 탓인지 두통이 느껴지기 시작했다. 허리 통증도 멈추지 않았다. 나는 거실 바닥에 벌러덩 누워 버렸다.

　　　　　　＊　＊　＊

　"정상회담치고는 간소하다."

　큰딸 하은이가 아메리카노 커피잔을 내려놓고 웃는다. 하은이는 격주로 주일에 단둘이 만나는 것을 그렇게 부른다. 하지만 하은이 말대로 간단하게 점심을 같이 먹은 후에 차를 마시고 헤어지는 만남일 뿐이다. 그래도 하은이는 매번 우리 만남을 정상회담이라고 말하고, 이 찻집에 올 때마다 간소하다는 말을 쓴다. 딸의 입장에서, 좋은 곳으로 모시지 못하고 있다는 미안함의 표시일까? 하지만 엄마를 보기 위해 꽤 먼 곳에서 찾아오는 것만으로도 고마울 따름이다.

　"한쪽이 시원찮아서 그래."

　"내가?"

　이번에는 더 크게 웃는다. 나를 쏙 빼닮았다는 저 아이. 엄마인 내가 봐도 얼굴이 참 곱다. 말 그대로 은혜받은 얼굴이다. 하지만 저 아이도 어느덧 삼십 대 후반의 나이에 접어들었다. 얼굴에 살짝 드리워진 세월의 그림자가 그걸 말해 준다.

　"너도 이제 엄마 말을 눙칠 줄 아는구나."

　"눙친다는 말이 뭔데?"

　나는 하은의 반문에 바로 대답을 하지 않고 커피숍의 내부를 살핀다. 주일인데도 많은 사람들이 앉아 있다. 노트북을 꺼내 놓고 공부하는 학생들도 보인다. 모두가 낯설다. 하은이와 함께 자주 찾는 장소인데도 그렇게 느껴진다.

　"슬쩍 잘 넘긴다는 뜻이야."

　슬쩍 이라는 말을 떠올리자 문득 내가 살고 있는 아파트의 전세금이 떠오른다. 그건 사위 몰래 하은이가 어렵게 마련한 돈이다. 얼른 갚아야 하는데. 그런 생각이 들자 이미 결심한 영감의 제안이 떠오른다.

　"나도 나이를 먹어 가는가 봐?"

　부모가 자식이 늙어 가는 모습을 바라본다는 것은 슬픈 일이다. 하지

은혜의 얼굴값

315

만 내 딸은 다행히 결혼을 제때 했고 애도 둘이나 있다.

"박 서방 하는 일은 좀 어때?"

나는 하은에게 엉뚱한 질문을 하고 만다. 그 전세금이 내 머릿속에서 떠나질 않고 있구나, 혹시 저 애가 날 정기적으로 찾는 것이 그것 때문에?

"그럭저럭. 요즘 다 어렵잖아?"

농산물 도매업을 하고 있는 사위 얼굴이 떠오른다.

"아파트 전세금 빼 주는 게 좀 늦어질 것 같다."

"그 말 또 꺼내면 화낸다고 했어, 안 했어?"

"그래, 그만하자."

허리 통증이 또 올라온다. 몸도 무겁게 느껴진다. 그만 집에 가서 쉬고 싶다.

"혹시 사귀는 남자 있어?"

하은이가 빨대를 컵에 집어넣고 장난스러운 눈빛으로 날 바라본다. 나는 뜨끔해진다.

"누가 나 같은 늙은이한테 관심을 갖겠니."

"엄마가 어때서? 나는 엄마보다 이쁜 늙은이를 보질 못했어."

이번에는 하은이가 목젖을 드러내면서 크게 웃는다. 나는 하은이가 그럴수록 마음이 더 불편해진다.

"고맙다."

"돈 많고 명 짧은 영감 어쩌고 하는 이야기 있잖아? 지금도 그런 여자들이 꽤 있는 것 같더라."

"나도 그럴까 봐 걱정돼?"

"엄마가 설마, 암튼 멋진 분 만나면 나부터 보여 줘. 알았지?"

남뿐만 아니라, 딸까지도 그런 시선으로 날 바라보는구나. 어쩌다가 내가 꽤 인기 있는 상품이 된 거지? 가진 것 없는 과부 신세에. 참으로 얄궂은 주님의 은혜. 기택과 하은이가 첫 대면을 하는 장면도 그려 보다 이내 고개를 젓는다.

"아빠 추모식 때 올 수 있어?"

나는 얼마 남지 않은 죽은 남편의 추모식으로 화제를 돌린다. 긴장을 했던지 잠시 느끼지 못했던 허리 통증이 또 몰려온다.

"그럼. 이번에도 집에서 예배 볼 거지?"

자연스럽게 죽은 남편의 얼굴이 떠오른다. 남편도 모태 신자이었지만 허세가 심한 편이었고 술도 과했다. 남편은 집 수리, 요즘 말로 인테리어 사업을 했는데 일이 들쑥날쑥해서 규모 있게 살림을 꾸리기가 어려웠다. 수완이 좋았는지, 운이 따라 줬는지, 사업이 번창할 때가 있었다. 그 덕분에 대형 아파트와 고급 승용차를 가져보는 호사를 누려 보기도 했다. 그럴수록 남편의 호기가 더해져 지인과 동업하는 방식으로 조경업으로 사업을 확대했다. 하지만 남편의 운과 역량은 거기까지였다. 어느 날 낯선 사람들이 내 집에 들이 닥쳐 여기저기에 빨간 딱지를 붙였다. 사업이 망한 것이다. 그것도 쫄딱 망했다. 나는 그제야 모든 것이 내 명의로 되어 있다는 사실을 깨달았다. 남편이 요구하는 대로 서류를 떼 오고 도장을 찍는 것이 어떤 의미였는지 그때서야 깨달았다.

"왜 당신 이름으로 안 하고 다 내 명의로 돼 있어?"

어느 날 은행에서 남편에게 물은 적이 있었다. 다른 뜻은 없었다. 순서를 기다리기가 지루해서 말을 건넸던 것 같다.

"얼굴이 되잖아. 돼지머리도 웃는 것이 더 비싼 거 알어? 당신 얼굴값이 얼마나 높은데."

농담 반 진담 반으로 돌아오는 대답에 웃고 말았지만 그것이 은혜는 커녕 저주에 가까운 비참한 결과로 돌아오리라고는 전혀 생각하지 못했다. 아무튼 우리는 철저히 추락했다. 나는 신용 불량자가 되었음은 물론이고 사기죄로 고소당해 집행유예까지 선고를 받았다. 변제 능력이 없음에도 타인을 속여 돈을 빌리고 갚지 않고 있다는 혐의가 적용된 것이다. 나는 하루아침에 전과자 신분으로 전락했다. 참으로 남편의 고약한 선물이었다. 남편의 선물은 그것만이 아니었다. 내 눈으로 사무실 경리 아가씨와 성행위를 한 직후의 현장을 목격한 것이다. 물론 둘 다 알몸인 상태였다. 나는 그 순간에 눈알이 튀어나오는 느낌이 들었다. 옆에 칼이 있으면 연놈을 찔러 죽이고 싶은 충동도 일어났다. 남편의 충격적인 외도 사실을 내 눈으로 확인했기 때문에 당연히 이혼을 해야 했지만 애들을 생각해서 꾹 참고 말았다. 하지만 그때 이후로는 남편은 더 이상 내 지아비가 아니었다.

"당신 그때 왜 그랬어?"

죽기 얼마 전에, 간경화와 신장 투석으로 힘들어하던 남편에게 내가 물은 말이다.

"많이 늦었지만 대는 이어야 하겠다는 생각에⋯⋯."

나는 그 순간에 또 한 번 살인 충동을 느꼈다. 사랑은 이미 사라져 버렸고, 연민이라는 감정만 남아 있었는데 그것마저 몽땅 날아가 버리는 느낌이 들었다. 남편은 그렇게 내게 아무것도 남겨 주지 않고 세상을 떠났다.

그런 남편의 추모일이 다가오고 있다. 나는 하은이가 가져온 찬물로 목을 적신다.

"지금이 더 으슬으슬한 것 같애. 추워."

전철역으로 가는 길에서 하은이 내 팔짱을 낀다. 바람이 제법 강하게 불고 있다. 내게 닥친 바람도 그렇다. 하지만 곧 잠잠해 질 거다. 나는 입술을 지그시 깨문다.

하은이를 배웅하고 들어온 집은 변함없이 적막했지만 여느 때와는 달리 기분이 처지지는 않았다. 하지만 몸은 무거웠다. 허리가 없다는 느낌이 들 정도로 묵직한 통증이 사라지지 않고 있었다. 나는 소파에 누워 천장을 바라보면서 하은이와의 만남을 되새겼다. 딸아이도 그런 생각을 갖고 있구나. 하은이가 돈 많은 영감 운운하면서 웃던 표정이 떠올랐다. 세상 사람들 모두가 말하는 미망에 내가 잠시나마 빠져 있었다니. 얼굴이 빨개지는 것 같다. 하지만 그건 내일이면 마침표를 찍을 것이다. 내일 출근을 하자마자 영감에게 내 의사를 전할 것이다. 그다음은? 아직은 모르겠다. 이것도 신아 말대로 하나님께 여쭤봐야 하나? 아직 기택에 대해서도 고하지 못했는데? 그런 생각들이 몰려오자 문득 오늘 해 주신 목사님의 설교가 떠올랐다. 나는 부지불식간에 자리에서 벌떡 일어나 성경을 폈다.

'두려워 말라. 내가 너와 함께 함이니라. 놀라지 말라. 나는 네 하나님이 됨이니라. 내가 너를 굳세게 하리라. 참으로 너를 도와주리라. 참으로 나의 의로운 오른손으로 너를 붙들리라.'

하나님께서는 내가 묻기도 전에 목사님을 통해 당신의 말씀을 내게 전해 주셨구나. 나는 등이 찌르르해지는 전율을 느꼈다. 나는 거실에 엎드려 하나님께 감사 기도를 올렸다. 그렇게 한참을 기도와 묵상을 하고 있을 때 핸드폰에서 소리가 나기 시작했다. 방해를 받지 않으려고 손을 내밀지 않고 있었는데 계속해서 벨이 울렸다. 나는 할 수 없이 전화기를 집어 들었다.

"구 선생님, 오프 날에 전화해서 미안합니다."

"센터장님이 주일에 웬일이세요?"

나는 무슨 일이 일어났음을 직감했다.

"오늘 꼭 알려 드려야 할 일이라서요."

"편하게 말씀하세요."

"그게, 그러니까요. 박칠성 어르신께서 방금 전에 전화를 주셨는데요. 내일부터 구 선생님이 출근을 안 했으면 좋겠다고 말씀을 하셨어요. 이를 어쩌죠? 무슨 일이 있었어요?"

"무슨 일은 없었고요. 제 서비스가 성에 안 차시는가 보네요. 암튼 잘 알았으니까요 센터장님이 뒷일은 알아서 처리해 주세요."

"다른 자리 바로 잡아 드릴게요."

"고맙습니다."

나보다 영감이 하루 먼저 선수를 치다니. 전혀 예상하지 못했던 해고 통보였지만 그것을 센터장을 통해 받은 탓인지 그 순간에는 별 느낌이 없었다. 단지 어떤 배신감? 그런 감정이 잠시 몰려왔다 이내 사그라졌다. 혹시 기택 때문에 그런 결정을 내렸을까?

나는 점차 어두워져 가는 창밖을 바라보기 시작했다. 봄은 분명 오고 있는데, 내 삶의 계절은 거꾸로 가고 있는 것인가? 마음이 울적해지기 시작했다. 아니지! 하나님이 계시지! 나는 성경을 다시 펴고 방금 전에 읽었던 구절을 큰 소리로 낭송하기 시작했다.

그 순간에 전화벨이 또 울리기 시작했다. 흘끗 발신인을 확인해 보니 기택이었다. 영감이 센터장에게 전화를 건 시간대와 큰 차이 없이 내게 연락을 하는 것을 보면 분명 둘 사이에 어떤 일이 있었을 것이다.

하지만 이 시점에 나는 그것에 관심이 없다. 지금은 오로지 내 얼굴에만 생각이 꽂힌다. 그래, 결과적으로, 영감한테 내 얼굴값을 제대로 하지 못한 것 같다. 기택도 그것을 바라고 있을지 모른다. 그렇지만 나는 자신이 없다. 내 얼굴값은 하나님이 쳐 주실 것이고 나는 그 값에 따라 살아가야 한다. 나는 마치 무슨 주문을 외듯 엎드려 중얼거리기 시작했다.

그렇지만, 그렇지만, 끊겼다가 다시 울리는 저 전화벨 소리가 왜 이렇게 크게 들릴까? 나는 손가락에 힘을 주어 수신 거절 버튼을 꾹 눌러 버렸다.

첫사랑의 천국

꾀꼬리 울음소리라면 더 좋으련만. 나는 침대에 누워 요란하게 울어대는 까치 소리를 들으면서 꾀꼬리를 떠올린다. 하지만 아직 사월 중순이니 그 청아한 소리를 들으려면 좀 더 기다려야 한다. 기다림이라. 그것은 내 인생에 어떤 의미를 부여할까? 이런 처지에 놓여 있음에도 마치 희망의 끈처럼 그걸 붙잡고 살아가야 하나. 진즉에 잠에서 깬 나는 온갖 상념에 젖어 뒤척이다 요의에 밀려 자리에서 일어난다.

H시 외곽에 위치한 다 사랑 양로원은 일찍 기지개를 켠다. 이곳에서 생활하고 있는 오십여 명의 노인 중에서 많은 분들이 동이 트기도 전에 산책을 시작하기 때문이다. 오늘도 어김없이 언뜻 찬 기운이 묻어나는 사월의 새벽바람을 무릅쓰고 열대여섯 분의 노인이 양로원 본관 주변을 따라 꽤 길게 만들어진 산책로를 부지런히 걷고 있다. 건강을 위해서 걷는 것 같지는 않다. 그저 일찍 잠이 깬 노인들이 좁은 생활실에서 특별히 할 일이 없으니 바람이라도 쏘이러 나오는 것 같다. 산책을 하지 않는 노인들도 생활실에 있기보다는 일찍 세수를 마치고 아침 식사가 시작되려면 아직 한 시간 이상이 남았는데도 식당 앞 간이 소파에 앉아서 기다리거나 건물 주변에 피어나기 시작한 꽃들을 바라보면서 시간을 보내고 있다.

나는 그런 모습을 마치 양치기 개가 양 떼를 관찰하듯 유심히 살피다 늘 같은 자리(벤치)에 앉아 있는 일순 어르신에게 다가갔다. 그 옆은 오늘도 성철 어르신이 차지하고 있었다.

"어르신들 잘 주무셨어요?"

"네."

일순 어르신만 짧게 대답을 하고 성철 어르신은 눈인사로 대신했다.

"두 분이 새벽부터 다정하게 앉아 계시니까 보기가 참 좋아요."

내가 '다정하게'라는 말을 붙이긴 했지만 두 분이 앉아 있는 모습은 그것과는 거리가 멀어 보였다. 오늘도 일순 어르신은 정면을 바라보고 있었고, 성철 어르신은 한 명이 더 앉을 수 있는 정도의 간격을 둔 채 몸을 바깥쪽으로 약간 튼 자세를 유지하고 있었기 때문이었다.

"우리는 그런 거 몰라요."

일순 어르신의 한결같은 반응이 바로 날아왔다.

모르다니? 좋은 것이 무엇인지 모른다는 걸까? 아니면 남녀 간의 정, 다시 말해서 사랑이라는 것에 대해 모르겠다는 말일까? 나는 성철 어르신에 대한 말만 꺼내기만 하면 일순 어르신 입에서 터져 나오는 '(잘) 몰라요'라는 말을 오늘 새벽에도 들으면서 새삼 그게 무슨 뜻인지 궁금증이 몰려왔다. 그만큼 일순 어르신이 성철 어르신을 지극 정성으로 대하고 있기 때문이다. 나는 그런 일순 어르신의 마음을 사랑, 그것도 순수한 사랑이라고 규정하고 있다. 그 말 말고는 달리 정의할 단어를 찾을 수 없기 때문이다. 사랑이라는 선하고 고결한 행위 앞에 굳이 '순수한'이라는 불필요한 말을 붙일 필요가 있는지 생각해 볼 여지가 있지만 하도 세상에서 흔하디흔한 것이 남녀 간의 사랑이라서 나는 이분의 사랑한테는 꼭 이런 수식어를 붙이고 싶다. 아무런 조건 없이 한 남자에게 온 정성을 다해 헌신하고 있는 일순 어르신에게 딱 맞는 표현이라는 생각 때문이다.

일순 어르신은 나이가 70대 중반쯤으로 보이는데 결혼을 해 본 적이 없다고 한다. 그 나이대의 여성으로는 보기 드물게 대학도 다녔다. 하지만 정신이 온전치 못하다. 얼굴에서도 약간 낯선 분위기를 풍긴다. 그렇다고 해서 행동이 이상하거나 감정의 표현과 조절이 부자유스러운 것은 아니다. 일반인들이 보기에는 아무런 문제가 없어 보일 정도로 경미한 정신 질환을 앓고 있을 뿐이다. 무슨 이유인지 가족이라고는 언니 한 명밖에 없는데 그것도 미국에 거주하기 때문에 거의 볼 수는 없고 오로지 약간의 금전적인 지원만 받고 있다. 한마디로 말해서 외롭게 살아야 하는 모든 조건을 갖춘 분이라고 할 수 있다. 이러한 일순 어르신이 무려 열다섯 살 가까이 차이가 나는 성철 어르신을 사랑하고 있다.

성철 어르신은 이북 출신으로 가족이라고는 일 년에 한 번 꼴로 찾는 조카밖에 없었다. 그런 면에서 일순 어르신과 처지가 비슷하다. 홀로 남쪽으로 내려온 후에 여기저기 떠돌이 생활을 하다 이곳에 들어왔다고 들었는데 당신이 어떻게 살아왔는지 말씀을 잘 하지 않는다. 결혼을 한 적이 있는지에 대해서도 알 수가 없다. 다만 경기도 양주라는 곳에서 별장지기를 할 때 어떤 여자와 잠깐 같이 살았다는 말을 들은 적은 있다. 그런 순탄치 않은 과거 때문인지 아니면 타고난 성격 탓인지 잘 모르겠지만 성철 어르신은 다른 사람의 도움을 받는 것을 아주 싫어한다. 예를 들어서, 양로원에서만 생활하는 모습이 답답해 보여서 나나 다른 직원이 "어르신, 오늘 점심에 밖에 나가서 국밥이라도 한 그릇 하실까요?"라고 권하면, "되았소, 머이가 번거롭게 헐 일이 있갔소?" 아직도 약간 남아 있는 이북식 억양으로 눈을 치뜨면서 단호하게 거절한다. 하지만 일순 어르신만은 예외다. 먹을 것 챙기기, 빨래, 생활실 정리 정돈과 같은 성철 어르신의 일상생활에 필요한 거의 모든 것들을 일순 어르신이 챙겨 주는데 거절을 하지 않는다. 그렇다고 해서 그때그때 고마움을 표하는 것 같지도 않다. 성철 어르신은 그렇게 말년에 여복이 터져 다른 남자 어르신들의 부러움을 사고 있다.

"무엇을 모르시겠다는 말씀이세요?"

모르겠다는 말이 무슨 뜻인지 오늘은 꼭 알고 싶어서 일순 어르신 어깨를 살살 두드리면서 물었다.

"글쎄, 우리 같은 늙은이는 잘 몰라요. 옆에 할아버지도 계시니 노래나 한 곡 해 봐요."

"노래요?"

"저번에 노래방 할 때 김삿갓 노래 잘 부르시던데요?"

대답 대신 엉뚱한 노래 신청을 받자 나도 모르게 웃음이 터져 나왔다. 그렇다고 단칼에 거절을 할 수도 없었다. 일순 할머니가 노래를 듣는 것도, 부르는 것도 아주 좋아하기 때문이었다.

"지금은 좀 그렇고 이따가 점심 드신 다음에 불러 드릴게요."

"말 나온 김에 불러보세요."

"성철 어르신 괜찮으시겠어요?"

나는 "이 새벽에 노래라니 당치 않소" 정도의 반응을 기대하면서 물었지만 대답을 하지 않고 웃는 듯 안 웃는 듯 하는 표정으로 앞에 서 있는 나무만 바라봤다. 나는 별수 없이, '죽장에 삿갓 쓰고 방랑 삼천리/ 흰 구름 뜬 고개 넘어 가는 객이 누구냐/ 열두 대문 문간방에 걸식을 하며/ 술 한 잔에 시 한 수로 떠나가는 김삿갓'이라는 가사의 노래를 목청 높여 뽑을 수밖에 없었다.

"잘하시네요. 점심 먹고도 불러 주세요."

"그럼, 모른다는 말이 무슨 뜻인지 알려 주실 거죠?"

"잘 모르겠어요."

도돌이표가 따로 없네. 나는 속으로 웃으면서 두 분께 인사를 건네고 숙소로 돌아왔다. 내가 묵고 있는 곳은 양로원 본관과 약간 떨어진 텃밭 가장자리에 지어진 농업용 창고 한쪽에 마련되어 있다. 예전에는 양로원에서 농사를 많이 지었다는데 그때 일꾼이 썼던 방이라서 그런지 허름하기 그지없다. 침대가 없으면 생활하기가 힘들 것 같아서 내 돈으로 그것을 들여 놨다. 그밖에 냉난방 시설, 자그마한 TV, 붙박이장, 2단 냉장고, 책상 겸 밥상 등 생활에 필요한 것들은 거의 구비되어 있었다. 침실 한쪽에 달린 미닫이문을 열면 간이 주방이 보이고, 거기서 쪽문을 통해 나서면 화장실이 나온다. 비록 초라하게 보이기는 해도 사는데 별다른 불편함을 느끼지 못하는 숙소다.

눈치채셨다시피 나는 다 사랑 양로원에서 어르신들의 각종 심부름, 병원이나 마트 동행, 청소, 텃밭 농사와 같은 잡일을 해 주는 대신에 무료로 숙소와 식사를 제공받는 일종의 직원이다. 다 사랑 양로원은 기초생활수급자 중에서 시청에서 선정한 노인을 전액 무료로 입소시키는 노인복지 시설이기 때문에 월 생활비를 따질 수는 없지만 다른 유로 시설과 비교할 때 대략 월 백이십만 원은 받을 수 있는 수준은 되는 것 같다. 그렇게 따져 본다면 무료 숙식 외에 별도의 급여를 받지 않는 내 월수입은 백이십만 원 남짓에 불과하다는 계산이 나온다. 최저 임금의 수준에도 훨씬 못 미치는 대우인 거다. 하지만 나는 불만이 없다. 내가 그 조건에 흔쾌히 승낙을 하고 한 2년 전에 이곳에 들어왔기 때문이다.

나는 건설회사에 다니다가 임원으로 승진을 하지 못하고 희망퇴직을 한 후에 홀로 삼 년여를 아파트에서 살아 봤다. 하지만 여러모로 힘들었다. 원래 결혼을 하지 않고 평생을 살아왔기에 외로움이라는 것은 차치하고라도 우선 흔히 말하는 '먹고 사는 것'이라는 것을 해결하기가 버거웠다. 가진 재산이 부족해서가 아니었다. 비록 지방이긴 하지만 오억 원을 호가하는 아파트를 소유하고 있었고, 가지고 있는 돈도 그동안 저축해 놓은 것과 퇴직금을 합치면 삼억 원이 넘었다. 거기에 알바까지 하고 있어서 경제적으로는 어려움이 없었다. 국민연금도 몇 년 후부터 매월 백오십만 원 정도를 받을 수 있을 정도로 납입을 꾸준히 해 왔으니 노후 대비는 비교적 착실히 해 놓은 셈이다. 하지만 돈만 있다고 세상을 원활하게 살 수는 없지 않겠는가? 나는 환갑을 불과 몇 달 앞둔 독신 남성인 데다 오른발을 살짝 저는 장애인 신분이다. 해외 공사 현장에서 교통사고를 당했다. 그때 죽지 않은 것만 해도 감사하게 생각하고 있다. 거기에 더해 엎친 데 덮친 격으로 특별한 이유 없이 실신하는 증상이 과거에 비해 더 자주 나타나기 시작했다. 시간과 장소를 불문하고 느닷없이 앞이 캄캄해졌다가 눈을 뜨면 정신이 말짱해지는 증상인데, 의사 말로는 미주신경이라는 뇌신경에 일시적으로 교란이 일어나서 의식을 잃는 질환이라고 했다. 그러면서 순간적으로 일어나는 의식 불명 현상이라서 크게 걱정할 것은 없다고는 했지만 나는 불안했다. 흔히 말하는 '고독사'라는 죽음이 떠올랐기 때문이다. 만약 아무도 지켜보지 않는 아파트에서 무슨 일이라도 벌어진다면 그 사실을 언제, 누가 알 수 있을까? 그 생각을 하니 끔찍했다. 그렇게 고민을 하고 있던 참에 사회복지사 현장 실습을 이 양로원을 관장하는 복지재단에서 한 것이 인연이 되어서 이곳에 들어오게 된 것이다. 그 '먹고 살기'가 해결이 될뿐더러 고독사를 걱정하지 않아도 되니 망설일 이유가 없었다.

그래서 나는 여기가 내 집이라고 여기고 이곳에서 생을 마치고 싶지만 더 이상 일을 할 수 없을 때에는 어떻게 될지는 모르겠다. 말했다시피 이곳은 기초생활수급자만이 생활할 수 있는 시설이라서 나 같은 일정 수준 이상의 재산 보유자는 입소를 할 수 없다. 하지만 그 문제는 급하게 생각하지 않기로 했다. 아직은 실신할 때 위험해질 수 있는 운전을 제외한 다른 일들을 하는데 별다른 문제가 없기 때문이다.

이제 갓 60대에 접어든 몸으로 양로원이라는 곳에 몸을 의탁하고 사는 모습이 보는 사람에 따라 비루하게 보일지도 모르겠다. 하지만 나는 개의치 않는다. 아까 말한 대로 우선 먹고 사는 것을 해결할 수 있고 고독사와 같은 비상 상황도 회피할 수 있을뿐더러 내 마음이 편안하기 때문이다. 겉으로 보기에 큰 욕심과 미련 없이 그저 하루하루를 묵묵히 살아가고 있는 노인들과 같이 살고 있어서 그럴까? 나 또한 머리가 복잡하지 않다. 얼마 전까지는 잠도 잘 자는 편이었다. 다만 술을 끊은 지 얼마 되지 않아서 그걸 참는 것이 힘이 좀 든다. 그 외에 흔히 말하는 '본능'과 관련한 특별한 욕심이나 욕구도 별로 일어나지 않는다. 성적인 욕망도 결혼을 하지 않은 몸이라서 그런지 느끼기가 어렵다. 그다음에 뭐가 있을까? 좀 더 고차원적인 자아실현의 욕구 같은 것? 글쎄. 나도 사람인 이상 그런 것들에 대해 생각을 안 해 본 것은 아니다. 여기에 들어오기 전에는 이렇게 살아서 어떡하나? 좀 더 가치 있는 일을 찾아봐야 하는가? 등등의 생각으로 잠을 설치는 날이 많았지만 지금은 그렇지 않다. 그것이 순응인지 아니면 일종의 현실 도피인지는 모르겠지만, 중요한 것은 지금 내 마음이 단순해졌다는 것이다. 아니, 어느 한쪽에 꽂혔다는 말이 정확할 것 같은데 그 이유에 대해서는 차차 이야기하겠다.

나는 세례명이 '유스티노'인 천주교 신자이다. 군 복무 시절에 사단 성당에서 세례를 받았다. 신병 훈련을 마치고 자대 배치를 받는 과정에서 종교 유무에 대한 질문을 받자 망설이지 않고 천주교라고 답했다. 신병 훈련소에서 천주교 미사가 슬쩍 잠을 자기에는 최고라는 매우 현실적(?)인 경험을 이미 했기 때문이었다. 전역 후에는 자연스럽게 냉담자가 되었지만 다 사랑 양로원에 들어와서 유스티노로 부활(?)하였다. 내가 부활이라는 거창한 단어를 쓰는 것은 단지 성당에 다시 나가는 것 정도가 아니라 열렬 신도로 변신했다는 것을 강조하기 위해서다.

왜 그럴까? 늙고 다친 몸이 의지할 곳이 필요해서 그럴까? 물론 그런 이유도 있지만 그것은 부수적인 것이고, 근본적인 이유는 내가 사랑하는 대상을 그곳에서 볼 수 있다는 데에 있다고 고백을 한다. 물론 그 대상이 천주님이나 마리아님은 아니다. 차라리 그분들이라면 얼마나 좋을까? 하지만, 내 입으로 밝히기가 참으로 불경스럽고, 부끄럽고, 쑥스럽지만, ······. 어처구니없게도, 내가 지극히 사랑하는 대상은 '수녀님'이다.

수녀를 사랑하다니? 이게 말이 되는가? 물론 안 된다. 나는 말도 안 되는 금단의 사랑을 이 년 가까이 이어 오고 있다. 물론 상대는 전혀 눈치를 채지 못하고 있는 일방적인 짝사랑이다. 그래서 괴롭다. 요즘에는 무섭기조차 하다는 생각에 가슴을 짓누른다. 내가 일순 어르신의 한결같은 사랑을 눈여겨보는 이유 중의 하나가 나와 처지가 같을 수 있다는 묘한 동지 의식이 작동하고 있기 때문이다. 내가 왜 이렇게 얼토당토않은 일을 벌이고 말았을까? 지금이라도 이런 마음을 돌려세우면 되는데 그것이 왜 불가능할까? 나는 책상에 세워 놓은 자그마한 마리아상을 바라본다. 그러면서 마음속으로 기도를 올린다. 마리아시여! 마리아시여!

*　*　*

나는 침대에서 한참을 뒤척이다 다시 본관으로 향했다. 아침 식사 시간이 다가오고 있기 때문이었다. 커피 자판기가 설치되어 있는 공간에서는 오늘 아침에도 남녀 간 삼각관계에서 빚어진 거친 사랑싸움이 벌어지고 있었다.

연세가 여든쯤으로 보이는 순임이라는 이름을 가진 할머니가 계시는데 이름처럼 얼굴도 곱상하시다. 지금은 딱한 처지가 되었지만 젊었을 때는 식모를 두고 손에 물 한 방울 안 묻히고 살았을 정도로 고생이라고는 모르고 살았다고 자랑인지 푸념인지 분간하기 힘든 말씀을 곧장 늘어놓으신다. 그만큼 얼굴뿐만 아니라, 손, 자태 등 몸 구석구석에서 이곳 다른 할머니들에게서는 찾아볼 수 없는 고운 티가 난다. 그래서 그런지 이 어르신에게 관심이 있는 할아버지가 여럿 계신다. 그중에서도 영길 어르신과 규철 어르신이 가장 적극적이라서 자연스럽게 연적(?)이 되었다. 두 분의 경쟁이 가장 치열하게 벌어지는 곳이 커피 자판기 앞에 놓인 낡은 소파이다. 순임 어르신이 대개 식사 전후로 그 자리에 앉아서 커피를 드시는데 한 잔에 100원 하는 커피를 당신 돈으로 뽑아 드시는 일이 거의 없다. 거의 매번, 그러니까 하루에 여섯 잔 정도를 두 할아버지가 경쟁적으로 뽑아서 바친다. 어떤 때는 순임 어르신이 거의 동시에 커피를 받아 들고 난처해하면서 한잔을 다른 어르신에게 권하곤 한다. 내가 순임 어르신이 '난처해한다.'라는 표현을 썼는데 잠깐 생각해 보니 이 말을 취소하는 것이 좋을 것 같다. 왜냐하면 그런 순간, 그러니까 두 남자로부터 대시를 받는 것을 은근히 즐기는 것 같다는 의심 때문이다. 나는 남녀 간의 사랑을 경험해 보지 못해서 잘 모르겠는데, 그렇게 두 사람으로부터 사랑을 받으면 어떤 느낌이 들까? 최소한 기분이 나쁘지는 않을 것 같다. 그런 순임 어르신의 이중적인 태도로 인해 두 남자 어르신의 갈등이 시간이 갈수록 깊어지고 여자는 늙어서도 요물이라는 수군거림이 여기저기에서 들린다. 오늘 아침에도 어김없이 자판기 앞에서 영길 어르신과 규철 어르신 간의 사랑싸움이 벌어졌다.

"야, 이 자슥아, 니 여편네라도 되냐? 니가 뭔데 순임 씨와 이야기하는데 끼어들어서 이러고 저러고 허냐 이 자슥아."

"뭐여? 빙신 지랄허네. 늙으면 눈치만 는다는데 너는 어찌 그리 봉사 눈이냐? 이 빙신아. 김 여사 얼굴 보면 무슨 마음인지 증말 모르겠냐?"

"사돈 남말 허고 자빠졌네. 떡 줄 사람 생각도 안 허는데 김칫국부터 마신다더니 너 같은 자슥을 두고 허는 말이네. 허긴 너는 안 처먹는 것이 없지? 아마 양잿물도 주면 좋다고 마실 거다."

"뭐여? 이 절름발이 빙신 다리 몽뎅이를 분질러 줄까?"

급기야 규철 어르신이 풍을 맞아서 한쪽 다리가 불편한 영길 어르신의 신체적인 약점까지 들먹이자 영길 어르신이 짚고 있던 지팡이를 휘둘러대는 험악한 상황으로까지 불거져서 내가 간신히 두 분을 뜯어말렸다. 그 모습을 지켜보던 순임 어르신이 "아유, 그만들 하세요. 애들같이 왜 이래요."라는 말만 반복 하면서 미지근한 태도를 보이다가 끝내는 "아이고, 내가 자리를 피해야 되겠네." 하면서 식당 쪽으로 자리를 옮기는 것으로 사랑싸움은 일단 진정이 되었다.

이렇게 하루가 멀다 하고 사랑싸움이 일어나면 시설에서도 골치가 아프다. 이럴 경우에 해결책은 하나밖에 없다. 셋 중에서 한 분이 퇴원을 하는 것이다. 그것도 문제의 근원(?)인 순임 어르신이 나가는 것이 가장 효과적인 방법인데, 뭐가 되었든 실행하기가 쉽지 않다. 세 분 모두 오갈데 없는 무료 수급자 신세라서 갈 곳이 마땅치가 않고, 시청의 허가를 받아야 하는 등 절차도 까다롭기 때문이다.

삼각관계의 당사자들이 모두 빠져나간 커피 자판기 앞은 다시 조용해졌다. 나도 잠시 안도의 한숨을 내쉬면서 자판기 바로 옆에 자리를 잡고 있는 천사 나팔꽃 화분에 눈길을 주었다. 보통 6월 하순에 길쭉한 모양의 노란 꽃이 피기 때문에 아직은 삐쭉 한 잎만 드러내고 있었다. 참, 물을 줄 때가 되었지. 나는 미리 물을 가득 담아 둔 물 조리개로 물을 흠뻑 주었다. 그리고 보니 인간이란 참으로 이상한 존재다. 자연 그대로 살도록 내버려둘 것을 군이 화분에 가둬서 스스로 살지 못하게 해 놓고 이렇게 물주는 일까지 하게 만들고 말이야. 그렇게 해 놓고 얻는 것은 과연 무엇일까? 화려하게 피어나는 노란 꽃? 그런데, 그 꽃말이 덧없는 사랑이라지? 그런 꽃말을 지닌 천사 나팔꽃 화분 앞에서 순임 어르신을 두고 두 할배가 티격태격 사랑싸움을 하던 모습이 떠올라서 나도 모르게 웃음이 나왔다.

시간이 어느 정도 흘렀는지 자판기 앞을 지나서 식당으로 향하는 노인들이 하나둘 보이기 시작하더니 이내 수를 세기 어려울 정도로 많아졌다. 그리고 그 중 몇몇은 평소와는 옷차림이 달랐다. 아! 오늘이 일요일이구나. 주일에 교회나 성당에 가는 노인들은 이렇게 미리 옷을 갈아입는다. 이곳 노인들은 무슨 일이든 정해진 시간보다 늦게 행동하지 않는다. 나는 이곳에서 그런 노인을 본 적이 없다. 오늘 같은 종교 행사든, 병원 진료든, 장보기든, 언제나 출발하기 한참 전에 준비를 마치고 기다리기 때문에 직원들이 부담스러워할 때가 많다. 아침 식사를 마치고 두 시간은 족히 기다려야 성당과 교회에 가는 차를 탈 수가 있는데, 벌써 옷을 차려입고 나오시다니. 바깥세상 사람들이 인식하는 시간 개념과는 사뭇 다르다는 것을 실감하면서 일일이 아침 인사를 드리느라 마음이 바빠졌다.

커피 자판기 앞 통로가 조용해지자 나는 식당으로 연결된 휴게실로 향했다. 아직 거기에 게시는 어르신들이 계시면 식사 시간이 다 되어 가니 식당으로 들어가시라는 말을 전하기 위해서였다. 그곳에는 일순 어르신과 성철 어르신만 다정하지 않은(?) 자세로 앉아 있었다.

"식사들 하셔야죠?"

"네."

이번에도 일순 어르신만 대답을 하고 성철 어르신은 딴전을 피운다.

"허긴, 두 분은 식사를 안 하셔도 배가 부르시겠어요."

"왜요?"

"이렇게 늘 다정하게 계시잖아요."

"우리는 그런 거 잘 몰라요."

역시 '몰라요.'라는 말이 그 순간에도 일순 어르신의 입에서 튀어나왔다. 나는 그 말을 들으면서 두 사람의 아름다운 사랑과 극명하게 비교가 되는 방금 전에 일어났던 원초적인 삼각관계 사랑싸움을 떠올렸다. 사랑에도 등급이 있는 것일까? 그렇다면 그것을 매기는 기준은 무엇일까? 그런 생각에까지 이르고 있을 때 일순 어르신이 말을 걸었다.

"오늘 성당 가세요?"

그렇지! 오늘이 주일이지? 아까 노인들 옷차림에서 그걸 알아차렸는데도 새삼스럽게 느껴졌다. 주일이 벌써? 아니, 이제? 나는 어느 순간부터 '즐거운 고통'이 되어 버린 미사 참석을 생각하자 벌써부터 가슴이 두근거리기 시작했다.

"그럼요. 어르신도 가실 거죠?"

"네."

"성철 어르신도 같이 가실까요? 바깥바람도 쏘일 겸 해서요."

"되았소."

무슨 이유에서인지 성당에 나가자는 일순 어르신의 부탁만큼은 단호히 거부하는 성철 어르신답게 거칠고 짧은 즉답이 날아왔다.

* * *

오늘도 성당 입구는 신자들로 북적거렸다. 아직도 모두들 마스크를 쓰고 있었지만 용케도 서로를 알아보고 인사를 나누기에 바빴다. '나자렛의 집'에서 생활하는 아이들이 우르르 차에서 내리는 모습도 보이는데 오늘도 세실리아 수녀님은 눈에 띄지 않고 사회복지사만 보였다. 나자렛의 집은 성당에서 운영하고 있다. 열 명 정도 되는 여자 어린이들을 보호하고 있는 보육시설인데 원장은 세실리아 수녀님이 맡고 있다.

'세실리아 수녀님.' 내가 앞에서 고백한 짝사랑의 대상이다. 수녀라는 특수 신분답게 나이만 나와 비슷하다는 거 빼고는 나는 그분에 대해 아는 것이 거의 없다. 단지 세실리아라는 다소 낯선 세례명을 가진 여인만이 내 앞에 존재할 뿐이다. 내가 뭘 고치는데 소질이 있다는 걸 어떻게 알고 양로원을 통해 부탁을 해와 그곳을 방문했을 때 수녀님을 처음으로 바로 앞에서 정면으로 마주치게 되었다. 그 순간, 나는 머리를 무언가에 얻어맞은 듯한 충격을 느꼈다. 수녀님이 내게 뭐라고 건네는 인사말이 전혀 내 귀에 들어오지 않았다. 나는 그렇게 잠깐 동안 온 몸이 얼어붙은 채 서 있다 사회복지사가 안내하는 수리 장소로 향했다. 그 순간이 전부였다. 그것으로 충분했다. 나는 그날부로 수녀님의 완전한 포로가 되어 버렸다. 이 나이에 포로라니, 그것도 상상할 수조차 없는 사람의 포로라니. 하지만 이것은 엄연한 현실이다. 그래서 괴롭고도 행복하다.

"좀 어떠시대요?"

나는 나자렛의 집의 사회복지사한테 세실리아 수녀님의 안부를 물었다.

"많이 힘들어하세요. 유스티노 님도 기도 많이 해 주세요."

"네, 면회는 어렵죠?"

"네, 집중치료실, 그러니까 중환자실에 계셔서요."

"그래도 한번은 찾아뵙고 싶은데."

"성당에서 단체로 갈 계획이 있어요. 그때는 모두에게 잠깐 면회가 허락된다니까 신부님께 말씀드려 볼게요."

"부탁드립니다. 참, 그렇게 힘들어하세요?"

"네, 식사를 거의 못 하신대요."

"안타깝네요, 기도 많이 하겠습니다."

"고맙습니다. 그리고 이건, 얼마 전에 수녀님이 펴낸 수상록이에요. 우선 다섯 권을 넣었으니 한번 읽어 보시고 읽을 수 있는 어르신들에게도 전해 주세요."

사회복지사가 책들이 담긴 자그마한 쇼핑백을 건네주었다. 그렇게 몸이 아프면서도 책을 내셨구나? 신앙의 힘인가? 나는 제법 묵직함이 느껴지는 쇼핑백을 들고 교당으로 향했다.

군종 장교를 오래 하신 분답게 주임신부님의 미사 집전은 절도와 패기가 있다. 군더더기도 없다. 너무 군대식이라고 불평을 늘어놓는 신자도 있지만 나는 그것이 좋다. 신부님이 책임지고 인도만 해 주신다면 천국도 스피드 있게 갈 것 같다는 엉뚱한 생각마저 든다. 한 달에 한 번 봉성체를 주시기 위해 다 사랑 양로원을 찾으실 때도 활기찬 에너지와 함께 소위 말하는 아우라를 느낀다. 하지만 나는 그런 신부님이 집전을 하시는 미사에 집중을 하지 못하고 다른 수녀님들이 앉아 계시는 앞자리에 눈길을 자주 돌리는 것이 버릇처럼 되어 버렸다. 세실리아 수녀님이 분명히 거기에 계시지 않는 오늘도 마찬가지다. 그런 현실을 깨달을 때마다 내 마음이 너무 허전하고 아파서 천장을 향해 심호흡만 연신 한다. 이 화창한 날에 밝은 모습으로 나타나서서 내게도 환한 미소를 보내 주면 얼마나 좋을까. 어느 순간부터 신부님의 목소리는 잘 들리지 않고 내 생각은 온통 세실리아 수녀님에게로만 향한다. 아! 마리아시여! 부디 우리 수녀님을 구해 주소서! 제 성한 다리 한쪽이라도 바치시라면 그렇게 하겠나이다! 나는 눈을 감고 입술을 지그시 깨물었다.

다 사랑 양로원의 주일 오후도 평일과 다름없이 조용하다 못해 적막하기까지 하다. 기초 수급자들이 생활하는 노인 복지시설 특성상 면회를 오는 보호자는 찾아보기가 힘들다. 명절과 같은 특별한 날에 단체 방문만 더러 있을 뿐이다. 오늘도 양로원은 여느 주일 오후와 다름이 없다. 꽤 넓은 텃밭도 아직은 빈터로 남아 있다. 고추 같은 작물을 심기에는 아직 이르기 때문이다. 이렇게 특별한 일이 없을 때는 평일이든 주말이든 내 숙소에서 쉰다. 그런다고 눈총을 주는 사람도 없다. 무슨 일이 생기면 연락을 받고 바로 나가면 그만이다.

성당에서 돌아온 나는 평소와는 다르게 양로원을 살피는 대신 바로 숙소로 들어왔다. 세실라 수녀님이 펴낸 수상록의 내용이 궁금했기 때문이었다.

'밀재에서 나자렛까지' 수상록의 제목이 우선 눈에 들어왔다. 밀재? 분명 수녀님의 고향을 가리키는 고개 이름일 텐데 그곳이 어디일까? 나는 고개를 갸웃거리며 책장을 넘겼다. 다른 수상록에서 흔히 볼 수 있는 사진들은 보이지 않고 '마리아시여! 저를 인도하소서!'라는 제목이 붙은 서문이 바로 나타났다.

(전략)

지금 이 순간까지도 마리아님의 품에 온전히 안기지 못하고 방황하고 있습니다.

제가 신실하지 못한 탓이지만, 그 방황도 이제 실개천 하나만을 남겨두고 있습니다.

하지만 병이 들어 제 힘으로 가느다란 시내조차 건널 수 없을까 두렵습니다.

마리아시여! 그곳에 놓인 징검다리를 건널 때 제 손을 꼭 잡아 주소서!

(하략)

곧 죽을 것 같으니, 잘 죽을 수 있게 마리아님께서 도와 달라는 말인 것 같다. 정말 수녀님은 머지않아 선종하실까? 부인과 관련 암에 걸리셨다는데 그게 무슨 암일까? 이 모든 것이 비현실적으로 느껴진다. 지금이라도 병원에 달려가서 수녀님의 손목을 잡고 어떻게든 살아야 한다고 고함이라도 치고 싶다. 지금 이 순간에 내가 이렇게 힘들어하는 것을 수녀님은 모르시겠지? 수녀를 사랑하다니, 그것도 늘그막에, 이 무슨 황당한 짓인가? 이런 내 마음을 남들이 알아채면 뭐라고 할까? 나도 모르게 얼굴이 화끈거렸다.

나는 책을 덮고 숙소를 나와 버렸다. 가지 끝 쪽에 듬성듬성 붙어 있던 벚꽃들이 바람에 날리는 모습을 무심히 바라보면서 무작정 본관으로 향했다. 노인들과 대화나 나누면서 울적한 마음을 달래고 싶었다. 모두들 낮잠을 주무시는지 밖에 나와 있는 분들이 눈에 띄지 않았다. 나는 남자 어르신들이 계시는 본관 이 층으로 향했다. 복도에 설치된 벤치에 늘 한두 분은 앉아 계시기 때문이었다. 하지만 아무도 없는 것을 확인하고 일 층으로 내려오려는 순간에 어디에선가 노랫소리가 들려왔다. 나는 다시 발길을 그쪽으로 향했다. 가까이 다가가니 그곳은 성철 어르신의 방이었다. 물론 노래의 주인공은 일순 어르신이었다.

다 사랑 양로원은 남녀가 유별하다. 특히 이성이 살고 있는 생활실에 들어가는 것은 엄격히 금지한다. 예기치 못한 사고와 말썽의 소지가 있어서이다. 하지만 일순 어르신이 성철 어르신의 방을 찾는 것은 묵인하고 있다. 초기에는 막아 보기도 했지만 워낙 일순 어르신의 의지가 강할뿐더러 간곡하게 부탁을 해서 못 이기는 척하고 눈감아 주기로 했다. 밤에, 또는 낮에, 성철 어르신의 방에서 두 분이 뭘 하는지는 알 수가 없다. 어떤 선생이 문 틈새로 성철 어르신이 일순 어르신의 어깨에 손을 얹고 있는 모습을 보았다고는 하는데 다들 믿지 않았다. 그러기에는 너무나 목석같은 분이었기 때문이다.

나는 잠깐 망설이다가 노크를 하고 성철 어르신이 계시는 생활실의 문을 열었다. 어떤 모습으로 계시는지 궁금해서였다. 하지만 이내 실망(?)

으로 돌아왔다. 여느 때와 마찬가지로 성철 어르신은 멀찍이 떨어져 앉아서 노래를 부르거나 말거나 창밖만 멀거니 바라보고 있었고, 일순 어르신은 그런 청중의 태도에 아랑곳하지 않고 선 채로 열창을 하고 있었다.

"지나가다가 어르신 노랫소리가 하도 듣기 좋아서 실례를 무릅쓰고 들어와 봤습니다."

나는 일순 어르신 노래가 끝나자 박수를 보내면서 인사말을 곁들였다.

"오신 김에 노래 한 곡 하세요."

일순 어르신이 다짜고짜 내게 노래를 청했다.

"또요?"

"이번에는 김삿갓 말고 다른 거 불러 보세요."

"그거 말고는 딱히 아는 노래가 없는데요?"

"개나리 처녀 잘 부르시던데요?"

"총기도 좋으시네요."

~~ 어허야 얼씨구 타는 가슴 요놈의 봄바람아/늘어진 버들가지 잡고서 탄식해도/낭군님 아니 오고 서산에 해 지네.

엉겁결에 손뼉을 치면서 노래를 부르기 시작했지만 후반으로 갈수록 나도 모르게 감정이입이 되었는지 목이 메기 시작해서 끝부분은 얼버무리고 말았다.

"잘 부르시네요."

"여자 노래라서 그런지 생각보다 부르기가 힘드네요."

내 속마음과는 다른 말을 듣는 일순 어르신의 표정이 여느 때와는 달라 보였다.

"김 선생님은 결혼 안 하세요?"

일순 어르신이 난데없는 질문을 던지자 말없이 창밖만 바라보고 있던 성철 어르신도 나를 향해 고개를 돌렸다.

"예?"

"결혼 안 하고 혼자 사시는 것 같아서요."

"그냥, 뭐, 형편이 안 돼서요."

"그럼, 어디 가지 마세요. 여기서 함께 살아요."

함께 살자. 정신이 약간 이상한 칠십 대 노처녀 할머니가 어디 가지 말고 여기서 함께 살자고 한다. 육십 평생을 살면서 처음 들어 보는 말이다. 나는 엉겁결에 일순 어르신의 손을 붙잡았다.

"그럼요. 제가 가긴 어디 가요. 그나저나, 성철 어르신, 일순 어르신이 며칠 전부터 내일이 본인 생일이라고 여기저기 알리고 다니는데 내일 어디 가서 짜장면이라도 한 그릇 사 드리면 어떨까요? 두 분이서 바깥바람도 좀 쏘이시구요. 경비는 저희가 댈게요."

갑자기 일순 어르신의 생일이 떠오르자 혹시나 하는 마음에 성철 어르신에게 생일을 챙겨 드릴 것을 권해 보았다.

"거, 늙은이들이 그렇게 돌아 댕기면 보기 숭혀요. 되얐수다."

역시 눈을 한껏 치뜬 채 내지르는 듯한 답변만 돌아오고 말았지만 여느 때와 달리 목소리에 힘이 없었다. 자세히 보니 얼굴색도 좋지 않아 보였다. 얼마 전부터 잔기침을 자주 하는데 그대로 놔두면 큰일이 날 수도 있지. 나는 다시 창밖으로 시선을 돌린 성철 어르신에게 거듭 부탁을 했다.

"제가 보기에는 몸도 편찮으신 것 같은데 낼 일순 어르신이랑 병원에 같이 가셨다가 외식을 하시면 좋지 않을까요?"

"약 먹고 있으니까 일 없수다."

"그래도 일순 어르신이 서운하실 수 있으니까 생각을 더 해 보세요."

"……."

성철 어르신이 이 봄을 못 넘기시고 떠날 수도 있겠다. 병원 가기를 끔찍이 싫어하는데 강제로 끌고 갈 수는 없지 않은가? 집에서 시름시름 앓다가 죽는 수밖에 없는 거지 뭐. 만약 그렇게 된다면 일순 어르신 처지는? 그것이 더 문제다. ……그러는 나는? 수녀님이 선종이라도 하면 내 심정은 어떠할까? 내가 그걸 견딜 수 있을까? 그래도 일순 어르신 말대로 여기서 노인들과 함께 살 수 있을까? 일 층으로 내려올 때 계단을 의식하지 못할 정도로 나는 수녀님 생각에 빠져 있었다.

나는 숙소로 돌아와서 침대에 벌러덩 누워 버렸다. 미사 참석 말고는 특별히 한 일도 없었는데 피로가 몰려왔다. 한참을 천장만 멀거니 바라보다가 다시 수녀님의 수상록을 집어 들었다. 하지만 서문을 읽을 때와 달리 책 내용이 눈에 잘 들어오지 않았다. 책을 덮으려는 순간에 저자를 소개하는 페이지에서 세실리아(김혜령)이라는 세례명과 속명이 눈에 띄었다. 당연히 그 이름이 아니겠지. 나는 엄연한 현실을 실감하면서 세실리아 수녀를 향한 사랑의 진원지라고 믿고 있는, 내 가슴에 각인이 되다시피 한 초등학교 시절의 첫사랑을 또 소환했다.

내가 초등학교 4학년일 때 송소영이라는 같은 반 여자 아이가 있었다. 그 전 해에 전학을 왔는데 그 당시에는 흔하지 않았던 쌍꺼풀 눈을 가진 꽤 예쁜 아이였다. 행동도 늘 얌전하면서 조용하기만 했다. 학교에서 일 킬로 정도 떨어진, 걸어서는 십분 남짓 걸리는 성당 사택이 집이었는데, 걔네 아버지가 성당 종지기라고 했다. 그것도 여기저기 옮겨 다니는 떠돌이 종지기라고 했다. 그래서 어느 순간부터 짓궂은 아이들은 "야, 종지기." 또는 "야, 종지기 딸."이라고 부르면서 약을 올렸고 그때마다 소영이는 대드는 대신에 울상을 짓거나 책상에 얼굴을 묻을 뿐이었다. 그만큼 그 친구도 나처럼 소심하면서도 내성적이었다. 하지만 나는 소영이를 종지기의 딸이라고 놀린 적이 없다. 아니, 아예, 말을 걸어 본 적이 없다. 그날, 그 사건이 일어나기 전까지는.

막 피기 시작한 아카시아 꽃의 향기가 교실 안으로 솔솔 스며들던 어느 봄날이었다. 점심시간이 끝나갈 무렵에 늘 조용하기만 하던 소영이가 갑자기 크게 울음을 터트렸다. 나를 비롯한 아이들이 무슨 일인지 궁금하여 소영이의 자리로 몰려들었다. 오른손으로 감싸고 있는 소영이의 왼 손바닥에서 언뜻 피가 보였다. 그 옆에는 짧은 면도날을 연상케 하는 연필 깎는 칼이 핏빛을 머금은 채 나뒹굴고 있었다. 분명 그 날카로운 칼로 연필 또는 손톱을 깎다가 실수를 하여 손바닥을 긁은 것이다. 들고 있는 손바닥에서 피가 줄줄 흐르고 있고, 그에 따라서 소영이의 울음소리는 멈출 줄을 몰랐는데 그 모습을 지켜보고 있던 아이들은 어떤 일인지 히히덕거리기만 할 뿐 도와줄 기미가 없었다. 나도 그들과 마찬가지로 그런 소영이를 잠시 바라만 보다 무슨 생각이 들었는지 부리나케 내 자리에서 책보를 가져와서 소영이의 왼손을 감싼 다음에 서둘러 양호실로 끌고 갔다. 소심하기만 했던 내가 무슨 생각이 들어서 그런 행동을 했을까? 지금 생각해 봐도 알 수가 없다.

"얘, 니 이름이 뭐니?"

"김철진입니다."

"그래, 철진이가 착하구나. 친구가 다치니까 앞장서서 양호실로 데리고 올 줄도 알고 말이야."

일 년에 한 번 있는 신체검사를 할 때나 볼 수 있던 양호 선생님이 다친 부위에 소독약을 발라 주고, 왼손을 붕대로 칭칭 감은 다음에 내게 한 말씀이다.

"철진아! 우리 소영이가 참 예쁘게 생겼는데 나중에 니 색시 삼아라."

양호선생님이 내 얼굴이 빨개질 말씀을 하시면서 웃으셨다. 그래서 그랬는지 그 순간의 소영이 표정을 훔쳐볼 여유가 없었다. 그런 나의 파격적인 행동은 교실에 돌아와서도 멈추지 않았다.

"선생님, 송소영이 다쳐서 그러는데요. 그만 조퇴하고 제가 집에까지 데려다주고 싶습니다."

평소 태도와는 전혀 다르게 내가 손을 번쩍 들고 고개만 숙이고 있는 소영이를 힐끗 보면서 씩씩하게 건의를 했다. 이 역시 지금 생각해 봐도 알 수 없는 행동이었다.

"그래요? 철진이 말대로 소영이가 조퇴를 하는 것이 좋겠네요. 소영아! 철진이랑 집에 갈래?"

"예."

그렇게 해서 전혀 뜻하지 않게 그날 나는 송소영의 책보를 어깨에 둘러메고 집까지 데려다줬다. 가는 길에 "야, 안 아파?" "안 아파." 정도의 대화만 나눴을 뿐 별말이 없었다. 성당 사택에 도착한 소영이가 손에 붕대를 감은 채 조퇴를 해서 놀란 아버지에게 뭐라고 이야기를 하자 바로 나한테 다가와서 머리를 쓰다듬으시면서 고맙다는 말씀을 하셨다. 종지기라고 아이들로부터 손가락질을 받던 소영이 아버지는 바짝 마르고, 흰머리가 많이 났는데 매우 인자하신 인상을 가진 분이셨다. 그리고 소영이 엄마가 안 계실뿐더러 다른 형제도 없고 소영이밖에 없다는 사실도 그날 알았다.

"철진이가 평소에 말이 없어서 선생님이 잘 몰랐는데 오늘 보니 참 착하네요. 다른 친구들보다 앞장서서 소영이를 보살펴 줬잖아요? 철진이의 오늘 선행은 모두가 본받아야 해요. 자, 오늘 착한 일을 한 철진이에게 큰 박수를 보내 줄까요?"

학교로 돌아와서 교단에 부끄러운 모습으로 서 있는 내 옆에서 담임선생님이 하셨던 말씀이다. 내 기억이 틀림이 없다면 이날의 큰 칭찬은 내가 태어나서 처음으로 받아 본 것이었고, 그 뒤에도 이런 공개적인 칭찬은 받아 본 적이 없는 것 같다.

송소영을 집까지 데려다주는 일은 그날로 끝나지 않았다. 소영이가 붕대를 푼 이틀 후까지 이어졌다. 그리고 며칠이 지났다.

"애, 끝나고 우리 집에 같이 안 갈래? 아버지가 너 데리고 오래."

소영이의 부탁에 나는 선선히 고개를 끄덕였다. 실개천 징검다리를 건너 성당으로 가는 길 주변에는 아카시아 꽃이 활짝 피어 있었다. 우리는 그 향기를 맡으면서 걷다 참나무에 둥지를 튼 꾀꼬리가 내지르는 울음소리가 신기해 멈춰 서서 자꾸 위를 쳐다보았다.

"철진이 왔구나. 어서 이리로 앉아라."

소영이 아버지가 내 머리를 쓰다듬으면서 음식이 차려진 2인용 식탁에 앉게 했다. 식탁은 소영이 아버지가 직접 만들었는지 허름했지만 그 위에 차려진 음식은 깜짝 놀랄 정도로 풍성했다. 어른에게나 대접할 만한 닭백숙이 가운데에 자리를 잡고 있었고 부침개와 개떡도 눈에 띄었다. 그뿐만이 아니라 소풍 갈 때나 구경할 수 있었던 사이다와 사탕도 예쁘게 놓여 있었다. 이런 대접은 처음 받는 것이라서 처음에는 자꾸 머뭇거렸지만 소영 아버지가 "편하게, 편하게 먹어"라고 권하시는 바람에 나중에 약하게 설사를 할 정도로 나는 그날 포식을 했다.

그날 이후로도 나는 소영의 집에 자주 갔다. 우리 집은 성당과 반대 방향에 있어서 한 번 가면 그렇지 않을 때보다 오 리 정도 더 걸려 모두 시오리 길을 걸어야 했지만 나는 힘든 줄을 몰랐다. 여름 방학 동안에도 엄마에게 학교에 가야 한다는 핑계를 대고 소영의 집에 자주 갔다. 특별히 무슨 재미있는 놀이를 하거나 구경거리가 있는 것은 아니었다. 단지 같이 숙제를 하거나 동화책을 보면서 뒹굴뒹굴하는 것이 전부였다. 아! 특별한 것이 하나 있었다. 성당에는 학교에 있는 것보다 더 좋아 보이는 풍금이 있었는데, 신기하게도 소영이가 그것을 칠 줄 알았다. 그것도 선생님보다 더 잘 치는 것 같았다. 소영이는 학교에서 배운 노래뿐만 아니라 나는 처음 들어 보는 찬송가라는 것도 연주하곤 했다. 나는 소영이가 치는 풍금 소리도 좋았지만 연주를 하는 소영의 모습을 보는 것이 더 좋았다. 그만큼 평소와는 다른, 뭐랄까? 말로 표현하기 힘든 분위기를 풍겼기 때문이었다.

여름 방학이 끝나가던 무렵인 어느 날, 집에 돌아가는 나를 소영이가 평소와 같이 실개천까지 따라와서 내가 징검다리를 막 건너려는 순간에 큰소리로 물었다.

"애, 너, 저번에 양호 선생님이 하신 말씀 기억해?"

"무슨 말?"

"나는 분명히 기억을 하고 있으면서도 딴청을 피웠다. 그러자 갑자기 얼굴이 빨개지면서 호흡이 가빠짐을 느꼈다.

"정말 까먹었어? 나는 안 잊어 먹고 있는데."

"내가 착하다는 말씀은 하신 것 같다."

나는 계속해서 딴청을 피우면서 급하게 흘러가는 냇물에 시선을 돌려버렸다.

"피이. 나를 색시 삼으라는 말 정말 기억 못 해?"

"그러셨나? 이제야 생각이 나는 것 같다."

"바보!"

소영이가 눈을 흘기면서 내가 다가오더니 나를 빤히 바라봤다. 크고 동그란 두 눈에는 팔월의 맑고 푸른 하늘이 가득했다. 나는 다시 눈길을 냇물로 돌려 버렸다.

"여기서 약속할 수 있어?"

"……."

"색시 삼는 거 말이야."

"어."

나는 엉겁결에 짧게 대답을 하고 소영이와 시선을 맞췄다. 비록 짧은 순간이었지만 어린 마음에도 소영이가 내 가슴속으로 훅 들어오는 충격을 느꼈다.

"그럼 우리 약속하자."

"어떻게?"

"새끼손가락 내 봐."

그날, 그 순간에 우리는 서로의 새끼손가락을 거는 것으로 미래를 약속했다. 나는 손가락을 풀고 소영이의 머리칼에 떨어진 나뭇잎을 집어서 공중에 날려 보냈다. 소영이는 그 모습을 보면서 환하게 웃었다.

그날 집에 돌아오는 길에 내 가슴이 자꾸 쿵덕거려서 주체하기가 힘들었다. 소영이가 따라오는 것 같아서 자꾸 뒤를 돌아봤다. 저녁만 먹으면 곯아떨어지던 내가 그날 밤만큼은 잠을 이루지 못하고 뒤척였다.

그렇게 우리는 예비 신랑 각시가 되었지만 크게 달라진 것은 없었다. 예전과 같이 성당에서 같이 놀고, 공부하면서 그해 여름 방학을 같이 보냈다. 단지 소영이가 내 눈을 빤히 바라보는 횟수가 많아졌는데 나는 그때마다는 눈길을 딴 곳에 돌리기에 바빴다.

길고도, 결코 잊을 수 없는 여름이 가고 가을이 찾아왔지만 우리는 변함없이 성당을 놀이터 삼아 놀았다.

그러던 어느 날이었다. 학교가 파할 무렵에 느닷없이 소영이 아버지가 교실에 들어와서 한쪽에 서셨다. 무슨 일일까? 혹시 내가 혼날 일이라도? 나는 잔뜩 긴장을 했다. 하지만 내가 잘 못해서 꾸짖는 말보다 더 충격적인 말이 담임 선생님의 입에서 튀어나왔다.

"아쉽지만, 우리 소영이가 갑자기 다른 학교로 전학을 가게 되었어요. 그동안 소영이가 친구들하고 잘 지내서 좋았는데 선생님도 서운하네요. 자, 우리, 소영이한테 잘 가라고 크게 박수 한번 쳐 줄까요?"

나는 그 순간에 얼어붙고 말았다. 박수를 칠 여유도, 마음도 없었다. 미리 알고 있으면서도 나한테 전학을 가게 되었다는 말을 안 해 준 소영이가 야속하고 미웠다. 새끼손가락을 걸면서 한 약속도 떠올랐다. 약속은 지가 먼저 하자고 해 놓고 이게 뭐야? 나는 소영이를 보지 않고 창밖만 바라보았다. 내가 그러고 있을 때에 소영이 아버지가 성큼성큼 걸어오셔서 내 머리를 쓰다듬으셨다.

"공부 잘하고, 건강해야 한다. 소영아! 철진이한테 인사 안 하고 갈 거야?"

소영이는 나한테 다가오지도 않고 멀찍이서 고개만 꾸벅하는 것으로 인사를 대신하고 아버지와 함께 교실을 빠져나갔다. 그게 끝이었다. 그 뒤로 소영이를 다시 만나지 못했다. 어느 학교로 전학을 갔는지도 모를 뿐더러 그 이후의 소식도 전혀 접하지 못했다. 소영이는 그렇게 철저하게 내게서 멀어져 간 것이다. 하지만 소영이를 향한 나의 애틋한 감정마저 사라진 것은 아니었다. 또, 색시로 삼겠다는 약속을 잊은 적도 없었다. 그래서일까? 내가 미혼의 몸이 된 이유가 소영이와의 약속과 무관하다고 말할 수 없을 것 같다. 초등학교 4학년이면 열 살을 넘긴 나이다. 아무리 시골뜨기 소년이라지만 남녀 간의 사랑에 대해서 어렴풋이나마 눈을 뜰 시기이다. 하물며 소영이는 남자보다 성장이 빠르다는 여자아이였다. 그런 애가 장난 삼아 그런 약속을 하자고 했을까?

세월이 한참 흐른 뒤에도 소영이는 수시로, 심지어는 꿈속에서도 나를 찾아오고 있다. 단지, 한 가지 변한 것이 있다면 세실리아 수녀님을 만난 후부터는 소영이와 수녀님을 헷갈려 한다는 점이다. 처음 수녀님을 뵈었을 때 나는 충격을 받았다. 내가 상상하고 있던 소영이와 너무 닮았기 때문이었다. 성당 종지기 딸이 수녀가 되는 것은 자연스러운 과정이라고 믿었다. 그토록 보고 싶었던 소영이를 드디어 여기서 만나게 되다니. 나는 꿈에 부풀었다. 잠을 설치는 날이 많아졌다. 하지만 내가 간절히 원하는 축복은 하늘에서 내려 주지 않았다. 나는 실망감에 떨며 또 한참을 힘들어했다. 소영이와 수녀님이 다른 사람이라는 것을 알게 되는 데는 긴 시간이 걸리지 않았기 때문이었다. 수녀님이 소영이가 아니었지만 수녀님을 향한 내 마음은 변하지 않았다. 수녀님 자체를 흠모하는 것일까? 아니면 소영이와의 첫사랑이 투사된 것일까? 나도 내 감정을 정확히 정리하기가 어렵다. 그래서 시간이 갈수록 머리가 더 복잡해지고 힘이 든다.

결혼이라는 것을 생각하다 보면 한상희라는 이름을 가진 대학 독서 서클 동기가 떠오를 때가 있다. 국문과 여학생으로, 이미 대학 신문에 시를 발표했을 정도로 재능이 뛰어났다. 토론장에서 보여 주는 그녀의 내공도 다른 회원들과는 비교가 안 될 정도였다. 마치 정교한 조각칼로 잘 다듬은 것 같은 이지적인 분위기를 풍기는 얼굴, 그중에서도 약간 얇으면서도 좌우 균형이 정확하게 맞는 입술에서 청산유수처럼 뿜어 나오는 그녀의 말은 좌중을 압도하기에 충분했다. 나는 그런 그녀를 하염없이 바라만 볼 뿐 감히 끼어들 용기를 내지 못했다. 이는 비단 나뿐만이 아니었다. 그녀는 한마디로 말해서 우리 서클의 스타였다. 한상희라는 차가운 이미지의 이름과 딱 어울리는 외모와 태도 그리고 엄청난 문학적 소양을 가진 여자 회원, 이렇게 짧게 압축할 수 있는 그녀답게 회원들과 어울릴 때도 늘 도도했다. 도대체 어떤 약점, 허점이라고는 찾아보기 힘든 그녀였다. 그렇게 성층권에 머무는 존재와 같은 한상희가 유독 나한테는 살갑게 대했다. 서클 모임 뒤풀이나 MT와 같은 공개적인 모임이 있을 때면 내 곁에 앉아서 먼저 내게 말을 걸곤 했다.

내가 대학교 2학년일 때, 그러니까 1980년은 다들 기억하다시피 대한 민국이 요동치던 해였다. 그 전해에 발생한 박 대통령 사망, 12·12사태, 해가 바뀌자마자 조성된 이른바 서울의 봄에 이어서 터진 비극의 5·18 광주 민주화 운동, 이를 무자비하게 진압한 전두환 군사 정권 출현. ……. 2학기 연속 학교가 휴학을 하는 상황에서 나는 우울감과 무력감에 빠져 들었다. 그래서 방황도 했다. 그래서 그랬을까? 한상희와 자주 술자리를 가졌고, 지금은 무슨 말을 했는지 기억이 나지 않지만 그때 그 친구와 제법 많은 대화를 나눴던 것 같다. 그렇다고 내가 상희에게 특별한 감정을 느낀 것은 아니었다. 우리는 서클 회원 관계의 이상도 이하도 아니었다.

나는 그다음 해가 열리자마자 해병대에 입대를 했다. 서둘러 지원한 지 2개월 만에 군인이 된 것이다. 그것은 일종의 현실 도피였다. 그렇게 세상과 담을 쌓고 삼 년 가까이 보냈다. 하지만 한상희와의 끈이 완전히 끊긴 것은 아니었다. 뜻밖에도, 정말 뜻밖에도, 나한테 편지를 보낸 것이다. 같은 회원인 성문이가 부대 주소를 알려 줬다고 했다. 그녀의 이미지와 잘 들어맞는 간결하면서도 단아한 필체로 쓰인 편지 내용은 예상했던 대로 내가 수용하기에는 벅찬 내용이었다. 평소 그녀의 입에서 나왔던 말들과는 또 다른 차원의 문장으로 완성된 한 편의 수준 높은 서간문을 접하는 기분이었다. 전혀 기대하지는 않았지만 일단 받았으니 답장을 하는 것이 예의라고 생각해서 편지지를 앞에 두고 머리를 쥐어짜 봤지만 쓸 내용이 떠오르지 않아 끙끙 앓기만 했다. 상대가 누구인가? 저 까마득한 성층권에 있는 고수 한상희가 아니던가? 나는 결국 한상희가 쓴 편지 내용과는 격이 많이 떨어지는, 평범한 안부 인사만 전하는 것으로 타협을 하고 말았다. 그것도 오해의 소지가 있을까 봐서 개인적인 감정을 표현하지 않으려고 애를 썼던 것 같다. 그녀와의 편지 주고받기는 한 번으로 끝나지 않았다. 그 후에도 일 년에 두세 번 정도 왕래가 있었다. 하지만 휴가를 나와서는 연락을 하지 않았다. 그러고 싶은 마음이 없지는 않았지만 왠지 모르게 망설여져서 포기를 하고 말았다.

미 해병대와 합동으로 실시하는 RLT(연대급 상륙훈련)를 이틀 앞두고 부산한 12월 어느 토요일에 중대 선임 하사가 날 찾았다. 무슨 일일까? 급히 중대 사무실 문을 노크했다.

"야. 김철진이, 니도 애인이 있었나?"

선임 하사가 경상도 억양이 섞인 말투로 웃으면서 물었다.

"예?"

"서문 위병소로 어떤 아가씨가 면회를 왔다는데 퍼뜩 준비해서 나가 보그래이."

"아! 예. 잘 알겠습니다."

"그리고 니 말이다. 모레 알앨티가 있어가, 원래 외박은 안 되는기라. 니 잘 알제?"

"네, 잘 압니다."

"허사만도, 애인이든 머든 면회라고는 도통 없던 니한테 찾아오는 사람이 있어가, 내가 다 고맙데이. 그래서 본관이 특별히 외박증을 끊어 준다. 마, 대신 포항시를 벗어나면 안 된다. 귀대 시간도 내일 14시까지다. 알겠나?"

"네, 선임 하사님! 감사합니다!"

"그라고. 근력 너무 많이 쓰지 말그래이. 안 그라믄 니 알엘티 때 입에 거품 문다."

선임 하사의 농담을 뒤로 하고 나는 서둘러 옷을 갈아입고 도보로 20분 정도 걸리는 서문 위병소를 향해 급히 발걸음을 옮겼다.

선임하사가 말한 그 아가씨는 바로 한상희였다. 사실 나는, 위병소에 도착하기 전까지 면회 온 아가씨가 포항에 사는 이미 전역한 선임 해병의 사촌 여동생일 것이라고 짐작하고 있었다. 언젠가 그 선임과 시내 외출을 같이 나갔을 때 길에서 우연히 만난 아가씨인데 언제 시간 내서 면회를 한번 오겠다는 말을 해서 기대는 안 했지만 잊지는 않고 있었기 때문이었다. 하지만 면회소에서는 전혀 생각지도 않았던 아가씨가 기다리고 있었다. 나는 반갑기보다는 어색했다. 무슨 말을 어떻게 해야 할지 혼란스러웠다. 한상희도 예전과는 다른 표정을 짓고 있었다. "얘, 관계란을 비우고 줬더니, 그것도 쓰라고 해서 애인이라고 적었다." 수줍게 웃는 그녀의 얼굴에서 전에는 느끼기 힘들었던 여인의 분위기가 감돌았다. 그러고 보니 옷차림도 달랐다. 바지 대신 치마를 입고 거기에 롱코트까지 걸친 모습은 영락없는 완숙한 숙녀의 모습이었다. 대구에 사는 이모 집에 놀러 왔다가 바람도 쐬일 겸 한번 찾아왔다고 했다. 그러면서 그녀의 성격답지 않게 해병으로 변신한 내가 멋있어 보인다는 농담까지 했다. 우리는 죽도 시장에 가서 생선회를 안주로 소주를 마셨다. 술값은 그녀가 계산했다. 바닷가에 가고 싶다고 해서 시내버스를 타고 영일만의 한복판에 있는 도구 해변으로 갔다. 겨울 해변은 쓸쓸하고 적막했다. 단지 회색빛을 띤 파도가 우리를 덮칠 듯이 몰려왔다가 급하게 물러나고 있을 뿐이었다. 그 흔한 갈매기조차 매서운 바람이 부담스러웠는지 모습을 나타내지 않았다. 우리는 백사장에 잠깐 앉았다. 상희는 대화보다는 바람에 휘날리는 머리카락을 추스르기에 바빴다. 바람이 시간이 갈수록 차가워졌다. 더 이상 앉아 있기가 힘들었다. 우리는 시내 다방으로 자리를 옮겼다. 그렇게 한 시간이나 같이 앉아 있었을까? 그녀가 차 시간이 다 되었다고 하면서 자리에서 일어났다.

"철진이 너는 군인이 돼서도 얼굴에 가면을 쓰고 있는 것 같다."

버스 터미널에서 상희가 느닷없는 말을 건넸다.

"그게 무슨 말이냐?"

"전부터 그런 느낌이 있었는데 여전하다는 생각이 들어서 한 말이야. 실은 나도 그런 것 같아서 그걸 벗어 던지려고 해도 마음대로 안 된다."

"······."

"화났니?"

"아니."

"나 내년 봄에 결혼할지도 모른다."

버스에 오르기 전에 상희가 손을 내밀면서 내게 던진 말이다. 나는 버스 안에서 손을 흔드는 상희를 향해 웃으면서 배웅을 했다. 그것이 내가 기억하는 한상희의 마지막 모습이다. 상희를 태운 대구행 버스가 떠난 후에 나는 잠시 동안 움직일 줄을 몰랐다. 마치 꿈에서 깬 기분이 들었기 때문이었다. 짧은 겨울 해는 어느새 자취를 감췄고 금세 어둠이 찾아왔다. 선임하사가 날 위해 외박증까지 끊어 줬는데, 근력이 상할까 봐 걱정까지 하면서. 그런데 어떡하나? 그렇다고 미리 귀대하는 것도 좀 멋쩍지 않은가? 나는 홀로 저녁을 해결하고 터미널 근처에 있는 어느 여관으로 기어들어 갔다. 도대체 무슨 마음으로, 왜, 나를 갑자기 찾아왔다 바람처럼 떠났을까? 대구에 이모가 산다는 말은 사실일까? 혹시 날 보기 위해서 버스로 족히 대여섯 시간은 걸리는 J시에서 직접 오지는 않았을까? 설령 대구에서 왔다고 해도 두 시간 가까이 걸리는 꽤 먼 거리인데, 그걸 불사하고 날 찾아오다니. 그리고 마지막에 결혼을 할지 모른다는 말을 왜 꺼냈을까? 그리고 그 가면은 무슨 뜻으로 한 말일까? 혹시 나의 어떤 반응이나 액션을 끌어내기 위해서? 나는 소주가 전하는 쓴맛을 새우깡으로 달래면서 묻고 답하기에 바빴다. 그렇게 소주를 두 병, 두 병 반까지 비우고 낯선 땅, 낯선 여관방에 쓰러져 하룻밤을 보냈다.

한상희가 다녀간 후로는 편지가 끊겼다. 내가 먼저 쓰기도 뭐했다. 봄에 결혼할지 모른다는 그녀의 말과는 좀 다르게 내가 전역하기 직전인 그다음 해 가을에 물려받은 한정식집을 운영하는 사장님한테 시집을 갔다고 성문으로부터 전해 들었다.

소영이가 내 곁을 떠나간 후에 한상희가 유일하게 나를 살짝 흔들었지만 그것이 전부였다. 내 가슴에는 소영이가 굳건하게 자리를 잡고 있었기 때문이었다.

소영이는 어디에 살고 있을까? 그날 실개천에서 굳게 맺은 약속은 지키고 있을까? 수녀님이 선종하시면 내 가슴에 깊이 남아 있는 소영이마저 영영 잃는 것은 아닐까? 지금 나는 수녀님을 사랑하고 있는 것일까? 아니면 소영이의 허상을 붙잡고 늘어지고 있는 것일까? 나는 침대에 누운 채 생각에 잠겨 저녁 식사 시간마저 놓치고 있었다.

＊　＊　＊

　4월도 어느덧 하순에 접어들고 있었다. 때에 맞춰 농사일이 시작되어 텃밭에서 보내는 내 시간이 늘어나기 시작했다. 텃밭 주변에 커다란 참나무 몇 그루가 자리를 잡고 있어 올해도 꾀꼬리가 둥지를 틀까 기대하면서 수시로 살펴봤지만 아직까지 그런 기미는 보이지 않았다. 그렇게 나는 일과 수녀님 생각(걱정)에 사로잡힌 채 봄날을 보내고 있었다.

　소쩍새 울음소리가 유난히 구슬프게 들려 더 잠을 이루지 못하던 어느 날 밤에 당직 직원으로부터 전화가 걸려 왔다.

　"김 선생님! 빨리 본관으로 와 주셔야겠어요."

　"무슨 일 있어요?"

　"성철 어르신이 좀 이상해요."

　나는 부리나케 옷을 챙겨 입고 달려 나갔다. 직원 말대로 성철 어르신이 천장을 향해 똑바로 누운 채 숨을 가쁘게 쉬고 있었다. 나는 이불을 걷어 올려 발 색깔부터 확인했다. 두 발이 온통 퍼렇게 물이 드는 청색증이 와 있었다. 숨을 몰아쉬고 청색증이 온다는 것은 임종을 눈앞에 뒀다는 신호다. 혈압도 시시각각으로 떨어지고 있었다. 당직자가 원장한테 상황 보고를 하자 번거롭게 병원에 모시지 말고 집에서 편안하게 가시게 해 드리라는 지시가 내려왔다.

　남의 도움을 받는 것을 지독하게 싫어하는 성철 어르신의 성격답게 시름시름 앓으면서도 병원에 가 보자는 양로원의 권유를 단호하게 거절하고 집에서 눈을 감았다. 물론 옆에서 임종을 지켜보는 가족은 없었다. 일순 어르신을 깨울까 망설이다 혹시 어떤 충격이라도 받으실까 봐 그렇게 하지 않았다.

　나는 편안한 모습으로 누워 있는 고인의 얼굴을 살폈다. 남과 북을 넘나들었던 부평초 같았던 삶. 어디에도 구속되지 않고, 그 누구의 시선도 의식하지 않고 마치 야생 인간처럼 당당하게 살다 간 인생 선배. 그리고 일순 어르신과의 사랑. 이렇게 파란만장했던 한 인생이 저물었구나. 과

첫사랑의 천국

연 남아 있는 내 삶은 어떻게 펼쳐질 것이며, 마지막은 어떤 모습일까? 나는 마른침을 삼키며 고인에게서 시선을 떼지 않았다.

"자네가 욕보네."

성철 어르신이 일순 어르신에게 건넸다는 말을 그 방을 들락거리던 김 간호사가 우리에게 전했다. 아마도 그 말이 처음이자 마지막으로 일순 어르신에게 한 인사말이자 사랑 고백이었을 것이다. 일순 어르신은 그런 말을 들을 수 있을 만큼 성철 어르신의 병간호에도 정성을 다했다.

그렇게 성철 어르신은 일순 어르신을 남겨 두고 세상을 떠났다. 유족인 조카 외에 달리 조문객이 있을 리가 없기 때문에 장례식장에서 하룻밤만 머문 뒤에 화장장으로 향했는데 일순 어르신은 동행하지 않았다. 본인이 따라가겠다면 그렇게 해 드리려고 했는데 어쩐 일인지 그것만큼은 고집을 부리지 않았다.

사랑하는 사람을 떠난 보낸 후의 일순 어르신의 모습은 어떠할까? 나는 궁금했다. 혹시 정신 질환이 악화되지나 않을까 걱정도 했다. 하지만 기대(?)와는 달리 행동이나 표정에서 별 변화를 느끼지 못했다. 그냥 조용하게 지낼 뿐이었다. 어느 날, 두 분의 고정 자리나 다름이 없었던 그 벤치에 혼자 우두커니 앉아 계시는 일순 어르신을 발견하고 다가갔다.

"일순 어르신, 성철 어르신이 보고 싶지 않으세요?"

"잘 몰라요. 노인네가 그런 거 가지고 있으면 안 돼요."

역시 '몰라요.'를 앞세운 약간 선문답 같은 대답이 돌아왔다. 잘 모르겠는 것. 모호한 것. 그렇지만 일순 어르신의 표현과는 반대로 노인네도 품을 수 있는 것. 그런 것이 사랑일까?

"노래 한 곡 불러 드릴까요?"

"나중에 불러 주세요."

"그럴게요. 심심하시면 텃밭에 놀러 오세요."

"김 선생님은 어디 가지 마시고 여기서 함께 살아요."

"예? 아! 네……."

인사를 건네고 돌아서는 내게 전에 했던 말을 또 했다. 그래, 표현을 안 하는지, 못하는지 모르겠지만 마음의 동요는 분명히 있을 것이다. 아무리 정신질환이 있다고 해도 그토록 사랑했던 사람을 떠나보냈으니 상실감이 엄청날 것이다. 그런데도 겉으로는 별다른 표가 나지 않는다. 과연 나는 어떨까? 수녀님이 선종을 하시면 나는 어떤 모습을 보일까? 아냐, 그런 일은 절대로 일어나지 않을 것이다. 일어나서도 안 되고. 나는 입술을 지그시 깨물고 텃밭으로 향하면서 참나무에 꾀꼬리가 둥지를 틀고 있는지 살폈다.

* * *

봄은 빠르게 무르익고 있었다. 나는 농사일과 양로원 일로 분주하게 보내고 있었지만 신경은 온통 수녀님의 병환에 쏠려 있었다. 초등학교 시절의 그날처럼 내가 보살펴 줘야 하는데. 나는 무력감을 느끼기 시작했다. 그래서 이곳에 온 이후로 입에 대지 않던 술잔을 들기 시작했다.

봄비가 아침부터 부슬부슬 내리는 날에 나자렛의 집에서 연락이 왔다. 아무래도 힘들 것 같아서 마지막으로 성당에서 단체로 면회를 가는데, 자원봉사자인 나도 명단에 넣었으니 시간이 되면 같이 가자고 했다.

예상했던 대로 수녀님은 호스피스 병동에 입원하고 계셨다. 수녀용 베일 대신 하얀 털모자를 쓰고 계셔서 그런지 어색함은 덜 했다. 얼굴도 약간 창백한 것만 빼고는 평소와 크게 달라 보이지 않았다. 나는 그 순간에도 수녀님의 얼굴에서 송소영을 떠올렸다. 저 쌍꺼풀! 나는 오늘따라 더 도드라져 보이는 수녀님의 그것을 바라보면서 저분이 송소영이라면 지금 내 마음이 어떨까? 소영과 다른 사람이라는 것을 감사하게 생각해야 하는가? 나는 먹먹해진 가슴을 마른 기침으로 달래면서 수녀님의 얼굴에서 시선을 떼지 않았다.

"앞으로도 우리 나자렛의 집 많이 사랑해 주세요."

"네, 수녀 님께서 어서 자리에서 일어나시길 기도하겠습니다. 힘내세요."

"유스티노 님에게도 마리아님의 축복이 가득하길 축원드릴게요."

"고맙습니다."

우리의 대화는 그걸로 끝이었다. 설마 이것이 마지막은 아니겠지? 병원을 나설 때에도 봄비가 추적추적 내리고 있었다.

앞날에 대한 걱정이 현실화되는 일은 적다고들 하지만 그것도 경우에 따라 다른 것 같다. 특히 내 지난 삶이 그랬던 것 같다. 이번에도 예외가 아니었다. 면회를 다녀온 지 닷새가 채 지나지 않아서 세실리아 수녀님이 선종하셨다는 연락이 왔다. 장례 미사는 고인의 뜻에 따라 사제들만 참석하여 간소하게 치르기로 했으니 그렇게 알고 명복만 빌어 달라는 부탁도 했다.

부음을 전해 듣고 머릿속이 멍해지는 느낌만 들었다. 하지만 시간이 지날수록 안타까움과 슬픔이 겹쳐 가슴속에서 뭔가가 뭉글뭉글 올라오기 시작했다. 그러면서 나의 과거와 현재는 물론이고 미래도 이 일로 인해 남김없이 씻겨 나가 텅 비어 버렸다는 느낌도 함께 몰려왔다. 나의 애틋한 첫사랑인 소영이마저 함께 사라져 버린 것 같은 이중의 상실감에 몸과 마음을 가눌 수가 없었다. 그러자 내가 몸담고 있는 양로원이 싫어졌다. 수녀님을 떠나보낸 이곳에서 더 이상 살아갈 용기가 없었다. 어디 가지 않고 함께 살겠다는 일순 어르신과의 약속도 지키지 못할 것 같은 생각이 들었다.

나는 우선 여행을 떠나기로 했다. "갑자기 웬 장기 휴가?" 의아해하는 원장님의 시선을 뒤로 하고 남녘으로 여행을 떠났다. 하지만 소영이와의 추억이 남아 있는 고향은 피했다. 한 열흘을 섬으로, 육지로, 산으로 정처 없이 떠돌았다. 꼭 수녀님의 죽음 때문만은 아니었다. 수녀님이 선종하셨고, 소영이는 가슴에만 남아 있는 상황에서 앞으로 어떻게 살아가야 할지 길을 물어야 하는 갈림길에 다시 섰다는 막막함이 몰려왔다. 해답이 있기나 할까? 그렇지만 일단 다 사랑 양로원을 떠나야겠다는 생각은 굳혔다. 그것이 이번 여행의 수확이라면 수확이었다.

"그동안 별일 없으셨어요?"

"휴가는 잘 다녀왔어요? 눈이 쾡하네요."

나는 원장한테 복귀 인사를 했다. 그 자리에서 규철 어르신이 갑자기 돌아가셨다는 뜻밖의 소식을 들었다. 고혈압 약을 제때 챙겨 드시지 않고, 어떻게든 술을 구해서 마신 것이 사인인 것 같다고 했다. 죽었다는 소식을 듣고 연적인 영길 어르신만 불쌍하다고 하시면서 눈시울을 적셨다는 말도 들었다. 그것 말고도 몇 마디를 더 주고받았지만 이곳을 떠나겠다는 말은 하지 않았다. 거처가 정해지만 그때 알려 줄 생각이었다. 원장한테 목례를 하고 방을 나서자 안내 데스크에 앉아 있던 김 간호사가 자그마한 종이 상자를 건넸다. 나자렛의 집 사회복지사가 지난 주일에 성당에서 전해 준 것이라고 했다. 별로 무겁지는 않은데 저번에 놓고 온 공구들인가? 나는 바로 열어 보지 않고 옆구리에 끼고서 숙소로 들어왔다.

방안은 서늘했다. 며칠 비웠다고 낯설기도 했다. 나는 주위를 잠시 둘러본 후에 천천히 짐을 풀고 옷을 갈아입었다. 그러고 보니 여기에 온 지도 2년이 다 되어 가는구나. 이곳이 내 집이려니 하면서 살려고 했는데 사람 일이라는 게 참 알 수가 없네. 그나저나 장례는 잘 치렀을까? 장지는 어디일까? 거기라도 가 보고 싶은데, 우선 나자렛의 집에 전화를 해야겠다. 김 간호사 건네준 상자가 눈에 띄었다. 이게 뭘까? 나는 포장 테이프를 조심스럽게 뜯어냈다. 비닐봉지에 싸인 고가 브랜드 운동화가 먼저 눈에 들어왔다. 궁금함이 더 해졌다. 운동화를 서둘러 꺼내자 발신인 없이 굵은 글씨로 '유스티노 님 친전'이라고 쓰인 하얀 대 봉투가 나타났다. 그 순간, 나는 무엇인가가 내 뇌리를 번뜩 스쳐 가는 느낌을 받았다. 급히 봉투를 열자 한 통의 편지가 보였다.

유스티노 님

유스티노 님에게 이런 편지를 남기게 되어서 참으로 가슴이 아픕니다.

유스티노 님은 저뿐만 아니라 우리 아이들에게도 축복이었습니다.

그렇게 제게 다가온 축복이 영원할 것 같았습니다.

저를 향한 유스티노 님의 지극한 마음을 잘 알고 있었습니다.

비록 천주님에게 몸과 마음을 맡긴 저였지만 흔들리기도 했습니다. 그럴 때마다 마리아님 앞에 엎드렸습니다.

성치 않은 몸으로 홀로 사시는 유스티노 님을 보살펴 드리고 싶었습니다.

하지만 저는 곧 떠납니다. 마리아님이 절 부르십니다.

이렇게 유스티노 님의 마음까지 안고 떠나니 저는 행복하지만, 한편으로는 자꾸 뒤를 돌아보게 합니다.

마리아시여!

저의 유스티노 님을 굽어보소서!

(추신)

철진아!

운동화 잘 맞을지 모르겠다. 딴 맘 먹지 말고, 그거 신고 씩씩하게 살아라.

나자렛의 집도 전처럼 자주 들여다보거라. 거기가 니 첫사랑의 천국이니라.

석 달 누나인 혜령이가.

    나는 자꾸 막히려는 숨을 간신히 쉬면서 운동화를 집어 들었다. 눈앞이 뿌옇게 흐려지고 손까지 떨려 단번에 신어지지가 않았다. 운동화는 잘 맞았다. 촉감도 좋았다. 나는 운동화를 신은 채 밖으로 나왔다. 저 멀리 양로원 벤치에 노인들이 앉아 있었다. 내가 크게 소리를 지르면서 기지개를 켜자 일순 어르신을 비롯한 모든 분들이 나를 바라보면서 어서 이리로 오라고 손짓을 했다.

    어느덧 오월이 왔다. 아카시아 꽃향기가 바람에 실려 왔다. 그 시절, 소영이와 함께 노래를 부르면서 성당을 향해 걸어갈 때 맡았던 바로 그 향기였다. 내가 그토록 기다렸던 꾀꼬리 울음소리도 들려왔다.

    나는 오월이 선사하는 청량함을 만끽하면서 새 신발을 신고 잠깐 제자리걸음을 해 봤다. 날아갈 것 같은 느낌이 들었다. 속도를 더 높이면서 노인들을 바라보고 있을 때, 어느 순간에 그 틈에서 수녀님이 나타났다. 그 뒤에 소영이도 언뜻 보였다. 나는 그곳을 향해 힘차게 발걸음을 내디뎠다.

진혼여행

'철커덩.'

밖에서 크게 들려오는 소리에 오늘도 어김없이 찾아온 악몽에서 간신히 벗어난다. 혹시 우리 집에 누가 들어오나? 하지만 인기척은 없다. 주중에는 나 혼자 있으니 이 시간에 집에 들어올 사람이 있을 리가 만무하다. 휴대폰을 집어 들어 시간을 확인한다. 새벽 세 시 삼십 분이다. 한 시 넘어서 간신히 잠들었는데 더 이상 자기는 틀려 버렸네? 나는 이마에 맺힌 땀을 손으로 닦아 내고 어두운 천장을 바라보며 어떻게 눈을 뜬 채 밤을 새워야 할지 막막해한다. 그 순간에 또 '철커덩'하는 소리가 귓전을 때린다. 이 새벽에 왜 저런 소리가 날까? 궁금함을 참지 못하고 자리에서 일어나 현관과 연결된 미닫이문을 열어 본다. 역시 한기만 훅 들어올 뿐 아무것도 눈에 띄지 않고 바닥에 떨어져 있는 것도 없다. 옆집에 사는 사람이 들락거렸나? 내친김에 현관문을 열고 그 집 문 앞을 살핀다. 장기간 집을 비우고 있는지 서너 개의 택배 상자가 며칠째 문밖에 그대로 놓여 있다. 그렇다면 어디서 난 소리일까? 얼마 전부터 하루 이틀 간격을 두고 나는 소리인데. 나는 고개를 갸우뚱하며 집에 들어와서 찬물을 들이켜고 있는데 뒤에서 들려오는 '뚝' 하는 소리에 놀라 반사적으로 몸을 돌린다. 하지만 어둠 속이라 그런지 특별히 보이는 것은 없다. 그러자 갑자기 무섬증이 몰려온다. 말 그대로 등골이 오싹해진다. 머리카락이 곤두서는 느낌도 든다. 급하게 불을 켜고 집 안을 살핀다. 하지만 아무것도 눈에 띄지 않는다.

* * *

"당신도 이제 하나님 품에 안길 때가 된 거야."

주말에 집에 들어온 아내에게 최근에 경험한 오싹한 이야기를 전하자 즉답이 날아왔다.

"나는 젊은 여자 품이 더 급한데?"

"얼씨구! 귀신이 달라붙은 것도 모자라서 사탄까지 불러 모으셨네? 이

참에 합동 회식이라도 하지 그래?"

아내가 티브이에 시선을 고정시킨 채 심드렁하게 대꾸하는 걸 보면 내 말에 별 관심이 없는 눈치다.

"자다가 헛것도 자주 보여. 얼마 전에는 꿈인지 생시인지 헷갈리는 상황에서 내 위로 희뜨그름 헌 것이 올라타서 나를 조르는데 아무리 밀쳐 내려고 해도 끄떡도 않더라고. 어떻게, 어떻게 떨어트리고 나니까 온몸에 땀이 흥건해서 속옷을 다 갈아입었다니까. 나이를 먹어 가서 그러나?"

나는 티브이 드라마에 빠져 있는 아내의 옆모습을 보면서 보고 아닌 보고를 이어 갔다.

"그럴 때는 예수 이름으로 명하노니 귀신아 물러가라!라고 크게 소리치면 돼."

역시 독실한 기독교 신자답게 모범 답안을 내놓았다.

"그분이 신자도 아닌 나한테까지 신경을 쓸 겨를이 있겠어?"

"예수님을 외치는 순간에 당신은 이미 그분을 영접한 거야."

아내가 이번에는 나를 바라보면서 싱긋 웃었다. 전도할 절호의 기회가 찾아왔다는 표정이 얼굴에 역력했다. 하지만 나는 아내와 수십 년을 같이 살아오면서 마주친 온갖 고난(?)을 이겨 내온 불굴의 불신자이다.

"꼭 그렇게 안 하더라도 나는 당신 십일조 후원자니까 좀 봐주시지 않을까?"

"말도 안 되는 소리 하지 말고 이참에 생각 잘해 봐. 당신 이렇게 살다 가는 온갖 귀신이 다 달라붙을걸? 우리 교회가 그렇게 싫으면 가까운 데 가도 상관없어."

아내가 미소를 잃지 않고 은근한 전도를 이어 갔다.

"넵, 우리 권사님 말씀 깊이 참고하겠습니다."

"말로만?"

"사람이 경우가 있어야지. 한낱 귀신 물리치는 일 가지고 고귀하신 분께 부담을 안길 수 있나? 나도 나름 책임감이 강한 사람이라고."

"귀신이 그렇게 호락호락할까? 당신은 심지가 약해서 혼자 힘으로는 못 쫓아낼 거야. 이제부터라도 제발 마누라 말 좀 들어.”

아내가 얼굴에서 미소를 거두고 진지한 표정을 지었다. 영락없는 권사님 모습이다. 그러면 그렇지. 뻔한 반응이 나올 걸 알면서도 귀신 이야기를 꺼낸 내가 순간적으로 우습게 느껴졌다. 그래도 나는 나름 심각한데? 하는 생각도 몰려오자 귀신을 더 물고 늘어졌다.

“귀신이 진짜로 있을까?”

“그럼 없을 것 같애?”

“새벽에 문 닫히는 소리도 귀신이 내는 걸까? 귀신은 소리 없이 들어올 수 있을 것 같은데?”

“일부러 당신 들으라고 내는 소리야.”

“왜?”

“당신한테 한이 맺힌 귀신이 많은 거지 뭐. 허긴 당신이 울린 여자만 해도 어디 한두 명이겠어?”

“그 여자들 다 살아 있을 걸?”

“그걸 당신이 어떻게 알아? 당신 혹시?”

“그럼 죽었겠어?”

“그래서? 먼 훗날이라는 꿈을 안고 사신다?”

“말이 왜 삼천포로 빠지지?”

“당신이 지금 꺼낸 말 자체가 삼천포야.”

“말 안 하려다가 꺼낸 내가 잘못이지.”

“……. 당신 지금 만행(萬行)인가 뭔가 허는 거 또 떠나려고 이유 대고 있는 거 아녀?”

“그럴까 해.”

아내의 눈빛이 화살이 되어 날아오는 것을 짐짓 피하며 애써 심드렁하게 대답했다.

“당신 자유롭게 사는 거 뭐라고 하고 싶지는 않지만 객지 떠돌면서 몸 상하게 하지 말고 이제 그만 주님 품으로 돌아오는 게 어때?”

오늘따라 아내가 집요하게 내게 전도 시도를 한다. 기회가 무르익을 대로 무르익었다고 오판을 하고 있는 것 같다. 하지만 말했듯이 나는 결코 호락호락한 불신자가 아니다.

"이미 돌아왔는데? 술님 품으로."

"애들처럼 말 돌리기는? 공부만 때가 있는 것이 아니라 신앙도 다 때가 있는겨."

"그때가 아니라 마음의 때를 벗겨 내려고 떠나는 거니까 초치지 마쇼 권사님?"

"허긴, 당신이 언제 내 말 들었나. 행선지는 정했어?"

아내가 이제야 권사님 표정을 풀고 아내로 돌아와서 걱정스럽게 물었다.

"이번에는 익산부터 들리려고, 그다음은 봐서 정하고."

"아버님 기일이 얼마 안 남았잖어? 그때나 가지. 왜? 아주버님 상태가 많이 안 좋으시대?"

"겸사겸사. 따로 만나고 싶은 사람도 있고."

"주환 씨 말고 볼 사람이 또 있어?"

평소와는 다르게 아내가 내 행선지와 만날 사람에 대해 캐묻기 시작하자 짜증이 올라왔다.

"어허, 우리 권사님이 오늘따라 왜 이러시나. 마음의 때를 벗기기 위해 떠난다고 하지 않았어?"

"그런다고 그 때가 벗겨질 것 같애? 남들은 살기가 어렵다고 난리를 치고 있는데 팔자 좋게 나댕기는 것도 그렇게 좋아 보이지 않으니까 이번만 잘 다녀와서 내가 아까 한 말 잘 생각해 봐. 혈압약 꼬박꼬박 챙겨 먹고."

"당신이 무슨 말을 했는데?"

"주님."

"이미 그분 품으로 돌아갔다니까?"

"아이고, 쇠귀에 경 읽기지. 암튼 그 마음의 때인가 뭔가 하는 거 너무 신경 쓰지 말고 돌아다니면서 몸이나 조심혀. 주환 씨 만나면 안부 전하고."

"나한테 달라붙은 귀신들을 위로하려고 가는 거야. 안 그러고는 매일 밤 잠을 설쳐서 무슨 사달이 날 것 같아."

익산에 살고 있는 내 친구 안부까지 챙기고 자리에서 일어나는 아내를 보자 나도 모르게 귀신이라는 단어가 내 입에서 또 튀어나왔다.

"귀신은 주님의 힘 말고는 몰아낼 방도가 없다니까 자꾸 그러네."

권사님으로 다시 돌아온 아내가 딱하다는 표정으로 나를 잠깐 바라보다 주방으로 향했다.

"몰아내겠다는 것이 아니라 미안하다는 말을 하고 싶어서 그런다니까?"

"몰아내든 사죄하든 집에서 하면 되지 왜 굳이 나가려고 하실까나."

"어찌 주님이 계시는 곳에서 푸닥거리를 할 수가 있을까요."

"얼씨구, 말이나 못 하면. 암튼 무리하지 말고 잘 다녀와."

"할렐루야!"

나는 아내의 옆모습을 향해 크게 외치고 물컵을 집어 들었다. 그래, 이번 여행에는 뭔가가 있는 거다. 마누라 말대로 팔자가 늘어졌던 지난날의 만행과는 다르다. 나는 물컵을 단숨에 비우고 거실 천장을 응시했다.

봄기운이 한창 무르익는 삼월 하순인데도 함박눈이 내렸다. 동네 공원 한 귀퉁이에서 피어난 매화들도 눈에 감싸여 말 그대로 설중매(雪中梅)로 변해 있었다. 내가 향하고 있는 남쪽도 이런 모습일까? 계절, 그러니까 세월이 천천히 흘렀으면 하는 마음은 누구나 품겠지만 저렇게 자연의 이치에 역행하는 듯한 모습은 낯설다. 하지만 저것도 자연의 또 다른 얼굴일 것이다. 무엇이든 한 가지 잣대만 가지고 재단해서는 안 된다. 내 인생도 겨울로 접어들고 있지만 어떻게 하느냐에 따라서 여름, 봄까지는 몰라도 단풍이 아직 남아 있는 가을쯤으로는 되돌릴 수도 있다. 이번 여행의 목적이 무엇인가? 귀신들을 만나는 과정에서 그들을 위로하면서 마음의 때를 벗기고자 떠나는 것이 아닌가. 아내 말대로 팔자가 늘어진 여행이 결코 아니다. 진지한 여정이 된다면 매일 밤 나를 괴롭히는 악몽들에서 벗어나 저 설중매 같은 삶을 맞이할 수도 있을 것이다. 나는 빙판으로 변한 동네 길을 걸으면서 일종의 다짐 같은 것을 하고 있었다.

* * *

"지금도 이 바닥에서는 사이(才) 단위로 거래해요?"

익산시 외곽에 자리 잡은 황등 목재 사무실 소파에 앉자마자 건너편에 앉아 있는 정 사장을 향해 뜬금없는 질문부터 날렸다. 오 년은 족히 되었을 만남의 공백을 채울 마땅한 말이 생각나지 않아서 머뭇거리는 순간에 튀어나온 말이었다.

"관행이라는 것이 그렇게 쉽게 깨지겠어? 흐르는 것은 세월이고 변하는 것은 우리 얼굴뿐일세."

커피잔을 내려놓고 씁쓸한 표정으로 웃는 정 사장의 얼굴이 정말 많이 변해 있었다. 그리고 보니 저 양반 나이가 얼추 칠십은 됐을 것 같은데? 나는 삼십 년 가까이 이어지고 있는 정 사장과의 인연을 더듬기보다는 얼굴부터 살폈다.

"에이, 아닌 것 같은데요? 보는 사람들 불편하게 만드는 사장님 용안은 여전하신데요, 뭐."

나는 울퉁불퉁한 모습을 잃지 않고 있는 정 사장 얼굴을 바라보면서 웃음을 터트렸다.

"그 덕분에 지금까지 버티고 있는 거여. 사기 칠 사람으로 보이지 않는대요. 이게 다 부모님, 우리 조상님 음덕이지. 참, 자네 어머니 장례식 때 못 가봐서 미안혀. 내려 올 때마다 전화만 하고 윗동네로 튀어 버리는 것은 괘씸허고."

정 사장이 특유의 미소를 머금고 농담인지 진담인지 헷갈리는 말을 연거푸 던졌다.

"아따! 뒤끝은 여전하시네. 그래서 뻑하면 꿈에 나타나서 나를 괴롭히셨구나?"

"뭐? 내가 자네 꿈에? 그것 때문에 이렇게 어려운 행차를 하셨나?"

"설마요. 애지중지하시는 제재소가 압수 수색당하고 골로 간 것은 아닌지 걱정이 돼서 와 봤는데 멀쩡하네요 뭐."

"내가 그런 깜이나 됐으면 좋겠다. 그나저나 귀한 손님 접대는 해야겠지? 그 웅어 횟집 기억혀? 아직도 영업을 허고 있으니까 한번 가 보자고."

"혹시, 그 곱디고왔던 그 집 여사장님과의 사이가 여전해서 가자는 것은 아니고요? 허긴 사장님 여성 편력 관행이 어디 쉽게 변하겠어요?"

"어허, 이 사람아, 내 나이가 얼만디 그러나? 그 여사장이 농으로 그랬던 것을 잊어 먹었어?"

"정색을 하시니 더 이상하네요. 웅어는 별로지만 사이 단위로 사업하시는 분과 사이 인연을 끈질기게 이어 가고 있는 그 곱단이 사장님 얼굴은 한번 보고는 싶네요."

"자네 아제 개그인가 뭔가 하면 잘 허겄다. 참, 형님은 뵙고 오는 길이여? 좀 어떠신가?"

"그만그만 하세요."

"쾌차허시길 비네. 자, 어서 일어나자구."

최 과장! 우리도 애들처럼 러브샷 한번 할까? 술이 거나해진 윤 차장이 뜬금없는 제안을 한다. 좋죠! 분위기 있게 한번 조여 볼까요? 유치한 자세로 단숨에 술잔을 비운 다음에 내 팔을 풀려고 하는데 어쩐 일인지 그렇게 되질 않는다. 나는 순간 당황한다. 그럴수록 윤 차장을 밀어내려고 더 힘을 내 보지만 윤 차장의 팔뚝은 끄떡도 하지 않고 오히려 내 목까지 조여 온다. 사장님! 사장님! 저 좀 풀어 주세요. 나는 옆에 앉아 있는 정 사장에게 간신히 도움을 청해 보지만 웬일인지 그는 들은 척도 하지 않는다. 나는 점점 숨이 막힐 대로 막혀 캑캑거리며 윤 차장 얼굴만 바라보는데 그의 이목구비가 온데간데가 없고 흰 탈바가지 같은 것만 눈앞에서 어른거린다.

"자네도 좀 충격이지?"

"아! 예……."

그 웅어횟집 여자 사장이 췌장암을 앓다 한 달 전에 세상을 떴다는 소식을 횟집을 이어받은 딸로부터 듣고도 엊그제 꾼 윤 차장이 나타난 꿈을 불현듯 떠올리다 정 사장의 질문을 받았다.

"저도 그런데 사장님은 오죽하겠어요? 시묘살이는 못하더라도 묘지에 가서 곡이라도 한번 해야 되는 거 아닌가요?"

나는 악몽의 기억을 떨쳐 내려고 실없는 농담을 던졌다.

"그러게, 당신 가슴에 쌓인 한을 다 씻어 내려면 금강물 열 배로도 부족하다는 말을 자주 허긴 했는디, 거 참!"

정 사장이 술잔을 놔둔 채 창밖 너머 금강 쪽으로 펼쳐진 들녘을 망연히 바라봤다. 염색한 머리칼 아랫부분에 흰머리가 파뿌리처럼 자리를 잡고 있고, 그 아래에 제법 굵은 주름살들이 나이테처럼 꿈틀거렸다.

"그렇게 애틋하시면 천도제라도 지내 주시죠? 마침 제가 내일이나 모레 불영사에 갈 예정이거든요."

나는 또 농담을 던지다 나도 모르게 절에 갈 것이라는 말까지 하고 말았다.

"미륵산 밑에 있는 그 절?"

"맞아요."

"거긴 왜? 초파일도 아직 멀었는디."

"겸사겸사해서요."

나는 엊그제 아내가 만행을 왜 떠나느냐는 질문에 '겸사겸사'라고 답했던 것을 기억하고 속으로 웃었다.

"자네 혹시, 나헌티 갑자기 찾아온 것도 겸사겸사?"

정 사장이 농담을 던지면서도 뭔가 있는 거 아닌가 하는 표정으로 술을 권했다.

"얼마 전부터 윤 차장이 자주 꿈에 나타나서요. 통화만 하느라 얼굴 잊어 먹게 생긴 사장님도 한번 보고 싶었고요. 그러고 보니 겸사겸사가 맞긴 맞네요."

나는 술잔을 비우고 안주 대신 냉수를 마신 다음에 정 사장의 얼굴을 바라봤다. 세월이 많이 흘렀다. 저분도 나도 늙어 가고 있다. 그렇게 한이 많았다던 여자 사장님이 죽어 사라진 변두리 음식점에서 우리 둘은 이렇게 앉아 있구나. 갑자기 감상이 몰려오기 시작했다.

"죽은 사람이 꿈에 나타나는 건 당연헌 거 아녀?"

"제가 윤 차장한테 한을 안겨 줘서 그런 것 같애요."

"무슨 말을 그렇게 혀? 그렇게 되었다고 자살까지 헌 사람이 잘못한 거지. 안 그려?"

"그렇긴 하지만, 제 가슴 한구석에 아직도 그 사건이 자리를 잡고 있다 보니 그런 꿈을 자주 꾸는가 봐요."

"그래서 많이 힘들어?"

"윤 차장을 포함해서 죽은 사람 여럿이 돌아가면서 꿈에 나타나다 보니 좀 그러네요. 보통 꿈이 아니라 깨고 나면 등짝이 땀에 흠씬 젖는 악몽이거든요."

"자네도 인자 늙어 가고 있는 거여."

정 사장이 내가 풀어놓은 꿈 이야기를 내가 늙어 가고 있다는 말로 받고 더 이상 말이 없이 술만 권했다. 그도 여사장 죽음을 뒤늦게 전해 들은 상황에서 윤 차장 이야기까지 들으니 마음이 심란해진 것 같았다.

"그래서 불영사에 가겠다는 거여?"

잠시 이어진 침묵을 깨고 정 사장이 마치 심문을 하듯 술을 권하면서 물었다.

"겸사겸사해서요."

나는 같은 말을 반복했다. 그런데 그일 말고 뭐가 또 있는 거지? 나는 정 사장의 얼굴을 바라보면서 생각을 해 봤지만 바로 떠오르는 답은 없었다.

"윤 차장을 봐서 같이 가 보고는 싶지만 내 처지가 그래서 어렵겄는디?"

"처지? 에이, 이제라도 극락에 가라고 빌어 주면 공덕을 쌓는 거죠. 안 그래요?"

"나 이래 봬도 진즉이 장로 됐어 이 사람아. 자, 그만 일어나서 자네 술도 깰 겸 강둑이나 좀 걷다가 가자고."

"어디가 안 좋아서 술을 안 드시는 줄 알았는데 높은 자리에 앉으셔서 그러셨구나. 그래도 그렇지 눈 딱 감고 절집에 한번 가서 보험 들면 좋잖아요?"

"그런 것은 보험이 아니라 위험이라고 허는거. 이 불쌍한 불신자야. 그리고 내가 자네 불심에 초를 치고 싶지는 않네만 자네가 매일 꾸는 악몽은 하나님 말고는 해결할 길이 없어요. 자네도 이제 그분을 맞이할 때가 됐다는 것을 알려 주시는 신호이기도 허고 말이여. 알어? 기회는 항상 있는 것이 아니라는 것을 명심허라구. 내 말 알아들어?"

저 양반, 아니, 저 장로님 우리 마누라하고 똑같은 말 하고 있네. 나는 속으로 웃으면서 자리에서 일어났다.

수입한 원목이 산더미처럼 쌓여 있는 군산지점 원목장 구석진 곳에서 윤 차장과 정 사장 그리고 내가 쭈그리고 앉아서 소주를 마시고 있는데 갑자기 원목이 우르르 무너져 내린다. 하지만 윤 차장은 피하기는커녕 오히려 바닥에 떨어진 원목들을 내 쪽을 향해 발로 굴려 보내면서 실실 웃는다. 나는 굴러오는 커다란 원목들을 피하기 위해 애를 써 보지만 웬일인지 몸이 움직이지 않는다. 나는 점점 겁에 질려 소리를 지르면서 정 사장을 향해 도움을 청한다. 하지만 그는 들은 척도 하지 않고 술만 마신다.

"거참, 뜻밖이네."

"뭐가요?"

며칠 전에 윤 차장이 또 나타난 꿈을 더듬다가 정 사장의 말을 듣고서야 현실로 돌아와서 그의 굳어진 얼굴을 바라봤다.

"아니, 웅어집 사장 말이야. 그렇게 되었을 줄은 전혀 짐작을 못 했는데, 참! 나."

"되게 애틋했었나 봐요."

진혼여행

367

나는 짐짓 농담조의 말을 던지고 너른 금강 물줄기를 바라봤다. 그렇지? 하구 둑이 들어선 후에 호수처럼 넓어져서 저곳을 금강호라고 부른다지? 유유히 바다로 흘러 나가야 할 강물이 막혀 호수가 되어 버렸으니 참으로 딱하게 되었구나. 뭐든 흐르다 막혀 버리면 탈이 나는 법인데, 내 삶도 저 기괴한 모습의 금강호와 무엇이 다를까? 그런 내 마음을 아는지 모르는지 강물은 강바람을 맞으면서 마치 물고기 비늘처럼 반짝이고 있었다.

　"작년 시월 말인가 십일월 초인가 그 양반 얼굴 본 것이 마지막이 돼 버렸네. 맞어, 그때도 신수가 영 안 좋았는디, 참……. 그날 나한테 농담인지 진담인지 건넨 말이 마음에 영 걸리네."

　정 사장이 내가 던진 말에 직접 대꾸를 하지 않고 다른 대답을 한 후에 걸음을 멈춰 서서 어렴풋이 보이는 강 건너편 신성리 갈대밭을 바라보기 시작했다.

　"무슨 말이었는데요?"

　"여태껏 살면서 지척에 있는 숭림사 벚꽃 구경 한 번 못 해 봤고 유명짜한 황딩이 육회 비빔밥 한 그릇 못 먹어 봤다고 한탄허더라고. 그러면서 내년 봄에 데이트인가 뭐신가 한나절만 같이 허자고 허면서 허허롭게 웃던 모습이 눈에 선하네. 참."

　정 사장이 연신 참, 참, 소리를 내가면서 식당 여사장의 죽음을 안타까워했다. 어지간해서는 속내나 감정을 잘 드러내지 않던 저 사람도 나이를 먹어 가면서 변했는가? 나는 그런 그의 모습을 바라보면서 더 이상 장난기 섞인 말을 해서는 안 되겠다는 생각이 들었다.

　"그래서, 그날 약속을 했어요?"

　"했지, 오해허지 말라고. 거절할 분위기가 아니었당게."

　"약속을 안 지킨 것은, 아니, 못 지킨 쪽은 여사장이잖아요?"

　"그래도, 지금은 꼭 내가 안 지킨 것 같은 느낌이네."

　"사장님 기도 시간이 길어지겠는데요?"

　"그러겠지? 참, 자네도 아까 식당에서 내가 헌 말 명심혀."

"무슨 말씀인데요?"

"딴청 부리기는, 주님 영접하라는 말 안 했어?"

"아! 예, 깊이 참고할게요."

시간이 지날수록 강바람이 차가워지기 시작했다. 혼자 급하게 마신 탓에 제법 올랐던 술기운도 다 빠져나간 느낌이 들었다. 다음 일정을 맞추기 위해서는 정 사장과 그만 헤어져야 하는 데 윤 차장 이야기를 다 하지 못했다는 생각 때문에 조급증이 몰려왔다.

"그만한 일로도 사장님이 마음을 많이 쓰시는데 저는 오죽하겠어요?"

"뭐가?"

"윤 차장요."

"그때 자네도 무슨 약속을 했었나?"

"감사 보고서에 선처를 구하는 내용을 담기는 힘들겠지만 사장님 보고 시에 구두로 그렇게 하겠다고 약속을 하긴 했죠."

"그렇게 해 놓고 안 했나?"

"하긴 했죠. 하지만 결과가 그렇게 나와 버렸으니 약속을 안 지킨 거나 마찬가지였죠 뭐. 뭐든지 결과가 말해 주는 거 아닙니까?"

"그래도 약속을 지킨 건 맞는 거 아녀?"

"그때는 저도 그렇게 생각했는데요. 지나고 보니까 형식적으로 지킨 거 같아요. 잘못이 없다는 것이 아니라 깊이 반성하고 회사가 입은 피해를 보상할 수 있는 기회를 꼭 달라고 그렇게 사정했는데요. ……. 지금도 그 표정이 눈에 선하네요."

"순진한 윤 차장이 닳고 닳은 업자들한테 휘둘린 측면이 강해서 징계해고는 너무 과한 조치라는 생각을 나도 허긴 혔지만 그 당시 회사 목재 영업이 완전 아사리판이었잖여? 회사 입장에서는 어쩔 수 없었을 거여. 자네도 엉겁결에 감사 업무 맡아서 손에 피 묻힌 거 아녀? 어찌 보면 자네도 피해자니까 너무 마음에 담지는 말어. 그나저나 그게 언제적 이야기인데, 자네도 참 딱한 사람이네."

"제 감사 보고로 목 날아간 직원이 어디 한두 명입니까? 그런데 유독 윤 차장이 목에 걸린 가시처럼 가슴에 걸려서 내려가질 않네요. 그 일로 자살까지 해서 그러는가 봐요. 그래서 겸사겸사 사장님 모시고 불영사에나 한번 가 보려고 했는데 번지수를 잘못 찾았네요."

강바람이 점점 강해지기 시작했다. 그에 따라서 강 건너편 갈대밭이 더 가물가물해지고 있었다. 그 여사장도, 윤 차장도 결코 건널 수 없는 강 저편으로 사라진 존재들이다. 그런데도 우리는 그들을 온전히 보내지 못하고 있다. 나는 입술을 지그시 깨물고 바람에 사정없이 휘날리는 머리칼을 매만지면서 두 사람의 운명이 어떤 것이었는지 가늠해 보았다.

"그나저나 자네 마음이 갸륵하기는 허다."

"뭐가요?"

"나 허고 불영사에 같이 갈 맘을 먹고 어려운 행차를 헌 거 아녀?"

"겸사겸사 왔다고 했잖아요?"

"그래도 그런 것 같네. ……. 암튼 불영사에 가서 잘 빌어 드려, 나는 나대로 기도할 테니까."

"그렇긴 하지만 저한테라도 황딩이 육회 비빔밥은 사 주셔야죠?"

"갈 때 들리면 사 주지. 그놈의 술은 작작 마시고. 사탄이 따로 있는 거 아녀."

"아이고, 돌아갈 때가 되었나 보네요."

"구렁이 담 넘어가지 말고, 주님 영접하라는 내 말 깊이 새겨들어. 윤 차장이 더 이상 자네 꿈에 나타나지 않기를 나도 기도하겠네."

* * *

여문이와 내가 철조망이라는 제목의 6.25전쟁을 소재로 한 만화책을 서로 차지하려고 우리 집 앞에 있는 솔숲에서 몸싸움을 한다. 여문이는 나보다 나이가 대여섯 살이 많지만 한쪽 다리를 심하게 저는 불구라서 나를 쉽게 제압하지는 못한다. 결국 그 만화책은 내 손에 들어오게 되고, 의기양양하여 여문이를 바라보는데 그의 얼굴은 보이지 않고 거미 발처럼 생긴 커다란 그의 두 다리가 내 몸을 옭아매기 시작한다. 나는 숨이 막혀 엄마! 엄마!를 다급히 부르며 구조를 요청하지만 그럴수록 여문이의 다리는 내 몸을 더 조여 온다.

"니네 집터 가 본 적 있냐?"

고향 친구 주환이가 한동안 말없이 운전을 하다 느닷없이 옛 집터를 꺼내 들었다. 나는 고향집이 남한테 팔린 후에 바로 헐리고 말았다는 소식을 들은 후로는 그곳을 한 번도 찾지 않고 있었다.

"아니. 왜?"

옆 좌석에 앉아 내가 초등학교 다닐 때에 자살한, 여문이라는 이름을 가졌던 동네 형이 나타나는 꿈을 떠올리다 주환의 질문을 받고 무심코 대답을 했다.

"귀신 나오게 생겼더라. 니네 집에 은행나무니 뭐니 해서 나무가 꽤 많았잖냐. 근디 지금은 싹 다 잘라 내 버려서 휑해졌는디 거기에다가 뭐 허겄다고 갖다 놨는지 시커멓게 생긴 컨테이너 박스들만 널려 있어서 정신 사납게 보이더라."

"듣던 대로 완전히 그라운드 제로는 아닌 것 같아서 다행이다."

나는 더 듣고 싶지도, 더 생각하기도 싫은 고향집 이야기를 이쯤해서 끝내고 싶었다. 그런 내 마음을 읽었는지 주환이도 옛 집터에 대해 더 이상 말을 잇지 않았다.

"우리 집 바로 앞쪽에 쪼그마한 소나무 숲이 있었는데, 봤냐?"

나는 고향집보다는 꿈에 자주 나타나는 그 소나무 숲을 떠올렸다.

"있는 것 같더라. 그 옆에 무슨 가든인가 하는 음식점이 들어선 것 같은데?"

"영양가 없는 쪼가리 땅이라서 안 죽고 살아 있겠지? 등 굽은 나무가 선산 지킨다는 말이 있다."

나는 내뱉듯이 말을 하고 다시 여문이 생각에 빠져 들었다. 꿈에 자주 나타나서 나를 괴롭히는 죽은 사람 중의 하나이기 때문이었다.

"야, 너 아까 우리 집 이야기를 하면서 귀신 나오게 생겼다고 했지?"

"내가 그랬냐?"

"그랬어. ……. 너도 귀신이 있다고 믿냐?"

"글쎄다. 그런 거 있는 거 아니냐. 지금 내 옆에도 앉아 있고."

주환이가 나를 보면서 재밌다는 표정을 지으면서 웃었다.

"뭔 말이냐?"

"너 학교 다닐 때 별명 잊어 먹었냐?"

"술 담배에 쩔어 사는 늙은 놈이 총기 하나는 여전하다."

주환이가 내 어릴 적 별명인 '귀신'을 갑자기 소환하자 나도 피식 웃고 말았다.

"총기는 없지만 내 어찌 꾀복쟁이 친구 별명을 잊어 먹겠냐?"

"겁나게 고맙다 야. 사실 얼마 전부터 꿈자리가 너무 사나워져서 잠을 설치는 날이 많아졌거든. 그러다 보니 정신도 산란해지고. 마누라 말대로 팔자가 늘어져서 그런가?"

"꿈에서 귀신이 자꾸 보이냐?"

"어."

"귀신이 귀신을 만나면 동무 만나는 거 아녀? 끼리끼리 유유상종, 좋기만 하고만 뭐가 문제냐?"

주환이가 이번에는 나를 바라보면서 크게 웃었다. 내가 꺼낸 귀신 이야기를 대수롭지 않게 받아들이는 눈치였다.

"형님이 심각하게 말하는데 웃기는? 사실, 내가 아까 너한테 물어본 솔숲에서 친하게 지내던 동네 형이 자살을 했거든."

나는 그제야 정 사장과 헤어진 후에 주환이를 만나서 저녁을 먹고, 그의 집으로 가는 중에 골똘히 생각했던 여문이 형에 대한 사연을 꺼내 들었다.

"그 형이라는 사람이 꿈에 자주 보이냐?"

"어."

"죽은 지 오래된 사람이 살아 있는 귀신을 왜 찾을까? 설마 너 데려가려고?"

"나 죽으면 부좃돈 낼 형편도 안 되는 놈이 형님 죽으라고 고사 지내냐? 그기 아니고."

나는 주환이의 옆구리를 살짝 찌르고 여문이 형에 대한 이야기를 풀어내기 시작했다.

선천성 다리 불구로 태어난 여문이 형은 부모복도 없었다. 마을 어귀에서 주막을 하던 그의 어머니는 동네 한량하고 눈이 맞아 집을 나가 버렸고, 그의 아버지는 그 일로 화를 참지 못하고 자살을 하는 바람에 할머니 밑에서 자랐다. 타고났는지 아니면 불우한 가정환경과 불구 탓인지 여문이 형의 성격이 괴팍해서 남들과 어울리지 못했다. 결국 다니던 중학교도 중퇴를 하고 집에서 빈둥거렸는데 동네 사람들이 그를 보면 외면할 정도로 말과 행동이 거칠었다. 하지만 무슨 이유인지 그런 여문이 형이 나에게만은 부드럽게 대했다. 그래서 우리는 대여섯 살이라는 꽤 많은 나이 차이에도 불구하고 잘 어울렸다. 특히 그의 방에는 만화책이 많아서 내가 수시로 들락거렸다. 그 당시에, 아마도, 여문이 형에게는 그런 내가 거의 유일한 친구이었을 것이다.

어느 날 이었다. 여느 때와 같이 만화책을 빌려서 그의 방을 나서는 순간에 나도 모르게 여문이 형이 그렇게 싫어하는 다리를 저는 흉내를 처음으로 내고 말았다. 내가 그때 왜 그랬을까? 지금 생각해 봐도 이해를 할 수가 없다. 그 무렵에 여문의 형이 다리 병신이라는 사실에 대해 이상하게 생각하지 않았고 그래서 다른 애들과는 달리 놀려 줄 생각이 전혀 없었는데, 그런 내가 좋아서 나를 친구처럼 대해 주고 있다고 생각했었는데. 비틀어진 친밀감의 표시였을까? 아마 그랬을 것이다. 나는 그 순간에 아차! 했다. 하지만 이미 엎질러진 물이었다. 여문이 형은 내게 온갖 욕설을 퍼부으면서 방 안에 있던 물건들을 던졌고 나는 그것들을 피하면서 집으로 도망쳤다. 그렇게, 나의 돌발적인 행동으로 인해 그와의 우정은 그날로 종지부를 찍게 되었다.

그런 일이 있은 후 서너 달이 흘렀을까? 여문이 형도 그의 아버지를 따라서 우리 집 앞에 있는 솔숲에서 농약을 먹고 자살을 하고 말았다. 비가 부슬부슬 내리던 날에 여문이 형의 시신이 상여 대신 리어카에 실려 어디론가 향했다. 비에 젖은 가마니가 그의 몸을 다 덮지 못해 두 발이 밖으로 나와 흔들거렸다. "아이고! 아들 손자 송장까지 치우는 내 팔자야!" 그의 할머니가 울부짖으면서 그의 마지막 길을 함께 했다. 나는 그런 모습을 멀찍이서 바라보면서 나 때문에 그가 자살을 했다는 생각까지는 안 했지만 안타까운 감정이 솟구쳐 나도 모르게 눈물을 훔쳤던 기억이 생생하다.

"호르몬 탓이다."

주환이가 내 말을 다 들은 후에 내가 예상하지 못한 말로 시큰둥한 반응을 보였다.

"이유가 어떻든 간에 니 형님 꿈에 자주 나타나서 괴롭힌다는 것이 문제다."

"우리 귀신 동상이 인제사 철이 들어가는 거 같다. 소싯적에 잘못헌 걸 나중에라도 반성하는 걸 보니. 별 뾰족한 수가 있겠냐. 이제라도 잘못했다고 싹싹 빌고 좋은 디로 가라고 비는 수밖에. 사람보다 귀신 말은 더 잘 들어주지 않겠냐?"

주환이가 농담 반 진담 반으로 원론적인 해결책을 제시했다.

"그래서 불영사에 가 볼까 한다."

"그려? 너 솔찬히 심각, 아니, 진지허구나."

"그럼 언제는 느그 형님이 실없이 행동하디?"

"맞어, 인정, 잘 안 혀서 그렇지 뭐 헌다고 허믄 똑소리는 나지."

"김시습의 금오신화가 어찌 보면 귀신 이야기잖냐. 그중에서 내가 좋아했던 남영부주지에 등장하는 박생이라는 선비의 이야기가 귀신이 없다는 이승도 귀신이 있는 저승과 구분이 없기 때문에 사는 이치도 결국 하나라는 일원론적인 세계관을 펼치고 있다고 기억하는데, 요즘 그 책이 자꾸 떠오르드라."

"거창한 책 말고 좀 알아듣기 쉽게 풀어 봐."

"귓구멍에 담배꽁초 박았냐? 척허면 호박 떨어지는 소리인 줄 알아먹어야지. 내 말인즉슨, 과거 내 잘못으로 귀신들을 만든 것으로도 모자라서 지금 이 순간에도 너를 비롯한 많은 사람들을 구천을 떠도는 귀신으로 만들까 걱정스럽다는 말씀이시다. 알아들어?"

"하이고, 우리 귀신 형님 앞으로 모시기가 더 까다롭겠다."

"오늘처럼만 정중하게 수행하면 된다."

"이 머시매가 왜 자꾸 따라와? 저리 가!"

초등학교 4학년 여름 방학이 시작된 날에 학교 운동장에서 자신을 따라온 나를 향해 짝꿍인 영옥이가 소리를 지른다.

"아니, 그렇게, 저기 말여."

영옥이가 잔뜩 경계하는 표정으로 나를 막아서지만 아랑곳하지 않고 그녀에게 다가간다.

"어매, 어매, 이 머시매가 왜 이려, 니네 동네는 저쪽 샛문으로 가야잖여. 글루 어서 가!"

"야, 그러니까 말여, 내가 니한테……."

"나한테 뭘? 별시랍게 허지 말고 얼릉 가랑게?"

"그렇게, 잠깐만……."

"너, 우리 오빠한테 이른다? 어서 가란 말여."

급기야 영옥이가 나를 피해 정문 쪽으로 달려가지만 이내 그녀를 따라 잡는다.

"엄마야!"

내가 주먹으로 그녀의 등짝을 세게 때리자 운동장에 털썩 주저앉아 울음을 터트린다. 나는 그 모습을 멍하니 바라만 보다 급히 도망을 친다.

여문이 형에 대한 대화를 나누면서 주환의 집으로 향하던 중에 내가 졸업한 초등학교가 나타나자 차를 멈추게 하고 운동장에 들어서서 40년이 훌쩍 지난 그날의 사건을 더듬기 시작했다. 학교는 옛 모습을 찾아볼 수 없을 정도로 변해 있었다. 넓게만 느껴졌던 운동장도 훨씬 좁아진 듯

했다. 나도, 학교도, 모두 변했는데 그 일만은 오롯이 내 기억에 남아 있구나. 나는 서늘한 바람이 불어오는 운동장 한가운데에 서서 어두워진 하늘을 바라봤다.

"여그도 귀신 탄생지냐?"

주환이가 금연 구역임을 무시하고 담배를 입에 문 채 내 팔을 툭 쳤다.

"맞어."

"아이고! 기대된다 야, 여고 괴담이 아니라 초등 괴담이라도 나오는 거냐?"

"괴담이 아니라, 슬플 애자가 들어가는 애담이다. 초딩 시절 짝사랑 비슷한 사연이 이 운동장에 서려 있거든."

"처음 들어 보는 이야기다."

"우리 학교 다닐 때 죽은 영옥이 기억하냐?"

"이름이 영옥이었냐? 기억하지. 가가 죽은 후에 걔네 엄마가 툭하면 학교에 와서 대성통곡을 했잖여?"

"걔가 4학년 때 내 짝꿍이었던 것은 기억 못 할 거다. 얼굴이 이쁜 애는 아니었는데 이상하게 마음이 끌리더라. 근데, 문제는 무슨 이유였는지는 모르겠지만 평소에 나한테 말을 걸기는커녕, 묻는 말에도 뾰로통한 표정을 지을 뿐 대답을 안 하는 거야. 한마디로 짝꿍인 날 왕따시킨 거지. 하지만 나는 여전히 걔가 좋았어, 그래서 언젠가는 내 마음을 전해야겠다고 마음을 먹었지만 선뜻 용기를 내지 못하다가 방학하는 날이 되어서야 걔한테 다가갔는데 애가 놀래서 도망을 가는 거야. 나도 쫓아가서 엉겁결에 걔 등짝을 때리고 말았는데, 하! 참! 지금 생각해 봐도 이해가 안 간다. 그랬던 애가 무슨 병으로 갑자기 죽었다는 소식을 개학을 하고 나서야 듣고 충격이 꽤 컸었던 것 같다."

"그래서 꿈에 나타나냐?"

"전에는 안 그랬는데 얼마 전부터 가끔 나타나. 그것도 험한 모습으로."

"프로이트 꿈의 해석을 학교 다닐 때 읽긴 했는데 무의식 어쩌고 하는

말 외에는 기억나는 것이 없는디 니 말을 들어 본 게 고것이 뭣인지 궁금
허기는 허다. 니 머릿속에 어떤 것들이 들어앉아 있는지도 들여다보고
싶고. 나는 저녁밥 먹자마자 곯아떨어지면 아침이여. 꿈 같은 것은 나 같
이 정신없이 사는 놈들한테는 사치 아니겠냐? 암튼 니가 많이 변하기는
했구나."

"그래서 너랑 이 시간에 여기에 서 있는 거 아니냐. 꼭 엊그제에 일어
난 일 같다. 왜 좋은 말 대신 주먹질을 해서 걔를 울게 만들었을까? 하필
이면 죽기 전 마지막으로 볼 때에 그런 일을 저질러서 꼭 내가 걔를 죽인
것만 같다는 생각 너도 이해할 수 있지? 그래서 걔가 나타나는 꿈을 깨고
나면 더 이상 잠이 안 오더라. 니 형님도 이제 갈 때가 되었나 부다."

"부좃돈 장만할 때까지만 살지?"

"너 지금 나한테 욕하는 거지?"

"바람 부니까 춥다. 쌸디 없는 소리 그만허고 집에 가서 쏘주나 마시자."

영옥이가 내 뒷모습을 향해 손짓을 하고 있는 것만 같아서 교문을 나
서면서 운동장을 되돌아봤다. 하지만 보이는 것은 어둠뿐이었다.

주환의 살림살이는 여전히 단출했다. 단지 혼자 살고 있어서 그러는 것
이 아니라 별 욕심 없이 사는 그의 성격도 한몫을 하고 있다고 생각했다.

"머릿속이 텅 비어서 잠잘 때 꿈을 꾸지 않고 사는 것이 부럽긴 하지만
홀애비 신세 청산하는 꿈만은 가지고 살아야 하는 거 아니냐?"

주환이가 차려온 술상도 깔끔했다. 먹음직스럽게 차려진 안주들을 보
고 기분이 좋아진 나는 자주 하는 농담을 또 날렸다.

"무소유 정신을 몸소 실천하는 고향 형님의 삶을 본받아야 하느리라."

"니가 법정이냐? 그리고, 무소유라는 것이 말여. 완전히 없을 무(無) 자
를 추구하는 것이 아니라, 살아가면서 꼭 필요한 것을 필요한 만큼만 소
유한다는 뜻이니라."

"나는 자의 또는 타의에 의해서 그렇게 살고 있다고 생각허는디, 니 눈
에는 그렇게 안 보이냐?"

"마누라 무소유도?"

"고것은 사람에 따라 꼭 필요할 수도 그렇지 않을 수도 있지? 요즘 젊은 애들 봐라. 대부분은 마누라든 남편이든 꼭 소유할 필요가 없다는 거 아니냐."

"늙은 놈이 젊은것들 끌어들이기는? 암튼 다음번에는 제수씨가 차려 오는 술상 받고 싶다. 니가 만든 안주에서는 홀애비 냄새가 풀풀 나서 장 형 술맛이 떨어져요, 알간?"

"그려서 너하고 제수씨한테 중매 서달라고 부탁허잖냐. 어째 꿩 구워 먹은 소식이다?"

"핑계는? 지금까지 소개한 여자만 다 봤어도 진시황이 부럽지 않겠다."

"쌀디 없는 소리 그만 허고 죽은 영옥이 이야기나 마저 해 봐라. 니 말 들으니까 나도 좀 짠해진다."

"그게 다."

내 짧은 대답에 더 이상 반응하지 않고 말없이 술만 권하는 주환의 불 쾌해진 얼굴에서 어릴 적 모습이 어른거렸다. 사람이 늙을수록 앞을 보 면서 살아가야 하는데 까마득한 과거지사를 술자리에서 이야깃거리로 삼고 있다니. 나는 딱하다는 생각보다는 나라는 인간의 나약함이 새삼 느껴져 연거푸 술잔을 비웠다.

"죽은 사람 이야기 나온 김에 하나만 더 하자."

오늘 주환이를 만나는 순간부터 할까 말까 망설이던 말을 술 힘을 빌 려 꺼내기로 마음을 먹고 우선 분위기부터 띄웠다.

"왜? 누구 말대로 죽음의 굿판이라도 벌여 보자고?"

"이 자식이 벌써 취했나? 그기 아니고. 그…… 명호 말이여."

"뭐? 명호? 그 자식하고 영옥이 하고는 질이 다르잖여? 갸 이야기는 허지 말자. 술맛 떨어진다 야."

"의절하고 나서 죽을 때까지 안 봐서?"

"그렇지? 결과적으로, 내가 속이 좁은 놈이었다고 반성하고 잊어 먹기로 했고, 너한티도 그 자식 이야기는 그만허자고 여러 차례 말했는디 왜 또 꺼내냐?"

"영옥이 말을 하다가 생각이 나서."

"너, 혹시? 갸도 니 꿈에 나타나냐?"

"어. 영옥이처럼 험하게."

"니가 늘그막에 귀신 합숙소를 만들었구나. 그래도 그렇지, 느그덜 둘 사이에는 별 감정이 없었잖여?"

"그렇긴 한데 나한테는 맺힌 것이 좀 있는 것 같다."

"어련하시겄냐. 근디 무신 말을 허고 싶은 거냐?"

고등학교에 이어 대학 동창이자, 오랫동안 절친이었던, 하지만 오해가 오해를 낳은 탓에 결국 우정이 깨져 죽을 때까지 관계를 회복하지 못했던 명호 이야기를 듣고 있기 때문인지 주환의 얼굴이 더 붉어졌다.

"아무리 생각해 봐도 사고로 죽은 것 같지는 않다는 생각이 들어서 그러는 거다."

"그렇게 판단허는 근거는?"

"갸 별명이 마른 장작 아녔냐? 술 담배도 못 혔고. 그런 놈이 심근경색? 장례식 때 걔하고 가깝게 지냈던 지인들한테서 들은 말로는 특별한 전조 증상이 없었다고 허더라."

"자전거 타다가 바로 옆에 있는 저수지에 굴러떨어져 죽었다고 허는 것을 경찰이 확인을 허고 그렇게 결론을 내렸으니까 쫌 애매하긴 허지만 믿어야 하는 거 아니냐? 글구 지금 와서 자살인지 심장 마비인지 가리는 게 무슨 의미가 있겄냐. 자식들이 부검을 요청했는데 마누라가 한사코 반대했다는 말을 듣고 이상하다고 생각을 허긴 혔지만 ……. 다 지나간 일이다."

"사는 형편이 어려워서 그런지 이런저런 말이 많았다며?"

"나도 풍문으로만 들어서 자세한 것은 모르겄다. 그건 그렇고, 나한테 무슨 말을 하고 싶어서 죽은 놈을 끄집어내냐?"

주환이가 내게 따지듯이 대답을 하고는 있었지만 그도 내 입에서 무슨 말이 튀어나올지 궁금해 하는 듯 했다.

"사실 명호가 죽기 전에 나한테 전화를 서너 차례 했거든."

"그러냐? 통화는 자주 하면서 지냈구나."

"어, 근데 가가 죽은 해, 그러니까 삼년 전인가? 그때 내가 이런저런 일로 힘들었을 때잖냐. 그래서 전화를 받기만 하고 걸 상황이 아니었지."

"명호가 전화로 특별한 말이라도 했냐?"

"그때는 그렇게 생각을 안 했는데 죽고 나니까 그런 생각이 든다."

"얌마, 뜸 들이지 말고 말혀 봐."

주환이가 담배를 입에 물면서 물었다. 한때는 누구나 알아보던 절친 트리오이었는데, 중늙은이 둘만 남아서 이런 이야기나 하고 있다니. 서글픈 감정이 몰려와서 술잔을 단숨에 비우고 주환이를 바라봤다.

"나한테 꼭 할 말이 있으니까 시간 내서 한 번 내려오라는 말이었다."

"할 말이 뭔지는 말을 안 했고?"

"그 말만 했다. 그것도 세 번인가 네 번인가 연속으로."

"그 전화 받고 내려와서 만났냐?"

"안 만났으니까 지금 너한테 이런 말 하고 있는 거 아니냐. 내가 어려운 처지에 몰려 있는 데다 너하고 관계가 틀어진 상황에서 일부러 내려가서 단둘이 만나기가 부담되더라. 다음에 시간 될 때 보자는 말만 늘어놓았지, 뭐."

"그래서 후회스럽다?"

"어, 굉장히 중요한 말을 하려고 내려오라는 말을 했다는 생각이 자꾸들거든. 아마 내 추측이 맞을 거다. 그래서 미안하면서도 후회스럽다. 그때 내가 명호를 만났더라면 죽지 않았을 것이라는 생각마저 들어서 그런지 가가 꿈에 자주 나타나는 것 같고."

나는 다시 술잔을 비우고 담배 연기를 연신 천장 쪽으로 날리고 있는 주환의 얼굴을 빤히 바라봤다. 무슨 말이든 그로부터 듣고 싶어서였다.

"니가 감정에 치우쳐서 확대 해석하고 있는 거 아녀?"

"남한테 아쉬운 소리 잘 못하는 명호 성격에 나한테 삼 개월? 그동안에 한 번도 아니고 세 번인가 네 번인가 했다니까? 그것도 꽤 진지한 톤으로."

"니 말 들으니까 명호가 너한테 하고 싶었던 말이 있기는 있었던 것 같다. 그렇다고 혀서 그것을 가가 죽은 것하고 연결시키는 것은 좀 무리 아니냐? 천하의 청솔 선생도 많이 심약해졌구나."

"니 눈에도 그렇게 보이냐?"

"이제야 니가 인간미가 좀 있어 보인다."

"술 한 잔 멕여 놨더니 짜슥이 못하는 말이 없네. 암튼 명호에 대한 생각이 머릿속에서 지워지질 않아서 영옥이 이야기 나온 김에 한번 꺼내 본 거다. 그러니까, 정리하자면, 갸 죽음에 석연치 않은 구석이 있긴 있는 거지?"

"나도 그렇게 생각허고 있기는 헌디 아까 말헌 대로 지난 일 아니냐? 글구 좋은 곳으로 가지 않았겠냐? 허긴 니 꿈속에 나타난다고 허니 안 그런 것 같기도 하다."

"그래서 아까 말한 대로 내일 불영사에 가 보려고."

"명호 극락 가라고?"

"여러 사람이니까 겸사겸사?"

"너 정말 사람 됐구나. 세상 오래 살고 볼 일이다. 암튼 우리 동상 마음 씀씀이가 갸륵해서 같이 가고 싶지만 내일이 평일이잖냐. 저녁에 만나서 형님께 보고나 잘해라."

"너 이 자슥 술이 많이 약해졌구나. 장형한테 횡설수설하는 니 꼴 보기 싫어서 그만 침소에 들어야겠다. 어여 이부자리라 펴라."

"사람 됐다고 쳐 주니까 기고만장해지는 것 좀 봐라. 하여튼 애들은 이게 문제라니까,"

"내가 고향에 자주 못 내려온 죄가 크다. 이렇게나 장유유서가 무너지다니."

"쌀디없는 소리 그만 허고 코나 풀자."

"각 방 쓰는 거냐?"

"영옥이 명호 꿈꾸는 게 무서워서? 걱정 말그라. 우리 집은 꿈뿐만 아니라 뭐든지 없는 것이 풍부한 청정구역이니라."

"버르장머리 없는 아우님만 빼고."

* * *

오랜만에 찾은 불영사는 변한 것이 없어 보였다. 속세에서 보기 어려운 포클레인이 절간에만 가면 꼭 눈에 띄는 것 같아서 절에 가는 것을 망설이는데 다행히 보이지 않았다. 천연기념물이 따로 없구나. 꽤 규모가 있는 사찰임에도 예나 지금이나 수수한 모습을 그대로 유지하고 있는 것이 신기하기도, 고맙기도 해서 속으로 웃으면서 대웅전으로 향했다. 평일이라서 그런지 대웅전에는 아무도 없었다. 그동안 절 구경은 많이 했지만 신발을 벗고 절 내부에 들어서는 것은 처음이었다. 하지만 어색한 느낌은 들지 않았다. 예전에 할머니가 기거하시던 방에 들어가는 기분? 그런 분위기를 불영사 대웅전이 풍기고 있었다.

다짜고짜 찾아온 것이 어색해서 그랬을까. 정면에 자리를 잡고 있는 부처님이 눈에 잘 들어오지 않았다. 나는 눈길을 그 위쪽으로 돌리고 어설픈 동작으로 삼배를 올렸다. 그런 다음에 무릎을 꿇은 자세로 반질반질하게 닦인 마루판만 한동안 바라봤다. 이곳에 오기 전에 발원하기로 마음먹었던 것들이 웬일인지 잘 떠오르지 않았지만 당황스럽지는 않았다. 아니, 오히려 편안해진 마음으로 미동도 하지 않고 한참을 있다 보니 무릎이 아파 오기 시작했다. 이런 곳에서도, 이런 순간에도 육신의 감각이 느껴지는구나. 견디기 어려울 정도가 되자 비로소 자리에서 일어나 합장을 하고 준비해 온 봉투를 불전함에 넣었다. 이제 다 끝난 것일까? 나는 머뭇거리면서 대웅전에서 나왔다. 이곳에 오기 전에 다짐했던 대로, 간절한 마음으로, 구체적으로 발원을 한 것 같지는 않았지만 아쉬움은 느껴지지 않았다. 할머니 방에서 한참을 할머니와 즐겁게 이야기하다 나온 느낌? 꼭 그런 생각이 들었다.

미륵산 자락으로부터 선선한 바람이 제법 강하게 불어오고 있었다. 나는 연신 머리카락을 매만지면서 절간 이곳저곳을 기웃거렸다. 기원을 마쳤으니 돌아가야 할 시간이다. 그런데 발길이 떨어지지 않는 이유는 무엇일까? 누가 자꾸 나를 바라보고 있는 것 같았다. 나는 조심스럽게 고개를 돌렸다. 온통 붉은 빛으로 치장을 하고 있는 홍매화! 바로 그 나무가 바람에 흔들리고 있었다. 바로 저거였구나. 급히 다가가서 티끌이 한 점도 없어 보이는 선홍색 꽃잎에 눈을 맞췄다. 그러자 법당에서도 꿈쩍 않던 눈물이 흘러나왔다. 이 무슨 청승일까? 나는 얼른 손으로 눈가를 닦아 내고 아직도 겨울 분위기를 풍기고 있는 미륵산을 바라봤다.

"어디서 오셨소?"

뒤쪽에서 들려오는 소리에 몸을 돌렸다. 내 또래나 되었을까? 늙수그레한 스님이 나를 보고 살짝 웃고 있었다. 편안한 인상이었다. 그러자 장난기가 발동했다.

"어디서 왔다고 대답하면, 그 전에는 어디서? 그 전전에는 어디서? 하시면서 계속 파고드시겠죠? 그러다 결국 입이 막히면 지가 어디서 온지도 모르는 어리석은 중생이라고 나무랠려고요?"

"어허! 소승은 절밥이나 축내는 뒷방 늙은이오. 그런 나무람은 저한테는 당치 않지요. 적적하던 차에 시주가 눈에 띄어서 말 한번 건네 본 겁니다. 오늘 같은 날에는 세간 불자를 보기가 어려워서 제법 심심합니다."

"심심해지려고 출가를 하시는 거 아닌가요?"

나는 내친김에 한 발 더 나갔다. 그만큼 초면인데도 그 스님이 편하게 느껴졌다.

"허허! 오늘 엉겁결에 시주한테 호되게 당합니다."

"제 농이 심했는가 봅니다. 죄송합니다. 저는 수원에서 왔습니다."

나는 비로소 합장 인사를 하고 홍매화 나무쪽으로 눈길을 돌렸다.

"멀리서 오셨군요. 혹여 이곳에 어떤 인연이라도 있소?"

그 스님이 다른 곳으로 가지 않고 다시 물었다. 심심하기는 한 모양이네. 나는 속으로 웃었다.

"수원에서 왔지만 이곳이 제 고향입니다. 여기서 멀지 않은 곳에서 태어나고 자랐거든요."

"저런, 소승은 안성에서 태어나 이 절에 몸을 의탁하고 있으니 시주와는 분명 인연인데 어찌 엇갈린 인연 같습니다."

스님이 웃음을 잃지 않고 나를 바라봤다. 저 인상, 맞다. 꼭 할머니 모습이다.

"그럼, 처음에 물으신 질문에 제가 답을 한 거네요? 스님 것까지 보너스로요."

"절에 오시면 덤으로 얻어 가는 것이 좀 있지요. 그런데 혹시 특별한 사연이라도 있어서 왔소?"

"그냥, 속죄를 하고 싶어서요."

"돈 벌게 해 달라고, 자식 출세시켜 달라고, 병 낫게 해 달라고 비는 것은 부처님이 쉽게 들어주시는데 시주의 발원은 장담하기가 어렵소. 봉투는 두툼하게 준비해 왔겠지요?"

진지한 말투로 대답을 했는데 스님은 그것을 장난기로 받았다. 나도 질 수가 없었다.

"불영사 부처님은 봉투 두께를 보고 판단을 하시는군요. 요즘에는 대부분 온라인으로 주고받는데 그것은 어떻게 처리하나요?"

"삼계가 다 부처님 손바닥 안에 있는데 안 되는 것이 있을까요? 지금이라도 계좌번호 알려 드릴 수 있습니다."

"계좌에 입금시킬 돈 벌게 해 달라고 빌면 들어주실까요?"

"보기보다 영민하십니다. 그래도 부처님 손바닥 안에 계시는 겁니다."

스님의 말에 대꾸할 말이 생각나지 않았다. 시간이 많이 흐른 것 같아서 조급함도 몰려왔다. 이제 그만 돌아갈 시간이다.

"사실, 나이깨나 들어 보이는 시주가 홍매화를 바라보는 모습이 지극해 보여서 주책을 좀 부려봤습니다. 나무관세음보살!"

"그러셨군요, 고맙습니다. 저도 스님을 뵙고 마음이 더 편해졌습니다. 성불하세요!"

"어디로 가시는지요."

스님에게 합장 인사를 하고 발길을 돌리려는데 또 질문이 날아왔다.

"계속 대답하다 막히면 혼내시려고요?"

"그럴 리가요. 되레 소승이 더 당할 텐데요."

"정말 그럴 리가요. 오랜만에 미륵산에 오를까 합니다."

"이미 발원한 것이 다 이루어졌을 텐데 힘들게 산행은 무슨? 늦지 않게 내려와서 다담이나 나눕시다. 심심해서 그러오."

   미륵산 정상은 아직도 겨울에서 벗어나지 못하고 있었다. 회색으로 변한 잔설이 여기저기 널려 있었고 불어오는 방향을 가늠할 수 없는 차갑고 거센 바람이 듬성듬성 서 있는 관목들을 세차게 때리고 있었다. 캔맥주라도 하나 챙겨 올걸. 단숨에 올라온 탓에 추위 속에서도 갈증을 느꼈다. 갈증이라. 생리적인 것뿐만 아니라 삶의 갈증도 견디기 어려운데 그걸 어떻게 해소해야 하나. 그 땡중 같은 스님하고 다담을 나눌 때 슬쩍 물어볼까? 나는 유쾌한 대화를 나눴던 스님이 떠오르자 입가에 절로 미소가 번졌다. 그러자 우중충하게 보였던 전망들이 다른 모습으로 보이기 시작했다. 손에 잡힐 듯이 가깝게 보이는 금강 물줄기, 뿌연 안개 사이로 희미하게 보이는 바다. 그리고 어슴푸레하게 보이는 고향 뒷동산. 나는 손바닥으로 이마에 맺힌 땀을 닦아 내면서 마치 망원경을 돌리듯 사방 전경을 둘러봤다. 그러면서도 불영사 대웅전에서 한동안 머물렀던 기억이 머릿속에서 떠나지 않고 있었다. 그 귀신들? 덕분에 오랜만에 탁 트인 전망을 구경하는구나. 그나저나 그분들에게 내 마음이 전해졌을까? 그래서 더 이상 꿈에 나타나는 일이 없을까? 그리고, 그 스님이 내 뒤통수를 향해 발원한 것이 다 이루어졌을 것이라고 했는데 그냥 인사로 던진 말일까? 이런저런 질문들이 몰려왔지만 머리가 복잡하지는 않았고, 오히려 홀가분한 느낌마저 들었다. 그래, 최선을 다했다고 볼 수는 없지만 성의는 표한 것이다. 이렇게 과거를 겸허하게 되돌아보면서 미래는 좀 더 주체적으로, 한껏 자유스럽게 사는 거다. 여기까지 온 너는 꽤나 싸가지가 있는 녀석이다. 그렇게 내 자신에게 위로와 격려를 보내면서 비산비야의 지형 사이로 틈틈이 박혀 있는 인간 세상의 모습들을 바라보고 있었다. 그때, 겸사겸사 불영사에 가겠다는 말을 정 사장한테 할 때 윤 차장 일 말고 다른 목적이 있는 것 같은데 떠오르지 않았던 순간이 생각났다. 맞다. 그거다. 바로 하심(下心)이다. 아까 대웅전에서 보였던 다소곳한 모습으로 세상을 살아가는 거다. 깨달음 비슷한 무언가가 몰려와서 그랬을까? 거세게 부는 바람이 내 가슴속까지 훅 들어오는 느낌이 들었다. 나는 두 팔을 번쩍 들고 최대한 멀리 시야를 두면서 '만세'를 크게 외쳤다.

"여보세요? 여보세요?"

그 스님하고 다담을 나눈 후에 주환이가 마련한 동창 모임에 참석하기 위해 하산을 막 하려고 할 때에 전화벨이 울렸다.

"하! 하! 원장님, 제 말 잘 안 들리세요?"

"이제 잘 들리네요. 근데 좀 전에 웃으시던 것 같은데 좋은 일이 있으세요?"

"우리 막강 갤럭시가 때와 장소를 가리지 않고 터져서 절로 웃음이 나왔습니다."

"그게 무슨 말씀이세요?"

"익산에 있는 미륵산 정상에서 도를 닦고 있던 참이었거든요."

"아! 네. …… 실은"

"무슨 일 있으세요?"

"네에. 저기. 갑순 어르신이 오늘 오전에 돌아가셨어요."

"그으래요? 아니? 고비는 넘겼다고 하시지 않았나요?"

"노인 폐렴이 원래 그래요."

"실로 유감입니다. 오늘 돌아가셨으니까 발인은 모레겠네요?"

"내일입니다. 조문이 거의 없을 것 같다고 유족들이 그렇게 정했어요."

"그래도 그렇지요. 그건 그렇고, 가만있자……."

내 일정이 갑자기 꼬이는 것 같아서 난감함을 느꼈다. 얼마 남지 않은 아버님 기일까지 익산에서 느긋하게 지낼 생각을 하고 있었기 때문이었다.

"어렵더라도 시간을 내주시면 고맙겠어요. 빈소에 아무도 없다시피 하거든요, 그렇기도 하거니와 고인이 선생님을 각별하게 대하셨잖아요?"

"어디 저한테만 그러셨나요? 암튼 잘 알았습니다. 저녁때나 돼야 도착할 것 같네요."

"고맙습니다."

* * *

"애기 아빠, 큰아들이 네 살 먹었을 적에 큰 집으로 양자를 보냈우. 그 어린 것이 에미하고 안 떨어질려고 울구불구 하던 모습이 눈에 선하우. 그날부텀 입때껏 내 맴이 내 맴이 아니우."

갑순 할머니가 서너 잔 마신 소주에 발그레해진 얼굴로 충청도와 경기도 사투리가 뒤섞인 말투로 그동안 수없이 들은 말을 반복했지만 오늘만큼은 새롭게 들렸다. 내일이면 십 년 이상 몸을 의탁했던 이곳 양로원을 떠나 둘째 아들이 사는 안산으로 옮겨 가야 하기 때문이었다. 나는 이 양로원이 속한 사회복지법인에서 사회복지사 실습을 마치고 3년여를 직원으로 근무하면서 갑순 할머니와 친하게 지냈다. 일을 떠나서, 그러니까, 인간적으로 그러했던 것 같다. 옆에 앉아 계시는 갑순 할머니의 친동생 같은 정임 할머니와도 꽤 가까웠지만 갑순 할머니와의 관계에는 미치지 못했다. 사회생활을 30년 이상 하면서, 연세가 30살 이상 많은, 그것도 할아버지가 아닌 할머니와 친구 같은 사이로 지내는 것은 처음 있는 일이었다. 맞다. 우리는 친구 같은 사이였다. 그래서 이사하기 전날 밤에 어린 친구인 내가 갑순 할머니 방에서 조촐한 송별식을 마련했다. 그래 봤자 참석자는 갑순, 정임 할머니와 나, 단 세 명이었다. 차린 음식도 낮에 사 온 보쌈 안주에 곁들인 귤 몇 개와 소주가 전부였다. 송별식 분위기는 훈훈하면서도 서글펐다. 그래서일까, 그날따라 팔십 대 후반이라는 연세가 믿어지지 않을 정도로 두 할머니는 내가 권하는 소주를 마다하지 않고 단숨에 들이켰다.

"그때 어르신은 반대 같은 거 하실 수가 없는 형편이었던가 보죠?"

나도 수없이 반복했던 질문을 또 드렸다. 그렇지만 아까 말 했던 대로, 나도 처음 하는 질문 같은 느낌이 들었다.

"아이구, 애기 아빠, 말도 마우. 바깥양반이 큰 집에 몇 번 댕겨 오더니 "보내야 쓰겠네" 이 말 한마디 헌 것이 다혔우. 지집이 대소사에 입을 뻥끗혔다가는 난리가 나는 집안이자 세상이었우."

"그렇게 마음 아픈 일을 겪으시긴 했지만 큰아드님이 캐나다에서 성공해서 잘 살고 있으니까 그걸로 된 거죠. 안 그러세요?"

나는 계속해서 전에 했던 질문을 드렸다. 그러면서 어두운 형광등 빛에 모란꽃 문양들이 어른거리는 방벽을 둘러봤다. 내일이면 저 빛바랜 모란꽃 같은 갑순 할머니가 그토록 가기 싫어하던 둘째 아들 집으로 가야 한다. 거기에서 구십을 바라보는 나이에 새 삶을 시작해야 한다. 그것이 얼마나 힘들까. 그리고 보니 나도 이곳에 몸담은 지도 삼 년이 넘었다. 나도 이제 떠날 때가 되었는가. 서글픔이 몰려오자 자작으로 술을 연거푸 들이켰다.

"지는 잘 살고 있겄지만 그날부텀 내 자식이 아니우. 아들도 마찬가지구유. 얼굴 본 지가 오 년이 넘었수. 전화도 웁구."

"아이고, 큰 것이 그러면 밑이 것들도 뿐을 보는 거여. 할머니가 큰아들 말고도 아들이 셋이나 더 있고 딸도 있지만 둘째 말고 얼굴 내미는 자식 봤어? 그나마 댕기는 둘째도 그저 그렇고 말여. 아유. 그래도 할머니가 건강하게 장수허고 있으니까 다행이여. 그나저나 할머니가 여길 뜨시면 나도 여기에 더는 못 있어. 큰아들이 사는 가평에 가야 할 것 같은디 거기서 지낼 일이 캄캄혀."

옆에서 우리 둘의 대화를 듣고만 있던 정임 할머니가 한마디 거들었다. 언니 같은 갑순 할머니를 떠나보내야 한다는 서운함 탓인지 눈자위가 붉어져 있었다.

"애기 아빠! 자석 같어서 그러는디 부탁 하나만 혀두 되겄우?"

갑순 할머니가 정색을 하고 나를 바라봤다. 부탁이라? 그런 말을 할머니로부터 들은 기억이 없었다. 그것이 무엇일까? 나는 순간 긴장했다.

"아모리 생각을 혀 봐두 내가 얼마 못 살 거 같수. 살 만큼 살았으니까 원은 웂지만 딱 한 가지 소원은 있수."

"그게 뭔데요?"

"내가 죽으면 화장을 헌다는 말을 얼핏 들었거덩. 바깥양반 유골까지 파서 함께 헌다는 거여. 근디 나는 불구덩이에 들어가는 것이 끔찍허게 싫우. 요새 그런 생각이 자주 들어서 잠을 잘 못 잔다우. 그래서 허는 말인디 애기 아빠가 날 우리 아들을 보면 내 뜻을 전해 줄 수 있겠수?"

"그런 것은 집안일인데 어르신이 직접 말씀하시는 게 좋지 않겠어요?"

"아유! 애기 아빠도 봤잖우. 자석이 아니라 호랭이요, 호랭이."

"알았어요. 제가 오해 사지 않도록 잘 말씀드려 볼게요."

"아이구, 애기 아빠, 고마워유."

"최 선상이 그런다고 아들이 꿈쩍이나 할까? 할머니 보내는 날 자식들이 쌈질이나 안 하면 다행이지. 요새 세상도 세상인가? 하여튼 할머니가 저렇게 불을 무서워하니 최 선상이 날 말이라도 잘해 봐."

정임 할머니도 그렁그렁한 눈으로 나를 바라보며 부탁을 했다.

"네."

그렇게, 다음날 갑순 할머니는 양로원을 떠났지만 전날 했던 약속은 지키지 못했다. 둘째 아들이 직접 모시러 오지 않고 이삿짐센터 차만 보냈기 때문이었다. 갑순 할머니의 그 후 여정도 순탄치 못했다. 어머니를 몇 달간 모시는 둥 마는 둥 하던 둘째 아들이 강원도 외진 곳에 있는 노인 시설로 갑순 할머니를 보내 버렸기 때문이다. 그곳은 1인실이 아닌 2인 실이고, 생활비도 이곳에 계실 때보다 월 30만 원이 쌀뿐더러 보증금도 훨씬 적다는 이야기를 할머니로부터 전해 들었다. 한마디로, 돈 때문에 자기 어머니를 강원도 산골도 보내 버린 것이다. 내가 그사이에 양로원을 그만둔 것을 알고 있으면서도 갑순 할머니는 하루가 멀다 하고 내게 전화를 했다. 그때마다 제발 전에 계시던 양로원으로 돌아오게 해 달라고 부탁을 하면서 울먹였다. 결국 양로원 원장이 둘째 아들에게 어렵게 부탁을 해서 강원도 시설과 같은 조건으로 할머니를 다시 모셔 오게 되었다. 하지만 갑순 할머니는 예전 모습이 아니었다. 어쩌다 찾아가면 나하고 대화가 불가능할 정도로 쇠약해져 있었다. 설상가상으로 친동생 같았던 정임 할머니마저 가평 아들 집으로 떠난 지 얼마 후에 돌아가셨다.

"최 선생 그만 가시죠?"

갑순 할머니 빈소에 뻘쭘히 앉아 있던 내게 양로원 원장이 그만 일어날 것을 권했다.

"벌써요?"

"조문객이 우리밖에 없는데 가족들이 우릴 썩 반기지 않는 눈치잖아요? 그리고 유족들 분위기도 왠지 심상치가 않아요. 이만하면 예를 갖췄으니 그만 일어나요."

"그럴까요?"

양로원장 말대로 나도 어느 장례식장과는 다른 분위기가 느껴져 오래 있고 싶은 마음이 없었지만 갑순 할머니의 얼굴이 자꾸 눈에 밟혀 주저주저하고 있었다. 이것으로 친구 같았던 갑순 할머니와의 인연은 끝인가? 그런 생각을 하면서 자리에서 일어나려는 순간에 문득 송별식 자리에서 할머니가 내게 했던 부탁이 떠올랐다.

"저어, 황망하시겠지만 한 말씀 드리고 싶습니다."

"뭔데요?"

내가 누군지 분명히 알고 있지만 마치 모르는 사람을 대하듯 둘째 아들이 날 쳐다봤다.

"고인께서 생전에 저한테 하셨던 말씀을 전해 드리고 싶습니다."

"글쎄, 그게 뭔데요?"

둘째 아들의 얼굴에서 내가 귀찮다는 표정이 역력했다. 나는 침을 꼴깍 삼키고 어렵게 말을 꺼냈다.

"화장만은 하지 말아 달라고 간곡히 부탁을 하셨습니다. 불구덩이에 들어가는 것이 끔찍하다고 하시면서요."

"장례는 유족이 알아서 하는 거니까 신경 쓰지 마세요."

둘째 아들은 들은 척도 하지 않고 빈소가 있는 곳으로 발길을 돌려 버렸다.

나는 그 모습을 망연히 바라보다 밖으로 나왔다.

삼월 하순 날씨답지 않게 번개가 번뜩이면서 비바람이 불고 있었다. 나는 장례식장 처마 밑에서 양로원장의 차가 오길 기다리면서 약속을 지키지 못해서 미안해진 마음을 애써 삼키고 있었다. 그때, 현관 쪽에서 고성이 들려왔다. 유족들이 말다툼을 하는 것 같았다. "지들 에미 송장도 치우기 전에 쌈질하는 것 좀 보소, 천하의 불효자슥들 같으니. 천벌을 받을 거여." 할머니의 친척으로 보이는 늙수그레한 남자가 담배를 피우면서 내가 들으라는 듯 내뱉었다. 그 순간, 우르릉 꽝! 천둥 치는 소리가 들려왔다.

* * *

모란꽃으로 보이는 붉은 꽃들이 만발한 진위천변에서 갑순 할머니가 너울너울 춤을 추고 있다. 그 옆에서 정임 할머니도 어깨를 들썩들썩하면서 춤을 춘다. 저 멀리에서 소방차가 경적을 울리면서 달려오고 있지만 두 할머니는 아랑곳하지 않는다. 저 차가 다가오면 피할 곳이 없는데 어쩌나. 나는 두 분을 피신시키기 위해 달려가려 하지만 어찌된 일인지 발걸음이 떨어지지 않아서 애를 태운다. 그 순간에 소방차가 멈추는가 싶더니 소방관들이 우르르 내려 같이 춤을 춘다.

갑순 할머니 조문을 마치고 집에 들어온 날 밤에 꿈을 꾸었다. 꿈에서 깬 후에 시간을 확인하니 새벽 세 시가 조금 넘었다. 나는 마른침을 삼키면서 방금 전에 꾼 꿈을 해몽하기 시작했다. 내가 약속을 지키지 못했는데도 할머니는 춤을 춘다. 소방차가 나타난 것은 분명 화장하고 연관이 있을 것이다. 꿈은 왜곡된 모습으로 나타난다고 했으니까. 이번 꿈은 악몽은 아니다. 여느 때처럼 등이 축축하지도 않다. 우정이란 이런 것인가? 내가 약속을 지키지 못했어도 친구로서 너그러이 이해해 주시는 것이다. 어르신! 부디 좋은 곳에 가서서 편하게 쉬세요. 다음에 만나면 사죄의 뜻으로 좋아하시던 보쌈 안주에 술 한 잔 따라 드릴게요. 나는 어두운 천장을 바라보면서 중얼거렸다.

그때였다. 또 밖에서 '철커덩' 하는 소리가 들려왔다. 나는 다른 때와 달리 망설이지 않고 일어나서 현관문을 열었다. 역시 보이는 것은 아무것도 없었다. 봄날 새벽 한기만 가득했다. 나는 어둠을 향해 무언가 한마디 하고 싶었지만 떠오르지 않아서 그만 문을 닫으려는 순간에, "어르신 다음부터는 초인종을 누르세요. 제가 심장이 좀 약하거든요."라는 우스갯소리가 나도 모르게 터져 나왔다. 그러자 갑자기 갑순 할머니와 정임 할머니가 눈에 띄기 시작했고, 그 뒤를 이어서 윤 차장, 어문이 형, 영옥이, 명호에 이어 웅어 횟집 여사장의 모습까지 보였다. 심지어는 내가 마음에 담고 있었지만 이미 고인이 된 다른 사람들까지 눈에 어른거렸다. 하지만 나는 당황하지 않았다. 무섭지도 않았다. 나는 그들을 향해 소풍 나온 어린이들을 인솔하는 선생님처럼 상냥하게 인사했다. "여러분 반가워요. 날 새면 우리 다 같이 꽃놀이라도 가요!"

김기분의 어버이날

'까~ 아아악, 꺄~ 아~ 악, 깍깍깍, 짜아~ 아~ 악.'

새벽부터 꽤나 시끄럽네. 까치 우는 소리일까? 아니면 까마귀가 짖어 대는 걸까? 귀가 어두워지니 까치하고 까마귀 소리도 분간을 못 하겠네. 날이 채 밝지 않았는데도 요양원 창문을 통해 들려오는 새소리를 들으며 기분 할머니가 자신을 향해 질문을 던졌다. 아냐. 까마귀는 저렇게 꺾지도 굴리지도 못하고 선머슴처럼 냅다 내지르기만 하니까 저 소리는 분명 까치 소리 일 게야. 암, 맞지, 언제 내 생각이 틀린 적이 있던가. 기분 할머니는 조금 빠진 발등의 부기를 매만지며 슬쩍 웃었다. 그나저나 내가 이 요양원에 온 지도 삼 년이 훌쩍 넘었는데 새벽에 까치 소리를 들어 보기는 처음인 것 같다. 고놈의 까치가 무던히도 배가 고팠나? 아니면 짝을 찾는 건가? 아니야. ……. 그렇지, 까치가 울면 귀한 손님이 온다고 했는데 정말 내 아들 병준이가 오늘 면회를 오긴 오려나 보다. 그렇지 않으면 새벽부터 까치가 저렇게 울어 댈 리가 없지, 암, 그럴 거야. 내가 그런 말들을 잘 믿지는 않지만 오늘만큼은 옛말이 맞을 것 같다. 기분 할머니는 열심히 비벼 대서 약간 따뜻해진 양 발등을 담요로 감싸고 다시 자리에 누워 그렇게 중얼거리다 까무룩 잠이 들어 무언가를 찾기 위해 헤매는 꿈에 빠져 들었다.

"기분 어르신 잘 주무셨어요?"

새벽 케어를 위해 기분 할머니가 생활하고 있는 소망 방에 들어온 요양보호사 구 선생이 건네는 인사가 간신히 다시 이룬 기분 할머니의 단잠을 깨웠다.

"맨날 그렇고 그렇지 뭐. 꿈자리가 사나워서 원."

"저도 나이를 먹을수록 초저녁잠이 많아지더라고요. 그러다 두세 시 정도에 깨면 더 이상 잠이 안 와서 애들처럼 집 안 여기저기를 휘젓고 다녀요."

"저런, 아저씨까정 힘들것네."

"아저씨? 그런 거 없어요. 하늘나라 갔거든요."

"벌써? 구 선생 나이가 어떻게 되는데?"

"저 이래 봬도 전철 꽁짜로 타요. 하! 하!"

"나이보다 훨씬 젊어 보이네."

기분 할머니는 어디 하나 사나운 기색이 보이지 않는 구 선생의 얼굴을 살폈다. 저 나이에 남편 없이 이런 일을 하는 것을 보면 저 선생도 젊었을 때 나처럼 온갖 풍파를 겪으며 살고 있는지도 모른다. 나보다 스무 살 남짓 어린 것 같은데 남의 일 같지가 않네. 저러다 더 늙고 병들면 십중팔구 나처럼 이런 곳에 처박혀 죽는 날만 기다리는 처지가 될 텐데. 참 사람 팔자, 여자 팔자가 기구하네. 자식 농사는 잘 지었을까? 우리 병준이처럼만 키웠으면 늙은 과부 말년에 큰 힘이 되겠지만, 모르는 일이지. 기분 할머니의 생각이 또 아들 병준에게 이르자 시선을 어두운 창밖으로 돌려 버렸다.

"어머! 그렇게 젊게 봐주셔서 고마워요. 그나저나 발등 부은 건 좀 어떠세요? 어지럽다고도 하셨죠?"

"좀 나은 것 같기도 허고. 그냥 그려. 아휴! 저쪽 세상으로 가는 다리를 건너기가 왜 이렇게 힘이 드는지 모르겠네."

기분 할머니가 늘 하는 푸념을 구 선생이 해맑게 웃으며 맞받았다.

"하하! 어르신 단골 멘트 또 나왔네. 그 다리는 아직 놓이지도 않았으니까 몸이나 잘 건사하세요."

"에이, 그 말은 욕이나 다름없어. 그건 그렇고, 오늘 어버이날이 맞지? 또 뭐 행사 같은 거 하나?"

"아마 그럴 거요? 오늘은 어르신 꾀부리지 마시고 꼭 나오셔야 됩니다."

"이따 봐서."

기분 할머니가 말끝을 흐렸다. 오늘 내 아들이 면회를 오는지 아침에 원장한테 물어봐 달라는 부탁을 하려다 속이 보이는 것 같아서 참았기 때문이었다.

"소변 통 가져가고 이엠(EM) 새것으로 갖다 놨어요."

"고마워."

구 선생이 소망 방을 나간 후에 기분 할머니는 천장을 바라보면서 생각에 잠겼다. 병준이 얼굴을 못 본 지도 두 달이 지났구나. 일주일에 한 번 꼴로 찾아오던 애한테 무슨 일이 생긴 걸까. 핸드폰을 괜히 반납했나? 원장한테 아쉬운 소리를 해가며 잠깐잠깐 핸드폰을 빌려서 통화만 하니 더 감질이 나네. 병준의 목소리가 예전만 못한 것 같아서 불안하기도 하고 말이야. 별일이 없다고는 하는데 정말 그럴까? 내 아들을 보고 나면 목구멍에 뭐가 얹힌 느낌이 사라질 것 같아. 더구나 오늘은 어버이날이 아닌가. 코로나도 풀렸다는 말을 들은 것 같은데 그러면 옛날처럼 면회도 자유스럽게 할 수 있겠지? 그러니 다른 날은 몰라도 오늘만큼은 병준이가 면회를 꼭 올 거야. 까치도 새벽에 한참을 울어 댄 걸 보면 틀림없지. 암.

내 나이 서른일곱에 남편과 사별한 후에 남겨진 어린 두 자식을 먹이고 가르치기 위해 못골 시장에서 채소 장사, 과일 장사, 생선 장사에 이어 칼국수 장사까지, 온갖 고생을 다했어. 하지만 딸아이는 그 영어 강사를 따라 미국으로 건너간 뒤에 소식이 끊긴 지가 벌써 십 년이 넘었고. 남은 자식이라고는 그 칼국수 집 자리에서 24시간 콩나물 국밥집을 운영하고 있는 아들 병준이뿐인데 그 금쪽같은 자식의 얼굴을 두 달 이상 보지 못하고 있으니 섭섭한 마음, 궁금한 마음이 뒤섞여 견디기가 힘들구나.

내 비록 체구는 작았지만 성격이 괄괄하고 목소리 또한 우렁차 한 번 소리를 내지르면 못골 시장이 쩌렁쩌렁 울릴 정도여서 호랭이라는 별명까지 얻었을 정도였지. 하지만, 이제는 늙고 병들고 고관절까지 다쳐 간신히 휠체어에 의지한 채 이곳저곳 요양원을 전전한 지도 어느덧 육 년이 넘어 버렸네. 그러는 사이에 아픈 곳은 더 늘어났고, 더구나 병준이 때문인지 며칠 전부터 부쩍 입맛이 없어 매끼 먹는 죽의 양도 반 이상이 줄어들었고 말이야. 어디 이뿐인가? 발등을 비롯하여 여기저기가 붓고 어지럽고 시도 때도 없이 올라오는 신열 때문에 온몸에 식은땀까지 자주 나는데 이러다가 나도 죽는 것이 아닌지 모르겠네. 얼마 전에 내 옆자리에 계시던 선실 할머니도 나처럼 퉁퉁 부은 채로 제대로 먹지 못하다 결국 죽었는데. 목련방의 영택 할아버지도 팔다리가 붓고 청색증이 온 지

일주일도 안 돼서 죽었다는데. 이제는 내 차례가 온 것인가? 내 나이 팔십일곱이면 죽을 때가 된 것인가?

기분 할머니는 아들 생각과 죽는 걱정에 떨며 아침 식사 음악이 울릴 때까지 자리에서 뒤척였다.

* * *

오늘따라 왜 이렇게 화장이 안 받지? 사랑열매 요양원 한선숙 원장은 오늘 어버이날 행사가 있어서 다른 날보다 더 공을 들여 화장을 하면서 중얼거렸다. 그리고 보면 요즘 내가 입소자가 줄어들어서 스트레스를 좀 받기는 했지? 최근 보름 사이에 어르신 한 분이 돌아가시고 또 한 분은 병원에 장기 입원을 해서 입소자가 스물여섯 명으로 줄어들어 버렸는데 어떡하나? 스물다섯 명 이하로 떨어지면 현상 유지도 안 되는데, 신규 입소가 언제 있을지도 모르고. 한 원장은 거울에 비친 자신의 얼굴을 바라보면서 연신 한숨을 내쉬었다.

어느덧 나이가 오십 대 중반에 접어들었지만 아담한 체구에다 나이에 비해 어려 보이는 외모 덕분에 이십 대 딸아이와 나들이라도 나서면 언니가 아니냐고 묻는 사람이 있을 정도였는데, 요즘 들어서 부쩍 늙어 가는 것 같아서 한 원장은 기분이 씁쓸하다. 이게 다 그놈의 요양원 때문이지. 아니, 죽거나 나가는 노인이 있으면 들어올 줄도 알아야 하는데 경기가 좋지 않고 여기저기 대형 시설이 들어서고 있어서 그런지 영 새로 입소하는 노인이 없네? 이러다가 대출금 이자도 안 나오는 거 아녀? 애들 둘도 이제 대학생이라 앞으로도 돈 나갈 일이 창창한데. 한 원장은 속으로 연신 끝탕을 하며 아침부터 격투기 TV 프로에 빠져 있는 남편을 향해 한마디 던졌다.

"오늘은 더 손님이 없을 텐데, 요양원에 와서 일 좀 도와주지?"

"손님 없다고 사무실 비우면 더 안 와."

바로 남편의 대답이 날아왔다.

김기분의 어버이날

한 원장 남편은 부부가 살고 있는 아파트 단지 내 상가에서 부동산 중개업을 하고 있는데 한 일 년 전부터 월세도 안 나올 정도로 손님이 줄어들어서 전전긍긍하고 있다. 이런 상황이다 보니 요양원에서 수입이 제대로 나오지 않으면 가게가 바로 위험해지는 처지에 놓여 버렸다. 어느 순간부터 한 원장이 사실상 가장이 되어 버린 것이다.

오십이 넘으면 골프 폼 바꾸지 말고, 빚내서 사업하지 말고, 또 뭐가 있더라. 한 원장은 출근길 승용차 안에서 자신을 향해 느닷없는 질문을 던졌다. 그런데 내가 두 번째로 하지 말라는 것에 걸려들었구나. 그래도 나는 여기에서 승부를 걸어야 한다. 안 그러면 우리 가정이 바로 무너지니까. 한 원장이 입술을 지그시 깨물며 S시 외곽에 위치한 사랑열매 요양원에 출근을 했다.

"어머, 원장님 새색시 같아요."

"너무 이뻐요."

여자 요양보호사들의 입바른 칭찬을 귓등으로 흘리며 한 원장이 아침 조회 자리에 앉자마자 오늘의 주의 사항을 말하기에 바빠진다.

"인지 있는 어르신들은 오늘이 어버이날인 줄 다 알고 있고요. 자식들이 면회 오냐고 물어볼 수도 있어요. 그러면 그건 원장님만 알고 우리는 모른다고 하세요. 아셨죠? 특히 김기분 어르신이 엄청 아들을 기다리고 있는데, 오늘 못 온다고 어제 전화가 왔어요. 한참 전에 교통사고를 당해서 많이 다쳤거든요. 근데, 오늘 면회를 못 온다는 말을 미리 전해 주면 또 피 토하고 쓰러질지 모르니까 특히 주의해 주세요. 그 어르신이 폐암 말기라서 언제 돌아가셔도 전혀 이상하지 않다는 말을 여러 번 했죠?"

한 원장이 어버이날을 맞이하여 어떻게 하면 입소 어르신들에게 감사를 표하고 기쁨을 드릴지에 대한 말 보다는 혹시 모를 사고 발생을 사전에 방지해야 한다는 취지의 당부를 이어 갔다.

"암튼 오늘은 어르신들 입장에서는 특별한 날이라서 평소에 안 하던 행동을 해서 사고를 낼 수 있으니 각별한 케어 부탁드려요. 특히나 기분 어르신 같이 면회를 잔뜩 기대하고 있는데, 오지 않은 어르신들 중에서 스스로 움직일 수 있는 어르신들을 조심해야 해요. 낙상 같은 거 말씀드리는 겁니다. 또, 예, 면회를 안 와서 감정이 상한 나머지 선생님들한테 심한 언행을 하는 분도 계실 수 있어요. 그럴 때 절대로 맞대응하지 마시고 그냥 적당히 피하세요. 노인 학대 규정이 더 엄격해진 거 다들 잘 아시죠? 올 초에 사소한 일로 바로 옆에 있는 푸른마을 요양원이 고발당하고 영업 정지까지 먹은 거 다들 잘 아실 겁니다. 우리라고 그러지 말라는 보장 없거든요. 거듭 부탁 말씀드리지만 오늘만큼이라도 어르신들께 쿨하게 대해 주세요. 상황에 따라서는 패싱도 좋은 케어 방법이 될 수 있다는 점도 말씀드릴게요."

한 원장의 당부가 길게 이어졌다.

"원장님, 아무리 그래도 면회를 오지 않는 어르신들은 패싱 이런 거보다는 우리라도 나서서 최대한 위로를 해 드려야 하지 않나요? 저렇게 어르신을 부모처럼 모신다는 표어가 크게 걸려 있는데……."

평소 미팅 때에는 말이 없던 장 선생이 벽면에 크게 걸려 있는 문구를 바라보면서 말끝을 흐렸다.

"장 선생님 월급은 어디에서 나오나요? 바로 어르신이죠? 어르신이 바로 돈입니다. 그런 어르신이 오늘 무슨 사고라도 터져서 없어지거나 그게 소문이라도 나서 더 이상 입소가 안 되면 우리 모두 집에 가야 해요. 아시겠어요?"

한 원장이 테이블을 손바닥으로 탕탕치며 언성을 높여 대꾸를 했다.

"그래도 그렇지요, 기분 어르신이 실망하시는 모습을 어떻게 봐요. 또 어떻게 쿨하게 대해야 할지 난감하네요. 우리도 요양보호사 이전에 자식이고 부모인데……."

장 선생이 좌중을 돌아보며 또 말을 제대로 잇지 못했다.

"선생님들, 제 표현이 이상할지 모르겠는데요, 요양원은 좀 과격하게 표현하자면 일종의 노인 종말 처리장입니다. 이에 대한 자세한 설명은 하지 않겠어요. 각자 곰곰이 생각해 보시면 무슨 뜻인지 아실 겁니다. 단, 제 말에 오해는 하지 말아 주세요. 어떻게 보실지 모르겠지만 저도 나름 고민을 많이 하는 노인복지 실천가입니다."

한 원장이 언성을 낮추고 제법 비장한 표정으로 좌중을 훑어본 다음에 자리에서 일어났다.

아니, 요양원이 노인 종말 처리장이라니. 거 말 한번 더럽게 거치네. 오해하지 말라고? 그것이 걱정이 되면 그런 말을 하지를 말든가. 그나저나 원장 말대로 우리 요양원이 노인 종말 처리장이면 나는 노인 처리 전담 미화원이라도 된다는 말인가? 그리고, 뭐? 고민? 노인복지실천가? 아침부터 나를 웃게 만드네. 원장 생각이 저 따위니 장삿속으로 요양원을 운영하는 모습이 뻔히 보이지. 애들한테서 카네이션 받아야 하는 날에 개념 없는 원장 말을 들으니 기분이 영 꿀꿀하네. 집에서 가깝다는 이유 하나만으로 여기서 일하고 있는데 아무래도 다른 곳을 옮겨야 할 모양이다. 주간 근무 번 오 선생이 오전 기저귀 케어 준비차 물품실로 들어가면서 혀를 끌끌 찼다.

* * *

아침 조회를 마친 한 원장이 좁디좁은 원장실로 돌아와서 컴퓨터를 막켜는 순간에 김미현 사무국장이 노크도 없이 쓱 들어와서 급히 묻는다.

"오늘 오후 어버이날 행사에 쓸 음식과 선물을 미처 정하지 못했는데 어떡하죠?"

"작년에는 어떻게 했죠?"

한 원장이 짜증 섞인 목소리로 반문을 했다.

"작년에는요, 저기, 바나나 하고 딸기하고, 그…… 아! 귤 준비했어요. 글구, 음료는 토마토 주스로 했구요, 아참! 케이크도 큰 걸로 세 개, 일 층에 있는 파리 바게뜨에서 맞췄구요."

김 국장이 떠듬떠듬 대답을 이어갔다.

"선물은 뭐였죠?"

"원장님도 참, 춘추용 내복이었잖아요?"

"그랬나요? 내가 요즘 정신이 없어서 가끔 깜빡깜빡하네요. 음식은 작년에 했던 대로 하세요. 아니지, 케이크는 요즘 모형으로 많이 한 대요. 찬 거 먹으면 배탈이 나니까 그러나 봐요. 이 근처 어디에서 살 수 있으니까 그걸로 얼른 준비하세요. 글구, 선물은 남자는 양말, 여자는 버선이 좋겠네요. 그것도 비싸지 않은 걸로 준비하세요. 요즘 우리 요양원 사정이 어려운 거 잘 아시죠?"

"네, 원장님, 그리구요, 요즘에는 다들 생화로 된 카네이션을 달아 드린 대요."

"에이, 남 하는 대로 다 우리가 따라갈 수 있나요?, 글구 무엇보다 지금 우리 시설 상황이 여의치 못합니다. 선물보다는 어르신들한테 따뜻한 마음을 전하는 데 신경 씁시다."

원장의 한결같은 도돌이표 식 운영 상황 타령에 김 국장이 입을 다물고 말았다.

모형 케이크? 배탈? 웃기고 있네. 계속 써 먹으려는 속셈인 줄 누가 모를까 봐? 나 참, 말이 안 나오네. 이러다가 내년에는 과일도 모형으로 한다고 하겠구먼. 그리고 뭐? 따뜻한 마음? 지나가던 개가 웃겠다. 김 국장이 원장실을 나오면서 비아냥거렸다.

김 국장이 자신을 비웃고 있는지 모르는 한 원장은 컴퓨터로 몇 가지 사무를 마치자마자 늘 하던 대로 연꽃방에서부터 아침 순회를 시작하여 마지막으로 기분 할머니가 계시는 4인실용 소망 방에 들어섰다.

"어르신들 편히 주무셨어요? 오늘은 기분이 어떠세요?"

원장 특유의 하이 톤 식 인사를 건넸지만 그 말을 알아듣고 대꾸를 할 수 있을 정도로 정신이 있는 노인은 기분 할머니뿐이다.

"아휴, 오늘이라고 특별한 게 있나요. 늘 그렇지 뭐. 어지럽고, 여기저기 붓고, 이러다가 오래 못 살 것 같아요."

기분 할머니가 혼잣말처럼 맥없이 대답을 했다. 저 노인네가 이제야 죽을 때를 알아 가는구먼. 그렇게 시도 때도 없이 약 타령 병원 타령을 해 가면서 우리를 귀찮게 하더니. 그나저나 저 늙은이마저 죽어 나가면

최후 방어선인 스물다섯 명대로 입소자가 줄어드는데 어떡하지? 한 원장이 풀이 죽어 있는 기분 할머니를 위로할 생각보다는 입소 노인이 줄어드는 걱정부터 앞세웠다.

"어디 사람이 그렇게 쉽게 가나요? 요 며칠 잠을 잘 못 주무셔서 입맛이 없고 기운도 떨어져서 그럴 거니까 너무 걱정하지 마세요. 아! 그리고 오늘 오전에 목욕이 있으니까 따뜻하게 씻고 나면 몸이 한결 나아지실 거예요."

한 원장이 일부러 상냥한 말투로 기분 할머니의 마음을 달래주는 말을 하고는 있었지만 머릿속은 딴생각들이 자리를 잡고 있었다.

"감사합니다. 그러고 보니 오늘 원장님이 되게 이쁘네요. 새로 시집가도 되겠네. 바깥양반이 조심해야겠어요."

기분 할머니가 한 원장 듣기 좋으라고 잘 안 하는 칭찬을 날렸다. 이게 다 아들 면회 때문에 원장한테 부탁할 것이 많기 때문이었다.

"시집? 하하! 그러면 저도 좋겠네요."

한 원장이 크게 웃는 것을 보면서 "감사합니다! 죄송합니다!" 라는 말을 입에 달고 살면서도 이것저것 귀찮은 심부름을 제일 많이 시켜 별명이 '감사죄송'인 기분 할머니답게 방을 나서려는 한 원장을 붙잡았다.

"저, 죄송합니다만, 원장님, 오늘 우리 아들이 면회를 오는지 혹시 알고 있나요? 모르시면 전화 좀 해서 알아봐 주시면 안 될까요?"

기분 할머니가 역시 '죄송' 자를 앞에 세우고 원장에게 부탁 반 질문 반인 말을 조심스럽게 건네면서 원장의 눈치를 살폈다.

"저도 아직 아는 것은 없구요. 아직까지도 미리 코로나 검사를 받고 또 이상이 없다는 결과까지 나온 다음에 예약을 하고 면회를 할 수 있어요. 근데 그게 좀 복잡하고 시간도 걸려서 아드님이 오늘 면회를 올 수 있을지 잘 모르겠네요. 제가 바쁜 일이 끝나면 아드님한테 전화해 볼게요."

아들이 오늘 면회를 오지 않는다는 것을 뻔히 알고 있으면서도 한 원장이 진즉이 방역 규정이 해제된 코로나 핑계를 대면서 능청스럽게 거짓말을 늘어놓았다.

"아이고, 그렇게만 해 주시면 감사하죠. 그럼 원장님만 믿고 기다리고 있겠습니다."

기분 할머니의 약간 들뜬 대답을 들으면서 한 원장은 문득 기분 할머니의 며느리가 어렵게, 어렵게 할머니의 핸드폰을 빼앗은 기억을 떠올렸다. 핸드폰을 무슨 신줏단지 모시듯 하면서 밤낮을 가리지 않고 아들한테 전화를 해 대는 바람에 아들이 도저히 견딜 수가 없어서 아내한테 부탁하여 수차례의 시도 끝에 간신히 그 골칫덩어리를 회수한 지가 육 개월쯤 되었나 보다. 지금까지도 저 할머니가 핸드폰을 가지고 있었더라면 아마 그 아들 내미는 저 할머니 전화 등쌀에 견디지 못했을 걸? 한 원장은 그런 기분 할머니를 무슨 괴물처럼 바라보면서도.

"네, 어르신, 오늘도 좋은 하루되세요. 아참! 오늘 어버이날 행사에 꼭 나오시구요."

또 가식적인 인사를 건네고 소망 방을 빠져나왔다.

노인들이 일상적으로 활동하는 거실에서는 규철 할아버지가 휠체어에 탄 채 보는 사람이 어지러울 정도로 쉴 새 없이, 마치 애들이 사정없이 내리쳐 팽이가 빠르게 돌아가듯이, 뱅뱅돌이를 하고 있었다. 한 원장은 그러는 규철 할아버지를 물끄러미 바라보다 한숨을 푹푹 내쉬면서 원장실로 향했다.

* * *

"잠 좀 잤어?"

김기분 할머니의 외아들인 병준 씨가 새벽이 되어서야 집에 들어갔다가 점심 장사를 위해 오전 열 시가 채 안 된 시간에 다시 24시 콩나물 국밥집에 출근하는 아내를 향해 조심스럽게 인사를 건넸다.

병준 씨 부부가 기분 할머니로부터 물려받은 칼국수 집을 빚을 내서 확장을 하고 내부 수리까지 마친 후에 야심차게 24시간 대형 콩나물 국밥집을 개업한 지가 어느덧 오 년이 넘었다. 개업 초기에는 그럭저럭 장사가 잘되었다. 하지만, 점점 경쟁업소가 주위에 생기기 시작하면서 어려워지더니, 엎친 데 덮친 격으로 코로나라는 태풍이 몰려와 날벼락을 맞았고, 그것이 물러간 뒤에도 장사 형편이 나아지지 않아 이제는 생활고를 겪는 처지에까지 내몰렸다. 더구나 애들 둘 중 작은 아들은 몇 년째 공무원 시험에 매달리고 있어 아직도 부모에게 의존을 하고 있고, 서울에 있는 큰아들도 무슨 일을 하는지 말을 하지 않는 걸로 봐서는 아직도 자리를 잡지 못하고 있는 것 같다.

이렇게 권리금도 못 챙길 형편으로 장사가 기울었지만, 그렇다고 개업시에 들어간 거액의 투자 금액이 너무 부담스럽고 언젠가는 회생할 수도 있다는 가느다란 희망을 아직도 버리지 못해서 손해를 보면서도 장사를 계속하고 있다. 다만, 비용을 어떻게든 줄이기 위해서 새벽 시간대 알바 직원만 남겨 두고 나머지 직원들은 모두 내보낸 후에 병준 씨마저 야간 장사를 아내에게 맡기다시피 하고 택배 알바를 뛰다가 교통사고를 당했다. 설상가상으로 보험 처리가 제대로 되지 않아 치료비만 겨우 보상받고 다리에 깁스를 한 채 단체 손님용 별실에 기거하면서 카운터나 보는 신세로 전락한 지가 두 달이 넘어가고 있다.

"당신은? 뭐 좀 먹었어?"

아내가 부석해진 얼굴을 손으로 쓰다듬으며 목발에 의지하여 어색한 자세로 서 있는 병준 씨에게 무심한 말투로 대답 겸 질문을 던지자 병준 씨가 속으로 뜨끔했다. 아내가 그렇게 마시지 말라는 소주를 아내가 집에 간 틈을 타서 몰래 마셨기 때문이었다. 사실 요즘 병준 씨에게는 술이 낙이다. 아니, 그보다는 술이 유일한 탈출구라는 말이 맞을 것이다. 그만큼 병준 씨는 힘겨운 나날을 보내고 있다. 병준 씨 아내도 그런 마음을 잘 알고 있기 때문에 가급적 싫은 내색을 하지 않고 술만 마시지 말라고 잔소리를 하고 있지만, 자기 몰래 마신다는 것을 잘 알고 있다. 다만 모르는 체하고 있을 뿐이었다.

"어, 국에 말아서 좀 먹었어. 좀 더 쉬다 나오지 그랬어? 오늘은 어버이날이라서 손님이 더 없을 거 아니야? 오늘 같은 날에 어느 누가 부모 모시고 콩나물 국밥집에 오겠냐고."

병준 씨가 혹시 술 냄새가 날까 봐 손바닥으로 입을 감싸면서 걱정인지 신세타령인지 구분하기 힘든 말을 늘어놓았다.

"손님 없다고 장사 안 하나?"

아내가 퉁명스럽게 대답을 하고 주방에 휙 들어가 버렸다. 이내 달그락달그락하는 소리가 나기 시작했다.

"어이, 어이, 오늘 어버이날인데 어머니는 어떡하지?"

병준 씨가 절뚝거리며 별실로 들어가면서 주방을 향해 큰 소리로 물었다.

"어이? 내 말 안 들려?"

병준 씨가 더 크게 묻자 그제야 아내가 주방 입구로 나와 젖은 손을 앞치마로 닦으며 짜증스럽게 대꾸한다.

"아니, 뭘 어떡하긴 어떡해? 당신 몸이 저런데."

"당신이 잠깐만 시간 내면 안 될까?"

"장사 접고 나 혼자 다녀오라고? 그러면 손해가 얼만데?"

"그렇게라도 하는 것이 도리라는 생각이 들어서……."

병준 씨가 아내의 눈길을 피하며 말끝을 흐리자 이내 날카로운 대답이 날아왔다.

"나 혼자 가면 이상하게 생각하실 거 아녀? 당신이 교통사고 당했다는 말 외에 둘러 붙일 재주가 나한테는 없어. 당신도 뾰족한 말이 안 떠오를 걸? 아마 당신 다쳐서 이러고 있는 걸 아시면 기절하실 거야. 아무래도 오늘은 형편이 안 닿을 것 같아."

"알지, 내가 어머니 성품을 왜 모르겠어. 잘 알면서도 하도 속이 답답해서 한번 해 보는 말이야. 사실 어제 원장한테 못 간다고 전화했어. 지금 내가 판단이 안 서는 것은 요양원에 부탁을 해서 어머니와 화상통화를 하면서 못 간다는 말씀을 드려야 할지. 아니면 뭐라도 사 가지고 가서 입구에서 전하고 올지. 그것도 아니면 모르는 체하고 그냥 넘어가야 할지 판단이 안 서서 하는 말이야."

"어제 전화까지 한 사람이 날 떠보려고 물어본 거야? 당신도 참 한심하다. ……. 그냥 어떻게 넘어가. 어머니 성미에 전화라도 없으면 아마 말라 죽으실걸? 지금 하면 너무 빠르니까 오후 적당한 시간에 전화하는 게 좋겠는데?"

아내가 이번에는 다소 누그러진 말투로 자신의 생각을 전했다.

"그렇게 할까?"

병준 씨가 힘없이 대답을 하고 별실로 절룩절룩 걸어가는 뒷모습을 바라보면서 아내가 난데없는 말을 던졌다.

"벌써 육 년째야, 육 년째, 당신이나 나나 할 만큼 했어. 돈 얘기는 꺼낼수록 내가 나쁜 사람이 돼 가는 것 같아서 더 이상 안 하려고 하는데 일년에 꼬박꼬박 천만 원 이상, 그거 육 년이면 얼마냐고? 자식 많은 집은 나눠서라도 내지. 우리는 완전 독박이야, 독박."

"그럼, 돌아가시라고 고사라도 지내자는 거야? 뭐야?"

병준 씨가 휙 돌아서서 아내를 향해 쏘아붙였다.

"나도 답답해서 하는 말이야. 몸도 성치 않은 당신이 어머니 때문에 너무 마음을 쓰는 것 같아서 짜증도 좀 나고. 당신, 서운하고 힘들겠지만 오늘만이라도 어머니를 좀 놓아 드리고 당신 몸에나 신경을 써."

"면회 안 가는 것이 놓아 드리는 건가?"

"그렇게 마음이 불편하면 택시 불러서 다녀오든가. 단, 뒷일은 책임 못지니까 그렇게 알고."

병준 씨는 아내의 말에 즉답을 피했다. 면회 한 번 가는 게 별거야? 그런데 우리는 그럴 처지도 못 되는구나. 속으로 중얼거리며 걸음을 옮기다. 다시 멈춰 서서 아내에게 부탁하듯 말을 건넸다.

"어이, 아무리 그래도 어머니 모시는 돈 이야기는 하지 맙시다. 한다고 해서 무슨 뾰족한 답이 나오는 것도 아니잖아? 얼마 안 남으신 것 같은데 나중에 후회할 말들은 가급적 만들지 말자고."

"돈이 효자를 만들기도 하지만 불효자도 만들어. 우리 형편이 하도 딱해서 나도 모르게 한마디 했으니까 너무 서운하게는 생각하지 마."

아내가 이번에는 한결 부드럽게 나왔다.

"알았어."

짧게 대답하고, 병준 씨는 난방이 끊겨 썰렁해진 별실에 힘겹게 들어와서 바닥에 벌러덩 누워 눈을 감아 버렸다. 나이 육십이면 뭔가를 이뤘어야 하는 나이인데, 이 꼴이 뭔가. 장사도, 돈도, 애들도……. 어머니는 저러고 계시고, 아, 우리 어머니, 참 여장부이셨는데, 거칠 것이 없었고, 당할 자도 없었지. 또, 나를 얼마나 귀하게 키우셨나. 그런 어머니가 저렇게 되실지 누가 알았겠나. 오늘 같은 날, 날씨도 화창하고 따뜻한데 어머니 가슴에 카네이션 한 송이 달아 드리고 어디 근사한 갈빗집에 가서 온 식구가 오순도순 식사라도 하면 얼마나 좋을까. 어머니, 어머니, 평생 시장에서 장사하느라 온천 한 번 못 가 보신 우리 어머니, 죄송하네요. 병준 씨가 흰 실줄 같은 것들이 눈 안에서 이러저리 흐트러지는 것 같아 눈을 꿈쩍거리며 탄식조로 넋두리를 늘어놓기 시작하자 자기도 모르게 눈물이 글썽거리기 시작했다. 그렇지, 이런 때는 술이 최고지. 어렵게 몸을 일으켜 세워 벽에 세워 둔 식탁 뒤쪽에 숨겨 놓은 술병과 안주용 멸치 봉투를 꺼내 들었다. 이어서 버릇처럼 문을 살짝 열고 아내가 어디 있는지 조심스럽게 살핀 다음에 소주를 물컵에 가득 따라서 순식간에 들이키니 짜르르하는 느낌이 위 속에 전해졌다. 이거 해장이야, 낮술이야, 애매하네. 하지만 진하게 올라오는구먼. 빈속에 급히 들어간 술이 병준 씨의 머릿속에서 맴돌고 있던 온갖 상념들을 마비시키기 시작하자 씹고 있던 멸치 대가리를 탁 뱉어 버리고 방바닥에 모로 누운 채로 다시 눈을 감아 버렸다.

* * *

"어머! 뼈만 남으셨네요? 그래도 연세에 비해 살결은 좋으세요."

뿌연 김으로 감싸여 얼굴조차 분간하기 어려운 사랑열매 요양원 목욕탕에서 요양보호사 차 선생이 기분 할머니의 바짝 마른 몸에 비누칠을 하면서 호들갑스럽게 말을 걸었다.

"아휴 이 나이에 살결은 무슨. 각질이 많이 생겨서 그런지 여기저기 가려워서 죽을 지경이니까 빡빡 좀 밀어 주세요."

"저희가 다 알아서 해 드릴게요."

기분 할머니가 차 선생에게 주문을 해 보지만 어린아이 목욕시키듯 감질이 날 정도로 살살 문지르다 온수만 계속 쏟아 부울 뿐 할머니가 원하는 때수건을 사용할 기미는 보이지 않았다.

"어르신 다 되셨어요."

차 선생과 함께 목욕을 돕고 있던 조 선생이 기분 할머니의 머리를 말렸던 헤어드라이기를 치우면서 목욕이 끝났음을 알렸다.

"벌써요?"

기분 할머니가 건네받은 손거울로 자신의 얼굴을 꼼꼼히 살피면서 불만족스러운 목소리로 물었다.

"목욕 너무 오래하면 되레 건강에 해로워요."

조 선생이 기분 할머니의 등을 살살 두드리면서 달래듯이 대답을 했다.

"그러지 말고 저기 걸린 기다란 때수건으로 살살이라도 좋으니 밀어줘봐요."

"어르신은 피부가 약해서 때수건을 쓰면 오히려 해로워요, 저희가 손바닥으로 충분히 문질러 드렸으니까 방에 들어가시면 시원해질 거예요."

"그래도 그렇지. 영 개운한 느낌이 없네요. 죄송하지만 어떻게 조금만 더 안 될까요?"

"선생님들! 기분 어르신 모셔 주세요!"

'죄송'자를 앞세운 기분 할머니의 부탁을 무시한 차 선생의 호출이 떨어지기가 무섭게 밖에서 대기하고 있던 두 명의 요양보호사가 할머니를 소망 방으로 모시기 위해 목욕탕으로 들어왔다.

"기분 어르신 몸 봤지? 살은 거의 없고 완전 뼈만 있어, 뼈만. 저러고도 사는 거 보면 목숨이 참 질기기도 하다. 그나저나 저 어르신 오늘 아들

면회 안 오면 큰일인데. 또 쓰러지면 우리 일만 늘어나잖아?"

목욕 서비스를 모두 마치고 목욕탕 청소까지 마쳤지만 아직도 얼굴이 발그레한 차 선생이 요양원에서 제공한 간식을 집어 들면서 앞에 앉아 있는 조 선생을 향해 한마디 던졌다.

"폐암 말기라잖아. 그래서 언제 피 토할지 몰라서 원장이 시키는 대로 목욕도 살살 하는 거고."

"폐암이 그래? 피까지 토하다니 끔찍하다."

"내가 직접 봤잖여. 암 뿐만 아니라 이것저것이 겹쳐서 그렇대. 한마디 로 종합병원인 거지 뭐. 그날 돌아가시는 줄 알았는데 살아나는 걸 보면 용하기는 하더라."

만삭의 임신부를 떠올리게 할 정도로 배에 살이 오를 대로 오른 조 선 생이 초코파이를 입에 넣으면서 살짝 웃었다.

"맞어, 오히려 마른 장작일 수도 있어. 눈빛까지 살아 있는 걸 보면 생 각보다 오래갈 수도 있을 것 같고. 암튼 내 근무시간에 기분 어르신이 피 토하는 일이 안 일어나야 할 텐데 걱정이다 야. 일을 나와도 집에를 가도 폭탄이 터지니 내 팔자도 참."

"폭탄이라니?"

"요양원은 일 폭탄, 집에서는 낭군님 폭탄."

"쿡! 재밌다. 그래도 차 선생은 집에 폭탄이라도 있으니까 사는 맛이 나겠다. 나한테 터질 거라고는 시린 이 가슴밖에 없다."

조 선생이 우람한 몸매에 걸맞게 충분히 튀어나온 가슴을 두드리며 씁 쓸하게 웃었다.

"조 선생도 일종의 골드 미스 아닌가?"

"그러면 얼마나 좋겠어? 별 볼 일 없는 늙고 뚱뚱한 과부라서 그런지 지금 같은 늦봄에도 옆구리가 시려. 더 늙고 병들면 이런데 들어와야 할 텐데 그전에 날 품어 줄 멋진 영감이 안 나타날까?"

이번에는 조 선생이 비타민 음료 빈 병을 매만지면서 크게 웃었다.

"조 선생 좋아하는 잘생긴 영감이 옆에 있잖여?"

"누구?"

"희망 방에 계시는 재관 어르신."

"뭐라고? 일루 와!"

"후후! 속으로는 좋은 거 아녀?"

차 선생이 조 선생의 삿대질을 피하면서 한마디를 더 날렸다.

"그 어르신보다는 차 선생이 더 매력 있어 보이니까 나중에 우리 같은 요양원에 들어가서 살다가 죽을까?"

"하하! 그럴까? 그 대신 오늘 기분 어르신 케어는 조 선생이 하는 걸로."

"콜!"

* * *

목욕도 처삼촌 벌초하듯이 허네. 영 개운한 맛이 없어. 그나저나 오늘 목욕하면 다음 주 오늘이나 할 텐데 그 전에 죽으면 어떡하나. 죽으면 목욕도 안 시키고 수건으로 얼굴하고 손발이나 쓱쓱 문지르고 말던데. 기분 할머니는 휴지를 돌돌 말아 귓속에 들어간 물을 빼내면서 또 혼자 죽는 타령을 늘어놓기 시작했다.

그것도 목욕이라고 들어오니까 졸리네. 기분 할머니는 나른해져 설핏 잠이 들어 꿈을 꿨다. 어렸을 때 돌아가셔서 얼굴이 잘 떠오르지도, 생각 나지도 않는 친정어머니가 무슨 항아리 같은 것을 머리에 이고 어디론가 가고 있는데 아무리 따라가려고 해도 거리가 가까워지지 않아 할 수 없이 주저앉아 소리만 치는 꿈이었다. 잠에서 깬 후에 기분 할머니는 어리둥절하여 주위를 살피다가 이내 이곳이 요양원이라는 현실을 실감했다. 목욕이라기보다는 샤워를 했다는 표현이 적합하겠지만 어쨌든 더운 물이 몸에 뿌려져서 그런지 잠을 자고 나서도 나른함이 가시지 않았다. 그래서 어지간하면 하지 않던 침상 식사를 그것도 고양이 식사를 했지만 속이 더부룩하고 어지럼증이 사라지지 않아 천장을 향해 뽀뽀하는 입 모양새로 심호흡만 연신하면서 조금 전에 꾼 꿈을 기억해 내기 시작했다.

참 이상하지? 죽을 꿈이라면 친정어머니보다는 애들 아버지가 나타나는 게 맞는 거 아닌가? 그리고 그 항아리 같은 것은 뭘까? 기분 할머니는 길몽인지 흉몽인지 헷갈리는 꿈을 해몽하기에 바빴다.

"김기분 어르신, 어버이날 행사가 있으니까 어서 나오세요!"

요양보호사 조 선생이 침대에 누운 채 해몽하기에 바쁜 기분 할머니를 가볍게 토닥거리면서 재촉을 했다.

"오늘 목욕을 해서 그런지 어지러워서 못 나가겠네요. 속도 안 좋고."

"그렇다고 누워만 계시면 더 몸이 처져요. 얼른 나오세요."

조 선생이 물러나지 않고 채근을 하는 이유는 할머니가 나오지 않으면 한 원장한테 싫은 소리를 듣기 때문이다.

"알았어요, 정신 좀 차리고 나갈게요."

기분 할머니가 마지못해 승낙을 했다. 오늘 같은 행사에 불참을 하면 원장과 국장은 물론이고, 요양보호사들한테도 찍힌다는 것을 기분 할머니도 잘 알고 있다. 그래서 천근만근 같은 몸을 간신히 추슬러 나갈 채비를 했다.

"기분 어르신 이쪽으로 오세요."

어느새 화사한 한복으로 갈아입은 한 원장이 인사를 건네면서 기분 할머니가 타고 있는 휠체어를 뒤에서 살짝 밀어 알록달록한 풍선들이 줄줄이 매달린 복도 바로 옆 거실에 마련된 행사 테이블 중앙에 고정을 시켰다.

"어르신들 오늘이 무슨 날인지 다들 아시죠? 바로 어버이날입니다. 오늘같이 좋은 날에 건강하시면서도 밝은 표정을 하고 계시는 어르신들을 뵈니 가슴이 뿌듯합니다. 저희 사랑열매 요양원은 저를 비롯한 온 직원이 어르신들을 부모님처럼 모시려고 노력하고 있어요. 다들 알고 계시죠? 하하! 그래서 오늘 푸짐한 음식과 선물을 준비했으니 맘껏 즐겨 주세요. 어르신들! 사랑합니다!"

한 원장이 특유의 하이 톤으로 하트 인사를 마치자 바로 직원들이 '나실 제 괴로움 다 잊으시고~'으로 시작하는 어버이날 고정 레퍼토리 노래를 부르는가 싶더니, 이내 딸기, 바나나, 귤, 그리고 무슨 빵 같은 것들이 담긴 은박지 접시와 토마토 주스가 담긴 종이컵이 기분 할머니 앞으로 배달되었다.

기분 할머니는 앞에 놓인 딸기 한 조각을 무슨 약을 먹듯 조심스럽게 입에 넣으면서 테이블 중앙에 놓인 케이크에 눈길을 주었다. 시원 달콤한 저거 한 조각 먹으면 속이 잠시나마 개운해지는 맛은 있을 것 같았다.

"선생님, 케이크 커팅인가 뭔가 하는 것은 언제 해요?"

뒤에서 분주히 움직이고 있는 조 선생에게 조심스럽게 물었다.

"아, 저거요? 모형이래요, 모형. 소화가 잘 안 되는 것들로 만들어진 실제 케이크가 어르신들한테는 안 좋다고 해서 원장님이 올해부터는 저걸로 준비하라고 하셨대요."

조 선생의 즉답이 날아 왔다. 고양이 쥐 생각허네, 돈 아끼려고 하는 거 누가 모를까 봐? 수십 년 장사 경력의 기분 할머니가 한 원장의 이런 잔재주를 놓칠 리가 없었다.

모형 케이크 때문에 입맛도 흥미도 잃은 기분 할머니가 휠체어를 뒤로 슬슬 뺀 다음에, 김 국장과 뭔가 이야기를 나누고 있는 한 원장에게 다가가 넌지시 물었다.

"원장님 죄송한데요. 우리 아들한테 연락 온 거 없나요?"

"네에, 어르신, 제가 아까도 전화를 해 봤는데 안 받더라고요."

한 원장이 또 능청스럽게 거짓말을 늘어놓았다.

"나중에라도 연락이 올 수도 있으니 좀 더 기다려 보죠, 뭐. 아쉽게 안 오더라도 오늘만 날이 아니잖아요? 저도 어르신과 같은 심정입니다. 그러니 우리 느긋하게 맘먹고 기다려 봅시다. 기분 어르신! 됐죠?"

한 원장이 기분 할머니의 팔뚝을 살살 두드리면서 타이르듯이 말을 이었다.

"헐 수 없죠, 뭐. 원장님 감사합니다. 저는 어지러워서 그만 들어갈게요."

'감사죄송' 별명답게 '감사' 자를 빼놓지 않고 인사를 마친 후에 힘없이 소망 방으로 향하는 기분 할머니 뒷모습을 향해 원장이 소리쳤다.

"아, 맞다! 기분 어르신, 어버이날 선물로 이쁜 버선 준비했으니 이따가 갖다 드릴게요."

"감사합니다."

오늘 우리 아들 병준이 얼굴 보기는 틀려 버렸네. 눈치 빠른 기분 할머니가 오늘 돌아가는 요양원 분위기와 한 원장의 말을 되새기면서 나름대로 결론을 내렸다.

소망 방 벽면에 크게 걸린 벽시계는 어느새 오후 세 시 오십 분을 가리키고 있었다. 사랑열매 요양원의 저녁 식사는 오후 다섯 시에 시작된다. 해가 길어진 오월의 다섯 시면 저녁이라기보다는 간식 시간이라는 표현이 더 적합하겠지만, 직원들 근무 교대 편의상 그렇게 하고 있고, 노인들은 다음 날 아침 식사 시간인 오전 일곱 시까지 무려 열네 시간을 아무것도 못 먹고 기다려야 한다. 뭐? 노인을 부모님처럼 모신다면서 식사 시간을 이 따위로 맞추나? 새삼스러울 것도 없는 저녁 시간을 가지고 기분 할머니는 벽시계를 바라보면서 난데없는 화풀이를 했다. 아들 면회 때문에 짜증이 머리끝까지 올라왔기 때문이었다.

"아까 딸기 몇 조각 먹었더니 속이 더 안 좋아져서 그러니 저녁에는 침상으로도 가져오지 마세요."

검정 바탕에 빨간 줄무늬가 새겨진 버선을 건네주는 조 선생에게 힘없이 부탁을 하고 기분 할머니는 자리에 누워 버렸다.

애들한테 무슨 일이 있나? 면회가 안 되면 가끔 하던 식으로 현관에서 뭐라도 전해 주고 갈 텐데. 기분 할머니는 요즘 화두가 되어 버린 아들 생각의 끈을 놓지 않고 뒤척이다 어느새 또 잠이 들어 버렸다.

* * *

"원장님 안녕하세요? 김기분 어르신 보호자입니다. 오늘 원장님 시간 되실 때 어머니와 화상 통화 부탁드립니다. 감사합니다!"

김기분 할머니의 아들인 병준 씨가 오후 늦게 한 원장한테 문자 메시지를 보내고 나서 별실 바닥에 누운 채 손흥민 골 장면을 반복해서 보여

김기분의 어버이날

주는 TV 프로에 눈길을 주다가 혹시 손님이 들어오나 밖의 동정도 살피고 있었다. 하지만 점심때 손님 서너 명만 먹고 간 뒤에는 홀에 정적만 감돌고 있었다. 어느 노랫말처럼 언젠가는 정말 좋은 날이 올까? 아니면, 손실이 더 커지기 전에 장사를 접고 다른 것을 해야 하나? 병준 씨의 생각이 복잡해져 다시 소주 생각이 간절해질 때 한 원장으로부터 전화가 걸려 왔다.

"기분 어르신! 아드님이 화상 전화했어요. 얼굴 요렇게, 네, 그렇게 하시고, 크게 말씀하세요."

한 원장의 목소리가 들리면서 기분 할머니의 얼굴이 병준 씨의 휴대폰에 어색한 모습으로 나타났다.

"어머니, 접니다. 몸은 좀 어떠세요?"

"병준이냐? 난 괜찮다. 식구들은 모다 편하고?"

"네, 어머니."

"장사는 요즘도 어렵지?"

"그만해요. 그래도 점차 나아지고 있으니까 너무 걱정하지 마세요."

그렇게 병준 씨는 차분한 목소리로, 기분 할머니는 행여나 아들이 듣지 못할까 봐 큰 목소리로 휴대폰 화면을 통해 대화를 나누었다.

"그래, 애비 너, 몸은 어떠냐? 너도 이제 나이가 있으니 몸 함부로 굴리면 안 된다."

"걱정 마세요, 어머니. 알아서 잘 챙기고 있어요."

그렇게 말을 하면서도, 깁스한 다리가 눈에 들어오자 갑자기 가슴에서 설움이 북받쳐 올라 울컥 눈물이 쏟아지려는 것을 간신히 참고 말을 이어갔다.

"어머니 오늘 면회 못 가서 죄송해요. 갑자기 피치 못할 사정이 생겨버렸어요."

"저런, 아주 안 좋은 일이냐?"

"그런 것은 아니니까 걱정하지 마세요."

"그렇다면 다행이다. 이렇게 전화로 얼굴을 봤으니 됐다. 그러니 너무 마음 쓰지 말거라."

기분 할머니는 아들을 편하게 해 주기 위해 마음에도 없는 말을 했다.

"네, 어머니, 면회는 당장은 어려울 것 같고요. 한 열흘쯤 후에 찾아뵐게요."

병준 씨가 일주일 후쯤이면 깁스를 풀 수 있을 것으로 가늠하고 말을 이었다.

"그래, 고맙다."

"참, 집사람이 지금 주방에 있어서 인사 못 드려요. 나중에 전화드리라고 할게요."

"준호 엄마한테도 안부 전해라."

"네, 어머니, 그럼 들어가세요."

"애비, 너, 정말 아무 일 없는 거지?"

"없으니까 걱정 마시고 편히 계세요. 진지 잘 챙겨 드시고요."

"애비 말만 믿으마. 그만 끊자. 원장님 전화 여있어요. 감사합니다."

기분 할머니가 휴대폰을 한 원장에게 넘기면서 인사말까지 잊지 않는 것을 확인하고 병준 씨가 전화를 끊었다. 어머니와 통화를 마치자 병준 씨 가슴이 휑해지는 것 같았다. 그 기분을 달래기 위해 가게 앞에 마련된 간이 의자에 앉아 잘 안 피우는 담배를 꺼내 입에 물고 있는데 바로 옆에서 삼겹살집을 하고 있는 정 사장이 다가와서 말을 건넸다.

"오늘 장사 어때? 엄니 면회도 못 갔지?"

"몰라서 물어? 완전 꽝이고, 어머니하고 화상 통화만 했더니 기분도 찜찜하네. 거기는?"

"점심에 누가 고기 먹나. 찌개 손님만 대여섯 명? 저녁에도 보나 마나 뻔할 거야."

"미리부터 초치기는…… 조상 삼대가 악덕을 쌓아야 음식 장사하는 후손이 나온다는데 당신이나 나나 족보부터 파 봐야겠다."

병준 씨가 후후 웃으며 농담을 던졌다.

"조상 탓을 하면 욕먹어요, 욕. 그렇다고 해서 세상이 바뀌나. 우리가 건물주가 되나."

정 사장 응수에 병준 씨가 바로 되받는다.

"이 놈의 세상 확 뒤집어져야지. 이러다가 우리 같은 자영업자들 다 죽는 거 아녀? 까딱 하면 노숙자 되는 거 아니냐고? 우리 바로 밑의 층이 노숙자라고, 알어? 멀리 있는 것이 아니라니까. 아이고, 이 개 같은 세상 확! 그냥!"

갑자기 목소리를 높이는 병준 씨를 정 사장이 빤히 바라보며 혀를 찬다.

"내 걱정까지 하고 있네. 그리고, 어이! 콩나물 사장님, 언제부터 과격분자가 돼 버렸나요? 조상 탓에 세상 탓까지, 볼 만하네."

"정 사장은 천하태평이네."

병준 씨의 퉁명스러운 대꾸에도 정 사장이 정색을 하며 묻는다.

"이게 다 우리가 공덕을 쌓지 않아서 그런 거야. 어이, 콩나물. 이번 부처님 오신 날에 우리 성주사에 가서 납작 한번 엎드려 볼까?"

"주지가 쌍둥이를 낳았다는 그 절에 가서?"

"구더기 무서워서 장 못 담그나? 한 번 가 보자고."

"거기 가서 장사 잘되게 해 달라고 빌자고?"

"그런 거보다는 마음에 때를 벗겨 달라고 기원하는 거지. 당신은 국밥 때 나는 고기 때, 수시로 청소를 해 줘야지 안 그러면 될 일도 안 돼."

"그렇게 해도 장사가 안 되면 책임질 건가?"

"어허! 콩나물이 의외로 많이 꼬였네. 진인사대천명이라는 말 몰라? 암튼 갈 겨, 안 갈 겨?"

"알았어, 봐서."

정 사장이 가게에 들어간 뒤에 우두커니 자리에 앉아 있는 병준 씨의 머리에 오월의 햇살이 사정없이 내리꽂혔다.

* * *

"어르신 오늘 힘드셨죠? 오늘이 젤 힘들었으니까 내일은 덜 그럴 것이고, 모레는 더, 더, 한마디로 내일 또 내일. 아셨죠?"

아침에 퇴근했다가 야근 때문에 다시 출근한 구 선생이 기분 할머니의 부은 발등을 매만지며 위로의 말을 던졌다.

"아이구, 감사합니다. 고만 내 발 만지세요, 노인네 살 자꾸 만지면 기 빠져나가요."

"저는 되레 기 받는데요? 이엠(EM) 다시 갖다 놨으니 쓰세요."

구 선생이 밝은 표정으로 인사를 하고 나갔다.

구 선생의 다정한 위로 인사에도 불구하고, 기분 할머니는 아들 면회 때문에 서운해진 마음을 다 씻어 내지 못하고 시선을 천장으로 향한 채 생각에 잠겼다. 어버이날 행사장에서 딸기 몇 조각만 먹고 저녁 식사는 건너뛰어서 그런지 속이 쓰려 눈을 찡그리면서도 생각은 자신의 처지로 향했다. ……. 그래, 그동안 내가 너무 애면글면했지. 그렇게 하지 않으면 과부 살림을 꾸리지 못했으니까. 하지만 이제는 늙고 병들어 언제 갈지 모르는데, 이렇게 안달복달하면서 살 필요가 있을까? 병준이나 구 선생 말처럼 다 내려놓고 하루하루 감사하게 살아가야 하는데 그런 마음이 어째서 머릿속을 차지하지 못하고 주변에서만 빙빙 돌까? 오늘 면회만 해도 그런 것 같다. 비록 두 달간 아들을 보지 못해 눈병이 날 지경이지만 병준이 말대로 한 열흘 후면 볼 수 있지 않은가? 그렇게 마음의 여유를 가지고 살아가야 하는데 사소한 것도 그냥저냥 넘기지 못하고 순간순간, 하루하루를 마치 남과 싸움을 하듯 사는 이 꼴이 무엇인가? 나도 젊었을 때는 남자 뺨치는 호랑이라는 소리도 들었는데, 이제는 내 마음조차 스스로 다스리지 못하는 토끼같이 힘없는 늙은이 신세가 되어 버렸으니 이게 다 내 업보인가 보다. 맞아, 아까 꾼 꿈에 나타난 친정어머니가 이고 가던 그 항아리가 바로 내 업보였나 보다. 결국, 이제는, 이쪽 세상에 남아 있기도, 저쪽 세상으로 놓인 다리를 건너가기도 힘이 들어 그 중간쯤에서 엉거주춤 서 있는 신세가 되어 버렸구나.

기분 할머니는 자신도 모르게 뺨에 흐르는 눈물을 손으로 닦아 내면서 천장을 향해 중얼거렸다.

　그렇게 기분 할머니가 한참을 신세타령을 하다 또 스르르 잠이 들었다. 잠결에 요란한 소리가 들려왔다. 또 무슨 사고라도 난 것일까? 잠에서 깬 기분 할머니가 벨을 누르니 구 선생이 바로 들어왔다.

　"조금 전에 밖에서 무슨 일이 있었어요?"

　"아, 그게요, 말씀드릴게요. 목련방 성철 어르신이 아까 딸과 화상 통화를 하고 뭔가 충격을 받았는지 갑자기 호흡곤란이 와서 119 불러서 병원에 모셨어요."

　구 선생이 기분 할머니 침대 난간을 붙잡고 속삭이듯 나직이 대답을 했다.

　"돌아가신 것은 아니고?"

　"그건 아니구요. 호흡곤란에 의식까지 없었으니 위험하기는 한데 병원에 가셨으니까 또 모르죠, 뭐."

　"그 할아버지 신수로 봐서는 금방 갈 양반은 아닌 것 같던데 오늘 면회가 없어서 마음이 많이 상했나?"

　"그래도 어르신만 했겠어요?"

　"내가 그렇게 보였어?"

　"네, 어르신. 그러니 이제부터라도 더 이상 저희가 신경 쓰지 않을 정도로 마음 편하게 지내세요."

　"나도 그러고는 싶은데 맘대로 안 돼. 그나저나 그 양반 별 일 없으면 좋겠네."

　"그러게요. 괜찮게 보이던 어르신들도 한순간에 그렇게 되는 것을 자주 봐서 그런지 잘 모르겠네요."

　구 선생이 자신 없는 말투로 말을 잇고 나서 밖으로 나가는 순간에 기분 할머니는 날카로운 창이 머리에 꽂히는 듯한 충격을 느꼈다. 한순간, 한순간이라. 살아오면서 숱하게 들어왔던 흔하디흔한 말이었지만 마치 처음 들은 것 같았다. 그런 충격을 강하게 받은 탓일까? 마치 깊은 잠에서 깨어나듯 방금 전까지 온몸을 휘감고 돌던 아들을 보고 싶은 마음이 이상하리만큼 개운하게 정리가 되는 것 같은 느낌과 함께 그동안의 고집스러웠던 삶의 태도를 용기 있게 바꿔 보겠다는 결심이 기분 할머니의 가슴속에서 솟구쳐 올랐다. 그러자, 구 선생이 말한 '그 내일'이 자연스럽게 떠올랐다. 그래, 그 내일, 아니, 내일만이라도, 요양원이라는 나의 삶의 터전이 밝은 모습으로 다가왔으면 좋겠다. 만약 그런 내일이 오지 않고, 오늘 밤에 저쪽 세상으로 건너가더라도 감사하게 받아들이고, 병준이를 비롯한 모든 세상 사람들에게 환하게 작별 인사를 할 수 있도록 해 달라고 돌아가신 친정어머니에게 빌어 보자.

그런 마음도 갑자기 들자 기분 할머니 자신도 놀랄 정도로 큰 목소리가 입 밖으로 튀어나왔다. 꼭 그랬으면 좋겠다! 그러면 참 감사하겠다!

저녁이 되어서도 까치들이 창밖에서 깍깍대고 있었지만 더 이상 기분 할머니 귀에 들려오지 않았다.

머슴과 주인

청명 한식이 지나가고 벌써 사월 중순에 접어드는데도 얼굴에 한기가 느껴지네. 하긴 춘래불사춘(春來不似春)이란 말도 있기는 하지. 만수는 이불로 얼굴을 감싸고 벽 쪽으로 돌아누워 속으로 중얼거리다 휴대폰을 집어 들어 시간을 확인했다. 정확히 새벽 네 시네. 가만있자. 내가 자다 깨다 하면서 도대체 몇 번째 시간을 확인하고 있는 거지? 이제부터는 더 이상 잠들 수 없을 것 같은데 어떻게 날을 새나? 만수는 하릴없이 손바닥으로 벽면을 쓰다듬으면서 혀를 끌끌 찼다. 이럴 때 마누라라도 옆에 있으면 말장난이라도 하면서 시간을 보낼 텐데. 그러고 보면 우리가 각방을 쓰기 시작한 지도 벌써 십 년이 넘었네? 나는 이렇게 이 시간에 뒤척이고 있지만 마누라는 잘 자고 있을 거야. 마누라가 나이를 먹기 시작하면서 코를 골게 된 것이 각방을 쓰게 된 가장 큰 이유이긴 하지만 어떤 때는 그 소리가 그립기도 해. 만수가 입가에 웃음을 지으면서 반대쪽으로 돌아눕는 순간에 오른쪽 허벅지에서 찌릿하게 저려 오는 느낌이 전해졌다. 몇 달 전에 척추 협착증을 진단받은 후부터 더 자주 찾아오는 증상이다. 이러다가 쥐까지 나는 수가 있지. 만수는 허벅지를 손으로 살살 문지르다 오늘 일정을 떠올렸다. 집과 동네에서만 맴도는 날이 허다한 내가 오늘 소화해야 할 스케줄이 몇 개지? 요즘 애들 말로 대박 나는 하루다. 만수는 손가락으로 그걸 헤아리면서 오늘 하루 동선을 가늠해 보기 시작했다. 가만있자. 지금 몇 시지? 만수는 또 휴대폰으로 시간을 확인했다. 날이 새려면 아직 멀었으니까 컴으로 유튜브를 좀 보다가 저녁에 하지 못할 호수공원 산책을 아침에 다녀오자. 만수는 자리에서 일어나 약간 멍해진 허벅지를 계속 손으로 문지르며 서재로 향했다.

'인천 계양을 골든 크로스 감지', '이○○ 전 측근 충격 폭로.', '남한 핵무장 왜 필요한가?' 만수가 즐겨 보는 이른바 보수 유튜브들의 자극적인 제목들이 눈에 들어왔다. 내일이 벌써 총선인가? 만수는 망설이지 않고 인천 계양을 운운하는 유튜브를 클릭했다. 자신이 지지하는 당의 후보가 열세인 지역구인데 혹시나 하는 마음이 들었기 때문이었다. 하지만 계속 볼수록 역시나라는 생각이 몰려왔다. 어떤 근거를 가지고 골든 크로스가 나타났다고 주장하는 것이 아니고, 희망 사항이 섞인 맹인 문고리 잡는 식의 추측성 기사(?)였기 때문이었다. 만수도 이러한 유튜브의 특성을 잘 알고 있다. 제목만 보고 들어갔다가 '낚이는' 일이 허다하기 때문이다. 그래도 만수는 보수 유튜브를 즐겨 찾는다. 이것도, 저것도 아닌, 보는 사람만 감칠나게 만드는 티브이 뉴스나 정치 평론에 비해 이곳에서는 만수가 듣고 싶은 말을 직설적이면서도 화끈하게 해 주고 있기 때문이다. 만수는 실망한 나머지 입맛을 다시면서 이○○ 전 측근 폭로 어쩌고 하는 다른 유튜브를 클릭했다. 역시 새로운 내용은 없고 추측과 주장만 난무하는 내용이었다. 그래도 컴에서 빠져나오지 못하고 서너 개를 더 시청하다 보니 날이 밝기 시작했다. 두 시간 이상 의자에 앉아 있었던 탓인지 또다시 허벅지가 저려 오기 시작하자 만수는 산책을 나가기 위해 컴퓨터를 껐다.

만수가 사는 아파트에서 걸어서 십 분 정도 거리에 위치한 호수공원은 아침 안개에 감싸여 몽환적인 분위기를 자아내고 있었다. 만수는 아직도 묵직한 느낌이 남아 있는 허벅지를 손으로 탁탁 치면서 걷다 무심코 야트막한 산자락보다 높게 서 있는 자신이 살고 있는 아파트 쪽으로 시선을 돌렸다. 금계포란형(金鷄抱卵形) 명당. 꽤 많은 사람들이 만수가 살고 있는 아파트 단지를 그렇게 평가한다. 그러잖아도 수원의 노른자위 땅에 자리를 잡았는데 명당이라는 소문까지 나서 52평형인 만수의 아파트 시세는 30억 원을 웃돈다. 지방 아파트치고는 비싼 편이다. 내가 명당 덕을 보긴 본 것인가? 하긴 여기 살면서 집값이 두 배 이상 오른 데다 사장으로 승진까지 했고 애들도 다 결혼을 시켰으니 덕을 봤다면 봤다고 볼 수도 있겠네. 그래서 마누라가 전세를 주고 있는 서울 강남 아파트로 이사하자고 자꾸 조르는 것을 묵살하고 있고 말이야. 가만있자. 아파트 두 채를 합치면 80억쯤 되나? 부동산으로만 100억 이상 불리고 싶었는데 마음대로 안 되네. 그래도 정부가 작년에 종부세를 많이 깎아 줘서 꽤나 덜 냈지? 아니! 소득이 있는 곳에 과세가 있는 것이지 단순히 보유만 하고 있는데도 그렇게 세금을 세게 때려 버리면 어떡하라는 거야? 그래도 현 정부가 중심을 잘 잡아가고 있으니까 덜 불안하기는 해. 만약 야당 저것들이 정권을 잡으면 또 개념 없이 설칠 텐데 걱정스럽네. 그나 저나 이번 총선에서 야당이 최소한 과반 의석은 차지할 것이라는 전망이 과연 현실화될까? 호남 사람들. 나도 그곳 출신이지만 이제는 각성을 해야 하는 거 아냐? 젊은 친구들도 문제야. 아무리 철이 없어도 그렇지 나라가 어떻게 돌아가야 하는지 좀 알고 나서 투표를 해도 해야 할 것 아닌가? 만수는 물안개에 가려 언뜻언뜻 보이는 호수를 바라보면서 혀를 찼다. 명당 덕을 봤다는 생각이 총선 걱정으로 덮이자 우울한 마음까지 몰려왔다. 그래도 설마 야당이 개헌저지선까지 뚫겠어? 우리 같은 사람이 중심을 딱 잡고 있는데? 만수는 목구멍까지 차오른 가래를 탁 뱉고 하늘을 바라봤다. 세상만사는 하늘의 이치대로 흘러가는 것이고, 사람들은 그것을 역행하면 안 되는데 야당, 거기에 놀아나는 주인도 아닌 머슴 신세나 다름없는 호남과 젊은것들이 저래서 어떡하나. 만수는 자신에 대한 생각보다는 나라 걱정을 더 하느라 3킬로쯤 되는 호수공원 산책길을 언제 다 돌았는지 모를 정도였다.

"오늘 어디 가?"

거실 소파에 앉아 신문을 보고 있는 만수에게 그의 처인 현순이 물었다.

"어떻게 알았어?"

"당신하고 산 지가 어디 한두 핸가?"

"사장단 오찬 모임 있는 날여. 오후에는 대학 특강 마치고 동창회에 가야 하고."

"오늘은 아침만 차려 주면 되네?"

현순이 식탁에 아침상을 차리다가 잠시 멈추고 만수를 바라봤다. 만수의 일정을 꽤 반기는 눈치였다.

"그것이 그렇게 반가워?"

"내가 그렇다는 것이 아니고 집에만 있는 당신이 오랜만에 바깥나들이를 한다니까 그렇지."

"그것이 아닌 것 같은데?"

"왜 아침부터 시비조로 나오실까? 정말 그런 마음이 들어서 한 말인데."

"당신도 오늘 모처럼 서울 나들이 한번 하면 되겠네."

만수가 직접 대꾸하기보다는 현순의 사생활을 배려해 주는 듯한 말투로 화제를 돌렸다.

"원님 덕에 나팔 불으라고?"

"왜? 싫어?"

"아니. 갑자기 나온 말이라서 그렇지. 그러면, 당신 차 타고 갔다가 저녁에 같이 내려오면 안 될까?"

"나 전철 타고 갈 건데?"

"왜?"

"다닐 곳이 다 전철로 연결이 되어서 그게 편할 것 같네. 오랜만에 사람 구경도 좀 하고 말이야. 나도 공짜로 탈 수 있다고?"

만수는 언젠가부터 전철과 같은 대중교통을 거의 이용하지 않는다. 그런 만수가 오늘만큼은 자신의 벤츠 승용차를 두고 외출을 하고 싶다. 총선을 목전에 두고 대중, 즉 민초들의 삶을 엿보고 싶어서 그런 마음이 든 것일까? 또 선거가 만수의 머릿속을 비집고 들어왔다.

"우리 같은 사람들한테는 공짜 표를 주면 안 되는데. 그리고 말야. 요즘 세상에 나이 예순다섯이 어디 노인이라고 할 수가 있나? 이렇게 나라에서 선심을 쓰는 것을 뭐라고 하지?"

"포퓰리즘."

"당신이 그거 되게 싫어하는데 무슨 바람이 불어서 공짜 전철을 탄다고 하실까나. 나랑 같이 서울 가기 싫어서?"

"잘 나가다 틀어지네. 사람 구경하고 싶다고 안 했어? 맨날 먹던 것만 먹으면 질리니까 어쩌다 한 번은 별식도 먹고 해야지. 그리고 노인 전철 무임승차 말이야. 그건 포퓰리즘이 아니고 우리 같은 산업화 세대에 대한 국가의 예우예요. 지금 이렇게 살고 있는 것이 다 누구 덕분인데."

만수 입에서 드디어 산업화 세대라는 용어가 튀어나왔다. 만수는 이 말을 기회가 있을 때마다 즐겨 사용한다. 누가 그렇게 정의를 했는지는 모르겠지만 만수는 그 용어를 굉장히 좋아하기 때문이다. 또 만수 본인이, 그런 이름이 붙은 세대 중에서도 핵심 역할을 했다고 자부하고 있다.

"나는 가정과 출신인 데다 집에서 살림만 해서 잘 모르지만 당신이 말하는 산업화 세대를 두고 젊은 사람들이 말을 많이 하는 것 같던데?"

"무슨 말?"

"자기들만 다 해 먹고 지금은 헬 조선인가 뭔가 만들어 놨다고."

"그렇게 철이 없으니까 묻지 마 식으로 야당만 찍는 거지. 기왕 나온 전철을 예로 들어 보자고. 그걸 누가 만들었냐고. 우리지? 그때는 세상에 나오지도 않은 것들이 나라에서 그걸 만든 세대에게 예우 차원에서 무임승차권을 주는 데 시비를 걸어?"

"당신 생각이 맞는 거 같기는 한데 말이 아 다르고 어 다르고 하니까 오늘 특강할 때 조심해. 하긴 요즘 대학생들은 옛날 같지는 않다고 하더라고."

"그나마 다행이지."

"그래도 말 가려서 해."

"피가 되고 살이 되는 말을 해 주는데 뭔 일이 있겠어?"

"걱정이 좀 돼서 그래. 나잇살이나 먹은 사람이 학생들한테 우세 사면 어쩌나 하고."

"그러면 배은망덕한 거지."

"어째 당신은 나이를 먹어 갈수록 더 딴딴해지는 것 같아."

"우리 같은 사람이라도 단단히 버티고 있어야 나라가 안 뒤집어진다고."

"너무 딴딴하다가는 부러질 수도 있는 거 아닌가? 아무튼 당신이 오랜만에 외출을 한다니까 나까지 기분이 좋아지네. 역시 당신은 양복 입고 나설 때가 제일 보기 좋아. 참, 넥타이는 어떤 걸 맬 건데?"

만수는 아침을 먹고 잠까지 한숨 잔 후에 현순의 배웅을 받으며 집을 나서자 마치 출근을 하는 기분이 들었다. 지금도 마음만은 청춘인데, 나이는 숫자에 불과한 것인데, 이렇게 뒷방 늙은이가 돼 버렸으니 좀 허망하구먼. 내 인생의 봄날은 저 꽃처럼 화려했는데 이제는 쓸쓸한 가을을 맞이했구나. 만수는 응달진 곳에 자리를 잡은 탓인지 아직도 만발해 있는 벚꽃을 바라보며 잠시 옛날 생각에 잠겼다.

그렇게 만수가 전철역을 향해 걷던 중에 젊은이들이 주로 사는 오피스텔형 아파트가 눈에 들어왔다. 아파트 곳곳에 부착된 각종 안내문이 온통 영문으로 장식되어 있어서 자연스럽게 만수의 시선을 끌어들였기 때문이었다. Edu Park, Entrance, Exit, Community Center, Silver Room, Kid Zone, Fitness Center, Village Library, Parking, Recycle, Security. 여기 온통 영어네? 미국이 따로 없구먼. 맞아, 젊은 친구들이 이렇게 글로벌 정신을 가져야지. 좁아터진 국내에서 선배 세대 탓만 한다고 직장이 나오겠어, 집이 나오겠어. 한심한 친구들 같으니라고. 그러고 보면 엠비(MB)가 주장한 영어 공용화는 탁견 중의 탁견이었어. 그걸 우물 안 개구리들이 와글대는 바람에 무산이 돼서 아쉽긴 하지만 지금이라도 다시 추진하는 게 맞을 거야. 가만있자. 오늘 특강을 아예 영어로 해 버릴까? 그러면 내 말을 알아들을 수 있는 녀석들이 몇이나 될까? 아니, 영어도 못하는 것들이 뭐가 잘났다고 떠들고 있어? 만수는 새삼 자신의 출중한 영어 실력을 떠올렸다. 만수는 그 무엇보다도 그의 영어 구사 능력에 자신감과 자부심을 가지고 있을뿐더러 자신이 회사 사장까지 오르게 한 일등 공신이라고 믿고 있다. 그나저나 저렇게 아파트 안내 전체를 영문으로 해 놓으니까 좋긴 하지만 영어 까막눈들이 보기에는 갑갑하기는 하겠다. 만수는 영어 때문에 기분이 좋아져 입가에 미소까지 머금으면서 전철역으로 향했다.

평일 늦은 오전에 서울 강남역으로 향하는 전철은 한산했다. 만수는 경로석에 앉기에 너끈한 나이지만 일부러 일반 승객 좌석에 앉았다. 그가 오늘 승용차 대신 전철을 이용하는 이유가 서민들의 모습을 가까이에서 보는 데 있기 때문이었다. 만수는 자리에 앉자마자 고개를 좌우로 돌려 승객들을 쭉 훑어봤다. 남녀노소가 골고루 섞여 있었다. 옷차림도 다양해서 사월 중순에 접어들고 있는데도 아직도 겨울옷을 입은 사람이 있는 반면에 겉옷을 걸치지 않았거나, 심지어는 반팔 티셔츠 차림의 젊은이도 눈에 띄었다. 옷을 입을 것만 봐도 제각각이야. 저걸 개성이라고 볼 수도 있지만 그만큼 우리 사회가 느슨해져 있다는 징표로도 읽힐 수 있는 거지. 아무리 그렇더라도 이 시기에 반팔이 말이 돼? 분명 좌파 삐딱이일 거야. 보나 마나 내일 일 번 찍을 거고. 또 총선이 떠오르자 만수의 마음이 우울해졌다.

환승역인 미금역에서 모두 오십 대 후반쯤으로 보이는 여성 승객 세 명이 승차하여 만수의 맞은편 좌석에 앉아 수다를 떨기 시작하는데 말소리가 만수의 귀에까지 들렸다. "얘, 명희가 얼마 전에 후쿠오카 갔다 왔다는데 한국 사람이 더 많은 것 같더라고 하더라." "나도 저번 2월에 북해도 다녀왔잖어. 거기도 그려.", "하도 많이 와서 한국 사람을 푸대접한다는 말까지 듣는데도 기를 쓰고 가는 걸 보면 좀 희한하긴 하지? 나도 그중에 하나이긴 하지만.", "가성비가 좋잖아?", "그래도 그렇지. 독립운동은 못 했어도 일본 불매운동을 하겠다는 말이 떠돌 때가 엊그제 아니냐?", "그러니까 개돼지 소리 듣는겨.", "그런다고 남들 다 가는데 나만 안 가?", "맞어. 윤○○이처럼 대놓고 저자세로 나가는 건 아니잖아? 아니 후쿠시마 오염수 문제만 봐라. 도대체 어느 나라 사람이냐?", "이런 것도 다 한가한 소리다. 당장 물가만 봐라. 없는 사람들이 어디 먹고살겠냐? 그 대파쇼도 되게 웃기고. 그런 사람이 무슨 정치를 하겠다고 하는지 참 한심하다.", "그러게나 말이다. 말만 번지르르하지 속으로는 오로지 선거에만 올인하고 있는겨.", "참, 너는 낼 몇 번 찍을 거니?", "그야 비밀. 그치만 세상 돌아가는 걸 보면 내가 어딜 찍을지 감 못 잡겠어? 못 잡으면 곰바우고."

저 여편네들 말뿐새를 보면 내일 셋 다 일 번 찍을 것 같다. 만수는 제법 차려입은 여성 승객들을 바라보면서 입맛을 다셨다. 일본 여행 운운하는 걸 보면 아주 서민들은 아닌 것 같은데 사고가 저렇게 편협해서 어디다 쓰나. 아니, 나무보다는 숲을 봐야 하는 거지. 대파니 후쿠시마니 뭐니 지엽적인 문제들을 가지고 전체를 판단해 버리면 어떡하라는 거야? 단점 없는 사람, 털어서 먼지 안 나는 사람이 어디 있냐고? 친일 문제만 해도 그래. 그거 지겹도록 나온 이야기 아니야? 아무리 좋은 노래라도 너무 자주 들으면 질리는 법. 이제부터라도 좌파의 친일 선동에서 벗어나서 미래를 향해 발전적으로 나가야 하는데 저 친구들조차 저런 생각을 가지고 있는 것 같으니 진짜 서민은 오죽하겠어? 그러니까 개돼지 소리 듣는 거야. 도대체가 말이야, 이렇게 세계가 글로벌화되어 있고, 한미일이 긴밀하게 공조하여 북핵 위협에 대비하고 있는 시기에 케케묵은 친일이 웬 말이냐고? 지금은 친일 문제보다는 북한 위협에 대비해야 돼요. 우리가 피땀 흘려 일군 나라가 김정은이한테 넘어가지 말라는 법 있어? 전에 야당이 정권 잡았을 때 하는 짓을 보면 그놈한테 나라를 갖다 바치려고 아주 작정을 한 것 같더만. 그렇게 되면 하루아침에 몽땅 다 머슴 신세로 전락하는 거야. 북한 빨갱이들한테 놀아나는 좌파들이 이런 말을 들으면 해묵은 반공 마케팅하고 있다고 달려들겠지? 철딱서니 없는 것들. 전쟁이든 나라가 망하는 것이든 어? 하는 순간에 닥쳐 버리는 거야. 내가 봤을 때는, 그래도, 약간의 아쉬운 점은 있어도, 현 정부가 큰 틀에서 나라를 잘 이끌어 가고 있다고 보는데 저치들을 포함해서 좌파들이 기승을 부리는 것 같네? 다들 주인의식이 없어서 그런가? 만수가 혀를 끌끌 차고 있을 때 목적지인 강남역 도착 예정을 알리는 안내 방송이 한국어에 이어 영어로 흘러나왔다. 전에도 영어 안내 방송이 있었나? 아무튼 잘하고 있어. 이렇게 우리도 글로벌화되고 있는데 흘러도 한참 흘른 친일은 무슨? 영어 방송으로 우울했던 마음이 약간 누그러진 만수는 강남역에서 내려 인근에 있는 일식집으로 향했다.

                           *   *   *

"먼 길 오시느라 고생 많았겠네요?"

만수의 맞은 편 자리에 앉아 있는 S물산 출신 홍 사장이 의례적인 인사를 건넸다. 강남에서도 최고급 일식집으로 손꼽히는 데도 비린내가 나는 듯해 만수는 코를 킁킁거렸다.

"멀지 않습니다? 웬만한 서울 변두리보다는 더 빨리 올걸요?"

만수는 이 모임에 참석할 때마다 듣는 인사가 오늘따라 귀에 거슬렸다. 내가 금계포란형 명당에 살고 싶어서 그러는 거지 강남에 아파트가 없어서 수원에 사는 줄 아는가? 하지만 만수는 자신도 강남 아파트를 소유하고 있다는 말을 오늘도 하지 않았다. 특별한 이유는 없었고, 그냥 그러고 싶었다.

"우리 김 사장은 언제 봐도 파이팅이 있는 거 같아서 보기가 좋아."

이 모임의 좌장 노릇을 자처하는 S전자 출신 민 사장이 만수에게 술을 권하면서 농을 쳤다. S그룹에서 사장을 역임한 수많은 OB(*퇴직자)들 중에서 친분이 있는 사람들끼리 만든 소모임에 참석한 열 명 남짓한 전직 사장 중에서 수원에 위치한 S전기 사장 출신인 만수를 빼곤 모두 서울 소재 계열사 출신들이 오늘도 자리를 차지하고 있다. 자신이 몸담았던 회사의 규모나 소재지에 따라 암묵적으로 서열이 정해지는 전직 사장단 모임의 특성상 만수가 차지하는 위치는 하위권에 속한다. 그런 이유 때문에 썩 내키지는 않지만 만수는 매월 한번 갖는 모임에 꼬박꼬박 참석을 한다. 퇴임 후에 별로 할 일도 없거니와 만수 자신의 사회적 위치를 확인하면서 자존감을 유지하는 데 큰 도움을 주고 있다고 믿고 있기 때문이다.

"과찬이십니다. 민 사장님도 강남만 고집하지 마시고 광교에 세컨 하우스를 마련해 보세요. 산도 물도 다 좋거든요."

인당 이십만 원이 넘는다는 스시 런치 스페셜이건만 들이컨 사케의 밋밋한 느낌을 가시게 해 줄 마땅한 안주가 눈에 띄지 않아 만수는 와사비에 젓가락을 들이댔다.

"허허! 그런가요? 아무래도 서울보다는 가까운 데에 운동(*골프)할 곳이 많겠죠?"

"언제 자리 한번 마련할까요?"

허리 협착 증세 때문에 당분간이라도 골프를 자제해야 한다는 의사의 권고를 순간적으로 잊고 만수는 불쑥 호스트 제안을 했다. 내가 이 모임에만 참석을 하면 왜 이렇게 허둥대는 거지? 내 위치가 그래서 그런가? 만수는 술잔을 집어 들고 속으로 중얼거렸다.

"우리야 고맙죠. 봄이 가기 전에 한번 어때요? 자, 언제나 짱짱하신 선진 경기도민 김 사장에게 박수 한번 보낼까요?"

좌중의 시선과 박수를 한 몸에 받자 만수의 기분이 얼떨떨해졌다. 그러자 만수 자신도 모르게 엉뚱한 말이 입에서 튀어나왔다.

"쑥스럽긴 하지만 글로컬라이제이션(Glocalization)의 선봉에 설 수 있다면 영광이겠습니다."

"영어가 짧은 저는 잘 못 알아듣겠습니다. 쉬운 우리말로 설명 좀 해 주시죠?"

S생명 사장 출신이자 한때 전자에서 같이 일했던 엄 사장이 불쾌해진 얼굴로 말을 던지는데 왠지 비웃는 느낌이 들어서 만수의 기분이 상했다. 그래, 당신 영어 잘 못 하는 거 잘 알지. 그게 뭐 자랑이라고 여기서 떠들고 있나? 만수는 엄 사장 시선을 외면한 채 대답을 했다.

"우리 모임을 서울에만 국한하지 말고 해외에서도 갖고 또 때로는 지방에서도 개최하면 더 활성화되지 않을까 해서 드린 말씀인데, 어쭙잖은 영어를 써서 미안합니다."

만수는 영어를 사용한 것이 하나도 미안하지 않으면서도 일부러 그런 척을 했다.

"별말씀을. 우리 김 사장이야 잠꼬대도 영어로 할 정도로 영어가 능통한데 그걸 못 따라가는 내가 문제인 거요. 이제 이해가 됐으니까 술 한잔 받으시죠?"

엄 사장이 비아냥조로 날린 말에 만수가 어떻게 대꾸를 할까 머뭇거리던 차에 S증권 출신 강 사장이 끼어들었다.

"우리 모임, 더 나아가서 우리나라가 취해야 할 방향을 글로컬라이제이션이라는 영어 한 단어로 콕 집어 주신 것 같은데요? 해외통이시라 그런지 우리 김 사장의 안목이 순간적으로 튀어나오네요. 놀랍습니다."

엄 사장과는 다르게, 뼈가 들어 있지 않은 것 같은 강 사장의 말은 들은 만수의 기분이 한결 누그러졌다.

"과분한 말씀입니다. 나라까지는 몰라도 우리 모임이 그런 방향으로 나간다면 저도 앞장서겠습니다."

시간이 갈수록 만수의 입맛에 맞는 요리들이 커다란 접시에 앙증맞은 모양으로 담긴 채 들어오고 있었다. 다른 때와는 달리 만수 자신이 모임의 중심에 있는 듯한 느낌이 들어서 기분까지 좋아졌다. 다만 오후에 있을 대학 특강을 생각해서 술을 자제해야 한다는 것이 아쉬울 뿐이었다.

"나라도 그래야죠. 우리 같은 산업화 세대에겐 상식적인 말이 아니겠습니까? 거기에 역행하는 좌파들의 선동이 문제죠. 내일 있을 선거도 그렇고요."

S물산 건설 부문 출신인 전 사장이 만수의 말을 이어받았다. 그것도 만수가 듣고 싶어 하던 말이었다.

"다른 지역, 특히 호남 말이요. 우리 강남의 반만 따라가도 나라가 이 지경까지는 안 됐을 텐데 걱정이네요. 내일도 아무래도 틀린 것 같소이다. 참. 나라 꼴이 이래서 어쩌나."

민 사장이 입맛을 쩝쩝 다시면서 술잔을 들었다. 강남은 저렇게 굳건하게 자리를 잡고 있는데 우리 지역구는 아직도 열세지? 만수도 민 사장을 따라 술잔을 들려다가 멈칫하고 대신 냉수를 들이켰다.

"그렇긴 하지만 ○○ 씨하고 그 마님이 헛발질을 많이 하긴 하잖아요?"

엄 사장이 또 이죽거리는 표정으로 분위기에 맞지 않는 말을 던졌다.

"우리도 현직에 있을 때 본의 아니게 실수도 하고 오해도 많이 샀잖아요? 문제는 본질이고 큰 줄기인데 지엽적인 것만 가지고 와글거리고 있고, 또 그것이 선거에 먹히니 딱하다는 거죠. 우리 대중들이 언제나 개돼지 소리 안 듣고 살지 막막합니다."

홍 사장이 제법 진지한 말투로 엄 사장의 말에 반박을 했다. 당연히 맞는 말이지. 내가 이 모임에 빠지지 않고 참석을 하는 이유가 여기에도 있다니까. 만수가 이번에는 참지 않고 반쯤 남은 술잔을 비워 버렸다.

"로또 당첨이라도 돼서 강남에 사는 줄 아는 사람들이 의외로 많아요. 능력에 맞게 열심히 일해서 일군 부(富)는 청빈과 대비 되는 청부가 아니겠습니까? 그걸 시기하고 질시하는 풍토도 문제입니다."

전 사장이 홍 사장의 말을 이어받았다. 이 역시 만수의 구미에 딱 맞는 말이었다. 만수야말로 오로지 자신의 능력과 열정만으로 오늘의 성공을 이끌어 냈고, 그런 점이 높이 평가되어 간간이 대학 특강 연사로도 초청을 받고 있다고 믿고 있기 때문이었다.

"우리가 기업을 경영해 봐서 잘 아시다시피, 우선 기업이 지속적으로 성장을 해야 그 과실을 여러 사람이 나눌 수 있는 것인데, 이건 뭐, 파이를 키울 생각은 안 하고 우선 먹기 곶감이 좋다고 빼먹을 생각만 하니 나라 경제가 이 꼴이 되고 있는 거 아니겠습니까? 그 이○○이가 걸핏하면 목소리 높이는 기본 소득인가 뭔가 하는 거 그거 아주 나라 경제와 국민의 근로정신을 말아먹겠다는 포퓰리즘의 극치입니다."

모임의 좌장답게 민 사장이 연설조로 말을 하는데 만수가 듣기에 이치에 맞지 않는 부분이 하나도 없는 것 같았다. 그런 생각이 들었던 탓인지 민 사장의 말이 끝나자마자 바로 만수가 끼어들었다.

"젊은 친구들도 문제입니다. 오늘 오후에 K대학에서 특강을 하기로 했는데 무슨 말을 해 줘야 할지 난감합니다."

"주제가 뭡니까?"

"꿈과 열정 사이입니다."

만수가 홍 사장의 질문에 짧게 답을 하고 잠시 생각에 잠겼다. 주제에 맞게 특강의 큰 틀은 이미 잡아 놓았지만 경험 사례와 같은 세세한 부분은 현장에서 즉흥적으로 풀어 놓기로 했기 때문이었다.

"김 사장한테 딱 맞는 주제네. 꿈과 열정을 빼고 김 사장을 설명할 수 있나요?"

또 엄 사장이 게슴츠레한 눈으로 만수를 바라봤다. 그래, 니가 요새 말로 금수저라서 흙수저 출신인 나를 얕보고 하는 말이지? 만수는 대답 대신 입술을 깨물었다.

"그럼요. 김 사장은 그런 주제를 가지고 애들한테 특강할 자격이 충분하지요. 그런 기회는 어떻게 얻어요?"

전 사장이 옆에서 엄 사장의 말을 거들고 나서는데 빈정거리기보다는 부러워하는 눈치가 분명했다.

"현직에 있을 때 그 대학이 운영하는 산학 협력 프로그램에 참여한 적이 있었습니다. 그것이 인연이 되어서 한 번씩 불러 주는데 아까 언뜻 드린 말씀대로 갈수록 할 맛이 나지 않습니다."

"왜 그렇죠?"

짧은 질문이 날아왔는데 만수가 천장을 바라보고 있어서 누구인지 알아채지 못했다.

"제 딴에는 성의껏 강의를 하는데도 반응이 시원치가 않습니다. 제 말솜씨가 부족해서 그런 것 같기도 하고요."

"에이. 그런 것은 아닐 겁니다. 저도 좀 아는데요, 요즘 애들은 생각이 너무 많습니다. 도대체 머릿속에 뭐가 들었는지 알아내기가 힘들어요. 선배 세대를 무시한다는 것은 이미 다 알고 있는 거고요. 거, 김 사장 특강 주제라는 꿈과 열정? 그거보다는 단기적인 이해관계만 충족시킬 수 있는 기회만 노리고 있는 거 같습니다. 아무튼 요즘 젊은 친구들 자기들 딴에는 힘들다고 하지만 내가 보기에는 안타까운 점들이 참 많습니다."

민 사장이 술잔을 비우고 길게 만수의 말을 이어 가는데 진정으로 젊은 세대를 생각하기보다는 지나가던 사람이 발걸음을 잠깐 멈추고 장기 훈수 두는 식의 걱정이라는 것이 표정에서 묻어났다.

"이공삼공(2030) 세대 창업률이 OECD 중에서 꼴찌랍니다. 우리 때만 하더라도 공무원은 어디 처다나 봤나요?"

"대기업이나 공무원이 힘들면 해외로 나가거나 그게 아니면 중소기업이라도 들어가서 열심히 하다 보면 길이 보일 텐데 이건 뭐 골방에 틀어박혀 헬조선이니 이번 생은 망했다느니 뭐니 하면서 세상 원망만 하고 있으니 큰일입니다."

"대기업 애들도 문제가 많습니다. 우리도 현직에 있을 때 직접 봤잖아요? 도대체 책임감이라고는 찾아볼 수가 없어요. 툭하면 그만둬 버리고. 시한폭탄이 따로 없습니다."

"오냐오냐 하면서 키워서 그런지 그런 게 없는 것 같습니다. 아니, 결혼을 해서 애를 낳는다는 것은 개인을 떠나서 일종의 사회적인 책무 아닙니까? 그걸 안 지겠다면 나라에 망조가 드는 것이지요."

"그래도 남자애들은 옛날과는 달리 무조건 좌파는 아니라고 해서 다행입니다."

여기저기서 젊은 세대를 걱정하는 말들이 튀어나오던 중에 홍 사장이 젊은 층의 정치의식을 화제로 꺼내 들었다. 맞아. 그거 하나는 마음에 들어. 하지만 그것조차도 현 정부가 들어선 이후에 흔들리고 있다지? 만수는 거의 다 벗겨진 홍 사장의 머리를 바라봤다.

"그 친구들이 그런 이념을 가져서라기보다는 교묘하게 깔아 놓은 정치공학에 말려든 측면이 강할 겁니다. 그래서 믿음이 덜 가고요. 아무튼 이런저런 이유로 아까 전 사장이 말씀하신 대로 시한폭탄이 맞는 것 같습니다."

민 사장이 젊은 층을 향한 사장단의 의견들을 정리하는 투로 말을 하고 나서 만수를 바라봤다. 자신의 말에 장단을 맞춰 줬으면 하는 표정 같았다.

"키(Key)는 뭐니 뭐니 해도 주인의식인 것 같습니다. 사회 구성원들 모두가 이것만 가지고 있으면 회사든 나라든 다 잘 될 텐데 그것이 희박하니까 민 사장님이 지적하신 대로 젊은 애들을 포함한 대중이 점점 좌파가 돼가는 것 같습니다. 그래서 오늘 애들 앞에서 꿈과 열정의 바탕에는 반드시 주인의식이 있어야 한다는 것을 강조하려고 하는데 반응이 어떨지 걱정입니다."

"글로컬라이제이션? 그 어려운 영어 용어에 주인의식이라는 쉬운 우리 조선말까지 덧붙여서 말씀을 해 주시니 마치 우리가 특강을 듣고 있는 느낌입니다. 이 마당에서 박수 한 번 더 쳐야 하는 거 아닙니까?"

엄 사장이 계속해서 만수의 말에 딴지를 거는 식으로 말을 했지만 거기에 동조하는 사람은 이어지지 않았다. 오늘만큼은 내가 이 자리의 주인이라는 생각이 드는 것은 오버일까? 만수는 이번에도 엄 사장의 이죽거리는 말에 대꾸를 하지 않고 좌중만 훑어봤다.

"농담이 아니고 정말 그런 기분이 듭니다. 운동 초청에 특강까지 받았으니 엄 사장 말대로 박수 한 번 더 쳐 드립시다."

엄 사장과는 달리 유쾌한 표정으로 박수를 유도하고 있는 민 사장의 얼굴이 미남이라는 생각을 들 정도로 만수의 기분이 흐뭇해졌다. 셔벗 아이스크림에 고급 컵에 담긴 차가 곁들여 나오는 걸로 봐서 스페셜 코스가 마무리되는 것 같다. 저 디저트같이 나도 달콤한 엔딩 멘트 한 번 날리고 일어나자.

"고맙습니다. 낼 총선 기분 좋게 이기고 그 기운으로 건강하게 지내시다 따뜻한 봄날에 필드에서 뵙겠습니다."

"좋죠! 특강 교수답네요."

"오늘 이후로 공식적인 자리에서는 김 사장님을 뵐 날이 없을 것 같습니다."

조금 전에 있었던 사장단 모임에서는 거의 말을 하지 않던 에스디에스(SDS) 사장 출신이자 전자 미국 법인에서 만수와 같이 근무를 한 적이 있는 장 사장이 커피가 나오기도 전에 먼저 입을 열었다.

"왜요? 무슨 일 있으세요?"

"그런 건 아니고요. 전부터 그런 생각을 했었는데 오늘 마음을 굳혔습니다."

"그래서 따로 차나 한잔하자고 하셨군요?"

"어쨌든 김 사장님이 오늘 모임의 주인공이셨잖아요? 하! 하!"

"장 사장까지 날 놀리면 안 됩니다."

만수는 쓸쓸한 표정을 짓고 있는 장 사장의 얼굴을 바라봤다. 저 친구는 나보다 서너 해 후배이고 성격도 무난해서 비교적 친하게 지내긴 했지만 그렇다고 허물없이 대하기에는 어딘가 어려운 구석이 있었어. 그렇긴 해도 마침 대학 특강 시간까지 시간이 좀 남아 있어서 어디 찻집이나 가서 생각을 좀 가다듬을까 하던 참에 차나 한잔하고 헤어지자고 권해서 잘 됐다 싶어서 응했는데 분위기가 약간 가라앉는 느낌이네? 만수는 노타이 차림의 장 사장의 안색을 찬찬히 살폈다.

"정말인데요?"

"그렇다면 고맙고요. 특별한 이유라도 있나요?"

"뭐가요?"

"모임에 안 나오겠다는 이유요."

"그야 뭐. ……. 늘 뻔한 말이 오가는 자리가 지겨워지더라고요. 자주 갖는 모임이 아니니까 시간을 많이 뺏기는 것은 아니지만 그래도 아깝다는 생각도 들고요. 모임에 참석하는 인원이 점점 줄고 있는 것도 비슷한 이유가 아닐까 싶습니다."

"아니, 남아도는 것이 시간 아닙니까? 아하! 나만 그런가요? 이거 미안합니다."

만수가 말하는 순간에 장 사장이 특별히 하는 일 없이 세월을 보내고 있는 자신과는 다르게 살고 있을 것 같다는 생각이 번뜩 들었다.

"괜찮습니다. 시간은 상대적인 것이니까요."

"바쁘게 사시나 본데 나도 좀 끼워 주소."

"그야 뭐. 이것저것 하다 보니 그렇게 되네요."

"그 정도가 아니고 삶의 알고리즘 자체를 바꾸고 있는 것 같은데요?"

"에이, 그건 아니고요. 올해가 아홉수거든요. 칠십 대부터라도 전과는 다른 삶을 살고 싶어서 준비를 해 오고 있는데 만만치는 않습니다."

저 친구 IT 출신답게 체계적으로 남은 인생을 준비하고 있는가 보네.

아니라고는 하지만 삶의 알고리즘 자체를 바꾸고 있는 게 틀림없는 것 같은데 과연 그게 뭘까? 만수는 궁금증을 참지 못하고 직설적으로 물었다.

"무슨 일을 하는지 나도 좀 압시다?"

"정말 별거 아닙니다. 실행이 어려워서 그렇지요."

"그렇게 말하니까 더 궁금해집니다."

"그냥 뭐, 공부하면서 취미나 봉사 활동을 겸하는 정도입니다."

"공부? 그건 나중에 물어 보고 어떤 걸 취미나 봉사 활동으로 삼아요?"

"한때는 유튜브에 심취해 있다가 어렵게 빠져나와서 헬스와 등산을 꾸준히 하고 있습니다. 마누라하고 보육원에 가끔 가는데 전과는 달리 다른 사람 시선을 의식 안 하니까 할 만 하더라고요."

장 사장도 한때 유튜브에 빠졌었다는 말을 듣고 만수는 깜짝 놀랐다. 자신도 언젠가는 그걸 그만둬야 한다는 생각을 막연하게나마 가지고 있기 때문이었다.

"부지런하시네요. 그건 그렇고 어떤 공부를 하고 있는지 자세히 알려 주소. 내가 사 드린 커피 값은 해야죠?"

"그런가요? 사실은 제가 모 대학원에서 철학 과정을 마치고 지금은 논문을 쓰고 있습니다."

"박사 과정?"

"석사 과정입니다."

"그 나이에?"

"저보다 연배가 위인 사람도 더러 눈에 띕니다."

"칸트니 헤겔이니 이름만 들어도 머리가 아픈 철학자들이 눈에 어른거리네요."

"동양 철학 전공입니다."

"점입가경입니다. 늦은 나이에 스펙을 쌓고 싶어서 그러는 것은 아닐 것이고, 공부하는 목적이 궁금합니다."

"글쎄요. 아까 김 사장님이 강조하신 주인의식 때문인 것 같습니다. 퇴임 후에 지난 제 삶을 돌아보니 단 한 순간도 제 자신의 주인으로 살아

본 적이 없었던 것 같다는 생각이 들더라고요. 그런 제가 회사 사장 자리에 앉아 사원들에게 주인의식을 가지라고 떠들었던 것을 떠올리면 부끄럽기도 했고요. 그래서 이제부터라도 제 몸과 마음의 온전한 주인으로 살고 싶다는 다짐을 했습니다. 이거, 선배 앞에서 제가 말을 너무 거창하게 하나요?"

"아닙니다. 아주 신선합니다. 알고리즘을 바꾸고 있는 게 맞는데 아니라고 발뺌을 하고 계셨구만요? 장 사장이 그런 생각을 하고 있었으니 우리 모임이 지겨웠을 만도 했겠네요. 내가 모임을 대표해서 사과드리겠습니다."

만수가 농담조로 장 사장의 말을 받기는 했지만 내심 놀랐다. 자신은 막연하게 생각했던 것을 장 사장은 어쨌든 실천을 하고 있는 것 같았기 때문이었다.

"무슨 말씀을. 사실, 모임에서 늘 화제에 오르내리는 정치권 대립이나 젊은 층과의 갈등 같은 사회문제만 해도 그런 것 같습니다. 하시는 말씀들이 다 일리가 있죠. 하지만 그런 말들을 들을 때마다 늘 허전한 느낌이 들거든요. 왜 그러는지는 구체적으로 말씀드리기가 어렵네요. 아무튼 내 자신을 바로 세우기 전에는 정권 탓, 사회 탓, 남 탓은 안 하는 것이 좋겠다는 것이 제 생각입니다."

"정 사장! 혹시 좌파요?"

"좌도 우도 아닌 내파입니다."

장 사장이 만수의 농담 섞인 질문에 '내파'라는 의미심장한 단어로 응수를 했다.

대답은 그렇게 해도 좌파가 맞는 것 같구먼. 가만 있자. 저 친구도 호남 출신이 아니던가? 그렇긴 해도 대놓고 뭐라 하기에는 저 친구에게 뭔가가 있어. 만수는 커피잔을 다 비우고 냉수로 입을 헹궜다.

"말씀하시는 걸로 봐서는 박사까지 가겠는데요?"

"박사는 하나의 수단에 불과합니다."

"그런가요? 그 수단이 추구하는 목적을 안 물어 볼 수가 없네요?"

"그야 뭐, 방금 전에 말씀드린 그런 것들입니다."

"정 사장 눈에는 나 같은 사람이 한심하게 보이겠습니다."

"어이쿠! 제가 오늘 말실수를 한 것 같습니다. 거꾸로 다른 사람들한테 한심한 친구로 보이지 않으려고 발버둥 치고 있다는 표현이 맞는 것 같습니다."

"안 그런 것 같은데요? 아무리 생각해 봐도 오늘 모임의 특강 강사는 내가 아니라 우리 장 사장님인 것 같습니다. 어떻게? 다시 불러 모을까요?"

"아무래도 낯이 부끄러워서 그만 일어나야겠습니다."

제법 고급스럽게 치장한 찻집에도, 창밖으로 보이는 거리에도 봄기운이 넘실대고 있었다. 그런 분위기와는 달리 만수의 기분은 일차 모임과는 달리 가라앉았다. 한참 후배인 장 사장한테 인생 훈계를 듣고 있다는 생각마저 들었다.

"일어나기 전에 특강 마무리해야죠?"

"의외로 짓궂은 면이 있으시네요. 정말 김 사장님하고 차 하잔 마시고 싶었을 뿐입니다."

"그래도 철학 하시는 분 아닙니까? 방황하는 황야의 늑대에게 한 말씀 부탁합니다."

"제 커피값 돌려 드릴까요?"

"엔딩이 없으면 그렇게 해야 합니다."

만수는 장 사장과 헤어진 후에 K대학 방면으로 가는 전철을 탔다. 하지만 모임에 갈 때와는 다르게 전철 풍경이 눈에 들어오지 않았다. 사장단 모임, 그중에서도 뒤풀이 격인 장 사장과의 대화 내용이 자꾸 머릿속에서 맴돌았기 때문이었다. "소로(Thoreau)가 이런 말을 했더군요. 혼자 있을 때 자기 자신을 잘 데리고 노는 사람이 성숙한 사람이라고요." 찻집에서 나와서 전철역 부근에서 헤어질 때 장 사장이 마지막으로 만수에게 한 말도 떠올랐다. 나와 그렇게 친하지도 않은 친구가 왜 굳이 따로 차를 마시자고 했을까? 그리고, 주저주저하면서도 자신이 하고 있는 일과 생각을 다 밝힌 이유는 뭘까? 그리고 엔딩을 사양하다가 헤어지는 순간에 소로의 말을 내게 던진 속뜻도 궁금하다. 혹시 장 사장이 나를 상대로 일 대일 특강을 하려고 작정을 하고 따로 만나자고 한 것은 아닐까? 그렇다 면 아까 내가 한 말대로 오늘의 특강 강사는 내가 아니고 장 사장인 셈이 네? 그런 생각이 들자 만수의 마음이 우울해지기까지 했다. 그래도 그렇 지. 나는 나고, 따라서 내 인생도 내 것인 거야. 굳이 장 사장과 비교해서 주눅 들 필요는 없지. 이 김만수 나름 성공했고, 지금도 그렇게 허접하게 살고 있지 않다고! 만수는 타고 내리는 승객들을 무심히 바라보면서 마 른침을 삼켰다.

* * *

서울 강남에서 멀지 않은 경기도 지역에 위치한 K대학 캠퍼스는 총선 전일 오후라서 그런지 눈에 띄는 학생이 적었다. 정문에서 학교 본부로 이어지는 대로변에 자리를 잡고 있는 벚나무들도 몇 개 남지 않은 꽃잎 들을 살랑대는 바람을 피해 간신히 달고 있는 채 초라한 모습으로 서 있 었다. 썰렁하구면. 벌써 다들 하교를 한 것인가? 그나저나 이 학교가 언 제 생긴 건가? 내가 학교 다닐 때는 못 들어본 학교였어. 하긴 사 년제 대 학만 백팔십 개가 넘는다지? 취업 학원이나 다름없는 전문대학 빼고도 말이야. 우리 때만 하더라도 대학생이 지나가면 사람들이 처다볼 정도 로 수가 적었는데 이건 뭐 개나 걸이나 다 대학이고 대학생이니 취직이 어렵다는 말이 당연히 나오는 거 아니겠냐고? 아니. 집안 형편이 어렵거 나 머리가 안 따라 주면 실업계를 가거나 아니면 어디 학원 같은 곳에서 기술을 배워서 먹고 살 준비를 해야지 무턱대고 대학 문을 비집고 들어 오면 어떡하라는 거지? 세상은 각자 주어진 능력에 따라 살아가야 하는 거야. 분수에 맞는 선에서 꿈도 꾸고 거기에 맞게 열정을 불태워야지 누 구나 다 앞자리에 서겠다면 세상이 어떻게 되겠어? 대기업 간부, 사장, 판검사, 의사, 교수, 정치인, 변호사 같은 각종 전문직과 고위 공무원, 군

장성 같은 주도층만 있고 그 밑을 받쳐주는 농어민, 소상공인, 각종 기술자, 생산직 사원, 조리사, 청소원, 간병인, 경비, 운전수, 택배원, 중소기업 사원, 하급 공무원 같은 서민층이 없으면 세상이 어떻게 돌아가겠냐고? 만수는 각종 직업들을 꼼꼼히 열거하면서 혀를 찼다. 그러면서 만수자신이 국내 최고 대학의 경영학과를 졸업한 사실을 실감했다. 내가 합격했을 때 동네에서는 난리가 났었지. 내가 졸업한 초등학교와 중학교 정문에 입학 축하 현수막이 떡 하니 걸렸었고 말이야. 그걸 보시기 위해 아버지가 하루에도 몇 번이나 걸음품을 파셨다는 말도 들었지. 그 뒤로도 승승장구해서 S그룹의 계열사 사장까지 했으면 성공한 거야. 돈도 다른 사장들에 비해 약간 아쉽긴 하지만 빈손으로 시작해서 백억 이상 모았으면 부자 소리 들을 만하잖아? 아쉬울 것도 꿀릴 것도 없는 말 그대로 나는 메인스트림(Mainstream)이라고. 이런 삼류 대학 출신들은 감히 쳐다볼 수 없는 위치에 있는 거야. 지금은 비록 은퇴하고 은인자중하면서 살고 있지만 그렇다고 해서 장 사장같이 사는 것에 대해 주눅 들 필요는 없지, 다 각자의 삶이 있는 거니까. 만수는 이리저리 흩날리는 벚꽃잎들을 바라보면서 찻집에서 장 사장한테 받았던 충격을 또 떠올렸다. 그나저나 이렇게 대학을 마구잡이로 늘려 놓는 것도 일종의 포퓰리즘 아닌가? 그렇다면 보나 마나 좌파가 정권을 잡았을 때 문제를 만들어 놨겠구먼. 하여튼 우리나라는 좌파가 문제야. 만수는 또 내일 있을 총선을 걱정하며 특강 강의실이 있는 소프트웨어 경영대학 건물을 향해 천천히 발걸음을 옮겼다.

"경영 현장에서 출중한 능력을 발휘하셨던 CEO를 모시고 특강을 듣는 자리에 참석한 학생 여러분을 환영합니다. 특히나 오늘 귀한 시간을 내주신 김만수 CEO님은 어려운 환경을 딛고 오늘 강의의 제목처럼 꿈과 열정 사이에서 분투하신 끝에 누구나 부러워하는 샐러리맨의 신화를 이루셨다는 점에서 여러분들이 오늘 얻어갈 것들이 많을 것입니다. 김만수 CEO님의 약력을 소개할 것 같으면……."

담당 경영학과 교수가 만수 소개를 마치면서 큰 박수를 유도했지만 반응은 신통치가 않았다. 만수는 거기에 개의치 않고 연단에 서서 우선 학생들을 쭉 훑어봤다. 제법 큰 강의실에 띄엄띄엄 앉아 있는 학생 수가 아무리 많아도 스무 명은 넘지 않을 것 같았다. 작년 가을보다 반 이상이 준 것 같은데? 창문을 열어 놨는지 서늘한 바람까지 들어와서 만수의 기분을 가라앉게 했다. 조무래기 몇 명을 모아 놓고 무슨 말을 하지? 그래도 초청한 교수 체면을 생각해서라도 하고 싶었던 말들은 다 하고 가자. 만수가 목에 힘을 넣기 시작했다.

학생 여러분 반갑습니다. 방금 소개받은 김만수올시다. 이렇게 화창한 봄날과 딱 어울리는 말 그대로 청춘들을 바라보고 있자니 제 가슴에도 봄기운이 올라오는 것 같습니다. 오늘 제가 준비해 온 꿈과 열정 사이라는 특강 제목 또한 봄이라는 계절에도 또 그러한 시기에 있는 여러분에게도 잘 맞는다고 생각합니다. 이러한 제 생각과 느낌을 가지고, 또한 인생 대선배로서, 여러분에게 제가 살아온 이야기를 중심으로, 그렇다고 해서 제 자랑을 늘어놓지 않고 여러분에게 도움이 될 수 있는 말만 꾸밈없이 전해 드릴 것이니 경청해 주시면 감사하겠습니다.

여러분, 보석 잘 아시죠? 귀하고 아름다워서 누구나 갖고 싶어 하는 귀금속 같은 거 말입니다. 하지만 이런 보석들도 처음부터 존재하는 것은 아닙니다. 즉 원석의 겉에 끼어 있는 이물질을 제거하거나 가공 연마하는 과정을 거쳐야 빛을 발하는 보석이 되는 것입니다. 여러분도 그 원석 같은 존재들이라고 저는 믿습니다. 여러분이 앞으로 어떻게 살아가느냐에 따라서 보석이 될 수도 있고 아니면 원석 상태로 머물다 삶을 마칠 수도 있습니다. 그렇다면 보석의 삶과 원석의 삶을 구분 짓는 요소는 무엇일까요? 그것은 바로 오늘 제 강의의 키워드인 꿈과 열정이라고 저는 굳게 믿습니다. 제 입으로 직접 말씀드리기가 쑥스럽긴 하지만 저 또한 원석이었습니다. 그걸 피나는 노력을 통해 보석으로 만들었고, 그랬기에 오늘 이 자리에도 설 수 있게 되었다고 자부합니다.

만수는 보석을 예로 들면서 본격적으로 특강을 진행했다. 자신이 흰 구름만 높게 떠돈다는 전라북도 진안군 백운면에 자리 잡은 찢어지게 가난한 농촌에서 태어났지만 최고 대학인 S대 경영학과를 졸업할 수 있었고, 이를 바탕으로 국내 최대 그룹의 계열사인 S전기 CEO에까지 올라가기까지의 치열한 과정을 생생한 경험 사례를 예로 들면서 설명을 했다. 특강 중간중간에 꿈과 열정이라는 특강 키워드를 적절하게 학생들에게 상기시키는 것도 잊지 않았다. 하지만 반응은 밋밋했다. 학생들의 표정을 보면 알 수 있었다. 심지어는 강의실에 왜 들어왔는지 이유를 모를 정도로 핸드폰에만 시선을 주고 있는 학생도 있었다. 그 학생에게 주의를 주고 싶을 정도로 만수의 기분이 상했지만 애써 무시하고 강의를 이어 나갔다.

이제부터는 제 강의 제목의 퍼즐을 완성해 보는 시간을 갖도록 하겠습니다. 여러분. 오늘 특강의 제목이 무엇이죠? 네, 꿈과 열정 사이 맞습니다. 제가 제목의 끝에 사이라는 말을 넣은 것은 다 뜻이 있습니다. 그것은 바로 이 자리에서 여러분과 함께 그걸 찾아보자는 것입니다. 자, 그럼, 여러분께 묻겠습니다. 꿈과 열정이라는 키워드 사이에 어떤 단어를 집어넣어야 퍼즐이 완성될 수 있을까요. 어렵게들 생각하지 마시고 편하게 말씀해 보세요.

"스펙입니다."
"그렇게 생각하시는 이유를 설명해 줄 수 있을까요?"
"스펙이 좋지 않으면 꿈과 열정을 불태울 기회조차 얻을 수 없는 것이 현실입니다."
"스펙이 좋지 않으면 죽을 때까지 원석 상태로 남을 수밖에 없다는 의견이신데 동의하기 어렵습니다. 지금 스펙에 만족하지 않는다면 이제부터라도 스펙을 올리는 꿈을 가지고 열정적으로 노력하면 되지 않을까요?"

"원론적으로는 맞는 말씀이지만 현실적이지는 않은 것 같습니다. 왜냐하면 저도 제게 주어진 역량을 가지고 죽어라고까지는 아니지만 꽤 열심히 노력을 하고 있습니다. 그렇지만 제 스펙을 업그레이드시키기가 굉장히 어렵다는 것을 느끼거든요."

"정 그렇다면 현재의 스펙에 맞는 현실적인 목표를 설정하고 거기서부터 단계적으로 스펙을 올려 가는 방법은 어떨까요? 예를 들면 대기업보다는 우선 중소기업 쪽으로 방향을 잡는 것도 생각해 볼 수 있지 않을까요?"

"우리 대학 스펙으로는 알바나 라이더라면 모를까 정규직으로는 중소기업도 어렵습니다. 조선시대에는 양반 상놈으로 신분을 갈랐다면 지금은 대학으로 그걸 구분하는 것 같습니다. 어디 가나 꼬리표처럼 붙어 다닌다고 합니다."

그렇게 잘 알고 있는 놈이 중고등학교 때 뭘 했길래 삼류 대학에 들어와? 약간 곱슬머리에 굵은 뿔테 안경을 쓴 걸 보니 전에 티브이 드라마에서 봤던 하버드 법대생이 떠오르고, 그런 인상에 걸맞게 제법 논리적으로 생각을 말하는데 내 속마음 말고는 딱히 더 이상 해 줄 말이 없는데 어쩌지?

"일리가 있는 말이지만 제가 원하는 답은 아니었습니다. 자, 다른 의견도 받아 볼까요?"

"인맥, 그러니까요. 인적 네트워크라고 생각합니다."

아까부터 책상에 팔꿈치를 올리고 자꾸만 볼펜을 빙빙 돌려서 눈에 거슬렸던 학생이 장난스러운 표정을 지으면서 말했지만 그 자신도 그것이 정답이 아닌 줄은 알고 있는 듯했다.

"글쎄요. 인적 네트워크는 꿈을 이뤄 가는 과정이나 결과를 통해 얻어지는 것이지 사전적인 필수 요소로는 보기가 어렵지 않나 생각합니다. 자, 또 없나요?"

"한숨이요."

뜻밖의 대답이 나온 쪽을 향해 만수가 시선을 돌렸다. 한 여학생이 큰 덩치에 어울리지 않게 배시시 웃고 있었다.

"무슨 뜻이죠?"

"사장님처럼 성공하신 분들이 그런 말씀을 하실 때마다 한숨부터 나오더라고요."

"그런 나약한 정신부터 일소해야 합니다. 다른 의견을 좀 더 받아 볼까요?"

"돈이라고 생각합니다."

"운빨, 아니, 죄송합니다. 운입니다."

"건강이 받쳐 줘야 꿈과 열정을 불태울 수 있습니다."

그 밖에도 여러 의견들이 쏟아져 나왔지만 만수가 원하는 답은 나오지 않았다. 만수는 목청을 가다듬고 자신의 생각하는 모범 답안을 내놓았다.

여러분들이 내놓으신 의견들이 틀렸다고 볼 수는 없지만 제가 바라는 답은 아닙니다. 하지만 이런 생각, 저런 의견도 있구나 하는 것을 깨닫게 해 줘서 고맙게 생각합니다. 그럼, 이 마당에서 제가 생각하는 답을 공개하겠습니다. 그것은 바로 주인의식입니다. 꿈과 열정 사이에 주인의식이라는 자기 신념이 굳건하게 자리를 잡는다면 여러분 모두는 원석 상태에서 찬란하게 빛을 발하는 보석으로 탈바꿈할 수 있을 것이라고 굳게 믿습니다. 저 또한 이러한 주인 정신을 가지고 일관되게 살아왔기에 지금의 성공을 이룰 수 있었다고 제 스스로 평가하고 있습니다. 주인의식이 이렇게 중요한 의미를 갖기에 제 경험 사례를 가지고 부연 설명을 드리도록 하겠습니다.

　　…….

제가 여러분께 하고 싶은 말을 거의 다 한 것 같고 시간도 다 되어 가는 것 같으니까 이제부터는 여러분의 질문을 받아 보겠습니다. 손을 들고 질문해 주시면 고맙겠습니다.

"내 집 마련은 결혼하시고 몇 년 만에 하셨어요?"

차분하게 생긴 여학생이 손을 번쩍 들고 물었다. 만수가 예상도, 기대도 하지 않았던 질문이었다.

"오래돼서 기억하기가 어렵네요. 한 칠팔 년? 그 정도 되는 것 같습니다."

"그때만 하더라도 지금처럼 집값이 비싸지 않았고 회사 조합주택 같은 것들이 있어서 집 장만하기가 그리 어렵지 않았다고 들었거든요?"

"아무래도 지금보다는 수월했던 것 같습니다. 그런데 질문하신 이유를 물어봐도 될까요?"

"혹시 쉽게, 싸게 살 수 있는 방법이라도 있는가 해서요."

그 여학생이 웃으면서 말을 하고는 있었지만 만수로부터 어떤 비법이라도 얻을 수 있었으면 하는 기대가 표정에서 묻어나왔다.

"안타깝게도 그런 방법은 모릅니다. 세상에 쉽게 갈 수 있는 왕도는 없다고 봅니다. 내 집 마련도 어렵다고는 하지만 오늘 강의 주제처럼 성실하게 노력하신다면 언젠가는 이룰 수 있다고 믿습니다."

만수는 그렇게 대답하는 과정에서 자신이 집을 장만하던 때를 잠시 떠올렸다. 첫 번째로 장만했던 33평형 아파트는 그동안 모아 두었던 돈에 대출을 더해서 샀지만, 두 번째로 산 강남 64평형 아파트 구입 자금 중에는 그룹 내 네트워크를 통해 얻은 정보와 S증권에 근무했던 입사 동기가 귀뜀해 준 소스들을 바탕으로 주식에 투자해서 크게 얻은 차익이 반 이상을 차지했었다는 점도 기억이 났다. 그 과정에서 인맥이 중요하다는 학생의 말이 떠올랐지만 만수는 이내 고개를 좌우로 흔들었다.

"주인의식과 꿈을 가지고 열정을 불태우고, 아무리 정직하게 노력해도 부모 도움 없이는 집 장만하기가 어려울 것 같아요."

"과연 그럴까요? 하지만 언젠가는 그것이 가능한 때가 올 것입니다. 아니, 여러분들이 그렇게 만드셔야 합니다. 미래는 여러분이 선택하고 만들어 가는 것입니다. 자, 다음 질문 받아 볼까요?"

만수는 또 내일 있을 총선을 떠올리고 선택이라는 단어를 사용하면서 학생들에게 간접적으로 자신의 메시지를 던졌지만 다들 무덤덤한 표정을 짓고 있었다.

"사장님은 집안이 가난해서 과외 같은 거 받지도 못하고 순전히 혼자만의 노력으로 S대학에 들어가셨고, 다니실 적에도 개인 과외로 학비와 하숙비를 버셔서 부모님께 부담을 안 주셨다고 하셨잖아요?"

"맞습니다. 그게 무슨 문제라도 되나요?"

"아니요. 그러니까 제가 드리는 말씀은요. 과외를 받지 않고도 K대나 Y대 정도라면 몰라도 나라에서 제일 좋은 대학에 갈 수도 있었던 것은 사장님의 노력도 있었겠지만 부모님께서 물려주신 두뇌 덕이 더 컸지 않았을까 싶습니다. 천재가 아닌 이상 노력에는 한계라는 것이 있다고 믿고 있기 때문에 그렇게 생각하거든요. 또, S대라는 스펙을 가지고 계셨기에 과외로 학비 전액을 버실 수 있었으니 사장님 부모님 덕에 과외비 주는 학생 부모의 덕이 보태진 거라고 보고요. 더 나아가서 그렇게 쌓으신 스펙을 가지고 역시 국내 최대 그룹에 입사를 하셔서 오늘의 성공을 이루신 거고요. 물론 제가 사장님께서 오늘 강조하신 것들을 무시하거나 폄하하는 것은 아니고요."

아까 스펙 운운했던 하버드 법학생 같은 이미지를 풍기는 학생이 이번에는 만수의 스펙을 들고 나왔다. 저 녀석이 내 이력을 물고 늘어지는 이유가 뭐지? 만수는 마른침을 삼켰다.

"미안하지만 무엇이 궁금한지 알 수가 없네요?"

"그러니까요, 저 같은 경우는 집안 형편이 안 좋은 상황에다 두뇌마저 뛰어나지 못해서 나름 노력은 했지만 이 학교밖에 들어올 수가 없었거든요. 또 편의점 같은 데서 알바를 해서 학비를 벌고 있지만 사장님과는 달리 용돈을 버는 수준에 불과하고요. 또 그러다 보니 공부에 전념하기가 어려워서 스펙을 더 쌓기가 곤란하고요. 이런 처지에 놓여 있는 제가 사장님 말씀을 들으니까 솔직히 피부에 와 닿지 않습니다. 사장님은 저와 출발 자체가 다르다고 느껴서 그런 것 같습니다. 그렇기는 하지만 저 같은 사람들에게도 현실적으로 도움이 될 수 있는 말씀을 해 주실 수 있을지 궁금합니다."

저 친구 아까부터 깝깝한 말만 하네. 나름 노력했다고? 죽어라고 했었어야지. 가만있자. 나는 어땠지? 초등학교 때부터 늘 일등을 했지만 그렇다고 공부도 일등으로 열심히 한 건 아닌 것 같네? 그러고 보면 내 노력만으로 성공했다고 자부해 왔는데 나도 부모님을 비롯한 다른 사람의 덕을 보기는 본 것이네. 돈만 해도 월급으로 시작을 하긴 했지만 사내 네트워크의 도움으로 주식을 해서 큰돈을 벌었고, 또 그걸로 투자한 집값이 크게 올라가서 시세가 오십억이 넘어가고……. 그래도 그렇지 개천에서 용 난다는 말도 있잖아? 꼭 인생이 잘 안 풀리는 녀석들이 열심히 해 보지도 않고 쟤같이 남 탓, 나라 탓만 하더라.

"주머니 속의 송곳은 언젠가는 밖으로 삐져나오게 되어 있습니다. 여러분들이 처한 환경에 굴복하지 않고 꾸준히 내공을 쌓으신다면 보석 같은 삶이 찾아올 수 있다는 말로 대답을 대신하겠습니다."

"사장님께서 오늘 영어의 중요성을 강조하셨고 실제로 능통하시다고 말씀하셨잖아요? 그래서 여쭤 보는데요. 그걸 독학을 하셨는지 아니면 미국 법인에 계실 때 습득하셨는지 궁금합니다."

뒤쪽에 앉은 남학생이 손을 번쩍 들고 물었다. 어떻게 하면 영어를 잘할 수 있는지에 대한 질문인 것 같았지만 그게 아닌 것 같아서 만수는 실망했다.

"문법은 독학했지만 회화는 미국에서 주재원으로 있으면서 자연스럽게 배운 것 같습니다."

"그러면 영어 회화도 회사 덕을 보신 거네요?"

"허허! 그렇게 되는 건가요? 하지만 그것도 노력 없이는 불가능합니다."

"국내에서는 아무래도 회화 배우기가 어렵거든요. 사장님처럼 하나가 잘 풀리면 그것이 고리가 되어서 도미노식으로 시너지를 내지만 그 반대가 되면 스펙이 계속 쳐져서 밑으로만 기게 되는 것 같습니다."

저 녀석도 노력을 할 생각을 안 하고 세상 탓만 하고 있네. 요즘 젊은 애들 사고가 다 저런가? 저런 애들이 내일 일 번을 찍을 것이고, 나라 앞날이 큰일이로구나.

"오늘 의외로 질문이 많네요. 한두 분만 더 받고 마무리하겠습니다."

"저도 알바 하면서 주인의식을 가질려고 노력을 하는데 잘 안 되더라고요. 어떻게 하면 그렇게 할 수 있는지 말씀 부탁드립니다."

만수가 보기에 가장 수강 태도가 좋은 남학생이 손을 번쩍 들고 물었다. 궁금해하는 표정이 얼굴에 역력했다.

"좋은 질문입니다. 제 경험으로 말씀드리자면 저는 신입 사원 때부터 내 업무, 내 분야에 대해서만큼은 내가 사장이라는 마음가짐으로 일을 했습니다. 그런 태도가 시간이 지날수록 몸에 배게 되었고 구성원들도 점차 그런 저를 인정하기 시작했습니다."

만수는 대답을 그렇게 해 놓고도 내가 과연 그렇게 일을 했을까 돌이켜봤다. 내가 그것보다는 윗선으로부터 인정을 받기 위해 가시적인 것들에 초점을 맞추지는 않았을까? 만수는 자신의 질문에 답을 하지 못한 채 마른침만 삼켰다.

"저도 나름 그런 자세로 일을 하긴 하지만 주인들이 저를 주인으로 안 보고 그냥 알바로 보는 것 같더라고요. 어떤 재벌 총수가 공개적으로 직원을 머슴이라고 불렀다고 하는데 그게 맞는 말 같습니다. 주인만이 주인의식을 가질 수 있는 것이지 머슴은 주인의식을 가질 수가 없고 또 그런다고 해도 주인이 주인으로 인정해 줄 것 같지도 않을 것 같고요. 제가 아직 어려서 외람된 말이 될 수도 있을 것 같은데요. 인생이라는 것도 자기 자신의 주인이 되지 못하면 결국 머슴처럼 살게 되는 것이 아닌가 생각합니다."

"학생이 주인의식을 가지고 생각을 많이 한 것 같네요. 내 생각을 한 번 더 말씀드리자면 누가 보거나 말거나, 인정을 받거나 말거나, 음지든 양지든 묵묵히 맡은바 자기 일을 해 나가다 보면 주인의식이 싹트게 되는 것이고, 또 그러다 보면 아까 말씀드린 주머니 속의 송곳처럼 언젠가는 빛을 볼 날이 올 것이라는 점을 강조하고 싶습니다. 그나저나 학생은 알바를 하면서 비즈니스 경험을 잘 쌓고 있는 것 같아서 하는 말인데, 취업보다는 창업을 해 보는 게 어떨까요?"

"죄송하지만 사장님께 역으로 여쭤보겠습니다. 사장님은 스펙이 좋으셔서 창업하기가 수월하셨을 것 같은데 왜 안 하셨나요? 그랬더라면 머슴 소리 안 듣고 지금까지 사장 내지는 회장님 명함 가지고 계실 것 같은데요."

이놈 봐라! 대놓고 날 머슴이라고 부르네? 만수는 머슴이라는 말에 화가 났지만 자리가 자리인지라 억누르고 그 학생의 얼굴만 잠시 노려봤다.

"아주 날카로운 질문입니다. 저는 그 당시에 취업이 곧 창업이라고 생각했습니다. 그때는 우리 경제가 가파르게 성장하던 시기라 취업과 창업의 구분이 좀 모호했습니다만."

내가 지금 말은 이렇게 하고 있지만 창업이라는 단어조차 잘 모르고 있었는데. 만수는 더 이상 말을 잇지 못했다.

"잘 알겠습니다. 자신들도 해 보지 않은 창업을 툭하면 젊은층한테 던지듯이 말하는 기성세대의 태도에 솔직히 거부감을 느끼거든요."

"그 지적 아프게 받아들이겠습니다."

"이렇게 허심탄회한 분위기에서 학생들과 대화를 이어가니 제 마음이 흐뭇합니다. 하지만 시간 관계상 이것으로 질의응답을 마치고 마무리를 하겠습니다. 다음을 기약하기가 어렵긴 하지만 제가 오늘 말씀드린 꿈과 열정 그리고 주인의식이라는 키워드는 우리 모두의 가슴속에 간직하면서 살다가 가끔씩 오늘 만남을 기억하기를 소망합니다. 학생 여러분 긴 시간 동안 경청해 주셔서 감사합니다!"

쫄때기 판 같은 특강 자리는 오늘로 끝이다. 당연히 이 삼류 대학과의 인연도 오늘이 마지막이고. 오랜 시간 동안 서 있었던 탓인지 뻣뻣해지고 저려 오는 허리와 다리를 손으로 만지면서 만수가 강의실을 빠져나오려고 하는데 학생 한 명이 다가왔다.

"오늘 특강 잘 들었고요. 저, 부탁 하나만 드려도 될까요?"

강의 내내 얼굴에 미소를 잃지 않던 예쁘장하게 생긴 여학생이 수줍은 표정으로 만수의 얼굴을 바라봤다.

"뭔데요?"

"저, 죄송하지만, 제가 어느 회사에 입사 지원을 하려고 하는데요, 사장님 추천서를 자소서(*자기소개서)에 첨부하면 점수를 많이 딸 수 있을 거 같거든요."

"그래요? 하지만 나는 학생에 대해 아는 것이 없는데?"

"제가 추천서를 다 쓰면 거기에 싸인만 해 주시면 될 것 같거든요."

요것 봐라! 오늘 특강에 참석한 것도, 강의실에서 나를 보며 계속 생글생글 웃었던 것도 다 목적이 있었구먼. 젊은 것이 영악하구나. 그래도 대놓고 거절할 수도 없네?

"일단 학교를 통해서 이메일로 보내 주시면 검토는 해 볼게요."

"꼭 부탁드려요. 사장님~~~"

여학생이 이번에는 아예 만수의 팔뚝을 붙잡고 아양을 떨었다. 맹랑한 것 같으니라고. 만수는 그렇지 않아도 특강 때 학생들로부터 나온 말과 그에 대한 자신의 대답이 찜찜해서 개운치가 않았는데 여학생의 느닷없는 부탁에 그런 마음이 더 해졌다. 거참, 누가 요즘 젊은 애들은 강적이라고 하던데 그 말이 맞긴 맞는 거 같네. 그 순간에 아침에 아내 현순이 만수를 향해 젊은 사람한테서 우세 사지 말라고 한 말이 만수의 머릿속을 스쳤다. 내가 오늘 특강을 한 것인가? 아니면 애들한테서 한 소리 들은 것인가? 만수는 점점 그늘이 넓어지는 캠퍼스 운동장을 망연히 바라봤다.

* * *

"백운면 일 번당 총선 본부냐?"

만수가 분당에 위치한 어느 중국집 별실에 들어서면서 농담을 날렸다. 초·중학교 통합 재 수도권 동창회 건만 참석 인원은 많아 봤자 열대여섯 명 정도 되는 것 같았다.

"너도 입당할려고?"

"어? 원태 너 서울로 이사 왔냐? 매번 얼굴 보인다?"

만수가 원태가 던진 질문에 질문으로 대답했다. 원태는 전주에서 공무원 생활을 마치고 거기에 눌러 살고 있기 때문이었다.

"이번에는 총선이다. 애들이 하도 올라오라고 해서 사전 투표하고 왔다. 그나저나 우리 만수 입당 원서 받아야 허는디 인주 어따 뒀냐?"

"싸인도 돼야."

중학교만 마치고 서울에 올라와서 갖은 고생을 한 끝에 지금은 어엿한 인테리어 업체 사장으로 성공한 용환이가 만수 맞은편 자리에 앉은 채 거들었다.

"호남이 정신 차려야 하는데."

만수가 원태와 용환의 농담 섞인 입당 권유에 직접 반응하지 않고 말을 돌렸다.

"다른 지역은 정신 안 차려도 되고? 호남 아니었으면 아직도 모자에 별 단 사람들 세상일 텐데 니가 낼 투표나 헐 수 있을 것 같냐? 입은 삐뚤어졌어도 말은 바로 혀야 하느니라."

원태가 이번에는 정색을 하고 만수를 향해 따지듯 말을 던졌다.

"야들 봐라 또 만나자마자 정치 쌈 헐라고 허네. 우리 만나면 그런 말 안 허기로 혔잖냐."

성남에서 아직도 미용실을 운영하고 있다는 순자가 구석 자리에서 일어나 삿대질을 했다.

"편한 자리니까 나온 말이다. 그나저나 미숙이가 안 보인다?"

만수가 순자한테 사과조의 대답을 하고 좌중을 훑어봤다. 다들 칠십을 훌쩍 넘긴 노인네들이라서 그런지 그런저런 표정으로 앉아 있었다. 이제는 길거리에서 우연히 만나면 못 알아보겠구먼. 나도 쟤들처럼 남들이 볼 때 팍 삭은 모습일까 궁금하다. 그건 그렇고 미숙이는 왜 안 온 거지? 좀 늦나?

"너 소식 못 들었구나. 미숙이가 얼마 전에 풍 맞고 지금은 요양병원에 있어. 어쩌냐, 만수 첫사랑이 그렇게 돼서."

경동시장에서 아들과 함께 약초상을 한다는 복순이가 미숙의 근황을 전했다. 첫사랑. 그 말이 틀리지 않을 정도로 둘은 어릴 적부터 다 클 때까지 친하게 지냈다. 하지만 미숙이 부모가 둘이 고등학교에 들어갈 무렵에 미숙이한테 더 이상 만수를 만나지 말라고 하면서부터 헤어지고 말았다. 그 이유는 단 하나였다. 방앗간을 하고 있던 미숙이 부모가 자기 집 머슴 아들하고 연애하는 것을 용납하지 못한 것이다. 만수도 아버지가 하필이면 자기가 좋아하는 미숙이네 방앗간에서 머슴살이를 하는지 불만이었다. 미숙이를 볼 때마다 창피했기 때문이었다. 그래서 어느 날 만수가 용기를 내서 아버지한테 물었다. "아버지 방앗간 말고 다른 집에서 일하시면 안 돼요?", "이놈아 거기가 일은 고돼도 다른 집보다 일 년에 쌀 세 가마니를 더 받어." …… "만수가 그렇게 출세할 줄 알았으면 죽자 살자 달라붙을걸." 미숙이가 언젠가 농담조로 동창한테 그런 말을 했다고 한다. 그렇게 이루어지지 않은 사랑일망정 만수는 늘 미숙이를 가슴 속에 간직하고 있었다. 만수가 동창회에 꼬박꼬박 참석하는 이유도, 다는 아니지만, 미숙의 몫이 크다는 것을 동창들까지 짐작을 하고 있다. 만수는 미숙이가 풍으로 쓰러졌다는 말에 적잖은 충격을 받았다. 내가 이 모임에 계속 참석할 수 있을까? 만수는 휑해진 가슴을 냉수로 달래고 헛기침만 뱉어 냈다.

"미숙이 그 지지배가 술을 솔찬히 좋아혔단다. 다 술이 문제여. 그라도 나는 술 없이는 못 살 것 같다. 이거, 공부가주? 이런 거 말고 옛날 빼갈 없냐? 고거 눈 딱 감고 한잔 찌크리면 목구멍에서 불이 확 불었잖여? 거기에 매콤 뜨끈한 짬뽕 국물 한 모금 들이키면 속까정 얼얼혀져서 마빡에 땀이 송글송글 맺혔는디. 이건 그 맛이 안 난다. 그라도 밍밍한 술일망정 이걸로 미숙이가 얼른 털고 일어나길 바라는 마음으로 건배나 하자."

벌써 얼굴이 벌게진 용환이가 제안한 건배를 마치자 비로소 동창회 분위기가 살아나는 것 같았다.

"나도 작년에 암 치료 헌다고 아산병원에 입원했었잖여. 혼자 병실에 누워 있으려니까 별놈의 생각이 다 들더라. 암 것도 없이 촌에서 올라와서 고상고상하다가 살 만허니까 갈 것 같다는 생각에 겁도 나고 말여. 그 라도 넘한테 아쉰 소리 안 허고, 넘의 밥 안 먹고, 내 힘으로 내 장사허면 서 산 것이 장허기는 허더라. 미숙이 그 지지바도 시집을 잘못 가는 바람 에 나 허고 살아온 것이 비슷혀서 그런지 가슴이 짠허다."

미용실을 하는 순자가 말을 이어가다가 마지막에는 눈시울을 붉혔다. 그러자 잠시 무거운 침묵이 이어졌고 그걸 원태가 깼다.

"암먼, 순자 너도 어엿한 사장이잖여? 그것도 넘의 집 머슴 같은 사장 이 아니고 진짜 사장 말이여. 너 말고도 직원이 몇 명 더 있다며? 너 같은 사람이 진짜 출세한 사람이니까 자부심을 가져라 야."

"원태 너. 나한테 무슨 유감있냐? 왜 나는 빼고 그러냐?"

역시 인테리어 회사를 운영하고 있는 용환이 웃으면서 원태를 향해 손 을 흔들었다."

"전주 촌놈이 수도권에 올라오더니 쫄아서 그러는 갑다 야. 경동시장 큰 손도 몰라보는 것을 보니까 말여."

순자 바로 옆에 앉아 있는 복순이가 빨개진 얼굴로 원태를 흘겨봤다. 필시 원태 저 자식이 나한테 딴지를 걸면서 지 자랑을 하려고 슬슬 멍석 을 펴는 것 같은데 어떻게 맞서야 하나? 아니, 농고 졸업하고 간신히 9급 으로 들어가서 고작 사무관으로 명퇴한 놈이 뭐가 잘 났다고 기회만 오 면 목소리를 높여? 만수는 사장단 모임에서와는 달리 권하는 술을 마다 하지 않으면서 원태의 눈치를 살폈다.

"만수 너 족보에 올라갔냐?"

"그러는 너는?"

드디어 저 자식이 포문을 여는구먼. 만수는 긴장을 하고 원태의 질문 에 질문으로 맞섰다.

"어. 올랐더라. 사무관 이상만 벼슬했다고 혀서 그런다더라. 너는 아마 못 올라갔을 거다. 머슴살이 헌 후손을 어떻게 올리겠냐?"

"너 이 자식. 말이면 다인 줄 아냐?"

만수가 화를 참지 못하고 자리에서 일어나려 하는 것을 옆에 앉아 있는 인태가 말렸다. 인태도 모 건설 회사에서 부장까지 하다 희망 퇴직한 샐러리맨 출신이다.

"내가 허는 말이 아니라 우리 집안 어른들한테 들은 말이니까 오해는 말아라."

"그럼 내가 너한테 단도직입적으로 묻겠다. 너, 우리나라에서 가장 좋은 대학을 나와서 제일 큰 그룹 계열사 사장이 된 사람을 머슴이라고 하면 그걸 인정할 사람이 몇 명이냐 있을 거 같냐?"

"백석지기 머슴도 머슴이고 천석지기 머슴도 머슴이니라. 느그 아버지도 면에서 젤 큰 방앗간 머슴이었잖여?"

"뭐여? 너 이 새끼 이리 와."

만수가 평소 차분한 성격과는 달리 흥분을 감추지 못하고 원태한테 달려드는 것을 다른 동창들이 간신히 뜯어말려서 자리에 앉혔다.

"만수가 공부를 하도 잘혀서 어릴 때부텀 우리덜하고 따로 놀았기는 혔어도 그렇지 원태 너는 왜 만수만 보면 그렇게 못 잡아먹어서 난리냐? 그것도 다 늙어서."

말없이 앉아 있던 인천에서 개인택시를 하는 명환이가 점잖게 원태를 나무랐다.

"내가 뭐 만수한테 무슨 억하심정이 있어서 그러겄냐. 학교 다닐 때 공부 못 헌다고 나를 무시했던 거는 옛날이야기로 치고, 자가 아즉도 모임에만 나오면 처음에는 점잖을 빼다가 술이 좀 됐다 싶으면 지 자랑 허느라고 입이 침이 마르는 것을 너도 봐 왔지? 아니, 나잇살이나 먹었으면 조용조용 사는 이야기나 해야지 성공이니 열정이니 신화. 아, 맞어. 무슨 산업화 세대? 이런 귀신 씨나락 까먹는 소리만 허고 자빠졌으니 밸이 꼴려서 그란다. 그랴도 동창들 앞에서 이런 모습을 보여서 미안하기는 허다 야."

"그려, 원태가 만수 아버지까정 들먹인 건 잘못헌 거여. 그렇긴 혀도 자 말대로 만수가 좀 거시기 허기는 혔어. 그리고 말이 나와서 하는 말인디, 산업화 세대? 그건 웃기는 말여. 아니, 즈그들이 우리나라를 산업화

시켰어? 국제시장인가 허는 영화 안 봤냐고? 다 우리 같은 서민들이 피땀 흘려서 먹고살 만하게 만들어 논 것을 즈그들이 다 한 것처럼 그럴싸한 말을 만들어서 포장하는 걸 보면 욕이 절로 나온다니까. 내가 봤을 때는 그것들이 대학 다닐 적에 저만 잘 살 겄다고 데모 한번 안 한 것이 마음에 걸려서 그러는 모양인디 그걸 모르는 빙신이 어디 있겄냐? 내가 이런 말은 하면 만수 같은 자칭 산업화 풍신들이 좌파니 빨갱이니 허면서 입에 거품을 물 것이다."

용환이가 원태를 나무라는가 싶더니 이내 만수를 향해 비난의 화살을 퍼부었다. 용환이 저 자식도 분명히 우리 아버지가 육이오 때 빨갱이었다는 것을 알고 있을 것이다. 신원 조회 때문에 판검사가 되는 것을 포기하고 상과대학에 진학한 사실을 알고 있는 동창들이 있으니까. 그나저나 오늘 미숙이도 없는 자리에 생각지도 않았던 원태 저 새끼까지 와서 기분을 완전히 잡치네? 이거 오늘 대박 나는 날이 아니고 쪽박? 만수는 사장단 모임과 대학 특강을 떠올리며 입맛을 다셨다.

"아무리 허물없는 동창 사이라도 할 말이 있고 못 할 말이 있는 거 아니냐?"

만수가 애써 화를 누그러뜨리며 용환에게 술을 권했다.

"그러는 놈이 들어서자마자 분위기 망치게 호남 정신이 어쩌구 허면서 입을 놀리냐?"

"내 정신 걱정 말고 니 정신이나 잘 간수해라. 닭 벼슬보다 못한 지방직 사무관 벼슬했다고 자랑만 하지 말고."

원태가 만수를 향해 던진 말에 만수가 벼슬 운운하면서 맞섰다.

"니 말대로 내가 공부를 못해서 지방에서 비록 미관말직으로 있었지만 국록을 축내지는 않았다. 검은돈 한 푼 안 받고, 주지도 안 혔고! 그저 시민을 주인으로 모시는 머슴으로 일했느니라. 그러니까 시민들이 날 주인 대접해 주더라. 그랴서 칠급으로 시작한 사람도 잘 못 해 보는 사무관을 달았다. 이만하면 출세혔다고 자랑 좀 혀도 되지 않겠냐? 뭐 씨이오 (*CEO)? 니가 정말로 그런 거였다면 동창회에 나와서 그런 말 못 할 것이다. 남의 집 머슴살이허던 놈은 주인장들이 앉아 계시는 자리에서 공손해야 하느니라."

"꼭 너 같은 쫄때기들이 출세한 사람들을 보면 배가 아파서 그런 말을 하는데, 너 지금 당장 밖에 나가서 사람들한테 물어봐라. 내가 머슴이었는지 주인이었는지."

"그건 다른 사람들한테 물어볼 것도 없이 너 자신한테 물어보면 답이 나오는 거 아니냐? 니 생각에 니가 머슴이면 머슴이고 주인이면 주인인 거여."

"분위기가 이렇게 흘러가니까 내가 다시 한번 까놓고 말한다. S대 경영학과 나와서 최대 그룹 사장까지 했고, 강남에도 집이 있고, 애들이 의사에 회계사고, 영어 잘하는 사람이 머슴이라면 대한민국에 주인은 어디에 있겠냐?"

만수가 생각지도 않은 순자의 질문을 받고 강변하듯 자신의 화려한 이력과 현재 사회적 위치를 늘어놓았다. 그러는 사이에 강남에도 집이 있다는 사실을 엉겁결에 털어놓고 말았다.

"아이고! 우리 만수 말을 들어보니 출세를 혀도 겁나게 혔구나. 우리 백운면 출신 최고 인물을 못 알아봐서 미안허다 야. 니가 부모 잘 만나서 좋은 머리로 그 어렵다는 대학을 나와서 어마어마한 회사의 사장까지 해 먹은 것은 인정허겄다. 니 말대로 머슴이 아니고 주인이 맞다. 맞고말고. 허지만 내가 이 마당에서 너한테 하나 묻겄다. 너 강남에 있다는 그 집. 다 니가 벌어서 샀냐?"

"그럼? 내가 도둑질해서 샀겠냐?"

만수가 용환의 빈정거리는 듯한 질문에 퉁명스럽게 대답을 했다.

"남의 집 담 넘는 도둑만 도둑이 아닌 것이니라. 내가 강남 바닥에서 인테리어를 오래 해서 잘 아는디 도둑놈 천지더라. 다들 즈그들끼리 짝짝꿍하면서 해 처먹는 거야. 만수 너 내 말 잘 들어라. 너를 포함해서 강남에 고급 아파트를 가지고 있는 부자님들 중에서 지 월급이나 정직하게 사업해서 번 돈으로 그걸 산 사람이 있으면 내가 절을 백번은 헐 것이다.

그래 놓고서 즈그들의 노력으로 성공했다고 목에 힘을 줘 가면서 설레발을 치는 것을 보면 구역질이 다 나요. 또 그런 족속들이 산업화 세대니 주류니 뭐니 허면서 죽자 살자 이 번만 찍고. 접때 봐라. 태○○ 그놈 빨갱이 아니냐? 그런 놈을 찍는 우리 강남 유권자는 뭐냐고? 만수 너 내가 무슨 말 하는지 알아들겄냐?"

"용환이 너도 산업화 세대 아니냐?"

만수가 용환의 말에 뜨끔했다. 사내 정보를 이용해서 주식 투자를 했던 것이 또 떠올랐다. 빨갱이 운운하는 말에 화도 치밀어 올랐다. 하지만 용환이가 같은 편이 될 수도 있다는 기대감에 목소리를 낮췄다.

"맞어. 허지만 나는 머슴처럼, 도둑놈처럼 살지 않고 배곯아 가면서 정직허게 노력혀서 회사 주인이 되었다. 만수 너 주인이라는 말 함부로 쓰는 거 아니다."

"야들아. 동창회 분위기가 왜 이러냐? 전주에서 원태가 올라왔고, 또 미숙이도 그렇게 됐다는데. 어쨌든 만수는 우리 학교가 배출한 인물 아니냐? 그러니 너무 헐뜯지 말자. 만수 너도 앞으로 말 좀 가려서 허고."

말수가 적은 명환이가 지켜만 보다가 한마디 하자 팽팽했던 긴장감이 약간 풀어지는 듯했다.

"아무튼 앞으로 우리 모임에서 정치 이야기만 허거나 동창 물어뜯는 애들헌테는 패널티 물리기로 허자. 내 말 알아들었지? 그런 의미로 건배 한 번 더 하자."

복순이가 명환의 말을 이어받아 험악한 분위기를 누그러트렸다. 사장단 모임 장소였던 일식집과 같이 이곳에서도 코스 요리가 나오고 있었다. 오늘 내 일정을 골프 코스로 따지면 서너 번째 홀인 것 같은데 벌써 지친다. 이 모임에서만큼은 주인이 아닌 것 같다. 피곤하다. 그만 일어설까? 아니지. 만수는 옆에 앉아 있는 인태에게 술을 권하면서도 생각은 딴 곳으로 흘렀다.

"야들아! 내가 용인에 세컨 하우슨가 뭔가 찌간헌 거 하나 장만혔는디 느그덜이 날 잡아서 오면 돼지 새끼라도 한 마리 잡을 용의가 있다. 원태 너도 같이 오면 좋고."

복순이가 더 빨개진 얼굴로 자리에서 일어나 집들이 초청을 했다.

"역시 경동시장 큰 손이 맞구먼, 말 그대로 원더풀 라이뿌다 야."

용환이가 손뼉을 치면서 소리쳤다. 맞어. 동창회는 이런 분위기이어야 하는데. 애들 말대로 내가 그동안 잘난 체를 너무했나? 별로 그런 것 같지 않은데? 만수도 같이 박수를 보내고 나서 잠시 생각에 잠겼다.

"야들아 다 좋은디 영어 박사 만수 앞에서 영어 좀 쓰지 마라. 오늘도 패널티니 세컨 하우스니 원더풀이니 하면서 귀한 영어 고생시키는 걸 보니 안쓰럽다 야."

잠시 조용히 앉아 있던 원태가 또 물고 늘어졌다. 저 자식 오늘 아주 작정을 하고 올라왔구먼, 그렇다면 나도 질 수 없지. 만수는 원태를 다시 노려보기 시작했다.

"원태야. 너 올라올 때 뭐 먹고 왔냐. 혹시 만수탕이라도 먹고 체했냐?"

명환이가 걱정스럽다는 표정으로 원태를 바라봤다.

"야 봐라. 머슴 아니고는 그거 먹고 체할 사람 아무도 없어. 명환이 니가 걱정하는 것은 잘 알 것인디 오늘만 만수 이야기를 하고 담부터는 입 꼭 다무마. 내가 점점 노인네가 돼 갈수록 좀스러워지는 것 같아서 나도 싫더라. 긍게 그 영어라는 것이 말이다. 나는 그걸 볼 때마다 한문이 생각나거든? 조선시대에 그 양반이라는 작자들이 얼매나 한문을 진서라고 허면서 죽고 못 살았냐? 우리 한글이 버젓이 있는디도 말여. 그런 정신머리를 가지고 있었으니 맨날 중국 머슴살이를 헌 거여. 지금은 어떠냐? 한미동맹이니 뭐니 허면서 야살을 까지만 옛날 중국 모시던 거하고 뭐가 다르냐고? 우리 만수 같은 사회 지도층이 틈만 나면 영어 자랑하고 싶어서 송신허는 걸 보면 그 잘난 옛날 양반들이 생각나거든? 쭝국 머슴들 말이다. 긍게로 니네들 주인들은 영어 함부로 쓰지 마라. 그러다가는 만수 꼴 나느니라."

"원태 니 말 안 들었으면 나도 머슴될 뻔했구나. 복순아 미안허지만 원더풀 라이뿌 취소다. 나도 저번에 한 머시기 국무총리라는 것이 기자회

견 허는 것을 언뜻 봤는디 토씨라고 허냐? 고것만 우리말이고 나머지는 거반이 영어더라. 보고 있는 나라의 주인이 뭔 말을 씨부리는지 못 알아듣것더라니까? 그런 것이 우리나라 총리여? 미국 머슴이지."

용환이가 원태의 말을 받아 만수가 그동안 영어 실력을 자랑하고 영어 교육의 필요성을 강조해 온 것을 국무총리의 사례를 들어 간접적으로 비판했다.

"맞어. 나도 애들이 보내 줘서 대만이랑 일본 댕겨 왔는디 영어 간판이 우리보담 훨씬 적은 것 같더라. 우리나라는 영어 천지잖여?"

순자가 원태와 용환을 번갈아 바라보면서 비판조의 말을 이어갔다.

저것들, 또 콤플렉스 나온다. 지들이 영어를 잘하면 과연 저런 말들을 내뱉을 수 있을까? 뭐든지 비판을 하려면 알고서 해야 할 거 아녀? 만수는 입술만 깨물다 입을 열었다.

"아는 것이 힘이다. 이 글로벌 시대에 국민들이 영어를 다 잘하게 되면 국제 경쟁력이 더 생기지 않겠냐? 뭐든지 대국적으로 봐야지 니들처럼 국수적인 시각만 가지고 있으니까 나라가 자꾸 쪼그라지고 있는 거다."

"국수 먹다 이빨 빠지는 소리 허고 있네. 나는 영어를 비판하고 있는 것이 아니고 영어를 상전으로 모시는 머슴 정신을 까고 있는 것이니라."

"아이고! 내가 괜히 세컨 하우스 말을 꺼내서 분란을 일으켰네. 야들아, 우덜 나이가 몇이냐? 칠십이 넘었어? 옛날 같으면 상노인여. 긍게로 앞으로는 만나면 쌈질 그만들 허고 좀 점잖게 지내 보자. 이래 가지고 여름에 있을 총동창회에 무슨 낯으로 가겄냐? 특히 만수 너. 오늘 들은 말들 잘 새겨 둬라. 원태 너도 약속한 대로 이런 말 더는 꺼내지 말고."

잘 익은 홍옥처럼 얼굴이 빨개진 복순이 자리에서 일어나서 한마디 하자 자리가 일순 조용해졌다.

"주인이면 어떻고 머슴이면 어떻겠냐? 복순이 말대로 다 늙어 가는 마당에 이렇게 한 번씩 만나서 서로 안부 묻고, 옛날 생각도 하면서 즐거운 시간 보내는 것이 좋을 것 같다. 그런 분위기를 기대하고 동창회에 오는 네 오늘은 영 아닌 것 같고. 나도 택시 몰면서 여러 사람 만나 보는데 세상살이 별것 없는 것 같더라."

명환이가 복순이의 말을 이어받아서 동창회가 나아갈 방향을 다시 한 번 강조했다.

"나도 어떻게 보면 이 자리 손님인디 좀 거시기헌 것 같아서 미안하다. 솔직히 말혀서 만수든 누구든 나쁜 감정은 없다. 우리 나이가 몇이냐? 내가 동창회에 나올 때마다 만수가 분위기 깨는 말을 하도 해 싸서 오늘 작정을 하고 한마디 헌 것이니까 이해들 해라. 나, 앞으로도 수도권 모임에 계속 나올 거다. 만수 너도 내 얼굴 계속 보고 싶으면 오늘 들은 말들 우습게 생각하면 안 될 거다."

"그런 의미에서 우리 전국적으로 건배 한번 하자."

"자! 위하여!"

"위하여!!!"

만수도 엉겁결에 '위하여'를 외쳤지만 목소리는 다른 동창들보다 훨씬 작았다.

* * *

골수 좌파들이라 백약이 무효구먼. 야당 정치꾼들과 거기에 기생하는 좌파 유튜버들의 선동에 세뇌가 되어서 저러는 것 같은데 늙은이들이라서 생각을 고쳐먹기는 힘들겠지? 그나저나 원태 저 녀석이 전에는 덜 그러더만 오늘은 아주 작정을 하고 나왔네. 맞장구치는 용환이 자식도 마찬가지고, 아니. 내가 사장으로 승진했을 때 학교 정문에 현수막 걸어 주고 축하연을 거국적으로 마련해 줬을 때는 언제고 지금 와서는 왜들 저러는 거야? 그리고, 젤 부담이 없는 동창 모임에서 잘난 체, 아는 체 좀 하면 어때? 그 정도도 못 받아 주나? 만수는 집으로 향하는 전철 안에서 술기운 때문에 숨을 거칠게 쉬면서 동창회 자리를 곱씹었다.

정말 쟤들 말대로 나는 머슴이었고 진짜로 머슴살이를 하셨지만 떳떳하게 사셨던 아버지는 주인이었을까? 아니야. 아버지는 그렇다 치고 내가 왜 머슴이야? 못 배운 것들이 배알이 뒤틀려서 그러는 거야. 내가 지금 어때서? 돈이 없어? 명예가 없어? ……. 하지만 날이 갈수록 왜 이렇게 가슴이 더 헛헛해지는거지? 더구나 미숙이까지 저렇게 돼 버렸으니 어쩌나. 오늘은 대박 나는 날이 아니라 쪽박인 것 같다. 만수는 사장단 모임, 대학 특강, 마지막 일정이었던 동창회를 떠올리며 속으로 중얼거렸다. 밤늦은 시간임에도 전철 안은 승객들로 제법 붐볐지만 더 이상 만수 눈에 들어오지 않았다.

"늦었네?"

만수가 술 때문인지 속이 울렁거리고 다리도 저려서 샤워를 미루고 속옷 차림으로 거실 소파에 털썩 앉자 아내 현순이 티브이 화면에서 시선을 떼지 않은 채 만수에게 인사를 건넸다.

"서울 안 갔다 왔어?"

만수도 거실 바닥에 앉아 있는 현순의 뒤통수를 향해 인사를 겸한 질문을 날렸다.

"안 갔어."

"왜?"

"오랜만에 혼자 있는 재미 좀 누려 보려고."

"그렇게 나 없는 것이 좋으면 졸혼인가 뭔가 해 줄까?"

"왜? 미숙이가 그렇게 하래?"

현순이 이제야 만수를 바라보며 농담인지 진담인지 구분하기 힘든 표정으로 물었다.

"하여튼 여자들이란 늙어도 푼수끼가 없어지지 않는다니까."

"남자들 쪼잔한 거는 어쩌고?"

"풍 맞았대."

만수가 현순이 보던 프로가 끝나자마자 총선 관련 방송을 보기 위해 잽싸게 종편으로 채널을 돌리면서 심드렁한 말투로 미숙의 입원 사실을 전했다.

"병수발 할려면 바쁘겠네?"

"아이고 내가 말을 하질 말아야지. 그 녀석들하고 똑같네."

"그 녀석들 누구? 동창?"

"알 것 없어."

만수의 기대와는 달리 종편에 출연한 정치 패널들이 대체적으로 이번 총선은 여당이 불리한 것이라는 전망을 내놓고 있었다. 종편에서조차 저렇게 이야기하고 있으면 실제로는 더 상황이 안 좋다고 봐야 돼. 우리가 어떻게 일군 나라인데. 우리가 중심을 잡아야 하는데. 이러다가 정말 세상이 뒤집어지는 거 아닌가? 만수는 술기운을 빌어 크게 고함이라도 한번 치고 싶었지만 현순한테 책잡히기 싫어서 천장을 향해 심호흡만 연거푸 했다.

"참, 아까 전화 왔는데 낼 애들 못 온대."

"온다고 해 놓고 이번에는 무슨 핑계를 대던가?"

"다들 바쁜 일이 생겼대."

현순의 짤막한 대답에 만수의 짜증이 더 올라왔다. 딱 욕 안 먹을 정도만, 아주 요령 있게 부모를 대하는 애들 부부의 얼굴이 떠올랐다. 싸가지 없는 것들. 내가 지들한테 해 준 것만도 얼마인데. 그 순간에 애들이 하도 전화를 하는 바람에 못 이기는 척하고 올라왔다고 은근히 자식 자랑을 해 대던 원태 얼굴이 떠올랐다. 만수는 더 이상 앉아 있을 수가 없었다. 샤워를 하기 위해 런닝셔츠를 벗으면서 화장실 쪽으로 걸어가던 중에 만수 본인도 모르게 입에서 험한 말이 튀어나왔다.

"에이! 이놈의 세상 확 뒤집어져라!"

그 외침을 기다리고 있었다는 듯이 현순의 말이 만수의 뒤통수에 날카롭게 꽂혔다.

"세상 뒤집어지는 거 신경 쓰지 말고 당신 빤쓰나 똑바로 벗어 던져. 노리끼리한 것을 보면 내 속이 뒤집어진다고."